형사 콜롬보 3

형사 콜롬보 3

♦ 황금 버클
♦ 죽은 자의 메시지
♦ 살인의 마술

리처드 레빈슨 · 윌리엄 링크 지음

김석희 옮김

One more thing...

섬앤섬

차 례

옮긴이 머리말 · 6

제8편 황금 버클

제1장 토요일 · 13
제2장 일요일 · 40
제3장 월요일 · 75
제4장 화요일 · 106
제5장 수요일 · 129
제6장 목요일 · 161
제7장 금요일 · 177

제9편 죽은 자의 메시지

제1장 애비게일 저택의 비극 · 201
제2장 금고에 갇힌 시체 · 249
제3장 협박의 장미정원 · 283
제4장 받지 못한 보수 · 337
제5장 죽음의 암호 · 369

제10편 살인의 마술

제1장 복수의 단두대 · 401
제2장 밀실의 수수께끼 · 440
제3장 마술로의 초대 · 500
제4장 살인의 마술 · 554

옮긴이 머리말

소설로 만나는
20세기 최고의 추리 드라마 '형사 콜롬보'

이 책은 드라마 〈형사 콜롬보〉의 소설판을 우리말로 옮긴 것이다.
〈형사 콜롬보〉는 20세기 후반에 미국에서 텔레비전 드라마로 제작된 범죄수사물로, 그 양과 질, 인기에서 최고의 걸작으로 평가받고 있다.
이 드라마는 원래 2편의 파일럿으로 제작되었다가(각각 1968년 2월과 1971년 3월에 방영), 1971년 9월부터 본격 시리즈로 제작되어 1978년 5월까지 43편이 NBC에서 방영되었고, 11년의 긴 휴지기를 거친 뒤 1989년 2월부터 2003년 1월까지 24편이 ABC에서 방영되었다. (우리나라에서는 1974년 4월부터 9월까지 KBS에서, 1981년 9월부터 1982년 10월까지 KBS에서, 1994년 1월부터 1995년 1월까지 SBS에서 주말 저녁이나 심야에 방영되었다.)
작년(2021년)에는 〈형사 콜롬보〉의 런칭 50주년을 기념하여 NBC에서 재방을 했는데, 북미 전역에 콜롬보 열풍이 새삼 일었다고 한다. (우리나라에서도 '월드 클래식 무비'에서 방영되었다.)
〈형사 콜롬보〉가 이처럼 인기를 얻어 성공을 거둔 이유는 많겠지만, 요약하면 다음 세 가지를 들 수 있겠다.

첫째는 '형사 콜롬보'라는 캐릭터의 매력(여기에는 콜롬보 역을 맡은 배우 피터 포크의 뛰어난 연기가 큰 몫을 했다). 170센티미터도 안 되는 작은 키에 후줄근한 레인코트를 걸친 채, 고물 승용차인 '털터리' 푸조를 타고 사고 현장을 돌아다닌다. 어디에든 불쑥 나타나 실내에서도 독한 시가 연기를 연신 뿜어대지만, 그 멍청한 표정과 어눌한 말투, 꾀죄죄한 옷차림 등 형사답지 않게 어리숙해 보이는 몰골 때문에 범인(아직은 용의자)은 그만 경계심을 풀고 만다. 그런 범인을 상대로 콜롬보는 별 의미도 없는 일을 가지고 잡담을 늘어놓다가 떠나려고 출입문으로 다가간다. 범인이 마음을 놓을 때쯤 콜롬보는 돌연 몸을 돌리면서 "그런데 한 가지만 더…" 하면서 의표를 찌르는 질문을 던진다. 에피소드마다 클라이맥스를 이루는 대표적인 장면이다.

둘째는 스토리의 전개 방식. 〈형사 콜롬보〉는 특이하게도 도입부에서 살인범이 누구인지 시청자(책의 경우는 독자)에게 밝히고, 콜롬보가 용의자를 물색하고 범인을 잡아내는 과정을 보여준다. 미스터리 기법 중에서 '도서추리'라고 불리는 형식인데, 도서는 '도치서술'의 줄임말로, 서술의 전후를 뒤바꿨다는 뜻이다. 추리물은 결말부에 이르러 "범인은 바로 너다!"를 밝혀내는 것이 보통인데, 초반부에 미리 "범인은 바로 나다!"라고 답을 내놓았으니, 시청자의 흥미와 호기심은 '콜롬보는 어떻게 꼬리를 잡아서 범인을 궁지로 몰아넣을까'에 따르는 콜롬보와 범인의 심리적 밀당과 대결, 궁지에 몰리는 범인의 내적 갈등과 초조함 같은 감정에 쏠리게 되는 것이다. 범인은 처음부터 밝혀져 있지만, 그 범행의 트릭을 간파하는 과정이나 동기를 알기 위해서는 마지막까지 보고 싶어지게 마련이고, 이런 욕구를 자극하는 것이야말로 〈형사 콜롬보〉의 매력이라고 할 수 있다.

셋째는 미국 상류층의 탐욕과 비리를 고발하는 주제의식. 일반적인 추리물에서는 살인범이 악당이거나 전과자인 경우가 많은 반면, 〈형사 콜롬보〉에서는 살인범이 의사나 변호사, 회사 중역, 스타 등 지위나 명성이 있는 지식인이나 유명인사인 경우가 많고, 범행 동기도 권력욕이나 유산을 노린 탐욕인 경우가 많다. 그래서 범인은 콜롬보 때문에 궁지에 몰리면서도 멀리 달아날 수도 없고, 그러면서도 지위와 돈을 이용하여 콜롬보의 추적을 용케 피해간다. 물론 여기에는 지능범인 그들의 주도면밀한 음모와 계략도 한몫하지만, 기득권층의 타락한 세계를 엿볼 수 있는 것, 그리고 그들이 획책한 완전범죄가 뒤엎어지는 것을 보면서 콜롬보와 마찬가지로 서민층인 시청자들은 일종의 카타르시스를 느끼게 되는 것이다.

공동 저자인 리처드 레빈슨$^{Richard\ Levinson(1934~1987)}$과 윌리엄 링크$^{William\ Link(1933~2020)}$는 미국 펜실베이니아주 필라델피아에서 태어났다. 그들은 중학교에 입학한 첫날 만났는데, 마술 트릭을 취미로 가진 게 두 사람을 친구로 만들었다. 죽이 맞은 그들은 함께 글을 쓰기도 했는데, 고등학교 시절에는 라디오 대본을 썼고, 펜실베이니아 대학에 다닐 때는 대학신문에 영화평론을 썼으며, 함께 쓴 단편소설이 《엘러리 퀸 미스터리 매거진》과 《플레이보이》에 발표되기도 했다. 둘은 이렇게 공동 창작을 통해 희곡과 라디오 드라마 대본을 쓰다가 1968년부터 〈형사 콜롬보〉라는 텔레비전 드라마 시리즈를 공동 집필하기 시작했고, 때로는 제작에도 참여했다.

그 밖에 〈권총〉, 〈내 사랑 찰리〉, 〈그해 여름〉, 〈판사와 제이크 와일러〉를 비롯한 여러 편의 텔레비전용 영화에서 협력했으며, 〈힌덴부르크〉와 〈롤러코스터〉라는 두 편의 장편 극영화에서도 파트너로 협력했다. 레빈슨과 링크는 이따금 '테드 리턴$^{Ted\ Leighton}$'이라는 필명을 쓰기도 했는데, 이 필명을 사용한 작품으로 가장 주목할 만한 것은 텔레비전용 영화인 〈엘러리 퀸: 돌아보지 마〉(1971)와 〈형사 콜롬보〉였다. 〈형사 콜롬보〉의 경우, 그들이 제안한 줄거리를 바탕으로 공저자들이 대본을 썼을 때는 테드 리턴이라는 필명을 사용했다.

〈형사 콜롬보〉의 소설판은 1972년부터 'MCA'출판사에서 나왔는데(드라마는 MCA 산하의 '유니버설 영화사'에서 제작), 소설화 작업은 출판사에서 고용한 작가들이 진행하고 레빈슨과 링크는 프로듀서이자 스토리 제안자로서 이름을 올린 것으로 보인다.

2022년 초여름, 제주 애월에서
김석희

황금 버클
Old Fashioned Murder

One more thing...

차례

제1장 토요일
제2장 일요일
제3장 월요일
제4장 화요일
제5장 수요일
제6장 목요일
제7장 금요일

주요 등장인물

루스 리턴 : 리턴 미술관 관장
필리스 브랜트 : 루스의 언니
제니 브랜트 : 필리스의 딸
에드워드 스미스 : 루스의 제부
밀턴 파커 : 리턴 미술관 경비원
팀 셰퍼 : 영화 세트 디자이너
마이클 스튜어트: 리턴 집안의 집사
헨리 맥도웰 : 호텔 '아메리카나'의 오너
밀러 형사 : 콜롬보의 부하
콜롬보 경위 : 로스앤젤레스 경찰청 강력계 수사반장

제1장

토요일

1

루스 리턴은 갈매기 울음소리에 눈을 떴다.

마흔 번째 생일을 맞은 오늘 아침은 그 뒤에서 또 하나의 의식을 남몰래 거행할 특별한 날의 시작이기도 했다.

루스는 어젯밤 리턴 미술관에서 가지고 돌아온 레밍턴 권총을 움켜쥐었다. 여자 손에는 너무 크지만, 새삼 묵직하게 느껴지는 것은 이 권총이 아버지 조지 리턴의 유품이기 때문이다. 이 아름다운 총을 만질 때마다 루스의 가슴에는 아버지의 추억이 되살아나곤 했다.

아버지가 설립한 리턴 미술관을 팔아치울 음모를 꾸미고 있는 자의 존재를 알았을 때, 관장인 자신에게 부여된 사명은 그 인물을 처단하는 것뿐이라고 판단했다. 그 수단으로 이 권총을 선택한 것은 아버지의 뜻을 관철하고 싶었기 때문이다. 이제는 더 이상 망설임도 방황도 없었다.

루스는 테라스로 나갔다. 바다에서 끓어오르는 아침 안개가 절벽을 핥으며 올라온다.

루스는 권총 방아쇠에 손가락을 걸고 총구를 안개 자욱한 바다 쪽으로 향했다. 갈매기 한 마리에 조준을 맞추자 제부인 에드워드 스미스가 얼굴을 일그러뜨리며 쓰러지는 모습이 머리에 떠올랐다.
갑자기 뒤에서 햇살이 비쳐 바다를 뒤덮은 안개를 붉게 물들인다.

루스는 애지중지하는 재규어 자동차에 올라타고 아파트 지하 주차장에서 아침 햇살 속으로 나왔다. 창문을 열자 부겐빌리아의 향기를 머금은 상쾌한 바람이 불어온다.
캘리포니아 남부의 해안선을 한눈에 내려다보면서 구불구불한 언덕길을 내려간다. 루스는 해무가 푸르게 우거진 나무를 품어 키운 팔로스버디스 반도(로스앤젤레스 남서부에 있는 곳)를 좋아했다.
언덕을 다 내려가 태평양 연안 고속도로의 흐름에 올라타자 항구로 향하는 대형 트럭들이 난폭하게 루스의 차를 잇달아 추월한다.
속도계의 바늘은 여느 때처럼 시속 60마일을 가리키고 있다. 그러나 루스는 오늘 아침에는 유난히 몸을 웅크리고 핸들에 힘껏 매달려 있는 자신을 깨달았다. 손도 땀에 젖어 있었다. 루스는 긴장을 풀려고 라디오를 켰다. 쇼팽의 피아노곡이 흘러나온다. 그 선율에 마음을 맡기려고 했지만 오히려 가슴이 더욱 답답해져서 라디오를 껐다.
로스앤젤레스 공항에서 날아오른 여객기가 머리 위를 스쳐 지나간다. 루스는 문득 아버지를 생각했다. 비행기를 보면 아버지가 생각나는 것은 아버지가 그 유명한 비행사 린드버그와 동갑이라는 말을 어릴 적부터 들었기 때문이다.
"린드버그가 대서양 횡단 비행에 성공했을 때 나는 너무 흥분해서 가만히 앉아 있을 수가 없었단다. 나도 뭔가 하지 않으면 안 된다고 생각했지. 그가 우리에게 얼마나 큰 용기와 희망을 주었는지 몰라… 마침 그해에 아빠는 엄마랑 결혼했어. 그리고 이듬해에는 새로운 개 사료를 개발하는 데 성공했지. 그게 바로 '케니스코'야. 그것을 기반으로 여러 가지 사업에 나서서 재산을 모았고, 그렇게 모은 재산으로 리턴 미술관을 설립한 거란다. 모든 게 다 린드버그 덕분이지…"

이 이야기를 끝내면 아버지는 언제나 세 딸을 차례로 끌어안고 뽀뽀해주었다.

그러나 그때 어머니 모린은 이미 이 세상 사람이 아니었다.

아버지의 유언으로 루스가 리턴 미술관 관장을 맡은 지 어언 17년의 세월이 흘렀다.

앞쪽에 할리우드의 완만한 언덕이 보인다.

그 중턱에는 영화의 도시를 상징하듯 'HOLLYWOOD'라는 커다란 간판이 자랑스럽게 서 있다. 그러나 그 아홉 글자의 간판이 루스의 눈에는 거대하고 불길한 묘비로밖에 보이지 않았다.

루스는 외면하듯 눈길을 떨구고 옆자리에 놓아둔 핸드백을 끌어당겼다. 총알을 장전한 권총의 무게가 추억을 단절시켰다.

이윽고 베벌리힐스(로스앤젤레스 근교에 있는 고급 주거지역)의 높이 솟은 야자나무 가로수가 보이기 시작하자 루스는 속력을 늦추었다. 그 야자나무 밑에 리턴 미술관이 있었다.

"개인 수집가가 세운 사립 미술관은 설립자의 취향과 취지를 좀 더 뚜렷이 드러내야 한다. 그리고 뛰어난 감식안으로 선정한 가치 있는 미술품만 전시하고, 관장 자리에는 감식안이 뛰어난 사람이 앉아야 한다…" 아버지가 입버릇처럼 하던 말이었다.

그 정열과 의지를 물려받은 루스는 이제 중세 유럽의 미술공예품 감정에서는 제일인자라는 평가를 받게 되었고, 고미술품 감정가협회의 캘리포니아 지부장도 맡고 있었다.

야자나무가 리턴 미술관 앞뜰에 기다란 그림자를 몇 개나 떨어뜨리고 있다.

아름답게 조각된 두 기둥 사이를 빠져나가 정원을 지나면 붉은 지붕에 첨탑이 우뚝 솟아 있는 스페인 양식의 저택이 서 있다. 일찍이 리턴 일가는 이 저택에서 살았다.

여기서 태어나 자란 루스에게는 온갖 추억이 남아 있었다. 소녀 시절에는 가족들의 눈을 피해 현관 옆 나선 계단을 올라가 첨탑 꼭대기에서 책을 읽으며 공상에 잠기거나 태평양으로 가라앉는 석양을 하염없이 바라보기도 했다.

언니나 동생과 함께 놀던 그리운 추억, 그리고 무엇보다도 아버지의 숨결이 배어 있는 이 미술관을 루스는 어떤 이유가 있어도 내놓을 마음이 나지 않았다.

현관에서 전시실로 들어가면 중세에 들어온 듯한 착각에 사로잡힌다. 비잔틴 양식과 르네상스 양식의 정교한 장식품, 호화로운 금은 식기와 유리그릇이 진열장에서 광채를 내뿜고, 벽에는 갑옷이나 도검류가 장식되어 있다.

전시실 한쪽 구석에는 이 미술관 설립자인 조지 리턴의 동상이 세워져 있다. 본인이 살아 있다면 이렇게 남들 눈에 노출되기를 거부하겠지만, '설립자는 어떤 사람이냐'는 미술관 방문객들의 호기심을 충족시키려고 10년 전에 친하게 지내는 조각가에게 부탁하여 만든 것이었다. 작업복 셔츠와 헐렁한 반바지를 걸치고, 발치에는 콜리 개가 앉아 있는 이 청동상은 설립자의 젊은 날의 모습이었다. 동상 대좌에는 약력이 새겨져 있었다.

'조지 리턴. 1902년 시카고에서 태어남. 1920년대 후반부터 개 사료 개발에 뛰어들어 1930년 '케니스코'의 상품화에 성공한 뒤 로스앤젤레스에서 케니스 회사를 설립함. 1947년 리턴 미술관 설립. 1955년에 53년의 생애를 마침. 리턴 미술관 관장 루스 리턴, 이사 필리스 브랜트, 이사 메리 스미스.'

미술관 관람객들은 '케니스코'라는 낱말을 발견하면 콜리 개가 그려진 낯익은 포장지를 머리에 떠올린다.

미술관을 운영하고 있는 리턴 가의 세 자매 이름이 적혀 있지만, 막내 딸 메리는 5년 전에 갑자기 죽었다. 그 후 메리의 남편이자 회계사인 에드워드 스미스가 이사로서 운영에 참여하여, 기회가 있을 때마다 아내 이름을 자기 이름으로 바꾸어달라고 요구했지만 루스는 완강히 거부하고 있었다. 메리가 카탈리나 섬(로스앤젤레스 앞바다에 떠 있는 휴양지)으로 가는 유람선 갑판에서 바다로 뛰어들어 자살했다는 에드워드의 증언에 루스는 의혹을 품고 있었지만, 아직 확증은 잡지 못한 채였다.

미술관 현관에 들어선 루스를 집사인 마이클 스튜어트가 맞았다. 언제나 검은 양복으로 여윈 몸을 감싸고 있는 마이클은 아버지 때부터 리턴 가에서 일했고, 루스가 어렸을 때는 산책에도 자주 데려가곤 했다.

"안녕하세요, 마이클."

머리가 허옇게 센 집사는 싱긋 웃었다.

"아가씨, 생일 축하해요."

"고마워요, 마이클."

마이클은 천천히 회중시계를 꺼내어 시간을 보고는 느릿느릿한 걸음으로 정원을 향해 걸어갔다.

루스는 전시실을 둘러보고 나서 계단을 올라갔다.

집무실에 들어간 루스는 정면 창가에 있는 책상 앞에 앉았다. 오늘 해야 할 행동을 냉정하게 되새겨보고 나서 루스는 타자기 쪽으로 돌아앉았다.

대항해시대(15~16세기에 유럽인들이 신항로를 개척하거나 신대륙을 점령하여 식민지를 건설한 시대)의 '스페인 보물전' 개최가 2주 앞으로 다가와 있었다. 루스는 그 문제로 마지막 연락을 취하는 편지를 썼다. 리턴 미술관은 개관 이후 줄곧 조지 리턴의 수집품만 전시해왔지만, 1년 전에 뉴욕의 대행사인 '애플 아트'에서 다른 미술관과 교류해보는 게 어떠냐는 제안이 들어왔다. 루스는 그 기획에 공감하여 준비를 추진해왔다.

이어서 샌프란시스코의 고미술상에게 보내는 편지를 썼다. 새로 구입할 품목과 가격을 타진하는 내용이었다. 아버지는 미술관을 설립하기 위해 케이니스 사의 경영권을 팔았지만, 남은 재산은 미술관 명의로 예치되어 미술품 구입 자금으로 쓰이고 있었다. 그러나 지난 몇 년 동안 미술품 가격이 폭등하는 바람에 그 자금도 점점 바닥을 드러내기 시작했다.

제부인 에드워드가 운영난을 겪고 있는 리턴 미술관과 그 소장품을 팔아치우려는 못된 계획을 꾸미고 있는 것을 루스가 눈치챈 것은 한 달 전이었다.

개관 시간인 11시가 지나자 루스는 관람객들이 들어와 있는 전시실로 내려갔다.

주말에는 다른 주에서 온 관광객들이 많이 찾아온다. 그들은 미국 영화의 역사를 장식하는 스타들의 손자국 모양을 구경하면서 할리우드 대로를 지나 차이니즈 극장 앞에서 기념촬영을 한 뒤, '스타 저택 지도'를 보고 베벌리힐스로 가는 도중에 이 리턴 미술관에 들른다.

언뜻 보기에 그 일행으로 여겨지는 젊은 부부가 전시품을 가리키며 경비원에게 묻고 있었다.

"이건 무엇에 쓰는 물건인가요?"

그러나 멍하니 서 있는 경비원 밀턴 파커는 대답할 생각도 하지 않고 어깨만 으쓱할 뿐이었다.

"글쎄요, 나는 경비원이라서…"

그것을 본 루스는 눈살을 찌푸리며 황급히 젊은 부부에게 다가가 인사를 했다.

"어서 오세요. 미처 신경을 쓰지 못해서 미안합니다. 이건 도끼랍니다."

루스는 애써 상냥하게 대답했다. "노르만 왕조를 일으킨 정복왕 윌리엄이 애용하던 도끼죠. 좀 더 자세한 설명을 듣고 싶으시면 이어폰이 달린 이 녹음기로 들어주세요."

"고맙습니다."

어떻게든 손님의 감정을 해치지 않는 데에는 성공했다.

루스는 경비원 밀턴을 나무랄 기분조차 벌써 잃어버리고 있었다.

밀턴을 고용한 것은 에드워드였다. 조금이라도 경비를 줄인다는 구실로 오랫동안 일하던 경비원을 해고하고, 유니버설 영화사의 세트 디자이너인 팀 셰퍼의 감언이설에 넘어가 밀턴을 고용한 것이다.

셰퍼는 이렇게 말했다.

"밀턴은 내 사촌동생인데, 군대에서 훈련을 받았기 때문에 권총도 다룰 줄 압니다. 경비원으로는 안성맞춤이지요."

그래서 싼 봉급으로 고용했지만, 루스는 곧 터무니없는 실수를 저질렀다는 걸 깨달았다. 밀턴은 베트남 전쟁에서 자존심을 빼앗긴 대신, 방종함을 몸에 잔뜩 묻히고 귀환한 젊은이였다.

루스는 접수구에 있는 조카 제니 브랜트를 보고 말을 걸었다.

"2층으로 잠깐 와줄래?"

올해 열여덟 살이 된 제니는 언니 필리스의 외동딸이다. 여배우가 되겠다는 꿈을 품고 무용학원에 다니면서 미술관 일을 거들고 있었다.

제니가 2층 집무실로 들어오자 루스는 웃으면서 아무렇지도 않게 물었다.

"오늘 밤에는 너희 집에서 내 마흔 번째 생일을 축하해준대. 너도 참석할 거지?"

"죄송하지만 안 돼요." 제니는 미안한 듯이 눈을 내리깔고 말했다. "에드워드 이모부가 여기서 소장품 목록 만드는 걸 도와달라고 하셨거든요."

루스가 제니를 부른 것은 바로 이것을 확인하기 위해서였다. 어떻게 해서든 에드워드를 처단할 곳에서 조카를 멀리 떼어놓지 않으면 안 된다.

"실은 다른 계획이 있었겠지? 주말인데 딱한 아가씨구나. 걱정할 필요 없어. 그렇게 서둘러야 할 일도 아니니까 오늘은 이만 돌아가도 좋아. 예쁘게 치장하고 데이트나 하러 가렴."

제니는 장난치다 들켜서 꾸지람 받는 아이처럼 고개를 푹 숙이고 있다가 말했다.

"이모, 죄송해요. 되도록 일찍 집에 돌아갈 테니까 기다려주세요."

루스는 제니의 어깨를 상냥하게 토닥였다.

"오늘 밤은 너희 집에 묵을 작정이니까 걱정하지 마. 마음껏 즐기다 와."

"이모도 좀 더 자주 외출하시는 게 어때요? 때로는 멋진 데이트도 하고… 이 미술관만이 인생의 전부는 아니잖아요?"

루스는 어깨를 으쓱하고 작은 소리로 웃었다.

"어머나, 이모한테 설교할 작정이야?" 루스는 제니가 제법 어른스러운 말을 하게 된 것에 묘한 감개를 느끼면서 말을 이었다. "아니, 나한테는 미술관이 전부야. 이 나이에 데이트는 무슨… 나는 이 미술관을 진심으로 사랑하고 있어."

"이모는 너무 고풍스러워요. 아직도 젊은데 아까워요."

루스는 제니에게 재촉하듯 말했다.

"어서 가렴. 여기서 우물쭈물하다가는 에드워드 이모부한테 붙잡혀 데이트 상대를 바람맞히겠다. 그래도 좋아?"

제니는 생긋 웃으며 고개를 끄덕이고는 문 쪽으로 가다가 루스를 돌아보았다.

"생신 축하해요, 이모."

제니가 손을 흔들며 나가자 루스는 손목시계를 보고 천천히 일어서서 벽에 걸려 있는 거울 앞으로 갔다. 은테 안경을 벗고 화장기 없는 얼굴을 거울에 비춰본다. 문득 피터 브랜트와 데이트하던 젊은 날의 추억이 되살아난다. 그것은 '할리우드 스타와의 연애'가 아니라 서로 진심으로 사랑하던 꿈같은 나날이었다.

그때 갑자기 문이 벌컥 열렸다.

죽은 여동생 메리의 남편 에드워드 스미스가 얼굴을 들이밀고는 불만스러운 투로 말했다.

"방금 현관 앞에서 제니와 엇갈렸는데, 마치 가출이라도 하는 것처럼 나를 피해서 나가버립디다."

루스는 잠시 당황했지만, 지금까지 에드워드한테는 보인 적이 없는 미소를 지으며 말했다.

"적어도 제니는 방에 들어올 때는 노크를 한답니다."

에드워드는 갈색 양복을 입고 서류가방을 손에 들고 있었다.

"아, 이거 실례했습니다. 고풍스러운 예의범절에 얽매일 겨를이 없어서 그만…"

"조금 전에도 제니가 인사치레로 나를 고풍스럽다고 평가한 참이에요."

에드워드는 문간에 기대선 채 코웃음을 쳤다.

"아니, 고풍스럽다는 게 인사치레가 됩니까?"

루스는 안경을 고쳐 쓰고 에드워드의 눈을 똑바로 바라보았다.

"한 마디도 인사치레를 한 적이 없는 사람보다는 낫죠. 인사치레는 베일을 사이에 둔 키스 같은 거래요."

루스의 빈정거림을 이해하지 못했는지, 에드워드는 되물었다.

"처형의 어록이 또 나왔군요. 그것도 오스카 와일드(아일랜드의 작가)가 한 말인가요?"

"아뇨, 이건 빅토르 위고(프랑스의 작가)예요."

에드워드는 어깨를 으쓱하고는 자기 책상으로 다가가 서류가방을 내려놓고 말했다.

"그런데 제니는 몇 시에 돌아온답니까?"

"오늘은 돌아오지 않아요."

에드워드는 의아한 표정으로 고개를 돌려 루스를 노려보았다.

"무슨 일이죠? 설마 그 애한테 주말 휴가를 주신 건 아니겠죠?"

여느 때 같으면 에드워드의 무례한 말투에 화가 나서 한마디 쏘아붙였겠지만, 오늘만은 루스도 부드럽게 대답하며 책상 앞에 앉았다.

"바쁘다는 건 알고 있어요. 하지만 그 애한테 뒤로 미룰 수 없는 급한 일이 생겼어요. 나중에 이야기할게요. 이해해줘요."

루스는 타이르듯 말했지만 에드워드는 그 대답에 만족하지 않았다.

"곤란한데요. 스페인 보물전이 코앞에 다가와 있는데… 오늘 밤 안으로 소장품 목록을 만들지 않으면 늦어요. 오늘도 밤을 꼬박 새워야 할 것 같군."

이 거짓말쟁이야! 루스는 속으로 에드워드를 욕했다. 목록을 만드는 진짜 목적은 미술관을 살 사람에게 건네주기 위해서잖아. 내가 그것도 눈치채지 못하는 줄 알아? 루스는 부아가 끓어오르는 것을 억누르면서 천천히 입을 열었다.

"조수를 고용하면 어때요?"

"또 무슨 바람이 불었는지 모르겠네요. 너무나 너그러운 말씀이라서…" 에드워드는 어처구니가 없다는 듯이 말을 이었다. "도대체 지금 그럴 돈이 어디 있습니까? 이 미술관이 계속 적자 상태여서 현상 유지조차 어려운 형편이라는 건 처형도 잘 아실 텐데요."

루스는 웃으면서 고개를 저었다.

"미술관은 돈벌이가 목적이 아니에요. 이건 아버지가 입버릇처럼 하시던 말이에요."

그러자 에드워드는 루스의 타이르는 듯한 말투를 조롱하듯 대꾸했다.

"그 말에는 이제 넌더리가 납니다. 제발 그 어록만은 치워주세요."

루스는 에드워드의 태도에 더 이상 참을 수가 없어서 벌떡 일어섰다.

"당신한테는 이래라저래라 명령할 자격이 없어요. 내가 관장이라는 걸 잊으면 곤란해요."

에드워드도 지지 않고 진지한 얼굴로 쏘아붙였다.

"내가 이사라는 것도 잊지 말아주면 좋겠군요. 내게는 장인어른의 유산을 관리할 책임이 있고, 그것이 친척들에 대한 의무라고요. 게다가 나는 유산을 이용해서 새로운 이익을 추구하지 않으면 안 됩니다."

루스는 손사래를 쳐서 에드워드의 말을 가로막았다.

"에드워드, 당신은 어째서 그렇게 돈만 추구하죠?"

에드워드는 잠시 머뭇거리다가 대답했다.

"그건… 돈은 신성하니까요. 이렇게 재정 상태가 나쁜 미술관을 계속 운영하는 건 인생의 귀중한 시간을 낭비하는 거나 마찬가집니다. 이 미술관을 어떻게 유지해갈 것인가를 가까운 장래에 진지하게 검토하지 않으면 안 될 거예요."

벌써 그 준비를 착착 진행하고 있는 주제에… 에드워드가 서둘러 목록을 만들고 있는 것은 뉴욕의 감정가에게 소장품 가격을 감정받기 위해서였다. 루스는 한 달 전에 에드워드 앞으로 온 서류를 훔쳐보고 그것을 알았다. 어떻게 해서든 그것만은 피하고 싶었다. 리턴 미술관의 유일한 '상처'를 제삼자에게 알려서는 안 된다.

불쾌한 에드워드의 말을 피하듯 루스가 말했다.

"그래요. 가까운 장래에 필리스 언니랑 셋이서 무릎을 맞대고 의논해 봐요."

에드워드의 굳은 표정이 갑자기 부드러워졌다.

"이제야 겨우 이해하셨군요. 필리스 처형도 틀림없이 내 의견에 동의해 줄 겁니다."

루스는 눈길을 돌리며 빈정거리듯 말했다.

"오늘은 설교보다 생일 축하를 받고 싶군요."

그러자 에드워드는 멋쩍은 미소를 지었다.

"아, 그러고 보니 오늘이 처형의 생일이군요. 필리스 처형이 파티에 초대해주었지만, 오늘 밤에는 목록을 만드느라 바빠서… 죄송하지만…"

그러지 않으면 곤란해. 오늘 밤에는 혼자서 목록을 만드는 데 전념해 주지 않으면…

"그런 건 신경 쓰지 않아도 좋아요."

그러자 에드워드가 우쭐한 얼굴로 말했다.

"일이 내가 생각하고 있는 구상대로 잘만 풀리면 좀 더 풍족하고 즐거운 생활을 할 수 있을 겁니다."

파렴치한 것도 분수가 있지… 속으로는 경멸하면서도 루스는 에드워드에게 미소를 지어 보였다.

"그리고 참, 처형이 2주 전에 말씀하신 대로 도자기 파편이 분실됐더군요. 하지만 다행히 접시나 항아리 파편뿐이고, 그다지 값나가는 건 없습니다."

이 말을 곧이곧대로 받아들일 생각은 없었다. 루스에게는 짐작 가는 바가 있었다. 전에 에드워드가 미술품 복원가라면서 소개해준 팀 셰퍼에게 지하 수장고에서 잠자고 있던 도자기 파편 몇 개를 시험 삼아 맡긴 적이 있었다.

에드워드가 잔소리를 하지 않아도 루스는 재정 부담을 줄이기 위해 일류 미술상보다는 되도록 개인 미술상이나 현지 브로커를 통해 물건을 구입하려고 애쓰고 있었다. 이런 거래에서는 가짜를 살 위험도 있지만, 뛰어난 감식안을 자부하는 루스는 한 번도 감정에서 실수를 저지른 적이 없었다. 다만 개인과의 거래에서는 불완전한 물건도 한꺼번에 떠맡는 경우가 있는데, 그 대부분이 셰퍼에게 건네준 것 같은 도자기 접시나 항아리 파편이었다.

그 파편들을 멋진 접시로 복원해온 셰퍼에게 이런 기술을 어디서 배웠느냐고 물었더니, 아버지가 공예품 가게를 경영하고 있었기 때문에 자연히 배우게 되었다고 대답했다. 그 후 셰퍼는 이따금 미술관에 얼굴을 내밀게 되었고, 어느새 루스는 셰퍼의 사촌동생이라는 밀턴 파커를 떠맡다시피 하는 처지가 되었다.

"좀 더 수장고를 조사해보겠습니다. 어느 선반 구석에 처박혀 있는지도 모르고… 아무 가치도 없는 그런 도자기 조각이 없어졌다고 도난 신고를 하는 것도 우습고…"

에드워드의 말 뒤에서 루스는 셰퍼의 존재를 냄새 맡았다. 또 둘이서 뭔가 못된 짓을 꾸미고 있는 게 분명하다. 루스는 표정을 눈치채이지 않도록 고개를 숙이고 손목시계를 들여다보았다.

"식사하고 돌아오면 나도 수장고를 점검해볼게요."

루스는 의자 밑에 숨기듯 놓아둔 핸드백을 집어들고 일어섰다. 권총 무게만큼 무거워진 핸드백을 겨드랑이에 끼고 문 쪽으로 다가갔다. 문득 등에 에드워드의 시선이 꽂히는 듯한 기분이 들었다.

핸드백을 어색하게 들고 있으면 의심받아… 루스는 아무렇지도 않게 핸드백을 오른손에 옮겨 쥐고 왼손으로 방의 전기 스위치를 내렸다.

모든 전등이 꺼졌다. 그 순간 에드워드의 날카로운 목소리가 울려 퍼졌다.

"뭘 하는 겁니까! 남이 일하고 있는데 불을 끄다니!"

루스는 황급히 스위치를 올린 다음 눈살을 찌푸리고 있는 에드워드에게 사과했다.

"미안해요… 그만 버릇이 돼서… 항상 절약하려고 조심하고 있기 때문에… 나도 검소한 생활이 완전히 몸에 배었나 봐요."

에드워드는 표정을 누그러뜨리지 않은 채 고개를 끄덕였다.

"소리를 질러서 죄송합니다. 나는 진심으로 처형을 훌륭한 분이라고 생각하고 있습니다. 여자 혼자서 용케 지금까지 버텨오셨잖아요."

루스는 저도 모르게 쓴웃음을 지었다. 그러고는 문손잡이를 잡고 깔보듯이 말했다.

"야박하고 살기 힘든 세상이니까 대범하게 행동할 수 있는 법이라고 말한다면, 그야말로 입에 발린 겉치레일 뿐이에요."

"그것도 빅토르 위고가 한 말인가요?"

"아뇨." 루스는 어깨를 으쓱하고 문을 닫으면서 대답했다. "이건 오스카 와일드예요."

2

식사를 끝내고 미술관으로 돌아오자 경비원 밀턴이 현관 옆에 담배꽁초를 버리는 것이 눈에 띄었다. 루스는 당장 밀턴에게 다가갔다.

"주워요!"

날카롭게 나무랐지만, 밀턴은 시치미를 뗐다.

"뭘 말입니까?"

"뭐긴 뭐예요, 꽁초지. 아직도 타고 있잖아요. 빨리 주워서 불을 꺼요."

밀턴이 구두 바닥으로 담배를 비벼 끄는 것을 보고 루스는 목소리를 낮추었다.

"할 얘기가 있으니까 따라와요."

그러고는 밀턴을 미술관 뒤쪽으로 데려갔다.

지하실로 통하는 벽돌 계단까지 오자 루스는 걸음을 늦추어 멈춰 섰다. 노송으로 뒤덮인 이곳이라면 남들 눈에 띄지 않는다. 루스는 돌아서서 밀턴을 똑바로 바라보며 시나리오의 첫 번째 대사를 꺼냈다.

"오늘로 경비원 제복을 벗어줘야겠어요."

"……?" 밀턴은 순간 멍한 표정을 지었지만, 곧 못마땅한 어조로 말했다. "그러니까, 요컨대 모가지라는 겁니까? 왜요?"

루스는 안경 속에서 밀턴을 노려보며 딱 잘라 말했다.

"당신이 미술품을 훔쳐냈기 때문이에요."

"내가요? 농담하지 마십시오." 밀턴은 격렬하게 고개를 저었다.

루스는 그것을 무시하고 계단 밑에 보이는 지하실 문을 가리켰다.

"시치미 떼도 소용없어요. 당신은 지하 수장고로 숨어 들어가 도자기 파편을 훔쳐냈어요." 입을 다물고 고개를 돌려버린 밀턴에게 루스는 다그치듯 말했다. "그리고… 당신은 팀 셰퍼의 사촌동생이 아니에요. 그 사람과 한통속이라는 것쯤은 벌써 짐작하고 있어요."

"도대체 누가 그런 말을…"

"서툰 연극은 그만둬요! 시치미 떼지 말아요. 가짜 도자기를 만들려고 셰퍼에게 건네줬죠?"

급소를 찔린 밀턴은 낮은 신음소리를 냈다.

"빌어먹을. 팀까지 나를 배신하다니."

"아니에요. 그 밖에도 짐작 가는 데가 있을 텐데요. 언젠가 묘한 전화를 받은 적이 있어요. 당신의 노름빚에 대해서… 당신의 월급을 빚 대신 몽땅 자기한테 주었으면 좋겠다는 말만 하고 전화를 끊어버렸지만…"

밀턴은 당황하여 내뱉듯이 말했다.

"빌어먹을. 어디서 냄새를 맡았지?"

"걱정하지 않아도 돼요. 노름이나 하고 다니는 칠칠치 못한 사람을 고용할 리가 없다고 대답해두었으니까."

밀턴은 입을 다물고 고개를 숙였지만, 문득 얼굴을 들고 의아한 듯이 물었다.

"왜 나를 감싸주셨죠?"

루스는 고개를 끄덕이고 조용한 어조로 말했다.

"당신이 필요하기 때문이죠."

"내가요? 무엇 때문에?"

"이 미술관에서 미술품을 몇 점 훔쳐줘요. 도난 사건을 연출하는 거에요."

"……?"

루스는 손에 들고 있던 핸드백을 열었다.

"우선 착수금으로 5천 달러를 드릴게요."

핸드백이 불룩한 것을 본 밀턴의 표정이 갑자기 긴장했다.

"잠깐만! 이 대화, 녹음하고 있죠?"

밀턴은 핸드백 속의 권총을 카세트 녹음기로 착각한 모양이다.

"당신을 함정에 빠뜨릴 생각은 없어요. 내 말 잘 들어요. 이건 서로에게 좋은 일이에요. 우리 소장품이 막대한 액수의 보험에 들어 있다는 것쯤은 당신도 알고 있겠죠?" 루스는 잘 알아듣도록 말하고 나서 덧붙였다.

"미술관 운영이 어렵다는 것도 물론 알고 있을 거예요."

밀턴은 고개를 끄덕이고 싱긋 웃으며 입가를 일그러뜨렸다.

"그렇군요… 그런 겁니까?"

"그래요. 이제야 알아들었군요. 물건을 훔치러 들어가는 건 오늘 밤 12시… 침입 방법과 순서, 훔쳐낼 미술품에 대해서는 나중에 알려줄게요. 메모해줬으면 하는 것도 있고…"

"오늘 밤이라고요? 정말로 오늘 밤에 하는 겁니까?"

"그래요, 오늘 밤이에요. 당신은 빚 독촉에 쫓기는 처지잖아요? 내일 아침에는 외국으로 탈출하는 거예요."

밀턴은 망설이는 기색으로 꽁무니를 뺐다.

"그건 무리예요. 무엇보다 나는 여권도 없고…"

알고 있다는 듯이 루스는 고개를 끄덕였다.

"벌써 준비해뒀어요. 여권에는 당신 이름이 조지 버론스키로 되어 있어요. 미술품을 훔쳐내면 한 시간 뒤에 뒷산의 샌딜로드로 와요. 그때 훔친 물건을 돌려받고 여권과 나머지 돈을 건네줄게요. 알았죠?"

"잠깐만요. 그건 위험합니다. 어차피 도난 신고를 할 거 아닙니까? 그렇게 되면 나는 지명수배자가 돼요."

루스는 핸드백에서 꺼낸 두툼한 봉투를 밀턴의 손에 쥐어주었다.

"자, 불평은 그만해요. 이게 착수금 5천 달러예요. 성공하면 3만 달러를 주겠어요. 잘 생각해봐요. 외국으로 탈출하면 더 이상 쫓길 필요도 없어요. 3만 달러로 새로운 인생을 시작하는 거예요."

그러나 밀턴은 아직도 미심쩍은 듯 고개를 갸웃하며 되물었다.

"하지만 내가 한 짓이 아니라는 걸 어떻게 증명합니까? 아무리 외국으로 달아나도 죄는 따라다닐 텐데…"

루스는 미소를 지으며 타이르듯 말했다.

"그래요. 그러니까 죽은 것처럼 보이면 돼요. 이름도 바꾸고… 그래요. 이름만 팔았다고 생각하면 되는 거예요. 3만 달러에 이름을 팔았다고… 밀턴 파커라는 이름에 미련이라도 있나요?"

"글쎄요… 별로 미련은 없습니다."

3

선셋 대로에서 한 구획 떨어진 뒷거리는 밤이 찾아오면 인적도 사라진다.

밀턴은 어둠에 휩싸여 있는 공원 안에서 공중전화 부스를 발견하자 시보레 승용차를 세웠다.

그는 저녁에 리턴 미술관을 나올 때 루스가 시킨 일을 생각하고 있었다.

"우선 팀 셰퍼에게 전화를 걸어요. 셰퍼가 세 들어 살고 있는 아파트로…"

"토요일 밤인데 그 사람이 집에 있을까요?"

"그러니까 전화를 거는 거예요. 만약 본인이 받으면 당장 끊어요. 셰퍼가 없으면 자동응답기가 작동하고 있을 테니까 거기에 녹음을 하는 거예요. 그때 반드시 시간을 말해야 해요. '지금 10시인데, 30분 뒤에'라고…"

검은 점퍼를 입은 밀턴은 인적이 없는 것을 확인하고 차에서 내렸다.

루스가 건네준 권총이 주머니 속에서 흔들린다. 장갑을 끼면서 전화 부스 안으로 들어가자 통화 내용을 다시 한 번 속으로 되뇌고 나서 수화기를 들었다.

호출음은 곧 자동응답기 테이프에 녹음된 소리로 바뀌었다.

"팀 셰퍼입니다. 용건이 있으시면 삐— 소리가 난 뒤에 말씀해주십시오."

밀턴은 루스가 지시한 대사를 말했다.

"나야, 밀턴. 도와줘! 내가 위험하게 됐어… 놈들이 나를 노리고 있어.

지금 10시야. 30분 뒤에… 앗… 잠깐만! 그러지 마… 제발 그만해!"

밀턴은 손에 든 스미스웨슨(권총)의 총구를 밑으로 향하고 방아쇠를 당겼다. 총소리가 어둠을 가르며 울려 퍼졌다. 밀턴은 열른 두 번째 총알을 발사했다.

침대 위에 알몸으로 누워 있던 제니 브랜트가 갑자기 고개를 들었다.
"전화가 울리고 있잖아요? 안 받아도 돼요?"
팀 셰퍼는 애무하는 손길을 멈추지 않은 채 대답했다.
"상관없어. 내버려둬. 이런 시간에 걸려오는 전화치고 쓸 만한 전화는 없어."

셰퍼가 제니와 관계를 맺은 지도 두 달이 지났다. 처음에는 가벼운 기분으로 사귀기 시작했는데, 어느새 풋내기 아가씨한테 홀딱 반해버린 것이다.

제니는 셰퍼의 머리카락을 부드럽게 어루만지면서 속삭였다.
"사랑해요, 팀. 하지만 이제 돌아가야 해요. 루스 이모가 기다리고 있거든요. 오늘은 이모 생일이에요."

셰퍼는 제니의 이마에 가볍게 입을 맞추었다.
"집에 돌아가면 나랑 사랑하고 왔다고 루스 이모한테 보고할 거야?"

제니는 셰퍼의 코를 잡고 생긋 웃어 보인 다음 천천히 몸을 일으켰다. 그러고는 옷에 손을 뻗으면서 놀리듯이 되묻는다.
"그랬으면 좋겠어요?"

팀은 담배를 집어들고 천장을 쳐다보며 말했다.
"아니, 아직은 일러. 네 이모는 결벽증이 심한 사람이라서 몹시 화를 낼 거야. 나 같은 남자와 사귀고 있는 걸 알면…"

옷을 입은 제니가 쾌활한 목소리로 대답했다.
"아직은 말하지 않겠어요. 이건 극비사항이에요. 하지만 누구와 의논한다면 그 상대는 이모밖에 없어요."

베벌리힐스 한복판에 있는 작은 공원에 다다르자 제니는 여느 때처럼 차를 세우게 했다.
"팀, 여기서 세워줘요. 잘 가요."
가볍게 키스를 나누고 제니는 밤이슬에 젖은 길 위에 내려섰다. 제니는 셰퍼의 차가 멀어져가는 것을 지켜보다가 밤의 정적 속에 발소리를 울리며 집으로 돌아갔다.
유칼립투스 나무 너머에 현관 불빛이 보인다. 손목시계를 들여다보니 10시 30분이 지나고 있었다. 현관문을 열고 들어가 살짝 문을 닫은 순간 거실에서 어머니 필리스의 목소리가 날아왔다.
"제니냐?" 파란색 이브닝드레스를 입은 필리스가 비틀거리며 딸을 맞으러 나왔다. "참 일찍도 왔구나. 오늘 밤에는 어디서 파티가 열렸지?" 술에 취한 필리스는 제니가 어색한 미소를 띠고 있는 것도 알아차리지 못하고 말을 이었다. "우리 집에서도 루스 이모의 생일 파티가 열렸단다."
제니는 대꾸도 하지 않고 소파에 앉아 있는 루스에게 웃어 보였다.
"죄송해요, 이모. 너무 늦게 와서…"
루스는 안경을 벗고 손에 들고 있던 책에서 얼굴을 들며 빙그레 웃었다.
"괜찮아. 때로는 날개를 활짝 펴고 마음껏 날아다니기도 해야지."
"'때로는'이 아니야. 요즘에는 밤마다 나다니는 게 좀 지나쳐…"
"언니, 그건 똥 묻은 개가 겨 묻은 개를 나무라는 격 아니야? 언니도 젊었을 때는…"
"조용히 해. 동생이면 언니를 감싸줘야지…" 필리스는 높은 소리로 웃고 나서, 손에 든 술잔이 빈 것을 알아차리고 탁자에서 브랜디 술병을 집어들어 잔을 채웠다. 그리고는 옆에 앉은 제니를 돌아보며 말했다.

"저녁에 에드워드 이모부가 전화해서 널 찾더라. 무슨 일인지는 모르지만…"

제니는 당황하여 루스의 표정을 살폈다. 그러자 루스가 얼른 말했다.

"언니, 상관하지 마. 내가 제니한테 이모부를 도와주지 않아도 된다고 말했으니까."

"어머나, 그래? 그렇다면 좋지만…" 필리스는 브랜디를 한 모금 마시고 소파에 기대어 천장을 쳐다보았다. "아아, 완전히 취해버렸어."

루스는 손목시계를 힐끔 내려다보았다. 셰퍼의 자동응답기에 녹음하라고 밀턴에게 지시해둔 시각은 벌써 지나 있었다. 알리바이 공작을 해둘 필요가 있었다.

"잠깐 미술관에 전화해볼게. 에드워드가 아직도 일하고 있는지…"

루스는 소파에서 일어나 전화기 쪽으로 다가갔다. 수화기를 집어들고 자기 아파트의 전화번호를 돌렸다. 잠시 발신음을 듣고 있는 모습을 두 사람에게 보인 다음 루스는 수화기를 내려놓았다.

"안 받아. 에드워드는 벌써 돌아갔나 봐. 제니, 잘됐구나."

제니는 고개를 끄덕이며 작은 소리로 웃었다. 그리고 루스가 돌아와 소파에 앉자 루스에게 물었다.

"뭘 읽고 계세요?"

루스는 탁자 위에 엎어놓았던 책을 제니에게 보여주었다. 감색 표지에 금박으로 새겨진 글자가 군데군데 벗겨져 있다.

"서머싯 몸(영국의 작가)의 단편집이야. 방금 〈비〉를 읽었는데, 참 좋더구나."

"어떤 점이요?"

"글쎄… 인간을 바라보는 눈이 사랑으로 가득 차 있고, 그러면서도 신랄하고 엄격해."

제니는 고개를 끄덕이고 소파에 몸을 기댔다.

"왠지 이모 자신을 말하는 것 같군요. 좀 읽어주실래요?"

루스는 쓴웃음을 지으면서 책을 펼쳐 페이지를 넘겼다.

"어떤 장면을 읽어줄까… 그래, 여기가 좋겠다. 미국인 선교사가 남태평양에 있는 섬의 원주민들에게 무엇을 가르쳤는가를 말하고 있는 장면이야… '원주민들은 태어나면서부터 타락해 있기 때문에 뭐라고 이야기해주어도 자신의 죄악을 알지 못합니다. 그래서 그들에게는 자신들이 자연스러운 행위인 줄 알고 하는 짓들도 죄악이라는 걸 인식시켜줄 필요가 있었지요. 거짓말하는 것, 도둑질하는 것, 간음하는 것, 육체를 노출하는 것, 춤에 미쳐 교회에 나가지 않는 것… 이런 것들도 모두 죄가 된다는 것을 가르쳐주어야 했답니다. 처녀가 젖가슴을 드러내거나 남자가 바지를 입지 않는 것도 모두 죄악이라고 가르쳐주었지요.' 어떠냐, 제니. 마음에 짚이는 데가 있지 않니?"

루스는 제니를 노려보듯 바라보고 나서 갑자기 미소를 지었다. 제니도 이모를 마주 보며 웃었지만, 문득 팀과 함께 보낸 시간을 생각하면서 대꾸했다.

"이모한테 책이나 예술이 없어서는 안 되듯이 나한테는 춤이 보물이에요."

"알고 있어. 하지만 그게 전부가 아니라는 것도 명심해줬으면 좋겠구나."

제니는 어깨를 으쓱하고 화제를 돌렸다.

"그런데 왜 〈비〉라는 제목이 붙었죠?"

"비 때문에 호텔에 갇힌 선교사 이야기야. 비가 사람의 마음을 혼란시킨다는 주제니까."

"재미있을 것 같은데요. 다 읽으면 빌려주시겠어요?"

"물론이지. 꼭 읽어보렴."

그때 필리스가 두 팔을 높이 쳐들어 기지개를 켜면서 말했다.

"아아, 기분 좋게 취했다. 루스, 그 책에 여자가 술 마시고 취하는 건 죄악이라고 쓰여 있니?"

"그건 쓰여 있지 않지만… 만약 쓰여 있었다면 틀림없이 사형감일 거야." 루스는 웃으면서 말한 다음, 책갈피에 서표를 끼우고 책을 탁 덮었다.

필리스는 남은 브랜디를 단숨에 비우고 술잔을 탁자 위에 내려놓았다.

"남편은 먼저 죽어버리고 늙어갈 뿐인 여자의 운명은 어찌될 것인가… 그래, 젊은 시절에는 즐거운 일도 많았지… 이젠 졸려서 안 돼. 제니, 너도 때로는 일찍 좀 자렴."

"그래. 잠이 부족하면 아름다운 피부가 거칠어져."

루스가 덧붙이자 제니는 자리에서 일어섰다.

"알았어요, 이모. 그만 가서 쉴게요."

"그래. 내일 아침 일찍 해변에 산책하러 가자." 루스는 말하고, 2층 침실로 올라가는 두 사람의 등을 향해 작은 소리로 외쳤다. "잘 자. 나는 여기서 좀 더 책을 읽다가 잘 테니까."

모두가 잠든 저택은 쥐죽은 듯 조용해져 있었다.

아까부터 똑같은 동작만 되풀이하고 있는 자신을 깨닫고 어이가 없으면서도 루스는 또 손목시계와 벽시계를 번갈아 바라보았다. 11시 40분이다.

루스는 무릎 위의 책을 덮고 소파에서 일어섰다. 발치에 놓여 있던 핸드백 속을 확인하고, 마루에 세워져 있는 스탠드의 스위치를 살짝 내렸다. 2층을 쳐다보고 변화가 없는 것을 확인한 다음, 루스는 조심스럽게 현관으로 다가갔다.

밤이슬에 젖은 자동차 트렁크에서 검은 코트를 꺼내 걸친다. 장갑을 끼고 핸드백에서 레밍턴 권총을 꺼내어 주머니에 집어넣는다.

루스는 이제부터 해야 할 일의 순서를 다시금 되새겨보면서 두 블록

밖에 떨어져 있지 않은 리턴 미술관을 향해 걸어갔다.

앞뜰에 이르자 루스는 미술관 2층을 올려다보았다. 집무실 창문에 주황색 불빛이 켜져 있다. 에드워드가 미련한 일을 계속하고 있군. 테이프에 녹음한 제 목소리를 들으면서 소장품 목록을 타이프치고 있을 것이다… 루스의 손은 무의식중에 주머니 속의 권총을 누르고 있었다. 나무들 사이를 지나 건물을 끼고 뒤뜰로 돌아가 지하실로 통하는 계단을 내려갔다. 문에 열쇠를 꽂으면서, 이 자물쇠는 밀턴이 침입할 수 있도록 열어두어야 한다고 생각했다. 살짝 문을 닫고 수장고 옆을 빠져나가 1층 전시실로 통하는 계단을 올라갔다.

아버지의 동상 그늘에 재빨리 몸을 숨긴다. 숨을 죽이고 어둠을 노려보며 기다린다… 1초, 1초가 터무니없이 길게 느껴진다. 이윽고 희미한 소리가 났다.

순간 빛줄기가 어둠 속을 달렸다. 손전등을 든 사내가 지하실에서 올라온다. 어둠에 익숙해진 눈이 가방을 손에 든 점퍼 차림의 밀턴을 포착했다. 루스가 지정해준 진열장으로 다가가자 움직임이 멈추고, 진열장 위에 손전등을 내려놓는 소리가 이상할 만큼 크게 울렸다.

밀턴은 진열장 위로 몸을 구부리고 절단기로 유리를 자르기 시작했다. 손전등 불빛이 유리에 되비쳐 밀턴의 얼굴이 어둠 속에 어른어른 떠오른다.

소리 내지 말고 빨리 해. 솜씨 좋게… 루스는 속으로 기도했다.

이윽고 밀턴은 진열장에서 루스가 지시한 대로 황금 팔찌와 은주전자를 꺼내어 가방에 집어넣었다. 다음 순간 루스는 눈을 크게 떴다. 밀턴이 사파이어가 박힌 목걸이를 꺼내어 코트 주머니에 집어넣었기 때문이다.

루스는 예기치 못했던 밀턴의 행동을 비웃으며 현관 옆으로 살짝 다가갔다. 거기서 손을 뻗어 스위치를 올리자 전시실 전체가 불빛 속에 환히 떠올랐다.

"욕심을 부리면 안 돼요…" 루스는 목소리를 낮춰 말하고는 밀턴에게 다가갔다.

"어, 어떻게 여기?" 밀턴은 당황했다.

루스는 손가락을 입에 대고 조용히 하라고 지시했다.

"여권과 돈을 빨리 건네주려고요. 잠깐 그 가방을 들고 전화 부스 안으로 들어가줘요."

루스가 재촉하자 밀턴은 훔친 물건을 넣은 가방을 안고 전화 부스로 다가갔다.

루스는 주머니에 든 레밍턴 권총을 움켜쥐고 뒤따른다. 그리고 전화 부스에 들어간 밀턴에게 말했다.

"전화기 옆에 가방을 내려놔요."

시키는 대로 가방을 내려놓고 돌아선 밀턴의 얼굴이 공포로 일그러졌다.

"대체 무슨 짓을… 장난질은 그만두세요…"

루스는 두 손으로 움켜쥔 권총을 쳐들어 총구를 밀턴의 가슴에 바싹 들이댔다.

밀턴은 눈을 크게 뜨고 황급히 점퍼 주머니를 뒤지며 권총을 찾았다. 그 순간 요란한 총소리가 전시실에 울려 퍼졌다. 그와 동시에 밀턴은 신음을 토하며 바닥에 쓰러졌다.

루스는 아버지의 권총을 코트 주머니에 집어넣은 다음, 전화 부스에 머리를 처박고 벌렁 나자빠져 있는 밀턴의 시체에서 재빨리 스미스웨슨 권총을 꺼냈다. 그리고 처단해야 할 죄인이 나타나기를 기다렸다.

집무실 문이 열리는 소리가 났다. 계단을 내려오는 에드워드의 발소리가 들린다.

"누구야?"

루스는 권총을 쥔 손을 등 뒤로 돌려 감추고, 전시실로 들어온 에드워드를 바라보았다.

"나예요. 진열장을 그만 뒤엎는 바람에…"

에드워드는 어이없다는 표정을 지었다.

"처형이세요? 이런 밤중에 웬일이십니까? 나는 또 총소리인 줄 알고…"

"잠깐 봐주지 않을래요? 이쪽이에요."

루스는 전시실 구석으로 에드워드를 유도했다.

"도대체 뭐 하고 있는 겁니까?"

에드워드가 나무라듯 말하며 전시실 중간까지 왔을 때 루스는 권총을 쑥 내밀었다. 에드워드가 걸음을 멈추고 중얼거렸다.

"처형…"

"처형? 함부로 부르지 마! 메리와 아버지를 대신해서 당신을 처단하겠어."

에드워드가 밀턴과 똑같은 표정을 지었다고 생각한 순간, 루스는 이미 방아쇠를 당기고 있었다.

에드워드는 공중으로 펄쩍 뛰어올랐다가 바닥에 나동그라졌다.

루스는 화약 연기가 가늘게 피어오르는 총구를 바라보며, 이제부터가 중요하다고 자신을 타일렀다.

아버지의 레밍턴 권총을 에드워드의 손에 쥐어주고 스미스웨슨은 밀턴의 손에 쥐어준 다음, 루스는 주위를 한 번 둘러보고 나서 지하실로 내려갔다.

루스는 밖으로 나오자 밀턴이 타고 온 시보레로 다가갔다. 핸드백에서 꺼낸 얼음송곳을 타이어에 찔러넣는다. 얼음송곳을 빼낸 순간 공기가 새어 나오는 소리가 어둠 속에 몸을 숨긴 짐승의 숨소리처럼 들렸다. '놈들'의 범행으로 보이게 하기 위한 공작이었다. 루스는 숨을 깊이 들이쉬고 다시 전시실로 돌아갔다.

두 구의 시체는 계산한 대로의 간격을 두고 대치한 채 인형처럼 너부러져 있었다.

루스는 곧장 전화 부스로 다가갔다. 우선 밀턴의 가방 속에 도자기 파편 두 개를 집어넣었다. 그리고 쓰러져 있는 밀턴의 바지 주머니에 의미심장해 보이는 메모를 쑤셔넣었다. 루스의 지시에 따라 밀턴이 직접 쓴 메모였다. 모두 다 수사를 혼란에 빠뜨리기 위해 꾸민 거짓 단서였다.

빠뜨린 건 없나? 내가 미처 보지 못하고 지나친 건 없나?

루스는 유심히 현장을 검증한 뒤, 아버지의 동상을 힐끗 바라보고 현장을 떠나려고 했다. 그 순간 전류에 감전된 것 같은 기분이 들었다. 망막의 잔상에 이물질이 하나 섞여 있었다.

루스는 눈살을 찌푸리고 전화 부스를 돌아보았다. 역시 터무니없는 실수가 있었다. 하마터면 내가 판 함정에 내가 빠질 뻔했군.

루스는 함정을 완성하기 위해 전화 부스로 다가갔다.

루스는 쓰러져 있는 밀턴의 시체를 타고넘어 훅에 걸려 있는 수화기를 벗겼다. 전화선에 대롱대롱 매달린 수화기를 바라보며 루스는 한숨을 내쉬었다.

현관 옆까지 가자 루스는 다시 한번 전시실 전체를 천천히 둘러보고 스위치로 손을 뻗어 전등을 껐다. 어둠에 잠긴 전시실을 뒤로 하고 루스는 지하실로 내려갔다.

제2장

일요일

1

 로스앤젤레스 시내에서 그리 멀지 않은 에코 공원에는 아침 안개가 자욱하게 끼어 있었다. 그 안개를 불어 날리듯 바람이 연못을 건너면서 연꽃 잎사귀들을 일제히 흔들었다.
 연못 주위를 도는 오솔길을 운동복 차림의 젊은 여자와 초로의 부부가 달려간다.
 그때 갑자기 요란한 재채기 소리가 공원의 정적을 깨뜨렸다. 벤치에 앉은 중년 사내가 손수건으로 코를 풀면서 눈부신 듯 연못 건너편을 바라보고 있다.
 구겨지고 낡아빠진 레인코트 차림의 그 사내는 빗질을 하지 않아 까치집을 지은 머리를 북북 긁으면서 이따금 얼굴을 찡그리고 하품을 했다. 코트 하나만 걸치고 밤이슬을 견딘 부랑자처럼 보이지만, 그 발치에는 갈색과 검은색과 흰색 털에 윤기가 흐르는 바셋종 개가 쪼그리고 앉아 있다. 커다란 귀가 축 늘어지고 몸통이 긴 대신 다리는 짤막하다.

사내는 개를 내려다보고 주머니에서 손을 꺼내어 개의 머리를 톡톡 토닥였다. 주머니에서 손을 꺼내기도 힘들고 귀찮다는 태도다.

"이봐, 우린 걷지 않으면 안 돼. 이건 산책이니까." 이렇게 말하고는 기지개를 켜며 천천히 일어나서 개의 목줄을 잡아당겼다. 그러나 개는 엎드린 채 움직일 기미를 보이지 않는다.

"어쩔 수 없군…" 사내는 허리를 굽혀 개를 안아 올리더니, 안짱다리로 천천히 연못가를 걷기 시작했다.

그때 코트 안쪽에서 '삐삐'하는 날카로운 소리가 울렸다. 개는 귀를 쫑긋 세우며 요란하게 짖어댄다.

"무슨 일이지?" 사내는 개를 내려놓고 코트에서 무선 호출기를 꺼내어 발신음을 껐다. "전화는 어디 있지?" 사내는 중얼거리고 주머니에서 동전을 찾으며 공원 관리사무소 앞에 있는 공중전화로 허둥지둥 달려갔다.

수화기를 들자 사내는 거칠게 다이얼을 돌렸다.

"밀러? 나야, 콜롬보. 무슨 일이지?" 아직도 잠이 덜 깬 듯 귀찮은 듯한 어조로 말한다. "아, 그래… 알았어… 비염이 심하고, 일요일이니까 집사람한테 점심을 사주기로… 흐음, 실종 사건인가?" 콜롬보는 까치집 같은 머리를 긁으면서 말을 이었다. "아아, 그래… 뭐라고? 유니버설 영화사 옆에 있는 맨션? 아, 알았어. 가면 되잖아?"

수화기를 훅에 거는 순간 사내는 요란하게 재채기를 했다. 콜롬보는 전화 부스 밖에서 기다리고 있는 개에게 미안하다는 투로 말했다.

"미안하지만 네 주인은 워낙 골치 아픈 직업을 갖고 있어서 말이야…"

개는 털썩 그 자리에 주저앉더니 주인을 쳐다보며 커다랗게 하품을 했다.

자동응답기 테이프가 멈추자 소파에 앉아 있던 콜롬보는 고개를 들고 옆에 서 있는 팀 셰퍼에게 말했다.

"이것만으로는 어떻게 할 수가 없습니다. 마지막에 녹음된 소리는 틀림없이 권총을 쏘는 소리지만…"

셰퍼는 콜롬보의 설명에 고개를 끄덕였다.

"역시 그렇습니까. 설마 밀턴이 이런 사건에 말려들 줄이야…"

콜롬보는 코트 주머니를 뒤져 검은 수첩을 꺼내면서 물었다.

"이 자동응답기 테이프를 들은 건 오늘 아침 몇 시쯤입니까? 어라…" 콜롬보는 코트 안주머니에 손을 찔러넣은 채 혼잣말로 중얼거렸다. "또 연필을 잃어버렸군… 저어, 그걸 좀 빌릴 수 있을까요?"

셰퍼는 가슴에 꽂혀 있던 볼펜을 내밀었다.

"아, 고맙습니다. 그런데 녹음테이프를 들은 시각은?"

"7시쯤입니다. 목이 말라서 일어났더니 자동응답기에 빨간 불이 켜져 있길래…"

어젯밤에는 제니를 바래다준 뒤 단골 술집에 가서 술을 마시고 아파트로 돌아오자마자 침대로 들어갔다.

그때 밀러 형사가 허둥지둥 방으로 들어와 콜롬보에게 보고했다.

"반장님, 당장 밀턴의 고용주인 리턴 집안에 전화해봤습니다. 미술관 관장의 말에 따르면 밀턴 파커는 어제 날짜로 해고됐답니다."

콜롬보는 사팔눈으로 밀러를 쳐다보았다.

"그래? 이유는?"

"해고한 사람은 관장의 제부 되는 에드워드 스미스라는 미술관 이사인 모양인데, 해고한 이유는 본인에게 물어보지 않으면 모르겠답니다."

"그렇군. 그야 당연하지." 콜롬보는 어깨를 으쓱하고는 졸린 듯이 눈을 비볐다. "그래서 관장의 제부라는 사람과는 얘기해봤나?"

"그런데, 그게 말입니다. 그 사람은 어젯밤 늦게까지 소장품 목록을 만들고 있었으니까, 너무 일찍 깨우지 말아달라고 관장이 부탁해서… 아직 전화하지 않았습니다."

"그럼 나중에 가서 듣고 오게." 이렇게 말하고 콜롬보는 하품을 깨물면서 셰퍼에게 시선을 돌렸다. "사촌동생 밀턴 씨가 해고된 건 알고 계셨습니까?"

셰퍼는 짧아진 담배꽁초를 재떨이에 비벼 끄면서 고개를 저었다.

"아뇨. 아직…"

그때 무선기에서 호출음이 울렸다. 무선기를 어깨에 걸고 있던 밀러가 콜롬보를 곁눈질하면서 응답했다.

"예, 말씀하십시오. 아아… 밀턴 파커의 아파트를 알아냈다고요? 방은 어지럽혀 있지 않았다고요? 알았습니다… 반장님, 아파트는…"

콜롬보는 알았다는 듯이 고개를 끄덕이다가, 갑자기 얼굴을 찡그리며 재채기를 했다. 그리고 얼른 손수건을 꺼내어 황급히 코언저리를 닦았지만, 다시 몸을 뒤로 젖히고 반쯤 벌린 입을 부들부들 떨다가 두 번째 재채기를 터뜨렸다. 콜롬보는 신음소리를 내면서 기계장치가 된 인형처럼 다시 손수건으로 입을 가렸다.

"실례했습니다. 알레르기가 있어서… 이른 봄에는 항상 이 꼴이랍니다." 콜롬보는 한심한 표정을 지으며 말을 이었다. "그런데 밀턴 씨가 미술관 경비원으로 고용된 건 언제쯤입니까?"

"반년쯤 됐나요? 에드워드 씨가 일손이 필요한데 마땅한 사람이 없겠느냐고 묻길래, 마침 일자리를 찾고 있던 사촌동생을 소개한 겁니다."

"리턴 일가는 어떤 집안입니까?"

"모르십니까?"

콜롬보가 고개를 끄덕이자 셰퍼는 쓴웃음을 지으면서 말했다.

"벌써 돌아가셨지만, 조지 리턴 씨는 개 사료의 왕이라고 불린 사람입니다. 그 유명한 '케니스코'를 만든 사람이죠."

"케니스코? 그 케니스코를 만들었단 말예요?" 콜롬보는 고개를 끄덕이고 싱긋 웃었다. "우리 개도 케니스코 신세를 지고 있지요." 이 말을 끝내자마자 콜롬보는 갑자기 얼굴을 일그러뜨리며 요란하게 재채기를 했다. "아아… 정말 지독하군. 알레르기성 비염의 특효약은 없나? 특효약을 만든 사람한테는 노벨상을 주어도 좋아. 그런 사람이 있으면 나는 대통령한테도 로마 교황한테도 추천장을 쓰겠어."

"형사님, 그런 말씀을 하러 오신 건 아니잖습니까. 밀턴의 행방을 빨리 조사해주십시오."

셰퍼가 참다못해 강한 어조로 말하자 콜롬보는 꾸깃꾸깃한 손수건으로 눈을 문지르며 일어섰다.

"이거 정말 실례했습니다. 쓸데없는 말을 해서 그만… 그럼 이만…"

등을 구부리고 고개를 숙인 채 방을 나가는 콜롬보를 셰퍼가 불러 세웠다.

"형사님, 별일 없겠죠? 어쨌든 연락을 기다리고 있겠습니다."

콜롬보는 돌아보지도 않고 손수건을 힘없이 흔들며 떠나갔다.

2

베벌리힐스의 일요일 아침은 지나다니는 사람이 뜻밖에 적고 작은 새들의 지저귐이 조용한 분위기를 더욱 돋보이게 한다. 자전거를 탄 신문 배달 아이가 휘파람을 불면서 집집마다 신문을 힘차게 내던지고 지나간다.

콜롬보는 리턴 저택을 찾아내자 정원에 우뚝 서 있는 유칼립투스 나무를 눈부신 듯 쳐다보았다. 그러고는 허리를 굽혀 잔디 위에 떨어진 신문을 집어들더니, 기사를 훑어보면서 현관으로 뻗어 있는 길을 따라 걸어갔다.

사자를 본뜬 노커(문을 두드리는 쇠고리)를 두 번 울리자 하녀가 얼굴을 내밀었다.

"관장님 계십니까?"

안경을 쓴 중년 하녀는 몸집이 꾀죄죄하게 생긴 사내를 머리끝에서 발끝까지 말똥말똥 관찰하며 차갑게 내뱉었다.

"잡상인은 사절이에요."

"아니, 그게 아니라 나는…" 하마터면 문전박대를 당할 뻔한 콜롬보는 로스앤젤레스 경찰청의 형사라는 것을 인정받기까지 꽤나 애를 먹었다.

겨우 응접실로 안내된 콜롬보는 로코코풍 소파에 조심스럽게 걸터앉자 아름다운 실내를 두리번두리번 둘러보았다.

천장에는 호화로운 샹들리에가 매달려 있고 벽난로 위의 크리스털 꽃병에는 붉은 장미가 꽂혀 있다. 정원 쪽으로 나 있는 프랑스식 창문으로 비쳐드는 햇살이 하얀 대리석 탁자에 반사되어 회반죽을 칠한 벽에 아름다운 빛 무늬를 던지고 있다. 방구석에 놓인 오래된 괘종시계의 흔들이가 조용히 시각을 새기고 있다.

콜롬보는 정면 거울에 자기 모습이 비쳐 있는 것을 알아차리고 조그맣게 헛기침을 하면서 비뚤어진 넥타이를 바로잡았다. 그러고는 불안한 듯 주머니에서 시가를 꺼내며 눈으로는 재떨이를 찾고 있었다.

그때 하녀가 커피를 가져왔다. 그 향기로운 커피 냄새에 콜롬보는 눈을 가늘게 떴다.

"이건 정말… 맛있어 보이는 커피군요."

"잠시만 기다려주세요."

쌀쌀하게 말하고 물러가려는 하녀를 콜롬보는 손에 들고 있던 신문을 흔들어 불러 세웠다.

"이건 이 집에 온 신문입니다. 그리고 재떨이는 없나요?"

"없어요." 하녀는 퉁명스럽게 말하고는 신문을 낚아채어 안으로 들어갔다.

콜롬보는 어쩔 수 없다는 듯이 시가를 주머니에 집어넣고 커피를 홀짝거렸다. 굵은 눈썹을 꿈틀 움직여 자못 흡족한 표정을 지은 콜롬보는 커피를 또 한 모금 마시고 천천히 엉덩이를 들어 올렸다. 그리고 방안을 돌아다니다가 바닥을 보고는 몸을 굽혀 납작 엎드렸다. 카펫에 얼굴을 바싹 들이대고 표면을 살짝 손으로 쓸어보고 있을 때 누군가가 말을 걸었다.

"뭘 찾고 계세요, 형사님?"

납작 엎드려 있던 콜롬보는 튕기듯 몸을 일으켜, 목소리의 주인을 눈부신 듯 바라보았다.

실크 가운을 걸친 루스는 의아한 듯 사내를 내려다보며 물었다.

"콘택트렌즈라도 떨어뜨리셨나요?"

"아니… 잠깐 저어…" 콜롬보는 어색한 웃음을 지으며 일어섰다. "댁도 하녀인가요?"

"아뇨. 왜, 하녀처럼 보여요? 나는 리턴 미술관 관장이에요. 루스 리턴이라고 합니다."

"당신이… 관장?" 루스가 고개를 끄덕이자 콜롬보는 두 팔을 활짝 벌렸다. "이거 정말 실례했습니다. 관장이 남자일 거라고 생각했거든요."

콜롬보는 왼손을 이마에 대고 오른손을 내밀었다. 루스는 악수할 마음이 나지 않았다.

"미술관 관장이 여자면 이상한가요?"

"천만에요. 실은 내 사촌누이도 샌디에이고에서 영화관 관장을 하고 있답니다."

루스는 상대하지 않고 콜롬보에게 등을 돌리더니 창가로 다가갔다. 눈두덩이 부어서 부석부석하다. 어젯밤에는 거의 한숨도 자지 못했다. 창문으로 비쳐드는 아침 햇살이 너무 눈부셔 레이스 커튼을 쳤다. 실내가 부드러운 빛으로 감싸이자 거칠어진 피부를 조금이라도 감출 수 있을 것 같은 기분이 들었다. 루스는 되도록 부드러운 표정으로 돌아서서 물었다.

"형사님, 뭘 하고 계셨어요?"

"예, 실은 카펫이 너무 훌륭해서 나도 모르게 그만 만져보고 싶어지더군요. 페르시아 융단인가요?"

루스는 미소를 지으며 콜롬보를 바라보았다.

"아뇨, 이건 19세기 중국의 융단이에요. 뭘 하고 계셨는지, 정직하게 말씀하시는 게 어때요?"

콜롬보는 이마를 북북 긁으면서 말했다.

"아무래도 관장님 눈은 속일 수 없을 것 같군요. 실은 개털이 떨어져 있지 않은가 하고…"

"개털요?"

루스가 되묻자 콜롬보는 시치미 뗀 얼굴로 대답했다.

"케니스코를 개발한 리턴 집안이니까 틀림없이 개를 기르고 있을 거라고 생각해서… 그런데 털이 하나도 떨어져 있지 않군요."

루스는 쿡쿡 웃으며 팔짱을 꼈다.

"아버지가 돌아가신 뒤로는 개를 기르지 않아요. 그 전에는 그레이트 데인에서 치와와까지, 많을 때는 열네 마리나 길렀어요. 그런데 형사님의 임무는 개털을 찾는 건가요?"

콜롬보는 헝클어진 머리에 굵은 손가락을 집어넣고 북북 긁적이면서 말했다.

"당연한 질문이십니다. 말씀드리는 게 늦었지만 나는 로스앤젤레스 경찰청의 콜롬보 경위입니다."

"경위님이라고요? 당신이…?"

루스는 저도 모르게 입 밖으로 튀어나온 말을 얼버무리려고 했지만, 콜롬보가 먼저 되물었다.
"내가 경위이면 이상합니까?"
콜롬보가 싱긋 웃자 루스는 웃음을 터뜨렸다.
"천만에요, 콜롬보 경위님."
루스가 손을 내밀었다. 그제야 두 사람은 악수를 나누었다.
"그런데 무엇 때문에 오셨나요?"
"실은 아직 내가 나설 차례는 아닙니다. 실종된 사람을 찾고 있을 뿐이니까요. 나는 강력계에서 살인사건을 담당하고 있기 때문에…"
강력계? 살인 담당? 그렇다면 두 사람의 시체가 벌써 발견되었나? 루스는 애써 태연한 척하면서 두 사람의 시체가 발견된 상황을 이것저것 생각해보았다. 집사 마이클이 발견했을까? 그럴 리가 없어. 마이클이 미술관에 나오는 건 9시니까…
루스가 어떻게 응대해야 좋을지 몰라서 망설이고 있으려니까 콜롬보가 말했다.
"대단하시군요."
"뭐가요?"
"강력계, 그것도 살인 담당 형사라고 말하면 대부분의 여성은 깜짝 놀라는데, 관장님은 너무 침착해서…"
루스는 끼고 있던 팔을 풀어 앞머리를 살짝 만지면서 대답했다.
"바꿔 말하면 여자답지 않다는 말이 되나요? 우리 언니였다면 살인이라는 말만 들어도, 아니 형사가 찾아왔다는 말만 들어도 기절했을 거예요."
콜롬보는 귓등 뒤를 긁었다.
"곤란한데요. 난 그렇게 민감한 여성은 딱 질색이라서…"
루스는 소파에 앉으면서 콜롬보를 재촉했다.

"좀 앉으세요. 저라도 괜찮다면 말씀을 듣기로 하죠."
"고맙습니다. 그럼 염치불구하고…" 콜롬보는 루스와 마주 앉아 천천히 말을 꺼냈다. "댁의 미술관 경비원인 밀턴 파커 씨는 물론 알고 계시겠죠?"
루스는 가볍게 고개를 끄덕이며 대답했다.
"아까도 경찰에서 전화가 왔더군요."
콜롬보는 수첩을 꺼내어 페이지를 넘겼다.
"밀턴 씨의 사촌형인 팀 셰퍼 씨가 신고를 했기 때문에…"
"무슨 신고인데요?"
루스가 시치미를 떼고 묻자 콜롬보는 들여다보고 있던 수첩에서 얼굴을 들었다.
"어젯밤에 밀턴 씨가 셰퍼 씨에게 전화를 해서는 다급한 목소리로 자동응답기에 '살려달라!'는 말을 남겼고, 그다음 총소리가 두 발 녹음되어 있었습니다."
"총소리요? 설마…" 루스는 눈을 크게 뜨고 말한 다음, 밀턴이 지시대로 한 것에 만족하여 눈살을 찌푸려 보였다.
콜롬보는 깊이 고개를 끄덕였다.
"밀턴 씨가 어디서 전화를 걸었는지, 지금 그걸 수사하고 있는 참입니다."
루스는 깊은 한숨을 내쉬고 고개를 저으면서 중얼거렸다.
"기분 나쁜 일이군요. 곤란한데… 에드워드한테 당장 연락하지 않으면…"
콜롬보는 수첩을 힐끗 보고 나서 루스에게 시선을 돌렸다.
"에드워드 씨라면 미술관 이사를 맡고 계시는 분 말입니까? 하지만 그 분이 밀턴 씨를 해고했다고 들었는데, 왜 그렇게 됐습니까?"
"나도 자세한 건 몰라요." 루스는 전화로 밀러 형사에게 한 말을 되풀이했다.
"관장님이 모르신다고요?"

"에드워드가 곧 설명하겠다고 말했으니까, 오늘이라도 나한테 보고할 작정이 아니었을까요?"

콜롬보는 고개를 크게 끄덕였다.

"그렇군요. 알겠습니다. 우리 집은 늘 그렇답니다. 요전에도 느닷없이 창문만큼 커다란 텔레비전을 가져왔길래, 이런 건 사지도 않았고 퀴즈에 당첨된 기억도 없으니까 도로 가져가라고 돌려보냈지요. 그랬더니 또 가져 와서는 이 댁 아주머니가 구입한 거라고…" 콜롬보는 어깨를 으쓱하며 말을 이었다. "아이고, 덕분에 창문은 막히고 거실은 좁아지고… 우리 집사람은 언제나 그렇게 느닷없이 일을 벌이기 때문에…"

루스는 콜롬보의 불평을 흘려들으면서 일이 다 순조롭게 진행되고 있음을 느꼈다.

"경위님, 댁의 짱은 부인이니까 그건 어쩔 수 없는 일이잖아요. 커피 한 잔 더 드시겠어요?"

"아니, 됐습니다. 그보다 여기는 금연입니까?" 콜롬보는 주머니를 뒤져 시가를 꺼내 보였다.

"어서 피우세요. 괜찮아요."

루스는 벽난로 위에서 인어 모양의 도자기 재떨이를 집어들어 콜롬보에게 내밀었다.

"아아, 고맙습니다."

콜롬보는 재떨이를 무릎 위에 올려놓고 시가를 덥석 입에 물고는 종이 성냥을 켰다. 그러나 연기를 한 모금 빨아들이자마자 얼굴을 일그러뜨리며 꼭두각시 인형처럼 두 어깨를 꿈틀 치켜 올렸다.

"에, 에… 에취!" 그 바람에 시가가 손에서 떨어져 카펫 위를 데굴데굴 굴러 소파 밑으로 들어가버렸다. "이런!" 콜롬보는 비명을 지르며 벌떡 일어나더니, 황급히 몸을 던져 카펫 위에 납작 엎드려서 시가의 행방을 찾았다. "아니, 이게 무슨 일이람!"

콜롬보는 커다란 도마뱀처럼 소파 밑으로 기어 들어갔다. 신음소리와 카펫을 탁탁 두드리는 소리가 잠시 들렸지만, 이윽고 소파 밖으로 삐져나온 콜롬보의 발이 움직임을 멈추었다. 콜롬보는 엉덩이를 들어 올리고 뒷걸음질로 소파 밑에서 기어 나오더니 두 손으로 시가를 받쳐 들고 그 자리에 주저앉았다.

"죄송합니다… 호화로운 카펫이 쪼글쪼글해져서…"

창백해진 얼굴로 콜롬보가 말했을 때 루스는 타서 눌어붙은 냄새가 물씬 풍기는 것을 느꼈다.

"신경 쓰지 마세요, 경위님."

루스가 달래듯이 말했지만 콜롬보는 사팔눈을 크게 뜬 채 소파 밑과 시가와 루스를 번갈아 바라보고 있었다.

"정말 괜찮아요, 경위님. 자, 어서 일어나세요."

"값비싼 카펫이겠지요?"

"괜찮다니까요. 어차피 소파 밑이라 보이지도 않고… 그렇게 대사건이라도 일어난 것 같은 얼굴은 하지 말아주세요."

"정말 터무니없는 실수를 저질렀군요."

콜롬보는 바닥에 굴러 있는 재떨이를 집어들고 아직 불이 붙어 있는 시가를 비벼 끈 다음 주머니에 집어넣었다. 그 순간 콜롬보는 또 요란하게 재채기를 하고는 신음을 뱉으면서 구겨진 손수건을 바지 주머니에서 꺼냈다.

"알레르기성 비염이랍니다. 지금 같은 환절기에는 특히 심하지요."

"꽃가루 탓일 거예요. 괴로우신 것 같군요." 루스는 더러운 손수건으로 코를 문지르는 콜롬보를 동정하며 말을 이었다. "비염뿐 아니라 모든 알레르기에는 캐모마일을 달인 차가 잘 들어요."

루스는 탁자 위에 놓여 있던 작은 종을 집어들어 흔들었다. 아까 나타났던 하녀가 곧 얼굴을 내밀었다.

"캐시, 경위님한테 캐모마일 차를 갖다 드려요."

"알겠습니다." 하녀는 콜롬보를 힐끔 바라보고 나갔다.

"아니, 이거 여러 가지로 폐를 끼쳐서 죄송합니다."

콜롬보는 카펫이 탄 자국을 다시금 들여다보고 나서 소파에 앉았다.

그때 문을 두드리는 소리가 나더니 제니가 상쾌한 얼굴로 들어왔다.

"실례합니다. 루스 이모, 아침 식사는 여기서 드시겠어요? 아니면 산책 나가는 길에 밖에서 먹을까요?"

"산책은 갈 수 없을 것 같구나." 루스는 머뭇거리며 콜롬보를 바라보았다. "이분은 경찰청에 계시는 콜롬보 경위님이셔… 콜롬보 씨, 내 조카딸 제니예요."

콜롬보는 손수건으로 코를 문지르면서 붙임성 있게 웃어 보였다.

"무슨 일이 있었나요?" 제니가 의아한 얼굴로 물었다.

"방금 경위님한테 들었는데, 경비원 밀턴이 살해된 모양이야."

제니는 놀란 표정으로 숨을 죽이고 루스를 마주 보았다.

"아니, 잠깐만요. 살해됐다고는 말하지 않았는데요." 콜롬보는 황급히 손수건을 흔들며 말을 이었다. "나는 그저 실종됐다고 말했을 뿐입니다."

"하지만 셰퍼 씨의 자동응답기에 도움을 청하는 목소리와 총소리가 녹음되어 있었다면서요?"

제니는 문득 어젯밤 팀 셰퍼의 집에 걸려온 전화를 머리에 떠올렸다. 제니는 동요를 감추고 담배를 만지작거리면서 아무렇지도 않은 얼굴로 되물었다.

"자동응답기라뇨?"

"어젯밤 셰퍼 씨네 집에 밀턴이 전화를 걸었대. 그렇죠, 경위님?"

루스가 확인하듯 묻자 콜롬보는 고개를 끄덕였다.

제니가 '쿨' 담배에 불을 붙일 때 날카로운 여자 목소리가 들려왔다.
"여러분, 안녕. 정말 상쾌한 아침이지?"
필리스가 춤추는 듯한 걸음으로 나타났다. 통통한 몸매의 선을 감추기 위해서인지 세로줄무늬가 든 원피스를 입고 있다. 필리스는 콜롬보를 보고 말했다.
"어머나, 손님이 와 계셨네? 고미술상이신가?"
루스가 고개를 저으며 소개했다.
"로스앤젤레스 경찰청의 형사님이셔. 콜롬보 씨, 언니인 필리스예요."
"어머나, 형사라고?" 필리스는 눈을 크게 뜨고 그 자리에 우뚝 서버렸다.
"콜롬보 경위님이라고… 강력계 형사, 그것도 살인 담당이시래."
루스가 말을 마치자마자 필리스는 작은 비명을 지르며 그 자리에 맥없이 쓰러져버렸다.
"엄마, 괜찮아요? 정신 차리세요!"
루스는 황급히 어머니를 안아 일으키는 제니를 힐끔 바라보며 어깨를 으쓱하고, 콜롬보에게 말했다.
"보세요. 내가 말했잖아요."

로스앤젤레스 경찰청 강력계 형사실…
그 한쪽 구석에 마련된 휴게실 문이 활짝 열려 있고 안에서 코 고는 소리가 들려온다.
"반장님, 일어나세요. 전화 왔습니다." 밀러 형사가 소파에 누워 있는 콜롬보를 흔들어 깨우고 있다.
콜롬보는 리턴 저택에서 경찰청으로 돌아와 밀턴의 아파트를 수색하러 간 밀러를 기다리고 있었다. 그러나 기다리는 동안 졸음이 오자 잠깐 쉬려고 휴게실로 들어갔다가 그만 깊이 잠들어버린 모양이다.

"일어나세요. 긴급 전화예요."

밀러가 코트깃을 잡고 흔들며 고함을 지르자 콜롬보는 겨우 잠에서 깨어난 코알라처럼 가늘게 눈을 뜨고 신음하듯 말했다.

"아아, 밀러인가… 돌아왔군…"

"전화 왔습니다, 반장님."

콜롬보는 요란하게 하품을 하고는 얼빠진 목소리로 말했다.

"아아, 그래? 누구 전환데?"

"사모님이에요. 급한 일이랍니다."

이 말에 벌떡 일어난 콜롬보는 부스스한 머리를 긁으면서 말했다.

"깜빡 잠이 들어버렸군. 지금 몇 시지?"

"10시 반입니다."

"아아, 그래…" 콜롬보는 로프처럼 뒤틀린 넥타이를 바로잡으면서 또 하품을 했다.

"반장님, 사모님한테 급한 일이 생긴 것 같던데요."

"알았어. 우리 집사람은 원래 성미가 급하니까…" 콜롬보는 중얼거리면서 휴게실을 나갔다. 그리고 어수선한 책상 앞에 앉아 수화기를 들었다.

"아아, 나야… 뭐? 공항에 있다고? 뭐라고? 시끄러워서 잘 안 들려… 샌프란시스코에? 아아, 그래… 그런데 지금? 닷새나? 아아, 알았어… 조심해서 다녀와. 그럼…"

콜롬보가 수화기를 내려놓고 한숨을 내쉬자 밀러가 옆에서 물었다.

"무슨 일인데요?"

"집사람이 샌프란시스코에 사는 친구랑 함께 요가 강습을 받을 모양이야."

"고작 닷새 만에 요가를 배울 수 있나요?"

콜롬보는 고개를 끄덕이고 시가를 꺼낸 다음 커피잔에 남아 있는 차가운 커피를 홀짝였다.

"그런데 밀러, 밀턴의 아파트는 어떻게 됐나?"

밀러는 진지한 얼굴로 돌아가 보고했다.

"대단한 건 발견하지 못했습니다. 휑뎅그렁하고 살풍경하기만 한 방인데… 아니, 너무 깨끗이 정리되어 있어서 이사라도 가는 것 같은 느낌도 들고… 하지만 범죄 냄새는 분명히 납니다. 지금 피해자의 유류품을 조사하고 있습니다만…"

"아직 죽었다고 결정된 건 아니야."

콜롬보는 시가를 입에 물고 종이성냥으로 불을 붙였다. 한 모금 맛있게 피우고는 문득 생각난 듯이 엉덩이를 일으켰다. 그러고는 담배 냄새를 풍기면서 밀러 앞을 지나 문 쪽으로 걸어간다.

"반장님, 어디 가십니까?"

"사소한 사무적인 일이야. 30분 뒤에 돌아오겠네."

콜롬보가 문손잡이를 잡았을 때 밀러 옆에 앉아 있던 월슨 형사가 콜롬보를 불렀다.

"콜롬보 반장님, 전화 왔습니다."

콜롬보는 고개를 돌리고 시가 연기를 내뿜으면서 물었다.

"누군데? 또 우리 집사람인가?"

"아니, 리턴 미술관의 집사라는데요."

"리턴? 아아, 그래." 콜롬보는 의아한 표정으로 돌아와 월슨의 손에서 수화기를 받아들었다. "예, 강력계의 콜롬보입니다… 예, 안녕하십니까… 네에?" 콜롬보의 눈썹이 꿈틀 올라갔다. "시체가 두 개요? 밀턴과… 아아, 잠깐만 기다려요."

콜롬보가 메모하는 시늉을 해 보이자 밀러와 월슨이 동시에 메모지와 연필을 꺼냈다.

"뭐라고요? 밀턴 파커와… 이사인 에드워드 스미스… 알았습니다. 곧 갈 테니까 현장은 그대로 두십시오."

콜롬보는 수화기를 내려놓고 밀러에게 메모를 건네주었다.

"역시 우리 강력계로 돌아왔군. 감식반에도 연락해주게. 나는 잠깐 사무적인 일을 끝내고 갈 테니까."

"반장님, 그렇게 중요한 사무적인 일이 도대체 뭡니까?" 밀러가 의아한 얼굴로 되물었다.

"물건을 사러 가야 해. 집사람이 집을 비웠으니까, 개 사료 '케니스코'를 사두지 않으면 안 돼. 그럼 나중에 보세. 현장은 되도록 그대로 놔두게."

이 말을 남기고 콜롬보는 부리나케 밖으로 나갔다.

3

리턴 미술관 앞뜰에는 관람객의 출입금지를 알리는 밧줄이 쳐져 있고 경찰관들이 분주하게 돌아다니고 있다.

"안 돼요, 안 돼. 여기로 들어가면 안 돼요! 자세한 건 경찰에서 발표할 테니까…" 몰려든 기자들을 막으면서 경찰관이 고함을 질러대고 있다.

둘러선 사람들에게 가로막힌 사진기자는 카메라를 머리 위로 높이 치켜들고 무턱대고 셔터를 눌러대고 있다. 기자들은 까치발을 하고 미술관 안을 엿보면서 경찰관에게 질문을 퍼붓는다.

"뭐든지 좋으니까 현장 상황을 좀 알려주세요."

"피해자의 이름은요?"

"사고사인지 살인인지, 그것만이라도 알려주세요."

그러나 경찰관은 계속 고개를 저으며 두 팔을 벌렸다.

"나도 그걸 알고 싶습니다."

그러고는 다시 개구쟁이들을 달래듯 보도진을 밀어낸다.

그때 뒤에서 요란한 브레이크 소리가 나는가 싶더니, 쿵 하고 부딪치는 소리가 들렸다.

기자들은 일제히 뒤를 돌아보았다. 문 앞에 주차해 있던 순찰차를 폐차나 다름없는 털터리 푸조가 들이받은 참이었다. 추돌한 푸조의 운전자는 핸들 위에 마치 기절한 사람처럼 엎드려 있었다. 그러나 천천히 얼굴을 들고 두세 번 고개를 젓더니, 주위를 두리번거리고 나서 문을 열고 천천히 차에서 내렸다.

그것을 본 경찰관 하나가 달려갔다. 사진기자들도 기회를 놓치지 않으려고 그 뒤를 따라가 일제히 셔터를 눌렀다.

사내는 거기에 전혀 아랑곳하지 않고 길바닥에 쪼그리고 앉아서 추돌한 자기 차의 앞부분을 살펴보고 있다.

"경위님, 괜찮으십니까?" 곁으로 달려간 경찰관이 콜롬보를 내려다보면서 물었다.

콜롬보는 금방이라도 떨어져 나갈 것처럼 찌그러진 범퍼를 쓰다듬으며 경찰관을 쳐다보았다.

"순찰차를 이런 데 세워두면 어떡하나?"

"죄송합니다. 잘 일러두겠습니다."

"곤란한데. 이 차는 부서지면 부품을 구하기가 어려워." 콜롬보는 투덜거리면서 일어나더니 두 손을 탁탁 털었다. "내 차 좀 잘 봐주게. 그런데 현장은 어디지?"

경찰관은 밧줄이 쳐진 미술관 현관을 가리켰다.

"아, 그래. 그럼 부탁하네."

이 말을 남기고 콜롬보는 기자들을 헤치며 성급하게 미술관 안으로 사라졌다.

전시실은 현장 검증에 나선 형사와 감식반원들로 넘쳐흐르고 있었다. 전시실 곳곳에 쪼그리고 앉아 지문을 검출하는 사람, 시신을 들여다보고 있는 의사들, 그리고 플래시를 터뜨리며 현장 사진을 찍는 담당자들…

콜롬보는 이미 도착해 있던 밀러 형사에게 보고를 받았다.

"피해자는 밀턴 파커와 이 미술관의 재산관리 및 경리를 맡고 있는 에드워드 스미스 씨가 틀림없습니다. 처음 발견한 사람은 제니 브랜트 양입니다. 관장인 루스 여사한테도 확인을 받았습니다."

콜롬보는 고개를 끄덕이며 전시실 한쪽 구석으로 가서 바닥에 너부러져 있는 두 구의 시체를 내려다보았다. 둘 다 권총을 손에 쥐고 있었다.

콜롬보는 두 사람을 번갈아 바라보고 나서 팔짱을 꼈다.

"아니, 이건 마치 결투라도 한 것 같군." 콜롬보는 혼잣말로 중얼거리고 전시실을 둘러보며 밀러에게 물었다. "관장과 제니 양은 어디 있나?"

"저쪽 대기실에…" 밀러는 전시실 옆에 있는 작은 방을 가리켰다.

콜롬보는 대기실로 가서 창가에 서 있는 루스의 뒷모습과 창백해진 얼굴로 의자에 앉아 있는 제니를 알아보고 천천히 다가갔다.

"관장님, 엄청난 일이 일어났군요."

루스는 돌아서서 가볍게 고개를 끄덕였다. 제니는 공포에 떨며 고개를 숙이고 있었다. 콜롬보는 몸이 뻣뻣하게 굳어 있는 제니에게 말을 걸었다.

"아가씨가 처음 발견했다던데, 그때의 상황을 좀 말해줄래요."

제니는 고개를 들고 도움을 청하듯 루스를 돌아보았다.

루스는 제니 곁으로 다가와 어깨에 손을 올려놓으며 말했다.

"경위님께 말씀드려. 에드워드 이모부를 위해서라도."

제니는 울어서 퉁퉁 부은 눈으로 콜롬보를 바라보았다.

"형사님이 돌아가신 뒤에 모두 아침을 먹고 나서 9시쯤 여기 왔어요. 오늘 아침에는 밀턴 씨가 나오지 않을지도 모르니까 빨리 가보라고 이모님이 재촉해서 저 혼자 먼저 왔어요."

콜롬보는 제니의 이야기를 확인하듯 루스를 힐끔 바라보았다. 루스가 고개를 끄덕이자 콜롬보는 다시 제니를 바라보며 다음 이야기를 재촉했다.

"그래서요?"

"현관으로 들어와 전시실 불을 켰더니 안쪽에 사람이 쓰러져 있는 게 보여서… 가까이 가보았더니 피가 흘러 있고, 어떻게 해야 좋을지 몰라서 밖으로 뛰쳐나왔어요. 그랬더니 집사인 마이클이 와서…"

"그렇군요. 그런데 그때 관장님은요?"

"나는 아직 언니 집에서 차를 마시고 있었어요. 그러다가 마이클한테 전화를 받고 달려온 거예요."

콜롬보는 천장을 쳐다보고 나서 제니를 돌아보며 물었다.

"이 전시실의 전기 스위치를 올린 사람은 틀림없이 제니 양이지요?"

"예… 제가 불을 켰어요." 제니는 고개를 끄덕였다.

콜롬보는 바지 뒷주머니에서 수첩을 꺼내더니 루스에게 눈길을 돌렸다.

"에드워드 씨의 가족한테는 알렸습니까?"

"아뇨. 에드워드의 아내… 그러니까 내 여동생 메리는 벌써 죽었고… 자식도 없고…"

"그렇습니까? 그런데 어제는 주말이었는데 에드워드 씨는 밤늦게까지 뭘 하고 있었죠?"

루스는 소장품 목록 이야기를 입 밖에 내기보다 지금은 제부의 죽음을 슬퍼하는 처형의 역할에 충실하기로 마음먹고 고개를 숙인 채 대답했다.

"에드워드는 미술관 이사와 본업인 회계사를 겸하고 있었기 때문에 항상 바빴어요. 그래서 이런 일이…" 루스는 목이 메어 말을 잇지 못하고 손수건으로 살짝 눈두덩을 눌렀다.

"이해합니다. 나중에 또 질문할 게 있겠지만…"

콜롬보가 그만 돌아가도 좋다는 시늉을 하자 루스와 제니는 서로 부축하며 대기실을 나갔다.

콜롬보는 2층으로 올라가는 두 사람을 지켜보다가 감식반원들이 일하고 있는 시체 옆으로 돌아갔다. 그리고 진열장에서 지문을 뜨고 있는 감식관의 어깨를 가볍게 두드리며 현관 옆의 벽을 가리켰다.

"저기 있는 전기 스위치는 조사가 끝났나?"

감식관은 귀찮다는 듯이 얼굴을 들고 콜롬보가 가리키는 전기 스위치를 바라보았다.

"예, 끝났습니다."

콜롬보는 밀러에게 작은 소리로 속삭였다.

"저 스위치를 내려주지 않겠나?"

"왜요?"

"아 글쎄, 이유는 묻지 말고 해보게."

밀러는 고개를 끄덕이고 현관 옆으로 다가가서 벽에 달린 스위치로 손을 뻗었다. 스위치를 내린 순간 전시실 전체가 어둠에 휩싸였다. 감식관들이 일제히 소리를 질렀다.

"무슨 짓을 하는 거야!"

"정전이 아닐까?"

"빨리 불을 켜!"

어둠 속에서 콜롬보의 목소리가 들렸다.

"미안합니다! 밀러, 알았으니까 이제 불을 켜주게."

불이 켜지자 콜롬보는 감식관들이 노려보는 것도 아랑곳하지 않고 전시실을 천천히 둘러보았다.

"역시… 그런가? 밀러, 이 전시실에 창문이 없다는 걸 알고 있었나?"
밀러가 고개를 갸웃하며 되물었다.
"그게 왜요?"
"불을 켠 제니 양의 이야기를 확인했을 뿐이야."
밀러는 어깨를 으쓱하고는 유리가 잘린 진열장 앞으로 콜롬보를 끌고 가서 점잖은 표정으로 설명하기 시작했다.
"죽은 사람이 침입한 경로를 더듬어보겠습니다. 우선 밖에 서 있는 차를 타고 한밤중에 몰래 여기까지 와서 경보장치를 끊고 지하실로 침입하여 이 전시실로 숨어들었습니다."
콜롬보는 유리가 잘린 진열장을 들여다보면서 이따금 유리를 톡톡 두드렸다.
밀러는 콜롬보의 표정을 살피면서 말을 이었다.
"그러고는 먼저 이 진열장의 유리를 잘라내고 전시품을 훔쳐낸 다음…" 밀러는 옆에 놓인 검은색 가죽 가방을 가리켰다. "이 가방에 집어넣고 차를 타고 도망치려고 밖으로 나갔습니다. 그런데 누군가가 타이어 바람을 빼놓은 것을 알아차리고는 겁에 질린 채 황급히 이리로 되돌아와서… 사촌형인 팀 셰퍼에게 전화를 걸었습니다."
"그렇군." 콜롬보는 전화 부스 쪽을 힐끔 돌아보았다.
"반장님, 아시겠습니까?" 밀러는 이번에는 2층으로 올라가는 계단을 가리켰다. "그때 2층 집무실에 있던 에드워드 씨가 아래층에서 무슨 소리가 나는 것을 듣고는 아래층으로 내려와 밀턴을 쏘았고, 밀턴도 동시에 총을 쏘았습니다. 현장 상황으로 추리하면 그렇게 된 것 같습니다만…"
밀러는 동의를 구하듯 말했지만 콜롬보는 계단 쪽을 바라본 채 말했다.
"어쨌든 밀턴의 행방을 알았으니까 셰퍼 씨한테 연락해놓게." 그러면서 콜롬보는 진열장 위에 놓여 있던 목걸이를 집어들었다. "굉장한 목걸이군.

이건 뭐지?"

"이것만 밀턴의 주머니에 들어 있었습니다. 양식으로 보면 17세기나 18세기의 스페인 목걸이인 것 같습니다. 아, 제가 고미술품에 대해 좀 아는 건 학창시절부터 아내와 함께 중세 유럽 미술사를 공부했기 때문에…"

"아아, 그래?" 콜롬보는 쌀쌀맞게 밀러의 말을 가로막았다. "일할 때는 되도록이면 와이프 얘기를 입 밖에 내지 말게… 그런데 이 목걸이가 밀턴의 바지 주머니에 들어 있었다는 건가?"

"아니, 점퍼 주머니에 들어 있었습니다."

"그리고 다른 도난품은 모두 이 가방 속에 들어 있었나?"

밀러는 고개를 끄덕이고 가방을 들어 올렸다.

"그 가방은 어디 있었지?"

"저 구석의 전화 부스 안에 있었습니다. 전화기 옆에 놓여 있었지요."

콜롬보는 까치집 같은 머리를 긁적이면서 눈을 치뜨고 밀러를 바라보았다.

"반장님, 내용물에는 손가락 하나 대지 않았습니다."

"내용물은 만지지 않았어도 움직여버렸잖아."

콜롬보는 밀러의 손에서 받아든 가방을 살짝 열고 안을 들여다보았다.

"큰 가방이군." 콜롬보는 혼잣말처럼 중얼거리고 손에 든 목걸이를 다시 높이 치켜 올렸다. "가방에는 아직도 들어갈 자리가 많은데, 어째서 이것만 바지 주머니에 들어 있었을까?"

"바지 주머니가 아니라 점퍼 주머니입니다… 글쎄요, 초조해 있었기 때문이 아닐까요?"

콜롬보는 다시 가방 속에 손을 집어넣더니 이상하다는 표정을 지었다.

"뭐야, 이건?" 콜롬보는 도자기 파편 두 개를 꺼내어 밀러에게 건네주었다. "이 접시는 깨져버렸어."

"아니, 가방 속에서 깨졌다고 하기에는 파편 수가 너무 적습니다."
"밀러, 그걸 좀 조사해보게."
그때 카메라를 든 감식관이 두 사람 사이로 비집고 들어왔다.
"죄송하지만 그것도 찍어두고 싶은데요."
콜롬보는 목걸이를 아무렇게나 진열장 위에 돌려놓고 전화 부스로 다가갔다. 벌렁 너부러져 있는 밀턴의 얼굴은 이미 흙빛으로 변해 있었다.
밀러는 쪼그리고 앉아서 뻣뻣하게 굳은 밀턴의 시체를 바라보고 있다가, 문득 구두 밑창을 가리키며 말했다.
"이 녀석은 분명 전문 도둑입니다. 구두 밑에 고무창이 붙어 있어요."
콜롬보도 쪼그리고 앉아서 구두 밑을 들여다보다가 고무창을 떼어냈다. 그러자 흙이 전혀 묻지 않은 깨끗한 가죽 밑창이 나타났다.
"호오, 새 구두군."
밀러는 의아한 눈으로 콜롬보의 얼굴을 들여다보았다.
"이건 발소리를 죽이기 위해 고무창을 덧댄 겁니다."
콜롬보는 일어서면서 밀러에게 말했다.
"아니, 이건 그 이전의 문제야. 이런 일을 할 때는 우선 발이 편한 게 중요하잖아? 보통 사람이라면 운동화처럼 가볍고 발에 익숙한 신발을 신을 거야. 번쩍거리는 가죽 구두로는 마음대로 돌아다닐 수가 없지. 조금만 걸어도 물집이 생길 테니까."
콜롬보는 머리를 긁적이면서 진열장 쪽으로 돌아갔다. 거기서 진열장 위에 놓여 있는 종이쪽지를 보고는 밀러에게 물었다.
"이 쪽지도 점퍼 주머니에 들어 있었나?"
밀턴의 점퍼를 벗기고 있던 밀러가 뒤를 돌아보며 대답했다.
"아니, 그건 바지 주머니에 들어 있었습니다."
둘로 접은 쪽지를 펼치자 마구 갈겨쓴 글씨가 적혀 있었다. 콜롬보는 눈을 가늘게 뜨고 허공을 노려보다가 중얼거리듯 메모를 읽었다.

"그 물건… 장물아비… 항아리…"

그때 밀러가 날카롭게 소리를 질렀다.

"굉장한 셔츠군. 지독히 화려한데."

밀턴이 점퍼 밑에 입은 푸른색 알로하셔츠(하와이에서 비롯된, 화려한 무늬의 반소매 셔츠)에는 난초꽃들이 마치 남녀 나체가 뒤엉켜 있는 것처럼 그려져 있었다. 콜롬보도 흥미롭게 그것을 내려다보며 말했다.

"이거 꽤 대담하군… 거기에 혹시 세탁소 꼬리표는 붙어 있지 않나?"

밀러는 알로하셔츠의 단추를 풀고 살펴본 다음 고개를 저었다.

"그럼 그 셔츠도 새 옷일 거야."

"그런 것 같습니다. 아니, 이건 또 뭐지?" 밀러는 셔츠깃을 들여다보며 손가락으로 무언가를 집어냈다. "이것 보십시오. 짧은 머리카락이 잔뜩 묻어 있는데요. 여기 들어오기 직전에 이발소에 간 게 아닐까요?" 그러고는 핏기를 잃은 밀턴의 손을 콜롬보에게 보여주었다. "역시 그렇군요! 이것 보십시오. 매니큐어까지 하고 있습니다. 제 추리가 틀림없어요."

"대단하군. 셜록 홈즈는 저리 가라야." 콜롬보는 놀리듯이 말하고는 걷어 올린 알로하셔츠 소매에서 빠져나온 두 팔을 내려다보았다. "저 작은 상처는 뭐지?"

밀러는 밀턴의 팔에 나 있는 붉은 반점을 뚫어지게 바라보고 있다가 시원스럽게 내뱉었다.

"벌레에 물린 자국 같은데요."

"그럴까? 나는 그렇게 보이지 않는데…" 콜롬보는 이렇게 말하고 밀러의 어깨를 탁 때리며 일어섰다. "자, 이쪽은 이제 됐어."

콜롬보는 휙 돌아서서 이번에는 에드워드의 시체를 들여다보았다. 잠시 뒤에 몸을 일으킨 콜롬보는 주머니에서 시가를 꺼내어 손가락 끝으로 만지작거리면서 말했다.

"재미있는 권총을 갖고 있군. 종류가 뭐지?"

"레밍턴 45구경입니다. 밀턴의 권총은 스미스웨슨 38구경이고요."

"그래. 총알과 권총을 잘 맞춰서 보관해두게."

콜롬보는 다시 고개를 돌려 밀턴의 시체를 멍하니 바라보았다.

"아무래도 이상해… 몸에 걸치고 있는 건 모두 새 옷이고… 어딘가로 멀리 도망칠 작정이었나? 이발소에도 갔다 왔고…"

"하지만 자동차 트렁크에는 짐도 들어 있지 않고, 돈도 별로 많이 갖고 있지 않습니다."

"여권은 갖고 있지 않았나?"

콜롬보가 묻자 밀러가 의아한 듯이 되물었다.

"여권요? 그럼 해외로 달아날 생각이었단 말입니까? 아니, 이 옷차림으로 보면 라스베이거스나 마이애미로 갈 작정이었던 같은데요."

콜롬보는 감식반원들이 작업을 계속하고 있는 전시실을 둘러보며 말했다.

"왠지 이상한 현장이야. 여러 가지 물건과 이상한 게 너무 어수선하게 뒤섞여 있어서 아무래도 산뜻하질 않아." 이렇게 중얼거린 콜롬보는 시가를 휘두르며 밀러에게 물었다. "성냥 갖고 있나?"

"아니요. 담배를 피우지 않으니까요."

4

루스는 2층 집무실에 틀어박힌 채 숨 막힐 듯한 시간을 보내고 있었다. 밀러 형사에게 밀턴의 사진과 에드워드가 소장품 목록을 만들기 위해 녹음한 테이프를 건네주고 제니를 집으로 돌려보낸 뒤 기진맥진하여 소파에 드러누웠다. 그리고 어느새 잠이 들었다…

스무 살의 루스는 배우인 피터 브랜트에게 어깨를 껴안긴 채 할리우드 대로를 걷고 있었다. 스쳐 지나가는 사람들이 축복하듯 두 사람에게 미소를 보낸다. 차이니즈 극장 앞까지 오자 피터는 루스에게 영화 간판을 보라고 말했다. 거기에 연인의 얼굴이 커다랗게 그려져 있는 것을 보고 루스는 가슴이 두근거려 저도 모르게 피터의 팔을 잡고 매달렸다.

"멋져요. 당신은 이제 대스타예요."

피터는 루스를 끌어안았다. 그러나 갑자기 미친 듯이 웃어대며 루스를 떠밀고 빠른 걸음으로 사라져간다…

루스가 되풀이해서 꾸는 달콤하고 안타까운 꿈이었다.

눈을 떴을 때 창문으로 보이는 하늘은 붉은빛으로 물들어 밤이 찾아오는 것을 알리고 있었다.

루스는 한기를 느끼고 카디건을 걸친 다음 소파에서 일어났다. 문으로 다가가 살며시 열고 바깥 상황을 살폈다. 아래층 전시실 문은 열린 채이고, 계단 아래쪽이 부옇게 밝아져 있다. 수사 상황을 물어볼까?

루스는 잠시 망설였지만, 그 생각에 사로잡혀 계단을 내려갔다. 전시실은 좀 전의 떠들썩함이 거짓말처럼 느껴질 만큼 조용했다. 수사관들은 이미 돌아간 모양이었다. 층계참까지 내려왔을 때 정적을 깨뜨리는 요란한 재채기 소리가 들렸다. 루스는 계단을 내려가 열린 전시실 문으로 안을 들여다보았다.

수사관들의 모습은 보이지 않았다. 시체는 이미 실려갔고, 그 자리에는 분필로 사람 윤곽이 그려져 있었다. 루스는 전시실을 둘러보며 재채기의 주인공을 찾았다. 없다… 그 순간 전화 부스 안에서 꿈틀거리는 형체가 눈에 띄었다. 콜롬보는 루스에게 등을 돌린 채 전화 부스 안에 쪼그리고 앉아, 전홧줄에 매달려 늘어진 수화기를 바라보고 있었다. 그러다가 갑자기 어깨를 치켜 올리고 다시 재채기를 했다.
"경위님…" 루스가 말을 걸자 콜롬보는 깜짝 놀라 뒤를 돌아보았다. "혼자 계세요?"
콜롬보는 겨울잠에서 깨어난 곰처럼 전화 부스에서 천천히 나오더니 고개를 저으며 말했다.
"제발 놀래지 말아주세요. 나는 겁이 좀 많거든요."
"죄송해요."
"집사람은 걸핏하면 나를 로스앤젤레스 경찰에서 제일가는 겁쟁이라고 놀릴 정도랍니다. 하기야 형사인 주제에 권총도 제대로 쏘지 못하는 형편이니…"
루스는 작은 소리로 웃으면서 말했다.
"캐모마일 차의 효과는 아직 나타나지 않은 모양이군요."
콜롬보는 바지 허리띠에 꽂아둔 더러운 손수건을 빼내어 코를 문질렀다.
"아무래도 내 체질에는 그 차가 몸에 안 맞는 것 같습니다."
"그렇게 빨리 효과가 나타나진 않아요. 한 잔 더 마셔보시겠어요?"
콜롬보는 과장되게 손사래를 치며 꽁무니를 뺐다.
"아니, 됐습니다. 그만큼 마시면 충분합니다. 솔직히 말하면 나는 어릴 적부터 달인 차와 주사가 딱 질색이라서…"
루스는 쿡쿡 웃었다.
"까다로운 분이시군요. 그럼 억지로 권하진 않겠어요." 루스는 콜롬보한테서 시선을 돌려 전시실을 둘러보면서 아무렇지도 않게 물었다. "혼자 남으셔서 힘드시겠어요."
콜롬보는 어깨를 으쓱하고 쓴웃음을 지었다.
"골치 아픈 직업이라서요. 당연한 일이지만 피해자와는 만난 적도 없고 대화를 나눌 수도 없습니다. 그러니 현장에 의존할 수밖에 없지요." 이렇게 말하고 콜롬보는 조지 리턴의 동상을 가리켰다. "우리 집 개도 '케니스코'를 무척 좋아한답니다."

"아버지 대신 고맙다고 말씀드려야겠군요. 어떤 개를 키우고 계세요?"

콜롬보는 부스스한 머리를 긁적이면서 대답했다.

"바셋의 잡종인데, 지독한 게으름뱅이랍니다."

"귀여워하시는 것 같군요. 말투만 들어도 알겠어요."

"아무리 돌봐줘도 버릇은 좋아지지 않고, 성질은 까다롭고, 게다가 게으름뱅이고… 정말 성가신 녀석이에요. 아무래도 '개'라는 이름이 마음에 들지 않는 모양인데…"

"이름이 '개'라고요? 어머나…" 루스는 웃으면서 덧붙였다. "콜롬보 씨, 개는 주인을 닮는대요. 그러니까 너무 힐뜯지 않는 게…"

콜롬보는 멋쩍은 미소를 지으며 안쪽 벽에 걸려 있는 초상화를 쳐다보았다. 연녹색 드레스를 입은 젊은 여인의 초상화였다. 콜롬보는 그 그림을 가리키며 물었다.

"저건 관장님의 모친이 젊었을 때의 초상화인가요? 집사인 마이클 씨한테 들었는데 관장님의 어머님은 여배우였다고…"

루스는 아까 꾼 꿈을 생각하면서 대답했다.

"아뇨, 저건 내 초상화예요. 아버지가 아널드 킹이라는 유명한 화가한테 부탁해서 그린 거예요."

"아름답군요… 몇 살 때입니까?"

"스무 살이었어요. 피터 브랜트와 약혼한 직후였죠."

피터와는 연극학교에 다닐 때 스튜디오에서 알게 되었는데, 여배우가 되겠다는 루스의 꿈은 배우인 피터 브랜트와 사랑에 빠지고 그의 사랑을 얻음으로써 이미 충족되어 있었다.

콜롬보가 놀란 듯이 되물었다.

"피터 브랜트라면, 배우 말입니까? 이거 정말 반갑습니다. 집사람이 피터 브랜트의 열렬한 팬이었지요. 젊은 시절에는 자주 함께 영화를 보러 갔는데… 그래서 결혼하셨습니까?"

루스는 고개를 젓고 웃으면서 대답했다.

"약혼한 경험만 있는 여자도 있답니다."

콜롬보는 고개를 갸웃하고 루스의 얼굴을 들여다보았다.

"무슨 일이 있었습니까? 아니면 마음이 변했나요?"

루스는 초상화로 눈길을 돌리고 중얼거리듯 말했다.

"내가 결정한 게 아니에요. 우리 집안 일은 모두 필리스 언니의 뜻에 따라 결정되죠. 그때도 언니가 내린 결정이었어요."

"그렇다면 그 사람이 무슨 말썽이라도 일으켰습니까?"

루스는 다시 콜롬보에게 시선을 돌리고 시원스럽게 말했다.

"아뇨. 모두 그 사람을 좋아했어요. 온 가족이 모두 좋아했죠. 아버지도, 동생도, 그리고 언니도… 그래서 언니가 그 사람과 결혼했어요."

"네에?" 콜롬보는 입을 딱 벌리고 잠시 루스를 바라보고 있다가 말했다. "이거 곤란한 질문을 해버렸군요."

"아뇨. 유명한 이야기니까요… 언니가 나 대신 피터 브랜트 부인이 되었어요. 대단한 소동이 있었죠. 피터와 언니가 함께 도피를 하고…"

"그건 전혀 몰랐습니다. 피터 브랜트 씨는 벌써…"

"예, 7년 전에 죽었어요."

"그럼 조카인 제니 양은…"

콜롬보가 말끝을 흐리자 루스는 고개를 끄덕이며 덧붙였다.

"맞아요. 피터의 딸이에요. 그래서 내 자식처럼 사랑스러운가 봐요."

"그렇다면 제니 양에게는 배우의 피가 흐르고 있는 셈이군요. 대스타의 2세라…"

루스는 어깨를 으쓱하며 힘없이 웃었다. 영화계와는 두 번 다시 관계를 맺고 싶지 않았다. 금도금처럼 겉만 번지르르한 세계… 그런 따위는 이제 넌더리가 나… 루스는 열린 현관을 바라보며 말했다.

"경위님, 이제 그만 돌아가도 될까요?"

콜롬보는 빨개진 콧등을 긁으면서 말했다.

"피곤하신데 죄송하지만, 몇 가지 묻고 싶은 게 있습니다. 우선 밀턴 씨의 옷차림에 대해서인데요…"

"옷차림요?" 예기치 못한 질문을 받자 루스는 저도 모르게 되물었다.

"도둑질하러 들어온 사람치고는 너무 화려한 차림이고, 게다가 모두 새 옷입니다. 그뿐 아니라 이발소에 가서 매니큐어까지 했더군요. 그 사람은 평소에도 그렇게 멋을 부렸나요?"

루스는 웃음을 참으며 고개를 저었다.

"역시 그렇군요. 이걸 좀 봐주시겠습니까?" 콜롬보는 착착 접은 조그만 종이쪽지를 꺼냈다. "실은 이런 메모가 밀턴의 주머니에 들어 있었습니다." 콜롬보는 털이 부얼부얼한 굵은 손가락으로 쪽지를 펼쳤다. "그런데 무슨 뜻인지 모르겠어요. 그래서 혹시 관장님이라면 아실지도 모른다 싶어서…" 콜롬보는 중얼거리듯 말하고 쪽지를 내밀었다.

루스는 일부러 의아한 표정을 지으며 메모를 받아들고 들여다보았다. 구태여 읽을 필요도 없었다. 내가 판 함정 가운데 하나에 걸려들었군. 밀턴에게 받아쓰게 한 무의미한 쪽지로 추리의 방향을 빗나가게 해서 수사가 혼란에 빠지도록 유도하지 않으면 안 돼…

"무슨 암호 같군요. 장물아비라는 말이 마음에 걸리지만, 나로서는 전혀 짐작도 가지 않는데요."

"전혀요? 그렇군요…" 콜롬보는 고개를 끄덕이고 메모를 바지 주머니에 쑤셔넣었다. 그런 다음 "또 한 가지 있는데…" 하고 말하더니, 이번에는 코트 주머니를 뒤져서 목걸이를 꺼냈다. 물론 루스에게는 낯익은 물건이었지만, 루스는 자못 놀란 듯이 소리를 질렀다.
"그 목걸이는 우리 미술관 소장품인 것 같은데요."
"예, 이곳 전시품이 맞습니다. 과연 첫눈에 알아보시는군요. 이건 18세기에 스페인에서 만들어진 물건이라면서요?"
"아니에요. 17세기 무굴제국(16~19세기에 인도에 있었던 이슬람 왕조)의 목걸이에요. 한가운데에 박힌 사파이어 때문에 '푸른 꽃'이라고 부른답니다."
콜롬보는 눈높이까지 목걸이를 들어 올리며 말했다.
"푸른 꽃이라… 멋진 이름이군요."
"물론 그건 빅토리아 시대(1837~1901년 영국의 빅토리아 여왕이 통치한 시대. 이때 인도는 영국의 식민지였다)에 영국인이 붙인 이름이지만…"
"훌륭합니다… 그거야 어쨌든, 훔친 물건은 전부 가방에 집어넣었는데 이 목걸이만은 점퍼 주머니에 들어 있었어요. 이상하다고 생각지 않으십니까?"
"글쎄요, 왜 그랬을까요? 어쨌든 훔치려고 했잖아요? 나한테는 가방에 넣으나 주머니에 넣으나 훔친 건 마찬가지라고밖에 여겨지지 않는데요. 경위님은 어떻게 생각하세요?"
콜롬보는 턱을 문지르며 천장을 쳐다보았다.
"밀턴은 도둑질한 그 길로 외국으로 달아날 생각이었던 것 같습니다. 여행을 떠나기 전에 훔친 물건을 장물아비한테 팔아넘길 작정이었는지도 모르지요. 하지만 이 목걸이만은 자기가 갖고 싶었던 모양이에요. 어쩌면 애인한테 선물할 생각이었는지도 모르지요."
루스는 속으로 웃었다. 내 생각대로, 아니 그보다 훨씬 앞까지 읽어주는군.

"또는…" 콜롬보는 말하다 말고 싱긋 웃었다.

루스는 조급해지는 마음을 억누르며 무표정하게 되물었다.

"…또는?"

"훔친 물건을 건네줄 상대와 이 미술관 어딘가에서 만날 생각이었는지도 모릅니다."

루스는 속으로 콜롬보를 비웃으면서 말했다.

"어머나, 대담한 가설이군요. 그 밖에는 또 없나요?"

루스가 부추기자 콜롬보는 집게손가락을 세웠다.

"또는… 내 추리는 전부 틀렸고 엄청나게 헛다리를 짚었는지도 모릅니다." 콜롬보는 구겨진 손수건으로 얼굴을 덮고 시원스럽게 코를 풀었다. "실례했습니다. 어쨌든 코가 막혀서 제대로 추리할 수가 없네요. 앞날이 걱정됩니다."

"비염에 걸린 개 같군요."

"정말 그렇습니다." 콜롬보는 고개를 끄덕이며 한심하다는 듯이 웃고 나서 덧붙였다. "하지만 아무래도 납득이 가지 않는 건, 외국으로 달아나는데 여권을 갖고 있지 않았다는 겁니다."

"경위님, 코가 막혔는데 아직도 그런 일에 구애받고 계신가요?" 루스는 팔짱을 끼고 콜롬보의 얼굴을 들여다보며 말을 이었다. "가설이 전제와 들어맞지 않을 때는 가설 자체를 의심해봐야 하지 않을까요?"

"가설요? 아니, 외국 탈출은 가설이 아니라 사실입니다."

루스는 콜롬보의 자신만만한 말투에 당황하면서도 되물었다.

"입고 있는 옷이 새 옷이고, 게다가 이발소에 다녀왔기 때문인가요?"

그러자 콜롬보는 오른손 집게손가락으로 왼팔을 찌르는 시늉을 하며 말했다.

"아뇨. 밀턴 씨의 두 팔에 남아 있던 작은 빨간 반점 때문이지요. 얼핏 보기에는 벌레에 물린 자국 같지만… 작년에 내가 카리브해의 자메이카에 갔을 때도 팔에 그것과 똑같은 흔적이 생겼답니다. 그건 전염병 예방주사 자국이에요."

루스는 당황했다. 예방주사까지는 계산에 넣지 않았다. 처음으로 눈앞에 있는 형사가 만만찮다는 것을 느끼고 루스는 대비 태세를 갖추었다.

"그랬나요? 그렇다면 경위님 말씀대로 밀턴은 외국으로 달아날 생각이었나 보네요. 하지만…" 루스는 콜롬보를 바라본 채 덧붙였다. "당장 떠날 작정이었는지는 의문이에요. 물론 수배되리라는 건 각오했을 테니까 예방주사는 미리 맞아두고… 새 옷은 그냥 마음에 들어서 입었을 뿐이라고 생각할 수도 있지 않을까요?"

"그렇군요. 무척 냉정하시네요."

"그런 말을 자주 들어요."

콜롬보는 관자놀이에 손을 대고 눈을 가늘게 떴다.

"그렇다면 여권은 어딘가에 숨겨두고, 적당한 때를 봐서 외국으로 떠난다… 이렇게 생각하면 앞뒤가 맞네요. 현장이 왠지 묘하게 뒤죽박죽되어 있어서, 간단명료한 것을 내가 너무 비틀어 어렵게 만들고 있었는지도 모르지요."

루스는 미소로 응답하고 현관 쪽을 돌아보며 말했다.

"이제 그만 가실까요? 완전히 어두워졌군요."

양쪽으로 열리는 문이 활짝 열려 있었다. 그 사이로 보이는 앞뜰은 어둠에 휩싸여 있었다.

"아뿔싸. 또 개를 산책시킬 수 없게 됐군. 집사람이 샌프란시스코에 사는 친구한테 가버렸기 때문에 내가 산책을 시켜줘야 하는데…" 콜롬보는 중얼거리면서 부리나케 현관 쪽으로 걸어갔다. "우리 개는 산책을 시켜주지 않으면 금방 토라진답니다. 그럼 이만…"

콜롬보는 손수건을 쥔 손을 높이 쳐들었다. 그 순간 요란하게 재채기를 하고 손수건을 얼굴에 눌러댔다. 그러고는 코를 잡아뜯듯 문지르고 나서 손수건을 바지 허리띠에 찔러넣고 신음하듯 말했다.

"아아, 정말 못 견디겠군. 머리는 멍하고, 몸은 나른하고, 어깨는 돌처럼 굳어서 뻑적지근하고… 이젠 빨리 집에 돌아가 잠을 잘 수밖에 없어요. 그럼 안녕히 가세요…"

콜롬보는 홱 돌아서더니, 새우등을 더욱 둥글게 구부리고 현관을 통해 밖으로 나갔다.

제3장

월요일

1

오후의 할리우드 대로를 고물 승용차 한 대가 하얀 연기를 내뿜으며 좌우의 차선을 지그재그로 빠져나간다. 앞범퍼의 양쪽 끝은 심하게 구부러져, 마치 황소가 뿔을 곤두세우고 돌진하는 것처럼 보인다.

콜롬보는 '홀리데이 인 할리우드' 호텔 옆의 주차장에 푸조를 세운 다음, 삐걱거리는 문을 열고 차에서 내렸다. 밀러는 조수석에 기대어 잠시 멍하니 앉아 있다가, 이윽고 창백해진 얼굴로 차에서 내리더니 지옥 문턱에서 살아 돌아온 사람처럼 한숨을 크게 내쉬었다.

"반장님, 이 차는 정말 용케도 견디는군요."

"그럼, 내가 잘 돌봐주고 있으니까. 앞으로 10년은 끄떡없을 거야. 그런데 다음 이발소는 어디였지?"

"벌써 세 번째니까, 이번엔 제대로 찾았으면 좋겠네요. 이쪽입니다."

두 사람은 인도로 나왔다. 흑인 청년이 카세트를 들고 휴일 이튿날의 나른함을 쫓아버리듯 하드록을 요란하게 울리며 지나간다.

레스토랑의 환기창이 토해내는 기름 냄새에 콜롬보는 숨이 막혔다. 방금 햄버거로 배를 채우고 온 참이었다.

밀러가 맞은편 길모퉁이에 있는 미용실 간판을 가리키며 말했다.

"저기 있는 '달링'이라는 곳이 요즘 유명합니다. 제 아내도 한 달에 한 번은 저기로 머리를 하러 온답니다."

콜롬보가 나무라듯 돌아보자 밀러는 입을 다물었다.

콜롬보는 흐트러진 머리를 잠깐 매만지고 나서 길을 건넜다.

깨끗이 닦인 '달링'의 거울 문을 밀치고 안으로 들어가자 카운터에 앉아 있던 아가씨가 얼굴을 들었다.

"어서 오세요. 좀 혼잡하니까 15분쯤 기다려주시겠어요?"

"아니, 그게 아니라…" 콜롬보는 안주머니에서 경찰 수첩을 꺼냈다. "나는 로스앤젤레스 경찰청에 있는 콜롬보라는 사람인데…"

어깨가 드러난 분홍색 티셔츠 차림의 아가씨는 눈을 치뜨고 콜롬보를 바라보았다.

"어머나, 형사님이세요? 난 샬럿이라고 해요. 그런데 용건이 뭐죠?"

콜롬보는 손에 들고 있던 밀턴 파커의 얼굴 사진을 내밀었다.

"혹시 이 사람을 본 기억이 없습니까? 2, 3일 전에 머리를 자르러 오지 않았나요?"

샬럿은 고개를 갸웃하고 열심히 사진을 들여다보다가, "아!" 하고 작은 소리로 외치고는 눈을 반짝였다.

"알고 있어요. 이 사람, 미술관에 도둑질하러 들어갔다가 살해된 사람이죠? 오늘 아침에 텔레비전 뉴스에서 봤어요. 분명히 토요일에 여기 왔었어요. 화려한 파란색 알로하셔츠를 입고…"

"정말입니까?"

밀러가 흥분하여 묻자 샬럿은 그를 노려보았다.

"내가 무엇 때문에 거짓말을 하겠어요?"

콜롬보는 고개를 끄덕이면서 조용한 어조로 물었다.

"그게 몇 시쯤이죠?"

"잠깐만요." 샬럿은 접수대장을 내려다보며 페이지를 넘겼다. "밀턴 파커 씨죠… 아아, 여기 있네요. 저녁 6시에 와서 7시 15분에 돌아갔어요."

밀러가 옆에서 끼어들었다.

"머리 손질을 누가 해줬는지 아십니까?"

샬럿은 안쪽을 힐끔 보면서 손가락으로 가리켰다.

"저기 있는 대릴 원장님이세요."

꽃무늬 실크 셔츠의 옷깃 사이로 가슴털이 엿보이는 대릴은 마침 머리 손질이 끝난 손님을 배웅하는 참이었다. 콜롬보는 키 큰 관엽식물 화분들이 정글처럼 줄지어 놓여 있는 미용실 안쪽으로 성큼성큼 들어갔다.

한 차례 일을 끝낸 대릴은 종이컵에 든 커피를 홀짝이며 거울에 비친 제 모습을 비스듬히 바라보면서 힘차게 치켜 올라간 콧수염을 자랑스러운 듯 매만지고 있었다. 그때 갑자기 거울 속에 이물질이 뛰어들었기 때문에 대릴은 놀라서 저도 모르게 뒷걸음치며 물었다.

"다음 손님이신가요?"

"잠깐 실례하겠습니다… 댁이 대릴 씨인가요?"

"네, 그렇습니다만…" 대릴은 콜롬보의 머리를 힐끗 바라보며 말을 이었다. "아니, 이건… 머리 손질법이 정말 안 좋군요. 하지만 어디 한번 해봅시다." 대릴은 한쪽 눈을 찡긋하고는 털이 부얼부얼한 투박한 손을 콜롬보에게 내밀었다. "잘 부탁합니다. 내가 이 미용실 원장인 처크 대릴입니다. 댁은?"

"네… 나는 콜롬보라고 합니다만…"

콜롬보가 망설이면서 손을 잡자 대릴은 손바닥을 맵시 있게 뒤집어

자리를 가리키며 말했다.

"자, 어서 이쪽 팬지꽃 의자에 앉으세요."

대릴은 망설이고 있는 콜롬보를 거울 앞으로 끌고 갔다. 의자 등받이에는 모두 화려한 꽃 그림이 그려져 있었다.

"아니, 실은 저어… 몇 가지 묻고 싶은 게 있어서…"

대릴은 변명하는 콜롬보의 팔을 굵은 손으로 움켜잡고 억지로 의자에 끌어 앉혔다.

"자, 어떻게 해드릴까요?"

"그게 아니라… 나는 머리를 깎으러 온 게 아닙니다."

"아니, 뭐라고요?"

대릴은 거울 속의 콜롬보를 지그시 바라보았다. 콜롬보는 거울에 비친 얼굴을 들여다보고 머리를 움켜쥐며 중얼거렸다.

"이 머리가 그렇게 지독한가요?"

"사람을 놀리는 거예요? 아니면 어느 싸구려 이발소에서 보낸 염탐꾼인가?"

대릴은 거친 목소리로 말하고는 팔짱을 끼고 콜롬보를 노려보았다. 다른 손님들이 일제히 의자에서 몸을 일으켜 두 사람을 돌아보았다.

대릴은 더욱 신경질적으로 지껄여댔다.

"이봐요, 내 말 들려요? 뭘 팔러 온 외판원이라면 당장 나가주세요. 난 무척 바쁜 사람이라고요."

콜롬보는 뜻밖의 사나운 태도에 당황하여 일어섰다.

대릴은 카운터를 향해 소리를 질렀다.

"샬럿, 다음 손님을 부탁해!"

콜롬보는 가로막듯 대릴 곁으로 조심조심 다가갔다.

"저어, 바쁘신 건 알지만, 나는 로스앤젤레스 경찰에 있는 콜롬보 경위라는 사람인데…"

"그래서 어쨌다는 거예요?" 대릴은 담배에 불을 붙이고 콜롬보를 노려보았다. "난 형사라면 송충이나 지렁이보다 더 싫어해요."

손님 하나가 부추기듯 휘파람을 불었다. 그러자 웃음소리가 일어났다. 콜롬보는 조금도 개의치 않고 계속 물고 늘어졌다.

"그러니까 두세 가지 질문에만 대답해주시면…"

"한 가지도 싫어요." 대릴은 홱 돌아서서 초조한 듯 담배를 재떨이에 비벼 껐다. "농담하지 마세요. 아무리 형사라 해도 지금은 일하는 중이라고요."

콜롬보는 헛기침을 한 다음, 두 손을 허리에 얹고 대릴을 노려보며 강한 어조로 말했다.

"여기서 대답하고 싶지 않다면 경찰청까지 함께 가주셔야겠는데… 어쨌든 살인사건이 관련되어 있으니까 말이오."

대릴은 험상궂은 눈초리로 콜롬보를 돌아보며 집게손가락을 콜롬보의 눈앞에 쑥 내밀었다.

"그렇게 나오지 않으면 형사의 이미지가 엉망이 되어버리겠지. 좋아요. 자, 체포해요! 손님들을 화나게 한 데다 막대한 손해를 입히면서까지 나를 끌고 가겠다는 거군요. 자, 어서 체포하세요! 수갑은 가지고 있겠죠? 어서 수갑을 채워요! 아니면 나를 두들겨 패서 기절시킨 다음 질질 끌고 갈 작정인가요?"

콜롬보는 두 손을 내민 대릴의 사나운 기세에 눌려 목을 움츠렸다.

"그렇게 화만 낼 게 아니라…" 밀러가 끼어들려고 하자 콜롬보는 손으로 제지하며 말했다. "좋습니다. 머리를 깎아주세요." 그러고는 얼른 의자에 앉았다. "나도 손님이니까, 빨리 해줘요."

"……?" 어안이 벙벙해진 대릴은 거울에 비친 콜롬보의 표정을 살폈다.

"진담으로 하는 말인가요?"

콜롬보는 싱긋 웃으며 고개를 끄덕였다.

"좋아요. 그럼 코트를 벗으세요."

"그러지요." 콜롬보는 허둥지둥 일어나서 코트를 벗어 밀러에게 내던졌다. "요즘 유행하는 멋진 스타일로 부탁합니다."

대릴은 어깨를 으쓱하고는 미소를 지으며 콧수염 끝을 잡아 비틀었다.

"자, 그럼 어디 한번 해봅시다. 생판 딴 사람처럼 보이도록 해드리죠."

콜롬보는 꿈틀꿈틀 움직이는 대릴의 목젖을 바라보며 작은 소리로 말했다.

"이왕이면 멋지게…"

"분부대로 합지요, 형사 나리." 대릴은 털이 부얼부얼한 팔로 콜롬보의 머리를 누르고는 머리카락을 잡아당겼다. "그거야 어쨌든, 이 머리 자른 솜씨는 지독하군요. 서투르기 짝이 없어요. 도대체 어느 미용실에서 했어요?"

콜롬보는 힘없이 고개를 젓고 나서 속삭이듯 말했다.

"우리 집사람이 석 달에 한 번씩 깎아주는데…"

그러고는 마치 전기의자에 앉은 사형수처럼 체념하고 살짝 눈을 감았다.

밀러는 샬럿을 상대로 그 풍만한 젖가슴을 힐끔힐끔 훔쳐보면서 밀턴에 대해 꼬치꼬치 묻고 있었다.

"그렇게 자세히 기억하진 못해요. 손님이 너무 많으니까요."

"뭔가 말을 걸어오진 않았나요? 아가씨는 무척 귀여우니까 돈을 낼 때 뭐라고 말을 걸었을 것 같은데?"

샬럿은 쿡쿡 웃으며 고개를 저었다.

"그 사람, 여자한테는 관심이 없었어요."

"뭐라고요?"

"형사님도 참 둔하긴… 그 사람이 관심을 가진 건 내가 아니라 원장님이에요."

샬럿은 콜롬보의 머리를 깎고 있는 대릴을 힐끗 바라보았다. 밀러는 고개를 갸웃했다.

"그래요? 밀턴은 여행을 떠나기 전에 몸차림을 단정히 할 작정으로 여기 왔고, 알로하셔츠를 입고 있었던 것도 그 때문이고…"

"형사라면서 어쩜 그렇게 바보 같은 말만 하실까? 알로하셔츠를 입은 남자들 중에는 호모가 많다고요."

"그런가?"

"그럼요. 형사님은 뜻밖에 세상 물정에 어둡군요." 샬럿은 깔보듯 웃으며 미용실 안을 바라보았다. "어머나, 같이 오신 분이 다 끝났나 봐요."

"되게 빠르네."

"빠르고 산뜻하게 해드리는 게 우리 원장님의 좌우명이에요."

의자에서 일어선 콜롬보는 엉거주춤 선 채 거울을 집어삼킬 듯이 바라보고 있다. 머리를 살짝 만지고 목을 쑥 내밀기도 하고 이리저리 돌려보기도 하면서 이발 솜씨를 확인하고 있다. 뒤에 서 있는 대릴은 불을 붙이지 않은 담배를 손가락 끝으로 만지작거리면서 실눈을 뜨고 콜롬보의 머리 모양을 바라보고 있다.

콜롬보는 마음에 들었는지 고개를 끄덕이고는 멋쩍은 웃음을 지으며 카운터로 부리나케 돌아왔다.

"어머나, 잠깐만요, 콜롬보 씨!" 대릴이 황급히 뒤따라왔다. "좀 더 웨이브를 주고 싶어요. 그리고 살짝 붉은 물을 들이면 훨씬 좋아질 거 같은데…"

콜롬보는 돌아보며 세차게 손사래를 쳤다.

"아니, 괜찮습니다."

"하지만 최신 유행으로 해달라고 하셨잖아요."

"아니, 정말로 이제 됐습니다. 이걸로 충분합니다."

"유감이군요. 그럼 다음에 오셨을 때…" 대릴은 불만스러운 모양이었지만 콜롬보와 악수를 나누고는 손을 흔들며 돌아갔다.

그러자 샬럿이 콜롬보에게 상냥하게 말을 걸었다.

"어머나, 형사님, 너무 섹시하세요."

콜롬보는 머리를 살짝 만지면서 물었다.

"정말이요?"

"입에 발린 인사치레는 하지 않는 게 우리 미용실의 좌우명이에요. 너무 멋져요. 판타스틱해요."

더부룩하던 머리는 짧게 잘리고, 단정하게 가르마를 탄 데다 가볍게 웨이브까지 주었다. 콜롬보는 두 손을 개구리처럼 펴고 매니큐어한 손톱을 눈부신 듯이 바라보고 있다가, 밀러를 돌아보며 물었다.

"산뜻하지?"

밀러는 말없이 고개만 끄덕였다.

샬럿이 계산서를 써서 콜롬보에게 건네주었다.

"또 오세요."

계산서를 들여다본 콜롬보의 얼굴이 저도 모르게 굳어졌다.

"아니, 으음…" 콜롬보는 신음을 토하고는 입을 딱 벌리고 계산서의 45달러라는 숫자를 한참이나 확인하고 있다가, 밀러에게 말을 걸었다. "밀러, 잠깐 나 좀 보세."

그러고는 밀러를 구석으로 끌고 갔다.

"뭡니까, 반장님?"

콜롬보는 두 손을 머리 위로 높이 쳐들어 '손들엇!' 자세를 취한 다음, 오른쪽으로 몸을 돌려 엉덩이를 밀러에게 쑥 내밀고 요리조리 흔들었다.

"미안하지만 내 바지 뒷주머니에서 지갑을 좀 꺼내주지 않겠나? 매니큐어가 마를 때까지는 아무 데도 손을 대지 말라고 해서 말이야…"

"알겠습니다." 밀러는 콜롬보의 코트를 걷어 올렸다.

"왼쪽이야… 그래." 밀러가 지갑을 꺼내자 콜롬보는 계산서를 밀러에게 떠맡기며 말했다. "미안하지만 마침 가진 돈이 5달러밖에 없는데, 40달러만 빌려주지 않겠나? 그리고 팁도 주어야 할 테니까 50센트만 부탁하네."

밀러는 눈살을 찌푸리고 어이없다는 얼굴로 물었다.

"그 머리가 45달러 50센트나 합니까?"

"그런 모양이야. 그럼 부탁해." 콜롬보는 샬럿에게 손을 흔들고는 두 손을 쳐든 채 문 쪽으로 걸어갔다. "밀러, 나는 밖에서 매니큐어를 말리면서 기다리고 있겠네."

"반장님, 잠깐만 기다려주세요."

콜롬보는 못 들은 척 어깨로 문을 밀고 밖으로 나갔다.

밀러가 계산을 끝내고 나오자 콜롬보는 시가를 피우면서 유리창에 비친 제 머리를 바라보고 있었다.

"미안해. 내일 점심은 내가 사지. 자네가 좋아하는 걸로. 두부요리는 어때?"

밀러는 텅 빈 지갑을 콜롬보에게 돌려주었다.

"사주신다면 사양하지는 않겠습니다. 요즘 유행하는 바바루아(우유·달걀·설탕·젤라틴 따위를 섞어서 굳힌 디저트용 과자) 같은 일본 요리도 괜찮고요. 반장님도 새로운 걸 꽤 많이 아시는군요."

"요즘 우리 집사람이 동양의 신비에 열중해 있거든. 요가도 그렇고… 하지만 두부 튀김은 꽤 먹을 만하다네."

"기대하고 있겠습니다. 하지만 설마 그것도 기분 나쁜 색다른 요리는 아니겠죠?"

"천만에. 산뜻한 민속 요리야."

밀러는 콜롬보의 머리를 보고 터지려는 웃음을 간신히 참으면서 물었다.

"밀턴에 대해서는 대릴한테 뭘 좀 알아냈습니까?"

콜롬보는 매니큐어를 칠한 손을 흔들며 걷기 시작했다.

"그 미용실에 온 건 확실한데, 자기가 싫어하는 타입이어서 말을 나누지 않았다는 거야. 그러니까 여행 목적지가 어디였는지는 아직 알 수 없어."

밀러는 콜롬보와 나란히 걸으면서 진지한 표정으로 말했다.

"반장님, 외국으로 달아나려고 했다는 생각은 재고하는 게 좋을 것 같은데요."

"어째서?"

"아까 샬럿 양한테 들었는데, 화려한 알로하셔츠를 입은 남자는 여자한테는 관심이 없는… 말하자면 남자한테 관심이 있는 경우가 더 많답니다. 그러니까 알로하셔츠를 입었다고 해서 반드시 더운 지방으로 여행할 작정이었다고 생각할 수만은 없지 않을까 해서요…"

"그런 말을 믿나? 알로하셔츠는 나도 갖고 있어."

"그 갈색 셔츠 말입니까? 아 참, 그렇지. 반장님, 깜박 잊고 있었는데요, 사망 추정 시간은 10시부터 12시 사이랍니다."

"아아, 그래? 그런데 밀러, 자네 와이프는 정말로 그 미용실에 다니나?" 콜롬보는 찌푸린 눈살로 속삭이듯 말했다. "괜한 참견인지 모르지만 재고하는 게 좋을 것 같아서 말이야."

콜롬보는 코트 자락을 펄럭이며 빠른 걸음으로 주차장을 향해 걸어갔다.

밀러가 그 뒷모습을 향해 소리를 질렀다.

"반장님! 저는 택시를 타고 돌아가겠습니다!"

2

콜롬보는 밀러와 헤어진 뒤 혼자 번화가로 갔다.

피게로아 가를 따라 남쪽으로 내려간 콜롬보는 컨벤션센터의 널따란 주차장에 차를 세웠다.

1층 로비 벽에는 이 건물에 입주해 있는 사무소들이 알파벳순으로 적혀 있었다.

"에드워드 스미스 회계사무소라… 아아, 여기 있군."

콜롬보는 혼자 중얼거리고, 꽁초가 다 된 시가를 재떨이의 모래 속에 쑤셔넣은 다음 엘리베이터에 올라탔다.

22층에서 내린 콜롬보는 에드워드 스미스 회계사무소 앞에 서서 문을 두드렸다. 그러나 대답이 없다. 다시 한번 두드리고 나서 손잡이를 잡았을 때, 느닷없이 안쪽에서 문이 열렸다.

"아, 이거… 실례했습니다." 콜롬보가 당황한 투로 말했다.

그러자 짙은 초록색 투피스 차림의 30대 중반 여자가 얼굴을 내밀고 우울한 목소리로 말했다.

"오늘은 사정이 있어서 사무소를 열지 않았는데요."

"경황이 없으시겠지만… 나는 로스앤젤레스 경찰청의…"

"콜롬보 경위님이세요?" 콜롬보가 말을 끝내기도 전에 상대가 먼저 콜롬보를 알아보았다.

"기다리고 있었어요. 저는 스미스 씨의 비서인 바버라예요. 어서 들어오세요."

"예, 그럼 실례합니다."

콜롬보는 비서의 어깨 너머로 실내를 힐끔 바라보았다. 서류가 쌓인 책상에 사람이 있는 기척은 없었다.

"오늘 아침에 관장님한테서 전화가 왔었어요. 경위님이 찾아오실 거라고…"

"죄송합니다. 오래 걸리진 않을 테니까…" 콜롬보는 방을 둘러보면서 물었다. "혼자 계십니까?"

"예, 오전 중에 일을 끝냈어요. 에드워드 씨가 그렇게 돼서 모두 동요하고 있기 때문에…" 비서는 목이 메어 말을 잇지 못하고 소파를 가리켰다. "어서 앉으세요."

"고맙습니다."

비서는 울어서 퉁퉁 부은 눈으로 콜롬보를 바라보았다.

"경위님, 제가 도와드릴 일이라도 있나요?"

"다짜고짜 무례한 질문을 해서 죄송하지만, 이 회계사무소는 순조롭게 돌아가고 있나요?"

"예, 순조로워요."

"그렇겠지요. 이렇게 좋은 곳에 사무실을 차릴 정도니까."

비서는 고개를 저으며 중얼거리듯 말했다.

"지금까지는 순조로웠지만, 앞으로는 어떻게 될지…"

비서는 또 목이 메어 창문 쪽을 바라보았다. 시가지 너머에 태평양이 펼쳐져 있다.

"그런데 에드워드 씨는 주말인데 어째서 그렇게 늦게까지 미술관에 계셨을까요?"

"만약 그날 밤에 제가 일을 도와드렸다면 이렇게 되진 않았을 거예요."

"무슨 말씀이신지?"

"에드워드 씨는 리턴 미술관에 갑자기 일손이 모자라게 됐으니까 소장품 목록 작성을 도와달라고 하셨어요. 그런데 저는 그날 밤에 거절할 수 없는 회식이 있어서…"

콜롬보는 고개를 끄덕였다.

"그럼 소장품 목록을 만드는 일은 이 사무소에서 맡고 있었던 거군요?"

비서는 고개를 저었다.

"아녜요. 일은 엄격히 구분되어 있으니까요. 하지만 지난 일주일 동안은 그 일에만 매달린 모양이에요."

"무엇 때문에 그렇게 서둘러 목록을 만들었을까요?"

"그건 모르겠어요."

"아니, 아실 텐데요." 이렇게 말하고 콜롬보는 사팔눈으로 비서를 똑바로 바라보며 말을 이었다. "당신은 에드워드 스미스 씨의 비서입니다. 비서라면 짐작이 갈 거예요. 에드워드 씨가 아무리 숨기고 있었다 해도 무슨 낌새랄까, 미술관에 대한 얘기를 얼핏 엿듣는다든가…"

비서는 소파에서 일어나 창가로 다가갔다. 콜롬보는 다그치듯 말했다.

"아시겠습니까. 이건 살인사건입니다. 수사의 진전을 위해서뿐만 아니라 에드워드 씨를 죽인 범인을 잡기 위해서도 당신의 정보가 필요합니다. 비밀을 지키지 않으면 안 될 비서의 입장은 충분히 이해합니다만, 당신은 이제 그런 입장에 있지 않아요. 당신은 더 이상 비서가 아닙니다."

비서는 잠시 창밖을 바라보고 있다가 돌아서서 말했다.

"알았어요. 솔직히 말씀드리면 낌새는 채고 있었어요. 리턴 미술관을 양도하는 이야기가 나오고 있다는 건… 하지만 자세한 건 정말로 몰라요. 그 문제와 관련된 것으로 여겨지는 전화를 두세 번 에드워드 씨한테 연결해드린 적은 있지만…"

"누구 전화였습니까?"

"몰라요. 매번 '에드워드 씨 있느냐'고만 물었고, 그 이상은…"

"어떤 느낌을 주는 사람이었습니까?"

"그것까지는…"

비서가 머뭇거리자 콜롬보는 집게손가락을 세웠다.

"직감이라도 좋습니다. 나도 오랫동안 이런 일을 하고 있기 때문에 꽤 직감이 발달했지요. 물론 직감이 터무니없이 빗나간 경우도 있지만…" 콜롬보는 코를 문지르며 싱긋 웃었다. "비서로서의 직감을 얘기해줘도 좋습니다."

"아마 빗나간 직감이겠지만…" 비서는 이렇게 전제하고 나서 말을 이었다. "목소리로 판단하면 나이는 꽤 많은 것 같았어요. 정력적이고 수완 좋은 사업가 같은 느낌을 주는 목소리예요. 사업을 차례로 확장해가는 창업 회사의 오너라고나 할까요. 아마 뚱뚱하고…" 여기서 비서는 입을 다물고 어깨를 으쓱했다.

콜롬보는 고개를 끄덕이고 두 팔을 벌렸다.

"훌륭하십니다. 그리고 그 밖의 특징은?"

비서는 고개를 저으며 희미하게 웃었다.

"경위님 말씀에 넘어가서 좀 지나치게 직감력을 발휘했나 봐요. 더 이상 얘기했다가는 밑천이 드러나고 수사에 방해가 될 뿐이에요. 영매나 점쟁이한테 가서 물어보시는 게 좋을지도 몰라요."

"그렇군요. 당연한 말씀이십니다. 그런데 자동응답기에 이름이 녹음되어 있었던 적은 없습니까?"

"유감이지만…" 비서는 고개를 저으며 눈을 내리깔았지만, 문득 생각난 듯이 고개를 들었다. "통화 내역서가… 어디에 전화를 걸었는지 알 수 있는 지난달 치 통화 내역서를 전화회사에서 분명히 보내왔을 거예요. 잠깐만 기다려주세요."

비서는 소파에서 일어나 서류장으로 걸어갔다. 이윽고 봉투 하나를 들고 돌아온 비서는 내역서를 펼치며 조사하기 시작했다.

"지난달에 통화한 곳 가운데 우리와 거래계약을 맺지 않은 곳을 찾으면 되니까…"

콜롬보도 고개를 끄덕이고 내역서를 들여다보았다. 비서는 볼펜으로 재빨리 전화번호를 조사하다가 문득 손을 멈추었다.

"여기 있군요. 아마 이걸 거예요." 비서는 내역서에 밑줄을 그어 콜롬보에게 내밀었다.

"714국이라면 어디쯤일까?"

내역서를 들여다보며 콜롬보가 혼잣말로 중얼거리자, 비서가 대답했다.

"라구나비치(캘리포니아주 남부 태평양 연안에 있는 휴양도시)예요."

"그 점잖은 동네 말입니까? 화랑이 잔뜩 있는?"

비서는 고개를 끄덕였다.

"됐습니다. 정말 대단하시네요. 나보다 훨씬 직감력이 뛰어나시군요."

"아니에요. 그저 경위님의 교묘한 유도심문에 걸려들었을 뿐인걸요. 전화하고 싶으면 어서 쓰세요."

"아니, 천만에요. 더 이상 호의를 받아들이면 버릇이 됩니다. 정말 폐가 많았습니다."

콜롬보는 내역서를 코트 주머니에 쑤셔넣고 소파에서 일어섰다.

3

어젯밤부터 루스는 리턴 저택에서 필리스 언니와 집사 마이클과 함께 에드워드의 장례식 준비에 쫓기고 있었다. 동생의 남편이고 리턴 미술관 이사인 것을 생각하면 루스가 중심이 돼서 장례를 치를 수밖에 없었다. 얄궂은 일이지만 일이 이렇게 되리라는 것은 범행 전부터 각오하고 있었다.

에드워드의 장례식을 아내 메리가 잠들어 있는 할리우드 언덕의 '포리스트 론 공원묘지'에서 수요일에 거행하기로 결정한 뒤 고인과 관계가 있었던 사람들에게 전화로 알렸다.

"오른팔 같은 사람을 잃어서 얼마나 마음이 아프시겠습니까?"

"뉴스를 보고 깜짝 놀랐어요. 살인사건이라니, 뭐라고 위로의 말씀을 드려야 좋을지…"

루스는 위로의 말을 들으면서 장례식에 참석해달라고 정중하게 부탁했다.

오전에 대충 연락을 끝낸 루스는 바싹 마른 목을 밀크티로 축였다. 모든 게 순조롭게 진행되고 있어… 루스는 범행 후 일이 돌아가는 상황에 만족하고 있었다.

점심을 먹은 뒤 루스는 리턴 미술관으로 갔다.

집무실에 들어가 책상 앞에 앉자마자 전화가 울렸다. '애플 아트' 사의 토니 딜런이었다. 토니는 우선 위로의 말을 하고 나서 걱정스러운 듯이 물었다.

"스페인 보물전은 어떻게 하시겠습니까? 개최를 연기할까요?"

"아녜요. 예정대로 진행해주세요. 걱정을 끼쳐서 죄송합니다."

에드워드의 장례식을 빨리 끝내고 '스페인 보물전' 준비에 몰두하여 그 분주함 속에서 불쾌한 기억을 떨쳐버리고 싶었다.

"안심했습니다. 모레 담당자를 그쪽으로 보내서 당장 진열 작업을 시작하고 싶은데, 괜찮겠습니까?"

루스가 승낙하자 토니는 "개최일 전날 뵙겠습니다" 하는 말을 남기고 전화를 끊었다.

루스는 대항해시대의 스페인 보물전에 많은 기대를 걸고 있었다. 그 행사를 리턴 미술관과 그녀 자신이 되살아나는 재생의 첫걸음으로 삼고 싶었다. 루스는 오랜만에 가슴이 설레는 것을 느꼈다.
'애플 아트'사의 전시 기획서를 훑어보고 있을 때 누군가가 조용히 문을 두드렸다.
"들어오세요."
제니가 살며시 문을 열고 들어왔다. 눈이 퉁퉁 붓고 초췌한 느낌을 주었다. 루스는 다정하게 말을 걸었다.
"제니, 무리하지 않아도 돼. 이제 괜찮니?"
제니는 힘없이 고개를 끄덕였다.
"괜찮아요… 잠깐 얘기를 하고 싶어서…"
"그래. 저기 앉을까?"
루스와 제니는 소파에 나란히 앉았다.
"이모, 토요일 밤에 〈비〉라는 소설을 읽어주셨잖아요?"
루스는 고개를 끄덕이고, 서머싯 몸의 단편집을 언니 집에 놓고 온 것을 생각해냈다.
"그게 어째서?"
"그 선교사는 죄를 지은 원주민을 어떻게 했나요?"
"벌금형을 받았지. 네 경우라면 춤에 너무 몰두했으니까 날마다 10달러씩 벌금을 물렸을까?" 루스는 애써 쾌활하게 말하고는 제니에게 미소를 지었다. "왜 그런 것에 신경을 쓰지?"
제니는 고개를 숙인 채 입을 다물고 있다.
"대체 왜 그래? 너답지 않구나. 뭔가 하고 싶은 말이 있는 거지?"
제니는 고개를 끄덕이고 호소하듯 말했다.
"에드워드 이모부와 밀턴 씨가 살해된 게 나 때문일지도 모른다고 생각하면 괴로워서…"
"제니, 도대체 무슨 바보 같은 소릴 하는 거야?" 루스는 저도 모르게 거친 목소리로 말했다.

제니의 눈동자는 젖어 있는 것 같았다.

"어쩌면 사건은 일어나지 않았을지도 몰라요. 콜롬보 씨가 말했잖아요. 밀턴 씨는 팀에게 전화를 걸었다고…"

제니가 무슨 말을 꺼내려고 하는지 루스는 짐작도 가지 않았다. 숨 막힐 듯한 침묵이 이어진 뒤 제니는 중얼거리듯 말했다.

"이모… 밀턴 씨가 팀에게 전화를 걸어왔을 때 내가 함께 있었어요. 팀의 집에…" 제니는 눈을 내리깐 채 덧붙였다. "그날 밤 나는 팀과 함께…"

루스는 깜짝 놀라 말을 잃었다. 루스는 자기 귀를 의심하며 되물었다.

"무슨 말을 하는 거냐? 누구랑 함께 있었다고?"

그러자 제니는 감정이 치밀어 오르는 것을 억누르며 말했다.

"팀 셰퍼요. 만약 그때 그이가 전화를 받았다면 사건은 일어나지 않았을 거예요. 이모, 어떡하면 좋아요?"

설마 제니와 셰퍼가 그런 사이가 되어 있을 줄은 꿈에도 몰랐다. 루스는 전혀 눈치채지 못한 자신을 욕하며 혼란에 빠진 마음을 열심히 가다듬었다.

"제니야, 진정해. 넌 지쳐 있어. 걱정하지 마. 걱정할 필요는 조금도 없어. 이상한 상상을 하면 안 돼. 설령 셰퍼네 집에서 전화벨 소리를 들었다 해도 너한테는 아무 책임도 없어. 이 일은 누구한테도 말하면 안 돼. 알았지?"

루스는 타이르듯 말할 작정이었지만, 어느새 나무라는 말투가 되어 있음을 깨달았다.

제니는 루스의 시선을 피하며 작은 소리로 말했다.

"저는 많은 죄를 한꺼번에 지어버렸어요."

루스는 고개를 끄덕이고 애써 냉정한 어조로 말했다.

"그럴지도 모르지. 하지만 제니야, 해서 좋은 거짓말도 있어. 사랑하는 사람과 자신을 지키기 위해 거짓말을 할 수밖에 없는 경우도 있는 거야."

"내가 사실대로 말하면 팀에게도 폐를 끼치게 된다는 건가요?"

"그래. 이젠 너도 어린애가 아니잖니."

루스가 다짐을 받듯 말하자 제니는 깊은 한숨을 내쉬었다.

"말하고 났더니 왠지 힘이 쭉 빠져버렸어요."

"차라도 마실래? 느긋하게 쉬었다 가."

그 말을 가로막듯 제니는 소파에서 일어섰다.

"지금은 아무한테도 말하지 않겠어요. 고마워요, 이모. 난 무용학원에 다녀오겠어요."

문으로 걸어가는 제니의 뒷모습을 향해 루스는 말을 걸었다.

"잠깐 기다려."

제니는 돌아서서 손을 뒤로 돌려 문손잡이를 잡은 채 대답했다.

"알고 있어요. 팀과의 관계 말이죠? 괜찮아요. 나도 이젠 어린애가 아니니까요. 팀과 친하게 지내면 여배우가 될 수 있는 기회가 올지도 몰라요. 팀이 이제 곧 프로듀서를 소개해주겠다고 했어요."

"제니야, 넌…" 루스는 문에 기대서 있는 제니를 노려보았다. "그런 말투는 싫어…"

"이모, 잠깐만요. 팀을 사랑하고 있는 것도 사실이에요."

이 말을 남기고 제니는 힘차게 문을 열고 밖으로 나갔다. 처음 보는 제니의 반짝이는 눈동자에 압도되어 루스는 불러 세울 기회를 놓쳤다. 루스는 잠시 방심한 듯 소파에 앉아 있었다. 온갖 생각이 머리를 스쳤다. 뒤죽박죽된 생각을 정리하지 못한 채 루스는 문득 책꽂이에 세워둔 어머니의 사진을 바라보았다.

리본을 단 모자를 쓰고 가볍게 미소를 짓고 있다. 사랑스러운 눈과 꽃잎 같은 입술… 제니는 외할머니를 그대로 빼닮았다. 일부러 초점을 흐리게 하는 소프트 포커스로 찍은 것을 보면 여배우로서 팬들에게 팔기 위한 브로마이드 사진으로 찍은 게 분명하다. 사진 오른쪽 구석에 적힌 '사랑하는 조지에게, 모린으로부터. 1924년'이라는 글씨는 잉크가 산화하여 불그스름한 갈색으로 퇴색해 있었다.

어머니의 이 사진을 항상 눈에 띄는 곳에 놓아둔 것은 아버지 조지 리턴이 죽은 뒤였다. 불과 네 살 때 어머니를 잃었기 때문에 별로 추억에 잠기는 일도 없이 오랜 세월을 보냈지만, 아버지가 남긴 일기를 읽고 비로소 어머니가 죽은 이유를 알았을 때 루스는 어머니에게 사랑과 미움이 뒤섞인 묘한 감개를 느꼈다. 아버지의 일기에는 이렇게 적혀 있었다.

'1936년 6월 24일, 아내 모린 '할리우드' 간판에서 추락, 내장 파열⋯ 혈액에서 헤로인 검출.'

마치 의사의 진료 카드처럼 냉담한 기술이었다. 의혹을 품은 루스가 그 수수께끼 같은 구절을 해독하기 위해서는 당시의 신문기사를 찾아볼 수밖에 없었다.

⋯1936년 6월 25일자 〈로스앤젤레스 타임스〉
여배우, 또 자살의 다이빙인가?
어제 오후 3시경, 로스앤젤레스의 자살 명소가 되어 있는 '할리우드' 간판에서 여자가 뛰어내렸다는 통보를 받고 경찰관들은 당장 현장으로 달려갔지만, 뛰어내린 여성은 내장 파열로 이미 숨져 있었다. 경찰의 발표에 따르면 여성의 추정 연령은 30세 안팎, 머리는 금발, 하얀 드레스를 입고 있으며 손에는 십자가를 쥐고 있었다. 아직 신원은 밝혀지지 않았지만 지금까지 현장에서 똑같은 투신자살이 여덟 건이나 발생한 것으로 미루어보아, 여배우 지망생의 투신자살이 아닌가 하는 견해가 강력하게 제기되고 있다⋯

…6월 26일자 〈로스앤젤레스 이그재미너〉

헤로인 여배우, 천국으로의 비행

그저께 오후 '할리우드' 간판에서 투신자살한 여성의 신원이 밝혀졌다. 사망자는 모린 리턴(31세). 파라마운트 영화사 소속의 단역배우지만 '케이니스' 사의 젊은 사장 조지 리턴 씨의 아내이고, 어린 세 딸의 어머니이기도 하다. 로스앤젤레스 경찰은 사망자의 혈액 속에서 헤로인이 검출된 것에 주목하고 관계자들을 상대로 사정 청취를 계속하고 있다…

이 기사를 보았을 때 루스는 너무 놀라 온몸을 부들부들 떨었다. 아버지가 왜 어머니에 대해 많은 이야기를 하지 않았는지를 그제야 겨우 이해할 수 있었다. 어머니 모린은 부동산 회사의 거대한 광고 간판인 'HOLLYWOOD'의 마지막 문자 D에 기어올라가 투신자살했다. 그것을 알고도 언니에게는 말할 마음이 나지 않았다. 여동생 메리는 아무것도 모른 채 이미 이 세상을 떠났다.

어머니는 왜 죽음을 택했을까? 그것은 지금도 풀리지 않은 수수께끼지만, 꿈이 깨진 여배우 지망자가 차례로 몸을 던져 목숨을 끊었듯이, 스타를 꿈꾸던 어머니도 할리우드에 대한 끊을 수 없는 미련이 헤로인으로 증폭되자 D에서 죽음의 다이빙을 한 건 아니었을까… 당시 사람들은 D가 'Death(죽음)'의 머리글자라고 떠들어댔다. 그러나 루스는 'Dream(꿈)'의 머리글자라고 믿기로 했다. 어머니는 유명한 여배우가 되지 못해서 자포자기한 끝에 죽음을 선택한 것이 아니라 꿈을 향해 날아오른 거라고 믿기로 했다.

"헤로인 여배우… 좋아하네." (여기서 헤로인은 마약이라는 뜻의 heroin이지만, 여주인공을 뜻하는 heroine도 헤로인으로 발음된다—옮긴이) 루스는 혼자 중얼거리고 어머니의 사진에서 눈을 뗐다. 문득 콜롬보의 꺼림칙한 말이 생각났다.

"그렇다면 제니 양에게는 배우의 피가 흐르고 있는 셈이군요. 대스타의 2세라…"

2세가 아니라 3세예요… 루스는 한숨을 내쉬고 소파에서 일어나 책꽂이로 다가갔다. 그러고는 헤로인 여배우의 사진을 집어들고 살짝 엎어 놓았다.

4

콜롬보는 석양을 받으며 태평양 연안 고속도로를 남쪽으로 달려 라구나비치에 들어서자, 바다로 튀어나간 주차장에 푸조를 세웠다.

모래밭 저편에 펼쳐져 있는 수평선으로 태양이 기울어지기 시작했다. 황금빛 광채를 등에 받은 서퍼(바다에 널판을 띄워 파도를 타는 사람)들이 파도 사이에 떠 있는 바닷새처럼 높은 물결을 기다리며 떠돌고 있다.

콜롬보는 문을 거칠게 열고 시가에 불을 붙여 한 모금 맛있게 피우고 나서 손목시계를 확인했다. 약속시간인 6시 반까지는 아직 여유가 있었다.

에드워드의 비서가 가르쳐준 전화번호의 주인은 뜻밖의 인물이었다.

헨리 맥도웰… 그 이름은 로스앤젤레스와 시카고와 뉴욕을 비롯한 미국 전역의 각 도시에서 체인 호텔 '아메리카나'를 경영하는 수완 좋은 사업가로 알려져 있었다.

면회를 신청하자 바쁘다면서 쌀쌀하게 거절했지만, 몇 번이나 끈질기게 전화하자 맥도웰은 마지못해 승낙했다.

콜롬보는 시가를 반쯤 피우자 차에서 몸을 내밀어 땅바닥에 시가를 비벼 끄고는 양복 가슴주머니에 꽁초를 집어넣었다. 그러고는 천천히 차에서 내린 다음 기지개를 켜면서 바다를 바라보았다. 아득히 먼 바다를 돌고래 떼가 유유히 물을 내뿜으며 헤엄치고 있다. 콜롬보는 눈을 가늘게 뜨고 잠시 그 광경을 지켜보고 있었다.

콜롬보는 화랑과 고급 레스토랑으로 흥청거리는 거리를 빠져나가, 검은 수첩에 적혀 있는 맥도웰 저택의 약도를 확인하면서 가파른 언덕길을 올라갔다.

저택은 언덕마루에 있었다. 정문에서 수위에게 엄격한 조사를 받은 뒤, 정적에 휩싸인 저택으로 가는 길을 터벅터벅 걸어갔다. 앞뜰에서는 해풍을 맞고 자란 두툼한 나뭇잎들이 석양을 받아 반짝반짝 빛나고 있다. 그 사이를 빠져나가자 그리스풍의 파란 지붕과 하얀 벽으로 치장한 호화 저택이 우뚝 솟아 있었다. 콜롬보는 입을 딱 벌리고 잠시 홀린 듯 바라보고 있다가, 한숨을 내쉬고는 현관 초인종을 눌렀다.

집사가 안내해준 넓은 응접실. 콜롬보는 우리 속에 갇힌 곰처럼 방안을 돌아다니다가 문득 인기척을 느끼고 뒤를 돌아보았다.

빨간 알로하셔츠에 하얀 바지를 입은 뚱뚱한 사내가 서 있었다. 머리는 벗어지고, 금테 안경을 쓰고, 갈색으로 그을린 팔에는 팔찌를 차고 있다. 도저히 예순다섯 살로는 보이지 않을 만큼 정력적인 얼굴에 기름기가 돈다.

"오래 기다리게 해서 미안합니다. 당신이 콜롬보 경위요?"

"바쁘신데 만나주셔서 고맙습니다."

콜롬보가 이마를 긁으며 인사하자 맥도웰은 안경을 번쩍 빛내며 퉁명스럽게 말했다.

"당신은 운이 좋군. 오늘은 마침 빈 시간이 있었던 거요."

"재수가 좋았군요. 만나뵐 수 있어서 영광입니다."

맥도웰은 고개를 끄덕이고 두 손을 주머니에 찔러넣었다.

"이렇게 어두운 데서 이야기하기보다 테라스로 나갑시다. 그게 더 낫겠소."

맥도웰은 허스키한 목소리로 말하고 콜롬보를 안내했다. 앞장서서 응접실을 나간 맥도웰은 미술품이 장식되어 있는 복도를 지나 테라스로 나갔다. 태평양이 한눈에 바라다보이고, 태양은 이제 곧 수평선 너머로 가라앉으려 하고 있었다. 맥도웰은 삼나무 의자에 털썩 주저앉았다.

"경위, 용건은 간단히 끝내주시오."

콜롬보는 난간에 기대어 바다를 바라보고 있다가, 불어오는 바람이 머리를 헝클어뜨리자 황급히 두 손으로 머리를 누르면서 뒤를 돌아보았다.

"경치가 그만이군요."

맥도웰은 무뚝뚝하게 고개를 끄덕이고 말없이 의자를 권했다.

"우리 집사람한테 보여주면 뭐라고 할까… 바다가 보이는 이런 집에서 살고 싶다고 말할 게 뻔하지만…" 콜롬보는 머리를 손으로 가려 바람을 피하면서 의자 있는 곳으로 돌아와 맥도웰 앞에 앉았다. "어쨌든 우리 집사람은 큰 물건을 좋아해서 탈이에요. 여기저기 부동산 중개소에 전화해서 우리가 도저히 살 수 없는 집만 보러 다니고… 요즘엔 부동산 중개소에서도 정나미가 떨어졌는지 우리 집사람을 상대도 하지 않게 되었다니까요. 그거야 그럴 수밖에요. 우리 집사람은 취미니까 좋지만 그쪽은 사업이니까 귀찮은 일이지요."

맥도웰은 헛기침을 하고는 탁자 위의 시가 상자에서 시가를 꺼내어 불을 붙였다. 고급 시가의 향긋한 냄새가 콜롬보의 코끝을 스친다.

"경위, 남 앞에서는 아내에 대해 너무 불평하는 게 아니오. 바다가 보이는 집을 사주면 되잖소."

"제가요? 당치도 않습니다. 분수를 모르는 여자예요. 역시 알로하셔츠가 어울리는 사람이 아니면… 알로하셔츠를 좋아하십니까?"

"아아, 좋아하지. 편하니까. 그게 어쨌다는 거요?"
"잘 어울려서요."
그때 하녀가 컴프리 소다를 가져왔다. 하녀는 두 사람 앞에 잔을 내려놓고 테라스 한가운데에 서 있는 외등을 켠 다음 사라졌다. 기분 좋은 바람이 바다에서 불어온다.
맥도웰은 붉은빛이 감도는 컴프리 소다를 한 모금 마셨다.
"자, 빨리 본론으로 들어가주지 않겠소?"
"이거 정말 죄송합니다. 실은 말입니다, 리턴 미술관을 사신다는 소문을 들었는데요. 에드워드 씨와는 어느 정도까지 이야기가 진행되고 있었습니까?"
"에드워드한테는 우선 리턴 미술관의 소장품 목록을 보여달라고 말해두었소. 그런 다음 내가 아는 감정가한테 부탁해서 소장품을 점검하고, 최종적으로 관장과 함께 셋이서 양도 가격을 의논하기로 되어 있었지요. 그 목록을 이제 곧 받기로 되어 있었는데…"
"그렇군요. 그래서 목록을 만드느라 열심이었군요. 그런데 관장인 루스 리턴 씨와는 아는 사입니까?"
"한 번도 만난 적이 없소."
콜롬보는 고개를 갸웃하고 중얼거리듯 말했다.
"리턴 미술관 양도와 이번 사건이 과연 관계가 있는지, 그걸 아무래도 알 수가 없군요."
"관계없을 거요. 결부 짓지 말아줬으면 좋겠소."
맥도웰은 의자에 기대어 시가를 피우면서 수평선을 바라보았다.
"미술관을 갖는 건 내가 옛날부터 품고 있던 꿈이오."
"그런가요?"
맥도웰은 콜롬보를 바라보며 희미하게 웃었다.

"내가 이런 말을 하면 이상한가? 사람은 겉만 보고는 모르는 법이라잖소. 이래뵈도 나는 젊은 시절부터 미술품이나 골동품을 무척 좋아했다오. 유럽에 출장갈 때마다 이것저것 물색해서 사 모으다 보니 이제는 수장고에 다 넣을 수 없을 만큼 많아져서… 취미가 미술관으로까지 발전한 셈이지."

맥도웰이 우쭐한 어조로 말하자 콜롬보는 고개를 끄덕였다.

"정말 좋은 취미이십니다."

"남자는 뭔가 취미를 가져야 해요. 경위는 어떤 취미를 갖고 있소?"

"저요? 제 취미는…" 콜롬보는 잠시 침묵을 지키고 있다가 말을 이었다. "없습니다. 취미라고 말할 수 있는 건… 우리 집사람은 취미가 잔뜩 있어서 지금도 요가에 열중해 있지만, 나는 기껏해야 시가를 피우고 낮잠을 자는 정도지요."

"그건 빈곤한 생활 방식이오. 경위, 내 말 들어서 나쁠 건 없어요. 무언가 취미를 갖지 않으면 나이를 먹은 뒤에 곤란해요."

"네, 좋은 취미를 찾아보겠습니다."

맥도웰은 시가 상자를 보이며 콜롬보에게 권했다. 그러나 콜롬보는 손을 저어 사양하고, 가슴주머니에서 피우다 만 시가를 꺼내어 종이성냥으로 불을 붙였다. 싸구려 시가 연기가 맥도웰 쪽으로 흘러간다. 맥도웰은 눈살을 찌푸리며 말했다.

"어쨌든 미술관을 갖고 싶다고 생각하고 있을 때 에드워드가 먼저 말을 꺼냅디다. 리턴 미술관과 소장품을 일괄 구입하지 않겠느냐고. 하지만 일이 이렇게 됐으니 이젠 그것도 허사가 되고 말았군."

콜롬보는 시가를 피우면서 멍하니 바다를 바라보고 있다가 말했다.

"에드워드 씨의 사건에 대해서 짐작 가는 데가 있다거나 생각나신 일은 없습니까? 뭐든지 좋습니다."

맥도웰은 잠시 생각하고 나서 말했다.

"짐작 가는 데는 없지만, 신문을 보니 에드워드가 밤도둑을 권총으로 쏘았다고 나와 있던데… 그게 좀 마음에 걸려서…"

"무슨 말씀이신지?"

"이건 어디까지나 내 느낌이지만, 그 사람과는 몇 번 만나서 술도 함께 마셨소. 그런데 그 사람이 권총으로 범인과 맞총질을 한다는 건 도저히 상상이 가질 않아요. 우선…" 맥도웰은 입을 다물고 콜롬보의 표정을 살폈다. 어서 계속하라고 콜롬보는 눈으로 재촉했다. "그 사람은 미술관에는 애착이 없었던 것 같아. 그런데 과연 목숨까지 걸면서 리턴 미술관을 지킬 마음이 있었을까? 아무래도 납득이 가질 않소. 내가 알고 있는 에드워드와는 전혀 걸맞지 않아요."

"그렇군요." 콜롬보는 고개를 끄덕이고 코트 자락을 여몄다.

그때 집사가 나타나 맥도웰에게 말했다.

"시카고 지배인한테서 전화가 왔습니다만… 어떻게 할까요?"

"알았네. 곧 가지. 기다리라고 말해주게." 맥도웰은 손목시계를 힐끗 보고 일어섰다. "어쨌든 리턴 미술관과는 인연이 없는 모양이오. 지난번에도 계획이 무산돼버렸고… 그럼, 이만 실례하겠소."

"지난번에도…?" 콜롬보는 엉거주춤 일어나 맥도웰을 쳐다보았다. "그게 무슨 말씀이신지…?"

"전에도 양도하겠다는 얘기가 있었소."

"에드워드 씨한테서?"

"아니, 그 사람 이름이 뭐였더라? 거 왜 있잖소. 영화배우…"

"피터 브랜트?"

"맞아요. 그 엉터리 배우. 몇 번 만나서 이야기가 구체적으로 오갈 무렵, 그 사람이 병으로 죽는 바람에 허사가 되어버렸지."

"그게 언제쯤 일입니까?"

"벌써 그럭저럭 7, 8년 전이 되나? 그 작자도 미술에는 취미가 없었소."
콜롬보는 천천히 의자에 주저앉아 깜박거리기 시작한 별을 쳐다보았다.
"그러면 경위, 나는 이만 실례하겠소. 여기가 마음에 들면 천천히 있다 가시오."
맥도웰은 이 말을 남기고 서둘러 가버렸다.

5

콜롬보가 '벤슨 동물병원' 뒤뜰에 차를 세운 것은 밤 10시가 지나서였다.
수의사 벤슨은 콜롬보의 얼굴을 보자마자 싱글싱글 웃으면서 말했다.
"어떻게 된 건가, 그 헤어스타일은?"
"이상합니까?" 콜롬보는 불안한 듯 머리카락을 두 손으로 가리키며 물었다.
"아니, 이상하지 않네. 아주 멋지고 세련됐어. 다만 좀… 뭐랄까…"
"다만, 뭡니까?"
"조화라고나 할까. 만약 그 머리 모양을 유지하겠다면 패션도 바꾸는 게 좋을지 몰라. 어색한 헤어스타일이라고도 말할 수 있고, 어색한 레인코트라고도 말할 수 있지. 균형이 맞질 않아. 어느 쪽으로든 통일하지 않으면…"
"어느 쪽으로 통일하는 게 좋을까요?"
"정확하게 대답해줄 수 있는 사람은 자네 부인밖에 없네."
"지금 집사람은 집에 없습니다. 그래서 개를 맡기고 있는 거 아닙니까?"
"아 참, 그랬지. 그런데 이런 밤중에 아이를 두들겨 깨워서 면회할 생각인가?"

"잠자리가 익숙지 않아서 아직 잠들지 못하고 있는 게 아닐까, 걱정이 돼서요. 기분이 나쁘면 금방 토라지기 때문에…"

벤슨은 의자에서 일어섰다.

"산책이 부족해. 사흘에 한 번, 심할 때는 일주일이나 산책을 시키지 않을 때도 있잖은가. 그래서는 자율신경 실조증에 걸리기 쉽다네. 조심하지 않으면 스트레스가 쌓여서 사람을 물게 돼… 할 수 없군. 그럼 심야 회진을 나가볼까."

벤슨이 방을 나가자 콜롬보도 그 뒤를 따랐다.

진료실과는 다른 건물에 있는 애완동물용 통나무집은 어둠에 묻혀 조용했다. 벤슨이 입구 기둥에 달려 있는 스위치를 누르자 불이 켜지고 안에서 개 짖는 소리가 들렸다.

"저것 보게. 잠을 방해받고 화가 난 녀석도 있어. 조용히 따라오게."

"알고 있습니다."

콜롬보가 나지막한 소리로 말하자 벤슨은 문을 열고 안으로 들어갔다. 통나무집 안에는 우리가 즐비하게 놓여 있고, 온갖 종류의 개들이 우리 안에 들어가 있었다. 요란하게 짖어대는 개도 있고, 반가운 듯 꼬리를 흔드는 개도 있고, 누가 들어오든 신경도 쓰지 않고 깊이 잠들어 있는 녀석도 있다. 벤슨은 안쪽 우리를 가리키며 말했다.

"저것 보게. 새근새근 잘 자고 있잖나."

콜롬보는 손가락을 입에 대고 "쉿!" 하고 말한 다음, 우리 사이를 지나 애견 앞에 쪼그리고 앉았다. 그러고는 철창 사이로 손을 넣어 몸을 쭉 뻗고 드러누운 개의 머리를 쓰다듬었다.

"불쌍하게도 이런 곳에 갇혀서…"

갑자기 개가 눈을 뜨고 벌떡 일어나더니 긴 귀를 선풍기처럼 요란하게 흔들었다. 그러나 느닷없이 이를 드러내고 으르렁거리며 콜롬보를 향해 짖어댔다.

"나야, 이 녀석아. 아직 잠이 덜 깼니?" 콜롬보는 구원을 청하듯 벤슨을 돌아보았다. "선생님, 이 녀석이 좀 이상한데요. 꺼내줘도 될까요? 안아주지 않으면 스트레스가 쌓이는 것 같아요."

"천만에. 헤어스타일 때문에 딴 사람처럼 보여서 그래. 나도 처음엔 누군지 몰라봐서 어리둥절했으니, 자다 깬 개는 더욱 그렇겠지."

벤슨이 웃으면서 말하자 콜롬보는 팔짱을 끼고 애견을 내려다보았다.

"그렇군요."

"자, 이제 됐지? 다른 개들한테 폐가 되니까 그만 나가세."

"개가 내 헤어스타일에 익숙해질 때까지 좀 더 있어야겠어요."

"그럼 적당히 하고 빨리 끝내주게." 벤슨은 어이없다는 얼굴로 말하고는 문 쪽으로 걸어갔다.

콜롬보는 몸을 굽혀 애견의 우리 빗장을 풀었다. 그런 다음 싫어하는 개를 억지로 끌어냈을 때 갑자기 전등이 꺼져 사방이 어둠에 휩싸였다.

"앗, 이게 뭐야! 정전입니다, 선생님!"

콜롬보가 큰 소리로 외치자 개들이 일제히 짖어댔다. 곧이어 문이 열리고 벤슨의 실루엣이 문간에 떠올랐다.

"아, 미안하네. 그만 버릇이 돼서…"

콜롬보는 여전히 어둠 속에 말없이 서 있다.

벤슨이 불을 켜고 의아한 듯이 물었다.

"왜 그러나?"

"아… 그렇게 된 거구나." 콜롬보는 혼잣말로 중얼거리고는 몸을 굽혀 개를 안아 들고 벤슨 옆을 지나 밖으로 나갔다.

"이보게, 콜롬보! 화났나? 어쩔 작정이야? 설마 지금 산책하러 가는 건 아니겠지?"

겨드랑이에 개를 끌어안은 콜롬보는 멀어져가면서 대답했다.

"오늘은 녀석이 헤어스타일에 익숙해질 수 있도록 집에 데려가겠습니다. 안녕히 주무세요."

자동차로 다가가는 콜롬보의 등에다 대고 벤슨이 말했다.

"조심하게. 자네도 자율신경 실조증에 걸렸는지 몰라."

제4장

화요일

1

 루스는 어젯밤에도 팔로스버디스에 있는 아파트에는 돌아가지 않고 리턴 저택에서 묵었다.
 제니와 셰퍼의 관계가 아무래도 마음에 걸렸다. 두 사람의 관계를 끊기 위해서라도 그 '상처'를 셰퍼에게 덮어씌울 수밖에 없었다.
 아침 식탁을 둘러싸고 앉아 있을 때 제니가 어머니의 안색을 살피면서 물었다.
 "내일 영화 오디션이 있어서 한번 받아볼 생각이에요."
 필리스는 커피잔을 입에서 떼고 어이없다는 듯이 말했다.
 "정말이지 못 말리는 애로구나."
 말없이 듣고 있던 루스가 더 이상 참지 못하고 끼어들었다.
 "그 이야기는 셰퍼 씨한테 들었니?"
 제니는 이모를 돌아보며 고개를 젓고 나서 딱 잘라 말했다.
 "아뇨. 셰퍼 씨가 아니라 무용학원에 같이 다니는 친구한테 들었어요."

거짓말이지? 루스가 되물으려 했을 때 필리스가 물었다.

"셰퍼가 누구야?"

제니는 어머니가 눈치채지 못하도록 루스에게 한쪽 눈을 찡긋해 보였다.

"유니버설 영화사의 세트 디자이너인데, 이모가 소개해주셨어요."

루스는 제니의 만만찮은 기세에 눌려 저도 모르게 언니를 보며 고개를 끄덕였다.

그때 전화가 울렸다. 제니는 마침 잘됐다는 듯이 자리에서 일어나 수화기를 들었다.

"네, 그런데요… 아아, 잠깐 기다려주세요." 제니는 손에 든 수화기를 루스에게 쳐들어 보였다. "이모, 콜롬보 경위님이세요."

루스는 냅킨으로 입을 닦고 자리에서 일어나 전화를 받았다.

"경위님이세요? …만나는 건 좋지만, 오늘은 여러 가지로 바빠서… 저녁때라면 어떻게든… 현장에서요? 미술관으로 5시 반에 오시겠다고요… 알겠습니다. 그럼 나중에 뵙죠."

루스가 수화기를 내려놓자 통화 내용을 듣고 있던 제니가 물었다.

"형사님이 뭐래요?"

"잠깐 묻고 싶은 게 있나 봐. 저녁때 미술관 쪽으로 오실 모양이야."

"뭘 좀 알아냈대요?"

"글쎄…" 루스는 애매하게 말하고 식탁으로 돌아와 핸드백을 집어들었다. "은행에 들렀다가 쇼핑하러 갈 작정이지만, 오후에는 미술관에 있을 테니까 무슨 일이 있으면 연락해. 스페인 보물전이 코앞에 닥쳐왔으니 눈이 핑핑 돌 만큼 바빠지겠군."

루스는 문을 향해 걸어가다가 제니를 돌아보며 말했다.

"부탁한다, 제니야. 미술관을 물려받을 사람은 너밖에 없다는 걸 잊지 마."

제니는 어깨를 으쓱하고 커피를 홀짝였다.

루스는 차에 올라타고 곧장 리턴 미술관으로 갔다.

제니와 셰퍼의 관계를 끊기 위해서라도, 그리고 미술품 감정가 루스의 체면 때문에라도 리턴 미술관의 '상처'를 지우지 않으면 안 된다.

'황금 버클'은 루스에게나 리턴 미술관에나 둘도 없이 소중한 물건이었다. 그것이 3년 전에 가짜로 바뀌었다.

휴관 상태인 미술관은 아침 햇살을 받아 쥐죽은 듯 조용하다. 집사 마이클에게는 오후에 나와달라고 말해두었다.

현관문을 열고 전시실로 들어간다. 루스는 열쇠뭉치를 손에 든 채 전시실 한복판에 놓여 있는 진열장 앞으로 다가갔다. 문득 밀턴이 도둑질하러 들어왔던 밤의 광경이 머리에 떠올랐다. 루스는 저도 모르게 주위를 둘러보았다. 그런 다음, 진열장 자물쇠를 열고 재빨리 진열장에서 '황금 버클'을 꺼내어 핸드백 속에 집어넣었다.

40분 뒤, 루스는 팀 셰퍼의 아파트 근처에 차를 세웠다. 그리고 차에서 내리기 전에 선글라스를 썼다.

현관 옆에 설치되어 있는 우편함 앞에 서자 루스는 핸드백을 살짝 열었다. 보는 사람이 아무도 없다는 것을 확인한 뒤 '황금 버클'을 넣은 꾸러미를 꺼내어 셰퍼의 이름이 적힌 우편함 속에 숨겼다. 루스는 관리인에게 토요일 오후에 젊은 아가씨가 팀 셰퍼 씨를 찾아왔느냐고 물어볼까 생각했지만, 곧 그 생각을 떨쳐버렸다. 제니가 온 것은 사실일 것이고, 무엇보다도 다른 사람에게 자기 모습을 보이고 싶지 않았다.

루스는 그 길로 다시 차를 타고, 인근에 있는 유니버설 영화사로 가서 셰퍼에게 면회를 신청했다. 수위가 연락을 받아 루스에게 전했다.

"지금 스튜디오에 들어가 있으니까 사무실에서 기다려달랍니다. 장소는 알고 계십니까?"

루스는 앞을 바라본 채 고개를 끄덕였다.

"전에 한 번 와봤거든요. 초록색 건물이죠?"

루스는 미술품 복원가이기도 한 셰퍼에게 도자기 파편을 건네주러 왔을 때의 일을 생각해냈다.

영화사 안으로 차를 타고 들어가자 촬영 중인 야외 세트가 펼쳐져 있다. 서부극을 찍기 위한 살풍경한 거리, 그 안쪽에는 하얀 대리석으로 지은 남부식 호화 저택이 이어져 있고, 옛날 의상을 입은 배우들이 바쁘게 오가고 있다. 그야말로 '꿈의 공장'이었다.

루스는 문득 어머니를 생각했다. 영화에 미쳤던, 그러나 영화에 버림받은…

루스는 옛 유럽 거리를 오른쪽으로 구부러져 차를 세우고 셰퍼의 사무실로 들어갔다.

화장을 짙게 한 비서에게 셰퍼를 만나러 왔다고 말하자 응접실로 안내해주었다.

"금방 오실 테니까 앉아서 기다리세요."

비서는 영화계와는 관계가 없는 루스의 수수한 차림을 슬쩍 훑어보고 밖으로 나갔다. 루스는 응접실을 둘러보았다. 영화 스틸 사진과 세트 디자인, 오래된 총이며 칼까지 벽에 장식되어 있다.

"관장님, 갑자기 또 무슨 일입니까?" 팀 셰퍼가 분주한 태도로 들어왔다.

"바쁘세요?"

루스가 셰퍼의 안색을 살피자 그는 귀찮은 듯이 대답했다.

"늘 그렇죠, 뭐."

"지금은 무슨 영화를 찍고 있나요?"

셰퍼는 할 수 없이 루스에게 앉으라고 권했다.

"시시한 액션 영화예요." 이렇게 말하고 담배에 불을 붙인 다음 말을 이었다. "그런데 무슨 일입니까?"

루스는 열려 있는 응접실 문을 돌아보고 목소리를 낮추었다.

"경찰에는 아직 말하지 않았지만, 리턴 미술관 관장으로서 왜 에드워드가 밀턴을 해고했는지, 그걸 당신한테 말해두려고요." 루스는 셰퍼를 물끄러미 바라보며 말을 계속했다. "그래야 당신도 이번 사건을 납득할 수 있잖겠어요?"

셰퍼는 불쾌한 표정을 노골적으로 드러내며 소파에서 일어나 문으로 걸어갔다. 그러고는 조용히 문을 닫고 손목시계를 내려다보았다.

"시간이 별로 없습니다. 스튜디오로 돌아가봐야 해요."

"알고 있어요. 이야기는 곧 끝나요."

셰퍼가 고개를 끄덕이자 루스는 무릎 위에 올려놓은 핸드백에서 헝겊에 싼 도자기 파편을 꺼내어 탁자 위에 살며시 내려놓았다.

"이것과 비슷한 걸 본 기억이 있죠? 언젠가 당신이 복원해줬으니까. 밀턴은 이 파편을 지하 수장고에서 훔쳐내다가 그 현장을 에드워드한테 들켜버린 거예요. 해고하기에 충분한 이유라고 생각지 않으세요?"

셰퍼는 루스의 날카로운 시선을 피해 눈을 돌린 채 담배를 피우면서 말했다.

"평소에는 쓰레기처럼 생각하고 있던 물건도 막상 도둑맞으면 무슨 보물이나 잃어버린 것처럼 소동을 피운다니까."

루스는 저도 모르게 쓴웃음을 지었다.

"에드워드는 그런 사람이었어요. 그래서 밀턴은 화가 치밀어서 에드워드를…"

셰퍼는 루스를 노려보며 말을 가로막았다.

"잠깐만요. 아직 밀턴이 에드워드를 죽인 범인이라고 결정된 건 아닙니다. 신문은 멋대로 써대고 있지만, 어제 경찰로 시체를 검증하러 갔을 때는 그런 얘기가 나오지 않았어요."

루스는 깜짝 놀란 척했다.

"어머나, 그랬어요? 나는 신문기사를 그대로 믿었는데…"

셰퍼는 담배를 탁자 위의 재떨이에 비벼 끄고 일어섰다.

"그럼 난 바빠서 이만…"

"잠깐만요. 그러면 일이 재미없게 돼요." 루스는 강한 어조로 셰퍼를 제지했다. "밀턴이 훔쳐온 도자기 파편을 당신은 어떻게 했죠? 솔직히 말하는 게 좋아요. 밀턴은 에드워드한테서 해고당한 날 나한테 전부 털어놓았으니까."

허를 찔린 셰퍼는 말문이 막혀 당황한 표정으로 체념한 듯 천천히 의자에 주저앉았다.

"난 빚 독촉을 받으면서 협박당하고 있는 밀턴을 도와주고 싶었을 뿐입니다."

"어머나, 사촌도 아닌데 친절도 하셔라."

셰퍼는 눈을 크게 뜨고 입을 다물었다.

루스는 다그치듯 말했다.

"알고 있어요. 밀턴 파커가 당신이 들여보낸 좀도둑이라는 것쯤은… 그런데 도자기 파편으로 만든 가짜는 여기 놔두었나요?"

"아니, 어디 있는지 모릅니다. 장물아비는 받아주지 않았다고 하던데…"

"아직 밀턴의 아파트에 있을 거예요. 그건 내가 회수해두겠어요. 그러면 에드워드 살해의 원인이 된 증거품을 경찰 눈에 띄지 않도록 숨길 수 있게 되고… 그리고 가짜를 만든 당신의 입장도 생각해보세요."

"대체 무슨 말을 하고 싶은 겁니까?" 셰퍼는 루스를 노려보며 거친 목소리로 말했다.

"절도 및 모조품 위조죄가 될까?" 루스는 거침없이 내뱉었다. "하지만 경찰에는 말하지 않겠어요. 그 대신 조건이 있어요."

그러자 셰퍼는 턱을 쑥 내밀고 되물었다.

"조건요?"

"제니와 손을 끊으세요. 앞으로는 절대 만나지 않겠다고 약속해줄래요?"

그때 문 두드리는 소리가 나고 조수가 얼굴을 내밀었다.

"셰퍼 씨, 14번 스튜디오 세트는 어떻게 할까요?"

셰퍼는 손을 들어 대답하고 루스에게 말했다.

"까다로운 프로듀서가 부르고 있어서 이만 실례해야겠습니다."

우쭐한 얼굴로 말하고 셰퍼가 몸을 일으키자 루스는 손을 들어 제지했다.

"약속해주는 거죠?" 루스는 강한 어조로 다짐을 받았다.

셰퍼는 애매한 웃음을 지으며 대답했다.

"손을 끊으라고 해도 제니가… 어디 한번 생각해봅시다."

"생각할 필요 없어요. 아니, 당신한테는 생각할 자격도 없어요." 루스는 셰퍼를 노려보며 천천히 일어섰다. "약속해줘요."

셰퍼는 어깨를 으쓱하고는 될 대로 되라는 듯이 말했다.

"좋습니다. 약속하죠." 그러고는 문 쪽으로 걸어가려는 루스를 황급히 불러 세웠다. "그 대신 경찰에 말하지 않겠다는 약속은 지켜주셔야 합니다."

"나는 지금도 줄곧 지키고 있어요."

루스는 딱 잘라 말하고 응접실을 나갔다.

2

콜롬보와 밀러는 경찰청 건물 옆을 지나는 1번가를 가로질러, 리틀도쿄라고 부르는 일본인 거리로 들어섰다.

리틀도쿄는 로스앤젤레스 경찰청에서 엎어지면 코 닿을 거리에 있으면서도, 과거에는 치안 상태도 나쁘고 접근하기 어려운 지역이었지만, 몇 년 전부터 시작된 재개발 덕분에 개방적이고 활기찬 동네로 탈바꿈했다.

콜롬보와 밀러는 점심시간에 쇼핑을 즐기려는 사람들 틈에 섞여 쇼핑가를 빠져나갔다. 옷가게와 꽃집, 제과점… 모두 계절에 맞는 다채로운 상품으로 넘쳐흐르고 있다.

광장으로 나가자 콜롬보는 갑자기 멈춰 서서 하늘을 쳐다보았다. 잉어 드림(일본인들이 단오절에 천이나 종이로 잉어 모양을 만들어 장대에 높이 매달아 올리는 것)들이 바람을 받아 헤엄치고 있다. 밀러도 그 시선을 따라 하늘을 올려다보았다. 콜롬보는 눈을 가늘게 뜨고 중얼거렸다.

"저걸 잉어 대신 고래 어미와 새끼로 만들어도 좋겠군."

"고래요?" 밀러가 되물었다.

"하늘을 헤엄치는 고래… 어때?"

"좋은 아이디어인데요."

"어제 라구나비치에서 고래 모자를 보았거든."

밀러는 입을 딱 벌리고 하늘을 쳐다보다가 말했다.

"반장님, 재미있겠는데요. 히트할지도 몰라요. 장난감 가게를 하는 친구가 있으니까, 한번 말해볼까요?"

밀러가 잉어 드림에서 시선을 내렸을 때 콜롬보는 이미 광장을 오가는 인파 속으로 들어가 있었다. 밀러는 허둥지둥 그 뒤를 따라갔다.

두 사람은 광장을 건넌 다음 일본식 두부 요리 전문 식당인 '마메노

키'에 들어갔다. 식당은 여사무원과 젊은 남녀로 북적거리고 있었다.

"햐아, 꽤 번창하는군요. 일본식 바바루아는 인기가 대단한데요." 밀러는 식당 안을 두리번거리면서 말했다.

콜롬보는 주문을 받으러 온 일본옷 차림의 여종업원에게 두부 튀김 두 개를 주문했다. 깊이 고개 숙여 절하고 사라져가는 종업원을 바라보며 밀러가 말했다.

"그런데 반장님, 두 사람의 시체에서 나온 총알 말인데요. 조합해본 결과, 총알에 난 강선흔(총알이 발사될 때 강선에 의해 생긴 흔적)은 역시 두 사람이 각자 갖고 있던 총과 일치했습니다. 두 사람이 서로 쏘았다고 보아도 틀림없을 것 같습니다."

"그래?" 콜롬보는 건성으로 대답하고, 아직도 신기한 듯 메뉴를 들여다보고 있다.

"히야, 두부 스테이크도 있군."

밀러는 콜롬보의 얼굴을 들여다보며 말했다.

"그리고 말입니다, 경위님. 밀턴의 주변을 조사해봤는데 재미난 걸 알아냈습니다."

"뭔데?" 콜롬보는 그제야 겨우 메뉴에서 얼굴을 들었다.

"밀턴 파커는 지독한 노름꾼이었던 모양입니다. 여기저기 노름빚을 많이 지고 있더군요. 개중에는 상당히 귀찮게 빚 독촉을 하는 사람들도 섞여 있고, 갱단에서도 돈을 빌렸습니다. 갱들이 빚 독촉을 하면서 쫓아다녔다면 밀턴이 테이프에 녹음한 '놈들한테 쫓기고 있다'는 말도 설명이 될 수 있을 것 같습니다."

그때 여종업원이 두부 튀김을 가져왔다.

"포크와 나이프를 드릴까요? 아니면 젓가락으로 드시겠습니까?"

콜롬보는 싱긋 웃고는 종업원이 내민 쟁반에서 젓가락을 집어들었다.

밀러는 나이프와 포크를 집었다. 노릇노릇하게 튀긴 두부에서 향긋한 냄새가 풍겨와 두 사람의 식욕을 자극했다.

밀러는 포크로 두부 한 덩어리를 찍어서 입에 집어넣고 점잖게 있다가, 꿀꺽 삼키고는 말했다.

"반장님, 이거 꽤 맛있는데요. 다음에는 꼭 집사람을 데려와야겠습니다."

콜롬보는 젓가락을 어색하게 놀리면서 두부와 악전고투를 하고 있었다. 젓가락을 오른손에 쥐었다 왼손으로 옮겨 쥐었다 하는 동안 두부의 원형이 점점 허물어졌다. 콜롬보는 한숨을 내쉬고는 두 손에 젓가락을 한 짝씩 잡고 포크와 나이프처럼 다루기 시작했다. 그러다가 문득 얼굴을 들어 두부를 맛있게 입으로 가져가는 밀러를 노려보며 말했다.

"그런 녀석한테 용케 돈을 빌려줬군."

"반장님, 바로 그겁니다."

밀러는 고개를 끄덕이고 포크를 내려놓은 다음 주머니에서 비닐봉지를 꺼냈다. 봉지 안에는 도자기 파편이 두 개 들어 있었다. 밀러는 그것을 식탁에 나란히 꺼내놓았다.

"밀턴의 가방에 들어 있던 도자기 파편입니다. 어떻습니까, 이 고색창연하고 두툼한 감촉… 표면에 그려진 무늬에는 평화로운 정취가 있지요? 이 조각만 보아도 비잔틴 시대의 전형적인 도자기 접시라는 걸 알 수 있습니다."

"아아, 그래…" 콜롬보는 허물어진 두부 한쪽에 젓가락을 푹 찔러넣고는 도자기 파편으로 손을 뻗어 아무렇게나 움켜잡았다. "내 눈에는 두부 조각과 별 차이가 없는 것처럼 보이는데… 그래서?"

밀러는 콜롬보의 손에서 도자기 조각을 도로 빼앗으면서 말했다.

"반장님, 잘 보세요." 그러고는 진지한 얼굴로 두 개의 조각을 맞추었다. "어떻습니까? 딱 들어맞지요? 이걸 발견한 순간 문득 깨달았습니다. 밀턴은 모조품 위조에 가담하고 있었던 겁니다."

"모조품?"

"그렇습니다. 진짜 조각을 섞어서 가짜를 만드는 기법은 옛날부터 있었지요. 그렇게 하면 비교적 만들기도 쉽고, 진짜가 섞여 있으니까 잘 들통나지도 않습니다. 요컨대 밀턴은 모조품용 도자기 조각을 훔치고 있었다고 보아도 틀림없을 겁니다."

"과연… 취미는 역시 도움이 되는군."

밀러는 보란 듯이 고개를 끄덕이고, 두부를 솜씨 좋게 포크 위에 얹어 입으로 가져가면서 말했다.

"거기서 그 메모가 관련되는 겁니다. '그 물건… 장물아비… 항아리'라는 메모 말입니다. 다시 말해서 '그 물건'이란 도자기 조각이고, 그것으로 가짜를 만들어 장물아비에게 넘기는 밀매 루트를 보여주고 있습니다. 밀턴은 그것으로 돈을 벌어 빚을 갚을 작정이었던 게 분명합니다."

밀러는 우쭐한 얼굴로 말한 다음 남은 두부를 날름 먹어치웠다.

콜롬보는 그 모습을 원망스러운 눈초리로 바라보며 물었다.

"항아리는?"

"항아리 말입니까? 글쎄요… 이 도자기 조각으로 항아리를 만들 생각이었는지도 모르지요."

"접시 조각으로 항아리를 만들 수 있나?"

"좀 어려울까요? 그러고 보니 옛날 피터 브랜트가 주연한 〈황금의 창〉이라는 영화가 있었어요. 진짜와 가짜 항아리를 알아맞히는 코미디였지요. 집사람이랑 함께 보러 갔는데, 그날이 마침 13일 금요일이라… 영화관을 나온 순간 손목시계가 툭 소리를 내면서 망가지고 말았지요. 얼마나 무서웠던지…"

"아아, 그래…" 콜롬보는 깨끗한 밀러의 접시와 자기 접시를 번갈아 바라보다가, 젓가락을 흔들어 지나가는 여종업원을 불러 세웠다. "저어, 이걸 숟가락으로 바꿔줄 수 있나요?"

"아, 나는 두부 튀김 하나만 더 갖다줘요." 밀러가 재빨리 말을 걸었다. 그러고는 콜롬보에게 말을 이었다. "반장님, 이 두부는 값이 얼맙니까?"

콜롬보는 헛기침을 하고는 젓가락을 내던지고 밀러를 바라보았다.

"두부 튀김은 몇 그릇을 먹어도 좋지만, 자네한테 조사를 부탁할 게 있어."

"좋습니다."

"새크라멘토(캘리포니아의 주도)에 다녀와주지 않겠나?"

"새크라멘토요? 거긴 뭐하러요?"

밀러가 의아한 얼굴로 물었을 때 여종업원이 숟가락을 가져왔다.

"대단한 건 아니야. 호적을 조사하는 일이지."

콜롬보는 푸딩처럼 뭉개져버린 두부를 숟가락으로 떠서 입에 넣었다.

3

리턴 미술관으로 돌아온 루스는 집무실에서 오후 시간을 보내고 있었다.

장례식 초청객 명단을 정리한 뒤 '스페인 보물전' 포스터를 점검하고, 후원자와 의견을 나누었다. 이윽고 루스는 한숨을 내쉬며 안경을 벗고 눈을 감았다.

역시 수사 상황이 마음에 걸렸다. 자동응답기, 밀턴에게 쓰게 한 메모, 차에 부린 잔꾀… 수사의 눈을 교란시키기 위해 만들어둔 몇 가지 함정.

그래, 함정은 많으면 많을수록 좋아. 밀턴의 팔에 난 벌레 물린 자국 같은 붉은 반점이 예방주사 자국이라는 걸 콜롬보가 알아보았을 때는 식은땀이 났지만, 다행히 밀턴이 외국으로 달아날 계획이었다는 것을 뒷받침하는 좋은 증거가 됐어… 루스는 돌아가는 상황에 만족하여 미소를 지었다.

저녁때 현장에서 만나고 싶다는 콜롬보의 목적은 무엇일까? 어떤 함정을 냄새 맡으러 오는 것일까? 우선은 '놈들'의 정체를 파악했다는 보고라도 하러 오는 걸까?

이런저런 생각을 하고 있을 때 개 짖는 소리가 들렸다. 어리광을 부리는 것 같기도 하지만 어딘지 모르게 쓸쓸한 울음소리였다. 루스는 책상 앞을 떠나 창가로 다가갔다. 레이스 커튼을 걷고 앞뜰을 내려다본다.

석양을 받은 야자나무가 정원 잔디밭에 기다란 그림자를 떨구고 있다. 문 옆의 길가에 더러운 자동차 한 대가 서 있었다. 코트 차림의 작달막한 사내가 자동차 문을 열고 나왔지만, 윗몸을 차 안으로 들이민 채 꼼지락거리고 있다. 그때 갑자기 사내의 발치를 검은 그림자가 스쳐 지나갔다. 몸통이 긴 개가 기다란 귀를 흔들며 문 안으로 뛰어들어온다. 사내가 황급히 그 뒤를 따른다. 사내는 문 안으로 들어오자 뭐라고 외치면서 앞뜰을 깡충깡충 뛰어다니는 개를 쫓아갔다. 개는 꼬리를 계속 흔들며 짤막한 다리를 잽싸게 움직여 사내를 놀리듯 도망쳐다닌다.

루스가 미소를 지으며 내려다보고 있을 때 갑자기 현관에서 집사 마이클이 뛰쳐나왔다.

"안 돼요! 미술관 안에서 개를 뛰놀게 하면!"

마이클의 날카로운 목소리가 울려 퍼졌다. 안색이 변한 집사는 두 팔을 내밀어 맹렬히 휘두르면서 사내에게 다가간다.

"나가주세요! 오늘은 휴관입니다."

집사의 성난 목소리에 주눅이 들었는지 사내는 그 자리에 우뚝 서버렸다. 개는 신이 나서 계속 짖어대며 두 사람 주위를 뛰어다니고 있다. 사내에게 바짝 다가간 집사가 삿대질을 하면서 충고하는 동안 개는 토끼처럼 팔짝팔짝 뛰어 덤불 속으로 들어가버렸다. 사내는 집사에게 고개를 꾸벅 숙이며 미안한 듯 사과하고 있다가, 문득 개를 돌아보고는 느닷없이 고함을 질렀다.

"이 녀석아! 안 돼, 거기 들어가면 안 돼!" 사내는 외치면서 코트를 펄럭이며 덤불로 달려갔다.

집사가 잠시 망설이다가 그 뒤를 따른다.

이윽고 사내는 개를 안고 덤불에서 나왔지만, 집사가 무서운 기세로 다가가자 손사래를 치면서 문밖으로 뒷걸음쳤다.

루스는 저도 모르게 웃음을 터뜨렸다. 마치 채플린 영화를 보고 있는 것 같았다.

마이클은 사내가 자동차로 돌아가는 것을 지켜보고 있다가 발꿈치를 돌려 현관으로 돌아왔다. 벗어진 머리가 현관 안으로 사라진다.

사내는 개를 안은 채 잠시 자동차에 기대서 있었다. 그러다가 이윽고 개를 땅에 내려놓은 다음, 자동차 안에서 가죽끈을 꺼내어 개의 목걸이에 끼웠다. 그러고는 인체를 조각한 문기둥 하나에 개를 묶었다. 개는 애처롭게 한 번 짖었지만, 드디어 체념한 듯 그 자리에 털썩 주저앉았다. 사내는 쪼그리고 앉아서 개의 머리를 쓰다듬으며 조각 받침대에 새겨진 글씨를 들여다보고 있다가, 천천히 일어나서 조각을 쳐다보고 또 다른 문기둥을 돌아보았다.

그런 다음 손목시계를 힐끔 보고 결심한 듯 다시 문 안으로 들어왔다. 코트 앞자락을 궁상맞게 풀어헤치고 느슨하게 맨 넥타이를 시계추처럼 흔들며 안짱다리로 앞뜰을 누비면서 다가온다. 루스는 순간 이상하다는 느낌을 받았다. 지난번과는 왠지 인상이 다르다고 생각했을 때 사내는 현관으로 들어와 시야에서 사라졌다.

　루스는 창가를 떠나 아버지가 애용하던 등나무 흔들의자에 몸을 맡겼다. 그리고 낡은 벽시계를 바라보았다. 약속시간보다 40분이나 이르다. 그때 문 두드리는 소리가 나고, 집사 마이클이 얼굴을 들이밀었다.

　"아가씨, 저번에 왔던 그 이상한 형사가 찾아왔습니다. 약속시간보다 너무 일찍 왔다느니 뭐니 하고 횡설수설 늘어놓고 있습니다만, 거절할까요?"

　마이클에게는 콜롬보가 온다는 말을 해두지 않았다.

　"괜찮아요. 전시실로 안내해요."

　집사가 불만스러운 얼굴로 떠나자 루스는 흔들의자를 두세 번 흔들고 나서 천천히 일어섰다. 그리고 콤팩트를 꺼내어 가볍게 루주를 바르고 안경을 고쳐 썼다.

　계단을 내려가자 마이클이 전시실 한복판에 서 있는 콜롬보를 감시하듯 노려보고 있었다. 콜롬보의 뒷모습이 묘하게 말쑥하다. 뒤를 돌아본 콜롬보가 먼저 인사를 하며 다가왔다.

　"아, 안녕하십니까. 내가 좀 일찍 와서… 경황이 없으실 텐데 죄송합니다."

　루스는 콜롬보의 머리 모양을 보고 저도 모르게 미소를 지었다.

　"어머나, 멋진 헤어스타일이군요. 잘 어울리는데요."

　콜롬보는 멋쩍은 웃음을 지으며 가볍게 머리를 쓰다듬었다.

　"정말입니까? 정말로 어울립니까? 모두 심한 말을 하면서 놀려댄답니다. 게다가 개까지 나를 몰라보고…" 콜롬보는 어깨를 으쓱하고는 가슴주머니에서 시가를 꺼내어 덥석 입에 물었다.

　그 순간 집사의 목소리가 울려 퍼졌다.

　"안 됩니다! 미술관 안에서는 금연입니다!"

　콜롬보는 등줄기를 곧게 펴고, 태엽장치가 된 자동인형처럼 입에서 시가를 떼어냈다.

"이거 정말… 실례했습니다."

가슴주머니에 시가를 돌려놓는 콜롬보에게 루스는 타이르듯 말했다.

"비염에도 좋지 않으니까요." 그러고는 집사를 돌아보며 말했다. "마이클, 오늘은 이만 돌아가도 좋아요."

"아닙니다, 아가씨. 저는 아직 좀 더 있다가…"

"괜찮아요. 문단속이나 뒤처리는 내가 할 테니까 걱정 마요."

집사는 고개를 끄덕이고, 아무래도 콜롬보가 마음에 걸리는 듯한 태도로 전시실을 나갔다.

루스는 콜롬보를 돌아보며 말했다.

"무뚝뚝하고 완고한 사람이지만, 아버지 때부터 일해온 리턴 가의 감찰관이랍니다."

"알고 있습니다. 아까도 개가 뜰에서 폐를 끼쳐서… 그러니까 덤불 속에서 그만 실례를…"

루스는 2층에서 내려다본 광경을 생각하면서 모르는 척하고 물었다.

"그래서 애견인 개는 어떻게 하셨어요?"

"실은 약속시간보다 너무 일찍 도착했기 때문에 정원을 산책시켰는데, 아무래도 차 안에 들어가려고 하질 않아서 문기둥에 묶어두었지요. 그러면 안 됩니까?"

"괜찮아요. 어느 쪽 문기둥에 묶어놓았는지, 알아맞혀 볼까요?"

콜롬보는 안심한 듯 표정을 누그러뜨리며 고개를 끄덕였다.

"아마… '찰나의 기쁨' 쪽이죠? 여인상 말이에요."

콜롬보는 싱긋 웃고는 눈을 치뜨고 루스를 살폈다.

"맞습니다. 또 다른 동상은 분명 남자였어요."

"네, 그건 '영원한 비애'라고 부르죠."

"찰나의 기쁨과 영원한 비애라… 문학적이군요."

콜롬보가 감탄한 듯 중얼거리자 루스는 덧붙였다.

"오스카 와일드의 산문시 〈예술가〉에 나오는 두 개의 조각상을 따서 붙인 이름이에요. 5년 전에 제 부모님을 본떠서 만들게 했지요."

"부모님을요? 그러면 아버님이 '영원한 비애'고 어머님이 '찰나의 기쁨'이라는 겁니까?"

루스가 고개를 끄덕이자 콜롬보는 싱긋 웃으며 머리를 살짝 쓰다듬었다.

"그렇군요. 과연 예술과 늘 관련을 맺고 계시는 분은 다르군요. 나 같은 사람은 도저히 생각해내지 못할 아이디어예요."

"경위님도 부모님께 만들어드리면 어때요?"

"우리 아버지와 어머니한테요? 내가 말입니까? 그렇군요… 아버지는 낚시를 좋아하시니까 '영원한 낚시'라 부르고, 어머니는 '찰나의 사치'라고 할까요? 하지만 동상 같은 건 도무지 어울리질 않습니다. 기껏해야 인형 정도지요."

루스는 웃음으로 대답하고 안경테를 만지작거렸다.

"그런데 경위님, 오늘은 무슨 일로 오셨나요?"

"실은 말입니다, 이제 와서 새삼스럽게 이런 질문을 하는 것도 이상하지만, 사건이 일어난 날 밤에 뭘 하고 계셨는지, 그걸 깜박 잊고 묻지 않아서… 이건 조서를 꾸미는 데 필요한 형식적인 질문이지만…"

각오하고 있던 질문이었다.

"그날 밤에요? 그건 잘 기억하고 있어요." 루스는 시원스럽게 말하고 미소를 지었다.

"그날은 내 생일이었기 때문에 언니 집에서 파티를 하고…"

"파티는 몇 시까지 하셨습니까?"

"11시쯤 됐나? 언니나 제니한테 물어보세요. 아 참, 그러고 보니 그날 밤 11시쯤에 미술관으로 전화를 걸어보았는데, 에드워드가 전화를 받지 않았어요. 그때는 집으로 돌아갔나 보다고 생각했지만…"

콜롬보는 조그맣게 신음소리를 내고 나서 물었다.

"그 다음은요?"

"응접실에서 책을 읽었어요."

"그다음에는요?"

"두 시간쯤 책을 읽고… 그래요, 자정이 지나서 잠자리에 들었어요." 콜롬보가 고개를 끄덕이고 침묵을 지켰기 때문에 루스는 웃으면서 덧붙였다. "이걸로는 알리바이가 안 되나요?"

콜롬보는 싱긋 웃으며 어깨를 으쓱했다. 그러고는 코트 주머니에 손을 집어넣어 주섬주섬 뭔가를 꺼냈다.

"이걸 좀 봐주시겠습니까?"

그게 뭔지, 루스는 한눈에 알아차렸지만, 자못 의아한 표정을 지었다.

"뭔데요?"

콜롬보는 도자기 파편 두 개를 손바닥에 올려놓고 루스에게 내밀었다.

"이게 밀턴의 가방 속에 들어 있었습니다."

루스는 도자기 파편을 받아들고 유심히 들여다보았다. 수사의 눈을 속이기 위해 가방에 넣어둔 비잔틴 양식의 도자기 접시 조각이었다. 루스는 알았다는 듯이 고개를 끄덕이고 호소하듯 콜롬보를 바라보았다.

"이건 우리 미술관에서 소장하고 있던 도자기 파편이에요. 하지만 어째서 이게 이런 일에…"

콜롬보는 이마에 손을 대고 북북 긁었다.

"조사해봤더니 밀턴은 상습 절도범이라느니, 노름빚 때문에 갱단에 쫓기고 있었다느니… 여러 가지 좋지 못한 소문이 있어서… 그래서 빚을 갚기 위해 도자기 조각을 훔쳐내어 모조품 제조자의 앞잡이 노릇을 한 게 아닐까 하고…"

루스는 고개를 끄덕이고 몸을 앞으로 내밀었다.

"그랬군요. 이제야 알았어요. 왜 에드워드가 밀턴을 해고했는지… 에드워드는 소장품 목록을 만들다가 도자기 파편이 없어진 것을 알고 밀턴을 해고한 게 분명해요."

"그렇군요. 추리력이 대단하십니다. 이왕 추리력을 발휘하는 김에 누가 그 도자기 파편으로 가짜를 만들고 있었는지는 짐작이 가지 않으십니까?"

루스는 속으로 웃으면서, 생각을 더듬는 것처럼 파편 두 개를 맞추어 보고 있다가 문득 얼굴을 들고 말했다.

"혹시 셰퍼가… 아니, 설마 그럴 리가…"

"셰퍼요?" 콜롬보가 이마에 주름을 잡으며 되물었다. "밀턴의 사촌형인가 하는 팀 셰퍼 말입니까?"

루스는 도자기 파편을 콜롬보에게 돌려주면서 목소리를 낮추었다.

"네, 하지만 아마 내가 잘못 생각했을 거예요. 틀림없이…"

"아니, 괜찮습니다. 말씀해주십시오. 왜 그렇게 생각하셨는지."

"실은 전에 에드워드가 팀 셰퍼를 소개하면서, 셰퍼가 도자기를 복원할 수 있다고 하길래 일을 부탁한 적이 있어요. 그랬더니 정말 훌륭하게 복원해 왔더라고요. 깜짝 놀라서 누구한테 이런 기술을 배웠느냐고 물었더니, 자기 아버지가 공예품 가게를 하고 있어서 어릴 적부터 그런 걸 만지작거렸다고…"

콜롬보는 손에 든 도자기 파편을 내려다보며 중얼거리듯 말했다.

"그렇군요. 셰퍼가 밀턴을 뒤에서 조종했을 가능성도 있겠군요."

"경위님, 지금 말씀드린 건 어디까지나 제 추리에 불과한 거니까…" 이렇게 말하고 루스는 손목시계를 들여다보았다. "이제 그만 돌아가봐야겠어요. 내일 아침에는 에드워드의 장례식이 있어서."

"한 가지만 더… 아니, 실은 방금 말씀하신 것과 지금부터 내가 이야기하고 싶은 것은 내용이 딱 일치합니다. 바쁘신데 죄송하지만, 잠깐이면 되니까…"

콜롬보는 도자기 파편을 오른쪽 주머니에 집어넣고 이번에는 왼쪽 주머니에서 검은 비닐봉지를 꺼냈다.

"이걸 좀 봐주십사고…" 콜롬보는 마술사처럼 한 손을 비닐봉지 속에 집어넣었다.

루스는 놀리는 듯한 어조로 말했다.

"경위님 주머니에는 온갖 물건이 가득 들어 있군요. 꼭 마법의 주머니처럼…"

콜롬보는 싱긋 웃으며 고개를 끄덕이고는 권총을 아무렇게나 꺼냈다.

"이건 에드워드 씨가 쥐고 있던 총인데, 짐작 가는 데가 없으십니까?"

루스는 콜롬보가 내민 레밍턴을 들여다보고 다짐하듯 되물었다.

"이걸로 밀턴을 쏘았나요? 이건 우리 아버지가 남긴 소중한 유품인데요."

"조각이 새겨져 있어서 꼭 미술품 같더군요. 하지만 어째서 에드워드 씨가 이 총을 갖고 있었죠?"

"집무실 벽에 장식용으로 걸려 있어서, 만약의 경우에는 호신용으로 쓸 수 있게 해놓았어요."

"그렇군요." 콜롬보는 계단 쪽을 돌아보며 말을 이었다. "그래서 그날 밤 침입자를 알아차린 에드워드 씨는 이걸 들고 내려와서…" 콜롬보는 다시 고개를 돌려 총구를 전시실 쪽으로 겨누었다. "밀턴과 동시에 총을 쏘았다는 얘기가 되나요?"

"그렇게 되겠죠."

"아니… 아무래도 그 점이 납득이 가질 않습니다." 콜롬보는 팔짱을 끼고 턱 끝을 문질렀다. "나는 서부 영화를 아주 좋아해서 지금까지 무척 많이 보았지만, 양쪽이 동시에 총을 쏘고 동시에 쓰러지는… 그런 결투 장면은 본 적이 없어요. 안 그렇습니까?"

루스는 생각지도 않은 질문에 당황했지만, 미소를 지으며 대답했다.

"글쎄요, 서부 영화는 별로 본 적이 없어서. 하지만 그건 결투할 때 주인공이 죽어버리면 곤란하기 때문이 아닐까요?"

루스는 농담으로 받아넘겼지만 콜롬보는 진지한 표정으로 말했다.

"서부 영화를 우습게 보지 마십시오. 피터 브랜트 씨도 서부 영화에 몇 편 출연하셨잖습니까. 〈최후의 총잡이〉나 〈황야의 수배자〉를 비롯해서… 어쨌든 묘한 결투예요."

루스는 콜롬보한테서 눈길을 돌려 벽에 걸린 풍경화를 바라보며 말했다.

"경위님의 가설이 전제와 일치하지 않으니까 가설 자체를 의심해봤다는 거군요?"

콜롬보는 머리를 긁으려다가 얼른 손을 내리고, 멋쩍은 웃음을 지으며 목덜미를 북북 긁었다.

"관장님이 가르쳐준 교훈을 당장 써먹어보려고…"

"하지만 경위님, 영화 장면에는 없다고 하더라도 실제로 일어나는 우연한 사건은 수없이 많잖아요? 그 사실도 전제에 포함시키지 않으면…"

"아니, 잠깐만요." 콜롬보는 한 손을 들어 루스의 말을 가로막았다. "그 전에 또 하나의 대전제가 있는데, 그날 밤 사건이 일어났을 때 이곳은 캄캄했습니다." 이렇게 말하고 콜롬보는 사팔눈으로 전시실을 둘러보았다.

"콜롬보 씨…" 그야 당연하잖아요… 하는 말을 꿀꺽 삼키고 루스는 타이르듯 말했다. "알아차리셨겠지만 이 전시실에는 창문이 없답니다. 그러니 보시다시피 불을 켜지 않으면 대낮에도 캄캄해요."

"그렇다면 말입니다…" 콜롬보는 천장을 멍하니 쳐다보며 말을 이었다.

"현장을 처음 발견한 사람은 제니 양입니다. 제니 양은 전등 스위치를 켜고 시체를 발견했다고 말했습니다. 그렇다면 그날 밤 이 전시실의 불은 꺼져 있었다는 얘기가 됩니다." 콜롬보는 천장에서 시선을 내리고 시체가 놓여 있던 쪽을 가리켰다. "캄캄한 어둠 속에서 두 사람이 한 발씩 쏘아서 서로 죽인다는 건 도저히 불가능한 일입니다. 미안하지만 전등 스위치를 좀 내려주실래요?"

콜롬보의 재촉을 받고 루스는 할 수 없이 현관 옆으로 가서 스위치에 손을 댔다. 불이 꺼진 순간 루스는 온몸에 전류가 흐른 듯한 충격을 느꼈다. 그날 밤에 자신이 취한 마지막 행동이 또렷이 되살아난다.

어둠 속에서 콜롬보의 탁한 목소리가 들렸다.

"그렇습니다! 바로 그렇게 한 겁니다!"

루스는 숨을 죽인 채 어둠 속에 녹아든 형사를 향해 물었다.

"누가요?"

"에드워드 씨와 밀턴을 죽인 범인 말입니다."

그 목소리는 루스의 가슴을 날카롭게 찔렀다. 루스는 현기증을 느꼈다. 루스는 어둠의 공포를 견디지 못하고 저도 모르게 스위치를 올렸다. 눈부신 듯 눈살을 찌푸린 콜롬보가 불빛 속에 떠올랐다. 그 손에 아버지의 권총이 쥐어져 있다. 루스는 순간 사살되는 게 아닐까 하는 착각에 사로잡혔다.

루스는 땀이 밴 손을 움켜쥐고 간신히 태연함을 가장했다.

"경위님, 이야기가 너무 비약해서 잘 모르겠군요. 두 사람 가운데 하나가 불을 켠 게 아닐까요?"

콜롬보는 어깨를 으쓱하고 두 팔을 벌리며 말했다.

"켤 수는 있지요. 하지만 둘 다 죽어버린 뒤에 누가 불을 껐을까요?"

루스도 어깨를 으쓱하고 과장되게 두 팔을 벌려 보였다.

"정말 이상하군요. 무슨 일이 있었던 걸까요?"

"이상하지만, 이건 가설이 아닙니다. 대전제지요." 콜롬보는 손에 든 권총을 빙그르르 돌려서 손잡이 쪽을 루스의 눈앞에 내밀었다. "선친의 유품은 돌려드리겠습니다. 감식은 벌써 끝났으니까요."

루스는 권총을 받아드는 손이 부들부들 떨리고 있는 것을 콜롬보가 눈치채지 못하도록 재빨리 총을 받아들었다. 그 어색한 움직임을 알아차렸는지 콜롬보의 눈썹이 꿈틀 움직였다.

"그럼 오늘은 이만…" 이 말을 남기고 콜롬보는 현관으로 다가가 문을 열어젖혔다.

그 순간 개가 애처롭게 한 번 짖었다. 콜롬보는 어두워지는 정원을 빠른 걸음으로 가로질러 문으로 걸어간다.

루스는 마지막까지 지켜보지 않고, 분노와 초조감을 억누르며 살짝 현관문을 닫았다. 그리고 전시실 한가운데로 돌아와 잠시 멈춰 섰다. 온갖 생각이 머리를 스치고 지나갔다. 루스는 스스로 판 함정에 빠져버린 자신을 꾸짖으면서 벽에 달린 스위치를 바라보았다.

그러나 곧 루스는 기분을 돌이켜 아버지의 동상을 돌아보았다. 콜롬보의 말대로 그건 분명 가설이 아니야… 불이 꺼져 있었다면 제삼자의 짓이라는 얘기가 돼. 하지만 그게 결정적인 건 아니야… 루스는 이렇게 자신을 타이르고, 천천히 현관 옆으로 다가가 전등 스위치를 내렸다.

제5장

수요일

1

팀 셰퍼가 점심을 먹고 돌아오자 비서가 눈이 빠지게 기다렸다는 듯이 말했다.

"아까부터 이상한 손님이 와서 기다리고 계세요. 지금 응접실에 앉아서…"

셰퍼는 저고리를 벗으면서 되물었다.

"이상하다니?"

"콜롬보 씨라고 하던데요…" 셰퍼의 표정이 갑자기 굳어졌기 때문에 비서는 변명하듯 덧붙였다. "사전 약속이 없는 분과는 만나지 않는다고 말씀드렸지만, 기다리겠다면서 성큼 들어와서는…"

셰퍼는 안쪽 응접실에 들리지 않도록 목소리를 낮추었다.

"괜찮아. 그 형사는 원래 그런 사람이니까."

이 말에 비서가 의아한 듯이 대꾸했다.

"어머나, 그 후줄근한 코트를 입은 사람이 형사예요?"

셰퍼는 쓴웃음을 지었지만, 콜롬보가 무슨 일로 왔을까 궁금해하면서 응접실 문을 열었다.

콜롬보는 칠칠치 못하게 소파에 기대어 졸고 있었다. 셰퍼가 벽을 두드렸다. 그러자 콜롬보는 튕기듯 벌떡 일어나 앉았다.

"아니, 이거… 소파가 너무 편안해서 그만 잠이 들어버렸군요." 셰퍼가 미소를 짓자 콜롬보는 허리띠에 끼워둔 꾸깃꾸깃한 손수건을 꺼내어 쿵쿵 소리를 내면서 코를 풀었다. "여전히 이 꼴이라… 달인 차를 마셨지만 전혀 효과가 없어요."

셰퍼는 졸린 듯 퉁퉁 부어오른 콜롬보의 얼굴을 바라보았다.

"그런데 무슨 일로?"

"실은 밀턴 씨에 대해 조사해봤는데, 아무래도… 아니, 아직 밀턴 씨가 범인으로 확정된 건 아니지만 여러 가지로…"

"여러 가지로 어떻다는 겁니까?"

콜롬보는 속삭이듯 목소리를 낮추었다.

"좋지 않은 소문이 있어서… 그 사람은 꽤나 많은 빚을 지고 있었던 모양입니다."

셰퍼는 자못 놀란 듯한 표정으로 콜롬보를 바라보았다.

"그런 얘기는 들은 적이 없는데요."

"그 사람이 노름꾼이라는 걸 모르십니까? 카지노에 가서 잃고 경마를 해서 잃고, 빚더미에 올라앉아 갱단에 쫓기고 있었다는 걸 정말 모르세요?"

"금시초문입니다. 하지만 그걸로 확실해진 거 아닙니까? 자동응답기에 '놈들한테 쫓기고 있다'고 말한 건 바로 그거였군요. 밀턴은 그 때문에 잘못을 저지르고, 에드워드 씨한테 현장을 들키자 맞총질을 해버린 게 분명합니다."

콜롬보는 헛기침을 하고 손수건으로 입 언저리를 닦으면서 말했다.

"그럴 가능성도 없진 않지만…" 셰퍼는 기대하듯 콜롬보의 표정을 살폈지만, 콜롬보는 셰퍼의 기대를 저버렸다. "밀턴 씨는 도둑질도 한 것 같습니다."

셰퍼는 콜롬보의 말뜻을 헤아리지 못하고 초조하게 따져 물었다.

"잠깐만요. 밀턴이 갱단에 쫓기고 있었다는 얘기는 어떻게 됐습니까?"

"뭔가 알아내면 나중에 알려드리죠. 그 전에 그 절도사건 말인데요…"

셰퍼는 얼버무려 넘기는 듯한 콜롬보의 말투에 화가 치밀었다.

"밀턴이 도대체 뭘 훔쳤다는 겁니까?"

그러자 콜롬보는 손에 들고 있던 누르스름한 손수건을 만지작거리면서 말했다.

"리턴 미술관에서 비잔틴 시대의 도자기 파편을 몇 개 훔쳤어요."

셰퍼는 당황했다. 어제 루스가 지적한 말이 생각났다. 셰퍼는 의아한 듯 고개를 갸웃해 보였다.

"설마… 밀턴이 그런 짓을 할 리가 없습니다."

"사촌형으로서는 믿고 싶지 않겠지만, 그날 밤 밀턴 씨가 갖고 있던 가방 속에도 도자기 파편이 들어 있었어요."

"그게 리턴 미술관의 물건이라는 겁니까?"

"관장님한테 보여주고 확인을 받았습니다."

셰퍼는 모조품 문제를 루스가 말하지 않았기를 바라면서 시치미를 떼고 물었다.

"도대체 무엇 때문에 그런 물건을?"

콜롬보는 다시 그 질문을 얼버무려 넘기듯 말했다.

"게다가 그 사람은 장물아비와도 깊은 관계를 갖고 있었던 모양이에요."

"장물아비와?" 셰퍼는 말문이 막혔다. 도대체 어디까지 조사가 진행되어 있는지 알 수가 없어서 더욱 기분이 나빴다.

"도난품이나 모조품이라는 걸 알면서도 사들이는 사기꾼 미술상들이죠. 밀턴은 그 사람들한테 그 물건을 팔아서 그 돈으로 빚을 갚으려고 했던 모양이에요."

콜롬보는 한쪽 눈썹을 치켜 올린 채 셰퍼를 똑바로 바라보았다.

"말도 안 돼!" 셰퍼는 저도 모르게 거친 목소리로 외쳤다. "콜롬보 씨, 무슨 증거라도 있습니까?"

"당신이야말로 뭔가 짐작 가는 데가 있지 않나요?" 콜롬보가 관자놀이를 긁으면서 되받아쳤다.

"네? 무슨 말씀이신지?"

"짐작 가는 데가 있을 텐데요."

셰퍼는 완전히 혼란에 빠져 할 말을 잃었다. 루스가 말해버린 게 아닐까 하는 불안에 사로잡혀 있을 때, 콜롬보가 끈질기게 캐물었다.

"아니, 짐작이라기보다 당신은 밀턴에 대해서 뭔가 숨기고 있어요."

끝까지 시치미를 떼려고 했지만 콜롬보가 어디까지 알고 있는지를 알 수가 없기 때문에 무턱대고 잡아뗄 수만도 없는 분위기였다.

문득 우편함에 들어 있던 물건이 머리에 떠올랐다. 군색한 변명을 하기보다는 그 물건을 밀턴이나 장물아비와 결부시켜버릴 수는 없을까? 괜히 숨기고 있다가 들통나면 입장이 더 곤란해져. 사실대로 털어놓고 그 물건을 콜롬보에게 건네주는 편이 약삭빠를지도 몰라… 셰퍼가 어떻게 할까 망설이고 있을 때 콜롬보가 말했다.

"역시… 그럼 할 수 없지." 콜롬보는 혼잣말처럼 중얼거리고 소파에서 일어섰다.

셰퍼는 이 말을 협박으로 받아들였다. 뭔가 반응을 보이지 않았다가는 터무니없는 사태를 초래할 것 같은 기세였다.

콜롬보가 문손잡이를 잡았을 때 셰퍼는 망설임을 떨쳐버리고 콜롬보를 불러 세웠다.

"경위님, 잠깐 보여드리고 싶은 물건이 있는데요…" 셰퍼는 장식장으로 다가가서 안쪽에 숨기듯 놓아둔 버클을 꺼내어 콜롬보에게 내밀었다. "이게 아파트 우편함에 들어 있었어요. 누가 넣었는지 짐작도 가지 않고, 또 무엇 때문에 넣었는지도 알 수 없고…"

콜롬보는 어슬렁어슬렁 돌아오더니 허리를 숙여 금빛으로 반짝이는 손바닥만 한 물건을 들여다보았다. 그러다가 아무렇게나 손에 집어들고 물었다.

"이게 도대체 뭐죠?"

"아마 버클인 것 같습니다만…"

"버클? 허리띠에 끼우는 버클 말입니까?" 콜롬보는 그것을 바지 허리띠에 대보았다. "무척 큰 버클이군요."

"예, 분명히 리턴 미술관에 진열되어 있는 것을 본 기억이… 루스 관장한테 보이는 게 어떻겠습니까?"

"이것도 리턴 미술관 물건입니까? 그게 어째서 여기에?" 콜롬보는 과장된 몸짓으로 캐물었다.

그러자 셰퍼는 황급히 손사래를 치며 말했다.

"잠깐만요. 오해하진 말아주세요. 누군가가 우편함에 넣어두었다고 말하지 않았습니까? 믿어주세요."

그러자 콜롬보는 창가에 서 있는 하얀 선반을 가리켰다.

"저기 선반에 금빛 항아리가 놓여 있군요. 저 속에 전부터 들어 있었던 거 아닙니까?"

"뭐라고요?" 셰퍼는 방심한 듯 항아리를 바라보고 있다가 갑자기 팅

기듯 벌떡 일어섰다. "무슨 말을 하는 겁니까? 농담이라도 그런 말은 하지 마세요."

콜롬보는 어깨를 으쓱하고는 셰퍼에게 앉으라고 말했다. 셰퍼가 다시 자리에 앉자 콜롬보는 바지 주머니에서 종이쪽지를 꺼냈다.

"이 메모는 사건이 일어나던 날 밤 밀턴 씨의 주머니에 들어 있었던 겁니다. 그런데 수수께끼 같아서 무슨 뜻인지 잘 모르겠어요. 무슨 암호문 같은데…"

콜롬보는 쪽지를 내려다보며 입을 다물었다. 셰퍼는 초조감을 필사적으로 억누르며 물었다.

"뭐라고 적혀 있는데요?"

콜롬보는 셰퍼를 힐끗 바라보고는 헛기침을 하고 나서 낭독했다.

"'그 물건… 장물아비… 항아리…' 어떻습니까? 짐작이 가십니까?"

셰퍼는 말문이 막혀 입을 다물었다. 얼굴이 뻣뻣하게 굳어지는 것을 느낄 수 있었다. 그는 항아리를 곁눈질로 힐끔거리고 있다가, 더는 참지 못하고 벌떡 일어나 성큼성큼 선반으로 다가가서 항아리 속을 들여다보았다.

콜롬보가 재빨리 외쳤다.

"아니, 거기에는 아무것도 들어 있지 않았어요."

셰퍼는 콜롬보를 노려보고, 더 이상 참을 수가 없어서 고함을 질렀다.

"이걸 조사하러 왔습니까?"

콜롬보는 꿈쩍도 하지 않고 메모를 흔들며 되물었다.

"이게 무슨 뜻인지, 짐작 가는 데는 없습니까?"

"없습니다. 그 메모가 주머니에 들어 있었다고 해서 반드시 밀턴이 썼다고 단정할 수는 없잖습니까?"

"그렇군요. 일리 있는 말씀입니다. 모처럼 좋은 기회니까 필적을 감정해주시겠습니까?"

"필적 감정요? 밀턴의 글씨는 별로 본 적이 없어서 잘 모릅니다만…"

콜롬보는 거부하는 셰퍼의 태도를 살피면서 말했다.

"이 글씨를 보기가 두려운 거 아닙니까? 밀턴의 필적이라는 걸 알게 되면 절도죄를 인정하는 셈이 되고, 그와 동시에 장물아비와의 관계도…"

콜롬보는 말을 끊고 입을 다물었다. 셰퍼는 그 침묵을 견디다 못해 흥분한 목소리로 말했다.

"이건 음모야! 헛다리를 짚어도 분수가 있지… 그 물건은 몇 번이나 말했듯이 누군가가 우편함에 집어넣은 겁니다. 제발 엉뚱한 짐작은 하지 마시고 조사나 충분히 해주세요!"

그 순간 콜롬보가 재채기했다. 콜롬보는 손수건으로 코를 북북 문지르더니, 필적을 감정할 생각이 없어졌는지 메모를 주머니에 집어넣었다.

"물론 조사하겠습니다. 하지만 당신은 그 밖에도 숨기고 있는 게 있지 않나요? 예를 들면 모조품 제작에 관한 소문이라든가…"

급소를 찔린 셰퍼는 하마터면 저도 모르게 탁자를 두드릴 뻔했다.

"괜한 트집은 그만두세요."

"트집이라니요? 천만에요." 콜롬보는 싱긋 웃고는 속삭이듯 말했다. "당신이 미술품에 조예가 깊다길래 물어본 것뿐입니다. 그건 그렇다 치고, 사건이 일어난 날 밤에 당신은 자동응답기를 장치해둘 필요가 없었던 거 아닙니까?"

셰퍼는 종잡을 수 없는 콜롬보의 질문에 당황하여 아무 대답도 하지 못했다.

콜롬보는 코를 꿈틀거리면서 말을 이었다.

"밤 10시가 좀 지나서 당신이 젊은 여자와 함께 차를 타고 나갔다가 1시쯤 혼자 돌아온 것을 아파트 관리인이 목격했습니다. 테이프는 이튿날 아침에 들었을지 모르지만, 밀턴이 전화를 걸어왔을 때는 여자와 둘이서 아파트에 있었습니다. 이건 확실하지요?"

콜롬보가 다짐을 받듯 묻자 셰퍼는 체념한 얼굴로 고개를 끄덕였다.

"그래요. 제니한테 들으셨나 보군요."

그 순간 콜롬보는 눈을 크게 뜨고 입을 딱 벌린 채 어이없다는 듯이 셰퍼를 바라보았다.

"이건 금시초문인데… 아니, 그럼 당신의 연애 상대가 그 제니 양이었나요?"

"……" 셰퍼는 혀를 차고 홱 고개를 돌렸다. 그러고는 입을 굳게 다물었다.

"놀랍군. 그랬었나?" 콜롬보는 중얼거리듯 말하고 손을 뻗어 버클을 집어들었다. "이건 내가 맡아두겠습니다."

셰퍼가 내뱉듯이 대꾸했다.

"좋으실 대로 하세요."

콜롬보는 꾸깃꾸깃하고 더러운 손수건에 버클을 싸 들고 가버렸다.

셰퍼는 울화가 치밀어오르는 것을 참을 수가 없어서 방안을 빙글빙글 맴돌았다.

"이건 13일의 금요일이야!" 셰퍼는 느닷없이 소리를 지르고는 장식장으로 성큼성큼 다가가서 구석에 숨겨둔 가짜 도자기 접시를 꺼내어 바닥에 힘껏 내동댕이쳤다.

2

'포리스트 론 공원묘지'에서 장례식이 끝난 뒤, 루스는 지인들과 이야기를 나누고 가겠다는 언니 필리스와 헤어져 리턴 저택으로 돌아왔다. 사건이 사건인 만큼 장례식을 알리는 건 되도록 삼갔지만, 그래도 뜻밖에 많은 사람이 참석했다. 아버지의 친구들까지 참석해주었다.

신부의 기도가 끝나고, 하얀 장미꽃으로 덮인 에드워드의 관이 붉은 흙 속에 묻히는 것을 베일 너머로 바라보면서 루스는 범행이 무사히 끝났다고 생각했다.

차를 타고 저택 안으로 들어가려고 했을 때 문득 루스의 눈에 이물질이 불쑥 뛰어들어왔다.

앞쪽 길가에 털터리 푸조가 버려진 폐차처럼 서 있었다. 루스는 반사적으로 브레이크를 밟았다. 차 안에는 아무도 없었다. 순간 루스는 후진 기어를 넣고 달아나고 싶은 충동에 사로잡혔지만, 마음을 고쳐먹고 살짝 액셀을 밟아 저택 안으로 천천히 차를 몰아넣었다.

오늘은 또 뭐하러 왔을까? 엊저녁에 맛본 불쾌감이 되살아났다.

루스는 현관 옆에 차를 세우고 백미러에 비친 초췌한 얼굴을 바라보았다. 오늘은 어떻게든 콜롬보를 쫓아버리고 느긋하게 쉬고 싶었다. 루스는 숨을 한 번 깊이 들이쉰 다음, 이를 악물고 차에서 내렸다.

"돌아오셨어요. 아까부터 경위님이…"

하녀 캐시가 말을 끝내기 전에 루스는 고개를 가볍게 끄덕이고 안쪽 객실로 들어갔다.

열린 문 안쪽에서 콜롬보가 소파에 앉아 책을 읽고 있었다. 콜롬보는 루스가 들어온 것을 알아차리고는 멋쩍은 웃음을 지으며 천천히 일어섰다.

"죄송합니다. 또 폐를 끼치고 있습니다. 피곤하실 텐데…"

"네, 피곤해요. 오늘은 또 무슨 일이죠?"

루스는 핸드백을 탁자 위에 내려놓으면서 콜롬보가 손에 들고 있는 책을 바라보았다. 서머싯 몸의 단편집이었다. 그 시선을 알아차린 콜롬보가 황급히 말했다.

"아, 이게 저 벽난로 위에 놓여 있길래… 허락도 없이 읽고 있었습니다."

"서머싯 몸을 좋아하세요?"

"이제 막 읽기 시작한 참이라서⋯ 〈호놀룰루〉라는 작품은 선장 이야기인데 꽤 재미있을 것 같군요."

루스는 소파에 앉아 쌀쌀하게 대답했다.

"오래전에 읽어서 기억이 잘 안 나요. 읽으시겠다면 빌려드릴게요."

"그래도 됩니까? 조금만 더 읽으면 되는데⋯ 그럼 염치불구하고 빌려가겠습니다."

"그런데 경위님, 오늘은 무슨 일로?"

"실은 또 보여드리고 싶은 게 생겨서요. 이겁니다만⋯"

콜롬보는 코트 주머니에서 헝겊에 싼 것을 꺼냈다. 루스는 헝겊을 푸는 콜롬보의 손을 바라보고 있는 동안 숨이 답답해졌다. 그 더러운 헝겊이 손수건이라는 것을 깨달았을 때 버클이 나타났다. 버클이 이렇게 빨리 콜롬보의 손에 넘어갈 줄은 몰랐다. 미리 준비해둔 대사와 연기를 써먹을 때가 왔구나. 루스는 눈을 크게 뜨고 놀란 표정을 지으며 눈살을 찌푸리고 콜롬보를 바라보았다.

"이게 어떻게 된 거예요?"

"역시 알고 계시는군요?"

루스는 버클을 들여다보고 성급하게 말했다.

"이건 우리 미술관에 진열되어 있던 '황금 버클'이에요. 2주 전에 잃어버렸는데⋯ 아니, 잠깐만요." 루스는 콜롬보의 손에서 버클을 빼앗아 들고 감정하는 척하면서 미간에 주름을 잡았다. "이건 가짜예요. '황금 버클'을 모방한 위조품이에요."

"가짜요? 이게⋯?"

루스는 고개를 끄덕이고 버클을 콜롬보에게 돌려주었다.

"잘 만들었지만, 내가 전에 감정한 우리 소장품과는 분명히 달라요."

"햐아, 놀랍군요. 이게 가짜라니… 실은 오늘 아침에 그 사건 때문에 셰퍼 씨를 찾아갔더니, 그 사람 말로는 이게 아파트 우편함에 들어 있었다고… 도자기 파편이나 위조품이 여기저기 널려 있어서 이젠 뭐가 뭔지 모르겠군요. 어떻게 된 일일까요?"

"어떻게 이런 가짜가 나왔는지 나도 모르겠어요. 정말로 셰퍼 씨가 갖고 있었나요?"

루스가 험한 표정으로 되묻자 콜롬보는 어깨를 으쓱하며 대답했다.

"셰퍼 씨는 이게 우편함에 들어 있었다고 하더군요. 이상한 얘기예요. 그 메모와 관계가 있는 것은 아닌지…"

곤혹스러워하는 콜롬보의 태도를 보고 루스는 속으로 쾌재를 불렀다. 제니와 셰퍼의 관계를 끊고 가짜를 처분하기 위해 꾸민 계획이 메모와 결부되어 함정이 더욱 교묘해졌다.

"메모라면, 밀턴의 주머니에 들어 있던 그 메모 말인가요?"

콜롬보는 고개를 끄덕이고 버클을 가리키며 말했다.

"어쩌면 그 메모에 적혀 있던 '그 물건'이란 게 이걸 말하는 건지도 모릅니다."

"그렇다면 역시 셰퍼 씨가 사건에 관련되어 있는 건가요?"

루스가 유도했지만 콜롬보는 두 팔을 벌리며 대답했다.

"아니, 아직은 뭐라고 단정할 수 없습니다. 그런데 '황금 버클'이란 건 유서 깊은 예술품입니까?"

"그럼요. 12세기에 만들어진 물건인데, 원래는 사라센 제국(7~13세기에 아랍인들이 서아시아를 중심으로 세운 이슬람 왕조의 총칭)의 장군이 갑옷 허리띠에 달았던 버클이에요. 조각되어 있는 나선무늬가 비잔틴 양식이죠?"

"네에…" 콜롬보가 애매하게 맞장구를 쳤다.

"그걸 제3차 십자군 원정에 참가한 영국의 사자왕 리처드 1세가 시리아를 점령했을 때 왕의 심복인 길버트 경이 전리품으로 갖고 돌아온 거예요."

"아, 그렇군요."

"그리고 원정을 기념해서 이런 식으로 세공했고…" 루스는 버클 한복판에 사각형으로 움푹 들어가 있는 부분을 가리켰다. "이 구멍에다 십자가에 매달린 그리스도상을 끼워서 세울 수 있게 했어요. 그래서 속칭으로는 '십자가의 대좌'라고도 부른답니다."

콜롬보는 버클을 들여다보며 자못 감탄한 듯 고개를 끄덕였다.

"과연… 미술품에는 다 사연이 있군요. 그런데 그 십자가는요?"

루스는 고개를 저었다.

"유감이지만 십자가에 매달린 그리스도상은 처음부터 끼워져 있지 않았어요. 그래서 대좌만으로는 미술품으로 불완전해요. 하지만 원래는 이슬람교를 믿는 아랍인들의 버클이니까요. 말하자면 이 구멍과 '황금 버클'에 역사가 새겨진 셈이죠."

"그렇군요. 게다가 황금이니까 값도 상당하겠지요?"

"그렇진 않아요. 이건 순수한 황금이 아니라 청동에 금박을 입히는 낡은 기법으로 만든 거니까, 금제품이라기보다는 공예품으로 역사적인 가치가 있다고 봐야죠."

콜롬보는 손바닥에 올려놓은 모조품을 불가사의한 듯이 바라보았다.

10년 전에 루스가 '황금 버클'을 처음 감정했을 때는 진품이었다. 그런데 3년 전에 진열품의 위치를 바꾸면서 모든 소장품을 다시 감정했을 때 진짜와 가짜가 바뀌치기된 것을 알아차렸다. 에드워드가 셰퍼와 짜고 바꿔치기한 게 틀림없다고 루스는 판단했다.

"2주 전에 진짜가 없어졌는데… 그냥 가만히 있었나요?"

콜롬보가 묻자 루스는 설명하듯 대답했다.

"나는 '황금 버클'이 없어진 걸 알아차렸을 때 에드워드한테 당장 도난

신고를 하라고 말했어요. 보험회사에도 신고하라고요. 하지만 웬 까닭인지 에드워드는…"

여기서 루스는 잠깐 망설이는 척했다.

"어떻게 했습니까?" 콜롬보가 재촉했다.

"왠지는 모르지만, 에드워드는 도난신고를 하지 않았어요. 나는 왜 신고하지 않느냐고 다그쳤지만 에드워드는 뭔가 생각이 있는 듯한 말투로… 어쩌면 셰퍼 씨가 뭔가를 알고 있을지도 몰라요."

루스가 에드워드와 셰퍼의 공범 관계를 은근히 암시하자 콜롬보는 버클 표면을 손가락으로 가볍게 어루만지면서 말했다.

"그렇다면 진품을 훔친 사람이 도대체 누구일까요? 역시 밀턴이 한 짓일까요? 그 밖에는 짐작 가는 데가 없습니까?"

"글쎄요, 위조품을 만드는 사람이나 장물아비가 관련되어 있지 않을까요? 전혀 짐작도 가질 않는군요." 루스는 어깨를 으쓱하고 소파에서 일어섰다. "난 피곤해서 이제 그만 쉬고 싶은데, 괜찮겠죠?"

"네, 좋습니다. 나도 피곤하군요." 콜롬보는 '십자가의 대좌'를 아무렇게나 주머니 속에 집어넣고 몸을 일으켰다. "그럼 이만 가보겠습니다. 실례 많았습니다."

콜롬보는 잠을 험하게 자서 위로 뻗쳐 올라간 머리카락을 쓰다듬으며 문 쪽으로 성큼성큼 걸어갔다. 그러나 문손잡이를 잡은 순간, 뭐라고 조그맣게 외치면서 휙 돌아섰다.

"아뿔싸, 또 잊을 뻔했군. 실은 어제 물어보려다가 깜박 잊고… 요즘에는 건망증이 심해져서 우리 집사람은 노망이 시작된 거라고 놀란다니까요. 똑같은 걸 몇 번씩 묻고, 그러면서도 정작 중요한 질문은 잊어버리고… 이걸 건망증이라고 하나요?"

"콜롬보 씨, 빨리 묻지 않으면 또 잊어버리시겠어요." 루스는 울화가 치미는 것을 억누르며 부드럽게 재촉했다.

콜롬보는 손을 뒤로 돌려 손잡이를 잡은 채 거침없이 물었다.

"리턴 미술관을 매각한다는 이야기가 있던데, 정말입니까?"

단도직입적으로 핵심을 찌르는 질문이었다. 순간 루스는 말문이 막혔다. 그러나 아무렇지도 않은 듯이 되물었다.

"무슨 말씀이세요?"

"그날 밤 에드워드 씨는 왜 한밤중까지 소장품 목록을 만들고 있었을까요? 주말이고, 게다가 당신의 생일 파티까지 열렸는데 말입니다. 그래서 이상하게 생각하고 조사해봤지요. 에드워드 씨는 미술관을 양도할 계획을 추진하고 있었고, 그 일 때문에 열심히 목록을 만들고 있었던 겁니다. 그건 알고 계시겠죠?"

"난 처음 듣는 이야기예요." 루스는 머뭇거리며 입을 다물었다. 물론 인정해서는 안 되지만, 지나치게 부인하면 오히려 의심받을 것 같았다. "맞아요. 에드워드는 한밤중까지 소장품 목록을 만들고 있었어요. 하지만 그건 내주부터 스페인 보물전을 개최하기 때문에 소장품이 뒤섞이지 않도록 정리하기 위해서예요. 원래는 일주일 전에 끝냈어야 할 일인데, 일이 좀 늦어졌기 때문에 급히 서두르느라 애쓰다가 그만…"

"이상하군요. 이야기가 다른데요." 콜롬보는 의아한 얼굴로 두세 걸음 루스 쪽으로 돌아왔다. "헨리 맥도웰 씨란 사람은 알고 계시죠?"

콜롬보가 어디까지 알고 있는지는 짐작하기 어려웠지만, 루스는 낯색 하나 바꾸지 않고 시치미를 떼며 되물었다.

"맥도웰요?"

"호텔 아메리카나의 오너인데요."

"아아, 그 호텔왕 말인가요? 이름은 알고 있죠."

"그럼 에드워드 씨가 그 사람과 미술관 매매 교섭을 추진하고 있었다는 것도 알고 계시겠군요."

예상했던 질문이었다. 루스는 거침없이 대답했다.

"몰라요."

"놀랍군요. 모르신다니…"

"놀랍지 않아요. 흔히 있는 일이죠. 미술관을 사들여 기업의 이미지를 높이려고 하는 건 드문 일이 아니거든요."

루스는 콜롬보가 좁혀온 초점에서 어떻게든 벗어나려고 애썼다.

"아니, 그런 뜻이 아니라, 리턴 미술관 관장인 당신이 에드워드 씨가 하고 있었던 일을 모른다는 게 놀랍다는 말입니다. 틀림없이 알고 계실 줄 알았는데…"

물론 알고 있어요! 루스는 속으로 내뱉듯이 말하고는 콜롬보를 바라보았다.

"정말로 몰랐어요. 설마 에드워드가 그런 교섭을 추진하고 있는 줄은…"

그러자 콜롬보는 눈길을 피하며 조심스럽게 말했다.

"옛날에 피터 브랜트 씨도 역시…"

루스는 그다음 말을 민감하게 알아차렸다. 설마 거기까지 수사의 손길이 뻗쳐 있을 줄은 미처 몰랐다.

루스가 잠자코 있자 콜롬보가 덧붙였다.

"7, 8년 전에 맥도웰 씨에게 미술관을 양도하겠다고 제의한 모양인데, 그것도 역시 모르십니까?"

루스는 힘없이 고개를 저었다. 콜롬보는 팔짱을 끼고 중얼거리듯 말했다.

"정말 이상하군요. 관장님의 형부와 제부한테는 묘한 공통점이 있는 것 같습니다. 둘 다 리턴 미술관에는 별로 애착을 느끼지 못했고, 둘 다 불행하게 돌아가셨고…"

"콜롬보 씨, 무슨 말을 하고 싶으신 건지 잘 모르겠군요." 루스는 쌀쌀하게 말하고 소파에서 일어섰다. "난 피곤해요. 쉬고 싶으니까 그만 돌아가주세요."

"네. 알겠습니다. 오랫동안 실례가 많았습니다." 콜롬보는 밖으로 나가려다가 또 조그맣게 외치고는 다시 돌아서서 탁자로 다가왔다. "또 깜박 잊을 뻔했군요. 이 책은 빌려가겠습니다. 그럼…"

콜롬보는 책을 집어들어 겨드랑이에 끼우고 부리나케 나가버렸다.

루스는 검은 레이스 장갑을 움켜쥐고 잠시 멍하니 서 있었다. 자기가 만든 함정이 왠지 불안하게 느껴졌다. 콜롬보가 함정을 교묘히 빠져나와 바싹 다가오는 짐승처럼 여겨졌다.

3

팀 셰퍼는 그리다 만 스케치를 찢어버리고 담배에 불을 붙였다. 저녁까지는 감독에게 다음 작품의 무대가 될 우주 기지와 우주선의 스케치를 건네주어야 하는데, 자꾸만 신경이 곤두서는 바람에 일이 잘 진척되지 않았다. 콜롬보가 돌아간 지 두 시간이 지났지만, 그동안 줄곧 셰퍼는 불안과 초조감에 사로잡혀 있었다.

도대체 누가 버클을 우편함에 집어넣었을까? 모조품 제작과 밀턴이 훔친 도자기 파편은 살인사건과 무슨 관계가 있을까? 생각하면 할수록 혼란스럽고 초조해질 뿐이었다.

그때 전화가 울렸다. 셰퍼는 담배를 재떨이에 비벼 끄고 거칠게 수화기를 집어들었다.

"셰퍼입니다…"

"저예요."

제니의 목소리를 오랜만에 들은 듯한 기분이 들었다.

"아아…"

"지금 공중전화에서 걸고 있어요. 오디션을 받고 나온 길이에요… 그런데 떨어졌어요. 춤은 잘 추었지만 연기 테스트가 어려워서… 팀, 듣고 계세요?"

"아아…"

"왜 그래요? 기운이 없어요?"

당연하지! 셰퍼는 제니에게 욕이라도 퍼부어주고 싶은 기분이었다. 젊은 아가씨의 천진난만하고 쾌활한 말투가 비위에 거슬렸다.

제니가 탄력 있는 목소리로 말을 이었다.

"프로듀서한테 내가 피터 브랜트의 딸이라고 말했더니 반가워하더군요."

"이제 와서 피터 브랜트는 무슨…"

"팀… 속상한 일이라도 있나요? 무슨 일이에요?"

셰퍼는 저도 모르게 감정이 격해져서 소리를 질렀다.

"시끄러! 너 같은 계집애한테 의논해봤자 무슨 뾰족한 수가 있겠어!"

제니는 놀라서 입을 다물었다. 잠시 침묵이 흐른 뒤 제니의 가냘픈 목소리가 들려왔다.

"왜 그런 말을… 대체 무슨 일이에요? 제발 이상한 말은 하지 마세요. 사랑해요."

"정말로 나를 사랑한다면 나불대지도 않았을 거야!" 셰퍼는 더 이상 참지 못하고 단숨에 내뱉었다. "너하고 관계를 끊으라는 말을 들었어. 관장한테. 네가 사랑하는 루스 이모 말이야. 그만큼 일렀는데 나불나불 지껄이다니! 그래서 철부지 아가씨는 곤란하다니까."

"어떻게 그런 말을…" 제니는 말을 잇지 못했다.

"그러니까 앞으로는 만나지 않는 게 좋겠어. 게다가 그 진드기 같은 형사가 끈질기게 따라다니고… 미술품을 훔치지 않았느냐고 터무니없는 혐의를 뒤집어씌우는데… 결국에는 살인범으로 만들 속셈인 게 분명해."

"팀, 무슨 소린지 전혀… 지금 찾아가도 돼요?"

"바빠서 안 돼. 이모도 널 더 이상 만나지 말라고 못을 박았으니까." 셰퍼는 말하는 동안 더욱 화가 치밀어서 엉뚱한 제니에게 분풀이를 했다. "혹시 루스와 넌 한패 아냐? 둘이서 짜고 나를 함정에 빠뜨리려고 이상한 물건을 보낸 거 아니냐고?"

"이상한 물건이라뇨?"

"버클 말이야. 설마 네가 가져온 건 아니겠지?"

"그만해요. 뭔가 오해하고 있는 거예요. 우린 그런… 이모는 절대로 그런 분이 아니에요." 제니는 울먹이며 입을 다물었다.

"오해하고 있는 건 내가 아니라 너야. 루스란 여자는 본디… 아니, 이제 됐어!"

"잠깐만요. 팀, 지금 그쪽으로 가겠어요."

갑자기 전화가 끊겼다.

셰퍼는 수화기를 내동댕이치듯 내려놓고 텅 빈 담뱃갑을 구겨서 벽에 내던졌다.

오후의 '바니 식당'은 한산했다. 손님은 두세 명밖에 들어와 있지 않았다. 콜롬보가 얼굴을 들이밀자마자 주인의 눈이 휘둥그레졌다.

"뭡니까, 그 머리는?"

콜롬보는 보란 듯이 머리카락을 쓰다듬었다.

"대릴의 미용실, 알고 있지?"

"그런 곳에 갔습니까? 거긴 호모들의 미용실이잖아요? 값만 비싸고 별거 없어요."

콜롬보는 헛기침을 하고 눈살을 찌푸린 다음, 힘없이 카운터에 앉았다.
"내가 언제나 먹는 걸로. 잔뜩 맵게 해주게."
"미안하지만 경위님, 우리 식당에서는 이제 칠리(다진 소고기에 강낭콩, 양파, 토마토, 칠리 가루를 넣고 뭉근하게 끓인 매콤한 스튜. '칠리 콘 카르네'인데 그냥 칠리라고 부른다)를 팔지 않습니다."
콜롬보는 어안이 벙벙하여 입을 딱 벌렸다.
"칠리를 그만뒀다고? 그게 정말이야? 농담이겠지…"
"아니, 정말이에요. 이제 슬슬 우리 식당도 프랑스 요리 전문점으로 개장할 생각이에요. 그래서 칠리는 메뉴에서 빼버렸어요."
"프랑스 요리라고? 바니, 진심이야? 아니, 그럴 리가 없어. 나를 놀리고 있는 거겠지."
콜롬보는 저도 모르게 머리를 북북 긁어댔다. 그러자 양쪽 머리가 뿔처럼 뻗쳐 올라갔다.
바니는 고개를 저으며 말했다.
"정말입니다. 어쩔 수 없어요. 그게 시대의 흐름이니까."
"시대의 흐름? 이봐, 바니. 이런 말은 하고 싶지 않지만, 자넨 시대의 흐름에 역행하고 있어."
"어째서요?" 바니는 진지한 얼굴로 되물었다.
"요즘은 민속 음식의 시대라고. 두부 요리도 꽤 인기가 있고… 무엇보다도 이 식당에서 제일 맛있는 건 칠리잖아." 콜롬보는 바니를 노려보고 주먹으로 카운터를 두드리며 마치 범인에게 자백을 강요할 때의 형사처럼 거친 목소리로 설득했다. "내 말 들어서 나쁠 거 없어. 멕시코 요리 전문점으로 방향을 바꾸면 틀림없이 장사가 번창할 걸세."
가게 구석에 앉아 있던 노동자 차림의 사내가 뒤를 돌아보며 싱글싱글 웃고 있다. 바니는 어깨를 으쓱하고 힘없이 고개를 저으면서 중얼거렸다.

"손님은 콜롬보 경위님 한 사람뿐일 겁니다. 손님, 뭘 주문하시겠습니까?"

"칠리." 콜롬보는 당장 대답했다.

"마침 콩이 떨어져서…"

"그럼 콩을 빼고 만들어주게."

바니는 쓴웃음을 짓고는 체념한 듯 말했다.

"알았어요. 만들어드리면 되잖아요. 끈질긴 손님이야. 정말 고집스럽기 짝이 없다니까…"

바니는 이 말을 남기고 카운터 안으로 물러갔다.

콜롬보는 주머니에서 버클을 꺼내어 손가락으로 만지작거리고 있다가 살짝 카운터 위에 내려놓았다. 그리고 잠시 그것을 바라보다가, 이윽고 시가를 꺼냈다. 콜롬보가 시가를 입에 덥석 물고 불을 붙였을 때 식당 문이 벌컥 열렸다.

"반장님, 역시 여기 계셨었군요." 밀러 형사가 나타나 흥분한 어조로 말했다. "제니 브랜트가 자수를 해왔습니다. 자기가 버클을 훔쳤다고…"

콜롬보는 하마터면 시가를 떨어뜨릴 뻔했다. 그러나 간신히 고개를 돌려 밀러를 처다보았다.

"그 아가씨가 이걸?" 콜롬보는 눈앞에 놓인 버클을 가리켰다.

밀러는 고개를 끄덕이고 사무적인 투로 보고했다.

"우선 조서를 받고, 경찰에 임시로 유치해두었습니다만…"

"아아, 그래…" 콜롬보는 버클을 움켜잡아 주머니에 집어넣은 다음 천천히 일어섰다.

그때 바니가 안에서 접시를 들고 나타났다.

"자, 콩을 뺀 칠리가 나왔습니다. 오래 기다리셨죠?"

콜롬보는 카운터에 놓인 특제 칠리를 힐끗 바라보았다.

"밀러, 나는 바쁘니까 자네가 먹고 오게."

"아니, 괜찮습니다." 밀러는 황급히 손사래를 쳤다.

"사양하지 말고 먹으라니까. 내 외상장부에 달아둘 테니까. 이것도 꽤 맛있을 거야. 프랑스식 칠리니까. 그럼 나는 본청으로 돌아가겠네."

밀러에게 칠리를 억지로 떠넘기고 나가려는 콜롬보를 바니가 불러 세웠다.

"콜롬보 경위님, 쓸데없는 참견일지 모르지만 그 헤어스타일은 아무리 봐도 칠리와는 어울리지 않는데요. 프랑스 요리에 딱 어울려요."

"……"

"칠리를 먹으려면 예전의 헤어스타일로 돌아가는 게 낫겠어요. 이미지가 전혀 안 맞고, 게다가 머리가 더부룩하면 잠을 험하게 자서 머리카락이 이리저리 뻗쳐도 눈에 띄지 않아요."

콜롬보는 입을 꾹 다문 채 듣고만 있다가 갑자기 카운터에 앉아 있는 밀러에게 물었다.

"리턴 일가의 호적 조사는 끝났나?"

밀러는 눈앞에 놓인 특제 칠리를 이상한 듯 바라보며 대답했다.

"예, 반장님 책상에 갖다놓았습니다."

"고맙네."

콜롬보는 뒤통수에서 뻗쳐나온 머리카락을 손바닥으로 누르면서 밖으로 나갔다.

4

천장에 켜진 알전구가 복도 양쪽에 늘어서 있는 유치장을 비추고 있다. 그 사이의 통로를 간수가 나른한 걸음으로 발소리를 울리며 지나갔다.

"이봐, 아가씨…" 제니의 맞은편 감방에서 중년의 뚱뚱한 흑인 여자가 말을 걸어왔다.

"무슨 엉뚱한 장난을 저지른 거야?"

제니는 널빤지처럼 딱딱한 침대에 걸터앉아 입을 다물고 있다. 흑인 여자는 싱글싱글 웃으면서 끈질기게 캐물었다.

"보아하니 소매치기나 날치기는 아닌 것 같고… 좋은 집안에서 곱게 자란 것 같으니까 틀림없이 남자랑 관련되어 있겠지. 아냐?"

제니는 흑인 여자에게 등을 돌리고 앉음새를 고쳤다.

"안심해, 아가씨. 이제 곧 나갈 수 있을 테니까. 내 직감은 틀림없어. 전과 같은 건 없겠지? 그럼 숫처녀로군. 여기서는 초범을 숫처녀라고 하지."

흑인 여자가 다시 귀에 거슬리는 소리로 웃었다.

"조용히 해! 이 알코올 중독자야. 시끄러워 죽겠네." 옆 감방에서 신경질적인 여자 목소리가 날아왔다.

"흥! 알코올 중독자라서 미안하군. 너 같은 헤로인 중독자보다는 나아. 나는 술기운을 빼려고 여기서 잠시 정양하고 있으니까."

그때 유치장 자물쇠를 여는 소리가 나고 철문이 삐걱거리며 열렸다.

흑인 여자는 얼른 입을 다물었다. 성가신 듯 중얼거리는 간수의 목소리가 들려온다.

"…곤란한데요. 정식으로 절차를 밟지 않으면…"

"너무 그렇게 딱딱하게 굴지 말게. 급한 일이니까…" 이렇게 말하면서 거침없이 통로를 걸어오던 사내가 느닷없이 큰 소리로 외쳤다. "제니 양! 어디 있지요?"

사내는 두 팔에 슈퍼마켓의 종이봉지를 안고 있다.

"제니 양! 콜롬보예요. 어디 있지요?"

"정말 시끄러워 죽겠네!" 헤로인 중독자라는 금발 여자가 내뱉듯이 말했다.

그러자 알코올 중독자인 흑인 여자가 놀리듯이 덧붙였다.

"여긴 숙녀 전용 호텔이에요. 지저분한 남자가 들어올 곳이 아니니까 나가주세요."

마침내 제니를 찾아낸 콜롬보는 그녀의 감방으로 다가와 쇠창살에 기대어 말을 걸었다.

"어때요? 여긴 음식이 좋지 않아서 차입품을 좀 가져왔어요."

콜롬보가 종이봉지를 흔들어 보였지만 제니는 눈길을 돌리고 알은체도 하지 않는다. 콜롬보는 뒤따라온 간수를 돌아보았다.

"잠깐 열어주겠나?"

"아니, 그건 곤란합니다. 사실은 차입도…"

"너무 그렇게 딱딱하게 굴지 말게. 그래서 경찰은 융통성이 없다는 말을 듣는 거라고. 부탁하네, 잠깐이면 돼. 4, 5분이면 끝나."

간수는 어깨를 으쓱하고, 할 수 없다는 듯이 열쇠를 꺼내어 제니의 감방문을 열었다.

"5분입니다, 경위님. 5분이 지나면…"

"그래, 알고 있어."

간수가 나가자 콜롬보는 침대 끝에 고개를 숙이고 앉아 있는 제니에게 다가갔다. 그리고 조금 떨어진 곳에 조심스럽게 걸터앉더니, 종이봉지 속에 손을 집어넣어 감자튀김과 치즈버거를 꺼냈다.

"자, 좀 먹지 않을래요? 이 치즈버거는 방금 만들어서 따끈따끈한데." 콜롬보는 치즈버거를 내밀고 제니의 얼굴을 들여다보았다. "양념은 전부 넣으라고 했는데, 양파 넣은 것도 괜찮아요?"

"필요 없어요." 제니는 쌀쌀하게 대답했다.

콜롬보는 고개를 끄덕이고, 이번에는 종이봉지에서 담배를 꺼내어 제니 옆에 놓았다.

"원하면 피워도 좋아요."

제니는 곁눈질로 담배를 힐끔 보았을 뿐, 입술을 깨물고 아무 말도 하지 않는다.

"당신이 '황금 버클'을 리턴 미술관에서 훔친 모양인데, 그게 언제죠?"

"사건이 일어난 날 밤…" 제니는 중얼거리듯 대답했다.

"그날 밤에? 그건 이상하군요. 그날 밤에는 팀 셰퍼와 함께 있지 않았어요? 그 사람은 그렇게 말하던데."

제니는 순간 놀란 표정을 지었지만 마음을 가다듬고 대답했다.

"팀에게 가기 전이에요."

"몇 시쯤? 열쇠는 어떻게 손에 넣었지?"

콜롬보가 다그치자 제니는 눈길을 피하며 입을 다물었다.

콜롬보는 가슴주머니에서 시가를 꺼내어 입에 물고 종이성냥으로 불을 붙였다. 성냥을 흔들어 불을 끈 다음 그 성냥을 어디에 버려야 좋을지 몰라 난처한 듯 손가락으로 만지작거리면서 말을 이었다.

"그 사람을 감싸고 싶어 하는 심정은 이해하지만, 엉뚱한 짓은 하지 않는 게 좋아요."

"무슨 뜻이죠?" 제니는 콜롬보를 노려보았다.

콜롬보는 담배 연기를 내뿜으면서 주머니에서 '황금 버클'을 꺼내어 두 사람 사이에 뒤집어놓았다.

"내 직감으로는 당신이 한 게 아니야. 오랫동안 형사 노릇을 하다 보면 저절로 알게 돼요."

제니는 머리카락을 쓸어올리며 쌀쌀하게 말했다.

"내가 하지 않았다는 증거라도 있나요?"

"증거? 하지 않았다는 증거라… 이거 곤란한데. 죄를 지었다는 증거를 찾는 데에는 익숙해져 있지만, 죄를 짓지 않았다는 증거를 찾기는 어려워요. 담배는 어때요?" 콜롬보는 '쿨' 담뱃갑을 뜯어 제니에게 내밀면서 말을 이었다. "그보다 사건이 일어난 날 밤에 몇 시쯤 집에 돌아왔는지 알고 싶은데… 피우지 않을래요?"

제니는 손을 뻗어 담배를 한 대 빼냈다. 그리고 콜롬보한테 받아든 성냥을 켜서 불을 붙인 다음 불을 훅 불어 껐다. 콜롬보가 버클을 내밀자 제니는 그 위에 성냥개비를 내던지고 말했다.

"내가 '쿨'을 피운다는 걸 어떻게 알았어요?"

"조사를 좀 했지." 콜롬보가 싱긋 웃자 제니의 표정이 약간 누그러졌다. "그런데 그날 밤에는 몇 시쯤 집에 돌아왔지요?"

"10시 반쯤요. 파티는 벌써 끝났고… 엄마는 술을 마시고 이모는 책을 읽고 있더군요. 잠깐 설교를 듣고 나서 11시쯤 잠자리에 들었어요."

제니는 담배 연기를 빨아들였다가 예쁘장한 입술을 오므려 가늘게 연기를 토해냈다.

"다른 사람은?"

"엄마도 곧 잠들었나 봐요."

"루스 관장님은?"

"책을 읽고 있었으니까, 늦게까지 깨어 있었을 거예요."

"무슨 책이지?"

"서머싯 몸의 《비》라는 소설책이었어요."

콜롬보의 눈썹이 꿈틀 움직였다. 콜롬보는 종이봉지 가장자리를 붙잡고 봉지 속을 들여다보다가 손을 집어넣어 책을 꺼냈다.

"이 책인가?"

제니는 힐끗 바라보고 대답했다.

"맞아요. 그런데 그 봉지에서는 별의별 게 다 나오네요. 꼭 마법의 자루 같아요. 또 뭐가 들어 있죠?"

콜롬보는 마술사처럼 봉지를 뒤집어서 흔들어 보였다.

"이제 끝이야. 그건 그렇다 치고, 많이 닮았군."

그러자 제니는 버클 위에 담뱃재를 털면서 물었다.

"닮다니, 뭐가요?"

"이모와 닮은 점이 많은 것 같아. 말투까지도. 그리고 제니 양은 이모를 진심으로 사랑하고 있어. 그래서 이모한테 상처를 주고 싶지 않은 거야. 이모는 옛날 깊은 상처를 입었으니까… 모든 걸 잃고 남은 건 미술관뿐이었지."

제니는 눈살을 찌푸리고 콜롬보를 노려보았다.

"대체 무슨 말씀을 하고 싶으신 거예요?"

제니가 거친 목소리로 가로막으려 했지만 콜롬보는 그만두지 않았다.

"당신은 셰퍼 씨만이 아니라 루스 이모도 감싸기 위해 자수한 거야."

제니는 담배를 버클에 대고 힘껏 비벼 껐다.

"당신은 자신을 희생하면서까지 '황금 버클'을 훔쳤다고 거짓말을 하고…"

"쓸데없는 참견은 그만두세요, 경위님!" 제니는 신경질적으로 외치고는 침대 위에 놓여 있는 것을 한 손으로 쳐냈다. 버클이 바닥에 굴러떨어져 둔한 금속성 소리를 냈다. "이젠 날 내버려둬요! 나가세요!"

콜롬보가 바닥에 떨어진 버클을 집어들었을 때 간수가 놀란 얼굴로 달려왔다.

"경위님, 대체 뭘 하고 계시는 겁니까? 아니, 이 연기는 또 뭐예요? 대마초 파티라도 열었나요?"

콜롬보는 황급히 입에서 시가를 떼어내더니, 한쪽 발을 살짝 들어 구두 밑창에 시가를 비벼 껐다. 간수는 눈을 치뜨고 나무랐다.

"여긴 금연입니다, 경위님! 알고 계시잖습니까."

"너무 그렇게 딱딱하게 굴지 말게. 벌써 5분이 지났나?"

"15분 지났습니다."

"아하, 그래? 그럼…"

콜롬보가 불 꺼진 시가를 입 끝에 물고 힘없이 나가려 하자 맞은편 감방에 있는 뚱보 흑인 여자가 불러 세웠다.

"이봐요, 나한테도 담배 한 대만 인심 써요."

콜롬보는 뚱보 여자를 돌아보며 매정하게 말했다.

"안 돼요. 여기서는 대마초만 피워야 한대요."

"괜찮아요. 그 굵은 대마초도… 아무리 봐도 시가로는 보이지 않으니까." 흑인 여자는 킬킬 웃었다.

콜롬보는 시가를 손가락에 끼고 사팔눈을 가운데로 모아 시가를 열심히 바라보며 말했다.

"우리끼리 이야기지만, 실은 내가 대마초 중독자요. 이 굵은 대마초는 한 대도 인심 쓸 생각이 없네요." 콜롬보는 이렇게 말하고 제니를 돌아보았다. "아, 이 책은 이모한테 갖다 드려줘요."

콜롬보는 책을 침대 끝에 살짝 내려놓고 통로를 급한 걸음으로 걸어갔다.

5

저 멀리까지 점점이 이어진 조명등 불빛을 받아 고속도로의 노면이 어둠 속에 창백하게 떠올라 있다.

루스는 대시보드의 시계를 바라보았다. 이제 30분만 지나면 팔로스 베르데스의 아파트로 돌아갈 수 있다. 혼자 느긋하게 쉬고 싶다는 생각과 콜롬보한테서 도망치고 싶다는 충동에 사로잡혀, 루스는 리턴 저택을 떠났다. 사건이 일어난 날부터 나흘 만의 귀가였지만, 마치 긴 여행에서 돌아온 것 같은 기분과 나른한 피로를 느꼈다.

라디오에서는 '돌아오지 않는 강'이 흘러나왔다. 마릴린 먼로의 달콤한 목소리가 점점 작아지더니 디스크자키의 차분한 목소리가 그 위에 겹쳤다.

"기쁜 소식입니다. 로스앤젤레스에 지금 비가 내리고 있습니다. 언제 비가 내렸는지 생각나지 않는 걸 보면 참으로 오랜만에 내리는 단비군요. 운전하고 계시는 분들은 들뜬 기분에 미끄러지지 않도록 조심하세요. 속도를 서서히 떨어뜨리고…"

그때 굵은 빗방울이 앞유리창을 때리고, 앞을 달리는 자동차의 빨간 꼬리등이 깜박거렸다. 루스도 살며시 브레이크를 밟았다. 앞차도 역시 라디오를 듣고 있을지 모른다고 생각하면서 와이퍼 스위치를 켰다.

"이 비에 기뻐서 어쩔 줄 모르는 친구 얼굴이 떠오릅니다. 시카고 태생의 지미라는 목수인데, 로스앤젤레스에 온 뒤 왠지 모르게 마음이 메마르고 비가 그리워서 견딜 수 없다고 투덜거린답니다. 하지만 본심은 그게 아니라, 지미는 워낙 게으름뱅이라서 비가 오면 목수 일을 쉴 수 있기 때문이죠. 듣고 있나, 카펜터(목수) 지미? 그러면 '그리운 할리우드'에서 다음에 보내드릴 곡은 진 켈리의 '사랑은 비를 타고'…"

앞차가 왼쪽 차선으로 들어가겠다는 신호를 보내왔다. 타이어가 튕겨 올리는 물보라가 헤드라이트 불빛을 받아 하얗게 반짝인다.

콜롬보한테서 연락해달라는 전화가 왔다고 집사 마이클이 말했지만, 전화할 마음이 내키지 않았다. 콜롬보가 강력계 형사이기 때문만이 아니라, 난생처음 보는 타입의 남자여서 그를 어떻게 대해야 좋을지 몰라 루스는 당황하고 있었다.

콜롬보가 굳게 닫힌 문을 하나씩 비틀어 열고 침입하려 하고 있는 것만은 분명했다. 거기에 대해 한 번이라도 잘못 대응하면 큰일이다. 이번에는 또 어떤 문의 빗장을 열려는 것일까? 하다못해 오늘 밤만이라도 팔로스베르데스의 아파트에 돌아가 콜롬보한테서 떨어져 있고 싶었다.

진 켈리의 경쾌한 리듬이 점점 작아지고 디스크자키의 목소리가 그 위에 겹친다.

"…은막을 장식한 수많은 할리우드 스타들 중에는 두 별이 나란히 빛나고 있는 가족 스타도 있습니다. 찰리 채플린과 딸 제럴딘, 헨리 폰다와 딸 제인 그리고 아들 피터, 라이언 오닐과 딸 테이텀 오닐, 그리고 남매로는 셜리 매클레인과 워렌 비티… 그러나 뮤지컬 배우로 화려하게 빛나는 모녀 스타라면 역시 주디 갈란드와 딸 라이자 미넬리겠지요. 그러면 1954년 당시 서른두 살의 원숙한 나이인 주디 갈란드가 명우 제임스 메이슨과 공연한 〈스타 탄생〉에서 부른 그 허스키한 노랫소리를 들려드리겠습니다."

루스의 손은 무의식중에 라디오로 뻗어가 볼륨을 높이고 있었다.

…밤은 얼어붙고, 별은 빛을 잃고, 바람은 살을 찌르고,
나는 나이를 먹네. 그건 그이가 떠났기 때문이야…

가슴을 촉촉이 적시는 가사였다. 루스의 뇌리에 사랑하는 남자와 헤어진 기억이 다시금 되살아난다.

…상쾌한 초여름 아침이었다. 스물두 살의 루스는 리턴 저택 뒤뜰에 가지를 펼치고 있는 자귀나무 그늘에 앉아 있었다. 옆에는 요람이 놓여 있다. 위를 쳐다보면 가느다란 나뭇잎 사이로 연분홍빛 꽃이 엿보인다. 루스는 꿈꾸는 소녀의 눈동자를 연상시키는 자귀나무 꽃을 어릴 적부터 좋아했다. 갑자기 바람이 불어와 잔디 위에 펼쳐놓은 신문이 메마른 소리를 내며 뒤집혔다. 루스는 요람 속에서 자고 있는 마리아가 깰까 봐 재빨리 신문을 손으로 누르고 집어들었다. 갓 태어난 마리아는 배내옷에 싸인 채 쌔근쌔근 자고 있다. 루스는 미소를 짓고 나서 조용히 신문을 펼쳤다. 신

문을 넘기고 있을 때 갑자기 약혼자의 이름이 눈으로 뛰어들어왔다.

피터 브랜트 실종! 영화 촬영 중단!
할리우드의 인기 배우 피터 브랜트 씨(27세)는 한 달 전부터 워너브라더스 사가 제작하는 〈태풍의 사나이〉 촬영에 들어갔는데, 갑자기 스케줄을 취소하여 3일 전부터 촬영이 중단된 것으로 밝혀졌다. 관계자에 따르면 피터 브랜트 씨는 현재 외국에 체류 중인 모양이다.

루스는 제 눈을 의심하고 다시 한번 숨을 죽이고 읽어보았다.
이게 무슨 짓이에요, 피터… 촬영 중인 영화를 내팽개친다는 건 영화의 도시 로스앤젤레스에서는 최대의 스캔들이 된다는 것을 루스는 잘 알고 있었다. 도대체 무슨 일이 있었을까? 나한테 한마디 의논도 없이 가버리다니… 루스의 마음의 동요가 전해졌는지 요람 속에서 자고 있던 마리아가 깨어나 울기 시작했다.
사정을 안 것은 그 후 사흘이 지나서였다.
'피터 브랜트, 파리로 사랑의 도피'
표제에 첨부된 충격적인 사진이 루스의 눈을 찔렀다. 그것은 센 강변에서 피터와 팔짱을 끼고 에펠탑을 배경으로 생글생글 웃고 있는 언니 필리스의 모습이었다.
어떻게 이런 일이? 루스는 현기증을 느끼면서도 이해할 수 없는 공백을 메우려고 애썼다. 피터가 언니를 유혹했을까? 아니면 언니가 피터를 유혹했을까? 루스는 가슴이 갈기갈기 찢어질 듯 아픈 것을 억누르며 멍하니 사진을 바라보고 있었다.
한 달 뒤 피터와 필리스는 귀국하자마자 결혼했다. 그때까지 요란하게 신문을 장식했던 추문은 단번에 화려한 가십거리가 되고, 촬영에 큰 펑크를 냈는데도 피터는 다시 〈태풍의 사나이〉 주인공으로 축복을 받으며 영화사에 받아들여졌다.

그리고 촬영이 끝난 어느 날 피터는 전혀 주눅 든 기색도 없이 루스 앞에 나타났다. 피터는 언니와의 관계에 대해서는 한마디도 하지 않고 루스의 딸 마리아를 양녀로 입양하고 싶다고 제의했다. 물론 루스는 거절했다. 그러나 거듭된 제의와 아이를 낳지 못하는 언니의 애원에 결국 저항하지 못하고, 단순히 호적에만 올리는 거니까 상관없다고 자신을 타이르며 마지못해 승낙했다. 입양되자마자 마리아는 제니로 이름이 바뀌었다.

미칠 듯한 슬픔에 잠겨 지냈던 그때부터 어언 18년의 세월이 흘렀다.

루스는 샌디에이고 고속도로를 내려와 바닷가 도로로 나갔다.

…가슴에 그리던 감미로운 꿈은 모두 색이 바래고
내 마음을 빼앗은 채 떠나가버린 그 사람…

라디오에서 흘러나오는 '스타 탄생'의 멜로디가 점점 사라져간다.

"그러면 지금까지 보내드린 '그리운 할리우드'도 드디어 막을 내릴 시간이 됐군요. 〈스타 탄생〉에서 15년을 거슬러 올라간 1939년, 주디 갈란드는 〈오즈의 마법사〉에서 도로시 역을 맡아 스타로 탄생했고, 그해에 17세의 나이로 아카데미 특별상을 받았습니다. 화려한 데뷔였지만 그것은 파란만장한 행로의 시작이기도 했습니다. 세 살 난 딸 라이자 미넬리와 〈그리운 여름날〉에서 모녀로 공연한 적도 있죠. 그러나 그 후에는 수면제와 대마초에 탐닉하여 몸도 마음도 초췌해진 끝에 47세에 스스로 목숨을 끊었습니다. 그러면 마지막으로 〈오즈의 마법사〉의 주제곡 '무지개 너머에'를 보내드리면서 이만 작별하겠습니다."

어느새 비는 그쳐 있었다. 헤드라이트에 비친 젖은 길에서 아지랑이가 피어오르고 있었다. '무지개 너머에'의 선율이 루스의 몸을 감싸듯 차 안을 가득 채운다. 루스는 가슴이 메었다. 손목을 끊어 자살한 주디 갈란드와 어머니 모린의 모습이 겹쳐온다.

가슴이 답답해져 라디오를 끄고 창을 열었다. 바닷바람이 상쾌하게 불어 들어온다. 하늘에는 초승달이 걸려 있었다.

벌써 리돈도비치를 지나고 있었다. 태평양으로 불쑥 튀어나간 팔로스 베르데스 반도가 실루엣이 되어 어둠 속에 희미하게 떠 있다. 낯익은 풍경이 묘하게 반가웠다. 해가 있다면 무지개가 떴을 텐데… 파도 소리가 희미하게 들려왔다.

제6장

목요일

1

제니는 경찰청 건물에서 쫓겨나자 정처도 없이 로스앤젤레스 시내로 들어갔다.

어젯밤에는 한숨도 못 자고 유치장에서 불안한 하룻밤을 보냈다. 새벽에 젊은 형사가 와서 일방적으로 무죄방면을 알리고 유치장에서 쫓아냈다.

눈을 뜰 수 없을 만큼 햇살이 눈부셨다. 아침의 분주한 거리를 제니 혼자만 통근자들의 흐름을 어지럽히듯 불안한 걸음으로 걸어갔다.

정처 없이 걷고 있는 동안 보도에 밴 시큼한 냄새가 코를 찔렀다.

알코올 중독자가 술병을 베개 삼아 큰대자로 누워 자고 있다. 깨진 유리창 안에서 사내들이 제니의 몸을 핥듯이 음흉한 시선을 보내온다.

제니는 당황하여 주위를 둘러보았다. 벽돌이 무너지기 시작한 낡은 건물, 페인트가 벗겨진 목조 아파트… 저도 모르는 사이에 빈민가에 들어와 있었다. 제니는 겁에 질려 무작정 뛰기 시작했다.

숨을 헐떡이며 겨우 5번가 로터리에 왔을 때, 자동차 물결을 헤치듯 달려오는 그레이하운드 버스가 눈에 띄었다. 은빛으로 빛나는 거대한 차체 옆에 그레이하운드 개가 그려져 있고, 푸르스름한 유리창 안에는 긴 여행을 떠나는 사람들의 얼굴이 담겨 있었다.

제니는 고속버스 터미널 근처에 와 있다는 것을 깨달았다. 문득 머릿속에서 무엇인가가 툭 터진 듯한 기분이 들었다. 이제까지 시야를 가로막고 있던 안개가 갑자기 걷히고 자신이 가야 할 곳, 원하던 곳을 드디어 찾아낸 듯한 기분이었다. 야릇한 해방감에 휩싸여 지금까지의 암담하던 생각이 말끔히 사라졌다. 제니의 발걸음은 저절로 버스 터미널을 향하고 있었다.

1층 정면에 내걸린 거대한 게시판에서는 목적지와 발차시각을 알리고 있었다. 9시 50분발 덴버행, 9시 58분발 샌디에이고행, 10시 15분발…

제니는 하얗게 떠오르는 문자를 잠시 바라보고 있다가 오가는 사람들 쪽으로 시선을 돌렸다. 배낭을 짊어지고 책을 손에 든 청년, 제복 차림의 군인, 아이들을 데리고 짐을 주체하지 못해 쩔쩔매는 부부… 그 표정은 각양각색이지만 모두 목적지만은 확실하게 정해두고 있다.

제니는 다시 게시판으로 시선을 옮겨 원하는 지명을 찾았다.

10시 52분발 라스베이거스행, 11시 08분발 뉴욕행…

제니는 가슴이 두근거리는 것을 느끼며 눈에 뛰어들어온 문자를 거듭해서 중얼거렸다.

"뉴욕… 뉴욕…"

제나의 마음은 이미 뉴욕 브로드웨이 무대에서 춤을 추고 있었다.

제니는 매표소로 걸어갔다.

터미널 구석의 간이식당에서 우유와 샌드위치로 식사를 끝낸 뒤 제니는 2층으로 올라갔다.

늘어선 출입문에는 각각 탑승구를 알리는 번호가 적혀 있고, 중앙의 넓은 공간이 대합실로 되어 있다. 제니는 천장 불빛이 반사되는 검은 플라스틱 의자에 걸터앉아 콜롬보한테 받은 '쿨'담배에 불을 붙였다.

옆에 앉은 할머니가 제니에게 시간을 물었다. 제니가 손목시계를 보고 시간을 알려주자 할머니는 웃는 얼굴로 "아니, 벌써 시간이 그렇게 됐나? 고맙수. 즐거운 여행이 되길 빌어요"하면서 두 손에 가방을 들고 허둥지둥 탑승구로 걸어갔다.

뉴욕행 고속버스도 출발시각이 10분 뒤로 다가와 있었다. 제니는 조급해지는 마음을 억누르며 자리에서 일어나 전화 부스로 다가갔다. 그리고 잠시 망설이다가 수화기를 들고 다이얼을 돌렸다.

콜롬보가 푸조를 타고 리턴 미술관에 오자 대형 트럭 한 대가 현관 옆에 서 있었다. 연푸른색 차체에는 '애플 아트'라는 하얀 글씨가 장식체로 그려져 있다. 콜롬보는 그것을 곁눈질하면서 시가를 입에 물고 문 안으로 들어갔다.

아침 햇빛을 담뿍 받은 앞뜰의 잔디에서는 어젯밤의 비 때문에 수증기가 피어오르고 있었다.

열린 현관을 통해 안으로 들어가자 전시실에서는 군청색 작업복 차림의 사내들이 분주하게 움직이고 있었다. 콜롬보는 전시실을 둘러보면서 작업복 차림의 사내들에게 어슬렁어슬렁 다가가 시가를 쥔 손을 쭉 내밀며 물었다.

"저어, 혹시 성냥 가진 사람 없습니까?"

두랄루민 상자를 안고 있던 젊은 사내 하나가 귀찮다는 표정으로 콜롬보를 돌아보았다.

"방해가 되잖아요. 그런 곳에 버티고 서 있으면…"

"알고 있습니다. 금방 비켜줄 테니까 성냥 좀 빌립시다."

"당신, 이 미술관 직원이오?"

사내가 되묻자 콜롬보는 머리를 북북 긁으면서 대답했다.

"아니, 그런 건 아니지만…"

"안 돼요. 여기서 담배를 피우다가 불이라도 나면 우리 모가지부터 날아갈 테니까."

콜롬보는 할 수 없이 불을 붙이지 않은 시가를 입에 물고 전시실 구석으로 들어갔다.

집사 마이클이 일꾼들의 움직임을 감시하듯 서 있었다. 마이클은 재빨리 콜롬보의 모습을 알아보고 나무라는 듯한 눈초리로 성큼성큼 다가왔다.

"이 미술관에서는 절대 담배를 피우면 안 된다고 그만큼 주의를 주었을 텐데요."

"그래서 피우지 않고 있잖습니까. 이거 보세요…" 콜롬보는 불이 붙지 않은 시가를 흔들어 보이고는 말을 이었다. "그런데 작업복을 입은 저 사람들은 누굽니까?"

"전시회를 준비하느라 물건을 한창 반입하는 중입니다."

"아아, 그러고 보니 내주부터 스페인 축제를 연다고 관장님이 말하던데…"

"스페인 보물전입니다. 대항해시대의 선구자인 콜럼버스를 서인도제도에 파견한 스페인 왕조의 보물을 한곳에 모아놓은 거지요. 훌륭한 전시회가 될 겁니다. 콜럼버스라면 경위님과도 전혀 인연이 없는 건 아니에요. 이름이 비슷하니까."

"아하, 그렇군요. 그 말을 듣고 보니 나도 꼭 보고 싶은데요."

"경위님, 진열품을 바꾸는 작업에 방해가 되지 않도록 조심해주세요."

"바꾼다고요? 미술품을 몽땅 말입니까?"

집사는 고개를 끄덕였다. 콜롬보는 당황하여 "이거 곤란한데" 하고 중얼거리고는 마이클의 얼굴을 들여다보았다.

"관장님은 어디 계십니까?"

"오늘 아침에는 아직 안 나오셨습니다."

"내가 만나고 싶어 한다는 말을 전해주셨습니까?"

"분명히 전했습니다."

콜롬보는 초조한 듯 시가를 코트 주머니에 집어넣고, 그 대신 소형 카세트를 꺼냈다.

"곤란한데. 진열품을 바꾸기 전에 한시라도 빨리 이 일을 해치우고 싶은데…"

"무슨 일인데요?"

"에드워드 씨가 소장품 목록을 만들기 위해 녹음한 테이프와 전시품을 대조해보고 싶은데… 그러지 않으면 밀턴의 범행을 실증할 수가 없게 돼요."

집사는 어찌해야 좋을지 모르겠다는 표정을 지으며 말했다.

"점심시간이 되기 전에 진열장 물건을 꺼내기 시작할 텐데요."

콜롬보는 난감한 듯 팔짱을 끼고 턱을 어루만졌다.

"곤란한데. 관장님이 빨리 와주지 않으면… 에드워드 씨가 테이프를 토대로 만든 소장품 목록을 지금 당장 빌리지 않으면 늦을 거예요."

마이클은 2층을 힐끗 쳐다보고 잠시 망설이다가 말했다.

"그 목록이라면 집무실에 있으니까 가져오겠습니다. 수사에 협조할 수 있다면 루스 관장님도 이의는 없을 테니까요."

카세트에서 에드워드의 목소리가 흘러나온다.

"순금과 터키석 목걸이, 12세기 비잔틴 양식. 순금과 칠보 목걸이, 12세기 비잔틴 양식…"

콜롬보는 진열장을 들여다보면서, 테이프의 목소리와 소장품 목록을 맞춰본다.

"이건 분명히 있고…" 콜롬보는 집사한테 빌린 목록을 확인하면서 옆 진열장으로 이동하여 다시 테이프를 재생한다.

"짖는 사자상, 순금, 르네상스 양식, 38센티미터. 이건 은제 주전자, 르네상스 양식, 51센티미터. 순금과 사파이어 목걸이, 무굴제국, 속칭 '푸른 꽃'…"

"어라? 이건 없는데…" 콜롬보는 잠시 허공을 처다보았지만, 곧 진열장으로 눈길을 돌렸다. "그런가? 없는 게 당연하지. 이건 경찰에 보관되어 있으니까."

"형사님, 잠깐만요."

콜롬보가 돌아보니 '애플 아트' 사의 일꾼이었다.

"뭡니까?"

"이제 슬슬 전시품을 꺼내고 싶은데, 괜찮겠습니까? 형사님 덕분에 벌써 한 시간이나 기다리고 있는데요."

콜롬보는 목록과 진열장을 들여다보면서 대답했다.

"아 예, 조금만 더하면 끝나니까… 앞으로 30분만 더 기다려주세요." 이렇게 말하고는 손목시계를 들여다보며 손가락 끝으로 시계를 톡톡 두드렸다. "아니, 벌써 점심시간이군. 어서 식사들 하러 갔다 오세요. 그사이에 나는 이쪽 일을 다 끝내놓을 테니까."

"그렇게 좀 해주십시오. 점심을 먹고 나서 일을 시작할 테니까."

일꾼들과 엇갈려 밀러가 모습을 나타냈다. 밀러는 테이프를 열심히 들으면서 점검을 계속하고 있는 콜롬보의 등에 대고 말을 걸었다.

"반장님, 어떻습니까? 무슨 단서라도 잡으셨습니까?"

"이런 일은 내 성미에 맞지 않아… 다음 것도 또 비잔틴인가?"

콜롬보가 진열장을 들여다보면서 대조하고 있자 밀러가 뽐내는 얼굴로 말했다.

"비잔틴과 르네상스가 문화적인 측면에서 구체적으로 어떻게 다른지 아십니까?"

"뭐? 무슨 소리야?" 콜롬보는 진열장에서 얼굴을 들어 밀러를 쳐다보았다.

"우선 중세라는 건 말입니다, 일반적으로 생각하는 것만큼 암흑시대가 아니었어요."

"아아, 그래…"

어이없다는 듯이 대답하는 콜롬보를 곁눈질하며 밀러는 진열장을 가리켰다.

"그와 마찬가지로, 얼핏 화려해 보이는 르네상스도 실제로는 그렇게 밝지 않습니다… 예를 들어 이 프랑스 르네상스기의 장식품은 터키나 아랍의 장식품과 비교해보면 결코 화려하지도 않고 산뜻하지도 않습니다."

"화려하고… 산뜻하다…" 콜롬보는 중얼거렸다.

밀러는 진열장에서 얼굴을 들고 우쭐하게 말했다.

"좋은 말이죠?"

"나쁘진 않군."

카세트에서는 에드워드의 목소리가 계속 흘러나오고 있다.

"향수병, 대리석, 프랑스 르네상스기, 5센티미터. 역시 향수병…"

밀러는 눈을 빛내면서 황홀한 듯 중얼거렸다.

"이렇게 미술품을 찬찬히 보고 있으면 왠지 모르게 꿈과 낭만의 세계로 이끌려 들어가는 듯한 기분이 들어요."

"흐음, 그래?" 콜롬보는 카세트를 끄고 한숨을 내쉬며 말했다. "나는 미술품보다 이 테이프와 밀턴이 자동응답기에 녹음한 말이 더 마음에 걸려. 그걸 듣고 있으면 왠지 모르게 나한테 호소하는 것 같아서…" 그러고는 카세트와 소장품 목록을 밀러에게 떠맡기면서 말했다. "역시 이 일은 내

성미에 안 맞아. 자네한테는 어울릴 것 같으니까 맡기겠네. 좋은 취미를 가진 자네가 부럽군."

이 말을 남기고 콜롬보는 전시실을 나갔다.

2

진홍빛 벨벳을 배경으로 '이사벨라 여왕에게 하사받은 콜럼버스의 단검'이 조명을 받아 금빛 광채를 내뿜고 있다. 항해를 떠나기 전에 이사벨라 여왕이 콜럼버스에게 준 칼인데, 손잡이에는 바다의 신을 숭배하듯 진주가 아로새겨져 있다.

신문사 카메라맨이 대형 카메라의 파인더를 들여다보며 꼼꼼히 마지막 점검을 했다. 그리고 필름이 들어간 홀더를 끼워넣고 뚜껑을 덮으며 말했다.

"자, 찍습니다."

셔터 소리가 촬영을 지켜보고 있던 루스의 귀에도 들려왔다.

"수고하셨어요."

루스가 노고를 위로하자 카메라맨은 만족스러운 듯 이마의 땀을 닦았다.

"덕분에 멋진 사진을 찍을 수 있었습니다."

애플 아트' 사의 작업이 순조롭게 진행되고 있는 것을 확인한 뒤, 루스는 친하게 지내는 문화부 기자들에게 연락하여 '스페인 보물전'의 예고 취재를 의뢰했다. 사건 직후인 탓인지 뜻밖에 큰 반향을 불러일으켜 많은 기자들이 몰려왔다. 그들이 사건 이야기를 꺼낼 우려도 없진 않았지만, 훌륭한 미술품을 보면 다른 일에는 관심을 기울이지 않는 그들의 습성을 루스는 잘 알고 있었다. 취재의 마지막을 보물전의 주역이 될 '콜럼버스의 단검' 촬영으로 마무리지은 것은 그 때문이었다.

조명이 꺼지자 '애플 아트' 사의 일꾼은 그 유서 깊은 물건을 원래의 두랄루민 상자 속에 보관했다.

"그럼 이만…"

신문기자들에 뒤이어 일꾼들도 물러갔다.

루스는 전시품이 수장고로 옮겨져 텅 빈 전시실을 둘러보고 2층 집무실로 올라갔다.

책상 위에 갓 인쇄된 '스페인 보물전' 포스터가 놓여 있었다. 항해 중인 '산타 마리아'호를 그린 오래된 그림을 배경으로, 이번 전시회에 전시될 대표적인 보물 몇 점이 배열되어 있다.

창밖은 이미 어스름에 휩싸여 있었다. 루스는 문득 뒤에서 인기척을 느꼈다. 돌아보니 열린 문간에 콜롬보가 서 있었다. 그 모습이 그날 본 에드워드의 모습과 겹쳤다. 루스는 스스로도 놀랄 만큼 거친 목소리로 말했다.

"이제 그만 좀 해주세요! 말도 없이 남의 방에 들어오고…" 그때 비로소 루스는 콜롬보의 머리 모양이 원래의 까치집으로 돌아가 있는 것을 깨달았다. "죄송해요. 난 지금 몹시 피곤해요. 전시회 준비로 워낙 바빠서…"

"예, 잘 알고 있습니다."

"그렇다면 제발 돌아가주세요."

콜롬보는 고개를 끄덕였지만, 돌아가기는커녕 방 안으로 쑥 들어섰다.

"아니, 그게… 오늘 안으로 꼭 말씀드리고 싶은 일이 있어서 이렇게…"

루스는 사나운 눈초리로 콜롬보를 노려보았지만, 콜롬보는 꿈쩍도 않고 방으로 들어와 불이 붙지 않은 시가를 입에 물었다.

"실은 저어… 덕분에 조금씩 사실을 알게 됐습니다."

"뭘 말인가요?"

"잠깐 앉아도 되겠습니까? 나도 피곤해서 녹초가 됐답니다."

"경위님도 피곤하실 때가 있나요?"

"물론이죠. 하루 종일 여기저기 헤매다니고 있으니까요. 우리 집사람은 내가 하이에나 같다고 늘 말한답니다."

콜롬보는 웃으면서 어깨를 으쓱하고, 코를 킁킁거리며 소파에 걸터앉았다.

루스도 할 수 없이 자리에 앉았다.

"콜롬보 씨, 밀턴의 범행을 실증할 수 있나요?"

이 말에는 대답하지 않고 콜롬보는 시가를 내밀며 물었다.

"피워도 괜찮습니까?"

루스가 고개를 끄덕이자 콜롬보는 시가에 불을 붙였다. 루스는 문득 우스워져서 말했다.

"헤어스타일이 또 바뀌었군요."

"아니, 원래 모양으로 돌아갔을 뿐입니다. 잠버릇이 나빠서 머리카락이 뻗치고, 이미지가 달라졌다고 말하는 사람도 있고… 게다가 집사람이 돌아올 때까지 원래대로 돌려놓지 않으면 무슨 소릴 듣게 될지…"

"잘 어울렸는데 유감이네요. 그런데 하실 말씀이란 게 뭐죠?"

"실은 잃어버렸다는 그 '황금 버클'말인데요."

루스는 정신을 바짝 차리고 무심한 투로 되물었다.

"그게 어쨌다는 거죠?"

"분명히 사건이 일어나기 2주 전에 없어졌다고 말씀하셨죠?"

"네, 그런데요."

"이상하군요. 그건 사건 당일 밤에도 여기에 있지 않았습니까?"

콜롬보가 바닥을 가리키자 루스는 약간 몸을 빼면서 의아한 표정으로 대답했다.

"그럼 내가 거짓말을 하고 있다는 거예요? 무슨 근거로 그런 말씀을 하시는 거죠?"

그러자 콜롬보는 바닥을 가리킨 집게손가락을 이번에는 얼굴 앞에 똑바로 세우고, 또 한 손을 코트 주머니에 집어넣어 소형 카세트를 꺼냈다.

"이 카세트에는 에드워드 씨가 살해된 날 밤에 소장품 목록을 만들기 위해 녹음한 테이프가 들어 있습니다."

"……"

"이 테이프를 되풀이해서 들어봤는데…"

콜롬보는 카세트 스위치를 눌렀다. 에드워드의 목소리가 흘러나오기 시작했다.

"…소형 창도끼, 비잔틴 시대, 16.5센티미터. 황금제 단도, 비잔틴 시대, 15센티미터. 십자가의 대좌, 비잔틴 시대, 세로 7.5센티미터, 가로 12.5센티미터…"

여기서 콜롬보는 스위치를 끄고 테이프를 약간 되감았다.

"다시 한 번 틀어볼 테니까 잘 들어주세요."

루스는 표정이 가면처럼 굳어지는 것을 느꼈다.

"십자가의 대좌, 비잔틴 시대, 세로 7.5센티미터, 가로 12.5센티미터…"

에드워드의 목소리가 루스의 가슴에 비수처럼 꽂혔다. 루스는 그 말의 의미를 당장 알아차리고 저도 모르게 비명을 지를 뻔했다. 그것은 타자기로 정서한 소장품 목록에는 아직 기재되어 있지 않았다.

콜롬보는 카세트를 멈추고 루스를 바라보며 말했다.

"어떻습니까. 이 테이프에는 '황금 버클'이 속칭으로 분명히 녹음되어 있습니다. 십자가의 대좌라고… 이 테이프의 라벨에는 4월 30일이라는 날짜가 적혀 있으니까 '황금 버클'은 사건이 일어나던 날 밤에 이곳에 있었던 게 확실합니다."

루스는 어떻게든 변명하여 발뺌하려고 머리를 쥐어짰다. 콜롬보의 눈을 다른 데로 돌리려면 반박하지 못하는 죽은 사람에게 덮어씌울 수밖에 없었다. 루스는 태세를 가다듬고 부드러운 어조로 되받아쳤다.

"아니에요, 콜롬보 씨. 에드워드가 그걸 녹음한 건 아마 버클이 분실된 것을 제삼자에게 알리고 싶지 않았기 때문일 거예요."

"네?" 콜롬보는 당황한 표정을 지으며 되물었다. "제삼자라뇨?"

"글쎄요, 에드워드가 미술관을 양도하겠다고 제의했다는 그 맥도웰 씨일까요? 그 밖에 또 무슨 꿍꿍이속이 있었는지도 모르죠. 분실된 것을 숨겨야 할 이유가." 루스는 애매한 대답으로 콜롬보의 창끝을 다른 데로 돌리려고 애썼다.

"숨겨야 할 이유라…"

고개를 갸웃하는 콜롬보를 더욱 혼란시키려고 루스는 말을 이었다.

"어쩌면 금방 회수할 수 있다고 생각했는지도 몰라요. 어쨌든 2주 전부터 없어진 건 확실해요. 내가 없어진 걸 알아차리고 에드워드한테 말했으니까요. 전에도 말씀드렸지만 에드워드는 별로 놀라는 기색도 보이지 않고 왠지 애매한 태도였어요. 짐작 가는 데가 있는지, 일을 복잡하게 만들고 싶어 하지 않는 눈치였죠."

루스가 단호하게 말하자 콜롬보는 가볍게 고개를 끄덕였다.

"그러니까 셰퍼 씨와 깊은 관계가 있었다는 겁니까?"

"그럴지도 몰라요. 관장인 나로서는 에드워드를 좀 더 강하게 추궁해야 했는데… 후회가 되네요."

콜롬보는 어깨를 으쓱했다.

"죽은 사람에게는 입이 없으니까요. 하지만 그렇다 쳐도 이상하군요."

"뭐가요?"

"진짜 버클은 어디로 가버렸을까요?"

루스는 힘없이 고개를 저어 보였다.

"몰라요. 그건 내가 묻고 싶을 정도에요. 이제 됐나요, 콜롬보 씨?"

루스가 일어서려 하자 콜롬보는 한 손을 들어 제지했다.

"한 가지만 더… 아무래도 내 머릿속에서 떠나지 않는 게 있는데…"

"뭔데요?"

"전에도 말씀드렸지만, 7년 전에 피터 브랜트 씨가 돌아가셨을 때의 상황과 이번 사건이 이상할 만큼 비슷해서요. 아무래도 납득이 가질 않습니다."

루스는 시선을 피하지 않은 채 침묵을 지키고 있었다.

콜롬보는 카세트를 코트 주머니에 집어넣으면서 말을 이었다.

"헨리 맥도웰 씨와의 관계라고 할까요… 다시 말해서 둘 다 미술관을 매각하려던 찰나에 죽었다는 게 마음에 걸립니다. 실은 피터 브랜트 씨의 사인을 조사해봤는데, 사인이 심장마비로 되어 있더군요."

루스는 입을 다문 채 눈도 깜박이지 않고 콜롬보를 바라보고 있었다.

"할리우드 병원에 입원해 있었고, 당시의 담당 의사는 노먼 박사이고…"

루스의 뇌리에 잠시도 피터 곁을 떠나지 않고 간병하던 당시의 일이 생생히 되살아난다. 루스는 지금도 할리우드 병원 504호실의 광경을 잊지 않고 있었다.

"만나봤습니다. 노먼 박사를… 잘 기억하고 있더군요. 피터 브랜트 씨는 원래 천식을 앓았는데, 그게 악화해서 기관지염이 병발했습니다. 하지만 생명이 위험할 정도의 중병은 아니었다고 하더군요. 그런데 왠지 날이 갈수록 심장까지 쇠약해져서, 마지막에는 갑작스러운 심장 발작으로 죽었다고…"

루스는 고개를 끄덕이고 무거운 어조로 말했다.

"경위님, 제발 그만하세요. 그 일은 생각하고 싶지 않아요."

"피터 브랜트 씨의 아내인 필리스 씨는 정신적으로 쇠약해졌는지, 처제인 당신이 혼자서 줄곧 브랜트 씨 곁을 지키며 간병했다고 하던데…"

"……"

"그때 뭔가 눈치채신 건 없었습니까? 피터 브랜트 씨도 이 미술관을 매각하려 했던 모양이고, 영화계에도 적이 많았던 것 같더군요. 그 때문에 예를 들면 카밀레나 디기탈리스, 투구꽃, 아코니틴 같은 식물성 독을 누군가가 조금씩 브랜트 씨한테 먹였다거나… 그렇게 하면 심장 발작을 일으켜도 증거가 남지 않지요."

핵심을 찌른 콜롬보가 날카로운 눈초리로 쏘아보자 루스는 사고 작용이 잠시 기능을 멈추고 쇠사슬에 묶인 것처럼 온몸이 굳어지는 것을 막을 수가 없었다.

7년 전 미술관을 지키기 위해 직접 손을 댄 최초의 처단이 뇌리에 생생히 되살아난다. 루스는 그 자초지종을 병실 구석에서 콜롬보가 목격하고 있었던 듯한 착각에 사로잡혔다. 루스는 얼버무리는 것을 단념하고 정신을 가다듬었다.

"글쎄요, 많은 분이 문병하러 오셨으니까… 하지만 증거가 남지 않는다면 이제 와서 어쩔 도리도 없잖아요?"

"그건 그렇습니다."

"콜롬보 씨, 나는 도저히 경위님의 추리게임을 상대하고 있을 수가 없군요." 루스는 이렇게 말하고 다소 여유를 되찾아 희미하게 미소를 지어 보였다. "근거 없는 추리는 시시한 농담보다 더 듣기가 괴로워요. 그보다 강령술을 이용해서 피터 브랜트 씨에게 직접 듣는 편이 나을지도 몰라요."

콜롬보도 웃으면서 대답했다.

"그렇게 할 수 없으니까 미궁에 빠져버리는 겁니다. 유감이지만 죽은 사람은 말이 없으니까요."

그때 전화가 울렸다. 루스는 소파에서 일어나 책상 위의 수화기를 들었다.

언니 필리스의 전화였다. 필리스는 연락이 없는 제니의 행방을 걱정하여 오늘 아침에도 아파트로 전화를 걸어왔다. 루스는 제니가 셰퍼와 함께 있는 게 아닐까 생각했지만, 그 일을 언니에게 털어놓을 수는 없었다. 루스는 콜롬보를 힐끗 쳐다보고 나서 목소리를 낮추어 언니와 이야기했다.

"…아직도 안 돌아왔어? 무슨 일일까? 친구 집에는…?"

금방이라도 울음을 터뜨릴 것 같은 필리스의 목소리가 들려온다.

"루스, 어떡하면 좋지? 경찰에 연락해주지 않을래?"

"잠깐 기다려… 나중에 내가 언니한테 들를게. 조금만 더 기다려봐… 그럼…"

루스는 살며시 수화기를 내려놓았다. 자동응답기에 메시지가 들어와 있음을 알리는 착신 램프가 켜져 있다. 루스는 무의식중에 재생 버튼으로 손을 뻗었다. 수신음에 이어 제니의 목소리가 흘러나왔다.

"이모… 이 도시를 떠나기로 결심했어요… 그래서 이모한테만이라도 알리려고… 지금 그레이하운드 버스 터미널에 있는데… 뉴욕에 가기로 했어요. 항상 걱정만 끼쳐드려서 죄송해요." 테이프를 끄려고 했지만 콜롬보가 놀란 듯이 소파에서 목을 쑥 내밀고 이쪽을 바라보고 있다. "…하지만 충분히 생각해서 결정한 일이니까 용서해주세요. 난 이제 어린애가 아니니까 괜찮아요… 잠시 본바닥에서 춤을 철저히 배울 작정이에요. 재능이 없다는 걸 알면 돌아올게요… 그때는 본격적으로 미술관 일을 도울게요. 아, 그리고 콜롬보 씨가 나한테 서머싯 몸의 책을 맡겼는데, 그건 빌려갈게요. 그리고 엄마한테는 아무 말도 하지 않을 테니까 이모가 대신 좀 전해주세요. 죄송해요. 그럼 다녀올게요."

전화를 끊는 소리가 들려왔다.

루스는 현기증을 느끼고 책상에 기대어 잠시 멍하니 서 있었다.

"세상에… 이게 무슨 일이람." 루스는 창밖의 어둠을 바라보며 혼잣말처럼 중얼거렸다.

콜롬보가 천천히 소파에서 일어섰다.

"설마 제니 양가 가출할 줄이야… 꿈에도 생각지 못했습니다."

"가출이 아니에요!" 루스는 저도 모르게 신경질적으로 외치고 있었다. "오해하지 마세요, 경위님. 제니는 춤을 제대로 배우고 싶은 일념으로 브로드웨이에…" 루스는 목이 메어 말을 잇지 못했다.

입을 다물고 있던 콜롬보는 코트 앞자락을 모아 쥐고 미안한 듯이 말했다.

"아니, 나는 그런 뜻으로 말한 게 아니라…"

루스는 콜롬보의 변명을 가로막았다.

"어제 제니를 만나신 모양인데, 그 애한테 도대체 무슨 말을 한 거죠?"

"아니, 별로 특별한 얘기는…"

"얼버무리지 마세요. 무슨 얘기를 했는지, 분명히 말씀해주세요."

루스가 다그쳐 묻자 콜롬보는 꾸지람 듣는 학생처럼 고개를 숙이고 머뭇거리다가 간신히 대답했다.

"그저 옛날 일이 좀 마음에 걸려서… 그래서… 제니는 모릅니까?"

"뭘요?"

"요컨대 부모에 관해서라고 할까…"

이 사람은 호적까지 조사했구나. 루스는 생각에 잠긴 듯한 콜롬보의 말투에 분노를 느꼈지만, 격해지는 기분을 간신히 억누르며 타이르듯 말했다.

"경위님처럼 섬세한 분이라면 그런 얘기는 삼가실 줄 알았는데요. 우리 집안의 사사로운 일에는 더 이상 관여하지 말아주셨으면 좋겠어요."

콜롬보는 멋쩍은 듯이 입을 다물었다. 그러다가 조그맣게 고개를 끄덕이며 말했다.

"예, 관장님 말씀이 옳습니다. 쓸데없이 남의 집안일에 너무 파고든 것 같고, 주제넘게 참견한 것 같아서… 그럼 이만 실례합니다."

콜롬보는 고개를 꾸벅 숙이고, 새우등을 더욱 둥글게 구부린 채 문밖으로 사라졌다.

제7장

금요일

1

리턴 미술관의 집사 마이클은 6번 홀까지 보기 드물게 호조를 보이고 있었다.

파(골프의 기준 타수)를 잡는 것 따위는 아예 꿈도 꾸지 않고 아홉 홀을 모두 보기(기준 타수보다 하나 많은 타수)로 통과하는 것을 목표로 삼고 있었지만, 지금까지 한 번도 그 목표를 달성한 적이 없었다. 류머티즘 때문에 잠시 골프에서 멀어져 있었지만, 요즘에는 금요일 아침마다 집에서 그리 멀지 않은 펜마 골프장에서 골프를 치고 있었다. 기복이 적은 아홉 홀의 퍼블릭코스인데, 북쪽은 샌타모니카 비행장에 접해 있다.

"마이클, 오늘은 꽤 잘 나가는데." 7번 홀로 가는 도중에 골프 친구 톰이 말을 걸었다.

"이제 곧 엉망이 되기 시작할 거라고 생각하는 주제에…" 마이클이 대꾸했다.

그러자 톰의 아내 낸시가 점수판을 기록하면서 격려했다.

"앞으로 세 홀만 분발해서 잘하면 '올 보기'라는 대망의 목표를 달성할 수 있어요."

세 사람은 20년 동안 함께 골프를 친 좋은 파트너였다.

7번 홀, 324야드, 파 4.

마이클이 친 드라이브샷은 푸른 창공을 높이 날아올라 멋진 포물선을 그리며 페어웨이 한가운데로 떨어졌다.

"나이스 샷!" 톰 부부가 동시에 외쳤다.

이어서 제2타. 그린을 노려서 친 공이 땅을 기듯 데굴데굴 굴러가 바로 앞의 벙커에 빠져버렸다.

마이클은 벙커 가장자리에 서서 모래 속에 묻힌 공을 노려보며 혀를 찼다. 그리고 천천히 골프백에서 웨지를 꺼내 들고 벙커 속으로 들어갔다. 마이클이 신중하게 자세를 취하고 골프채를 쳐들었을 때 비행장에서 세스나기 한 대가 날아올랐다. 비행기는 폭음을 내며 노란 옆구리를 드러낸 채 야자나무 위를 스쳐간다. 마이클은 못마땅한 눈으로 비행기를 쏘아보고 나서 다시 골프채를 쳐들었다. 그린의 핀까지는 약 30야드. 기세 좋게 골프채를 휘두르자 모래가 확 날아올랐다. 그러나 공은 간신히 벙커 밖으로 굴러나갔을 뿐이었다.

마이클은 화가 나서 입을 꾹 다물고 제4타를 치러 갔다. 핀에 바싹 붙이지 않으면 보기를 달성할 수 없다. 마이클은 초조해지는 기분을 억누르며 웨지를 가볍게 휘둘렀다. 그러나 너무 약했다. 간신히 그린에는 올라갔지만 핀까지는 아직 7야드나 남아 있다. 마이클의 표정이 순식간에 굳어진다. 톰 부부는 보고도 못 본 척하고 조용히 플레이를 계속하고 있었다.

마이클은 골프백에서 퍼터를 꺼내 들고 그린으로 올라갔다. 어떻게든 이 공을 홀에 넣어 보기를 달성하고 싶은데… 기도하는 심정으로 자세를 갖추어 가볍게 친 공은 마이클이 바라던 선을 그리며 홀을 향해 곧장 달려갔다.

"들어가! 들어간다!"

그때 느닷없이 개 한 마리가 뛰어왔다. 개는 홀 바로 앞까지 굴러간 공을 덥석 입에 물더니 긴 귀를 흔들며 토끼처럼 도망친다. 어안이 벙벙해진 세 사람의 시선 끝에 후줄근한 코트 차림의 사내가 우뚝 서 있었다.

"안 돼, 이 녀석아. 그런 짓을 하면 안 돼. 어서 공을 돌려줘."

마이클은 눈을 부라리며 콜롬보에게 다가갔다.

"대체 이게 무슨 짓이오!"

"이거 정말 미안합니다." 콜롬보는 개한테 빼앗은 공을 코트 자락으로 정성껏 닦아 마이클에게 돌려주며 말했다. "이 녀석은 골프공만 보면 흥분하는 체질이라서… 그건 그렇다 치고, 정말 멋진 퍼트였어요. 틀림없이 들어갔습니다."

마이클은 콜롬보의 출현에 당황하면서 물었다.

"도대체 뭐하러 왔습니까?"

콜롬보는 손가락을 입에 대고 "쉿" 소리를 내면서 눈짓을 했다. 톰이 퍼터를 내렸다. 이어서 낸시가 짧은 퍼트를 끝내고 마이클 쪽으로 다가왔다. 낸시가 짜증스럽다는 듯이 콜롬보에게 물었다.

"당신, 누구세요? 골프장 관리인인가요?"

콜롬보는 이마를 북북 긁고는 마이클을 곁눈질하며 대답했다.

"아니, 나는 저어…"

"로스앤젤레스 경찰청의 형사 나리세요."

마이클이 말하고 다음 홀로 가려고 하자 톰이 황급히 불러 세웠다.

"잠깐만! 자네 퍼트는 다시 쳐야 하는 거 아냐?"

"다시 치라고?"

"그래. 개가…"

"농담하지 말게, 톰. 내 퍼트는 정통으로 홀에 들어갔어."

"예, 분명히 들어갔습니다." 콜롬보가 두 사람 사이에 끼어들었다. "훌륭한 퍼트였어요. '나이스 보기'입니다. 내가 보증하지요."

마이클은 콜롬보를 바라보며 고개를 끄덕이고 톰을 돌아보았다.

"거봐, 경위님 말씀이니까 틀림없어."

콜롬보는 싱긋 웃고는 마이클의 골프백을 어깨에 메고 8번 홀로 부리나케 걷기 시작했다. 개가 쫄랑쫄랑 뒤따라가고, 마이클이 그 뒤를 따른다. 이어서 톰 부부가 고개를 갸웃하며 따라갔다. 콜롬보를 따라잡은 마이클이 콜롬보와 어깨를 나란히 하며 물었다.

"경위님도 골프 취미를 갖고 계신가요?"

"나는 원래 무취미라서… 어릴 때 용돈을 벌려고 캐디 노릇을 해본 적은 있습니다만…" 콜롬보는 골프백을 흔들며 한쪽 눈을 찡긋했다.

"그럼, 나한테 하실 말씀이라도?"

"실은 리턴 미술관에 전시되어 있던 '황금 버클'말인데요."

마이클이 콜롬보의 얼굴을 들여다보며 되물었다.

"그 '십자가의 대좌' 말씀인가요?"

"예, 그게 말입니다, 실은… 아실지 어떨지 모르지만…"

"잘 알고말고요." 콜롬보가 말을 다 끝내기도 전에 마이클이 말을 이어받았다. "그 '황금 버클'은 나한테도 추억이 깊은 소중한 물건이지요."

"무슨 말씀이신지?"

"조지 리턴 나리께서 45년 전에 처음 입수한 미술품이지요. 나리께서는 그 '황금 버클'때문에 중세 미술에 매료되어 결국 리턴 미술관을 설립하셨답니다. 말하자면 그 버클은 미술관 설립의 계기가 된 물건이지요. 돌아가신 모런 마님과 로마로 신혼여행을 가셨을 때 기념으로 사오신 거랍니다." '황금 버클'

마이클은 차근차근 말하면서 8번 홀의 티 그라운드로 올라갔다.

143야드, 파 3인 쇼트 홀이다.

콜롬보는 눈을 가늘게 뜨고 연못 저편에 펄럭이는 깃발을 바라보다가, 골프백에서 7번 아이언을 꺼내어 마이클에게 내밀었다.

"7번 아이언? 이걸로는 도저히 저기까지 공을 보낼 수 없어요. 연못에 빠져버릴 겁니다."

"괜찮습니다. 바다에서 불어오는 바람이 강하니까 그걸로도 충분합니다."

마이클이 망설이고 있자 톰이 말을 건넸다.

"마이클, 빨리 쳐주게."

마이클은 고개를 끄덕이고 신중하게 어드레스 자세(공을 치기 전에 두 발을 적당한 간격으로 세우고 골프채를 땅에 댄 자세)를 취했다. 개가 낮게 으르렁거렸다.

콜롬보는 개를 안아 들고 입을 다물게 했다.

마이클이 골프채를 휘둘렀다. 공은 푸른 하늘로 빨려들듯 높이 솟아올라, 연못을 넘어 그린에 툭 떨어진 다음 깃발을 향해 굴러갔다.

"어머나, 버디(기준 타수보다 하나 적은 타수)를 잡을 기회예요!" 낸시가 환성을 지르며 박수를 쳤다.

마이클은 멋쩍은 듯이 웃으며 골프채를 콜롬보에게 건네주었다.

"뛰어난 캐디 덕분이지."

그린을 향해 걸어가면서 콜롬보가 물었다.

"아까 얘기하던 버클 말인데요, 관장님한테 들은 바에 따르면 그건 미술품으로는 불완전한 거라던데… 그런 결함이 있는 물건을 기념으로 사셨습니까? 그건 분명 그리스도 십자가상을 세워놓는 대좌지요?"

"아니, 나리께서 사셨을 때는 완전한 작품이었어요."

"이상하군요. 잠깐만요…" 콜롬보는 이마에 손을 대고 의아한 듯 물었다. "관장님은 처음부터 십자가상은 끼워져 있지 않았다고 말씀하셨는데…"

마이클은 잠깐 망설이다가 콜롬보를 돌아보았다.

"경위님, 그 문제는 당신한테 말할 필요도 없겠지만, 그렇다고 숨길 필요도 없습니다. 나중에 천천히 말씀드리죠."

마이클은 이렇게 말하고 그린으로 올라갔다.

그린을 벗어난 톰이 연못가에서 제2타를 쳤다. 공은 그린 위를 미끄러지듯 굴러가서는 깃발 바로 옆에서 멈췄다.

"나이스 어프로치! 톰, 파는 확실해!" 이렇게 외치고 마이클은 콜롬보한테서 퍼터를 받아들었다.

홀까지의 거리는 5야드. 마이클이 쪼그리고 앉아 잔디 결을 읽고 있을 때, 바로 뒤에 있던 콜롬보가 마이클의 귓가에서 속삭였다.

"조금만 훅(쓰는 팔과 반대 방향으로 휘도록 공을 치는 것)을 하세요. 홀에서 오른쪽으로 20센티 떨어진 곳을 노리고…"

마이클은 고개를 끄덕이고 퍼트 자세를 취했다. 그때 또 세스나기가 날아갔다. 마이클은 치기를 단념하고 하늘을 쳐다보았다. 은빛 세스나기는 폭음을 울리며 날개를 기울여 선회한 다음, 할리우드 언덕을 향해 날아간다.

"홀에서 오른쪽으로 20센티라…" 마이클은 중얼거리고 다시 퍼트 자세에 들어가 목표를 정하여 신중하게 공을 쳤다. 공은 완만한 곡선을 그리며 홀로 다가갔다. 마이클이 주먹을 휘두르며 소리쳤다.

"그쪽으로 가! 들어간다! 좋아…! 어라?"

들어갈 줄 알았는데, 아깝게도 공은 홀 가장자리에 멈춰 있다. 마이클은 저도 모르게 퍼터를 내던지고 욕설을 내뱉었다. 낸시가 위로하듯 말을 걸었다.

"어머나, 아까워라. 5밀리만, 아니 3밀리만 더 갔으면 들어가는 건데…

유감이에요. 그랬다면 버디였는데…"

"훌륭한 퍼트였습니다."

콜롬보가 말하자 마이클은 퍼터를 집어들고 다시 공으로 다가갔다.

그때 홀 가장자리에 멈춰 있던 공이 약간 움직였다. 다음 순간, 공은 홀 안으로 빨려들어가 딱 하는 소리를 냈다.

"……!?"

마이클은 멍하니 서 있다가 천천히 콜롬보를 돌아보았다.

"버디입니다. 틀림없어요. 내가 보증하지요."

마이클은 톰 부부의 동의를 구하듯 두 사람의 얼굴을 번갈아 쳐다보았다.

톰이 쓴웃음을 지으며 어깨를 으쓱했다.

"유감일세, 마이클. '올 보기'의 대기록을 세우는 건 나중으로 미루어야겠군."

마지막 9번 홀로 가는 도중에 작은 커피 판매대가 있고, 지나가다 들르는 손님들에게 소녀가 커피나 주스를 팔고 있다.

"경위님, 캐디를 맡아주시는 보답으로 커피 한 잔 사겠습니다."

마이클은 커피 판매대에 들러 종이컵을 두 개 들고 왔다. 두 사람이 뜨거운 커피를 한 모금 마셨을 때 톰이 앞을 지나가면서 말을 건넸다.

"버디에 대해 건배하는 참인가?"

"아, 커피 맛이 그만인데. 먼저 가 있게."

콜롬보는 골프백을 짊어진 채 맛있게 커피를 홀짝거리고 있다. 9번 홀로 가는 톰 부부의 뒷모습을 바라보면서 마이클이 중얼거렸다.

"아까 하던 얘기 말인데요, 경위님은 모린 마님이 돌아가셨을 때의 일을 아십니까?"

"예… 신문에도 크게 났으니까요."

마이클은 저쪽의 할리우드 언덕을 바라보며 말했다.

"루스 아가씨는 어렸기 때문에 기억하지 못할 겁니다. 그때 모린 마님은 그리스도 십자가상을 손에 꽉 쥐고 계셨지요. 그걸 나리께서는 마님의 관 속에 넣으셨답니다."

콜롬보는 커피를 마시려다 말고 종이컵을 허공에 멈춘 채 마이클을 바라보았다.

"함께 매장했단 말입니까?"

"예, 그래서 대좌만 남아 있는 겁니다. 그런 식으로 돌아가셨기 때문에 루스 아가씨도, 다른 두 따님도 장례식에는 참석하지 않았지요. 그래서 십자가의 행방을 모르실 겁니다."

"그렇군요… 그렇게 된 거군요."

콜롬보가 중얼거리자 마이클은 고개를 끄덕이고 커피잔을 비웠다.

"자, 캐디 선생, 이제 슬슬 가보실까요. 톰 부부가 기다리고 있으니까요."

"아 참, 한 가지만 더요… 실은 피터 브랜트 씨에 대해서 잠깐…"

마이클의 표정이 갑자기 흐려졌다.

"어떤 걸?"

콜롬보는 짊어지고 있던 골프백을 내려놓았다. 골프채가 서로 부딪치는 소리가 났다.

"피터 브랜트 씨는 루스 씨와 약혼하셨다던데, 왜 언니 필리스 씨와 결혼하게 됐습니까? 그 점을 아무래도 이해할 수가 없어서…"

"그건 내 입으로는… 여기서만 들은 이야기로 해주시겠습니까?"

콜롬보는 고개를 끄덕였다.

"나는 집안일에 참견할 수 있는 입장이 아니니까 자세한 건 잘 모르지만, 역시 필리스 아가씨의 강한 성품 때문에… 게다가 세 자매 가운데 만

딸은 가문을 잇는다는 문제에 유난히 얽매인 모양이고…"
"하지만 아버지인 리턴 씨는 아무 말씀도 하지 않으셨습니까?"
마이클은 고개를 젓고 나서 다시 할리우드 언덕을 바라보며 말했다.
"나리께서는 필리스 아가씨가 피터 브랜트 씨와 함께 도피한 사건이 일어났을 무렵에는 이미 병석에 누워 계셨고, 결국 그 사건을 알지 못한 채 세상을 떠나셨습니다."
"아, 그렇군요. 그래서 그 후 피터 브랜트 씨는?"
마이클은 빈 종이컵을 쓰레기통에 집어넣었다.
"지독했지요. 점점 인기가 떨어지자 자포자기하여 무절제한 생활을 했다고 할까… 내가 보기에는 건달로밖에 보이지 않았답니다. 그러다가 몸을 망쳐서 입원하게 되고…"
그때 톰의 목소리가 들려왔다. 9번 홀의 티 그라운드에서 손을 흔들며 마이클을 부르고 있었다. 콜롬보는 한 손을 높이 쳐들어 대답하고는 다시 골프백을 어깨에 멨다. 마이클은 그 골프백에서 드라이버를 꺼내면서 말했다.
"그러면 차분하게 보기로 마무리해볼까."
마이클은 마지막 홀을 향해 걷기 시작했다.

2

루스는 하루 종일 전시실에서 '애플 아트' 사의 일꾼들이 '스페인 보물전'을 준비하는 현장에 입회했다. 루스 자신이 디자인한 전시 도면에 따라 일꾼들이 솜씨 좋게 물건을 진열하고 있다.
이사벨라 여왕과 콜럼버스의 초상화, 보물 해설판, 사방 벽을 장식한 호화로운 태피스트리를 바라보면서 루스는 이 기획을 받아들이기를 잘했다고 생각했다.

6시가 지나자 작업을 끝낸 팀장이 루스에게 말했다.

"내일부터 드디어 보물들을 들여올 겁니다. 경비원은 벌써 준비해놨습니다."

일꾼들이 돌아갔다.

내주로 다가온 개최일을 생각하자 가슴이 부풀어 올랐다. 루스는 자신의 뜻대로 물건들이 진열된 전시실을 꼼꼼히 점검하며 돌아다녔다. 그리고 대기실에서 샌드위치로 저녁을 때운 다음 불을 끄고 2층 집무실로 올라왔다.

보물전의 후원을 맡아준 기업들에 인사를 겸한 초청장을 쓰면서도 역시 제니의 일이 머리를 떠나지 않았다. 루스는 펜을 놓고 수화기를 집어들어 리턴 저택에 전화를 걸었다.

여느 때라면 하녀가 받아서 바꿔줄 텐데 언니 필리스가 직접 전화를 받아 나무라듯 말했다.

"제니한테서 연락 있었니?"

"없어. 나도 그걸 물어보려고 전화했는데…"

"정말로 그 애는 왜 그 모양이야. 전화 한 통 걸어주면 어디가 덧나나? 루스, 어떡하면 좋지?"

신경질적인 목소리에 이어 한숨 소리가 들려온다. 루스는 위로하듯 말했다.

"그레이하운드 사무실에 물어봤더니 뉴욕까지는 사흘이나 걸린대. 모레 낮에는 도착할 테니까…"

"모레라고? 앞으로 이틀이나 더 버스를 탄단 말이야?"

"그래… 나는 여기 좀 더 있겠어. 그 버스는 식사시간에 맞춰서 도시에 들르니까, 그때 나한테 전화할지도 몰라."

"만약 제니가 전화하면 당장 집으로 돌아오라고 전해줘."

그 말을 전해도 제니의 결심이 바뀔 것 같지는 않았다.

"알았어. 그럼 끊어."

전화를 끊고 시계를 보니 벌써 8시가 지나고 있었다. 루스는 책상으로 돌아가 초청장을 쓰려고 펜을 들었다.

그때 전화벨 소리가 희미하게 들렸다. 귀를 기울이자 아래층에서 울리고 있다. 루스는 의아하게 생각하면서 의자에서 일어나 문을 열고 어두운 계단 밑을 내려다보았다. 역시 전시실의 공중전화가 울리고 있었다.

잘못 걸린 전화일지 모른다고 생각하면서도 루스는 계단을 내려갔다.

열린 문으로 전시실을 살며시 들여다본다. 어둠 속에서 요란하게 울리는 전화가 짐승의 울부짖음처럼 여겨졌다. 이런 시간에, 게다가 이 번호로 누가 전화를 걸었을까?

루스는 전화 받기를 망설였다. 그러나 전화는 잠잠해질 기미가 없다. 그 끈질김이 어쩐지 무서웠다. 무시하려고 생각했을 때, 문득 제니가 머리를 스쳤다. 그 애라면 이 전화번호를 알고 있다.

루스는 불을 켰다. 그러자 공포심이 희미해졌다. 루스는 전시실을 가로질러 전화 부스로 들어가 수화기를 들었다.

"네, 리턴 미술관입니다."

그러나 아무 응답도 없다.

"여긴 리턴 미술관인데요."

역시 말이 없다. 루스는 이상한 예감이 들어 전화를 끊으려고 했다. 그 순간 전화에서 남자 목소리가 들렸다.

"관장님…?" 그러고는 또 입을 다물었다.

"그런데요. 누구시죠?"

"관장님, 나예요." 상대는 놀리는 듯한 어조로 말했다. 들은 기억이 있는 목소리였다.

"누구시죠? 장난은 그만두세요. 끊겠어요."

"나예요, 팀 셰퍼. 끊지 않는 게 좋을 겁니다. 관장님을 위해서라도."

묘하게 여운이 있는 말투에 루스는 당황했다. 제니에 관한 일일까? 루스는 나무라듯 물었다.

"무슨 일이에요, 도대체?"

"요전에는 가짜 '황금 버클'을 보내줘서 고마웠습니다."

"……" 예기치 못한 말에 이번에는 루스가 입을 다물었다.

"듣고 있습니까, 관장님?"

"무슨 소린지 모르겠군요."

루스가 당황한 어조로 대답하자 셰퍼는 코웃음을 쳤다.

"그럴까요? 뭐, 좋습니다. 어쨌든 선물을 보내주신 답례로 진짜 '황금 버클'을 돌려놓았습니다. 에드워드가 맡긴 건데…"

"뭐라고요? 진짜를 에드워드가?"

"예. 미술관에 있는 부친의 동상… 조지 리턴 동상의 받침대 뒤에다 숨겨두었습니다. 나중에 또 전화하죠."

"잠깐만요, 셰퍼…"

루스가 황급히 되물으려 했을 때 전화는 이미 끊겨 있었다.

루스는 너무 놀라 어안이 벙벙한 얼굴로 아버지 동상을 돌아보았다. 진짜 '황금 버클'을 돌려놓았다고? 역시 에드워드가 바꿔치기했군. 도대체 셰퍼는 무슨 속셈일까? 손에 움켜쥔 수화기가 손바닥 안에서 생물처럼 떨리고 있다. 그 손을 뻗어 수화기를 훅에 걸었을 때 갑자기 뒤에서 재채기 소리가 났다.

깜짝 놀라 돌아보니 현관 옆에 콜롬보가 서서 멋쩍은 웃음을 띠고 있었다. 콜롬보는 헛기침을 하고 나서 말했다.

"아아, 미안합니다. 잠깐 묻고 싶은 게 있어서 들렀는데…"

루스는 콜롬보를 노려보면서도 시야 끝에 리턴 동상을 포착하고 있었다. 콜롬보는 미안한 듯 이마를 긁으면서 말했다.

"전화를 하고 계시길래… 바쁘신데 죄송합니다. 누구 전화입니까?"

"당신과는 상관없는 일이에요. 일에 관한 전화니까." 루스는 잘라 말하고 당황한 기색을 감추면서 콜롬보에게 다가갔다. "경위님, 오늘 밤만은 그냥 돌아가주세요. 빨리 끝내야 할 일이 있어서요."

진심이었다. 한시라도 빨리 콜롬보를 쫓아내고 싶었다. 그러나 콜롬보는 아랑곳하지 않고 천천히 다가온다. 루스는 그것을 가로막듯 말했다.

"죄송합니다, 콜롬보 씨. 급한 일이라면 내일 아침에 만나죠."

"아니, 한두 가지만 물어보면 되니까요." 콜롬보는 두 팔을 벌려 과장되게 휘두르며 계속 다가온다. "실은 좀 이상한 일을 알아냈습니다."

루스는 입을 다문 채 리턴 동상 쪽으로 슬쩍 다가갔다. 이상한 일? 초조하긴 했지만 콜롬보의 말도 마음에 걸린다.

"무슨 일인데요?"

"아, 그 전에 잠깐 묻고 싶은데… 그날 밤 관장님은 늦게까지 책을 읽었다고 하셨는데, 그 책이 서머싯 몸의 단편집이었습니까?"

"그런데요?" 루스는 리턴 동상 옆에 서서 콜롬보를 돌아보았다.

"좀 마음에 걸리는 건 책갈피에 끼워져 있던 서표입니다."

"서표요?"

"네. 서표의 위치가 아무래도 납득이 가질 않아서요. 제니가 집에 돌아올 때까지는 분명 〈비〉를 읽고 계셨습니다. 그렇지요?"

"그래요."

"모두 잠자리에 든 뒤에도 관장님은 두 시간쯤 책을 읽었다고 하셨습니다. 그런데 말입니다. 서표는 〈비〉 바로 뒤에 끼워져 있었습니다. 내가 빌려갔을 때는…" 콜롬보는 책장을 넘기는 시늉을 하면서 말을 이었다. "서표는 대개 어디까지 읽었는지 알기 위해 사용하는 겁니다. 따라서 읽기를 마친 곳에 끼워두는 게 보통이죠. 그런데 그 단편집의 서표는 〈비〉 다음에 끼워져 있었어요. 다시 말해서 다음 소설인 〈호놀룰루〉 앞이죠."

"그게 어쨌다는 거죠?"

"관장님은 분명히 이렇게 말했습니다. 〈호놀룰루〉는 너무 오래전에 읽어서 기억이 잘 나지 않는다고… 그렇다면 관장님은…"

콜롬보의 지적은 옳았다. 루스는 얼른 되받아칠 구실을 생각해냈다.

"책을 읽지 않았다고 말하고 싶은 건가요? 따라서 파티가 끝난 뒤의 알리바이는 성립하지 않는다?" 루스는 빈정거리는 웃음을 띠면서 타이르듯 말했다. "상상하시는 건 자유지만, 사람의 행동 유형은 경위님이 생각하는 것처럼 단순하고 획일적인 게 아니랍니다."

"네에?"

어리둥절해 있는 콜롬보에게 루스는 말했다.

"〈비〉를 다 읽은 다음, 다시 한번 곰곰이 음미하면서 〈비〉를 다시 읽었어요."

콜롬보는 눈썹을 꿈틀 치켜 올리더니, 과장되게 어깨를 으쓱하며 말했다.

"그렇군요. 그럴 수도 있겠지요."

루스는 사람을 깔보는 듯한 말투에 발끈했지만, 간신히 콜롬보의 화살을 피했다고 생각했다. 빨리 진짜 버클을 보고 싶었다.

"콜롬보 씨, 난 바빠서 이만 가보고 싶은데 괜찮을까요?"

그때 갑자기 전화벨이 울렸다. 루스는 온몸의 털이 곤두서는 듯한 기분을 느끼며 전화 부스를 돌아보았다. 어느새 전시실에 숨어들어온 마귀가 전화 부스 구석에 웅크리고 있는 듯한 기분이 들었다. 셰퍼가 확인하기 위해 다시 전화를 걸어온 게 분명하다. 무시할 수는 없었다.

"실례합니다. 또 스페인 보물전에 관해 의논할 게 있나 봐요."

"어서 받아보세요. 나는 상관하지 마시고…"

루스는 점점 강해지는 불안을 감추며 전화 부스로 들어갔다. 콜롬보가 눈치채지 못하게 잘 얼버무려 빨리 전화를 끊지 않으면 안 된다. 루스는 살며시 수화기를 들었다.

"네, 리턴 미술관입니다." 루스는 지극히 사무적인 어조로 대답했다.

"루스 관장님이십니까?" 날카로운 남자 목소리였다. "나는 로스앤젤레스 경찰에 있는 밀러 형사라고 합니다. 그쪽에 콜롬보 경위님이 가 계실 텐데, 좀 바꿔주십시오."

루스는 맥이 풀려 콜롬보를 돌아보았다.

"경위님한테 온 전화예요."

"나한테요? 누구죠?"

"밀러 형사라는데요."

"아아, 이거 정말… 미안합니다."

전화 부스로 다가온 콜롬보에게 수화기를 넘겨주고 루스는 다시 리턴 동상 곁으로 돌아갔다. 콜롬보의 말소리가 들려온다.

"응, 나야… 뭐라고…? 그래, 그래서…?"

루스는 리턴 동상 뒤를 슬쩍 엿보았다. 분명히 '황금 버클' 같은 것이 받침대 뒤에 놓여 있다. 콜롬보를 돌아보자 아직도 작은 소리로 뭐라고 중얼거리고 있다.

이 틈에 '황금 버클'을 집을 수밖에 없다… 루스는 콜롬보의 뒷모습에 시선을 박은 채 재빨리 버클을 집어 윗옷 주머니에 밀어넣었다. 아버지 동상에서 떨어지고 싶었지만 움직이기가 두려웠다.

"아, 알았네, 밀러. 그럼 나중에 보세." 콜롬보는 전화를 끊고 루스 쪽으로 어슬렁어슬렁 다가왔다.

루스는 주머니가 불룩해진 것이 눈에 띄지 않도록 오른손을 주머니 속에 집어넣었다.

"오래 기다리셨지요. 그러면 당장 본론으로 들어가겠습니다. 잠깐 그날 밤의 현장을 재현해볼까요?"

이렇게 말하고 콜롬보는 홱 돌아서서 다시 전화 부스로 다가갔다. 루스도 끌리듯 뒤를 따랐다. 오른쪽 주머니에 숨긴 버클이 확실한 무게를 전해온다. 오른손만 주머니에 넣고 있으면 이상해 보일 것 같아서 왼손도 주머니에 집어넣었다.

콜롬보는 전화 부스 앞에 서더니 코트 주머니에서 소형 카세트를 꺼냈다.

"이게 아무래도 이상합니다."

콜롬보는 카세트를 손바닥에 올려놓고 루스에게 보인 다음, 천천히 재생 버튼을 눌렀다. 삑ㅡ 하는 신호음에 이어 밀턴의 목소리가 들려온다.

"나야, 밀턴. 도와줘…" 느닷없이 흘러나온 죽은 사람의 목소리에 루스는 몸을 바짝 긴장시켰다. "도와줘!… 내가 위험하게 됐어… 놈들이 나를 노리고 있어. 지금 10시야. 30분 뒤에… 앗… 잠깐만! 그러지 마… 제발 그만해!"

여기서 콜롬보는 카세트를 껐다. 자기가 지시했지만, 루스는 처음 듣는 테이프였다. 콜롬보는 눈을 가늘게 뜨고 루스를 바라보았다.

"이렇게 해서 사건이 시작된 겁니다."

루스는 고개를 끄덕이고 속으로 안도의 한숨을 내쉬었다. 밀턴은 내가 지시한 대로 자동응답기에 메시지를 녹음했군.

"그런데 말입니다." 콜롬보는 집게손가락을 쑥 내밀고 한쪽 눈을 감았다. "그 다음이 이상합니다. 잠깐 이걸 좀 들고 계시겠습니까?"

콜롬보는 카세트를 루스에게 떠맡겼다. 루스는 황급히 주머니에서 두 손을 빼내어 카세트를 받아들었다.

콜롬보는 전화 부스 안으로 들어가 수화기를 들고 루스에게 쳐들어 보인 다음 천천히 아래로 떨어뜨리고 손을 놓았다. 전화줄에 매달린 수화기가 시계추처럼 흔들리고 있다.

"보시다시피 이것이 그날 밤의 현장 상황입니다. 그리고 피해자 두 사람은 결투라도 한 것처럼 여기와 저기에 쓰러져 있었지요." 콜롬보는 시체가 쓰러져 있던 장소를 가리키고 나서 말을 이었다. "갖고 계신 테이프를 조금만 되감아주실래요. 아아, 그리고 볼륨을 잔뜩 높여주세요."

도대체 뭘 하려는 걸까? 루스는 시키는 대로 테이프를 조금 되감고 볼륨을 높였다.

"좋습니다. 그러면 재생 버튼을 눌러주세요."

루스는 망설이는 표정을 지으며 손에 든 카세트를 바라보았다.

"자, 어서 재생 버튼을 눌러주세요."

콜롬보가 재촉하자 루스는 떨리는 손을 버튼 위에 살짝 올려놓고 조심스럽게 눌렀다. 시한폭탄 스위치를 누르는 듯한 기분이었다.

"…잠깐만! 그러지 마… 제발 그만해!"

다음 순간, 창자를 도려내는 듯한 총소리가 잇따라 두 발 울렸다. 순간 루스는 눈을 감았다. 더 이상 견딜 수가 없어서 테이프를 멈추려고 하자 콜롬보가 입에 손을 대고 제지했다. 그때 '찰칵'하는 기계음이 들렸다.

"예, 바로 그 소립니다!"

루스는 어리둥절하여 카세트와 콜롬보를 번갈아 바라보았다. 그러자 콜롬보는 전화줄에 매달린 채 천천히 회전하고 있는 수화기를 가리키며 말했다.

"차이를 모르시겠습니까?"

"……?"

콜롬보는 관자놀이를 긁으면서 전화 부스에서 나왔다.

"그 소리와 수화기는 일치하지 않습니다. 총소리가 두 번 울린 뒤에 녹음되어 있는 '찰칵' 소리는 분명 수화기를 훅에 돌려놓는 소립니다."

루스가 말문이 막힌 것을 알아차리고 콜롬보는 엄지손가락으로 어깨 너머를 가리켰다.

"끊겨 있어야 할 전화가 끊겨 있지 않습니다. 이상하지요? 이 모순을 어떻게 생각하십니까?"

"어떻게 생각하다니… 난 그런 건…" 루스는 머뭇거리며, 스스로 판 함정에 빠져 허우적거리고 있는 칠칠치 못한 자신을 저주했다. 콜롬보가 지적한 모순을 뒤집을 만한 변명을 찾았지만, 고개를 갸웃하는 것으로 대답할 수밖에는 다른 도리가 없었다.

"관장님, 그 테이프 내용은 조작된 겁니다."

혼란에 빠진 루스는 꺼림칙한 테이프를 진열장 위에 내려놓았다.

"역시 제3의 남자가 있었던 걸까요?"

콜롬보가 카세트에 손을 뻗으면서 대답했다.

"아니, 반드시 남자라고 할 수는 없습니다."

루스는 다음 말이 나오지 않아서 입을 다물었다.

콜롬보는 손에 든 카세트를 내려다본 채 말했다.

"이건 말하자면 가짜 테이프입니다. 범인은 밀턴에게 지시해서 다른 곳에서 다른 시간에 전화를 걸게 했습니다. 그런데 밀턴은 터무니없는 실수를 저지른 겁니다… 총을 쏜 뒤에 밀턴은 무심코 수화기를 훅에 걸어버렸지요. 한편…" 콜롬보는 테이프에서 눈을 들어 루스를 뚫어지게 바라보았다. "범인은 밀턴이 여기서 전화를 건 것처럼 보이게 하려고 수화기를 훅에서 벗겨놓았습니다."

집요하게 확인하는 콜롬보의 말투에 루스는 애가 탔다. 대체 어떤 카드를 갖고 있는 걸까? 루스는 초조한 나머지 한숨을 내쉬고 말했다.

"제3의 인물은… 분명 셰퍼예요. 에드워드와 짜고… 그 테이프도 알리바이 조작을 위해…"

콜롬보는 천천히 고개를 저었다.

"셰퍼 씨는 에드워드 씨와 짜고 모조품을 만들고 있었다는 것은 인정했습니다. 하지만 그 사람한테는 확실한 알리바이가 있습니다. 범인은 미술품에는 손을 대지 않았으니까 단순한 절도도 아니고 장물아비일 가능성도 없습니다. 다시 말해서 밀턴을 죽인 것은 위장일 뿐이고, 진짜 목적은 이 미술관을 팔아치우려 하고 있던 에드워드 씨를 죽이는 것이었습니다. 게다가 범인은…" 콜롬보는 천장을 눈부신 듯 쳐다보며 말을 이었다. "이 전시실을 나갈 때 불을 끄는 습관이 있는 것 같습니다."

루스는 슬며시 두 손을 주머니에 찔러넣고 한숨을 내쉬며 말했다.

"마치 내가 범인인 것처럼 말씀하시는군요."

콜롬보는 루스의 말을 무시하고 말을 이었다.

"그리고 범인은 2주 전에 '황금 버클'을 훔쳤습니다." 이렇게 말하고는 루스의 윗옷 주머니를 가리켰다. "거기 버클을 갖고 계시지요?"

허를 찔린 루스는 당황했다. 리턴 동상 뒤에서 버클을 집어든 것을 콜롬보가 눈치챘다. 그 행위를 변명하면 할수록 궁지에 몰릴 건 뻔했다. 이렇게 된 이상 대담하게 나갈 수밖에 없었.

루스는 주머니에 손을 집어넣어 버클을 꺼내면서 차갑게 말했다.

"콜롬보 씨, 진짜가 나왔어요."

콜롬보는 루스의 얼굴을 말똥말똥 쳐다보며 아무 말도 하지 않는다.

"셰퍼가 진짜를 돌려주었어요. 역시 에드워드와 셰퍼가 한 짓이었어요."

루스는 손에 든 버클을 바라보다가 눈을 크게 뜨고 저도 모르게 비명을 지를 뻔했다. 진짜인 줄 알았던 버클은 가짜였다. 입을 다문 채 멍하니 가짜 버클을 내려다보고 있는 루스에게 콜롬보가 말을 걸었다.

"가짭니다, 그건…"

루스는 콜롬보가 꾸민 함정의 구조를 순간적으로 알아차렸다. 변명할 수가 없었다. 루스는 입술을 깨물고 눈을 내리깐 채 말했다.

"그래요. 경위님이 저번 날 가져오신 그거군요." 루스는 더 이상 저항할 기력을 잃고 말았다. 루스는 버클에서 눈을 들어 중얼거리듯 말했다. "…함정이었군요, 콜롬보 씨. 셰퍼를 시켜서 전화를 건 것도, 리턴 동상 뒤에 버클을 숨긴 것도… 나에게 이걸 집어들게 한 것도…"

콜롬보는 코트 주머니에 손을 집어넣어 다른 버클을 꺼냈다.

"이걸 감정해주시겠습니까?"

루스는 콜롬보가 내민 버클을 받아들었다. 감촉이 달랐다. 손가락은 진품의 감촉을 순간적으로 느끼고 있었다. 수백 년 세월을 거친 황금의 은은한 빛을 내뿜는 그 버클은 일찍이 루스가 감정했던 틀림없는 진짜 '황금 버클'이었다. 그것은 아버지가 미술관을 설립하는 계기가 된 기념할 만한 물건이기도 했다.

콜롬보가 부드러운 어조로 물었다.

"어떻습니까, 관장님?"

루스는 서슴없이 콜롬보한테서 받아든 버클을 내밀며 말했다.

"물론 이게 진짜예요."

콜롬보는 고개를 끄덕이고 그 버클을 받아들었다. 루스는 나무라는 듯한 눈초리로 다그쳐 물었다.

"대체 그게 어디 있었죠?"

"이 진짜를 관장님은 2주 전에 잃어버렸다고 하셨지만, 실제로는 2주가 아니라 훨씬 오래전에 잃어버렸지요?"

"예… 3년 전에 에드워드가 바꿔쳐서…"

"아니, 그게 아니라 훨씬 더 오래전이었습니다."

루스가 의아한 눈으로 바라보자 콜롬보는 버클을 내려다보며 대답했다.

"실은 말입니다, 이건 헨리 맥도웰 씨한테 빌려온 겁니다."

"맥도웰 씨가? 그 사람이 어떻게 이걸?"

루스가 성급하게 묻자 콜롬보는 고개를 끄덕였다.

"그 사람 이야기에 따르면 8년 전에 피터 브랜트 씨한테 구입했다고 하더군요."

루스는 갑자기 온몸에 전류가 흐른 듯한 충격을 느꼈다.

"설마, 그럴 리가…"

"미술관 양도에 관한 교섭을 진행하고 있을 무렵에 이 버클을 샀다더군요."

루스의 온몸에서 힘이 빠져나갔다. 루스는 현기증을 느꼈다. 유흥비가 모자라서 팔아치운 게 분명하다. 순간, 피터의 비웃는 소리가 들린 듯한 기분이 들었다. 할 말을 잃은 채 루스는 우두커니 서 있었다.

콜롬보는 돌아서서 전화 부스로 들어갔다. 그러고는 몸을 굽혀 축 늘어진 수화기를 집어 조용히 혹에 돌려놓았다. 그런 다음 고개를 숙이고 천천히 현관 쪽으로 걸어갔다.

루스는 그 뒷모습을 지켜보고 있다가 더는 견딜 수가 없어서 말을 걸었다.

"잠깐만요, 경위님…" 루스는 콜롬보를 따라 현관으로 걸어가면서 중얼거리듯 말했다. "저도 같이 가겠어요."

미술관을 나온 두 사람은 어둠에 휩싸인 정원을 나란히 걸어갔다.

루스는 문득 그레이하운드 버스를 탄 제니의 모습을 머리에 떠올렸다.
"그 애는 지금쯤 어디에 있을까?"
"아… 글쎄요, 산타페나 오클라호마 근처일 겁니다."
루스는 멈춰 서서 어둠 속에 녹아든 콜롬보를 바라보며 말했다.
"만약 그 애가 돌아오게 되면… 이 미술관을 물려받으려 할까요?"
콜롬보가 성냥을 켰다. 얼굴이 부옇게 떠오르고 시가에 불이 붙었다.
"내 생각으론 돌아오지 말았으면 좋겠군요. 스크린에 비치는 제니 양의 모습을 보고 싶으니까요."
이렇게 말하고 콜롬보는 성냥불을 불어 껐다. 어둠이 더욱 깊어진 것처럼 느껴졌다.

죽은 자의 메시지
Try And Catch Me

One more thing...

차례

제1장 애비게일 저택의 비극
제2장 금고에 갇힌 시체
제3장 협박의 장미정원
제4장 받지 못한 보수
제5장 죽음의 암호

주요 등장인물

애비게일 미첼 : 추리작가
필리스 : 애비게일의 조카딸
에드먼드 켈빈 : 필리스의 남편
베로니카 브라이스 : 애비게일의 여비서
애니 : 애비게일 저택의 가정부
마티 해먼드 : 애비게일의 변호사
빌 해밀턴 : 슬루스 출판사의 편집장
버크 형사 : 콜롬보의 부하
크래이머 형사 : 콜롬보의 부하
콜롬보 경위 : 로스앤젤레스 경찰청 강력계 수사반장

제1장

애비게일 저택의 비극

1

달이 떴다. 수면이 갑자기 밝아지고 물결이 음영을 쪼개며 솟구쳐 오른다. 어둠에 묻혀 있던 돛도 희뿌옇게 떠올랐다. 별들이 아로새겨진 하늘을 향하여 달빛에 물든 돛이 높이 솟아오른다. 돛은 바람을 가득 안고 아름다운 곡선을 그리며 부풀어 오른 채 가늘게 떨고 있다.

윙윙거리는 바람 소리가 귓가를 스쳤다. 요트의 뱃머리를 두드리는 파도 소리도 높아졌다. 작은 선체를 끊임없는 충격이 꿰뚫고 나간다.

요트는 약간 오른쪽으로 기울어진 채, 바람을 거슬러 이제 막 떠오른 달을 향해 물결을 일으키고 있었다. 수면에 비친 달은 또 하나의 달이 되어 창백한 빛을 내뿜고 있다.

에드먼드 켈빈은 육지 쪽을 돌아보았다. 항구의 등댓불이 조그맣게 깜박이고 있다. 불안할 만큼 멀다. 요트와 항구 사이에 가로놓인 밤바다가 끝없이 넓어 보인다. 이런 시간에 이런 곳에서 바다에 빠지면 수색하기가 상당히 어려울 것이다. 에드먼드는 돛을 사이에 두고 맞은편에 앉아 있는 필리스에게 시선을 돌리며 희미하게 웃었다. 그러고는 이마에 흘러내린 머리카락을 쓸어 올리며 돛을 쳐다보았다.

"에드먼드, 이제 돌아가요. 역시 밤바다는 별로 기분이 안 좋아." 필리스가 조그맣게 소리를 질렀다.

에드먼드는 못 들은 척하고 돛을 더욱 높이 올렸다. 요트가 더 많이 기울어져, 바람이 불어가는 쪽에 앉아 있는 필리스는 바다로 몸이 젖혀진 자세가 되었다. 요트가 일으킨 물결이 필리스의 등을 씻으며 지나갔다.

파도는 하얗게 반짝이며 차가운 급류가 되어 물보라를 일으켰다. 필리스는 젖은 이마를 손등으로 훔쳤다.

"에드먼드!" 필리스가 마침내 거친 목소리를 냈다.

원래 그런 여자였다. 처음에는 얌전히 나오지만 결국에는 남을 자기 뜻대로 움직이려 든다. 양보할 줄을 모른다. 자기가 세상의 중심이라고 믿고 있는 교만한 여자였다. 이모인 추리작가 애비게일 미첼이 맡아서 애지중지 키운 탓이리라.

그런 여자지만 아름다운 것은 사실이다. 하얀 스웨터에 감싸인 몸매는 보기 좋게 균형이 잡혀 있다. 금발에 둘러싸인 얼굴은 성격과는 정반대로 순진하고 귀엽다. 섹시한 천사라고나 할까. 게다가 언젠가는 저명한 여류작가의 유산을 몽땅 물려받을 몸이었다. 평생 놀고먹을 수 있는 돈이 손에 들어온다. 그뿐만 아니라 수많은 책의 저작권도 물려받을 테니, 돈은 화수분처럼 끊임없이 생겨날 것이다. 결혼 상대로는 나쁘지 않다.

그래서 에드먼드는 애써 이 여자를 자기 것으로 만들었다. 그러나 필리스는 제멋대로일 뿐만 아니라 지독하게 인색한 여자였다. 결혼하기 전에는 미처 몰랐던 사실이다. 에드먼드는 벌써 1년이 넘도록 돈을 움켜쥐고 좀처럼 내주려 하지 않는 아내와 함께 살고 있었다.

"에드먼드! 돌아가자니까!" 필리스가 마침내 명령조로 나왔다. 이제는 명령도 효과를 발휘할 수 없다는 것을 아직 눈치채지 못한 모양이다.

"필리스, 나는 당신 하인이 아니야. 뭐든지 시키는 대로 할 줄 알면 큰 오산이야." 에드먼드는 한마디 한마디를 씹어 으깨듯 천천히 입에서 토해 냈다.

달빛을 받은 필리스의 표정이 굳어졌다. 놀라고 있다. 남편의 태도가 갑자기 달라진 것에 놀라고 있다. 아니, 믿을 수가 없다. 짓궂은 장난이라고 생각하고 싶은 모양이다. 그녀는 이윽고 애매한 미소를 띠었다.

"무슨 말을 하는 거야? 무슨 소린지 통 모르겠네. 바다는 이제 싫증이 났다고…"

"필리스, 내 말 못 들었어? 나는 당신 하인이 아니라고 말했어. 좀 더 노골적으로 말하면 난 노예가 아니라는 이야기야. 알겠어?"

필리스의 얼굴에서 미소가 사라졌다. 그녀는 입술을 깨물었다.

눈이 번쩍번쩍 빛난다. 분노를 불태우기 시작한 얼굴은 불가사의한 매력을 풍기고 있다. 죽이기는 아깝다. 그러나 죽이지 않으면 안 된다. 그러지 않으면 나중에 후회하게 된다.

"여보, 도대체 무슨 말을…" 필리스는 말을 삼키고 주위를 둘러보았다. 밤바다 한가운데에서 물보라와 바람을 맞고 있는 자신을 문득 깨달은 모양이다. 그녀는 몸서리를 치며 어깨를 움츠렸다.

에드먼드는 망설였다. 요트의 기울기로 보아, 반대쪽에 있는 필리스를 힘껏 걷어차면 일은 끝난다. 필리스는 헤엄을 칠 줄 모른다. 바다로 떨어져 파도 사이로 사라질 것이다. 다리에 힘이 들어갔지만 역시 망설임이 앞섰다. 필리스의 풍만한 가슴을 도저히 걷어찰 수가 없었다. 증오심은 강했지만, 간단히 할 수 있는 일은 아니다.

에드먼드는 휘파람을 불었다. 기운을 내려고 〈내일이 있다면〉을 휘파람으로 불었다. 바람을 정면으로 받고 있기 때문에 한심하게도 갈라진 소리밖에 나오지 않는다.

필리스는 에드먼드의 속셈을 재빨리 간파한 모양이다.

"당신, 날 죽일 작정이었지?" 그러고는 소리 높여 웃었다. 웃으면 살 수 있다고 믿고 있는 듯한, 어딘지 모르게 긴장한 기색이 있는 병적인 웃음이다. "당신이 그런 짓을 해? 어림도 없어. 당신처럼 심약한 사람이 그런 엄청난 일을 하려 들다니… 아아, 정말 우스워 죽겠네."

필리스는 기침이 나올 만큼 웃어댄다. 하얀 스웨터 속에서 묵직한 젖가슴이 흔들린다. 그러다가 불쑥 덧붙였다.

"하지만 날 죽이고 싶을 만큼 미워하고 있다는 건 알아. 우리 문제는 나중에 생각하기로 해."

이번에는 에드먼드가 겁을 먹을 차례였다. 필리스는 이혼 이야기를 꺼낸 것이다. 우리 문제를 생각해보자는 건 바로 그런 뜻이다.

이혼하면 푼돈이나 받고 떨려 나가게 된다. 이제는 죽여버릴 수밖에 없었다. 사고로 위장하여 죽인 다음, 남편으로서 아내의 재산을 차지할 수밖에 없다. 그러나 그렇게 할 수가 없었다. 계획을 세우고 기회를 엿보다가 드디어 기다리고 기다리던 순간이 왔는데, 에드먼드는 요트를 계속 몰고 있을 뿐 아무 짓도 할 수가 없었다.

"에드먼드, 어쨌든 배를 돌려. 집에 돌아가면 앞으로의 일을 찬찬히 의논해보자고."

조금은 희망이 있는 것처럼 들리기도 한다. 이혼하자는 협박이 아니라, 두 사람의 관계를 옛날처럼 좋은 상태로 되돌릴 방법을 의논하자는 제안으로 받아들일 수도 있다. 그러나 필리스는 좀전의 사나운 말투를 용서하지 않을 것이다. 절대로 용서할 리가 없다. 그 한마디는 자존심 강한 여자의 마음에 상처를 주었다.

"빨리 돌아가, 에드먼드. 추워 죽겠어."

나는 하인이 아니라고 공언해놓고도 에드먼드는 필리스가 시키는 대로 배를 돌렸다. 돛을 끌어당기고 키를 맞은편으로 밀어내어 요트의 진로를 반대 방향으로 바꾸었다. 마님의 지시에 따르는 하인처럼 잽싼 행동이었다. 이어서 에드먼드와 필리스는 앉는 위치를 바꾸었다.

돛 밑을 빠져나가면서 좁은 공간에서 몸을 움직일 때 에드먼드는 이마가 맞닿을 만큼 가까운 거리에서 아내의 얼굴을 보았다. 필리스도 빛나는 눈으로 에드먼드를 노려보았다. 금발에 감싸인 아름다운 얼굴이 얼음처럼 차가웠다.

요트는 바람 부는 쪽을 향하여 미끄러져갔다. 맞바람을 받을 때보다 빠르지만, 바람과 같은 방향으로 달리면 파도가 일지 않아서 빠른 느낌이 나지 않는다. 돛을 때리는 바람 소리도 들리지 않고, 배도 기울지 않고, 지극히 평온하게 미끄러져간다. 두 사람은 다시 1미터 남짓한 거리를 두고 마주 앉아 있었다.

"나를 바다로 밀어 떨어뜨릴 작정이었지?" 어딘가 멀리서 필리스의 목소리가 들린다.

"천만에. 난 그저 피곤해서 짜증이 났을 뿐이야." 자신의 목소리도 멀리서 들려온다.

에드먼드는 항구의 불빛을 바라보았다. 리돈도비치(로스앤젤레스 카운티에 있는 해변 도시)의 등댓불은 아직 멀고 작았지만, 그곳에 도착하면 만사가 끝장이라는 것은 알고 있었다. 항구의 방파제에서 등대가 붉은빛을 깜박거리고 있다. 기껏해야 앞으로 30분, 아니 풍속으로 보면 20분쯤 뒤에는 끝장이 날 것이다.

"숨길 필요 없어." 필리스가 중얼거린다. 위기는 사라졌다고 믿고 있을 것이다. 조용하고 자신만만한 목소리였다.

"숨기다니, 뭘? 그런 거 없어. 당신, 좀 이상하네. 피해망상이야. 내가 당신을 죽이다니, 내가 무엇 때문에 그런 어처구니없는 짓을…"

"당신이 그런 어처구니없는 짓을 충분히 저지를 수 있는 사람이라는 건 결혼한 지 1년만 지나면 충분히 알 수 있어. 그리고 아까 당신의 그 얼굴, 사진이라도 찍어두었다면 좋았을걸. 무시무시한 얼굴이라기보다, 스스로 겁을 먹고 꿈속에서 가위눌리고 있는 어린애처럼 불쌍했다니까."

"말도 안 돼."

웃어넘기려고 했지만 웃을 수가 없다. 그것 보라는 듯이 필리스가 좋알거린다.

"정말이지 당신은 속마음이 그대로 얼굴에 드러나는 심약한 남자라니까. 생기기는 남자답게 옹골차고 야무진데, 어째 그 모양일까. 겉만 번드르르한 게 그야말로 빛 좋은 개살구야."

여느 때의 부부싸움 형태로 돌아가고 있었다. 화가 나서 배가 아플 정도인데도 그는 한마디도 반격할 수가 없다. 이것이 그들의 부부싸움 방식이다.

"그것도 결혼한 뒤에야 비로소 알았다고 말하고 싶겠지?"

"그래. 기대에 완전히 어긋났어. 마지막에는 나를 죽이려고까지 하는 한심한 사람이니, 기대가 어긋나도 이만저만이 아니야."

"나도 결혼한 뒤에야 비로소 알게 된 일들이 많아."

"어머나, 그래? 예를 들면 어떤 건데? 듣고 싶네."

한마디 던지면 그보다 몇 배나 더 듣기 싫은 말이 돌아온다. 그러나 그는 참을 수가 없었다.

"당신이 인색하다는 것도 그중 하나야. 엄청난 돈을 갖고 있으면서 달동네에 사는 사람보다 더 쩨쩨해. 요트도 좀 더 크고 멋진 걸 살 수 있는데 이런 장난감 같은…"

"세상에, 당신한테는 장난감이 딱 어울리잖아. 훌륭한 요트는 어른이나 타는 거야."

"인색한 데다 남을 종처럼 부려먹는 여자라는 것도 결혼한 뒤에야 알았어. 당신은 남편을 하인 취급하는 지독한 여자야. 쇼핑하러 갈 때는 나를 운전기사 정도로 취급하지."

필리스는 웃으면서 낮은 소리로 말했다.

"하지만 그만한 용돈은 주고 있잖아. 결혼한 지 1년이 넘었는데 여태까지 변변한 직업도 없이 빈둥빈둥 놀며 지낼 수 있는 게 다 누구 덕인데?"

"그야 물론 주인마님 덕이지. 하인으로서는 봉급 인상을 요구하고 싶어. 그리고 보너스도. 나는 일을 잘했다고 생각해. 푼돈을 받으면서 말이야. 이제 슬슬 봉급 인상을 생각해보는 게 어때? 아니면 이제 해고인가?"

"봉급을 올려줘봤자 시시껄렁한 일에 낭비할 뿐이잖아. 못된 년들한테 갖다 바치거나, 일부러 라스베이거스까지 가서 도박으로 몽땅 날리거나. 그래서…" 필리스는 말을 멈추고 입을 다물었다.

"그래서 어쨌다는 건데? 돈만 낭비하고 놀기만 하는 하인은 이제 모가지인가?"

에드먼드는 집어삼킬 듯이 필리스의 얼굴을 바라보았다. 필리스는 외면하고 있었다. 그러나 그것은 대답을 회피하기 위해서가 아니었다. 필리스의 표정이 이상하게 굳어진 것을 에드먼드는 알아차렸다. 입술을 약간 벌린 채 숨을 죽이고 있다. 한 곳을 뚫어지게 바라보는 눈이 크게 열린 채 붙박여 있다. 그 시선을 좇아 앞쪽을 본 에드먼드는 깜짝 놀라 반사적으로 벌떡 일어났다.

그와 동시에 필리스가 비명을 질렀다. 요트 앞쪽에 거품 이는 수면이 있었다. 다른 곳은 잔잔한데 그쪽만은 태풍의 바다였다. 바위에 부딪힌 파도가 미친 듯이 날뛰며 사방으로 퍼져간다. 하얀 물마루가 높이 솟구쳐 오른다. 요트는 이미 그 파도 소리가 귀청을 때리는 곳까지 바싹 다가가 있었다. 순풍을 잔뜩 받은 요트는 무서운 속도로 암초를 향해 달려간다.

말다툼을 하고 있는 동안 요트가 여기까지 흘러와버린 것이다. 리돈도 비치에 배를 정박해둔 사람이라면 누구나 알고 있는 조난의 명소를 향하여, 악마의 유혹이라도 받은 것처럼 가까이 다가가고 있었다.

에드먼드는 막대기처럼 뻣뻣하게 선 채 잠시 망설였다. 빨리 손을 쓰지 않으면 암초가 배 밑바닥을 망가뜨릴 것이다. 하지만 배를 어느 쪽으로 돌리면 좋을까? 왼쪽? 오른쪽? 요트는 격렬한 파도가 이는 해역 한가운데를 향해 곧장 달려가고 있었다. 왼쪽으로 도망치든 오른쪽으로 피하든, 암초에 부딪히는 것은 면할 수 없을 것 같다.

한순간의 망설임이 사태를 더욱 악화시켰다. 뻣뻣하게 서 있는 동안 첫 번째 바위가 뱃머리를 때리고, 배 밑바닥을 득득 긁으며 뒤로 빠져나갔다. 배는 바위에 밀려 올라와 심하게 기울어졌다.

쓰러질 것 같은 몸을 다시 일으켜 세우려고 에드먼드는 키를 힘껏 잡아당겼다. 이것은 좋지 않은 방법이었다. 요트는 갑자기 방향을 꺾으면서 더욱 심하게 기울어져 갑판의 왼쪽 절반이 바닷물에 잠겼다. 활짝 펴진 돛의 끝이 수면에 꽂혀 바위에 부딪힌다. 배는 30도 넘게 기울어졌다.

바람 불어가는 쪽에 앉아 있는 필리스는 뒤로 젖혀진 윗몸을 바다 쪽으로 쑥 내밀고 있었다. 그녀는 몸을 원상태로 되돌리려고 좌석을 움켜잡으며 쇳소리로 비명을 질러댔다.

뱃머리에 부딪힌 바위가 배의 진로를 더욱 심하게 바꾸어놓았다.

에드먼드의 눈에 들어와 있는 것은 필리스뿐이었다. 그는 몸을 한껏 뒤로 젖힌 필리스를 바라본 채 키에 매달려 있었다. 진로를 바꾸려고도 하지 않고, 기울어진 배를 바로 세우려고도 하지 않고, 오로지 바위의 일격만을 기다렸다. 필리스를 붙잡아 일으켜주려고도 하지 않고, 우연이 닥쳐와 살인을 도와주기를 기다렸다.

파도가 필리스의 얼굴을 때렸다. 그녀는 숨이 막혀 기침을 하고 침을 흘리면서 공포에 얼어붙은 눈으로 에드먼드를 바라보았다. 그 눈을 마주 보며 에드먼드는 여전히 키에 매달려 있었다.

수면이 갑자기 높이 올라가더니, 암갈색의 커다란 바위가 눈 속으로 뛰어들어왔다. 그 바위가 배의 옆구리를 강타했다. 필리스는 그 반동으로 절반쯤 몸을 일으켰지만, 아직도 바다 쪽으로 몸을 쑥 내밀고 있는 상태였다. 그렇게 젖혀진 그녀의 몸을 바위가 힘껏 후려쳤다. 다음 순간 바위와 요트 사이에 생긴 약간의 틈새로 필리스의 몸이 떨어졌다.

에드먼드가 마지막으로 본 것은 하얀 보트 슈즈의 밑창이었다. 그것은 이상할 만큼 오랫동안 요트 너머에 불쑥 튀어나와 있었다. 파도가 덮쳐와 배가 높이 밀려 올라갔을 때도 그 보트 슈즈는 함께 따라 올라왔다. 그리고 배가 가라앉자 보트 슈즈는 홀연히 사라졌다. 에드먼드는 요트와 바위 사이에 끼어 있던 필리스의 몸이 고물 쪽으로 흘러가는 것을 알았다.

바위에 부딪히는 소리와는 다른 둔탁하고 부드러운 소리가 배 밑창을 따라 가로질러갔다.

요트는 암초에서 튕겨나왔다. 그리고 다시 조용해진 수면에 상처투성이의 선체를 눕혔다. 에드먼드는 아직도 키를 움켜잡고 있었다. 손이 아팠다. 그제야 손에서 힘을 뺐다. 온몸이 부들부들 떨리고 있었다. 뒤를 돌아보았다. 거품 이는 수면에 필리스의 모습은 보이지 않는다. 파도 소리만 높이 들렸다.

에드먼드는 조종석에 웅크린 채 연안경비대에 보고할 이야기를 꾸며보았다. 힘을 잃은 돛이 바람에 펄럭이고 있었다.

에드먼드는 일어섰다. 아내를 구하려고 필사적으로 애쓴 척하지 않으면 안 된다. 에드먼드는 바다로 뛰어들어 천천히 헤엄쳤다.

2

조카딸 필리스가 비명에 죽은 뒤 어느덧 반년이 지났다.

여류 추리작가인 애비게일 미첼은 산장처럼 지은 애비게일 저택의 서재에서 소형 녹음기를 향해 혼자 중얼거리고 있었다.

"베로니카, 부탁할게. 레이디 클럽 강연이야. 생각나는 대로 해볼 테니까, 조리에 맞지 않는 점이 있거든 적당히 고쳐줘."

책상 위에 놓인 녹음기가 조용히 돌아가고 있다. 투명한 플라스틱 테이프가 반짝반짝 빛났다.

애비게일은 숨을 한 번 들이쉬고 책상 끝에 누워 있는 샴고양이를 어루만지며 다시 테이프에 녹음하기 시작했다.

"레이디 클럽 회원 여러분, 오늘 저를 초대해주셔서 고맙습니다. 내가 무엇 때문에 이 자리에 초대를 받았는지, 그 이유를 잘 알고 있습니다. 지금까지 무려 쉰여덟 번이나 범행을 거듭하고, 그 살인 수법을 글로 자세히 설명한 여자이기 때문입니다. 그렇습니다. 나는 자나깨나 멋진 살인 수법을 50년이 넘도록 궁리하고 머릿속에서 주무르다가 결국 이렇게 늙어버린 '살인 노파'입니다. 이 말은 곧 내가 세상에서 가장 시야가 좁고 가장 죄 많은 인간이라는 뜻이지요. 사람들은 나를 호감이 가는 살인 애호가라고 호의적으로 보아주지만, 나를 단순한 살인광으로밖에는 생각해주지 않는 이상한 사람도 있답니다…"

청중의 박수와 웃음을 계산에 넣고 애비게일은 잠시 말을 멈추었다.

그녀의 나이 일흔셋. 머리는 조금도 둔해지지 않았다고 자신하지만, 몸은 늙어서 조그맣게 오그라들어버렸다. 거울을 보기가 괴롭다. 가능하다면 남들 앞에 모습을 드러내야 하는 강연 따위는 사절하고 싶었다.

스무 살 때 쓴 추리소설 《파란 장미 향기》가 '에드거상'(미국추리작가

협회에서 해마다 전년도의 최우수 추리소설에 주는 상) 신인상을 받은 이래, 줄곧 쇠퇴하지 않는 명성과 함께 58편이나 되는 추리소설을 쓰면서 노년에 이르렀다.

결혼도 하지 않았다. 나이 40대에 들어설 때까지는 청혼하는 남자가 잇따라 나타났지만, 그녀 쪽에서 모두 거절했다.

애비게일은 자신이 주부에는 어울리지 않는다고 생각했다. 그러나 한 번도 시험해본 적이 없으니까 사실은 어떨지 모른다. 결혼했다면 뜻밖에 알뜰한 주부로 자리를 잡았을지도 모른다. 그러나 결혼하면 추리소설의 날카로운 맛이 다소나마 무뎌질 우려도 있다. 그녀가 결혼하지 않은 것은 그런 걱정을 머릿속에서 몰아내줄 남자가 결국 나타나지 않았기 때문이라고도 말할 수 있다. 그러나 따지고 보면 소설을 쓰는 것 말고는 어떤 것에도 자신이 없었다는 이야기가 될 것이다.

"50년이 넘도록 싫증도 내지 않고 살인에 대한 글을 써온 여자는 도대체 어떤 사람일까요…"

'완전범죄의 전문가'라고 애비게일은 속으로 중얼거렸다. 그럴 마음만 먹으면 누구라도 죽일 수 있는 마녀.

그녀는 홍차를 한 모금 마시고 다시 녹음을 시작했다.

"근본적으로 살인을 좋아하기 때문이겠지요. 천성적으로 그렇게 타고났는지도 모릅니다. 나는 멜로드라마 같은 건 한 번도 써본 적이 없습니다. 물론 아동문학과도 인연이 없습니다. 살인, 특히 부부 사이에 일어나는 살인사건을 질투라는 심리에 비추어 쓰는 것, 그것이 결혼하지 못했던 내가 평생 동안 다루어온 주제입니다."

애비게일은 서재 한구석에 있는 금고실을 바라보았다. 부부 사이에 일어나는 살인사건. 그것은 소설 속에서만 일어나는 것이 아니다. 현실에서도 많이 일어나고 있다. 끝까지 독신으로 지내온 애비게일은 부부간의 갈

등과 대립을 체험해보지 못한 채 늙어버렸다. 그러나 때로는 살인으로 발전할 정도의 증오심이 이 세상의 부부들 사이에 존재한다는 것쯤은 알고 있었다.

그녀는 금고실에서 샴고양이 쪽으로 시선을 옮겼다. 고양이는 늘어지게 기지개를 켜고 하품을 했다. 애비게일은 다시 말하기 시작했다.

"만약 여러분 가운데 남편이 미워서 견딜 수 없는 사람, 죽여버릴까 말까 망설이고 계시는 분이 있다면, 망설이지 말고 오늘 밤에 눈 딱 감고 실행에 옮겨보세요. 나는 지금 〈내가 살해된 밤〉이라는 작품을 쓰고 있는데, 이 소설은 아내가 남편을 죽인 완전범죄를 다루고 있습니다. 어떻게 하면 남편을 쉽게 죽일 수 있을까 하고 고민하시는 분에게는 나중에 살짝 알려드리죠…"

나중에 베로니카가 타이프 원고로 만들기 쉽도록 천천히 사이를 두어 이야기한다. 늙어서 쉰 목소리가 능숙한 유머를 섞어 서재에 울려 퍼졌다.

방의 삼면을 둘러싼 프랑스식 창문(뜰이나 테라스로 통하는 쌍여닫이)은 어둠에 갇혀 있었다. 유리창마다 넓은 서재에 홀로 앉아 있는 고독한 여인의 모습을 비추고 있었다.

녹음이 끝나자 애비게일은 테이프를 되감아서 자신의 목소리를 들었다. 그러다가 도중에 녹음기를 멈추고 다시 금고실을 바라보았다. 그러고는 천천히 일어섰다.

그녀는 금고실 옆의 벽에 손을 댔다. 그러자 벽에 덧댄 나무판이 옆으로 움직이더니 방범용 벨의 빨간색 레버가 드러났다. 애비게일은 스위치를 껐다. 금고를 열 때 미리 이런 조치를 취하지 않으면 벨이 요란하게 울리도록 되어 있다.

금고실 문은 높이가 2미터나 된다. 게다가 두께가 15센티미터나 되는 강철제 문이다. 그것을 여는 것이 애비게일에게는 점점 힘겨운 중노동이 되었다. 옛날에는 한 손으로도 쉽게 열 수 있었는데 지금은 두 손으로 힘을 주어야 한다. 숨도 가빠진다.

원래는 화재를 염려하여 만든 금고실이었다. 옛날 여행을 떠났다가 이웃에 불이 났다는 소식을 듣고 오싹 소름이 끼쳤다. 쓰다 만 원고와 방대한 자료가 순식간에 재가 되어버리면, 아무리 돈을 들여도 돌이킬 수 없다.

그녀는 여행에서 돌아오자마자 당장 금고실을 만들었다. 서재에서 뒤뜰로 작은 방을 내어 달고 두께가 1미터나 되는 콘크리트로 사방을 둘렀다. 그리고 서재 쪽으로 뚫린 단 하나의 입구에 두꺼운 철문을 달았다.

공사가 끝났을 때 업자는 이렇게 말했다.

"이젠 불이 나도 금고실 안에 있는 것은 절대로 안전합니다. 전쟁이 나도, 아니 원자폭탄이 떨어져도 끄떡없습니다."

애비게일은 신이 나서 말했다.

"잘됐군요. 그럼 전쟁이 나면 내가 맨 먼저 금고실로 뛰어들어가 피난처로 삼겠어요. 혼자 살아남아 이 세상의 종말을 지켜보기 위해서 말이에요."

건축업자는 얼굴을 찡그렸다.

"하지만 환기장치가 없는걸요. 문을 닫으면 완전히 밀폐되니까 30분만 지나면 질식해서 죽습니다. 그러니 조심하세요. 안에 들어갈 때는 반드시 문을 열어둔 채 들어가셔야 합니다. 뜻하지 않은 사고가 일어날 수도 있으니까요."

이 말이 추리작가의 마음 한구석에 줄곧 달라붙어 있었다.

애비게일은 다이얼을 맞춘 뒤 힘주어 문을 열었다. 금고실 안은 부엌 정도의 넓이다. 벽을 따라 선반을 둘러치고, 그 위에 서류 상자와 트렁크, 원고 묶음 따위가 어수선하게 쌓여 있다.

어디에 뭐가 들어 있는지 아는 사람은 물론 애비게일뿐이었다. 증권을 넣어둔 상자와 보석 같은 귀금속 상자도 몇 개 있다. 문득 여행을 떠나고 싶어졌을 때를 대비해, 유럽에서 한 달쯤 편안히 지낼 수 있을 만한 현금도 보관되어 있다.

그 나머지는 모두 종이 나부랭이였다. 적어도 애비게일이 아닌 다른 사람에게는 종이 나부랭이에 불과했다. 쓰다 만 원고, 소설의 구성이나 착상을 끄적여둔 메모, 신문기사나 경찰이 발표한 범죄 자료, 지도와 그림 조각… 이런 것들이 금속 서랍에 들어 있거나 스크랩북에 붙어 선반에 줄지어 놓여 있다.

애비게일은 책상으로 돌아가자 녹음기를 집어들었다. 그러고는 다시 금고실 안으로 들어가 콘크리트 바닥에 녹음기를 내려놓았다. 금고실 천장에는 알전구 하나가 달려 있지만 필라멘트가 끊어져 금고실 안은 캄캄했다. 애비게일은 서재에서 새어드는 빛에 의지하여 녹음기의 재생 버튼을 눌렀다. 그러고는 볼륨을 한껏 높여놓고 밖으로 나왔다.

문을 닫자 녹음기에서 흘러나오던 목소리가 들리지 않게 되었다. 철문에 귀를 대고 확인해보았지만 아무 소리도 들리지 않았다.

그녀는 책상으로 돌아와 인터폰 스위치를 눌러서 2층 사무실에 있는 비서 베로니카를 불렀다.

"베로니카, 거기 있어?"

스피커에서 젊은 목소리가 돌아온다. 한밤중인데도 생기에 가득 찬 목소리다.

"예, 지금 일단 끝났어요. 선생님은 어떠세요? 〈내가 살해된 밤〉의 교정은 진전되셨나요?"

애비게일은 책상 위의 교정지를 바라보았다.

"이것저것 마음에 걸리는 부분이 많아서 좀처럼 진전되질 않아."

강연 원고를 테이프에 녹음하고 있었다는 이야기는 하지 않았다.

"괜찮습니다. 끝난 것만 주세요. 지금 곧 내려가겠습니다."

"부탁해."

애비게일은 인터폰을 끄고 금고실을 바라보았다. 녹음기의 목소리는 들리지 않는다. 그러나 나이를 먹어 귀가 조금 어두워졌기 때문에 들리지 않을 수도 있다. 베로니카를 이용하여 확인해두고 싶었다.

문을 가볍게 두드리는 소리가 나더니, 대답도 하기 전에 키가 후리후리한 베로니카가 카디건을 휘날리며 들어왔다. 그녀는 올해 서른 살이지만 아직 미혼이었다. 출판사 편집부에서 일하고 있는 그녀를 끌어내어 비서로 삼은 것이 3년 전이었다. 세상의 상식으로 말하면 젊은 아가씨라고는 할 수 없다. 그러나 일흔세 살인 여자가 보기에는 충분히 싱싱하고 젊었다.

애비게일은 눈이 부셔서 시선을 피했다. 그러고는 책상 위에 놓인 스탠드 불빛이 얼굴에 닿지 않도록 뒤로 물러앉으며 책상 위의 교정지를 가리켰다.

"기다리게 해서 미안한데, 이것밖에 끝내지 못했어. 늦게까지 남아 있게 해서 미안해."

샴고양이의 기다란 꼬리가 교정지 원고를 가볍게 어루만지듯 두드리고 있었다.

"어머나, 미스 마플… 너 또 선생님을 방해하고 있구나."

미스 마플은 고양이의 이름이다. 베로니카는 책상으로 다가와 안경을 쓴 다음, 고양이를 살짝 밀어낸 뒤 교정지를 집어들고 훌훌 넘기기 시작했다. 그때 애비게일은 무슨 소리를 들은 듯한 기분이 들었다. 그녀는 금고실을 힐끔 바라보고 나서 조그맣게 소리를 질렀다.

"아니? 조그맣게 말하고는 귀에 손을 갖다 댔다.

"왜 그러세요?" 베로니카가 고개를 들었다.

애비게일은 귀에 손을 댄 채 슬쩍 물어보았다.

"안 들려?"

베로니카는 잠깐 귀를 기울이는 시늉을 했지만, 아무 소리도 들리지 않는 모양이다.

"무슨 소리가 들렸나요?"

애비게일은 헛들은 모양이라고 말하려다가 좀 더 우아한 말을 생각해 냈다.

"나이팅게일이었나 봐. 벌써 오랫동안 들은 적이 없었는데, 그 소리는 분명 나이팅게일이었어."

금고실 안에서 늙은 나이팅게일이 소리를 한껏 높여 지저귀고 있다. 그러나 아무한테도 들리지 않는다. 그것만 확인하면 된다.

"선생님, 또 농담하시는 거예요?"

"환청일까?"

"저한테는 아무 소리도 안 들렸어요. 교정지는 내일 출판사로 보내기로 되어 있으니까 좀 더 교정을 봐주세요."

베로니카는 유능한 비서답게 어디까지나 사무적인 어조였다.

"미스 마플, 너도 들었니? 비서 나리께서 이 할망구를 괴롭히고 있단다."

애비게일은 고양이를 품에 안고 목 언저리를 다정하게 어루만졌다.

"그러면 선생님, 안녕히 주무세요."

떠나려는 비서를 애비게일이 불러 세웠다.

"모레 뉴욕행 비행기는 예약해놨지?"

"예, 밤 비행기인데요, 일등석이니까 느긋하게 쉬실 수 있을 거예요."

"호텔은 알곤킨으로 예약해뒀겠지?"

"그럼요. 언제나 묵으시는 방으로…"

"고마워. 그 호텔 주인의 햄릿을 만나는 게 낙이야."

"아아, 그 명물 고양이 말씀이신가요? 요전에도 잡지에서 읽었는데, 이제는 너무 늙어서 별로 움직이지 않는 모양이에요."

"그래, 나처럼 늙었지. 나를 기억해줄지 몰라…"

"그럼 전 오늘은 이만 돌아가도…"

"한 가지 더 부탁할 게 있는데, 미안하지만 에드먼드한테 전화를 좀 걸어줘. 내일 오후에 이리로 오라고."

"조카분이 내일 사정이 있어서 시간을 낼 수 없다면 어떡하죠?"

조카라는 말을 듣고, 냉정했던 애비게일의 감정이 끓어올랐다.

"에드먼드는 조카가 아니야. 내 조카딸 필리스와 결혼한 녀석일 뿐이지. 그런 녀석의 사정 따위는…" 감정은 곧 가라앉았다. 그녀는 베로니카를 본받아 사무적인 어조로 덧붙였다. "하지만 일단 사정을 물어본 뒤에 이리로 오라고 해줘. 그리고 되도록이면 2시 반에 오는 게 좋겠다고 말해줘. 해안을 산책하러 갈 시간이니까, 가능하면 그때 오라고."

베로니카는 웃는 얼굴로 고개를 끄덕였다.

"알았어요. 오늘 밤에 연락을 취해놓을게요. 연락이 되지 않으면 내일 아침 일찍 전화하겠습니다." 베로니카가 문까지 갔다가 뒤를 돌아보았다. "어머나, 저한테도 무슨 소리가 들린 것 같아요. 외마디 소리였는데… 나이팅게일이 울었나봐요."

"그럴 거야. 아름다운 소리였겠지?"

"예, 아주 아름다운 소리였어요. 그럼 안녕히 주무세요."

"조심해서 돌아가."

베로니카는 손을 흔들고 나갔다. 사실은 아무 소리도 듣지 못했다. 그저 늙은이에게 맞장구를 쳐주었을 뿐이다.

애비게일은 금고실로 다가가서 힘들여 다시 한번 문을 열었다. 늙은 나이팅게일이 소리를 한껏 높여 지저귀고 있었다.

"…살인, 특히 부부 사이에 일어나는 살인사건을 질투라는 심리에 비추어 쓰는 것, 그것이 결혼하지 못한 내가 평생 동안 다루어온 주제입니다…"

추레하게 갈라진 목소리가 잔뜩 올려놓은 볼륨 때문에 더욱 듣기 싫은 소리가 되어 스피커에서 흘러나온다.

미스 마플이 도망치듯 품에서 빠져나가 서재로 돌아갔다. 애비게일은 콘크리트 바닥에 쭈그리고 앉아서 녹음기를 집어들었다.

"조용히 해, 나이팅게일."

그러고는 스위치를 껐다. 애비게일은 녹음기를 들고 밖으로 나와서 크고 무거운 문을 밀었다. 무겁지만 어떻게든 단번에 닫을 수가 있었다. 이런 일을 할 수 있는 것도 이제 얼마 남지 않았다. 앞으로 1년, 아니 반년만 지나면 금고실 문을 단번에 닫을 만한 힘도 없어져버릴 것 같았다.

애비게일은 서재의 책상으로 돌아와 다시 미스 마플을 살짝 끌어안았다. 가냘픈 목소리로 우는 미스 마플은 필리스가 1년 전에 해변에서 주워다가 자식처럼 귀여워하던 고양이였다.

애거사 크리스티(영국의 저명한 여류 추리작가)가 창조한 노파 탐정의 이름을 따서 고양이 이름을 지은 것은 애비게일이었다. 그녀에게는 이제 이 고양이가 필리스의 분신처럼 여겨졌다.

더는 교정지를 들여다볼 마음이 나지 않았다. 베로니카와 슬루스 출판사 편집장인 빌 해밀턴의 불만스러운 얼굴이 떠올랐지만, 마감일이 훨씬 지났는데도 찜찜한 기분조차 느끼지 않을 만큼 그녀는 달관해 있었다. 완벽한 소설이 완성되었을 때가 마감일이라고 그녀는 생각하고 있었다. 교정지를 읽는 일보다는 침대에 드러누워 녹음을 계속하고 싶었다.

애비게일은 녹음기를 겨드랑이에 끼고 책상 위에 놓인 스탠드를 껐다.

"잘 자거라, 미스 마플."

3

이튿날 에드먼드는 약속시간보다 한 시간 늦게 애비게일 저택을 찾아왔다. 저택 뒤로 돌아가 완만한 비탈을 내려가면 해변이었다. 아직 이른 봄이어서 벌거벗은 젊은이들의 모습은 보이지 않고, 그래서 마음 내키는 대로 산책할 수 있었다.

그러나 해안의 강한 햇살이 늙은 모습을 숨겨주는 화장을 잔인하게 벗겨버리는 것을 애비게일은 알고 있었다. 짙은 화장을 해도 주름은 숨길 수 없고, 윤기 없는 피부도 그대로 비쳐 보인다.

나이를 먹는 것은 정말 싫은 일이었다. 젊은 남자와 나란히 걸으면 이유도 없이 주눅이 들어버린다.

"에드먼드, 아직도 직장을 갖지 않고 빈둥거리고 있나? 아니면 없는 재주를 살려서 도박으로 먹고사나?"

"떠돌이 노름꾼이라고 불러주십시오." 에드먼드는 싱긋 웃었지만 애비게일의 차가운 눈빛에 말투를 바꾸었다. "농담입니다. 이제 도박에서는 손을 씻었어요."

얼굴에 거짓말이라고 쓰여 있다고 애비게일은 생각했다.

"실은 이모님, 지금 친구와 공동으로 출자해서 샌타모니카(로스앤젤레스 서쪽, 태평양 연안에 위치한 휴양도시)에 조촐한 술집을 하나 열까 생각 중인데…"

"태평양도 이 언저리에서는 박력이 없어."

애비게일은 조카사위의 이야기를 피했다. 또 염치없이 돈을 달라고 할 게 뻔했다.

에드먼드는 바다를 바라보고 있었다. 또 못된 짓을 생각하면서 필리스가 죽은 바다를 태연히 바라보고 있는 것이다. 스웨터를 벗어 목둘레에 감고 머리카락을 바람에 날리며 난바다를 바라보고 있다. 단정한 옆얼굴이다. 할리우드의 영화배우라 해도 통할 것 같다. 그 얼굴로 필리스를 유혹해놓고는…

"이모님한테는 태평양도 맥을 못 추겠지요."

부끄러운 기색도 없이 그녀를 태연히 '이모'라고 부른다. 그것이 젊음이라는 것일까. 그리고 해안을 걷고 있는데 여름과 별 차이가 없는 얇은 옷차림이다. 애비게일은 얼굴을 스카프로 단단히 감싸고 두툼한 코트를 입고 있었지만, 에드먼드는 셔츠 하나밖에 걸치지 않았다.

"바다에도 여러 가지가 있어. 조용한 바다도 있고 거친 바다도 있지. 자네는 어떤 바다를 더 좋아하나?"

에드먼드는 눈을 가늘게 뜨고 애비게일을 바라보았다. 탐색하는 눈빛이다. 그러나 곧 웃는 표정을 지었다.

"다 좋아합니다. 조용한 바다도 거친 바다도 다 좋습니다. 어쨌든 바다를 좋아하니까요."

"필리스는 어떤 바다를 더 좋아했을까?"

에드먼드가 걸음을 멈췄다.

"이모님, 제발 그만두세요. 그 사고는… 저한테도 슬픈 기억이니까."

애비게일은 에드먼드를 아랑곳하지 않고 계속 걸으면서 말을 이었다.

"나는 줄곧 대서양을 바라보며 자랐어. 훨씬 북쪽에 있는 대서양을… 그 바다는 이렇게 평온하지 않았어. 언제나 거칠었지. 파도가 흐름을 거슬러 소용돌이쳤어. 특히 밤에는…" 성큼성큼 따라간 에드먼드를 쳐다보며 애비게일은 아무렇지도 않게 슬쩍 물었다. "그런데 필리스가 죽던 날 밤에는 바다가 얼마나 거칠었지?"

에드먼드의 눈에 날카로운 빛이 번득였다. 그러나 그는 그것을 교묘히 감추었다.

"이모님, 제발 그 이야기는…"

애비게일은 멈춰 서서 에드먼드를 정면으로 바라보았다.

"필리스는 내 하나뿐인 혈육이었어. 그 애 부모가 죽은 뒤 내가 부모 대신 그 애를 키웠어. 부모도 바다에서 사고로 죽었지. 필리스는 귀여운 내 자식이었어. 나는 진심으로 그 애를 사랑했다네. 자네도 그 애를 사랑했나?"

에드먼드는 잠시 대답을 망설였다. 두 남자가 말을 타고 모래밭을 달려오고 있었다. 에드먼드는 그쪽에 눈길을 주었다. 그러나 애비게일은 눈을 피하지 않고 대답을 기다렸다. 두 필의 말은 발굽 소리를 높이 울리며 곧장 두 사람을 향해 달려오다가, 바로 앞에서 양쪽으로 갈라져 두 사람을 스치고 지나갔다. 멀어져가는 말을 바라보며 에드먼드는 중얼거렸다.

"아내였으니까, 당연히…"

애비게일이 다그쳐 물었다.

"사랑했나?"

"예, 진심으로…"

애비게일은 에드먼드의 시선을 붙잡으려고 그의 얼굴을 바라본 채 부드럽게 말을 던졌다.

"자네한테도 충격이었겠지. 눈앞에서 아내가 바다에 빠져 죽었으니. 하다못해 시체라도 건졌으면 좋으련만, 그것마저 찾아내지 못했으니…"

"바다에 뛰어들어 찾아보긴 했지만…"

벌써 몇 번이나 들은 이야기였다. 뛰어들어 찾아보긴 했지만, 암초 주위는 파도가 거칠어서 접근할 수 없었다. 흠뻑 젖은 채 항구로 돌아와 연안경비대에 도움을 청했다.

"알고 있네. 자네가 애썼다는 것은. 자네가 할 수 있는 일은 다 했다는 것도 알고 있어. 하지만 파도가 거칠어서 가까이 갈 수 없었겠지. 나는 할 수만 있다면 그 암초를 폭약으로 날려버리고 싶어. 필리스를 죽인 그 암초를 산산조각으로 박살내버리고 싶어."

두 사람은 지금 롱비치(로스앤젤레스 남쪽, 산페드로 만 연안에 위치한 휴양도시) 해변에 있기 때문에 리돈도비치는 보이지 않는다. 비극의 무대가 된 암초도 반도에 가려 보이지 않는다. 눈에 들어오는 것은 끝없이 넓고 잔잔한 바다뿐이다.

두 사람은 다시 걷기 시작했다. 애비게일은 먼 수평선을 바라보았다.

"다섯 살 때부터야. 그 애가 다섯 살 때부터 내가 이 손으로 키웠어. 16년 동안… 짧다면 짧은 세월이지. 나는 벌써 그 네 배가 넘는 세월을 살고 있으니까. 오래 살면 그만큼 슬픈 일도 많아지는 걸까."

모래에 발이 걸려 하마터면 넘어질 뻔했다. 에드먼드의 손이 재빨리 뻗어와 그녀의 허리를 잡았다. 그의 손이 닿았다고 느낀 순간 애비게일의 온몸에 소름이 돋았다. 모래에 파묻혀 벗겨진 구두를 에드먼드가 허리를 굽혀 집어들었다. 그 순간 그의 가슴주머니에서 뭔가가 떨어졌다. 에드먼드는 구두에 묻은 모래를 털어내고 애비게일의 발치에 구두를 살짝 놓았다. 거부할 수는 없었다.

애비게일은 구두 속으로 발을 밀어 넣었다.

"고맙네. 그런데 뭔가가 떨어졌어."

"아, 자동차 열쇠예요."

에드먼드는 허리를 굽혀 모래 속에서 열쇠고리를 집어들고는 눈앞에서 흔들어 보였다. 본 기억이 있는 열쇠고리였다.

"그건… 필리스의 열쇠고리 아닌가?"

에드먼드는 고개를 끄덕였다. 3년 전 애비게일이 인도 뭄바이에 취재하러 갔다가 필리스에게 줄 선물로 사온 것이었다.

"잠깐 좀 보여주게."

애비게일은 에드먼드가 내미는 것을 받아들고 살펴보았다. 상아 손잡이에 장미꽃이 새겨진 열쇠고리였다. 이것을 선물했을 때 필리스가 기뻐하던 얼굴이 되살아났다.

"이거 내가 가지면 안 될까?"

"글쎄요… 사랑했던 아내의 추억이 담긴 물건이라 제가 소중히 간직하고 싶습니다만…"

거짓말쟁이! 하고 외치고 싶을 만큼 뻔뻔스럽게 들렸다.

"그래…" 애비게일은 에드먼드의 얼굴을 똑바로 바라보며 열쇠고리를 돌려주었다.

열쇠고리를 받아든 에드먼드는 눈을 내리깐 채 그것을 바지 주머니에 집어넣었다. 이 남자의 소지품 가운데 가장 어울리지 않는 물건처럼 여겨졌다.

제법 피곤했다. 이제는 본론을 꺼내야 할 때였다.

"에드먼드, 자네도 알고 있겠지만 나는 내 재산을 몽땅 필리스한테 물려줄 작정이었어. 하지만 그 애는 죽어버렸네. 남은 건 나와 자네뿐이야. 어쨌든 이 세상에서 나와 인연이 있는 사람은 자네밖에 없어. 그래서 내가 죽으면 자네를 상속인으로 삼기로 했네."

"당치도 않습니다, 이모님. 그런 말씀은…" 자못 놀란 것처럼 격렬하게 고개를 저어 보였지만 얼굴은 빛나고 있었다. 강한 햇살에 부끄러워할 필요도 없는 젊은 얼굴이 엄청난 재산을 앞에 놓고 환히 빛나고 있었다.

"가만히 있게. 중요한 이야기를 하는 동안 누가 끼어들어 참견하는 건 딱 질색이니까."

"하지만 이모님이 돌아가신다는 얘기는…"

"너무 슬퍼서 견딜 수 없다는 건가? 그렇게 생각해줘서 고맙네. 하지만 생각해보게. 영국의 그 유명한 여류작가도…"

"애거사 크리스티 여사가 돌아가신 일을 말씀하시는 건가요? 그 여자에 비하면 이모님은 훨씬 정정하십니다."

"크리스티 여사를 만난 적이라도 있나?"

애비게일이 되받아치자 에드먼드는 대답이 궁해져 얼굴을 붉혔다. 애거사 크리스티의 책 같은 건 읽어본 적도 없는 남자였다. 《스타일스 저택의 괴사건》도 《오리엔트 특급 살인사건》도 《그리고 아무도 없었다》도…

"크리스티는커녕 내 작품도 읽은 적이 없을걸."

"아뇨. 《최선의 살인》은 읽었습니다. 살인에 쓰인 트릭이 하도 재미나서…"

"그거 하나뿐이겠지."

"아니, 이제부터 전부 다 읽어보려고 생각하던 참입니다. 바빠서 좀처럼…"

애비게일은 뭐가 그렇게 바쁘냐고 물으려다가 그만두었다.

"에드먼드, 그런 건 아무래도 좋아. 어쨌든 자네가 많은 재산을 상속받게 된다는 사실만은 알아두게. 귀찮다고 거절하는 건 용납하지 않겠어."

"이모님…" 에드먼드는 마침내 흥분을 감출 수 없게 된 듯 애비게일을 끌어안았다.

이마에 에드먼드의 입술이 닿았을 때 애비게일은 아까보다 더 심하게 소름이 돋는 것을 느꼈지만 꾹 참았다.

"시간은 빨리 흘러가는 법이야. 자네가 생각하는 것보다 훨씬 더 빨리. 그러니까 이런 이야기는 빨리 결정해놓는 게 좋지. 그리고 자네도 나름대로 마음의 준비를 해주었으면 좋겠어."

"알았습니다." 에드먼드는 진지한 얼굴로 고개를 끄덕였다.

"지금 상속 서류를 만들고 있는 중일세. 뉴욕에 볼일이 있어서 내일 밤에 뉴욕에 가기로 되어 있는데, 그 전에 변호사가 입회한 가운데 유언장을 만들어두고 싶어."

"네에…"

"저녁을 먹으면서 자세한 내용을 결정해두고 싶으니까, 6시까지 와주게."

"알겠습니다."

"늦으면 안 돼. 오늘처럼."

"예, 6시 정각에 오겠습니다."

"그럼 나는 이만 돌아가겠네. 에드먼드, 나는 벌써 마음을 굳혔어. 자네를 어떻게 할 것인지, 충분히 생각해서 결정해놓았으니까, 싫다고는 하지 말게."

소녀처럼 들뜨고 밝은 목소리였다. 애비게일은 미소를 지으며 손을 흔들었다. 에드먼드도 미소를 돌려보내며 충실한 하인처럼 고개를 끄덕였다.

"알았습니다, 이모님. 기꺼이 마음의 준비를 해두겠습니다."

4

가정부 애니는 뉴욕에 가는 주인의 짐을 꾸리고 저택을 청소하고 오늘 밤 만찬을 준비하느라 정신없이 바빴다.

베로니카는 어젯밤에 애비게일이 교정한 원고를 점검한 뒤, 12시가 좀 지났을 때 원고를 들고 슬루스 출판사로 갔다. 출판사에서 일이 끝나면 잡지사에 들러 몇 가지 의논을 하고 6시까지는 돌아오겠다고 말했다.

애비게일은 강연 원고를 테이프에 녹음하기 시작하여, 점심때가 지났을 때에야 겨우 그 일을 마쳤다.

늦은 점심을 먹은 뒤 애비게일은 가정부 애니가 꾸려준 짐을 서재에서 살펴보았다. 필요한 것은 모두 갖추어져 있다. 일주일의 뉴욕 여행에 필요한 물건이 너무 많지도 않고 너무 적지도 않게 트렁크 하나에 차곡차곡 들어 있었다. 애비게일은 만족하여 미소를 지었다.

그녀는 책상 옆 소파에 앉아 홍차를 마시며 벽시계를 쳐다보았다. 4시가 조금 지났다.

애니는 저녁을 준비하느라 부엌에 틀어박혀 있었다. 변호사 해먼드는 오늘 아침에 전화를 걸어 5시 반에 오겠다고 말했다. 애비게일 저택에 있는 것은 늙은 추리작가 한 사람뿐이었다.

뉴욕행 야간 비행기는 11시에 떠나지만, 여기서는 늦어도 10시에 출발해야 한다. 앞으로 여섯 시간… 추리작가는 천천히 소파에서 일어나 책상 서랍을 뒤졌다. 찾는 물건은 최근에 사용한 기억이 있다.

기억이 흐릿해서 자신은 없었지만 금방 찾아냈다. 그녀가 찾고 있던 스톱워치는 맨 처음 열어본 맨 위 서랍 안쪽에 들어 있었다. 뜻밖에 기억력이 좋았다. 다음에는 드라이버를 찾아야 한다. 드라이버는 그 아래 서랍에서 나왔다. 애비게일은 여기에도 만족했다. 그녀는 스톱워치와 드라이버를 움켜쥐고 2층 침실로 올라갔다. 콧노래라도 부르고 싶은 기분이었다.

침실문 앞에 섰다. 살짝 열어본다. 실내는 깨끗이 청소되어 있었다. 문 옆에 조명 스위치가 있었다. 수수한 갈색 벽지에 은빛 금속판이 끼워져 있다. 스위치가 두 개 달려 있는 평범한 금속판이다.

그것을 보고 애비게일은 숨을 깊이 들이마셨다. 어디까지나 냉정하게 일을 처리하지 않으면 안 된다. 그녀는 일의 순서를 다시 한번 머릿속에서 조립해보았다.

스톱워치를 눌렀다. 초침이 움직이기 시작한 것을 확인하고 나서 스커트 주머니에 시계를 집어넣었다. 손에 들고 있던 드라이버로 금속판의 나사를 돌렸다. 나사는 스위치 위아래에 하나씩 박혀 있었다.

나사를 돌리는 손이 자칫하면 다급해질 것 같다. 자연스러운 속도로 작업을 진행해야 한다고 애비게일은 자신을 타일렀다. 필요한 것은 자료였다. 오늘 밤 고문변호사 해먼드가 이 역할을 맡았을 때 걸리는 시간을 조사해두고 싶은 것이다.

애비게일은 우선 위쪽 나사를 풀었다. 그러고 나서 아래쪽 나사를 돌렸다. 금속판이 벽에서 떨어지고 스위치가 드러났다.

그녀는 금속판과 나사를 바닥에 내려놓고 드러난 스위치를 바라보았다. 위아래에 두 개씩, 네 개의 전깃줄이 보인다. 위쪽 스위치는 침대 옆 스탠드, 아래쪽 스위치는 천장에 매달린 실내등을 켜고 끄는 스위치였다. 만약을 위해 둘 다 켜보았다. 스탠드도 켜지고 천장의 조명등도 켜졌다. 그녀는 스위치를 끄고, 조작하기 쉬운 오른쪽 아래의 전깃줄을 골랐다.

전깃줄을 고정하고 있는 나사를 살짝 돌린다. 나사에는 녹이 슬어 있었지만 힘을 약간 주었더니 움직이기 시작한다. 나사 밑에서 전깃줄이 떠오른다. 거기에 드라이버를 걸고 앞으로 잡아당겼다. 그러고는 스위치를 켠다. 침대 옆 스탠드만 켜졌다.

애비게일은 스탠드를 끄고 나서 발치에 놓여 있는 금속판과 나사를 집어들고 벽에 끼웠다. 금속판을 원래대로 해놓은 뒤 스톱워치를 꺼내 초침을 멈췄다. 바늘은 4분 27초가 지났음을 보여주었다. 침실에서 서재까지 내려가는 시간을 더하면 5분 남짓 걸리는 셈이다. 그 5분 동안 모든 일을 해치워야 한다.

애비게일은 드라이버를 들고 스톱워치를 스커트 주머니에 밀어 넣고 침실문을 닫았다.

5

베로니카가 돌아왔다. 모자를 벗어 손에 든 채 애비게일에게 보고했다.

"선생님, 해밀턴 씨가 제목을 그걸로 정해도 좋은지 걱정하고 있었어요."

"〈내가 살해된 밤〉… 딱 들어맞는 것 같은데."

"하지만 선생님은 막판에 가서 자주 마음을 바꾸시니까 다시 한번 확인해달라고, 해밀턴 편집장이 그랬거든요."

베로니카는 웃으면서 말하고는 2층 비서실로 올라갔다.

에드먼드는 정각 6시에 왔다.

곧이어 변호사와 비서까지 네 사람이 모여 이른 만찬회를 열었다. 그 자리에서 변호사가 미리 작성해온 유언장 초안을 읽었다.

애비게일이 지시한 대로였지만, 두세 군데 사소한 점을 고친 뒤 통과시켰다. 에드먼드는 한마디도 끼어들지 않고 포도주를 마시면서, 치밀어 오르는 기쁨을 노골적으로 드러내지 않으려 애쓰고 있었다. 베로니카는 말없이 음식을 먹으며 입회인의 역할을 다하고 있었다.

"그러면 나중에 정식 유언장을 작성합시다."

변호사가 말하고 술잔을 집어들자 애비게일은 고개를 끄덕였다.

저녁 식사는 7시에 끝났다.

식당 쪽에서 타이프치는 소리가 들려온다. 변호사 마틴 해먼드가 새로운 유언장을 타이프로 치고 있었다. 키를 두드리는 소리에 겹쳐, 천천히 글자를 읽는 해먼드의 굵은 목소리가 들려온다.

"…나 애비게일 미첼은 정신과 육체가 건전한 상태에서 이 서류를 작성한다…"

거실문은 열려 있고, 그 안쪽에 있는 식당문도 열려 있었다. 식당에서 유언장을 만들다니… 애비게일은 쓴웃음을 지었다. 사람의 일생에 가장 중요한 의미를 갖는 유언장도 변호사에게는 흔해 빠진 종잇조각에 불과할지 모른다.

부엌을 들여다보니 애니가 설거지를 하느라 바쁘게 일하고 있었다. 베로니카는 비서실에서 테이프에 녹음된 강연 원고를 종이에 옮겨 쓰고 있었다.

거실에서는 에드먼드가 소파에 느긋하게 기대앉아 따분하다는 표정으로 브랜디를 마시고 있었다.

애비게일은 거실 반대쪽에 있는 서재로 들어가 문을 닫았다.

책상 앞에 앉자마자 미스 마플이 훌쩍 무릎 위로 뛰어올랐다. 샴고양이는 목구멍을 가르랑거리며 머리를 애비게일의 가슴에 비벼댔다. 애비게일은 고양이의 등을 어루만지며 금고실 문을 바라보았다. 5분 동안, 단 5분 동안에 모든 일을 해치우지 않으면 안 된다. 애비게일은 무거운 한숨을 내쉬었다. 고양이가 훌쩍 책상 위로 올라가 가장 좋아하는 곳에 드러누웠다. 애비게일은 민첩하게 움직일 수 있는 그 젊음이 부러웠다.

벽시계를 바라본다. 7시 반이다. 앞으로 두 시간 반밖에 남지 않았다….

애비게일은 의자에서 일어나 서재문을 열었다. 거실에 있는 에드먼드가 현관홀을 가로질러 이쪽을 바라보았다. 애비게일은 고개를 끄덕이며 손짓으로 에드먼드를 불렀다.

에드먼드는 브랜디 잔을 손에 든 채 서재로 들어오더니 문을 살짝 닫았다. 조카사위는 보기 드물게 정장 차림을 하고 있었다. 적어도 청바지나 면바지에 비하면 정장이 낫다고 생각한 모양이다. 밝은 감색 양복에 검은 넥타이, 줄무늬 와이셔츠를 입고 있다.

에드먼드가 평소에 이런 차림을 하지 않는 이유를 애비게일은 겨우 알아차렸다. 에드먼드에게는 그런 말쑥한 차림이 어울리지 않았다. 미남이긴 하지만 정장을 하면 왠지 모르게 천박해 보였다. 돈을 들일 만한 가치가 없는 남자다.

"이모님, 초대해주셔서 고맙습니다. 훌륭한 식사였어요."

애비게일은 미스 마플을 안고 책상에서 일어나 에드먼드에게 다가갔다.

"그 정도 식사를 가지고 훌륭하다고 하면 빈정대는 것처럼 들려. 말은 되도록 조심해서 사용하는 게 좋아. 특히 지성을 가진 사람에게 초대를 받았을 때는."

에드먼드는 당장 고개를 숙였다. 애비게일은 웃으면서 미스 마플을 책상 위에 살짝 내려놓았다.

"아니, 신경 쓸 거 없네. 농담이니까. 그보다 에드먼드, 오늘 밤의 그 차림은 꽤 멋진데. 다시 봤어. 말쑥한 정장을 하고…"

"모처럼 이모님의 초대를 받았고, 여행을 떠나시면 당분간은 볼 수 없을 테니까요. 좀 답답하지만 신경을 써서 차려입은 겁니다."

애비게일은 키 큰 에드먼드 앞에 서서 햇볕에 탄 까무잡잡한 얼굴을 올려다보았다.

"지금 그 말은 정직해서 좋군. 모름지기 젊은 사람은 괜히 점잔을 빼지 말아야 해. 하지만 정장을 하고 온 이유는 그것만이 아니겠지?"

"무슨 말씀이신지?" 에드먼드는 당황하여 되물었다.

"에드먼드, 오늘은 유언장에 서명하는 기념할 만한 밤이야. 그러니 당연히 정장을 하고 와야지."

"아니, 이 옷차림은 그것 때문이 아니라… 저는 오늘 밤에 서명까지 할 줄은 몰랐고… 게다가 저로서는 그런 유산보다 이모님이 하루라도 더 오래 살아주시기를 바랄 뿐…" 에드먼드는 이마에 배어난 땀을 닦았다.

"괜찮아, 에드먼드. 난처하게 만들어서 미안해. 나이를 먹으면 심술만 늘어나는 모양이야. 특히 가까운 친척이 하나밖에 없으면, 어찌된 셈인지 그 하나뿐인 상대에게 제멋대로 굴고 싶어지거든. 신경 쓰지 말게."

"천만에요. 저를 가까운 친척이라고 불러주셔서 얼마나 기쁜지…" 에드먼드는 알랑대는 웃음을 떠올렸다.

웃고는 있지만, 짙은 화장을 한 노파가 그처럼 친밀하게 불러준 것에 당황하고 있었다. 겁먹은 눈길이 허공으로 빗나가는 것을 애비게일은 놓치지 않았다.

"자네가 어떤 식으로 생각해도 상관없지만, 난 이미 결심했어. 어차피 내 목숨은 이제 얼마 안 남았고… 그걸 알고 있기 때문에 한 곳에 차분히 앉아 있지 못하고 이렇게 여행만 다니는지도 모르지."

애비게일은 되도록 쾌활하게 말하고 금고실로 다가갔다. 등에 꽂히는 에드먼드의 시선을 의식하면서 철문 옆에 서서 벽에 손을 댄다. 사방 30센티미터 정도의 나무판이 옆으로 움직이더니 안에서 경보장치가 나타났다. 그녀는 벽 속에 장치된 빨간 레버를 아래로 내렸다.

"하지만 여행지에서 잠들었다가 그대로 이 세상을 하직할 수도 있거든."

그녀는 철문 앞으로 가서 다이얼을 맞추었다. 그러고는 무거운 문을 앞으로 당기며 뒤를 돌아보았다.

"그래서 뉴욕에 가기 전에 이 일을 끝내두고 싶었어. 유언장 문제 말이야. 알겠나?"

"예, 잘 알겠습니다."

에드먼드의 시선은 금고실 안쪽에 쏠려 있었다. 지폐가 사람 키보다 더 높이 쌓여 있을 거라고 생각하는지도 모른다.

"유언장 문제를 해결해두지 않으면 모처럼 여행을 떠나도 마음 놓고 잠을 잘 수가 없으니까. 그래서 무슨 일이 있어도 오늘 밤에 끝내두고 싶어. 심술궂은 노파의 변덕이라고 생각하고 용서해주게."

애비게일은 금고실 문을 열어둔 채 책상으로 돌아왔다. 에드먼드의 시선이 겨우 금고를 떠나 애비게일을 따라왔다.

"브로드웨이에서 오랫동안 내 연극을 공연했어. 〈최선의 살인〉… 자네도 알고 있지? 내 소설을 내가 직접 희곡으로 고쳐 쓴 건데, 그게 드디어 막을 내리게 됐어. 그런데 나더러 연극이 끝나는 날 꼭 와달라는 거야. 브로드웨이에서 막이 내리면 그것으로 나도 과거의 인물이 되어버리겠지만…"

애비게일의 얼굴이 흐려졌다. 〈최선의 살인〉은 19년이라는 장기 흥행을 기록했다. 그동안 배우들도 늙거나 죽어서, 몇 사람이나 바뀌었다. 그러나 앞으로 1년만 더 공연하면 20년 장기 흥행이라는 기록을 세우게 된다고 생각하면 아쉬웠다.

"과거의 인물이라니, 당치 않은 말씀입니다. 이모님은 아직도 책을 쓰고 계시잖습니까. 그리고 은퇴하시기 전에 전례를 찾아볼 수 없는 위대한 업적을 이루셔야지요."

에드먼드는 입으로만 격려하는 말을 내뱉는다. 마음이 담겨 있지 않아도 격려는 격려다. 애비게일은 미소를 되찾았다.

"그래, 은퇴하기 전에 뭔가 큰일을 해야지. 그리고 참, 〈최선의 살인〉의 뉴욕 공연은 끝났지만, 다음에는 바르샤바에서 공연한다더군. 그 저작권은 필리스한테 물려주었으니까, 지금은 자네가 갖고 있겠지?"

애비게일은 책상 앞에 앉은 채 금고실을 가리켰다.

"에드먼드, 금고실에서 보석 상자를 갖다주지 않겠나? 하인처럼 부려먹어서 미안하네만, 난 좀 피곤해서…"

에드먼드는 얼굴을 약간 찌푸렸지만 애비게일은 긴장한 표시라고 판단했다.

"괜찮습니다, 이모님. 어떤 상잡니까?"

에드먼드는 성큼성큼 금고실로 다가갔다. 그 등에 대고 애비게일이 말했다.

"모로코가죽을 씌운 꽤 큰 상자야. 분명히 왼쪽 선반 한가운데에…"

에드먼드는 고개를 끄덕이고 금고실로 들어갔다. 부엌만 한 크기라 해도, 몸집이 큰 사내가 들어가자 상당히 좁아 보인다. 그 안에 수많은 상자가 어수선하게 놓여 있다. 술병이 가득 찬 술창고에 들어간 것처럼 에드먼드는 계속 주위를 둘러보고 있었다. 어디서부터 손을 대야 좋을지 몰라 망설이는 모양이다. 애비게일은 상관하지 않고 말을 이었다.

"뉴욕에는 해먼드 변호사가 함께 갈 거야. 그 사람이 있으면 도움이 돼. 출판사의 계약 신청도 따돌려주고, 오늘 밤처럼 유언장을 고쳐 쓸 때도 완벽한 서류를 만들어주고…"

"이모님, 이 안에는 전기가 안 들어옵니까?"

에드먼드는 금고실 안에서 어쩔 줄 모른 채 우뚝 서 있었다.

"그래, 전기는 안 들어와. 전구가 나간 모양이야. 오래전부터 켜지질 않아. 베로니카한테 말해서 고쳐야겠어. 아니, 정말 미안하네. 보석 상자는 왼쪽 선반이 아니라 오른쪽에 놔두었는지도 몰라. 아니면 안쪽이었나…"

에드먼드는 답답한 듯이 몸의 방향을 틀었다.

"이겁니까?"

에드먼드가 모로코가죽을 씌운 상자를 두 손에 받쳐 들고 서재의 불빛 속으로 나왔다.

"그래, 바로 그거야. 고맙네, 에드먼드."

애비게일은 책상 위에 놓인 작은 상자를 열고 안을 아무렇게나 휘저었다. 상자 속을 들여다본 에드먼드가 저도 모르게 한숨을 지었다.

"잠동사니야. 이제 다 자네 것이 되겠지만."

애비게일은 짧은 목걸이를 꺼냈다. 폭이 남자용 시곗줄만큼 넓은 은세공에 작은 다이아몬드가 빽빽이 박혀 있었다. 보랏빛 드레스에 잘 어울릴 것이다.

"이걸로 할까. 벼락부자처럼 보여서 별로 좋아하진 않지만, 나이를 먹으면 매력의 포인트는 보석이나 돈 냄새 정도밖에 없으니까."

그녀는 목걸이를 책상 위에 놓고 상자 뚜껑을 닫았다.

"아차, 깜박 잊을 뻔했군. 현금도 꺼내둬야 하는데. 검은 금속 상자에 들어 있어. 오른쪽 선반에 있을 거야. 이왕 수고한 김에 한 번 더 부탁할게."

에드먼드는 고개를 끄덕이고는, 모로코가죽 상자를 깨지기 쉬운 유리그릇처럼 조심스럽게 받쳐 들고 다시 금고실 안으로 들어갔다.

"에드먼드, 오른쪽 선반에 금속 상자 네 개가 차곡차곡 쌓여 있지? 검게 칠한 상자가…"

에드먼드는 어두컴컴한 구석을 가리키며 애비게일을 돌아보았다. 그녀는 고개를 끄덕였다.

"그래, 거기야. 위에서 세 번째 상자에 현금이 들어 있을 거야."

상자가 서로 부딪치는 둔탁한 소리가 났다. 이윽고 에드먼드는 모로코가죽 상자와 거의 같은 크기의 서랍식 상자 하나를 들고 다시 눈부신 불빛 속으로 나왔다.

"자, 여기 있습니다."

애비게일은 상자 옆의 손잡이에 손가락을 걸고 잡아당겼다. 녹슨 상자가 삐걱거리는 소리를 내며 열렸다. 밝은 스탠드 불빛 속에서 상자에 빽빽이 들어찬 지폐뭉치가 드러났다. 에드먼드의 입에서 감탄하는 소리가 새어 나왔다.

"돈이 다 어디로 갔나 했더니, 과연 있는 곳에는 있게 마련이군요."

애비게일은 지폐뭉치 하나를 꺼내어 책상 위에 놓고 메마른 소리로 웃었다.

"어차피 자네 것이 될 텐데 뭘. 이제 곧 실컷 보게 될 거야."

애비게일은 큰 소리를 내며 서랍을 닫았다. 상자를 든 에드먼드를 뒤따라 애비게일도 금고실로 다가갔다. 그러나 안에는 들어가지 않고 문을 손으로 잡은 채 입구에 멈춰 섰다. 상자를 든 에드먼드가 안으로 들어갔다.

금고실 문 옆에 서 있는 애비게일의 작은 몸이 바싹 긴장했다. 지금 용단을 내려서 단번에 문을 닫을 수 있을까. 그녀는 한번 시험해보고 싶은 충동에 사로잡혔다. 피부가 보이지 않을 만큼 짙게 바른 화장이 옥죄어 이마의 주름이 뚜렷하게 드러났다. 번쩍번쩍 타오르는 눈이 에드먼드의 뒷모습을 쏘아본다.

그때 서재문이 활짝 열리더니 변호사 해먼드가 안으로 들어왔다. 애비게일은 튕기듯이 문에서 손을 뗐다. 해먼드 변호사는 관자놀이께가 희끗희끗하지만 걸음걸이는 기운찼다. 그는 서류 몇 장을 손에 들고 있었다.

"유언장이 완성됐습니다. 빨리 끝내버립시다. 떠날 시간이 얼마 남지 않았으니까요."

애비게일의 긴장이 풀린다. 그녀는 금고실 문에서 살짝 물러섰다. 에드먼드도 금고실에서 나와 눈부신 듯이 눈을 깜박거렸다.

"자, 모두 모여주세요."

책상 옆에 선 해먼드 변호사가 서류를 둘로 나누어 늘어놓았다. 애비게일과 에드먼드가 다가갔다. 해먼드 변호사는 계약을 서두르는 세일즈맨 같은 어조로 입을 열었다.

"이게 애비게일의 유언장입니다. 서명은 여기 해주세요. 그리고 이것은 에드먼드 켈빈, 자네 유언장일세."

"예? 내 유언장이라뇨?" 에드먼드가 의아한 표정을 지었다.

그러자 애비게일이 재빨리 말했다.

"일단 만전을 기해놔야 해. 몰랐나? 난 완벽주의자야. 물론 수명으로 따지면 내가 자네보다 먼저 죽을 확률이 훨씬 높지만, 자네도 사고를 당할 가능성은 있잖은가? 갑자기 죽어버린 필리스처럼 말일세. 그래서 해먼드한테 부탁해서 자네 유언장도 만들게 했다네. 안 될까?"

애비게일은 고개를 갸웃하며 미소를 지었다. 에드먼드는 애매한 웃음을 지으며 고개를 끄덕였다.

"알았습니다. 이모님 말씀이 옳습니다."

"유언장 내용은 간단해. 간단히 얘기하면 자네는 내 유산 상속인이 되고 나는 자네의 상속인이 되는 거지."

"하지만 저한테는 재산 같은 건…"

"아니, 있지. 필리스한테 물려받은 게 있잖은가. 〈최선의 살인〉의 저작권도 그중 하나야. 자네가 나보다 먼저 죽으면… 그런 일은 물론 생각할 수도 없고 생각하기도 싫은 일이지만… 하지만 불행히도 그렇게 되면 〈최선의 살인〉의 저작권은 나한테 돌아오는 거야."

해먼드 변호사가 손목시계를 들여다보고 나서 한마디 거들었다.

"이건 애비게일의 친절한 마음 씀씀이일세, 에드먼드. 자네가 남들 보기에 떳떳지 못하다는 생각을 하지 않아도 되도록 형식적으로는 양쪽에 평등한 유언장을 만든 셈이지. 자, 시간이 없으니 빨리 해치우세. 서류를 훑어보게. 애비도 서류를 읽어보세요."

에드먼드는 크게 고개를 끄덕이며 애비게일을 바라보았다.

"알겠습니다, 이모님. 친척은 우리 둘밖에 없으니까요. 죄송하지만 펜 좀 빌려주세요."

해먼드 변호사가 양복 안주머니에서 만년필을 꺼내 건네주었다. 에드먼드는 만년필 뚜껑을 열고 책상 위에 몸을 굽혔다. 변호사가 어이없다는 표정으로 물었다.

"내용은 안 읽어보나?"

에드먼드는 서명하면서 대답했다.

"모든 걸 이모님한테 맡겼으니까요."

서명하는 에드먼드의 손을 바라보며 애비게일이 말했다.

"자네는 펜을 갖고 다니지 않나? 만년필은 아니더라도 최소한 볼펜쯤은 주머니에 넣고 다니겠지?"

"아닙니다. 습관이 들지 않아서요. 저는 작가도 아니고…"

애비게일은 자기 서류에 서명하면서 상냥하게 말했다.

"앞으로는 펜을 갖고 다니도록 하게. 쓸데없는 잔소리 같지만, 필요할 때가 있을 거야. 꼭 필요할 때가. 액세서리도 되니까 좋은 만년필을 사둬. 이건 이모로서의 충고야."

"그렇게 할게요."

서명을 끝내고 두 사람은 악수를 나누었다. 에드먼드가 청한 악수였다. 해먼드 변호사가 책상 위의 서류를 황급히 긁어모았다.

"그러면 이제 베로니카를 증인으로 세워야겠습니다. 증인의 서명도 필요하니까요. 그것만 하면 끝납니다. 베로니카는 어디 있지요?"

"2층 사무실에요."

해먼드는 서류를 들고 빠른 걸음으로 서재를 나가다가 손목시계를 들여다보고는 뒤를 돌아보았다.

"애비, 빨리 준비해주세요. 비행기는 기다려주지 않으니까요."

애비게일은 목걸이와 지폐뭉치를 핸드백에 집어넣으면서 말했다.

"내가 부탁하면 비행기도 기다려주지 않을까?"

해먼드는 웃는 얼굴로 고개를 끄덕였다.
"그럴 수도 있겠지요. 하지만 다른 승객들한테 폐가 되니까 되도록 서두르셔야 합니다, 애비게일 부인."
애비게일은 핸드백에서 고개를 들고 한쪽 눈을 찡긋했다.
"부인이 아니라, 미스 애비게일이에요." 유쾌한 목소리였다.
"실례했습니다, 미스 애비게일."
해먼드 변호사는 서류를 팔랑팔랑 흔들며, 들어왔을 때처럼 기운찬 걸음으로 방을 나갔다.

6

변호사가 나가고 서재에는 애비게일과 에드먼드만 남았다. 다이아몬드 목걸이와 지폐뭉치를 넣은 핸드백을 들고 애비게일은 혼잣말처럼 중얼거렸다.
"그러면 절차는 끝났어. 완전히 끝났어."
그녀는 책상 위의 스탠드를 끄고 열려 있는 금고실을 바라보았다. 그녀는 천천히 철문으로 다가가면서 에드먼드를 돌아보았다.
"하마터면 잊을 뻔했군. 오늘 밤에 끝내두고 싶은 일이 또 하나 있는데…" 그녀는 철문을 닫고 다이얼 눈금판을 돌린다. "이 다이얼 번호를 아는 사람은 셋뿐이야. 나와 해먼드 그리고 베로니카. 오늘 밤에 자네한테도 가르쳐주고 싶어. 다이얼 번호와 금고 여는 방법을."
"아니, 이모님, 그것까지는…" 에드먼드는 사양하는 척했다.
애비게일은 손사래 치며 금고실 문을 떠나 경보장치 레버를 원래 상태로 돌려놓았다.

"오늘 밤에 마저 해버리세. 사실 해먼드는 자네한테 가르쳐주는 것에 반대야. 그 사람은 자네를 별로 신뢰하지 않거든. 하지만 이건 내 금고니까 몰래 가르쳐주겠네. 해먼드한테는 비밀이야."

그녀는 검지를 입술에 대고 에드먼드에게 다가갔다. 그러고는 에드먼드와 함께 현관 쪽으로 걸어가면서 마치 손자를 타이르듯 에드먼드의 어깨를 토닥였다.

"자네는 일단 돌아가. 아니, 돌아가는 척하는 거야. 그리고 다시 돌아와. 집 바로 뒤에 있는 뒷길로. 뒤뜰로 통하는 그 길, 알고 있지?"

에드먼드가 고개를 끄덕이는 것을 확인하고 나서 애비게일은 손목시계와 벽시계를 번갈아 바라보며 낮은 소리로 말했다.

"앞으로 20분 뒤에 이리로 오게."

"20분요?"

"그래. 뒷길을 올라오면 부엌문이 나와. 가정부 애니는 돌려보낼 테니까 부엌에는 아무도 없을 거야. 거기서 기다리고 있게. 해먼드가 눈치채지 못하게 내가 준비해둘 테니까, 조용히 기다리고 있어. 알았지?"

애비게일은 서재문을 열고 현관홀을 지나 현관으로 나갔다.

방에서 새어 나온 불빛 속에 베로니카가 있었다. 링컨 컨티넨탈(고급 승용차)에 애비게일의 짐을 싣고 있었다. 검은 자동차가 기름을 뒤집어쓴 것처럼 번쩍거렸다.

뒷좌석에 트렁크를 집어넣고 나서 베로니카는 웃는 얼굴로 돌아보았다.

"준비는 다 끝났어요. 언제라도 떠나실 수 있어요. 에드먼드 씨도 공항까지 배웅하러 가실 건가요?"

대답이 궁해진 에드먼드가 애비게일을 돌아보았다. 에드먼드 대신 애비게일이 쾌활하게 대답했다.

"이 조카는 얼마나 냉정한지 몰라. 내일 아침 일찍 테니스를 가르치러

가야 하기 때문에 소중한 이모님을 배웅할 수 없다는 거야, 글쎄."

"어머나, 정말로 냉정하시군요."

베로니카는 웃으면서 에드먼드를 바라보았다. 그 눈에 요염한 빛이 번득인다. 필리스 대신 에드먼드의 아내 자리를 노리고 있는지도 모른다. 애비게일은 조카사위의 등을 밀어냈다. 에드먼드는 그녀가 재촉하는 대로 계단을 내려가 빨간 스포츠카로 다가가면서 베로니카의 시선이 따라오는 것을 느꼈다.

"그럼 잘 다녀오세요, 이모님."

에드먼드는 차 안에서 손을 흔들며 미소를 지었다. 차는 요란한 소리를 남기고 달려갔다.

"이제 시간이 별로 없어요, 선생님. 슬슬 공항으로 떠나지 않으면 늦겠어요." 베로니카가 계단을 올라오면서 말했다.

"그래, 슬슬 떠나봐야지. 베로니카도 피곤할 텐데 그만 가봐도 좋아요."

"공항까지 함께 갈까요?"

"아니, 괜찮아. 벌써 시간이 많이 늦었고, 나는 해먼드와 단둘이 한밤의 드라이브를 즐기고 싶어."

애비게일은 한쪽 눈을 찡긋했다. 비서는 조그맣게 웃으며 말했다.

"그럼 데이트를 방해하면 미안하니까, 선생님 말씀대로 먼저 돌아갈게요."

"뒷일을 잘 부탁해. 내일 하루는 느긋하게 쉬어도 좋아."

"그렇게 하겠습니다. 그럼 조심해서 다녀오세요."

"고마워."

베로니카가 차에 올라타는 것을 지켜보고 나서 애비게일은 현관으로 들어갔다.

홀에는 변호사 해먼드가 서 있었다. 서류가방과 애비게일의 코트를 들고 있다.

"자, 가실까요?"

"잠깐만요. 금고실 문이 그대로 열려 있을지도 몰라요."

그녀가 서재문 손잡이를 잡았을 때 가정부 애니가 말을 걸었다.

"마님, 문단속은 다 해놓았습니다. 또 시키실 일은 없으세요?"

"이제 됐어. 늦게까지 수고 많았어."

고양이 울음소리가 들렸다.

"어머나, 미스 마플…"

애니는 손에 든 등나무 바구니를 들어 올려 보였다. 바구니 안에서 샴고양이가 원망스러운 듯이 울고 있었다.

"미안하구나, 미스 마플. 금방 돌아올 테니까 착하게 굴어야 해."

애비게일은 바구니 틈으로 손을 집어넣어 고양이 턱을 쓰다듬었다.

"고양이를 잘 부탁해."

"네, 마님."

"내일은 애니도 쉬도록 해."

가정부는 고개를 끄덕이며 빙긋이 웃었다. 애비게일은 다시 한번 바구니를 들여다보았다.

"잘 자라, 미스 마플."

"그럼 마님, 오늘은 이만 가보겠습니다."

애니는 고양이 바구니가 흔들리지 않도록 조심스럽게 들어 올리고 현관을 나갔다.

애비게일은 서재로 들어가 책상 서랍에서 드라이버를 꺼냈다. 그러고는 스톱워치를 확인하고 나서 현관홀로 돌아왔다.

"해먼드, 금고실 문은 닫혀 있었어요. 하지만 잠깐 보아주었으면 하는 게 있는데…"

변호사는 손목시계를 들여다보며 초조하게 말했다.

"벌써 9시 20분입니다. 그건 돌아온 뒤에 합시다. 지금은 우선 공항으로…"

그는 애비게일의 코트를 들고 현관으로 걸어간다.

"부탁해요, 해먼드. 아주 중요한 일이에요. 뒤로 미루면 난 뉴욕에서도 마음 놓고 잠을 잘 수가 없어요."

해먼드는 걸음을 멈추었다가 마지못해 돌아왔다.

"말릴 수 없는 노인네로군. 그럼 빨리 해치웁시다. 뭘 보면 됩니까?"

애비게일은 계단을 가리켰다.

"2층 전기가 이상해요."

그녀는 되도록 천천히 계단을 올라갔다.

"애비, 당신을 상대하고 있으면 피곤해요. 뼛속까지 피곤해지는 것 같다니까요."

해먼드는 그녀와 나란히 계단을 올라가면서 투덜거렸다. 애비게일은 쿡쿡 웃었다.

"기뻐요. 칭찬해줘서."

그녀는 2층에 올라가 침실문을 열었다. 방은 어두컴컴했다. 애비게일은 안으로 들어가 문 옆에 있는 스위치를 눌렀다. 침대 옆 스탠드만 켜졌다.

"이걸 봐주세요. 이상한 소리가 나더니 천장 전기가 나가버렸어요…"

"애비, 하필이면 이렇게 바쁠 때 일부러…"

"마음에 걸려요. 혹시 누전이 아닐까. 내가 뉴욕에 가 있는 동안 불이라도 나면 어쩌나 하고 생각하면 걱정이 돼서 견딜 수가 없어요."

그녀는 입구에 커다란 그림자가 되어 서 있는 변호사에게 호소하듯 말했다.

"당신은 이런 일을 잘하잖아요. 손재주가 좋고, 뭐니뭐니해도 남자니까."

커다란 그림자는 체념한 듯이 방으로 들어왔다.

"미안해요, 해먼드. 하지만 이대로는 도저히…"

"도구는 있습니까?"

해먼드는 불쾌한 목소리로 애비게일의 말을 가로막았다. 애비게일은 드라이버를 내밀었다.

"여기 있어요. 손전등이 필요하면 침대 옆 탁자에 있으니까 꺼내 쓰세요."

"준비가 아주 잘되어 있군요."

"그럼 부탁해요, 해먼드."

애비게일은 침실에서 나와 손목시계를 보았다. 약속시간까지는 앞으로 2, 3분 남아 있었다. 애비게일은 스커트 주머니에 손을 집어넣어 스톱워치를 눌렀다. 5분 동안, 아니 되도록이면 4분 동안 해치우지 않으면 안 된다. 그녀는 올라갈 때와는 전혀 달리 빠른 걸음으로 계단을 내려가 곧장 부엌으로 갔다. 에드먼드는 와 있을까?

부엌 불을 켜고 깨끗한 싱크대 옆을 지나갔다. 벽에 많은 칼들이 꽂혀 있었다. 애비게일이 소설 속에서 몇 번이나 써먹은 흉기였다. 칼들은 차가운 빛을 반사하며 조용히 벽에 걸려 있었다. 애비게일은 스톱워치를 꺼내어 초침이 움직이고 있는 것을 확인한 뒤 도로 주머니에 집어넣었다.

조카사위는 와 있었다. 유리문과 방충문 너머에서 에드먼드의 웃는 얼굴이 안을 들여다보고 있다. 손을 흔들고 있다. 손가락에서 자동차 열쇠고리가 반짝였다.

"시간을 딱 맞췄군."

그녀는 빗장을 풀고 이중문을 열어 에드먼드를 안으로 불러들였다.

"살짝… 조용히 따라오게. 시간이 없으니까 서두르세."

애비게일은 이렇게 속삭이고는 앞장서서 서재로 향했다. 정말로 시간이 없다. 여러 가지 의미에서 시간이 없다. 주머니 속에서는 스톱워치가 초를 읽고 있다. 그녀는 발소리를 죽이면서, 그러나 되도록 서둘러 서재로 들어갔다.

문을 열기 전에 2층 상황을 살폈지만 변호사의 모습은 보이지 않고 아무 소리도 나지 않았다.

애비게일은 시간에 쫓기면서도 장난을 치는 소녀처럼 들뜬 기분이다. 그녀는 책상 서랍에서 유언장을 꺼낸 다음 금고실로 다가가서 벽에 끼워진 나무판을 움직였다.

"우선 이게 비상벨이야. 금고 다이얼에 손을 대거나 문을 열려고 하면 경보벨이 울리도록 되어 있다네. 그뿐만 아니라 경비회사에도 자동적으로 연락이 가서, 당장 경찰에 알리도록 되어 있지. 그러니까 문을 열 때는 반드시 이 빨간 레버를 아래로 당겨서 경보 스위치를 꺼놔야 해."

그녀는 옆에 있는 철문으로 다가간다. 그러고는 뒤에 서 있는 에드먼드한테도 다이얼이 잘 보이도록 허리를 굽혔다.

"다이얼 번호는 적어두는 게 좋겠어."

에드먼드가 펜을 갖고 다니지 않는다는 것을 깨닫고 애비게일은 재촉했다.

"빨리 책상에 가서 펜과 종이를 가져와. 서둘러야 해."

에드먼드의 움직임이 한없이 굼떠 보여, 불과 몇 초밖에 안 되는 시간이 훨씬 길게 느껴졌다. 이것은 계산에 넣지 않은 시간이었다.

"준비됐나?" 애비게일은 다이얼을 돌린다. "적어둬. 우선 오른쪽으로 이렇게 돌려. 세 번. 그리고 눈금이 이 위치에 왔을 때 시작하는 거야. 12에서 시작해서 이렇게 왼쪽으로"

뒤에서 바쁘게 메모하는 소리가 들렸다. 볼펜과 종이가 조급하게 맞닿는다. 초를 새기는 시곗소리도 방 전체에 울려 퍼지고 있는 듯한 기분이 들었다. 그러나 애비게일의 손가락은 부드럽게 움직였다. 조금도 떨리지 않았다. 다만 빨간 매니큐어를 칠한 늙은 손가락이 추하다고 애비게일은 생각했다. 가능하다면 젊은 남자의 무례한 시선 앞에 그런 손가락을 노출시키고 싶지 않았다.

두꺼운 철문 안쪽에서 용수철 같은 것이 튄다. 애비게일은 몸을 일으키고 손잡이를 잡았다. 손잡이를 아래로 당기자 부드럽게 움직이면서 용수철 같은 것이 또 한 번 튀었다.

"자." 애비게일은 무거운 문을 열었다.

"생각했던 것보다 간단한데요."

에드먼드가 볼펜을 내밀었다. 다이얼 번호가 적힌 쪽지를 손에 움켜쥔 채. 이마에 땀이 배어나와 번들거린다. 추한 것은 늙은 육체만이 아니라고 애비게일은 생각했다. 야망을 노골적으로 드러낸 젊은 육체도 역시 추하다.

애비게일은 볼펜을 받아들며 빙긋 웃었다.

"그럼 이번에는 혼자 해봐."

애비게일은 무거운 문을 힘주어 닫고 경보벨과 직접 연결된 빨간 레버를 올린 다음, 벽의 나무판을 원래대로 돌려놓았다. 에드먼드의 지문을 다이얼과 레버에 남겨두지 않으면 안 된다. 에드먼드는 흥미로운 듯이 벽으로 다가가더니 애비게일이 했던 조작을 되풀이하고 다이얼로 다가갔다.

"우선 오른쪽으로 세 번…"

에드먼드는 다이얼로 손을 뻗으며 메모를 확인했다. 지금까지 한 번도 본 적이 없는 진지한 표정이었다. 조심조심 세 번 돌리고는 애비게일을 돌아보고, 다시 메모를 들여다본다. 이어서 어색한 손놀림으로 12의 눈금에 다이얼을 맞춘다. 그 움직임이 너무나 굼떠서 애비게일은 초조했다. 이 녀석은 혼자서는 문을 열 수 없지 않을까 하는 생각이 들었다.

"이번에는 왼쪽으로 돌려. 빨리 해."

애비게일이 나무라듯이 말하자 에드먼드의 손놀림은 더욱 어색해졌다. 이윽고 다이얼 안쪽에서 찰칵하는 소리가 났다.

"자, 손잡이를 밑으로 당기고…" 애비게일의 재촉을 받고서야 겨우 에드먼드는 문을 열었다. "알겠지?"

"예…"

"그럼 그 중요한 메모는 주머니에 넣어둬."

에드먼드의 손이 천천히 바지 주머니로 사라진다. 몽유병자처럼 느릿느릿한 동작이었다. 메모를 주머니에 넣고는 다시 천천히 손을 뺀다. 이마에는 땀이 번들거리고 있었다.

"기억했나?" 애비게일은 말없이 고개를 끄덕이는 에드먼드에게 유언장을 내밀었다. "자, 이걸 금고실에 넣어둬."

에드먼드는 한숨을 내쉬며 유언장을 받아들었다.

"어디에 넣을까요?"

"글쎄, 검은 금속 상자가 좋겠군. 맨 위에 있는 상자에 넣어둬. 아까 돈을 꺼낸 상자 위에 있는…"

천천히 들어가는 에드먼드를 지켜보며 애비게일은 스톱워치를 훔쳐보았다. 4분이 지났다. 시간이 별로 없다.

그녀는 철문을 살짝 잡았다. 원자폭탄이 떨어져도 끄떡없다는 무거운 철문이다. 차가운 감촉이 당장 손의 온기를 빼앗아가 미지근해진다. 그래도 까칠까칠한 촉감은 사라지지 않고 남았다. 단번에 닫지 않으면 안다.

애비게일은 한쪽 다리를 뒤로 뺐다.

"에드먼드, 나는 살인을 다루는 전문가야. 눈치채지 못한 줄 알았겠지만, 천만에! 필리스를 죽인 건 바로 너였어. 네놈이 내 귀여운 필리스를 죽였어. 저세상에 가서 필리스한테 용서를 빌어!" 잔뜩 가라앉은 목소리였다.

에드먼드가 돌아보았다. 고개를 돌려 애비게일을 바라보는 표정이 여유롭다. 아직도 사태를 이해하지 못한 모양이다. 서재에서 비쳐 들어오는 불빛 속에 땀으로 번들거리는 얼굴이 떠올라 있다. 그는 유언장을 손에 든 채 멍하니 태연하게 애비게일을 바라본다.

그 표정이 갑자기 일그러져 허물어진 순간 크고 무거운 소리가 울려 퍼졌다. 귓가에서 울리는 총성 같았다. 철문이 닫히는 소리였다.

애비게일의 눈앞에서 에드먼드의 모습이 사라지고 굳게 닫힌 검은 철문이 눈앞을 가로막았다. 아래로 뻗은 손이 재빨리 다이얼을 돌린다. 에드먼드의 지문이 지워지지 않도록. 문은 잠겼다. 스물일곱 살의 남자는 얼마 안 되는 산소와 짙은 어둠과 함께 밀폐되었다.

애비게일은 경보장치 스위치가 들어 있는 나무판을 닫고 책상으로 돌아와 볼펜과 스톱워치를 서랍 속에 던져 넣었다.

그때 문득 시야를 스치는 것이 있었다. 책상 끝에서 뭔가가 반짝이고 있었다. 열쇠고리였다. 필리스에게 선물한, 상아 손잡이에 장미꽃이 새겨진 열쇠고리…

에드먼드의 열쇠가 이런 곳에 있으면 어떤 사태가 초래될까. 애비게일은 잠시 판단이 서지 않았다. 모르긴 하지만 완전범죄를 무너뜨리는 재료가 될 수도 있다는 것은 직감적으로 알아차렸다.

책상을 돌아 열쇠고리를 집어들려고 했을 때 서재문이 활짝 열렸다.

"미스 애비게일, 중요한 일은 끝냈습니다."

방에 들어온 변호사는 집사처럼 정중하게 고개를 숙였다. 그러고는 곧장 책상 쪽으로 다가왔다. 애비게일은 그를 가로막듯이 앞으로 나가면서 손을 뒤로 돌려 열쇠고리를 움켜쥐었다.

"고마워요, 해먼드. 모두 끝난 거죠?"

"그렇습니다, 미스 애비게일. 이제는 한시라도 빨리…" 그는 여전히 익살스러운 어조로 재촉했다.

"그래요, 서둘러야겠어요."

애비게일은 열쇠를 손에 숨긴 채 현관홀로 나갔다. 해먼드의 도움을 받아 코트를 입으면서 그녀는 다시 한번 물었다.

"해먼드, 전기는 정말로 고쳤나요?"

"예, 하지만 지금은 그걸 확인하러 갈 시간도 아깝습니다. 염려 마세요. 스위치는 제대로 고쳐놓았으니까."

그 말을 남기고 해먼드는 허둥지둥 현관을 나갔다.

애비게일은 홀을 둘러보았다. 열쇠고리를 숨길 만한 곳은 없었다. 크기가 레코드판만 한 재떨이가 두 개 놓여 있을 뿐이다. 세 개의 철봉으로 떠받쳐진 재떨이. 안에는 하얀 모래가 담겨 있었다. 밖에서 차에 시동을 거는 소리가 났다.

"애비, 빨리 오세요." 해먼드 변호사가 그녀를 부르고 있었다.

애비게일은 재떨이로 다가가 모래를 헤치고 아래쪽에 열쇠를 집어넣었다. 그리고 다시 모래를 덮어 열쇠를 숨겼다. 위험한 곳이지만 지금은 어쩔 수 없다. 금방 돌아올 테니까. 그때 다른 곳에 숨기면 된다.

애비게일은 성화대를 축소한 모양의 재떨이를 돌아보고 현관을 나가서 자물쇠를 잠갔다.

그러고는 해먼드가 운전하는 링컨에 올라타고 깊은 한숨을 내쉬었다.

"휴우, 피곤해. 바쁜 하루였어요. 야간 비행기는 정말 싫어. 해먼드, 다음에 갈 때는 낮 비행기로 예약해줘요."

제2장

금고에 갇힌 시체

1

바다 냄새와 장미꽃 향기가 가득 차 있었다. 맑게 갠 아침이었다. 서풍이 불어오면서 태평양의 바다 냄새를 실어온다. 뜰에서는 애비게일이 키운 장미가 노란 꽃봉오리의 가련함을 서로 다투고 있었다.

베로니카는 하루를 쉬고 이튿날 아침에는 여느 때처럼 8시 반에 출근했다.

애비게일이 없으면 당연히 할 일도 줄어들지만, 변덕스러운 여류작가가 언제 전화를 걸어올지 알 수가 없다. 현관에 서서 눈을 가늘게 뜨고 상쾌한 정원을 바라본 뒤 베로니카는 성큼성큼 안으로 들어갔다.

할 일은 우선 두 가지였다. 애비게일이 테이프에 녹음해둔 강연 원고를 타이프로 쳐서 정리하는 것, 그리고 또 하나는 애비게일이 손본 교정지를 다시 검토하는 것.

어느 쪽을 먼저 해도 상관없다. 타이프 원고를 만드는 일은 기계적으로 할 수 있다. 교정지를 검토하는 일은 상당한 집중력을 요한다. 기분 좋은 아침이었다. 끈기가 필요한 일은 상쾌한 오전에 끝내버리는 게 좋을 것 같았다. 그러면 오후는 느긋하게 보낼 수 있다. 교정지는 금고실에 들어 있었다.

베로니카는 서재를 빠른 걸음으로 가로질러 커튼을 젖혔다. 바닥까지 닿는 프랑스식 창문으로 눈부신 햇살이 쏟아져 들어온다. 그녀는 창문 하나를 열었다. 바다 냄새와 장미꽃 향기는 방안에도 가득 차 있다.

베로니카는 금고실로 다가갔다. 벽에 장치된 경보장치를 끄고 나서 다이얼을 맞추었다.

금고실 안에 어떤 것들이 들어 있는지는 훤히 알고 있었다. 원고와 보석 이외에 상당한 현금이 들어 있다는 것도 알고 있었다. 그러나 슬쩍 훔칠 수는 없다. 노작가의 머릿속에는 금고실에 있는 금액이 언제나 정확하게 기록되어 있다. 조금이라도 훔치면 당장 들통이 난다. 물론 현금과 보석을 몽땅 갖고 달아나 어딘가에 몸을 숨길 수도 있다. 그러나 베로니카는 확실한 돈벌이를 택하고 있었다. 비서로서는 남들보다 훨씬 많은 봉급을 받고 있었다. 그녀는 그 봉급을 소중히 생각하고 있었다.

눈금을 맞추자 철문 안에서 찰칵하고 용수철이 튀었다. 손잡이를 아래로 당긴 순간 문이 안에서 밀린 것처럼 몇 센티미터쯤 열렸다.

묘한 일이었다. 빼꼼 열린 문틈으로 이상한 냄새가 났다. 여느 때의 습기 냄새와는 다르다. 짙고 탁한 공기가 어둠 속에서 흘러나와 코를 찔렀다. 남이 실컷 사용한 뒤의 욕실 냄새와 비슷하다. 베로니카는 얼굴을 찌푸렸다.

그녀는 철문을 천천히 앞으로 당겼다. 그러자 쿵 하는 소리가 나더니, 뭔가 크고 검은 것이 밖으로 굴러 나왔다. 산 지 얼마 안 된 베로니카의 구두 끝에 부드러운 것이 닿았다. 물에서 기어나온 개처럼 흠뻑 젖은 머리카락이 발밑에 있었다.

베로니카의 입에서 비명이 터져 나왔다.

발을 빼자 시체 얼굴이 굴러 나왔다. 낯익은 얼굴이었다. 낯익기는 하지만 추하게 일그러지고 퉁퉁 부어올라 심하게 변형된 얼굴이었다. 파란 눈이 크게 열린 채 카펫을 노려보고 있었다. 시체는 거의 알몸이었다.

베로니카는 서재를 뛰쳐나와 거실로 들어갔다. 시체가 닿은 구두를 벗어 던지고 전화기를 움켜잡았다. 레이스 커튼 너머로 노란 장미꽃이 일제히 흔들리고 있는 게 보였다.

2

애비게일 저택 앞에는 많은 차들이 서 있었다. 해먼드 변호사가 운전하는 링컨 컨티넨탈이 끼어들 여지가 없을 만큼 빽빽이 들어차 있었다.

"거창한 파티라도 열린 것 같군."

애비게일은 중얼거렸지만, 모여 있는 자동차는 모두 경찰차뿐이고, 바쁘게 들락거리는 사람들도 모두 제복 차림의 경찰관이었다.

"차가 지독하게 밀리는데요."

해먼드 변호사는 현관에서 상당히 떨어진 곳에 차를 세웠다.

애비게일은 차에서 내려 걷기 시작했다. 맑은 오후다. 정원의 장미꽃들이 바람을 받아 노란 얼굴을 일제히 흔들고 있다.

현관 언저리에서는 경찰 무전기 소리가 들렸지만, 잡음이 심한 그 가느다란 소리를 압도하며 규칙적인 간격을 둔 무거운 소리가 울려 퍼진다. 집 뒤쪽에서 들려오는 파도 소리였다. 필리스를 삼킨 바다가 울고 있다. 고작 이틀 동안 집을 비웠을 뿐인데 무척 오랜만에 파도 소리를 듣는 듯한 기분이 들었다.

애비게일의 몸이 휙 기울어졌다. 피로를 느끼고 있지는 않지만 몸은 녹초가 되어 있었다. 어젯밤에는 거의 잠을 자지 못했다. 로스앤젤레스와 뉴욕 사이에는 세 시간의 시차가 있다. 게다가 비행기를 타고 다섯 시간이나 여행했다.

전날은 19년 동안 장기 흥행한 〈최선의 살인〉의 마지막 공연을 보고, 그 작품의 원작자로서 극장 무대에 올라가 연설을 했다. 공연이 끝난 뒤에는 배우들도 참석한 쫑파티가 밤늦게까지 계속되었다.

그리고 오늘 아침 호텔에서 늦은 아침을 먹고 있는데, 각오하고 있던 전화가 걸려왔다. 전화선 저편에서는 베로니카가 신경질적으로 흥분해 있었다. 오후 1시에 뉴욕을 떠나는 비행기를 탔다.

그로부터 다섯 시간이나 구름 위를 날아왔는데 시차 때문에 로스앤젤레스는 아직 오후 3시였다. 생리적인 감각과 물리적인 시간 사이에 커다란 간격이 생겼다. 늙은 몸은 비명을 지르고 있었다. 그러나 머리는 맑았다. 오후 햇살이 눈부셔 눈이 따끔거리지만 머리는 아주 맑았다. 무거운 파도 소리가 필리스의 목소리로 변하여 애비게일을 응원했다.

"선생님!"

키가 후리후리하게 큰 사람이 현관에서 달려 나왔다. 죽은 필리스는 아니다. 베로니카가 달려와서 손을 잡는다. 메마른 손이었다.

"선생님, 엄청난 일이 일어나서…"

뉴욕으로 전화를 걸어왔을 때에 비하면 베로니카는 훨씬 차분해져 있었다. 애비게일은 비서의 손을 잡고 고개를 끄덕였다.

"결국 하나밖에 안 남은 친척마저 죽어버렸군."

그녀는 중얼거리며 어깨를 늘어뜨렸다. 그렇게 하는 것이 자연스러웠다. 완전범죄는 아직 성립되지 않았다. 소설에서도 오히려 지금부터가 어렵다.

애비게일은 베로니카에게 이끌려 구급차 옆을 지나 현관으로 향했다. 하얀 구급차는 그 꽁무니를 현관에 바싹 대고 있었다.

계단을 올라가면서 애비게일은 구급차를 돌아보았다. 뒷문은 굳게 닫혀 있었다. 에드먼드의 시체는 이미 저 문 뒤쪽에 수용되었을 것이다. 하얀 지붕에서 빨간 램프가 혼자 바쁜 듯이 깜박거리고 있었다.

홀에 들어선다. 현관홀은 완전히 달라져버렸다. 자기 집이 아니라 경찰서에 온 것 같다. 우왕좌왕하는 경찰관들 틈에서 무참히 더러워진 재떨이가 언뜻언뜻 보인다. 재떨이는 꽁초투성이고, 하얀 모래는 거의 보이지도 않는다. 모래더미 꼭대기에 시가 꽁초가 꽂혀 있었다.

애비게일은 재떨이 앞에 섰다. 저도 모르게 그쪽으로 뻗어가는 손을 속으로 나무라며 멈추었다. 에드먼드의 열쇠고리는 보이지 않는다. 보이면 다소 위험을 무릅쓰고라도 재빨리 가져갈 텐데… 모래의 양으로 보아 당분간은 괜찮다고 생각하고 재떨이 앞을 떠났다.

서재문은 열려 있었다. 문을 들어서자마자 고개를 꺾어서 쳐다봐야 할 만큼 키 큰 남자와 하마터면 부딪힐 뻔했다. 남자는 수비망을 빠져나가는 센터포워드처럼 살짝 몸을 비틀어 옆으로 피했다.

"아차, 실례."

남자는 발돋움을 하고 배를 움츠려 길을 열어주면서 애비게일의 머리 위에 굵은 목소리를 쏟아부었다.

"애비게일 미첼 여사이신가요?"

애비게일은 거의 직각으로 목을 꺾어 남자의 얼굴을 쳐다보았다. 콧수염을 기르고 있다. 화려한 다갈색 양복에 물방울무늬의 넥타이를 맸다. 그런 차림이 전혀 어울리지 않는 줄도 모르고, 설령 안다 해도 전혀 신경 쓰지 않을 타입의 남자였다.

"버크 형사입니다. 에드먼드 씨의 사건은 알고 계시겠지요?"

"딱하게도…" 애비게일은 고개를 끄덕였다.

밖으로 나가려던 버크 형사는 애비게일과 함께 다시 서재로 들어온다. 혼잡 속에서 보호자 역할을 맡으려는지 애비게일과 나란히 걸으면서 투박한 손을 애비게일 앞으로 내밀어 경찰관들을 헤치고 나아갔다.

마침내 책상에 이르렀다. 책상 위에 사람이 올라가 있다. 책상에 납작 엎드려 무슨 가루를 뿌리고 있었다. 감식반원이라는 것은 애비게일도 금방 알 수 있었다. 지문을 채취하는 작업은 소설 속에 수없이 나온다. 그러나 책상 위에 납작 엎드린 감식반원은 애비게일의 소설에 아직 등장한 적이 없다. 버크 형사는 비쩍 마른 그 남자의 엉덩이를 손바닥으로 두드렸다.

"앨, 예의 좀 차려. 애비게일 미첼 여사는 그 책상 위에서 걸작을 쓰고 계신단 말이야."

애비게일은 고개를 저었다.

"아니, 괜찮아요. 어서 계속하세요."

지문을 뜨고 있다는 것은 사고사가 아니라 살인사건으로 단정했기 때문일까. 아니면, 만약을 위해 일단 수사 절차를 밟고 있는 것뿐일까. 애비게일은 짐작할 수가 없었다.

그녀는 책상에 기대어 금고실 쪽을 바라보았다. 그리고 깜짝 놀랐다. 철문이 천천히 열리기 시작했다. 안에서 황소가 울부짖는 듯한 소리가 들려온다.

"마이크 시험 중. 마이크 시험 중. 오늘은 날씨가 맑다. 아, 감도가 어떤가. 마이크 시험 중. 마이크 시험 중…"

문이 열릴수록 소리가 커진다. 안에서 묘한 것이 나타났다. 제복 경관도 사복 경관도 아니다. 파티장에 잘못 들어온 부랑자 같은 차림의 사내가 느릿느릿 나타났다. 그 뒤를 이어 이마가 벗어진 형사가 창백한 얼굴로 비틀거리며 나오더니 크게 숨을 들이마신다. 눈이 몽롱하다. 부랑자 같은 사내가 뒤를 돌아보며 말했다.

"크레이머, 왜 그래? 안색이 안 좋은데…"

"아니… 전 좁은 곳에 들어가면 아무래도…" 크레이머 형사는 이마의 땀을 손수건으로 훔치며 진지한 어조로 말했다. "반장님, 역시 흉기 같은 건 발견되지 않았습니다."

"그야 그렇겠지. 질식사니까. 정원에 나가서 맑은 공기나 마시고 있게."

"예, 그렇게 하겠습니다…"

크레이머는 다시 한번 심호흡을 하고는 머리를 가볍게 저으며 밖으로 나갔다.

애비게일은 반장님이라고 불린 사내를 다시 한번 바라보았다.

실내에 있는데도 레인코트를 걸치고 있었다. 그것도 세탁소의 탈수기에 쑤셔 넣었다가 금방 꺼내어 다림질도 하지 않고 입은 것처럼 꾸깃꾸깃한 코트였다. 아니, 세탁소를 이용하면 조금은 깨끗해질 텐데, 사내가 입고 있는 코트는 세탁한 흔적조차 보이지 않았다.

헝클어진 머리카락도 코트 못지않게 지저분하다. 그 밑에 네모난 얼굴이 있고, 그 아래의 목에서는 넥타이라고 맨 검은 끈이 축 늘어져, 단추를 풀어헤친 코트와 양복 밑에서 넥타이핀도 없이 흔들거리고 있다.

"어때? 문을 닫았을 때는 들리지 않았나?"

사내는 누구한테랄 것도 없이 주위 사람들에게 소리를 질렀다. 입에 시가를 물고 있다. 금고실에 얼마나 오래 들어가 있었는지는 모르지만, 그 안에 틀어박혀 시가를 피우고도 질식하지 않고 무사히 나올 수 있었다는 건 불가사의하다. 항상 공기가 나쁜 곳에서 살고 있는 모양이라고 애비게일은 생각했다.

"아무 소리도 들리지 않았습니다, 반장님. 그리고 그 문제는 이미 실험이 끝났어요."

애비게일 옆에 있던 버크 형사가 말했다. 부랑자 차림의 '반장님'이 이쪽을 바라보았다.

"이상하군. 그렇담 이 금고는 방음장치가 되어 있나? 나는 그렇게 큰 소리로 고함을 질렀는데 들리지 않았다니, 그럴 수가 있나?"

"반장님, 금고실에 일부러 방음장치를 하는 사람이 어디 있겠습니까? 그 안에서 드럼을 칠 것도 아닌데."

"하지만 정말로 안 들렸나?"

그가 다가온다. 두통이라도 나는지 관자놀이에 두 손을 대고 있다.

"반장님, 금고실 벽은 두껍습니다. 문도 두껍고요. 아무리 큰 소리를 질러도 밖으로는 새어 나오지 않습니다. 반장님 목소리도 문이 열린 뒤에야 겨우 들리기 시작했는걸요."

사내는 눈을 치켜뜨고 버크 형사를 바라보고 나서 애비게일한테로 시선을 옮겼다. 입에 문 시가 연기가 눈에 스며들어 따가운지 계속 눈을 깜박거린다. 따가우면 시가를 입에서 떼어내면 좋을 텐데, 그대로 놓아둔 채 눈을 깜박거리며 애비게일을 가만히 바라본다. 근시인데도 안경을 쓰지 않고 버티는 것일까.

초점이 맞지 않는 눈으로 멀리 있는 물체를 어떻게든 확인하려는 듯이 그는 눈을 가늘게 떴다. 그러자 눈꼬리에 주름이 잡혔다. 왠지 모르게 슬퍼 보이는 눈이다. 날카로움은 보이지 않고 피로한 기색이 감돌고 있다.

사내의 얼굴이 느닷없이 웃음을 떠올렸다.

"미첼 여사? 그 유명한 애비게일 미첼 여사신가요?" 사내가 묻는다. 애비게일이 고개를 끄덕였는데도 다그치듯 계속 묻는다. "그 추리작가? 가정 내 살인을 다루기로 유명한 그 여류작가 말입니까? 설마 그럴 리가…" 그러면서 믿기지 않는다는 듯이 고개를 젓는다.

"맞아요. 내가 애비게일 미첼이에요. 의심스럽다면 여권이 차 안에 있으니까 확인해보세요."

"아니, 천만에요." 사내는 격렬하게 고개를 저으며 다가왔다. "저는 콜롬보라고 합니다. 강력계 형사죠. 뵙게 되어 영광입니다, 미첼 부인."

"난 부인이 아니라 미스예요."

"죄송합니다, 미스 미첼. 너무 기쁜 나머지 자꾸만 실례를 하게 되는군요. 우리 집사람은 작가님의 열렬한 팬이랍니다. 집사람 동생이 캔자스주 시골구석에서 주유소를 하고 있는데, 그 처남도 역시 추리소설을 무척 좋아하고 여사님의 열렬한 숭배자…"

"아, 그래요? 팬을 만나는 건 나도 기쁜 일이죠. 하지만 책에 사인을 해달라는 부탁은 뒤로 미뤄주세요. 지금은 도저히…"

애비게일은 말문이 막혔다. 꾀죄죄하고 작달막한 이 사내가 아무래도 이번 수사의 책임자인 모양이라고 짐작했다. 세상에는 믿기 어려운 일도 많은 법이다.

콜롬보는 입을 딱 벌렸다. 턱뼈가 빠지기라도 한 것처럼 입을 크게 벌리고 뻐끔거린다. 이윽고 그 입을 싹 다물자 지극히 심각한 얼굴이 되었다.

"죄송합니다, 미스 미첼. 지금은 그런 말을 할 때가 아닌데 제가 워낙 주책이 없어서요. 이번 일은 정말 안됐습니다…"

"고맙습니다, 콜롬보 씨."

"별말씀을요, 미스 미첼."

'미스'라는 말이 왠지 거슬리게 들렸는지, 애비게일은 손사래를 치며 말했다.

"애비게일이라고 불러주세요. 그냥 애비게일이라고 부르면 돼요."

"죄송합니다, 애비게일. 하지만 아무래도 좀 어색하군요. 위대한 작가의 이름을 마구 부르다니… 그럼, 애비게일 여사라고 부르게 해주십시오."

"좋으실 대로."

"그러면 애비게일 여사님, 돌아가신 에드먼드 씨는 조카뻘이었다지요?"

애비게일은 일단 고개를 끄덕이고 나서 설명했다.

"피는 섞이지 않았어요. 내 조카딸 필리스의 남편이었으니까요. 필리스는 내가 키운 애인데, 그 애도 사고로 죽고…"

"필리스 씨에 대한 이야기도 들었습니다. 비서 아가씨가 말해주더군요. 필리스 씨는 요트에서 사고로 돌아가셨다던데…"

요트 사건은 되도록 언급하지 않는 게 좋을 것 같았다.

"두 사람은 서로 사랑했어요. 보기만 해도 행복해 보였죠. 그런데 살아남은 에드먼드마저 이런 사고로…"

"저어, 죄송하지만 지금 사고라고 하셨습니까?"

캐묻는 콜롬보의 눈이 다시 가늘어져 있었다. 그러나 멀리 있는 물체를 애서 확인하려는 눈초리와는 다르다. 굴속에 박힌 채 바깥 상황을 살피고 있는 너구리처럼 빈틈없는 눈이었다. 애비게일은 헛기침을 하고 말했다.

"사고가 아닌가요? 내가 들은 바로는 에드먼드가 금고실에 갇혀서…"

콜롬보는 고개를 저었다.

"금고실에 갇힌 건 사실이지만, 사고인지 어떤지는 아직 단정할 수 없습니다. 아무래도 명확하질 않아요. 확실히 에드먼드 씨는 금고실 번호를 알고 있었던 모양이지만…"

"금고실 번호는 내가 알려주었어요. 여러 가지로 생각한 끝에, 에드먼드는 하나밖에 없는 친척이고 나한테 무슨 일이 일어날지 모르기 때문에 이번 기회에 알려주려고 생각했죠. 그런데 이렇게 될 줄이야…"

콜롬보는 눈꼬리를 계속 긁적거리며 벽에 붙은 경보장치로 다가갔다. 벽에 끼워진 나무판이 열려 있었다. 콜롬보는 안을 들여다보고 나서 말했다.

"잠깐 봐주시겠습니까, 애비게일 여사님."

버크 형사가 끼어들었다.

"반장님, 집 안 감식은 대충 끝났는데, 감식반원들은 어떻게 할까요. 정원 쪽도 조사했고…"

"뒤뜰도 조사하게. 만약을 위해 사진도 찍어놓고."

지시를 끝내고 콜롬보는 애비게일을 손짓해 불렀다. 애비게일이 다가가자 경보장치의 빨간 레버를 가리켰다.

"이것 말인데요…"

"이건 도난방지용 비상벨과 이어져 있어요. 그 스위치예요. 스위치를 켠 채 금고실을 건드리면…"

애비게일이 설명하기 시작하자 콜롬보는 고개를 끄덕였다.

"방범장치라는 건 알고 있습니다. 내가 알 수 없는 건 이 스위치가 어떻게 해서 켜져 있었느냐 하는 겁니다."

콜롬보는 벽의 구멍 속으로 투박한 손을 집어넣어 빨간 레버를 위로 밀어 올렸다.

"오늘 아침에 베로니카 양이 금고실을 열러 왔을 때는 이렇게 되어 있었답니다. 경보벨 스위치가 켜져 있었어요. 이상하다고 생각지 않으세요. 스위치를 켠 채 금고실을 열면 비상벨이 울리지요? 경비회사에도 자동적으로 통보됩니다. 다시 말해서 스위치를 켠 채로는 금고실을 열 수가 없습니다…"

콜롬보는 어깨를 으쓱하며 동의를 구했다. 하지만 애비게일은 아무 대꾸도 하지 않았다. 콜롬보는 혼자 고개를 끄덕이고는 말을 이었다.

"에드먼드 씨는 스위치를 껐을 겁니다. 그런데 어째서 켜져 있을까요? 에드먼드 씨가 금고실에서 나왔다면 도로 켜놓을 수도 있지요. 하지만 에드먼드 씨는 갇혀서 나오지 못했습니다. 혼자 금고실에 들어갔다면 경보장치 스위치는 꺼둘 겁니다. 그렇지 않습니까?"

굵은 눈썹 아래의 눈이 뚫어지게 애비게일을 살핀다. 애비게일은 그 눈에서 시선을 피할 수가 없었다. 빨려 들어가듯 상대의 눈을 쳐다본다. 숨 막히는 눈싸움이 계속되었다.

침묵 속에서 이상하게 긴 시간이 흐른 듯한 기분이 들었다. 뭔가 대답을 하지 않으면 불리한 입장에 놓인다고 생각하자 초조했지만, 머릿속이 마비된 것처럼 말이 떠오르지 않는다.

터무니없는 실수를 저지른 것은 알고 있었다. 금고실 문을 닫은 뒤, 평소의 습관대로 무의식중에 경보장치 스위치를 켜버린 것이다. 오랫동안 몸에 밴 습관이었다. 습관이 치명적인 결과를 낳는 경우가 있다. 그런 소설을 애비게일도 몇 편이나 썼다. 나이를 먹으면 더더욱 습관에서 벗어나기가 어려워진다. 게다가 머리 회전이 둔해지고 주의력도 산만해진다.

애비게일은 자신을 저주했다. 종이 위에서는 치밀한 범죄 계획을 세울 수 있지만, 그것을 실행하기에는 역시 너무 늦었다. 그러나 여기서 서투른 변명을 늘어놓으면 안 된다. 억지로 조리를 맞추려고 하면 오히려 깊은 수렁에 빠져 꼼짝할 수 없게 된다.

애비게일도 이제야 겨우 알게 되었다. 눈앞에 있는 꾀죄죄한 사내가 실은 무서운 적이고 날카로운 두뇌의 소유자라는 것을 분명히 알게 되었다.

가늘어진 콜롬보의 눈을 마주 보면서 애비게일은 더 이상 자신의 혼란을 숨기려 애쓰지 않기로 마음먹었다. 놀랐을 때는 놀란 모습을 보이고, 겁먹었을 때는 겁먹은 모습을 보이는 거야. 상대가 흔들면 저항하지 말고 흔들리는 게 좋아. 그렇게 결심하자 마음이 다소 편해졌다.

"모르겠군요. 아무리 생각해도 모르겠어요. 듣고 보니 확실히 부자연스럽다고는 생각되지만, 어째서 스위치가 켜져 있었는지는 설명할 수가 없군요. 머리가 혼란스러울 뿐이에요…"

"아니, 천만에요. 여사님 같은 분이 혼란스럽다니, 그런…" 콜롬보는 말을 하다 말고 애비게일의 코앞에 굵은 손가락을 쑥 내밀었다. 목소리가 커졌다. "혼란스러울 리가 없습니다. 계획 살인에 대해서는 솜씨가 대단하신 분이니까요. 지금까지 수많은 사람을 죽였잖습니까?" 콜롬보가 미소를 지으며 목소리를 낮추었다. "물론 책 속에서 저지른 살인이지만, 그런 소설을 쓰는 사람은 머리가 좋을 게 분명합니다. 혼란스러울 리가 없어요. 그런데 내 머리는 완전히 뒤죽박죽이 되어버려서, 이젠 뭐가 뭔지 전혀…"

콜롬보는 말을 멈추더니 닭이 달려가는 것처럼 묘하게 성급한 걸음으로 가까운 탁자까지 걸어갔다. 그러고는 원고 뭉치를 가리키며 말을 이었다.

"뭐가 뭔지 알 수 없는 것투성이라서… 이걸 좀 보아주시겠습니까. 이 종이가 전부 금고실 안에 흩어져 있었어요. 아니, 흩어져 있었다는 표현은 너무 약하군요. 완전히 난장판으로…" 콜롬보는 머리를 긁적거렸다. 그렇지 않아도 부수수한 머리가 까치집처럼 헝클어져버렸다. "대체 여기에는 무슨 의미가 있을까요. 금고실 바닥에 잔뜩 흩어져 있었습니다. 이 종이 쪼가리가…"

그러자 애비게일은 이미 말끔히 정리되어 있는 타이프 원고에 살짝 손을 올려놓으며 말했다.

"이건 종이 쪼가리가 아니라 내 원고의 일부예요. 최신작인 〈내가 살해된 밤〉의 원고랍니다."

"에드먼드 씨는 지독한 사람이군요. 여사님의 소중한 원고를 엉망진창으로 흩뜨려놓다니. 이 원고가 금고실에 온통 쏟아져 있었습니다."

콜롬보는 원고 뭉치를 내려다보았다. 보고 있는 것은 원고가 아니라 그 위에 놓인 애비게일의 손인지도 모른다.

애비게일은 바싹 마른 손을 움츠리며 말했다.

"에드먼드는 이걸 읽고 있었던 게 아닐까요. 마음을 달래려고 금고실 안에서 읽고 있었는지도 모르죠. 도움이 올 때까지 기다릴 생각으로…"

그런 에드먼드의 모습이 눈에 보이는 듯하다. 그러나 애비게일은 동정하지 않았다. 아무리 기다려도 도움은 오지 않을 거라고 생각하자 오히려 쾌감을 느꼈다. 그렇게 되는 게 당연한 녀석이었다.

"하지만 금고실에는 불이 없었습니다. 전구가 나가 있더군요." 콜롬보는 말하고 탁자 위에서 두꺼운 비닐봉지를 집어들었다. 투명한 봉지 안에 타다 남은 성냥이 들어 있었다. "성냥도 이것밖에 갖고 있지 않았어요. 여섯 개뿐입니다. 그 여섯 개를 전부 다 썼어요."

애비게일의 눈앞에서 검게 탄 성냥개비가 흔들렸다.

"불쌍한 에드먼드, 그렇게 해서 산소를 더 많이 없애버렸군요." 문득 마음에 걸리는 것이 있었다. 일단은 확인해두었지만 미처 보지 못했을 수도 있다. 애비게일은 발밑으로 시선을 떨어뜨리며 아무렇지도 않게 물었다. "무슨 글을 남기지는 않았나요?"

"그런 게 있으면 나도 고생하지 않지요. 에드먼드 씨는 쓰고 싶어도 쓸 수가 없었습니다. 아무것도 갖고 있지 않았으니까요. 연필 한 자루도 없었어요. 하지만 어찌된 셈인지 허리띠를 풀었더군요. 이게 또 내 고민거립니다. 어째서 허리띠를 풀었을까. 당연히 무슨 의미가 있을 텐데, 그게 도무지…"

콜롬보는 다시 닭이 달리는 듯한 걸음걸이로 경찰관들을 헤치며 방 한가운데에 있는 소파로 갔다. 그 위에도 비닐봉지가 몇 개 놓여 있었다.

콜롬보는 그중 하나를 집어들었다. 그 안에는 허리띠가 들어 있었다. 평범한 검은 가죽벨트에 평범한 버클이 달려 있다. 콜롬보는 그 은색 버클을 가리켰다.

"아주 조금이지만 버클 끝에 검은 것이 묻어 있습니다. 페인트 찌꺼기 같은 게 말입니다. 이제 곧 감식 결과가 나오면 분명해지겠지만, 검시관의 이야기로는 에드먼드 씨의 손톱에 묻어 있던 것과 같은 물질인 것 같답니다."

애비게일의 눈에 다시 괴로워 몸부림치는 에드먼드의 모습이 떠올랐다.

"필사적으로 문을 긁어댔나 보군요. 끔찍한 일이에요."

콜롬보는 천천히 고개를 끄덕였다.

"물론 괴로워했을 겁니다. 하지만 검은 페인트가 칠해져 있는 건 금고실 문 안쪽이 아니라 바깥쪽입니다. 그게 나는 도무지…"

콜롬보는 열려 있는 금고실 문을 가리켰다.

볼 필요도 없다. 철문 안쪽에 칠해져 있는 것은 회색 페인트다. 검은빛이 돌기는 하지만 검지는 않다. 애비게일은 그것을 깜박 잊고 있었다. 손톱에 페인트가 묻어 있었다는 이야기를 들은 순간, 상상이 제멋대로 앞서 달려가 문 안쪽을 손톱으로 긁어대는 에드먼드의 모습이 떠오른 것이다.

콜롬보는 투명한 봉지를 또 하나 집어들었다. 종잇조각 두 개가 들어 있었다. 하얀 타이프 용지를 둘로 찢은 것처럼 보이기도 하지만, 찢은 자리가 서로 맞지 않는 것 같다.

"이것도 금고실에 있었습니다. 종잇조각 두 개. 이건 원고가 아니라 그냥 백지입니다."

콜롬보는 봉지를 뒤집어 종이의 뒷면을 애비게일에게 보여주었다. 뒷면에도 역시 아무것도 쓰여 있지 않다.

그때 가정부 애니가 다가와 애비게일의 소매를 살짝 잡아당겼다.

"마님… 거실 쪽에 차를 준비해두었어요. 조금 쉬시는 게… 그쪽은 조용하고…"

"고마워. 그럼 장소를 그쪽으로 바꿀까? 그런데 애니, 미스 마플은 어디 있지?"

"거실에요. 여긴 이런 상태라서."

"아아, 그래. 착하게 굴었겠지?"

애비게일이 이야기를 딴 데로 돌리려고 하자 콜롬보가 끼어들었다.

"마플이라니… 그게 누구죠?"

"우리 딸이에요. 귀여운 고양이죠."

"아아…" 애니가 가자 콜롬보는 다시 종잇조각을 들여다보며 중얼거렸다. "이건 어찌된 영문인지, 나는 도무지…"

두 사람 사이를 제복 차림의 덩치 큰 경찰관이 지나갔다.

"콜롬보 씨, 나도 모르겠어요. 알 수 없는 일들뿐이네요."

콜롬보가 고개를 들었다. 그 얼굴이 낙제한 중학생처럼 슬픈 표정을 담고 있었다.

"여사님도 모르십니까? 명쾌한 추리를 들을 수 있을 줄 알았는데…"

애비게일은 도전을 받았다고 느끼고 기분이 유쾌해졌다. 도전을 받는 것은 드문 일이었다. 늙은 뒤에는 오히려 조심스러운 보호막에 둘러싸여 살고 있었다. 누구나 애비게일을 조심스럽게 대했다. 그녀 앞에서는 누구나 망가지기 쉬운 것을 다루는 듯한 태도를 취했다.

애비게일은 미소를 지으며 콜롬보를 바라보았다.

"장소를 바꿔도 괜찮을까요? 여기서는 마음이 차분해지질 않네요. 사람이 너무 많아서 왠지 숨이 막힐 것 같아요. 머릿속까지 탁해져요."

"나는 괜찮습니다. 어디든지 좋습니다."

두 사람이 서재를 나오려 할 때 베로니카가 성큼성큼 들어와 말을 걸었다.

"선생님, 애니가 차를 준비해놓았대요. 좀 쉬도록 하세요. 가능하면 잠깐 눈을 붙이시는 게 좋겠어요. 차에 브랜디라도 넣어서 드시고…"

"잠을 자다니, 당치도 않아. 오늘은 아주 바빠. 콜롬보 형사님과 일을 끝내고 싶어."

애비게일은 쾌활하게 말하며 서재를 나왔다. 콜롬보는 그녀와 나란히 현관홀을 가로지르면서 즐거운 듯 소리를 질렀다.

"여사님이 아까 한 말… 그 말을 집사람한테 들려주고 싶군요. 콜롬보 형사와 일을 끝내고 싶다니… 집사람이 들으면 깜짝 놀랄 겁니다. 아니, 내가 말해줘도 믿지 않을 거예요. 집사람한테는 여사님이 하느님 같은 존재니까요. 여사님이 쓴 책은 거의 다 읽었답니다. 신작이 나오면 그날로 당장 도서관으로 달려가서 누구보다도 먼저 빌려오지요."

애비게일은 거실문을 열면서 웃었다.

"영광이군요. 살인의 베테랑이 부인께 고마워하더라고 좀 전해주세요."

"물론입니다."

"그리고 책방에서 사서 보시면 더욱 영광스럽겠다는 말도 전해주시겠어요?"

"그러죠…"

3

거실에는 경찰관의 모습이 보이지 않는다. 삼면에 프랑스식 창문을 배치한 방에는 오후의 부드러운 햇살이 비쳐들고 있다. 갈색 그랜드 피아노가 따뜻한 윤기를 띠고 있다.

콜롬보는 한숨을 내쉬었다.

"우리 집에도 이런 거실이 있다면 얼마나 좋을까. 정말 훌륭하군요. 얼마나 듭니까? 이 정도 방을 꾸미려면…"

애비게일은 소파에 앉아서 웃었다. 그 무릎 위에는 미스 마플이 올라앉아 있었다.

"어머나, 콜롬보 씨, 설마 거실만 만들려는 건 아니겠죠?"

"어려울 거라고는 생각했지만, 역시 어렵겠군요. 그런데 그 고양이는 이 호화로운 방과 아주 잘 어울리는데요. 틀림없이 고귀한 혈통의…"

애비게일은 쿡쿡 웃으며 말했다.

"아뇨, 버려진 고양이였어요. 그걸 조카딸 필리스가 주워다가… 고양이를 좋아하세요?"

"아니, 나는 저어… 고양이한테는 좀 약해서요. 나는 개가 더… 그건 분명 페르시아고양이겠죠?"

"샴고양이예요."

콜롬보는 머리를 긁으며 피아노로 다가갔다.

"정말이지 거실만 있어서는 곤란하겠군요. 부엌이나 화장실이나 욕실도 필요하니까요. 그러려면 엄청난 돈이 들겠지요?"

콜롬보는 피아노 뚜껑을 열고 협주곡을 연주하는 피아니스트처럼 의젓한 자세를 취하더니, 굵은 손가락으로 '학교 종이 땡땡땡…'을 서투르게 치기 시작했다. 그러다가 갑자기 손을 멈추고 애비게일을 돌아보았다.

"여사님은 지위도 있고 재산도 있는 분이니까 당연히 고문변호사도 두고 계시겠지요?"

애비게일은 고양이를 무릎에서 내려놓고 찻주전자가 놓인 탁자로 손을 뻗으며 콜롬보를 쳐다보았다.

"그게 무슨 뜻이죠? 변호사라니…"

콜롬보는 피아노 앞을 떠나 곰처럼 어슬렁어슬렁 방안을 돌아다니기 시작했다.

"별다른 뜻은 없습니다. 다만 그저께 밤에는 이곳에 변호사가 와 계셨고 뉴욕에도 함께 가셨다길래, 당연히 함께 돌아오실 거라고 생각했지요."

애비게일은 찻주전자를 들고 김이 모락모락 피어오르는 홍차를 잔에 따르면서 대답했다.

"해먼드 변호사는 나를 여기까지 바래다주고 사무실로 곧장 돌아갔어요. 당분간 나한테 오는 연락이나 문의는 모두 해먼드 씨 사무실에서 처리하는 게 좋을 것 같아서요. 에드먼드가 그렇게 되어버렸기 때문에… 그리고 변호사와 함께 돌아오면 경찰에게도 나쁜 인상을 줄 것 같았고…"

설탕이 담긴 스푼을 허공에 멈춘 채 애비게일은 방안을 돌아다니는 콜롬보에게 물었다. "설탕 넣으시겠어요?"

"예, 조금만 넣어주십시오. 살이 찌면 안 되니까." 콜롬보는 가까이 다가와 찻잔과 받침을 함께 집어들었다. "한 가지 묻고 싶은데요, 추리작가의 비밀에 대해서…"

"어떤 건데요?"

"여사님은 수많은 살인사건을 쓰셨습니다. 다양한 트릭을 사용해서, 불가능하게 여겨지는 살인을 성립시키지요. 온갖 기상천외한 수법을 차례로 짜내시는데, 도대체 그런 살인의 아이디어는 어떻게 생각해내시는 겁니까?"

애비게일은 설탕을 넣지 않은 제 찻잔을 집어들고, 향기로운 차를 입으로 가져가 한 모금 마신 다음 신중하게 말을 골라서 대답했다.

"신문 같은 데 나오는 여러 가지 사건이 힌트가 되지요. 하지만 우선은 되도록 극적인 살인 수법을 생각합니다. 완전범죄로 만들 수 있는 구체적인 수단이나 방법은 그 뒤에 생각하지요. 마치 사건을 해결하려고 애쓰는 형사님처럼 말이에요. 한 가지 방법을 상정하고 벽을 하나씩 무너뜨리는 거예요. 절대로 불가능하다는 걸 알면 돌아서서 다른 방법을 시도해보지요. 말하자면 당신 입장에 서서 생각해보는 겁니다. 사건이 일어난 다음에 사건을 해결하는 형사의 입장에 서서…"

"역시 그렇군요. 아니, 나도 그렇지 않을까 생각했거든요. 집사람한테도 자주 그렇게 말했지요. 추리작가는 책을 쓰기 전에 우선 경찰처럼 생각한다고. 살인범처럼 계획을 짜는 게 아니라 형사가 사건을 추리하듯 범죄를 조립한다고…"

애비게일은 고개를 끄덕였다.

"맞아요. 오랫동안 그런 훈련을 해왔지요. 그러니까 내가 콜롬보 씨한테 도움이 될지도 몰라요. 이젠 마음도 상당히 가라앉았고…"

"고맙습니다. 이 사건을 추리해주신다면 큰 도움이 되겠습니다."

"어서 소파에 앉으세요."

"예, 아니…"

콜롬보는 소파에 드러누워 앞발을 핥고 있는 고양이를 힐끔 노려보고는 곁에 있는 낡아빠진 나무의자를 집어들었다. 애비게일이 파리에 갔을 때 샹젤리제(파리의 번화가)의 골동품점에서 구입한 것이다. 콜롬보는 그 골동품 의자를 아무렇게나 움켜잡고 방 한가운데로 끌고 갔다.

"나는 여기 앉겠습니다. 이 의자, 괜찮지요?"

"예, 어서 앉으세요. 400년 전의 의자예요."

"400년 전이라고요?"

"그래요. 16세기 앙리 왕조 시대에 만든 거죠."

콜롬보는 순간 눈을 크게 떴다. 그러고는 의자를 살며시 내려놓고 코트 자락을 걷어 올리며 조용히 앉았다. 마치 유리판 위에 앉는 것처럼 살며시. 그러나 콜롬보의 엉덩이가 닿자마자 의자는 비명을 질렀다. 400년 동안 쌓인 때가 서로 비비적대는 것처럼 끼익끼익 울렸다.

콜롬보는 얼굴을 찡그렸다. 몸을 잔뜩 긴장시키고, 찻잔 받침을 무릎 위에 올려놓았다. 의자는 그럭저럭 견뎌낼 모양이다.

애비게일이 이야기를 시작했다.

"나는 에드먼드를 상속인으로 삼기로 결정하고 금고 여는 법을 가르쳐주었어요. 그건 아시겠지요?"

"유언장이 금고 안에 있어서 보았습니다."

콜롬보는 무릎 위의 받침에서 찻잔을 집어들어 입으로 가져갔다. 그 정도의 동작으로도 의자는 다시 삐걱거리기 시작했다. 그는 찻잔을 살짝 무릎에 내려놓고 당혹스러운 웃음을 지어 보였다.

"편히 앉으세요, 콜롬보 씨." 애비게일은 이렇게 말하고 나서 다시 이야기를 계속했다. "그저께 밤, 우리가 공항으로 떠나기 조금 전에 에드먼드는 돌아갔어요. 그리고 나서 베로니카와 애니가 돌아가고 나와 해먼드 변호사가 출발했죠. 그래서 이 집에는 아무도 없었어요. 그러니까 이튿날 에드먼드가 몰래 이 집에 침입했다고 추리할 수 있어요. 금고에 현금이 잔뜩 있는 것도 알고 있었고…"

"그럼 에드먼드 씨는 도둑질을 하러…"

애비게일은 고개를 끄덕였다.

"내가 죽을 때까지 참고 기다릴 수가 없었나 보죠. 얼마 후에는 막대한 유산이 굴러 들어온다는 걸 알면서도 푼돈에 그만 눈이 어두워진 거예요. 젊은 사람은 뜻밖에 그런 법인가 봐요. 내가 젊었을 때는 어땠는지 잘 기억나진 않지만요. 에드먼드는 금고 속에 있는 현금만 손에 넣으면 장래의 유산 따위는 아무래도 좋다고 생각했을 거예요. 워낙 노름을 좋아했거든요. 게다가 친구와 술집을 차릴 작정인데 자금이 필요하다는 말도 했어요. 돈에 쪼들려서 다급했는지도 모르죠. 그래서 돌아온 거예요. 그리고 서재에 들어가 얼마 전에 배운 순서대로 금고를 열고…"

"하지만…" 콜롬보가 몸을 앞으로 내밀자 의자가 요란하게 삐걱거렸다.

콜롬보가 무슨 말을 하고 싶어 하는지 애비게일은 알고 있었다.

"경보장치 말이군요. 그건 아마 애니가 켰을 거예요."

"애니라면 아까 그 가정부 말인가요?"

"맞아요. 전에도 그런 일이 자주 있었어요. 내가 여행을 떠나 집을 비우면 애니는 가벼운 노이로제에 걸린답니다. 이 집이 밤에는 텅 비잖아요.

그러면 애니는 집에 돌아가도 마음이 놓이질 않는대요. 자물쇠 잠그는 걸 잊어버린 데는 없는지, 재떨이는 전부 비웠는지, 부엌 불은 괜찮은지… 온갖 걱정거리가 차례로 머리에 떠오른다는 거예요. 하기야 애니도 나이를 먹었으니까요. 그래서 한밤중에 여기로 돌아와 집 안을 둘러본대요. 어제도 틀림없이 그랬을 거예요. 그런데 서재에 들어가 전기를 켜보았더니 벽의 경보장치가 열려 있고 스위치가 꺼져 있었겠죠. 애니는 깜짝 놀라서 스위치를 켰을 거예요. 틀림없어요. 나중에 물어보시는 게 어때요?"

콜롬보가 물으러 가기 전에 손을 써두어야 한다.

애니라면 사정을 털어놓지 않아도 하라는 대로 해줄 것이다. 벌써 수십 년 동안 함께 살아온 사이였다. 그렇게만 해준다면 다음에 유럽을 여행할 때 함께 데려가도 좋다. 그리고 애니는 혼자 살고 있다. 한밤중에 애니가 아파트를 나갔는지 어떤지, 형사가 확인하려 해도 증인이 없다. 나가지 않았다고 단정할 수 있는 증거는 모을 수 없다.

콜롬보는 골동품 의자에 앉은 채 동상처럼 꼼짝도 하지 않았다. 눈도 움직일 수 없고 표정도 바꿀 수 없다고 생각하는 모양이다. 애비게일이 말을 이었다.

"애니가 서재에 들어갔을 때 에드먼드는 틀림없이 금고실에 있었을 거예요. 애니의 발소리를 듣고 황급히 문을 안쪽에서 닫았겠죠. 닫을 때의 충격으로 다이얼이 돌아가 문이 잠겨버린 거예요. 틀림없어요. 그런 사고가 자주 일어나잖아요?"

"끔찍한 사고지요." 몸을 단단히 긴장시키고 골동품 의자에 앉은 채 콜롬보는 속삭이듯이 말했다. 목소리를 조금만 크게 내도 의자가 삐걱거릴 거라고 여기는 모양이다.

애비게일은 스스로 조립한 사건에 결말을 지었다.

"내 추리는 그래요. 에드먼드는 욕심에 눈이 멀어 덫에 빠져버렸어요.

스스로 제 무덤을 파고 거기에다 흙까지 덮어버린 셈이죠. 이건 사고예요. 도둑질이 발단이 된 사고요. 줄거리는 통하잖아요?"

콜롬보는 턱을 살짝 내렸다. 의자 때문에 조심스럽게 고개를 끄덕이는 모양이다.

"아마 사고일 수도 있겠지만…" 그는 입속으로 조그맣게 중얼거리고는 천천히 수첩을 꺼냈다.

그때 뒤뜰에 면한 프랑스식 창문이 덜컹덜컹 울렸다. 물방울무늬 넥타이를 맨 형사가 그 문으로 들어왔다. 덩치에 어울리게 요란한 발소리를 내며 다가왔다. 그 바람에 고양이가 깜짝 놀라 소파에서 뛰어내렸다. 그러고는 재빨리 콜롬보 쪽으로 달려가더니 의자 밑으로 기어들어가 몸을 숨겼다. 콜롬보의 두 발이 허공으로 둥실 떠올랐다.

버크 형사는 애비게일에게 고개를 끄덕이고 나서 콜롬보 쪽으로 몸을 숙였다. 비밀 이야기라도 하는 것처럼 콜롬보의 귀에 입을 갖다 댔다.

"반장님, 찾아냈습니다. 뒤쪽에서. 좀 보아주시겠습니까?"

콜롬보는 두 발을 들어 올린 채 눈을 감고 헐떡이듯이 말했다.

"자… 어서 가…" 그러고는 천천히 눈을 뜨고 애비게일에게 호소하듯이 말했다. "여사님, 어떻게 좀 해주십시오."

애비게일은 쿡쿡 웃으며 일어섰다.

"별일이군요. 이 아이는 낯을 가려서 손님한테는 좀처럼 가까이 가지 않는데…"

고양이는 콜롬보의 코트 자락을 갖고 장난을 치고 있었다.

"그것 보세요. 형사님과 놀고 싶어 하잖아요." 애비게일은 의자 위에서 뻣뻣하게 굳어 있는 콜롬보 쪽으로 다가가 그 밑에서 고양이를 안아 올렸다.

"아아… 정말 고맙습니다." 콜롬보는 허공에 뜬 두 발을 천천히 바닥에 내려놓고는 애비게일에게 한심한 미소를 던졌다. "그럼 잠깐 실례하겠습니다."

그는 일어나기 전에 잠시 망설였다. 이번에는 의자가 걱정이었다. 콜롬보는 허공을 노려본 채 어떻게 할까 생각하는 표정이었지만, 마음을 단단히 먹고 단번에 벌떡 일어섰다. 낡아빠진 의자가 끼익하고 비명을 질렀다. 걸려 있던 힘이 사라진 순간 욕설이라도 퍼붓는 것처럼.

차렷 자세로 선 콜롬보는 얼굴을 찡그렸다. 이윽고 천천히 뒤를 돌아보며 의자가 망가지지 않은 것을 확인한 뒤에야 겨우 어깨에서 힘을 뺐다. 그러자 당장 몸의 윤곽이 허물어져 원래의 초라한 중년 남자로 돌아갔다. 그는 긴장한 얼굴에 어색한 웃음을 띠며 한쪽 눈을 찡긋했다.

"여사님, 정말 고맙습니다. 크게 참고가 되었습니다."

"어머나, 진짜 형사한테 참고가 되다니, 나도 기뻐요. 출판사 편집장한테 들려주고 싶을 정도예요. 내 신작 표지에다 진짜 형사도 혀를 내두르는 범죄의 권위자라고 광고 문안을 넣을까 봐요."

"그렇게 되면 저도 영광입니다. 가능하면 추천자로 제 얼굴 사진도 좀 실어주시지요."

콜롬보는 손을 치켜들어 보이고는 프랑스식 창문을 통해 나갔다. 후줄근한 레인코트가 뒤뜰 쪽으로 사라지는 것을 확인한 뒤 애비게일은 고양이를 살짝 소파에 올려놓았다.

현관홀로 이어지는 문을 열고 살펴보았다. 경찰관들의 모습은 보이지 않았다. 벌써 거의 다 돌아가버린 모양이다.

홀로 살짝 빠져나간 애비게일은 먼저 재떨이로 다가가서 꽁초투성이인 하얀 모래더미 속에 손을 집어넣어 휘저었다. 재에 섞인 모래가 손가락 사이를 빠져나갔지만, 찾는 물건은 없었다. 보이지 않는다. 여기 숨겨둔 에드먼드의 자동차 열쇠고리가 없다. 기억이 잘못되었나? 애비게일은 거실

문 앞에 있는 또 하나의 재떨이로 달려갔다.

모래 속에 손을 쑤셔 넣은 순간 발소리가 들려왔다. 애비게일은 얼른 재떨이 앞을 떠났다. 층계참에 베로니카의 후리후리한 모습이 나타났다.

"선생님, 형사하고 이야기는 끝나셨나요?"

베로니카가 조용히 계단을 내려왔다. 손에 술잔을 들고 있었다. 아래까지 내려오자 그 술잔을 내밀었다.

"한잔 드시는 게 좋겠어요. 그리고 샤워라도 하시고 조금 쉬셔야 해요…"

술잔 속에서 갈색 액체가 흔들리고 있다. 브랜디의 부드럽고 감미로운 향기가 코를 찔렀다.

"고마워, 베로니카. 오늘은 지독한 하루가 될 것 같아."

애비게일은 술잔을 받아들었다. 그리고 서재로 들어가는 베로니카를 지켜보며 브랜디를 한 모금 마셨다. 추운 밤에 따뜻한 불을 쬔 것처럼 기운이 났다.

그녀는 2층으로 올라가지 않고 술잔을 손에 든 채 부엌으로 갔다. 가정부 애니에게 말을 해두어야 한다. 콜롬보가 증언을 받으러 오기 전에 경보장치에 대해 이야기의 앞뒤를 맞추어두지 않으면 안 된다.

애비게일은 부엌문 손잡이를 잡고 브랜디를 또 한 모금 들이켰다.

나이 들고 통통한 가정부는 부엌에서 저녁 식사 준비에 쫓기고 있었다. 애비게일은 곁으로 다가가서 작은 소리로 말을 걸었다.

"애니, 부탁이 있는데…"

"뭔데요, 마님?"

가정부는 접시를 닦던 손을 멈추고 그녀를 돌아보았다.

"방금 형사한테 들었는데, 금고실의 경보장치 스위치가 켜져 있었다더군. 에드먼드가 안에 갇혀 있는데…" 애비게일은 애니 옆에 나란히 서서 접시 닦는 것을 거들면서 말을 이었다. "내 말 잘 들어. 이대로 가면 시체를 발견한 베로니카한테 혐의가 걸릴 게 뻔해. 그러니까…"

애비게일은 애니를 힐끔 훔쳐보았다.

가정부는 커다란 접시를 두 손으로 안은 채 고개를 갸웃하고 있었다.

"그러니까 애니가 스위치를 켜둔 것으로 해주지 않겠어?" 애비게일은 단도직입적으로 말했다.

"제가…요?"

"지금 베로니카가 사소한 일로 말썽에 휘말려들면 내가 곤란해져. 애니한테는 절대로 폐를 끼치지 않을 테니까, 나중에 형사가 물으면 그렇게 대답해줘. 부탁해."

애니는 망설이며 의아한 눈으로 주인을 바라보았다.

"괜찮아. 애니가 걱정할 건 아무것도 없으니까."

애니는 조심조심 고개를 끄덕였다.

"알겠습니다, 마님. 제가 어제 나와서 스위치를 켜둔 것으로…"

"고마워, 애니. 이 은혜는 평생 잊지 않을게."

사람 좋은 가정부는 힘없이 미소를 지었다.

4

감식반원이 플라스틱 양동이에 넣은 석고를 반죽하고 있었다. 하얀 액체가 작은 소용돌이를 그리며 둔탁한 소리를 냈다.

"반장님, 빨리 좀 해주세요. 석고가 굳어버려요." 한 사내가 옆에 있는 콜롬보에게 말했다.

콜롬보는 두 손과 두 무릎을 땅에 대고 개처럼 네 발로 엎드려 잔디를 들여다보고 있었다.

"무슨 냄새라도 납니까?" 뒤에 있는 버크 형사가 말을 걸었다.

그러자 콜롬보가 얼굴을 들면서 말했다.

"나는 지금 냄새를 맡고 있는 게 아니라 보고 있는 거야. 내가 개도 아닌데 냄새는 무슨…"

콜롬보의 얼굴이 땅에서 떨어진 순간을 노려 감식반원이 재빨리 석고를 부어 넣었다.

콜롬보는 잔디밭에 주저앉은 채 말했다.

"그 옆에 스프링클러가 있으니까 조심해. 잔디밭에 물을 뿌리는 스프링클러야. 석고가 구멍을 막아버리면 물이 안 나오게 돼. 그렇게 되면 정말 큰일이지. 위대한 작가의 집에서는 뒤뜰에도 잔디를 심고, 게다가 손질까지 잘되어 있으니… 아, 여기 사진도 찍어둬. 석고가 굳은 뒤에 찍어도 좋으니까."

"알겠습니다, 반장님. 발 모양을 뜨고, 사진을 찍고… 감식반은 항상 바쁘지요."

"그래, 부탁하네."

콜롬보는 감식반원의 어깨를 두드리고 나서 버크 형사가 들고 있는 구두를 보았다. 그의 눈이 반짝 빛났다. 여전히 잔디밭에 주저앉은 채 잡아채듯 구두를 받아들었다. 그러고는 끈이 없는 다갈색 구두를 어루만지며 물었다.

"좋은 구두로군. 자넨 이런 구두 좋아하나?"

그러자 버크 형사는 그 구두를 내려다보면서 건성으로 대답했다.

"좋은 구두 같습니다만, 그건 피해자의 구둡니다. 죽은 에드먼드가 신고 있던 거지요. 제 취향에는 안 맞아요."

버크 형사는 거드름을 피우면서 물방울무늬 넥타이를 잡고 제 구두를 내려다보았다. 버크가 신고 있는 구두는 창끝처럼 뾰족한 검정 구두였다.

콜롬보는 여전히 다갈색 구두를 어루만지면서 말했다.

"이 둥그스름한 구두코가 멋지군. 앞이 뾰족한 구두는 천박하지만 이렇게 둥근 건 고상해 보여서 좋아. 신는 기분이 다르지. 이건 분명 이탈리아제 구두일 거야. 틀림없어."

버크 형사가 구두 속을 들여다보며 상표를 읽었다.

"메이드 인 잉글랜드. 영국제인데요."

"아, 그래? 그래도 좋은 건 좋은 거지. 품위가 있고 신는 기분도 좋고… 역시 유럽제는 달라. 난 항상 이런 걸 사고 싶단 말이야."

그때 애비게일 미첼의 조그만 모습이 뒤뜰에 나타나, 구두에 열중해 있는 콜롬보의 등 뒤로 다가왔다. 버크 형사가 눈짓으로 주의를 주었지만 콜롬보는 먼지투성이인 자기 구두와 손에 들고 있는 구두를 비교해보느라 버크의 눈짓을 알아차리지 못했다.

"게다가 이건 아직 새 구두군. 신품이나 마찬가지야. 정말 아까운데…"

그러자 애비게일이 말을 건넸다.

"그렇게 마음에 드시면 드릴까요?"

콜롬보는 뒤를 돌아보고 당황하여 벌떡 일어났다. 다갈색 구두는 여전히 손에 든 채였다.

"아니, 이거 정말…"

애비게일이 구두를 가리켰다.

"법률상 나는 에드먼드의 상속인으로 되어 있어요. 그러니까 그 구두도 이젠 내 거예요. 형사님께 선물로 드릴게요."

콜롬보는 구두를 버크 형사에게 돌려주었다.

"아니… 그럴 생각은 없습니다. 다만 이런 구두는 좀 드물기 때문에 그만 나도 모르게… 구두 가게는 많지만, 그런 데서 파는 거라고는 요즘 유행하는 앞이 뾰족한 구두뿐이라서요."

"사양하지 마세요, 콜롬보 씨."

"네… 선물 받는 건 기쁘지만, 공교롭게도 크기가 맞지 않아서요. 나한테는 좀 크고, 돌아가신 분이 신었던 구두라서 아무래도 좀… 하지만 이 발자국과는 딱 일치할 겁니다." 콜롬보는 발밑을 가리키며 말을 이었다. "지금 석고로 본을 뜨고 있는데, 보고 가시지 않겠습니까. 금방 끝나니까요. 굳은 석고를 떼어내면 에드먼드 씨의 구두 밑창과 똑같은 게 될 겁니다."

"재미있을 것 같군요. 하지만 일부러 이런 일을 하지 않아도 에드먼드가 집에 숨어들어온 건 알고 계시잖아요. 사실은 사실이니까요. 구태여 이런 번거로운 절차를 거치지 않더라도…"

애비게일이 말하자 감식반원은 석고를 반죽하던 손을 멈추고 고개를 끄덕이며 불만스러운 듯 콜롬보를 바라보았다. 콜롬보는 애비게일에게 웃음을 보내면서 손을 황급히 내저어 감식반원에게 일을 계속하라고 재촉했다.

"하지만 물증은 확보해야 하니까요. 그래서 모든 증거를 수집해야 합니다. 그리고 에드먼드 씨가 집에 숨어들어왔다면 어디서 어떻게 들어왔는지, 그게 우선 문제가 되지요."

"콜롬보 형사님." 애비게일이 말을 가로막았다. "아직 듣지 못했는데, 형사님은 어느 부서 소속이시죠? 전문이 뭐예요? 강도? 절도? 아니면 살인?"

"나는 강력계에 있습니다. 살인 담당이고요."

역시 그랬구나. 하지만 두려워할 필요는 없다. 애니와는 이미 타협을 끝냈다.

"그러면 형사님은 사고가 아니라 어디까지나 살인이라는 각도에서 이

사건을 수사하고 계시는군요?"

콜롬보가 이마를 득득 긁었다.

"나는 어떤 편견을 가지고 조사하는 건 아닙니다. 아직 살인이라고 단정하지도 않았고요. 사고라는 게 밝혀지면 그건 또 그것대로 좋잖습니까. 하지만 당면 문제는…"

"에드먼드가 어떻게 집에 들어왔느냐 하는 건가요? 그거야 간단하죠."

애비게일은 부엌으로 통하는 뒷문으로 다가갔다. 돌을 쌓아 올린 계단 옆에 철쭉 화분이 놓여 있었다.

"해답은 간단해요. 열쇠를 써서 들어온 거예요."

"열쇠를 써서요?"

"네, 에드먼드는 열쇠로 부엌문을 열었어요." 애비게일은 철쭉 화분을 옆으로 치웠다. 그러자 화분 밑에서 열쇠가 나타났다. "열쇠를 여기 두는 걸 필리스는 알고 있었어요. 그러니까 그 애의 남편인 에드먼드도 당연히 알고 있었다고 생각하는 게 옳지 않을까요. 무슨 이야기 끝에 필리스가 에드먼드한테 그 이야기를…" 하면서 애비게일은 허리를 굽혀 열쇠 쪽으로 손을 뻗었다.

"아, 잠깐만요." 콜롬보가 외치듯이 소리를 질렀을 때 애비게일의 손가락은 이미 열쇠를 움켜쥐고 있었다.

애비게일은 손가락 끝의 차가운 감촉을 즐기면서 개구쟁이 어린애처럼 장난스럽게 웃었다.

"어머, 큰일났네. 지문을 망쳐버렸으니. 나도 모르게 그만… 이제 늦었을까요?"

그녀는 열쇠를 콜롬보에게 내밀었다. 콜롬보는 안타까운 듯이 고개를 저었다.

"아깝게 됐군요."

애비게일은 열쇠를 원래 있던 자리에 돌려놓고 철쭉 화분을 올려놓았다.

"기분이 떨떠름한데요. 수사의 단서를 망쳐버린 것 같아서… 더 이상 방해가 되기 전에 난 이만 물러갈게요."

애비게일은 부엌문 쪽으로 걸어가다가 다시 돌아서서 돌계단을 내려왔다. 앞으로 돌아가 장미를 보고 싶었다. 이제 겨우 꽃봉오리를 매단 노란 장미를 바라보며 마음을 가라앉히고 싶었다. 그녀는 잔디밭 사이의 오솔길을 지나 천천히 걸었다. 앞뜰의 장미 정원과 현관의 장미 화분이 보이기 시작했을 때 뒤에서 굵은 목소리가 들렸다.

코트 자락을 펄럭이며 콜롬보가 쫓아왔다.

"저어… 죄송합니다만… 한 가지만 더 묻고 싶은 게 있는데요."

정원은 새소리로 둘러싸여 있었다. 그러나 파도 소리는 멀어졌다. 풍향이 바뀐 모양이다. 그늘진 뒤뜰에서 앞으로 돌아오자 콜롬보는 햇살에 눈이 부셔 눈을 가늘게 떴다.

"묻고 싶은 건 또 하나의 열쇠에 대해섭니다. 자동차 열쇠 말입니다. 에드먼드 씨의 자동차 열쇠."

장미를 보고 싶은 마음은 어느덧 사라져버렸다. 애비게일은 오솔길이 둘로 갈라진 곳에서 현관으로 이어지는 길을 택했다. 그리고 나란히 걷는 콜롬보의 옆얼굴을 힐끗 살폈다.

"자동차 열쇠요?"

"네, 그게 큰 문제라서요. 에드먼드 씨의 자동차는 해안을 따라 뻗어 있는 뒷길에 세워져 있었습니다. 거기서 부엌으로 갔겠지요. 열쇠를 가지고 말입니다. 차에는 열쇠가 꽂혀 있지 않았으니까 당연히 에드먼드 씨가 가져갔다고 생각할 수밖에 없지요. 그런데 시체는 열쇠를 가지고 있지 않았어요. 금고실에도 없었고요. 정말 이상하지요? 열쇠는 어디로 가버렸을까요?"

　자신의 반응을 주시하고 있다고 생각한 애비게일은 고개를 돌려 콜롬보를 똑바로 바라보았다.
　그런데 콜롬보는 시가에 불을 붙이느라 여념이 없었다. 이미 짧아져버린 꽁초를 입에 물고 한 손으로 바람을 피하면서 불을 붙이고 있었다. 돌팔매질을 해놓고 그 돌의 행방에는 전혀 관심이 없는 듯 태평한 모습이었다. 열쇠 따위는 그다지 중요하게 생각지 않는지도 모른다. 애비게일은 슬쩍 탐색해보았다.
　"정말로 그런 걸 가지고 고민하시는 거예요? 에드먼드가 어딘가에 떨어뜨린 게 아닐까요? 허둥대다가 그만 떨어뜨릴 수도 있잖아요? 틀림없이 이 집 어딘가에 있을 거예요."
　애비게일은 문득 깨달았다. 그 열쇠를 일부러 숨길 필요는 전혀 없었다. 서재 카펫 위에라도 던져두면 좋았을걸. 공연히 숨겼기 때문에 일이 오히려 난처하게 되었다.
　현관 돌계단에 발을 올려놓으면서 애비게일이 물었다.
　"형사님 생각은 어떠세요?"
　"예?" 콜롬보는 딴 생각을 하고 있었던 모양이다. 걸음을 멈추고 되물었다. 돌아보는 눈은 어딘가 먼 곳을 바라보고 있었다.
　애비게일은 다시 한번 물었다.
　"자동차 열쇠 말이에요. 형사님은 어떤 식으로 상상하고 계시죠?"
　콜롬보는 고개를 숙이고 뒷덜미를 계속 긁어댔다.
　"나는 추리작가가 아니라서요. 상상에는 약합니다. 재료를 모아서 입증하는 게 내가 하는 일이지요."
　"그러면 어떤 걸 입증할 수 있죠?"
　애비게일은 현관문을 열면서 탐색을 계속했다. 현관홀로 들어서자 콜롬보는 재떨이로 다가가 모래에 시가를 쑤셔 넣었다. 모래더미 꼭대기에 시가 꽁초가 막대기처럼 꼿꼿이 섰다. 마치 사막에 피어난 선인장 같았다. 그 밑에 묻어둔 자동차 열쇠는 사라져버렸다. 어찌 된 일일까?

콜롬보는 현관문으로 돌아오면서 중얼거렸다.

"그렇게 물으셔도… 재료가 전혀 없습니다. 열쇠 자체가 발견되지 않았으니까요. 아무것도 증명할 수 없습니다. 수수께끼예요. 커다란 수수께끼지요. 그 수수께끼가 풀리면 사건도 해결될 것 같은데, 지금은 도저히…"

"형사님, 그게 그렇게 중요한 수수께끼일까요? 열쇠만으로 물적 증거가 될 수 있다고 생각하세요? 좀 지나치게 낙관하시는 거 아니에요?"

"네…"

"열쇠는 자동차에 그대로 꽂혀 있었을지도 몰라요. 그런데 지나가던 사람, 예를 들면 어린애나 주정뱅이가 장난으로 훔쳐갔을 수도 있잖아요? 있을 수 없는 일은 아니에요."

애비게일은 생각나는 대로 지껄였다.

"그럴 수도 있겠죠…" 콜롬보는 어깨를 으쓱했다.

"너무 자질구레한 것에 구애를 받으면 큰 걸 못 보고 놓치는 경우도 있으니까요." 이렇게 말하면서 애비게일은 한쪽 눈을 찡긋했다.

콜롬보가 문손잡이를 잡으며 그녀를 돌아보았다.

"하지만 해보겠습니다. 추리작가가 깜짝 놀라 신음소리를 낼 만큼 멋지게 해결해 보겠습니다. 내 장기는 끈질기게 달라붙는 것이거든요. 끈기가 내 결점이기도 하고 장점이기도 하지요. 자, 그럼 이만…"

콜롬보는 세일즈맨 같은 미소를 지으며 손을 흔들고는 문 저편으로 사라졌다.

애비게일은 재떨이로 시선을 돌렸다. 그때 다시 콜롬보의 목소리가 들려왔다.

"저어, 죄송하지만…"

레이스 커튼 너머에서 레인코트가 펄럭이고 있었다.

애비게일은 문을 열었다. 콜롬보는 장미 화분을 바라보고 있었다.

"무례한 부탁이지만, 이 꽃 한 송이만 얻을 수 없을까요? 우리 집사람을 좀 기쁘게 해주려고요. 집사람은 장미꽃이라면 사족을 못 쓸 만큼 좋아하거든요. 집사람의 오빠도 장미를 무척 좋아한답니다. 그 처남은 덴버에 살고 있는데…"

"괜찮아요. 어서 가져가세요. 정말 예쁘죠? 노란 장미. 꽃봉오리가 잔뜩 매달린 걸 가져가는 게 좋겠어요."

"죄송합니다. 집사람이 무척 좋아할 겁니다. 미첼 여사님이 주셨다는 말을 들으면 기절해버릴지도 몰라요. 그럼 사양하지 않고…" 콜롬보는 장미꽃 한 송이를 따서 코트 깃에 꽂고 의기양양하게 손을 흔들었다. "고맙습니다. 그럼, 가까운 장래에 또 찾아뵙겠습니다."

콜롬보는 멀어져갔다. 그래도 또 돌아오지나 않을까 하고 애비게일은 그 구부정한 뒷모습을 잠시 지켜보고 있었다. 그러나 돌아오지는 않았다.

애비게일은 문을 살며시 닫았다.

제3장

협박의 장미 정원

1

애비게일 저택은 어둠에 덮여 있다. 낮의 소동이 거짓말처럼 느껴질 만큼 조용하다. 세 개의 창문에만 랜턴 같은 주황빛 불이 켜져 있다.

추리작가는 침대에 누웠지만 미열 같은 흥분이 계속되고 있었다. 격하게 흥분한 것은 아니지만 편안히 잠들 수가 없었다. 애비게일은 샤워를 했다. 가벼운 식사도 했다. 브랜디도 마셔보았다. 그러나 약간의 브랜디 정도로는 긴장이 풀리지 않았다. 잠을 못 잔 게 벌써 수십 시간 지났는데도 눈은 초롱초롱하다.

잠이 오지 않는 이유는 에드먼드의 죽음 때문이 아니다. 애비게일은 알고 있었다. 자동차 열쇠 때문이다. 상아 손잡이에 장미꽃이 새겨진 열쇠고리와 함께 자동차 열쇠는 어딘가로 사라져버렸다. 그것이 발견될 때까지는 마음의 평안을 얻을 수 없을 것 같았다. 침대 옆 탁자의 시계는 8시를 가리키고 있었다.

그녀는 침대를 빠져나와 하얀 면가운을 걸치고 창가에 섰다. 바다는 보이지 않지만 파도 소리는 여전히 들려온다. 멀고 희미한 소리였다. 잠든 바다의 편안한 숨소리라고도 말할 수 있다. 만족한 필리스의 숨소리다.

몇 가지 가능성을 생각할 수는 있다. 허둥지둥 찾았기 때문에 발견하지 못했을 수도 있다. 애니가 모래를 바꾸었기 때문에 열쇠도 함께 쓰레기통으로 들어가버렸는지도 모른다. 아니면 누군가가 몰래 가져간 것은 아닐까. 하지만 무엇 때문에?

어쨌든, 무슨 일이 있어도 콜롬보보다 먼저 그 열쇠를 찾아내지 않으면 안 된다.

애비게일은 잠시 파도 소리에 귀를 기울이고 있었다. 그리고 나서 창가를 떠나 살며시 침실을 빠져나왔다.

여느 때라면 아직 침대에 들어갈 시간은 아니다. 베로니카도 애니도 일을 하고 있다. 그러나 두 사람이 돌아갈 때까지 느긋하게 기다릴 수 있는 기분이 아니다. 빨리 재떨이 속을 확인해두고 싶었다. 애비게일은 귀를 기울였다. 파도 소리밖에 들리지 않는다. 발을 조용히 내디뎌 계단을 내려갔다.

"나는 지금 쉰아홉 번째의 피비린내 나는 범죄를 저지르고 있습니다…" 애비게일은 자신의 목소리를 들었다. "제목은 〈내가 살해된 밤〉으로 정했지만, 아직도 피가 덜 흐르기 때문에 좀 더 고쳐 써서…"

테이프에 녹음된 목소리가 서재 쪽에서 들려온다. 서재문은 닫혀 있지만 타이프를 치는 소리도 들린다. 베로니카가 레이디 클럽에서 강연할 원고를 정리하고 있다.

애비게일은 재떨이 앞에 섰다. 재떨이는 더러워진 채였다. 모래더미 꼭대기에는 콜롬보의 시가 꽁초가 무슨 기념비처럼 우뚝 솟아 있었다. 애비게일은 모래 속으로 손을 집어넣어 살짝 휘저어보았다. 재떨이 밑바닥을 만져보고 위쪽으로 손을 떠올리며 모래를 헤쳤다. 몇 번이나 되풀이했지만 손은 재가 섞인 모래를 긁을 뿐 단단한 것에는 닿지 않는다. 열쇠는 역시 찾아내지 못했다.

애니가 양쪽의 재떨이를 바꾸어놓았을 수도 있다. 애비게일은 거실 쪽 재떨이로 다가갔다. 그쪽을 향해 한 걸음 내디뎠을 때 거실문이 활짝 열렸다. 애비게일의 발걸음이 그 자리에서 얼어붙었다. 문 안쪽에서 나온 것은 가정부 애니였다.

"아직 주무시지 않으셨군요, 마님."

애비게일은 웃음을 지어 보이며 목소리를 낮추었다.

"베로니카 몰래 산책이나 하려고…" 그녀는 서재를 돌아보며 입술에 손가락을 댔다.

애니도 목소리를 낮추었다.

"하지만 그런 차림으로 밖에 나가시면 감기 드세요."

애니는 양동이를 들고 있었다. 손을 뒤로 돌려 문을 닫고는 늙은이 특유의 느릿느릿한 몸짓으로 재떨이를 향해 손을 뻗었다. 애니는 애비게일이 혹시나 해서 조사해보려고 했던 재떨이를 조금도 망설이지 않고 움켜잡았다.

"그걸 어떻게 하려고?" 애비게일이 저도 모르게 물었다.

"버리려고요." 애니는 대답하고 재떨이를 기울였다.

꽁초들이 섞인 모래가 회색 물결이 되어 쏟아졌다. 그 물결은 둔탁한 소리를 내며 양동이로 흘러들어갔다.

애비게일은 시선을 모았다. 그러나 그 순간적인 흐름 속에서 반짝이는 열쇠를 알아볼 수는 없었다. 열쇠가 있었다고는 말할 수 없지만, 없었다고 단정할 수도 없었다. 애비게일은 양동이에서 눈을 떼지 않고 말했다.

"버리는 게 좋겠어. 너무 더러워졌으니까."

"예."

애니는 서재 쪽에 있는 재떨이도 집어들고 모래를 양동이에 부었다.

또다시 회색 물결이 쏟아진다. 애비게일은 다시 시선을 집중했다. 이번에도 눈에 띄는 것은 없었다.

"모래를 버리는 게 지금이 처음이야?"

"아뇨. 여러 번 바꾸었어요." 애니는 아무렇지도 않게 말하고는 다시 거실문을 열었다.

애비게일은 서재를 돌아보았다. 타이프치는 소리와 테이프 목소리가 들려오지만 문은 굳게 닫혀 있었다.

애비게일은 애니를 따라갔다.

"힘들었지? 그렇게 많은 경찰이 왔으니까 재떨이가 아무리 많아도 모자랐을 거야."

애니는 거실을 가로질러 부엌문을 열면서 대답했다.

"예, 정말 힘들었어요. 특히 그 지저분한 형사는 함부로 담배를 피워대고 여기저기 꽁초와 재를 마구 떨어뜨렸으니까요."

애니는 식탁 위의 재떨이를 집어들어 꽁초와 재를 양동이에 부었다. 그러고는 양동이를 다른 손으로 바꿔 들고 다시 걷기 시작했다.

애비게일은 양동이의 담뱃재에서 눈을 들었다.

"현관 재떨이는 특히 더러웠겠지? 모래도 몇 번이나 바꾸었겠네?"

"예, 여러 번 바꾸었어요."

"그러면 부엌 뒤에는 꽁초가 산더미처럼 쌓여 있겠군?"

애니는 고개를 저었다.

"아뇨. 청소차가 와서 몽땅 가져갔어요."

"몽땅?"

"예, 몽땅. 이 양동이에 있는 건 말고요…"

애비게일은 안심하고 걸음을 멈추었다. 청소차가 쓰레기와 함께 가져갔다면 그 열쇠는 영원히 찾을 수 없을 것이다. 안도감과 함께 조카딸의 열쇠고리를 잃어버린 안타까움이 그녀를 사로잡았다. 왜 그때 그냥 가져가지 않았을까…

"힘든 하루였어. 애니, 정말 수고 많았어." 부엌문을 열어주면서 애비게일이 말했다.

애니는 무거운 듯 양동이를 들고 문을 빠져나가다가 갑자기 걸음을 멈추고 그녀를 돌아보았다.

"아, 이제야 생각이 났는데, 현관 재떨이 속에 열쇠가 들어 있었어요. 모래를 바꿀 때 보았어요."

애니는 양동이가 무거운 듯 허리를 구부정하게 굽히고 다시 걷기 시작했다. 애비게일이 그 뒤를 쫓아가서 물었다.

"열쇠가 있었다고?"

가정부는 일에 쫓겨 뒤뜰로 나가는 문을 열면서 태연히 대답했다.

"예, 어디 열쇠인지 몰라서 베로니카한테 물어보았더니, 자기가 찾고 있었대요. 베로니카가 잃어버린 열쇠였어요."

"뭐라고?" 애비게일은 저도 모르게 날카로운 어조가 되었지만, 간신히 흥분을 억누르며 말했다. "그럼… 베로니카가…"

"예, 베로니카한테 주었어요. 다행이에요. 하마터면 내버릴 뻔했으니까요."

어둠 속으로 사라져가는 애니를 바라보며 애비게일은 생각에 잠겼다.

베로니카가 왜 그런 거짓말을 했을까? 애비게일은 입술을 깨물었다. 그러고는 어둠을 향해 고개를 내밀고 애니에게 말했다.

"다행이야. 베로니카의 열쇠를 찾아내서. 그럼 잘 가."

"예, 안녕히 주무세요, 마님." 어둠 속에서 지친 목소리가 대답했다.

애비게일은 현관홀로 돌아갔다. 사태는 완전히 바뀌어 있었다. 베로니카의 속셈을 알 수가 없었다. 오랫동안 부려온 유능한 비서가 갑자기 무슨 꿍꿍이속인지 알 수 없는 기분 나쁜 여자가 되었다. 쾌활하고 충실한 베로니카는 사라져버렸다.

현관홀에서 애비게일은 잠시 망설였다. 과감히 물어보아야 할까, 아니면 상대가 어떻게 나오는지 지켜본 다음에 적절한 조치를 취해야 할까.

서재문은 닫혀 있었다. 타이프치는 소리도 테이프 소리도 이제는 들리지 않는다. 베로니카는 일을 끝낸 모양이다.

애비게일은 문손잡이에 손을 뻗었지만 생각을 바꾸었다. 그녀는 조용히 손을 내리고 계단을 올라갔다. 침실로 가봤자 잠이 올 리 없었다. 그러나 조금이라도 휴식을 취해두고 싶었다. 몸과 두뇌를 쉬게 하여 내일부터 시작될 새로운 투쟁에 대비해두고 싶었다. 장편 집필을 시작하기 전날 밤 같은 기분이었다.

계단을 올라가자 침실문이 열려 있었다. 이상하다고 생각하면서 살며시 침실을 들여다보았다. 키가 후리후리한 베로니카의 뒷모습이 침대 옆에 서 있었다. 돌아갈 준비를 끝낸 모습이다. 코트를 걸치고 핸드백을 어깨에 늘어뜨린 채 서류를 훑어보고 있다. 애비게일이 없는 틈을 노려 몰래 숨어든 것처럼 보이기도 한다.

애비게일은 발소리를 죽여 침실로 들어갔다. 그래도 베로니카는 인기척을 알아차렸다. 침대 옆에 서 있던 베로니카가 튕기듯 뒤를 돌아보았다. 손에 들고 있던 서류가 메마른 소리를 냈다. 베로니카는 안경을 쓰고 있었다. 순간, 서로 노려보는 꼴이 되었다.

걸음을 멈춘 애비게일과 뒤돌아본 베로니카는 상당한 거리를 둔 채 움직이지 않는다. 베로니카는 의아한 듯 이쪽을 보고 있다. 그러다가 팽팽한 공기를 가르듯 재빨리 손을 올려 안경을 벗었다.

안경을 벗었을 때는 이미 여느 때처럼 웃는 얼굴이 되어 있었다.

"선생님, 아직 주무시지 않았군요. 몸에 좋지 않아요."

"잠이 오지 않아서…"

애비게일은 방을 가로질러 베로니카 쪽으로 곧장 다가갔다. 베로니카는 시선을 피했다.

"선생님, 레이디 클럽에서 강연하실 원고는 여기 타이핑해놓았어요. 고칠 곳은 한 군데도 없던데요. 그래서 테이프에 녹음된 걸 그대로 옮겼어요. 유머가 있어서 퍽 재미있는 강연이 될 것 같아요."

베로니카는 시선을 돌린 채 손에 들고 있던 원고를 침대 옆 탁자에 내려놓았다. 애비게일은 아직도 망설이고 있었다. 캐물어야 할 것인지 어떤지, 결단을 내릴 수가 없었다. 그녀는 베로니카의 뒤로 다가가 상냥하게 말했다.

"고마워. 레이디 클럽 강연은 내일 아침으로 바뀌었지?"

"예." 베로니카는 끈질기게 달라붙는 애비게일의 시선을 피하며 침대 옆을 떠났다. "강연은 내일 아침 9시부터예요. 원래는 뉴욕에서 돌아오신 뒤에 하기로 되어 있었지만, 일찍 돌아오셨기 때문에 급히 내일로 바꾸어서…"

"레이디 클럽에서 그렇게 해달라는 부탁이 왔어?"

"아뇨, 제가 부탁했어요. 피곤하시겠지만 기분전환에는 그렇게 하는 게 좋을 것 같아서요. 그런 일이 일어나버렸으니…"

"좀 잔인하다는 기분도 들어. 조카가 시체로 발견된 다음날 살인에 대해서 유머 넘치는 강연을 하다니…"

"어머나, 그러세요?" 베로니카는 피하고 있던 시선을 돌려 애비게일을 똑바로 바라보며 미소를 지었다. "일전에는 그러셨잖아요. 에드먼드는 조카가 아니라고. 죽은 필리스의 남편일 뿐, 조카는 아니라고…"

"그랬던가?"

이번에는 애비게일이 시선을 피해 창문을 바라보았다. 창문에 비친 베로니카가 미소를 띠며 말했다.

"일찍 주무시는 게 좋겠어요. 내일은 또 바쁜 하루가 될 테니까요."

"그럴 것 같아. 우선은 베로니카의 충고를 얌전히 듣기로 하지."

애비게일은 침대로 다가갔다.

"그럼 안녕히 주무세요."

애비게일은 이 말을 남기고 나가려는 베로니카를 불러 세워, 아무렇지도 않게 슬쩍 물어보았다.

"베로니카, 할 얘기는 그것뿐이야?"

베로니카는 걸음을 멈추고 애비게일을 돌아보았다. 천진난만하다고 해도 좋은 표정이다.

"할 얘기요? 저는 없는데요. 선생님은 어떠세요?"

천진난만한 질문이 너무 천진난만해서 꾸며낸 표정이 오히려 노골적으로 드러나 있었다. 애비게일은 침대 옆 탁자에 놓인 강연 원고를 집어들면서 베로니카와 똑같이 천진난만한 표정을 지었다.

"나도 없어. 그런데 자네는 내가 뭔가 묻고 싶은 게 있을 거라고 생각해?"

베로니카는 소리 내어 웃었다.

"철학적인 대화군요. 이런 걸 동양에서는 선문답이라고 하던가요? 전 아직 동양에 가본 적이 없지만…"

"언제 한번 가보는 게 어때? 아주 재미있어. 홍콩, 마카오…"

"그것도 좋겠죠."

"아아, '퀸 엘리자베스'호에 예약한 것 좀 확인해줘."

"그럴게요. 정말 부럽군요. 그럼 이만…"

베로니카는 손을 흔들고 빠른 걸음으로 나갔다. 도망친 것은 아니다. 베로니카는 적당한 타이밍을 고를 작정이겠지. 상대를 한껏 초조하게 해놓고, 가장 맞춤한 때를 골라 이야기를 꺼낼 것이다. 오늘 밤에는 아무 말도 하지 않았다. 그러나 서로의 탐색전에서 멋지게 이겼다고 생각하고 있을 것이다.

애비게일은 창가로 다가가서 어둠 속을 바라보았다. 어둠 속에서 비웃고 있는 비서의 모습을 본 듯한 기분이 든다. 그녀는 황급히 그 모습을 지워버렸다. 초조감과 증오심이 치밀어올랐다. 하나의 살인이 또 하나의 살인으로 이어진다. 그런 소설을 몇 편이나 썼다. 그러나 베로니카를 죽일 수는 없다. 콜롬보라는 형사의 눈이 있는 동안에는 손을 댈 수 없다. 이 난관은 두뇌 싸움으로 빠져나가기로 하자.

늦어도 불리하지는 않다. 일흔세 살의 애비게일에게는 꾹 참고 기다리는 인내심이 있었다. 젊은 베로니카는 머리 회전이 빠르지만, 젊음을 믿고 뭔가 실수를 저지를 가능성이 있다. 그 틈새를 노리면 된다. 또는 돈을 주어서 거꾸로 약점을 잡고 꼼짝 못하게 할 수도 있다.

애비게일은 창가를 떠나 침대로 들어갔다. 파도 소리가 희미하게 들려왔다. 잠이 올 것 같지도 않지만, 억지로 잠을 자려고 해서도 안 된다. 어릴 적에 했듯이 머릿속으로 양을 그리고, 한 마리씩 허공으로 날려 그 수를 세어보자. 그러면 얼마 세기도 전에 잠이 들겠지.

애비게일은 스탠드를 끄고 눈을 감은 다음 양을 세기 시작했다. 파도 소리에 섞여, 파도의 숨소리에 실려, 하얀 양이 한 마리씩 뛰어올랐다.

2

멕시코풍의 하얀 벽에 붉은 기와지붕을 씌운 레이디 클럽은 화려하지만 고상하게 점잔을 뺀 모습으로 봄의 햇살을 받고 있었다. 큰 건물은 아니다. 아담한 구조지만, 야자나무에 둘러싸인 광장을 앞에 놓고 뒤쪽에 상류층 부인들의 살롱(사교 모임터)을 꾸며놓았다. 바람이 불어오면 야자나무들이 일제히 날개를 치는 듯한 소리를 냈다.

주차장을 가득 메운 차량은 고급 승용차들뿐이다. 게다가 모두 깨끗이 닦여 반짝반짝 윤나고 있다. 그야말로 쇳덩어리의 꽃밭이었다. 크롬 도장이나 금속 도장이 날카로운 빛을 반사하고, 빨간색이나 파란색 차체가 화려한 색채의 하모니를 이루고 있었다.

이런 주차장에 폐차장에서 훔쳐온 듯한 자동차 한 대가 잘못 들어왔다. 차체는 윤나지 않을 뿐 아니라, 움푹 찌그러든 흔적과 긁힌 상처가 덕지덕지 붙어 있다. 구식 자동차라는 건 첫눈에 알 수 있지만, 클래식카로서의 품격 따위는 눈을 씻고 보아도 찾을 길이 없고, 비바람에 시달려 온통 녹이 슬어 있는 것 같았다. 그 자동차는 하얀 배기가스를 뭉게뭉게 피워 올리며 주차장을 돌아다녔다. 엔진이 이따금 헐떡거리는 소리를 냈다.

그러다가 커다란 캐딜락 옆에 기생충처럼 끼어들어 멈춰 섰다. 배기가스 연기가 겨우 사라지고 녹슨 문이 끼익끼익 소리를 내며 열리더니, 차 안에서 자동차 못지않게 지저분한 사내가 나타났다. 사내는 시계를 들여다보고 나서 코트 자락을 펄럭이며 클럽 건물을 향해 달리기 시작했다. 화장실로 달려가듯 급한 걸음이었다.

애비게일 미첼의 강연은 이미 시작되어 있었다.

여류작가는 짙은 감색 드레스로 몸을 감싸고 넓은 강당의 연단에 서 있었다.

"…나는 이 세상에서 가장 시야가 좁고 가장 죄 많은 인간인 셈입니다. 살인광의 변형이라고나 할까요. 나는 살인범과 탐정이 등장하지 않는 소설은 쓸 수가 없어요. 이게 나의 솔직한 고백입니다."

여기서 그녀가 말을 멈추자 장내에 웃음이 소용돌이처럼 퍼졌다. 온갖 모자를 쓰고 온갖 드레스로 정장한 중년 부인들이 의자가 네 개씩 놓인 식탁을 둘러싸고 강연장을 가득 메우고 있었다. 조찬을 즐기면서 자극적인 살인 이야기를 들으려는 것이다.

노란 천을 씌운 식탁에는 오렌지주스와 토마토주스 등, 각자의 기호에 따른 음료수가 놓여 있었다.

맑은 봄날 아침에 듣는 살인 이야기, 그것은 더없이 좋은 메뉴다. 게다가 애비게일 저택에서 일어난 사건은 모두 알고 있었다. 어제 석간신문에는 애비게일이 상당히 젊었을 때의 사진도 실려 있었다. 음침한 괴사건의 소용돌이에 휘말려 있는 당사자의 강연을 듣는 것은 신선한 샐러드를 산더미처럼 대접받는 것이나 마찬가지였다. 레이디 클럽의 부인들은 모두 눈을 반짝반짝 빛내고 있었다.

"애거사 크리스티 여사도 일찍이 말했습니다. 다른 장르의 소설을 쓰지 않는 이유는 간단하다, 쓸 수가 없기 때문이라고."

상들리에 주위에서 웃음과 박수의 물결이 일어났다.

"정말 명언이 아닐 수 없어요."

다시 박수 소리. 애비게일도 강연을 즐기고 있었다. 호기심에 가득 찬 여인들의 시선을 받으며 살인에 관한 이야기를 하는 것에서 짜릿한 자극을 느끼고 있었다. 어젯밤에는 뜻밖에도 깊이 잘 수 있었다. 일어나 보니 온몸에 기운이 되살아나 있었다.

"물론 여러분은 내 책의 애독자일 테니까 추리소설의 유형은 잘 알고 계실 겁니다."

그러나 이 강연장에 애독자 따위는 한 사람도 끼어 있지 않았다. 그것은 애비게일도 잘 알고 있었다. 레이디 클럽 회원인 여자들이 책을 읽을 리가 없다. 특히 상류층 부인이라고 불리는 여자들은 책과 담을 쌓고 지낸다. 그 대신 그녀들의 머릿속에는 유명인사들의 이름이 빽빽이 들어차 있다. 애비게일 미첼도 그중 한 사람이었다. 책은 읽지 않아도 이름만은 알고 있었다.

이 클럽에 모인 여자들은 나중에 친구들한테 자랑스럽게 이야기할 것이다. 난 애비게일 미첼의 강연을 들었어. 그 유명한 추리작가 말이야. 조카를 불행한 사고로 잃은 여류작가… 애비게일은 강연 원고 한 장을 넘겼다.

"생각해보면 따분한 일입니다. 추리소설이란 살인범을 쇠창살 안으로 보내거나 집행인의 손에 넘겨줄 때까지의 이야기입니다. 유형은 그렇게 정해져 있지요. 작가는 온갖 방법으로 살인범을 감옥에 보내지만, 그 유형은 똑같습니다. 그런데도 책은 계속해서 나오고 독자는 싫증도 내지 않고 열심히 읽습니다. 이건 어찌 된 일일까요. 왜 그렇게 많은 독자들이 살인 이야기와 살인범이 체포되어 감옥으로 보내지는 이야기를 읽고 싶어 할까요."

애비게일은 묻는 듯한 눈빛을 던졌다. 아름답게 차려입은 부인들이 잠시 조용해졌다.

"우리들 마음속에는 자신을 처벌하고 싶은 마음이 있는 게 아닐까요. 그래서 자기 대신 감옥에 들어가주는 살인범의 이야기를 읽고 싶어 하는 게 아닐까요. 아니면 우리에게는 잠재적인 살인 충동이 있는 게 아닐까요. 나에 관해서 말하면… 그런 욕망이 분명히 있습니다. 아니, 남들보다 훨씬 강한 것 같습니다. 그것이 돈을 벌어주는 것입니다. 죽이면 죽일수록 수입이 많아지는 거예요. 그런데 만약 내게서 살인 충동이 사라져버리면 세상에서 말하는 실업자가 되어버릴 거예요…"

장내가 왁자지껄한 웃음에 휩싸였다. 고분고분하고 사랑스러운 청중이었다. 일부러 웃기려고 한 대목에서는 어김없이 웃어준다. 원고에 눈을 돌린 애비게일은 뭔가 묘한 것을 발견한 것 같아서 고개를 들었다.

그 묘한 것은 뒤쪽에 있었다. 강연장 뒤쪽, 로비와 칸막이가 되어 있는 붉은 커튼 앞에 멍하니 서 있었다. 진홍빛의 묵직한 커튼과 나란히 서 있으니 콜롬보의 레인코트가 더한층 눈에 띄었다. 그 후줄근한 옷차림과 그 지저분한 꼬락서니를 보면 마치 누더기를 걸친 부랑자가 잘못 들어온 것 같다. 그러나 애비게일은 동요하지 않았다. 캐고 싶으면 얼마든지 캐보라지. 잠을 푹 잔 덕분에 자기가 하는 일에는 모두 자신을 가질 수 있었다.

"살인은 사회에서 끊이지 않습니다. 수많은 사람이 함께 살고 있는 한 살인은 끊이지 않아요. 둘 이상의 인간이 있는 곳에는 항상 살인의 가능성이 있다는 거지요. 살인은 고전적인 욕망의 하나입니다. 살인은 오랜 옛날부터 존재했습니다. 섹스와 마찬가지로 오랜 역사를 자랑하는 욕망이지요."

부인들이 웃음을 터뜨렸다. 그러나 이번에는 조심스럽고 고상하게 웃는다.

뒤쪽 탁자에 앉아 있던 베로니카가 콜롬보를 보았다. 그녀는 자리에서 일어나 콜롬보에게 다가갔다. 콜롬보는 손사래를 치며 극구 사양하지만 베로니카는 상관하지 않고 콜롬보를 자기 탁자로 끌고 간다.

애비게일은 두 사람이 신작 소설을 쌓아놓은 탁자에 앉는 것을 지켜보았다. 베로니카는 무슨 말을 할까. 강연을 계속하면서 애비게일은 두 사람의 모습을 살폈다. 콜롬보가 이쪽을 향해 손을 흔든다. 베로니카도 이쪽을 바라보고 있을 뿐, 콜롬보에게 말을 건넬 기미는 보이지 않는다. 그 천진난만하게 꾸민 얼굴이 미소를 짓고 있다.

"하지만 옛날에는 살인 욕망을 해소할 수 있는 훌륭한 방법이 있었습니다. 바로 결투지요. 죽이고 싶을 만큼 화가 나면 결투를 신청하면 됩니다. 총이나 칼을 들고 입회인들이 지켜보는 앞에서 정정당당하게 상대를 죽일 수 있었습니다. 훌륭한 해결책이 아닙니까. 그런데 결투라는 해결책은 남자 세계에서만 허용되어 있었고 여자와는 인연이 없는 것이었어요. 이렇게 불평등한 일이 어디 있겠습니까? 여성을 무시해도 분수가 있지요."

강연장은 웃음과 박수 소리로 가득 찼다. 부인들은 거리낌 없이 웃어

대고 요란한 박수갈채를 보냈다. 애비게일은 조용해질 때까지 뜸을 들이다가 천천히 입을 열었다.

"그런데 여러분, 옛날에도 요리는 여자의 일이었고 부엌은 여자만의 세계였습니다. 게다가 독약은 쉽게 손에 넣을 수 있었습니다. 이것은 기뻐해야 할 일입니다."

청중은 다시 웃음을 터뜨렸다. 살인을 저지른 옛날 여자들에게 아낌없는 박수를 보냈다. 애비게일은 그 박수를 이용하여, 살인은 부부 사이에 특히 자주 일어난다는 이야기로 끌고 갈 예정이었다. 그러나 애비게일은 문득 어떤 생각이 떠올라 원고를 덮었다.

"그런데 여러분, 레이디 클럽은 부인들만의 살롱이라고 들었습니다. 일찍이 영국에 여성이 들어갈 수 없는 남자들만의 클럽이 있었듯이, 이 클럽은 남성 출입이 금지되어 있다고 들었습니다."

각양각색의 모자가 일제히 고개를 끄덕인다. 나비가 춤을 추는 것 같다. 뒤쪽에 있던 콜롬보는 거북한 듯 천천히 고개를 숙이고 몸을 일으켰다. 그런데 베로니카가 말리고 있다.

"하지만 여러분은 너그러운 숙녀니까 때로는 예외도 인정하실 거라고 생각합니다. 실은 이 자리에 진짜 살인을 다루는 분이 와 계시거든요. 유감스럽게도 남성이지만 어엿한 신사이시고…"

장내가 소란해지더니, 온갖 모자가 오른쪽과 왼쪽과 뒤쪽으로 움직이기 시작했다. 콜롬보는 전기의자에 묶인 사람처럼 긴장한 표정으로 뻣뻣하게 굳어 있었다.

"그 신사분에게는 살인이 이야기가 아니라 현실입니다. 살인은 즐겨야 할 게임이 아니라 막아야 할 무서운 행위입니다."

이때쯤 콜롬보는 이미 여인들 눈에 띈 상태였다. 모자 밑에서 내다보는 수많은 시선을 받으며 콜롬보는 회개한 범죄자처럼 고개를 숙이고 있었다.

"이 클럽에서는 이례적인 일이라고 생각하지만, 허락해주신다면 그분을 소개하고 싶습니다."

우선 머뭇거리는 듯한 박수가 일어나더니, 그것이 순식간에 장내 전체로 퍼졌다. 부인들은 일제히 일어나 환영의 박수를 보냈다. 콜롬보는 벼락이라도 맞은 것처럼 몸을 움츠리고 고개를 숙이고 있다.

"허락해주신 것 같으니까, 그 신사분을 소개하겠습니다. 로스앤젤레스 경찰청에 계시는 콜롬보 형사님이세요. 살인 담당이시지요. 형사님, 이 기회에 한 말씀 부탁드릴까요?"

박수 소리가 일제히 높아졌다. 콜롬보의 얼굴은 긴장이 풀리고 묘하게 늘어지기 시작했다. 몸은 연체동물처럼 흐늘흐늘해졌다. 그는 열심히 손사래를 치고 있다. 애비게일은 다시 한번 다그쳤다. 눈앞에 있는 마이크에 입을 대고 목소리를 장내 전체에 울려 퍼지게 했다.

"여러분, 콜롬보 형사님은 많은 여성에게 둘러싸인 게 몹시 부끄러운 모양입니다. 하지만 아낌없는 박수로 격려해주면 틀림없이 재미난 이야기를 해주실 겁니다."

박수 소리가 더욱 높아졌다. 콜롬보는 고개를 젓고는 할 수 없이 일어났다. 헛기침을 가볍게 하고는 코트 자락을 모아 잡고 박수 소리에 떠밀리듯 탁자를 돌아 연단으로 다가갔다. 웃음을 사방에 흩뿌리는 것과 손을 흔드는 것만은 스타 못지않게 잘 알고 있는 모양이다.

다가오는 콜롬보를 내려다보며 애비게일은 사냥감을 꾀어 들이는 사냥꾼의 심정으로 말을 이었다.

"콜롬보 형사님한테는 꼭 전문적인 이야기를 듣고 싶네요. 세계에 자랑할 만한 로스앤젤레스 경찰의 최신 과학수사와 고도로 발달한 범죄학, 그런 이야기를 미리 들어두면, 이곳에 모이신 여러분도 앞으로 남을 죽이고 싶은 욕망을 떨쳐버릴 수 있지 않을까요?"

콜롬보가 연단으로 올라왔다. 이마에 땀이 배어 있었다.

"자, 어서 이쪽으로 오세요, 민완 형사님." 애비게일은 어색한 듯 긴장한 웃음을 띤 콜롬보의 투박한 어깨를 가볍게 두드리며 속삭였다. "자, 이제 연사를 교체하겠습니다. 기대하고 있으니까 잘해보세요."

애비게일이 박수를 보내자 장내가 떠나갈 듯한 박수와 환성이 일어났다. 애비게일은 단상의 콜롬보를 돌아보며 아래로 내려갔다. 그러고는 맨 앞에 마련된 자기 자리에 앉아 오렌지주스로 목을 축였다.

계속 울려 퍼지는 박수갈채 속에서 콜롬보는 백악관 테라스에 선 대통령처럼 손을 높이 쳐들고 있었다. 손을 내리자 박수도 그치고 장내에는 기대를 품은 침묵이 퍼져갔다.

"아아… 아…"

콜롬보는 뭔가 말을 하려고 마이크에 입을 갖다 대더니, 갑자기 마이크 앞을 떠나 코트 주머니를 주섬주섬 뒤지기 시작했다. 그러고는 피우다 만 시가를 꺼내어 입에 물었다. 청중은 어이없다는 듯이 웃었다.

"저는 담배를 피우지 않으면 아무 말도 할 수가 없어서요…"

콜롬보의 굵은 목소리가 장내에 울려 퍼졌다. 콜롬보는 시가에 불을 붙이고 나서 성냥불을 훅 불어 끄고 성냥개비를 그대로 코트 주머니에 집어넣었다. 시간이 남아도는 상류층 부인들은 화젯거리가 되는 행동을 목격하고 일제히 감탄하는 한숨을 토해냈다.

"저는 오늘 아침에 악몽을 꾸었습니다. 그래서 어쩌면 지독한 꼴을 당하는 게 아닐까 했더니, 아니나 다를까 이런 꼴을 당하고 말았군요…"

담배 연기를 토해냈지만 부인들은 항의하지 않았다. 진짜 작가에 이어 진짜 형사가 등장해서 생각지도 않은 구경거리를 제공해준 것에 흥분한 모양이다.

"저는… 애비게일 미첼 여사님의 이야기를 들으러 왔을 뿐입니다. 수사에 도움이 되는 이야기를 들을 수 있지 않을까 해서요. 그런데 거꾸로 이야기를 하는 입장이 되었으니… 저한테 과학수사 이야기를 해달라고 주문하셨지만, 그건 미첼 여사님이 저를 너무 과대평가하신 거고, 사실 저는 과학수사 같은 건 모릅니다. 과학수사가 어떤 건지 본 적도 없습니다. 과학이라는 이름이 붙은 건 왠지 무서워서요…"

콜롬보가 두 손을 벌리자 여자들은 웃었다.

"그리고 또 하나, 미첼 여사님은 제가 무슨 끔찍한 일과 맞서고 있는 것처럼 말씀하셨지만, 솔직히 말하면 그렇게 무서운 일은 아닙니다. 제가 등장하는 것은 언제나 사건이 일어난 뒤니까요. 마약이나 폭력 사건을 담당하는 형사들과는 다릅니다. 총싸움이나 격투 현장에 입회하는 일은 별로 없지요. 그런 곳에 끌려가면 저는 겁을 먹고 주저앉아버릴 겁니다. 피를 보기만 해도 기절할 것 같거든요. 워낙 마음이 약해서요…"

장내에 퍼지는 웃음을 손으로 제지하며 콜롬보는 말을 이었다.

"또 하나, 솔직히 말하면 저는 지금 하고 있는 일을 좋아합니다. 아주 좋아해요. 그리고 미첼 여사님이 하신 말씀을 반박하는 것 같아서 미안하지만, 세상이 온통 살인범으로 가득 차 있는 것도 아니라고 생각합니다. 여러분처럼 선량한 사모님들도 많이 계시고…"

칭찬을 받은 부인들이 박수를 쳤다. 콜롬보는 담뱃재를 손으로 받아서 그것을 코트 주머니에 흘려 넣었다. 부인들은 다시 감탄하는 소리를 냈다.

"형사 노릇을 하고 있으면 인간을 싫어하게 될 것 같지만, 저는 그렇지 않습니다. 기본적으로는 인간을 좋아합니다. 살인범까지도 좋아하게 되었을 정도예요. 지금까지 수많은 살인범을 만났는데, 그중에서 몇 사람을 좋아하게 되었지요. 호감이 가는 살인범도 있었습니다. 존경할 만한 사람가

지도 있었어요."

여자들의 얼굴을 하나하나 조사하듯 장내를 둘러보던 콜롬보의 시선이 맨 앞줄의 애비게일을 알아보고 멈추었다. 콜롬보는 애비게일 한 사람에게 말을 걸듯 몸을 약간 앞으로 내밀고 말을 이었다.

"매력적인 범인도 많습니다. 아니, 그 사람들이 저지른 일이 매력적이란 뜻은 아닙니다. 사람 됨됨이가 매력적이라는 거지요. 지성이나 유머 감각, 상냥함이나 따뜻함 같은 것 말입니다. 살인범에게도 상냥함이나 따뜻함이 있습니다. 누구한테나 매력은 있는 법이지요. 물론 살인범도 나름대로 매력을 갖고 있습니다. 믿기지 않습니까? 하지만 이건 진짜 경찰관이 하는 말이니까 정말이라고 생각해도 틀림없을 것입니다. 만약…"

콜롬보는 장내를 한 차례 둘러보았다.

"만약에 애비게일 미첼 여사님이 살인범이라면 그보다 더 매력적인 살인범은 없을 겁니다. 그리고 만약에 제가 날치기를 하다가 로스앤젤레스 경찰에 붙잡히면 이보다 더 가련한 범인은 없을 것입니다."

앞줄에 앉은 부인들이 일제히 고개를 끄덕였다.

"연설은 되도록 짧게 하는 게 좋다고 옛날 우리 아버지가 말씀하셨지요. 우리 집사람은 내 이야기가 쓸데없이 길고 답답할 만큼 굼떠서 좋지 않다고 합니다. 그러니까 제 이야기는 이만하고…"

콜롬보는 얼른 연단에서 내려왔다. 청중들 사이에 실망한 한숨 소리가 퍼져갔다. 잔뜩 기대했던 피비린내 나는 수사 이야기는 끝내 나오지 않고 연설은 서론 부분에서 끝나버렸다. 콜롬보는 기대를 부풀려놓고 돌아섰다. 그뿐만 아니라 애비게일을 도발하는 기색까지 보였다. 콜롬보는 조용해진 장내는 염두에도 없는 듯 등장했을 때처럼 한 손을 높이 치켜들고 돌아갔다.

애비게일은 일껏 쏘았던 화살이 빗나가자 초조감을 느꼈다. 맥 빠진 장내의 분위기를 되살려놓지 않으면 안 된다. 추리작가는 자리에서 일어났다.

3

봄의 햇살 속으로 가지각색의 모자가 흩어져갔다.
"멋진 조찬회였어요."
"정말 그래요. 강연도 재미있었고…"
"게다가 덤까지 뛰어들어와서…"
레이디 클럽의 중년 부인들은 입가에 손을 대고 웃으며, 서로 팔을 쿡쿡 찌르고 손을 흔들면서 주차장 쪽으로 몰려갔다. 파란 모자, 베이지색 모자, 감색 모자, 분홍빛 리본이나 하얀 리본, 그리고 가벼운 깃털 장식이 달린 수많은 모자들이 저마다 우아함을 뽐내며 흘러갔다.

애비게일은 모자를 쓰지 않는다. 다만 밤색 머리를 여느 때보다 높이 틀어 올려 묶고 있었다.

"선생님, 바쁘신데 이렇게 와주셔서 정말 고맙습니다."
레이디 클럽 회장이 남자처럼 큰 손을 내밀었다. 그 손을 맞잡으며 애비게일은 미소를 지었다.

"모두 좋아해주셔서 나도 오랜만에 젊어진 기분이에요."
젊어진 기분이긴 하지만 강한 햇살에 늙은 얼굴을 드러내고 싶지는 않았다. 애비게일은 그늘진 현관 기둥에 몸을 기대고 베로니카가 차를 가져오기를 기다리고 있었다.

"저어, 미첼 여사님."
귓가에서 귀에 익은 쉰 목소리가 들렸다. 콜롬보가 뒤통수를 긁적거리며 서 있었다.

　애비게일은 순간 눈 둘 곳을 몰라 쩔쩔맸다. 살인범 중에도 매력적인 인간이 있다고 강연한 형사와 얼굴을 맞대자 애비게일은 저도 모르게 눈을 내리깔았다. 그러나 곧 마음을 가라앉혔다.

　"형사님 연설은 꽤 재치가 있던데요. 정말 대단하세요. 즉흥적으로 그만큼 세련되게 연설할 수 있다니. 그거야 어쨌든 미안하게 됐어요. 다짜고짜 연설하라고 불러내서… 악의는 없었어요."

　콜롬보는 머리를 긁적거리던 손을 앞으로 가져와 이번에는 이마를 긁기 시작했다. 얼굴의 절반이 손에 가려졌다. 한쪽 눈만 내보인 채 콜롬보는 속삭이듯 말했다.

　"큰 소리로는 말할 수 없지만, 실은 나도 무척 즐거웠습니다. 여자들만 상대로 연설하는 것도 꽤 좋더군요. 기회가 있다면 또 하고 싶은데요. 집사람한테는 비밀이지만…"

　"어머나." 애비게일이 웃었다. 그러고는 덧붙였다. "그거 잘됐군요. 레이디 클럽 회장한테 전해드릴게요. 콜롬보 형사님이 다시 본격적인 강연을 지원하셨다고."

　"당치도 않습니다. 내 말을 곧이듣지 마십시오."

　콜롬보는 이마에서 손을 떼어 황급히 내저었다. 베로니카가 운전하는 링컨이 현관 쪽으로 미끄러져왔다. 애비게일은 자동차 문을 열면서 말했다.

　"그럼 또 만나요, 콜롬보 씨."

　애비게일이 자리에 앉자 콜롬보는 강제로 붙잡으려는 듯이 문에 매달렸다.

　"미안하지만, 잠깐만요."

　"또 무슨 일이죠?"

　"아니, 별일은 아닙니다만…"

콜롬보는 자동차 안을 들여다보면서, 대답이 궁한지 이마에 주름을 잡으며 머뭇거렸다. 붙잡을 구실을 찾고 있는지도 모른다. 그러다가 갑자기 얼굴이 환해졌다.

"실은 지금부터 에드먼드 씨의 맨션에 갈 작정입니다. 만약을 위해 대충 조사해두고 싶어서요."

"무엇 때문에 조사하는 거죠?"

애비게일이 묻자 콜롬보는 다시 이마에 주름을 잡았다.

"무엇 때문이냐고요? 그걸 알면 나도 고생할 필요가 없지요. 모릅니다. 조사하는 게 좋을지 어떨지도 모르겠어요. 헛수고라도 좋으니까 그저 잠깐 들여다보고 싶을 뿐입니다."

"그럼 어서 조사하세요. 주소는 알고 계시겠죠?"

"알고는 있습니다만, 이번은 정식 수사가 아니라서 영장 같은 게 없거든요. 그러니까 가능하다면 여사님이 입회해주셨으면 좋겠는데요. 어쨌든 여사님은 에드먼드 씨의 유산상속인으로 되어 있고… 입회해주신다면 나중에 제가 댁까지 모셔다드리겠습니다."

"그러고 보니 내가 에드먼드의 유산상속인이었군요. 상속할 재산 따위는 아무것도 없겠지만…" 애비게일은 어깨를 으쓱하고 할 수 없이 차에서 내렸다. 쓸데없는 수사를 구경하는 것도 재미있을지 모른다. "함께 가드리죠, 콜롬보 씨."

"아이, 고맙습니다. 이제 살았습니다. 제 차로 모시겠습니다."

콜롬보는 주차장 한쪽을 가리켰다. 레이디 클럽 회원들의 차는 거의 다 돌아가고, 작고 더러운 털터리 차가 외롭게 서 있었다.

"저게 내 찹니다. 외제지요. 아주 드문 건데, 푸조라고 합니다. 프랑스에서 만든 차랍니다." 그는 프랑스라는 말을 유난히 강조했다. "얼른 가져올 테니까 잠깐만 기다려주십시오."

"아니, 됐어요." 애비게일은 그를 말렸다.

더러운 자동차의 앞부분이 움푹 들어가 있는 것은 멀리서도 뚜렷이 보였다. 앞차가 후진하다가 부딪혔는지, 브레이크가 듣지 않아서 앞차를 들이받았는지는 모르지만, 추돌했을 가능성이 더 큰 것 같았다.

"드문 차도 좋지만 내 차로 가시지 않겠어요? 난 역시 익숙한 차가 좋아요. 나이가 들면 새로운 환경에는 좀처럼 적응하기가 어려운 법이죠."

아무리 늙었어도 저런 더러운 차에 탔다가 죽고 싶지는 않다. 더러울 뿐만 아니라 브레이크도 제대로 듣지 않는 모양이다. 애비게일은 다시 링컨 문손잡이를 잡았다.

"그렇습니까…" 콜롬보는 미련이 남은 듯 사랑하는 자동차를 바라보았다. 그러고는 링컨의 차체를 쓰다듬었다. "으흠, 이 훌륭한 차로 가는 것도 좋을지 모르지요. 그렇다면 한 가지 부탁이 있습니다만…"

말하기가 난처한 듯 머뭇거렸다.

"뭔데요? 형사님."

"내가 한번 운전해보면 안 될까요? 이 훌륭한 차를…"

애비게일은 웃으면서 베로니카에게 말했다.

"베로니카, 예정을 바꾸었어. 나는 한 시간쯤 콜롬보 형사님과 드라이브할 테니까 먼저 돌아가줘. 늦어질 것 같으면 전화할게."

"알겠습니다." 차에서 내린 베로니카는 콜롬보에게도 들리도록 큰 소리로 말했다. "오늘 아침 일찍 여행사에서 연락이 왔는데요, 예약하신 날짜에 '퀸엘리자베스' 호로 떠나실 거냐고 묻던데요."

여행을 떠난다는 것을 일부러 콜롬보에게 알려주려는 모양이다. 빨리 손을 쓰지 않으면 자기가 알고 있는 것을 조금씩 콜롬보에게 털어놓겠다는 협박인지도 모른다.

"그 문제는 벌써 이야기했잖아. 예정대로 추진하라고 했을 텐데."

"네." 베로니카는 또 그 천진난만한 웃음을 지었다. "하지만 최종 연락을 취하기 전에 확인을 해두어야죠. 그럼 예정대로 선실을 잡아두겠습니다."

"좋아. 이번에도 A갑판으로 잡아줘."

"알겠습니다. A갑판 선실 하나를 당장 잡아놓겠습니다, 여사님."

베로니카가 여느 때처럼 선생님이라고 부르지 않고 새삼스럽게 여사님이라고 부르는 것이 애비게일의 마음에 걸렸다.

베로니카는 멀어져갔다. 유능한 비서 특유의 활기찬 걸음이었다.

콜롬보가 운전석에 앉더니, 운전대를 잡고 클랙슨을 가볍게 울렸다. 악기의 음색을 시험해보듯 고개를 갸웃하고 클랙슨 소리에 귀를 기울였다. 투박한 손가락이 대시보드의 계기판을 어루만졌다.

"이게 속도계, 이게 연료계, 이게 전류계… 아니, 전화까지 달려 있군요. 대단하네요." 그러고는 천천히 기어를 잡았다. "자동이군요. 이거 정말 편한데요."

콜롬보는 기어를 주행 위치에 넣고 핸들을 움켜잡았다. 그러고는 사팔눈을 가늘게 뜨고 앞쪽을 노려보며 가속기를 살짝 밟았다. 그러나 차는 꼼짝도 하지 않았다.

"형사님, 우선 키를 돌려서 시동을 걸어야죠."

"아 참, 중요한 걸 잊고 있었군요."

키를 돌리자 엔진이 낮은 신음소리를 냈다. 그러나 달리기 시작한 순간 엔진 소리는 거의 들리지 않을 만큼 조용해졌다.

"하버 고속도로로 들어가면 되지요?"

"아니, 고속도로로 들어가도 금방 나오게 되니까, 이대로 곧장 태평양 해안도로로 나갑시다. 날씨도 좋고, 바다를 보면서 달리고 싶어요."

상쾌한 바람이 불어온다. 머리가 흐트러지지 않을 정도로 바람이 불어온다. 자동차는 천천히 달려갔다.

"형사님, 운전하는 게 무척 신중하시군요."

콜롬보는 앞을 바라본 채 희미하게 고개를 끄덕였다.

"안전이 제일이니까요." 콜롬보는 헛기침을 하고 나서 다시 차를 칭찬한다. "차가 정말 좋은데요. 시트는 가죽이고, 핸들은 가볍고, 소리도 조용하고… 하지만 나한테는 너무 크군요. 나는 역시 조그만 차가 더 좋아요."

뒤따라오던 자동차가 요란하게 경적을 울리며 추월해갔다. 왼쪽에 반짝이는 태평양이 보인다.

"이러고 있으니까 생각나는데요." 콜롬보는 운전을 갓 배운 소년처럼 등줄기를 곧게 펴고 꼿꼿이 앉아서 앞쪽을 바라본 채 말을 이었다. "우리 아버지가 처음 새 차를 샀을 때가 생각나네요. 집이라도 산 것처럼 요란했지요. 온 가족이 그 차를 타고 하루 종일 돌아다녔답니다. 하지만 아버지는 얼굴을 잔뜩 찌푸린 채 줄곧 신중하게 운전하셨지요. 꼭 지금의 나 같은 얼굴을 하고…" 이렇게 말한 뒤에야 겨우 콜롬보는 미소를 지었다. "나는 뒷자리에 앉아서 펄쩍펄쩍 뛰어올랐답니다. 정말 기뻤어요. 새 차에서는 독특한 냄새가 나잖습니까. 좋은 냄새였어요. 엔진도 시트도 차체도 갓 만들어진 냄새를 풍기지요. 나는 코를 벌름거렸어요. 그 냄새를 남김없이 빨아들이려고 열심이었지요. 그 차는 시보레였는데, 시보레 중에서도 가장 싼 차였답니다. 내가 지금 타고 다니는 푸조에 비하면 고물 같은 차였지만, 그래도 얼마나 기뻤는지 몰라요. 온 가족이 모두 기뻐했지요. 언짢은 얼굴을 하고 있던 아버지도 속으로는 기쁘셨던 거예요."

애비게일은 바다를 바라보면서 말했다.

"우리 아버지는 차 같은 건 갖고 있지 않았어요. 살 수가 없었죠. 첫 번째 자동차는 내가 사드렸어요. 스무 살 때 첫 번째 책을 냈을 때요. 하지만 아버지는 별로 기뻐해주지 않았어요. 차가 생겨봤자 당신은 운전할 수가 없었으니까요. 잔인한 선물이었던 거죠."

50여 년 전을 생각하며 애비게일은 쓴웃음을 지었다. 그때의 새 차가 좋은 냄새를 풍기고 있었는지 어떤지는 기억나지 않는다. 금방 팔아치우고 그 대신 위스키를 잔뜩 사들였다. 그제야 아버지는 기뻐해주었다. 가난뱅이란 그런 법이다. 애비게일은 바다의 반짝거림에 눈이 부셔 눈을 가늘게 뜨면서 말했다.

"그만둡시다. 가난하던 시절의 이야기 따위는 조금도 즐겁지 않아요."

콜롬보는 고개를 끄덕였다.

"그럽시다. 나도 옛날보다는 현재에 더 흥미가 있습니다. 나는 지금도 가난뱅이지만."

자동차는 리돈도비치를 지난 뒤 오른쪽으로 구부러져 주택가로 접어들었다. 모퉁이를 구부러질 때 필리스가 죽은 암초가 보였다. 드넓게 펼쳐진 푸른 난바다 속에서 그곳만 파도를 일으키며 눈부신 빛을 계속 내뿜고 있었다.

자동차는 새로 지은 맨션 앞에 멈춰 섰다. 앞뜰도 없고 차를 댈 곳도 없는 사무용 건물처럼 무미건조한 건물이 길가에 서 있었다. 실제로 거주하는 내부 공간만을 우선적으로 생각한 기능적인 맨션이라고 에드먼드는 말하곤 했다.

애비게일은 전에 한 번 이곳에 온 적이 있었다. 한 번으로 족했다. 과연 기능적으로 지어진 것 같았지만, 사람이 사는 곳이라기보다 낭비가 없는 사무실 같은 느낌이 들어서 애비게일은 전혀 마음에 들지 않았다. 필리스도 이곳이 마음에 들었을 리가 없다. 그런 말을 입 밖에 낸 적은 없지만.

관리인에게 열쇠를 빌려 방으로 들어갔다. 부엌과 욕실 외에는 거실과 침실밖에 없다. 그 대신 거실은 저택 못지않게 넓었다. 문을 열면 바로 거실이고, 문 옆에 붙박이로 홈바가 설치되어 있다. 홈바 옆에는 난로가 있지만, 이것은 진짜 벽난로가 아니라 안에 가스난로를 넣도록 되어 있었다.

애비게일은 거실 커튼을 하나씩 열었다. 콜롬보는 바지 주머니에 두 손을 찔러 넣고 방안을 돌아다니고 있었다. 그냥 돌아다닐 뿐이다. 쇠사슬에서 풀려났지만 어디로 가야 좋을지 몰라서 무턱대고 주위를 냄새 맡고 다니는 개 같았다.

애비게일은 홈바로 다가가면서 미소를 지었다.

"콜롬보 씨, 이건 추리소설을 쓰는 사람에게는 다시없는 기회예요. 진짜 형사가 하는 일을 직접 관찰할 수 있다는 건 큰 행운이죠. 나는 여기서 견학하고 있을 테니까, 나한테는 신경 쓰지 마시고 마음대로 일하세요."

콜롬보는 걸음을 멈추고 머리를 긁적였다.

"당치도 않습니다. 견학할 만한 가치가 있는 일이 아닙니다. 나는 뭘 하러 여기 왔는지도 모르는걸요." 콜롬보는 방을 둘러보았다. "에드먼드 씨의 직업은 뭡니까? 무슨 일을 하고 있었나요?"

"글쎄요, 대체 무슨 일을 하고 있었을까요?"

애비게일은 장난기 어린 웃음을 지었다.

"그러지 말고 알려주세요."

콜롬보가 두 팔을 벌리자 애비게일은 한쪽 눈을 찡긋하고 벽에 여기저기 세워져 있거나 장식되어 있는 운동기구를 가리켰다.

"몇 가지 단서를 말씀드리죠. 저기 난로 옆에 가늘고 긴 것이 있지요. 그건 스키라는 거예요. 그리고 여기 홈바 옆에 걸려 있는 괴상한 모양의 것은 테니스 라켓이고, 포도주병이 놓여 있는 선반 위에 둥글고 묘한 것이 걸려 있죠? 그건 요트라는 배의 키예요. 그리고… 저 벽에 세워져 있는 물고기 모양의 커다란 나무판은 서핑보드고요. 아아, 또 한 가지 단서가 있었군요." 애비게일은 콜롬보 바로 앞에 놓인 탁자를 가리켰다. "화려한 카드가 놓여 있는 그 커다란 탁자는 식탁이 아니에요. 돈을 걸고 트럼프를 하는 곳이죠. 이름이 포커 테이블이라던가?"

콜롬보는 어깨를 으쓱했다.

"놀라지 마십시오. 나는…"

애비게일은 재빨리 손가락을 입에 대어 콜롬보의 말을 가로막고는, 잠깐 사이를 두었다가 연극적인 낮은 어조로 말했다.

"그럼 이런 단서들을 토대로 추리를 진행해봅시다. 에드먼드의 직업은 무엇이었을까요? 에드먼드는 도대체 무슨 일을 하고 있었을까요?"

콜롬보는 눈을 치켜뜨고 애비게일을 바라보며 중얼거렸다.

"요컨대 직업은 없었다고 말씀하시고 싶은 건가요? 에드먼드 씨는 빈둥빈둥 놀기만 할 뿐 일은 아무것도 하지 않는 건달이었다고?"

애비게일은 얼굴을 빛내며 박수를 쳤다. 메마른 소리가 공허하게 울렸다.

"명답이에요, 형사님. 과연 진짜 형사는 다르군요. 훌륭한 추리예요."

콜롬보는 헛기침을 하고 나서 말했다.

"그럼 에드먼드 씨는 사실상 미첼 여사님께 부양을 받고 있었군요?"

"이번에도 맞췄습니다."

애비게일이 한바탕 박수를 보내자 콜롬보는 거북한 듯이 시선을 피해 탁자 서랍을 열고 그 안을 들여다보았다. 그러고는 그 자세 그대로 말했다.

"어떻습니까? 에드먼드 씨를 미워하고 있는 사람은 없었나요? 에드먼드 씨의 적에 대해서 짐작 가는 게 없습니까?"

"글쎄요… 솔직히 말해서 에드먼드는 게으름뱅이였어요. 잘은 모르지만, 대체로 게으름뱅이한테는 적이 없다고 생각해도 좋을 거예요. 애당초 아무도 상대하지 않으니까요. 적이 될 만한 사람은 없었을 거예요. 그런데 형사님은 그게 살인이었다고 생각하시는 모양이군요. 아직도 살인일 가능성에 구애받고 있는 것 같아요."

콜롬보는 서랍 속을 들여다본 채 대답했다.

"예, 그 가능성은 아직 지워버리지 않았습니다. 자동차 열쇠가 발견될 때까지는."

애비게일은 허리를 구부린 콜롬보의 등을 향해 웃으면서 말했다.

"그 서랍에 자동차 열쇠가 있을 것 같은가요?"

콜롬보는 천천히 돌아보며 목을 움츠렸다.

"못 당하겠군요. 추리작가한테 걸리면… 전부 꿰뚫어보시니…" 콜롬보는 쓴웃음을 지으면서 산책이라도 하는 듯한 걸음으로 어슬렁어슬렁 다가왔다. "침실도 둘러보고 싶은데, 거기도 입회해주시지요."

"좋아요. 나는 에드먼드의 유산상속인이니까요. 하지만 이 정도의 유산이 탐나서 죽이거나 하진 않아요."

문손잡이를 잡은 콜롬보가 애비게일을 돌아보았다. 눈꼬리에 주름이 잡혀 있다. 가까이에 있는데 멀리서 상황을 살피고 있는 듯한 눈초리다.

"그럼 여사님도 살인의 가능성을 생각하기 시작했습니까? 드디어 의견이 일치해서 기쁘군요."

애비게일은 생글생글 웃으며 고개를 저었다.

"그렇진 않아요. 오해하시면 안 돼요. 살인사건이라고 생각하는 것이 얼마나 어처구니없는가를 에드먼드의 처이모이자 추리작가의 입장에서 말씀드리고 있을 뿐이에요."

"네에… 아직도 의견이 일치하지 않았군요. 유감입니다."

콜롬보는 침실문을 활짝 열었다.

침실은 흐트러져 있었다. 침대에는 커버가 씌워져 있지 않고, 드러난 시트도 꾸깃꾸깃 구겨진 채였다. 그 위에 셔츠가 내던져져 있었다. 옷장 문도 열려 있었다.

문득 방 한구석에 애비게일의 시선이 멈추었다. 읽다가 던져둔 《플레이보이》와 《펜트하우스》(미국의 남성 잡지) 사이에 눈길을 끄는 책이 한 권

놓여 있었다. 본 기억이 있는 표지여서 금방 알 수 있었다. 《최선의 살인》이 먼지를 뒤집어쓴 채 내던져져 있었다. 애비게일은 그 책을 집어들어 먼지를 털고 싶은 충동에 사로잡혔다.

필리스가 죽은 뒤 에드먼드는 독신생활을 즐기고 있었다. 그동안 방은 날이 갈수록 황폐해졌을 것이다. 필리스가 살아 있었다면 이런 꼴은 되지 않았으리라. 필리스가 살아 있었다면 에드먼드도 죽지 않았을 것이다.

애비게일은 침실 문간에 선 채 안으로는 발을 들여놓지 않았다.

콜롬보는 침대 위의 셔츠를 집어들고 심드렁하게 살펴본 뒤 아무렇게나 내던졌다. 그러고는 커튼을 걷고 창문을 열었다. 바깥을 달리는 자동차 소리가 흘러들어왔다.

콜롬보는 이마에 손을 대고 뒤를 돌아보았다.

"아, 그렇지. 지금 막 생각이 났는데요… 아까 어딘가로 떠나신다는 이야기를 하셨지요? 레이디 클럽에서 나왔을 때 베로니카 양에게… 선실을 잡으라느니 A갑판이 좋다느니…"

애비게일은 고개를 끄덕였다. 역시 그 이야기가 콜롬보의 기억에 남아 있었던 것이다. 베로니카가 어디까지 계산했는지는 모르지만, 구태여 그 이야기를 입 밖에 내어 감히 살인범을 협박했다. 애비게일은 숨겨봤자 소용없다고 체념하고 애써 쾌활하게 말했다.

"그래요. 지금은 그 여행을 즐거운 마음으로 기다리는 중이에요. 나는 취재 여행을 떠날 거예요. 동양으로. 오랜 전통과 새로운 문화가 뒤섞인 신비의 나라를 찾아갈 거예요. 동양을 무대로 한 추리소설을 한번 써보려고요. 벌써 구상은 대충 되어 있지만, 역시 현지에서 충분히 취재하지 않으면 안 되겠거든요. 특히 홍콩과 마카오를…" 저도 모르게 열띤 어조가 되었다. "애거사 크리스티가 지중해 연안과 아프리카에서 소재를 얻었듯이 나도 최후의 대표작은 동양에서 소재를 얻은 것으로 하고 싶어요. 가능하다면 3부작으로. 주인공은 여자 외교관으로 하고… 〈홍콩의 무지개〉〈싱가포르의 무지개〉〈마카오의 무지개〉… 이렇게 무지개 3부작으로 할 작정이에요. 배 안에서 원고도 쓸 수 있고… 정말 기다려져요."

"그건 좋습니다만…" 콜롬보는 옷장으로 다가가서 안을 들여다보았다. 그러고는 옷걸이에 걸린 남자 양복과 셔츠를 하나하나 세면서 사무적인 어조로 말했다. "여행은 연기해주셨으면 합니다. 별로 시간은 걸리지 않을 테니까, 이 사건이 해결될 때까지는 아무 데도 가지 말아주십시오."

강한 어조는 아니지만 사실상의 명령이라는 것은 분명히 알 수 있었다. 콜롬보가 처음으로 입 밖에 낸 명령이었다. 그래서 애비게일의 신경이 곤두섰다.

"해결될 때까지라고 말씀하시지만, 벌써 해결됐잖아요. 형사님이 살인의 가능성에 이상하게 구애받고 있을 뿐이죠."

콜롬보는 양복을 계속 만지작거리면서 냉정하게 말했다.

"걱정하지 마십시오. 이제 곧 해결될 테니까."

"콜롬보 씨도 아시겠지만 태평양 항로를 항해하는 배는 그렇게 자주 떠나는 게 아니에요. 한 번 놓치면 다음 배가 떠날 때까지 한 달이나 기다려야 해요. 그리고 그 취재 여행은 오래전부터 세운 계획이고…"

"어쩔 수 없습니다, 애비게일 여사님. 어떻게든 양해해주시지 않으면…"

"아뇨, 그럴 수는 없어요. 난 양해할 수 없어요." 애비게일은 소리를 질렀다.

베로니카가 미웠다. 콜롬보가 눈치채지 않았다면 앞으로 일주일 뒤에는 태평양 위에 있을 터였다. 그리고 석 달 뒤에 돌아올 때쯤에는 콜롬보도 체념하고 사건은 사고사로 처리될 거라고 예상하고 있었다.

그 예상이 비서 때문에 완전히 빗나가버렸다. 콜롬보는 감히 이래라저래라 명령하면서 건방지게 굴고 있다. 냉정하지 않으면 안 된다고 생각하면서도 목소리는 자꾸만 높아지고 날카로워졌다.

"콜롬보 씨, 당신은 내 일을 방해할 권리가 없어요. 변호사한테 부탁하겠어요. 이 문제는 변호사한테 맡길 테니까."

"저어…" 콜롬보는 입속으로 무슨 말인가를 중얼거리고는 천천히 옷장 앞을 떠났다. 그는 애비게일과 시선이 마주치는 것을 피하면서 침실을 나오자 시가를 입에 물었다. "여사님, 됐습니다. 볼 건 다 보았으니까요. 모든 걸 충분히 보았습니다. 정말 고맙습니다."

홈바 앞까지 왔을 때에야 애비게일은 겨우 냉정을 되찾았다. 그녀는 빈정거리는 소리로 말을 걸었다.

"콜롬보 씨, 어때요? 수확은 있었나요? 여기저기 냄새를 맡고 돌아다닌 결과, 뭔가 재미난 발견이라도 하셨나요?"

아무것도 있을 턱이 없다. 단서 따위는 있을 까닭이 없다. 헛수고로 끝난 것을 콜롬보에게 깨닫게 해주고 싶었다. 그렇게라도 하지 않으면 곤두선 신경을 가라앉힐 수 있을 것 같지 않았다.

콜롬보는 홈바를 둘러보고, 거기에 있는 종이성냥을 집어들어 시가에 불을 붙였다. 그는 거북한 듯이 한쪽 눈을 감고 연기를 토해낸 뒤 갑자기 상냥한 표정을 지었다.

"정말 놀랐습니다. 전혀 예상하지 않았는데, 생각지도 못한 것을 발견해서 깜짝 놀랐지요."

"생각지도 못한 것이라뇨?"

되묻는 애비게일에게 콜롬보는 한쪽 눈을 찡긋해 보였다.

"또 시치미를 떼실 작정이십니까? 여사님도 물론 알아차렸을 텐데요? 추리작가니까요."

애비게일은 당황했다. 콜롬보가 무슨 말을 하려는 것인지 알 수가 없었다. 모르면 모르는 대로 가슴을 조이는 불안은 더욱 높아졌다.

"미안하게도 나는 아무것도 알아차리지 못했는데요."

"애써 숨기지 않으셔도 됩니다. 다 알고 계시면서 뭘 그러세요?" 콜롬보는 가벼운 어조로 말을 이었다. "부부 사이의 문제입니다. 여사님은 에드먼드와 필리스 두 분이 서로 깊이 사랑하고 있었다고 하셨지만 실은 그렇지 않았어요. 사랑하기는커녕 상당히 사이가 험악한 부부였던 것 같습니다. 아내가 죽었는데도 에드먼드 씨는 필리스 씨의 사진을 어디에도 놔두지 않았어요. 사랑하는 아내의 사진을 한 장도 놔두지 않다니, 이상하지 않습니까. 정말로 사랑했다면 그 정도는 했을 텐데 말입니다. 그런데 이 집의 어디를 둘러보아도 필리스 씨의 사진이 없어요. 단 한 장도… 두 사람은 서로 사랑하지 않았습니다. 그 정도는 여사님도 눈치채셨을 텐데요. 눈치는 챘지만, 친척이기 때문에 잠자코 계시는 겁니다. 안 그렇습니까?"

애비게일의 시선이 뭔가를 찾듯이 미끄러져갔다. 홈바의 선반, 거실 벽, 책상 위, 어디에도 없었다. 필리스의 사진은 분명 한 장도 없었다. 당연하다면 당연한 일이었지만, 애비게일은 에드먼드를 속으로 저주했다. 사랑하지 않더라도 사진 한 장쯤은 장식해두어야 마땅했다.

콜롬보는 현관문을 열었다.

"자, 이제 가실까요? 볼 건 다 보았으니까요."

계단을 내려오면서 콜롬보는 아무렇지도 않게 말했다.

"그리고 변호사 문제는 말입니다. 마틴 해먼드 씨라는 사람이었지요? 훌륭한 변호사라더군요. 만나라고 하시면 언제든지 만나겠습니다. 어차피 나는 이 사건에만 매달려 있어서 다른 사건에는 손대고 있지 않으니까요. 시간은 얼마든지 있답니다."

밖으로 나오자 콜롬보는 눈부신 햇살에 눈을 가늘게 뜨면서 웃었다.

"그럼 또 고급 승용차로 쾌적한 드라이브를 즐겨볼까요?"

4

크레이머 형사는 콜롬보한테서 '바니 식당'으로 오라는 호출을 받았다.

"반장님, 그렇게 칠리만 먹고도 용케 물리지 않으시네요."

콜롬보는 점심 대신 칠리(다진 소고기에 강낭콩, 양파, 토마토, 칠리 가루를 넣고 뭉근하게 끓인 매콤한 스튜)를 입안에 가득 넣고 맛있게 씹으면서 고개를 끄덕였다. 크레이머가 어이없다는 듯이 쳐다보자 콜롬보는 콜라를 한 모금 머금고 칠리와 함께 꿀꺽 삼켰다.

"자네가 즐겨 먹는 초콜릿이나 마찬가지야. 그렇게 초콜릿만 먹고도 용케 배가 아프지 않으니, 정말 놀라워."

"아픕니다. 하지만 하룻밤만 자고 나면 또 먹고 싶어지는걸요. 몸이 그걸 원해요."

"그건 완전히 중독이군."

"중독요? 그럼 반장님은 칠리 중독인가요?"

"나는 이걸 주식으로 먹고 있으니까 중독이라고는 말할 수 없지. 빵이나 마찬가지야." 이렇게 말하고 콜롬보는 남은 칠리를 포크로 긁어 입안에 털어넣었다.

"그런 겁니까?"

"자네 요즘 얼굴이 부었어. 초콜릿을 너무 먹어서 당뇨병에라도 걸리면 창피한 일이지." 콜롬보는 콜라를 다 마신 다음 말을 이었다. "그런데 감식 결과는 어떤가?"

"별다른 결과는 나오지 않았습니다." 크레이머는 빨간 수첩을 꺼내어 펼쳤다. "사인은 질식사. 목을 쥐어뜯은 흔적이 있는 것 외에 별다른 외상은 발견되지 않았습니다. 사망 추정 시각은 사흘 전 한밤중부터 새벽 사이, 아마 밤 11시부터 자정 사이일 거랍니다… 해부 결과 위 속에서 포도

주와 브랜디…"

"사흘 전? 그렇다면 애비게일 여사와 변호사가 뉴욕으로 떠난 날 밤이군?"

크레이머는 고개를 끄덕이고 아까 한 말을 되풀이했다.

"해부 결과, 위 속에서 포도주와 브랜디가…"

"잠깐만…" 하고 콜롬보가 또 말을 가로막았다. "이 사건에서 문제가 되는 건 몇 시에 죽었는가 하는 사망 추정 시간보다 몇 시에 갇혔는가 하는 거야. 그 금고에 갇히면 몇 시간이나 버틸 수 있지?"

"30분 내지 40분, 잘해야 한 시간이랍니다. 그렇다면 10시 전후에 갇혔다는 이야기가 됩니다."

콜롬보는 메뉴판을 멍하니 바라보면서 중얼거렸다.

"으흠… 이상한데…"

"뭐가요?"

"추리작가의 추리와 달라서 말이야. 미첼 여사의 추리에 따르면 에드먼드가 금고에 침입했을 때 가정부가 느닷없이 나타났기 때문에 에드먼드가 당황해서 금고실 문을 안쪽에서 닫았다는 거야… 그런데 시간이 맞지 않아. 밤 10시 전후라면…"

콜롬보는 시가를 꺼내어 불을 붙이고는 식후의 한 모금을 맛있게 빨아들였다.

"반장님, 저는 그 베로니카라는 여비서가 수상하다고 생각합니다."

"왜?"

"그날 밤에 비서는 애비게일 저택에서 일단 퇴근했다가 한밤중에 다시 저택으로 돌아왔다고 생각할 수는 없을까요? 에드먼드와 비서가 서로 짜고 빈집에 들어가 금고를 털기로 계획했는데, 예기치 않은 사건이 일어나 에드먼드만 금고실에 갇혔다고…"

"예기치 않은 사건이라니?"

"예기치 않은 사건이니까… 여러 가지가 있을 수 있겠지요. 어쨌든 예측할 수 없는 사태가 일어나서… 잠깐 추리해보겠습니다."

"아니, 괜찮아. 자네는 추리작가가 아니니까."

"하지만 비서의 동태가 갑자기 수상쩍어졌습니다. 으흠…"

"크레이머, 반드시 추리작가의 추리에 따라 수사할 필요는 없어." 콜롬보는 이렇게 말하고 메뉴판을 크레이머에게 내밀었다.

"물론입니다. 선입견에 너무 사로잡히면 사실을 왜곡해서 보게 되니까요. 젊은 형사는 흔히 그런 함정에 빠지기 쉽지요." 크레이머는 붉은 수첩을 내려다보며 말을 이었다. "피해자의 위 속에서는 포도주와 브랜디가…"

"이제 됐어. 그보다 현장 사진은 나왔나?"

"이제 곧 나온답니다."

"피해자의 신변은 조사해봤나?"

크레이머는 붉은 수첩의 페이지를 넘겼다.

"상당한 건달이었던 모양이에요. 노름빚도 꽤 많이 지고 있는 것 같습니다. 여자관계도 제법 복잡했던 것 같고… 죽어도 싸다는 생각이 드네요. 자업자득이라고나 할까요."

"6개월 전에 일어난 요트 사고에 대해서는 조사해봤나?"

"예, 일단 조사해보았지만, 관할이 달라서요. 제가 직접 담당하지 않았기 때문에 뭐라고 단정할 수는 없지만, 에드먼드의 증언 조서에 따르면 그건 사고였다고밖에는 생각할 수가 없습니다."

"그야 그렇겠지. 죽은 사람은 말이 없고 증인도 이제는 죽어버렸으니…"

크레이머는 수첩에서 번쩍 얼굴을 들며 눈을 빛냈다.

"반장님, 우리는 에드먼드가 금고실에 갇혔다는 선입견에 지나치게 사로잡혀 있다고 생각지 않으세요? 베로니카가 애비게일 저택 밖에서 에드먼드를 죽인 다음 금고실로 운반했다고 생각할 수는 없을까요?"

"어떻게?"

"그야 여러 가지 가능성이…" 크레이머는 우물거렸다.

"무엇 때문에?"

"그것도 여러 가지로 추측할 수 있습니다. 어쨌든 저는 그쪽으로 범행 가능성을 추적해보겠습니다."

크레이머는 자신만만하게 말하고 허공을 노려보았다.

"좋아, 그건 자네한테 맡기겠네." 콜롬보는 크레이머의 시선을 가로막듯이 손에 든 메뉴판을 크레이머의 눈앞으로 불쑥 내밀었다. "칠리는 안 먹겠나?"

당치도 않다는 듯이 크레이머는 격렬하게 고개를 저었다.

"아아, 그래? 나는 컨디션이 아주 좋아서 식욕이 왕성해."

콜롬보는 메뉴판을 흔들며 가게 안쪽을 향해 소리를 질렀다.

"이봐, 바니, 여기 하나 더 주게."

크레이머는 어이가 없다는 듯 자리에서 일어나며 중얼거렸다.

"역시 중독이야."

5

비탈진 정원에 장미꽃이 흐드러지게 피어 있다. 노란 꽃잎으로 뒤덮인 정원은 완만한 비탈을 이루며 울타리까지 50미터나 이어져 있었다.

부지런히 손질을 하는 것도 아니다. 야생에 가깝게 키운 장미였다. 탐스럽게 큰 꽃송이도 없고 특별히 색깔이 화려한 꽃잎도 없는 평범한 꽃들이지만, 그런 꽃들이 다투듯 정원을 가득 메우며 피어 있는 모습은 아름답다.

탐스러운 꽃송이 하나보다 끝없이 펼쳐진 자연의 꽃밭. 애비게일은 그런 걸 좋아했다. 씨만 뿌려두면 꽃은 저절로 자라서 봉오리를 맺는다. 구태여 손질을 가하지 않고 내버려두면 자연의 아름다움이 꽃을 피운다. 지금이 바로 그런 시기였다. 장미는 애비게일의 눈을 즐겁게 하고 마음을 부드럽게 해준다.

꿀벌들의 날갯소리가 끊이지 않는다. 벌들은 봄의 따뜻한 공기를 흔들며 바삐 날아다니면서 향기로운 꿀을 모으고 있다. 그 날갯소리를 자장가처럼 들으면서 애비게일은 꽃밭을 걸어갔다. 옷자락에 달라붙는 가시도 귀찮지 않았다. 찢어져도 아깝지 않은 옷을 입고 있었다. 애비게일은 장미꽃을 가위로 잘라서 팔에 건 등나무 바구니 속에 눕혔다. 어느 꽃을 잘라도 마찬가지였다.

애비게일은 꽃밭 산책을 즐기고 있었다. 장미꽃을 따면서 천천히 걷다 보면 꿀벌이 된 듯한 기분에 잠길 수 있다. 번거로운 일 따위는 사라지고 무심히 날아다니는 꿀벌이 될 수 있다.

싱싱한 푸른 줄기에 가위를 댔을 때 귓가에서 사람 목소리가 들렸다.

"선생님, 또 기분전환을 하시는 거예요? 장미꽃이 피는 계절이 되면 선생님은 항상 휴업 상태예요."

어느새 베로니카가 곁에 와 있었다. 이제는 더 이상 꿀벌이 될 수도 없을 것 같다. 애비게일은 파란 줄기를 자르고 나서 허리를 폈다.

"이런 날 집 안에 틀어박혀 원고를 쓸 수는 없어. 50년이 넘도록 글만 써왔으니까. 이젠 이 뇌세포가 바싹 말라버리지 않을 정도로만 일하기로 했어."

"회색 뇌세포 말인가요? 에르퀼 푸아로(애거사 크리스티가 창조한 명탐정. '회색 뇌세포'를 작동시켜 사건을 해결하는 것으로 유명하다)가 말한…" 이렇게 말하면서 베로니카는 하얀 이를 드러내고 웃었다. 꿍꿍이속 따위는 조금도 없는 것처럼 보인다. 여느 때처럼 타이트스커트를 입고, 여느 때처럼 카디건을 걸치고, 어디까지나 수수하고 소박한 차림으로 자못 유능하고 믿음직한 비서답게 서 있다.

애비게일은 장미꽃 바구니를 베로니카에게 건네주었다. 이야기가 길어질 것 같았다. 그녀는 앞장서서 걷다가 적당한 꽃이 보이면 잘라서 베로니카에게 건네주었다. 유능한 비서는 말없이 따라온다.

한가로운 오후였다. 한가롭기는 하지만 애비게일은 바늘처럼 따가운 시선이 등에 꽂히는 것을 느끼고 있었다.

"선생님, 그분이 오셨어요." 베로니카는 친구 이야기라도 하는 듯한 어조로 말했다.

"그분이라니?"

"그 형사 말이에요. 콜롬보 형사. 선생님은 지금 일에서 손을 뗄 수 없다고 말했는데도…" 베로니카는 생색을 내는 것처럼 담박하게 말했다.

애비게일은 저택 쪽을 힐끗 돌아보았다. 완만하게 비탈을 이루며 올라간 곳에 산장 같은 집이 서 있다. 그 어딘가에 콜롬보가 있으리라. 애비게일은 천천히 발을 옮기며 말했다.

"뭐하러 왔대?"

"이렇다 할 용건은 없나 봐요. 지금 서재에 있어요. 잠깐 보여달라고 해서…"

애비게일은 서재 쪽을 돌아보았다. 프랑스식 창문이 햇빛을 반사하고 있을 뿐, 그 안에 있는 사람은 보이지 않는다.

"서재에서 뭘 하고 있지?"

"틀림없이 물건을 찾고 있을 거예요."

"무얼?"

뒤에서 베로니카의 목소리가 대답했다.

"이걸 찾고 있을 거예요." 경쾌한 목소리였다. 놀리는 것처럼 들리기까지 한다.

애비게일은 걸음을 멈추고 천천히 뒤를 돌아보았다. 상아 손잡이에 장미꽃이 새겨진 열쇠고리에 달린 열쇠가 반짝거리며 베로니카의 손가락 끝에서 흔들리고 있었다. 움직일 기색도 없이 허공에 정지한 그 손가락 끝에는 투명한 매니큐어가 반짝이고 있었다. 낮은 목소리가 귀에 들어왔다.

"그 형사는 이걸 찾고 있어요. 에드먼드 씨의 열쇠를. 여사님도 찾고 계시죠?"

날씬한 손가락이 앞으로 뻗어왔다. 열쇠가 크게 흔들렸다. 꿀벌의 한가로운 날갯소리가 귓가를 스쳤다.

"어서 받으세요, 애비게일 여사님. 찾고 계셨잖아요?"

또 애비게일 여사라고 불렀다. 애비게일은 열쇠를 바라보며 망설였다. 이런 식으로 이야기를 꺼낼 줄은 미처 몰랐다. 어떻게 대처해야 할지 알 수가 없었다.

"어서요, 애비게일 여사님."

낮고 부드러운 목소리가 재촉한다. 다른 방법은 없다. 내민 것을 받았을 때 애비게일은 쓰라린 굴욕감을 맛보았다. 자동차 열쇠는 애비게일의 손으로 미끄러져 들어오고, 그것을 내밀었던 베로니카의 손가락은 잠시 허공에 멈췄다가 천천히 아래로 내려갔다.

베로니카는 빙그레 웃고 있었다. 협박할 기색 따위는 전혀 없는 표정으로 협력자를 가장하고 제법 친밀감까지 보이고 있다. 그것이 화가 나서 견딜 수가 없었지만, 애비게일은 애써 침착성을 되찾아 아무렇지도 않게 물었다.

"베로니카, 이 열쇠가 그렇게 중요한 의미를 갖고 있다고 생각해?"

비서는 가볍게 고개를 끄덕였다.

"그건 에드먼드 씨의 열쇠일 뿐, 그다지 중요한 물건이라고는 생각지 않아요. 하지만 여사님이 그걸 재떨이 속에 숨겼기 때문에 중요한 의미를 갖게 된 거예요."

애비게일은 반격을 받고, 허리를 굽혀 아직 봉오리가 열리지 않은 단단한 장미꽃을 잡았다.

"이것도 딸 때가 됐군."

그녀는 가느다란 줄기를 잘라서 봉오리를 베로니카에게 건네주었다. 베로니카는 미소를 머금은 채 장미꽃을 받아서 바구니에 담았다.

"아직 봉오리인걸요. 이제부터 활짝 피려는 참이에요. 하지만 예쁘군요. 뭐니뭐니해도 어린 꽃이니까요."

애비게일은 오른손에 가위를 들고 왼손에는 열쇠를 움켜쥔 채 걷기 시작했다. 베로니카가 뒤에 바싹 붙어서 따라왔다. 무슨 일이 있어도 이제는 떨어지지 않겠다는 듯이 보조를 맞추어 따라온다.

"실은 부탁드릴 게 있는데요…" 베로니카가 드디어 교환조건을 꺼냈다. "제가 비서 일을 한 지도 꽤 오래되었어요. 전부터 생각했던 일이지만 이제 봉급을 좀 올려주셨으면 해서요."

경찰에 말하지 않는 대신 봉급을 올려달라는 것은 요구치고는 사소한 것처럼 여겨졌다. 그러나 베로니카는 얼마를 올려달라고는 말하지 않았다. 말할 필요가 없는지도 모른다.

이런 경우, 시간이 흐름에 따라 액수는 자꾸만 올라가고 약점을 가진 사람은 결국 마지막 동전 한 닢까지 빼앗기게 된다.

애비게일은 헛기침을 했다. 목구멍에 뭔가 까칠까칠한 것이 걸려 있는 것 같았다. 꽃가루인지도 모른다. 목소리가 갈라져 있었다.

"베로니카, 유언장을 바꿔 쓰라는 거 아냐?"

"아뇨. 봉급만 올려주시면 돼요. 당분간은…" 베로니카는 노래하는 듯한 어조로 말했다.

당분간은? 이제 곧 유언장을 바꿔 쓰라는 요구도 내놓을 것이다. 약점을 가진 사람이 일을 하고 있는 동안에는 그 사람이 버는 돈의 일부를 가로챌 작정이리라. 그리고 죽을 때가 다가와서 일을 할 수 없게 되면 유산을 몽땅 요구할 게 뻔하다.

"베로니카는 좋은 후원자를 골랐군. 평생 놀고먹을 수 있는 용돈을 알겨내겠다는 거야?"

"아뇨. 전 놀고먹을 생각은 조금도 없어요. 그런 짓을 하면 경찰이 수상하게 생각할 테고… 전 지금까지 했던 것처럼 열심히 일할 거예요. 다만 보수를 좀 올려주셨으면 해요."

애비게일은 걸음을 멈추고 장미를 또 한 송이 땄다.

"알았어. 봉급 문제는 생각해볼게. 나쁘게 하진 않을 테니까 나한테 맡겨둬. 우선 보너스를 올려줄까? 그래… 예를 들면…" 애비게일은 장미꽃을 베로니카에게 건네주고 말을 이었다. "예를 들면 유럽 여행 같은 건 어때? 비용은 모두 내가 부담하고, 물론 유급 휴가니까 봉급도 줄게. 계약을 갱신해서 대폭 인상한 봉급을 말이야. 반년이나 일년쯤 유럽 여행을 즐기면 어떨까. 그리고 유럽에서 좋은 사람을 만나 그대로 유럽에 눌러살게 되어도 앞으로 5년 동안은 봉급을 주겠어."

베로니카의 눈에 꿈꾸는 듯한 물기가 어린다. 그러나 그것은 잠시뿐. 베로니카는 그런 감언이설에 넘어갈 만큼 어리숙하지 않다. 그녀는 벌써 서른 살이었다.

"솔깃한 제안이지만 유럽에 눌러살 생각은 없어요. 전 캘리포니아를 좋아해요. 그리고 선생님한테서 오랫동안 떨어져 있는 건 위험하지 않을까요? 어느새 제가 에드먼드 씨의 살인범이 되어버릴 수도 있을 것 같은데요. 뭐니뭐니해도 선생님은 그 방면의 베테랑이시니까…"

베로니카는 애비게일이 순간적으로 꾸며낸 계획을 단번에 알아차렸다. 이제는 달리 손쓸 방도가 없다. 애비게일은 구원을 청하듯 서재 쪽을 바라보았다. 프랑스식 창문은 햇빛을 반사할 뿐이지만, 그 안에 있는 남자는 구원의 손길을 뻗어주지 않는다. 애비게일은 외톨이였다. 가련한 꽃들에 둘러싸인 힘없는 노파였다. 어쨌든 시간을 벌지 않으면 안 된다.

"그럼 어떻게 하고 싶은데?"

"글쎄요…" 베로니카는 내심 즐거워하고 있었다. 많은 장난감을 받은 어린애가 무엇부터 가지고 놀까 망설일 때처럼 행복한 고민에 빠져 있는 것이다. "우선 이번 여행에 저를 데려가주시면 어때요? 아시아 여행 말이에요. 저는 호화 여객선을 타고 여행해본 적이 없거든요. 제가 함께 가도 괜찮겠어요?"

끝까지 따라다닐 작정이다. 단 하루도 혼자 놔두지 않겠다고 작정한 모양이다. 애비게일은 당혹스러움을 애써 감추며 말했다.

"좋은 생각이야. 취재를 도와줄 수도 있을 테고…"

"앞으로의 일에 대해 의논할 시간도 생길 테고요…"

베로니카는 바구니의 장미꽃을 한 송이 집어들어 향기를 맡았다. 꽃잎에 코를 눌러대고 숨을 깊이 들이마시며 눈을 가늘게 떴다. 협상이 타결되어 완전히 느긋해져 있는 모양이다.

애비게일의 손바닥 안에서는 자동차 열쇠가 땀에 젖어 있었다. 오래전부터 땀을 흘린 적이 없었는데, 손은 어느새 흠뻑 젖고 열쇠도 젖어 있었다.

어쨌든 열쇠는 되찾았다. 콜롬보와의 관계에서 말하면 약점이 하나 없어진 셈이다. 그러나 베로니카와 새로운 관계를 짊어지게 되었다. 짊어지고 끝까지 버틸 수 있을 것 같지 않은 무거운 짐이었다.

누군가에게 하소연하고 싶다. 그러나 하소연할 상대로 머리에 떠오르는 것은 콜롬보뿐이었다. 최대의 적인 콜롬보밖에는 의지할 곳이 없었다.

"베로니카, 그럼 객실을 하나 더 잡아둬야 할 텐데… 요전에 최종 연락을 취했겠지?"

"아직 안 했어요. 이제 곧 이렇게 되지 않을까 해서 예약 확인을 뒤로 미루어두었죠. 오늘 연락해둘게요. 선실을 두 개 잡아달라고. 물론 둘 다 A갑판이죠?"

"그야 물론이지."

"가난한 젊은이의 무전여행은 아니니까요."

애비게일은 고개를 끄덕였다. 그때 문득 A갑판에서 밤바다로 떨어지는 사람의 모습이 추리작가의 머리에 떠올랐다. 그런 사고가 일어날지도 모른다. 그러나 그 사람이 베로니카인지 자신인지는 확실치 않았다. 밀어 떨어뜨리려다가 거꾸로 자기가 떨어지는 사고가 일어날 가능성도 있었다.

애비게일은 어깨를 축 늘어뜨리고 장미 정원을 걸어갔다. 뒤에서 베로니카가 그녀를 불렀다.

"하지만 제가 억지로 강요한다고는 생각지 말아주세요. 앞으로도 억지로 강요할 생각은 없으니까." 여전히 쾌활한 목소리였다.

흘려들으려고 했지만 애비게일은 어느새 입을 열고 있었다.

"억지로 강요하지 않으면 내가 네 말을 들을 것 같아? 이 세상에는 힘에 굴복하지 않는다고 큰소리치는 사람도 있지만, 그건 말뿐이야. 힘에 굴복하지 않는다면 무엇에 굴복한다는 거지? 힘이 아닌 다른 것에 굴복한다는 건 있을 수 없는 일이잖아? 넌 어떻게 생각해?"

애비게일은 뒤를 돌아보았지만, 뒤에는 베로니카의 모습이 없었다. 지나칠 만큼 유능한 비서는 빠른 걸음으로 저택을 향해 걸어가고 있었다. 다갈색 카디건을 바람에 휘날리며, 방금 협박 공갈을 한 여자라고는 도저히 생각할 수 없는 당당한 걸음으로 비탈진 정원을 올라갔다. 장미꽃이 가득 든 등나무 바구니는 발치에 놓여 있었다.

애비게일은 바구니를 들어 왼팔에 걸쳤다. 이제 장미꽃을 따도 담을 곳이 없을 정도였다. 애비게일은 가위를 바구니 옆에 꽂아 넣었다. 왼손에 움켜쥐고 있던 열쇠를 오른손으로 바꿔 쥐고 서재 쪽을 힐끔 살핀 다음 바구니 밑에 쑤셔 넣었다. 향기로운 노란 꽃잎과 싱싱한 잎사귀 그늘에 숨어 열쇠고리는 보이지 않게 되었다.

애비게일은 일단 저택 쪽으로 돌아섰다가 마음을 바꾸어 다시 장미 정원을 걸어가기 시작했다. 생각해야 할 일들이 많았다. 이곳은 명상의 꽃밭, 소설을 쓰다가 막히면 언제나 이 정원에 들어와 구상을 가다듬고 줄거리를 다시 짰다. 온갖 새로운 착상도 여기서 싹텄다. 향기로운 냄새는 추리소설의 온상이 되어 있었다. 여느 때처럼 소설 줄거리를 짜듯 생각하면 된다. 이곳은 나만의 낙원이라고 생각하자 마음이 한결 편해졌다.

꿀벌의 윙윙거리는 소리가 되살아났다. 봄날 오후는 평온하게 흘러갔다. 애비게일은 한없이 걸어 다녔다.

6

콜롬보는 서재의 창문 너머로 멍하니 장미 정원을 바라보고 있었다. 그러나 그 눈에는 장미꽃을 따며 걷는 애비게일의 모습은 보이지 않는다. 그는 그저 가만히 앉아 있을 뿐이다.

얼굴은 분명 창문 쪽을 향하고 있지만 초점은 어디에도 맞추어져 있지 않다. 초점이 맞지 않아도 멍한 눈빛은 아니다. 내면으로 향하여 팽팽히 긴장되어 있기 때문에 바깥세상의 것은 아무것도 눈에 들어오지 않는 것 같다. 이마에는 깊은 주름이 새겨져 있었다.

창문이 닫혀 있어서 서재의 공기는 움직이지 않는다. 그가 토해내는 담배 연기는 보랏빛 구름이 되어 허공에 가만히 머물러 있었다. 콜롬보는 그 연기 속에 잠긴 채 의자에 앉아 있었다. 시가를 입으로 가져가는 손이 허공을 떠돌고, 자욱한 연기가 천천히 천장을 향해 올라가는 것 말고는 아무 움직임도 없는 시간이 흘러갔다.

그의 입에서 한숨이 새어 나왔다. 깊이 잠들어 있던 동물이 눈을 뜨고 하품하는 소리와 비슷했다. 콜롬보는 천천히 일어섰다. 눈은 떴지만 아직도 악몽에서 벗어나지 못한 것 같았다. 이마에는 주름이 여전히 잡혀 있었다. 그는 무거운 걸음으로 금고실을 향해 걸어갔다. 코트 주머니가 크게 부풀어 있었다.

어두운 금고실로 들어서자 그는 주머니에 든 것을 꺼냈다. 손전등이었다. 고리 모양의 불빛이 바닥을 지나 벽을 훑는다. 그 빛 속에서 담배 연기가 춤을 춘다. 좁은 금고실은 당장 연기로 자욱해졌다. 그래도 콜롬보는 계속 시가를 피운다.

이곳저곳으로 기어 다니던 손전등 불빛이 멈추었다. 금속제 서류상자가 불빛 속에 떠오른다. 검게 칠한 상자가 선반 위에 네 개 겹쳐 쌓여 있다. 콜롬보는 얼굴을 바싹 들이댔다. 약한 불빛을 빨아들이는 검은 표면에 날카롭게 빛나는 가느다란 선이 그어져 있다. 긁힌 상처 같다. 네 개의 상자 가운데 세 개의 상자에 거의 똑바른 선이 수직으로 그어져 있다.

콜롬보는 그 상처 자국을 손가락으로 쓸어보았다. 오래된 자국은 아니다. 페인트 밑에서 드러난 금속 바탕은 아직 녹슬어 있지 않아서 은빛 실날처럼 반짝이고 있다. 뭔가 단단한 것에 긁힌 자국일 것이다.

네 개의 상자 가운데 위에서 두 번째 상자만은 상처가 없었다. 콜롬보는 맨 위의 상자를 내리고, 상처 자국이 없는 두 번째 상자에 손을 댔다.

벽을 향하고 있던 면을 앞쪽으로 돌렸다. 그러자 상처 자국이 나타났다. 그러나 이것은 수직으로 그은 직선이 아니다. 그것만은 V자형으로 새겨진 상처 자국이었다.

콜롬보는 그 위에 맨 위의 상자를 돌려놓고 몇 걸음 떨어져서 바라본다. 맨 위가 직선, 그다음이 V자형, 그 밑에 두 개의 직선이 이어진다. 'Ⅰ V Ⅰ Ⅰ'라는 문자의 조합처럼 보이기도 한다. 그러나 상자는 사고가 일어난 뒤 몇 번이나 금고실에서 꺼냈다 들였다 했기 때문에 쌓아 올린 순서도 바뀌었다.

콜롬보는 상자를 전부 바닥에 내려놓고 순서를 바꾸어 쌓아 올렸다. 그러고는 턱에 손을 대고 생각에 잠겼다. 다시 상자를 허물어뜨리고 순서를 바꾸어 쌓아본다. 콜롬보는 그런 블록쌓기 놀이 같은 일을 몇 번이나 되풀이했다.

좁은 금고실 안에서 투박한 몸이 부지런히 움직였다. 시가를 피우는 손과 입이 점점 다급해져 짙은 연기가 금고실에 가득 찼다. 콜롬보는 굴뚝 속에 들어가 있는 것 같았다. 그래도 기침 한 번 하지 않는다. 그림 맞추기에 열중해 있는 아이처럼 상자의 상처 자국을 짜맞추는 일에 몰두했다.

분주한 움직임이 갑자기 딱 멈추었다. 그는 체념했는지, 무거운 한숨을 내쉬며 목을 움츠렸다. 은빛 실날 같은 상처 자국에서는 결국 아무것도 알아내지 못한 모양이다. 콜롬보는 미련이 남은 듯 손전등 불빛을 상자에 들이댄 채 여전히 우뚝 서 있었다.

그때 서재문이 열리는 소리가 나더니, 발소리가 다가왔다. 활기찬 걸음걸이다.

"콜롬보 형사님." 굵은 남자 목소리가 불렀다.

콜롬보는 불쑥 금고실에서 나왔다. 변호사인 마틴 해먼드가 연기 속에서 얼굴을 찡그린 채 빈정거리듯이 말했다.

"금고실에 불이라도 났나요?"

해먼드는 성큼성큼 창가로 다가가 프랑스식 창문을 하나씩 열었다. 실내 공기가 움직이더니 담배 연기가 크게 흔들리며 흐르기 시작했다. 콜롬보는 시가를 입에 문 채 아쉬운 듯 연기의 행방을 눈으로 쫓았다. 그러면서 금고실 문에 기대어 물었다.

"누구신지…"

마틴은 대답도 하지 않고 창문 여는 일을 계속했다. 그는 마지막 창문을 연 뒤에야 천천히 입을 열었다.

"인사가 늦었소만, 마틴 해먼드라고 합니다. 변호사지요. 애비게일 미첼 여사의 고문 변호삽니다."

"아아, 선생이 해먼드 변호사시군요. 나는 로스앤젤레스 경찰의 콜롬보라고 합니다. 강력계에 있지요."

그러고는 다시 금고실로 들어가 손전등을 켜고 상자 쌓는 일에 열중했다. 아까처럼 열심히 하고 있는 게 아니라 심심풀이 같은 느낌이다.

해먼드는 창가에서 금고실로 다가가 안을 들여다보며 혼잣말로 중얼거렸다.

"정말 지독한 연기로군. 게다가 이 냄새는 악취라 해도 좋을 정도야. 이런 걸 피우고도 아무렇지도 않으니, 역시 형사쯤 되면 보통 사람과는 달리 몸이 잘 단련되어 있는 모양이야."

금고실 안에서 재미없다는 듯한 목소리가 들려왔다.

"희한하군. 나도 꽤 오랫동안 형사 노릇을 하고 있지만 이런 일은 난생 처음이야."

해먼드는 금고실 입구에 서서 쌀쌀하게 물었다.

"뭐가 희한합니까? 그 안에 뭐가 있습니까?"

콜롬보는 상자를 만지작거리는 손을 쉬지 않고 대답했다.

"희한하지요. 처음 만났을 때부터 적개심을 노골적으로 드러내는 선생

같은 변호사는 정말 드물어요. 게다가 그게 감정적인 적개심이니 더욱 희한하지요. 의뢰인의 입장을 둘러싸고 논쟁을 걸어오는 것과는 사정이 다릅니다. 선생처럼 감정적으로 시비를 걸어오는 변호사는 좀처럼 보기 힘들어요. 한밤중에 길모퉁이에서 술 취한 주정뱅이가 귀찮게 생트집을 잡는 것처럼…"

"난 술은 한 방울도 안 마십니다." 변호사는 반백의 머리를 쓸어 올리며 말을 이었다. "그러니까 술에 취했을 리는 없고… 어쩌면 싸구려 시가 연기에 취했을지도 모르지요. 나는 담배도 피우지 않으니까 말이오."

"그렇군요. 어쩐지 이빨이 깨끗하더라니. 할리우드의 스타 같아요. 하얀 이빨만 보면 말입니다."

"고맙군요, 형사님." 해먼드는 웃음을 지어 보이고 나서 가면을 벗듯 그 웃음을 지웠다. "그 시가는 제발 그만 피우시죠. 여기는 애비게일 미첼 여사의 작업실이에요. 항상 최상의 환경을 유지하지 않으면 안 됩니다. 악취는 금물이에요. 두뇌 노동에 지장이 있거든요."

콜롬보는 입에 물었던 시가를 손에 들고 손전등 불빛에 비추어보았다. 그러나 잠깐 보고 나서 다시 입에 물었다.

"그러면 해먼드 씨, 선생은 시가를 피우지 않게 해달라는 의뢰를 받고 여기 오신 건가요? 부자들은 역시 하는 짓이 다르군요. 시가에 대해 불평할 때도 일일이 변호사를 고용하니 말입니다. 그것도 초일류 변호사를… 얼마나 받고 이 일을 맡으셨습니까?"

해먼드는 팔짱을 끼었다.

"책을 안 읽는 사람은 모를지도 모르지만, 애비게일 미첼 여사는 유명인사예요. 말하자면 VIP지요."

콜롬보는 상자의 상처 자국을 가리켰다.

"여기에 VI라는 글자가 있는데, P는 없군요. I가 두 개 더 있을 뿐입니다.

이게 내 고민거리예요. 어떻게 생각하십니까? 이 상처 자국 같은 걸…"

콜롬보가 채근하자 해먼드는 불빛 고리를 힐끔 바라보고는 관심 없다는 듯이 대답했다.

"V도 I도 아닙니다. 그냥 상처 자국일 뿐이오. 그런 걸 보기만 해도 봉급이 나오니, 형사란 참 좋은 직업이군요."

콜롬보는 고개를 끄덕인다.

"예, 좋은 직업이지요. 시가를 피우면서 바라보기만 하면 되니까요. 이런 것도 두뇌 노동이라고 하는 거 아닙니까? 그런데 해먼드 씨…" 콜롬보는 빛 고리를 해먼드의 얼굴에 정면으로 비추었다. "문제의 그날 밤에는 어디 계셨습니까? 에드먼드 씨가 이 금고실 안에서 죽은 날 밤에 말입니다."

"이거 놀랍군요. 변호사한테 알리바이를 요구하다니…" 해먼드는 눈부신 빛을 손으로 막으며 대답했다. "그날 밤 나는 뉴욕으로 가고 있었소. 증인은 애비게일 미첼 여사 외에도 수없이 많아요. 뭔가 의심스러운 점이라도 있습니까?"

"이거 실례했습니다. 깜박 잊고 있었군요." 콜롬보는 손전등을 끄고 금고실에서 나왔다. "생각을 좀 하느라 깜박 잊고 있었네요. 선생은 뉴욕에 가셨지요. 미첼 여사와 함께… 그런데 요즘 뉴욕은 어떻습니까?"

해먼드는 묻는 말에는 대답하지 않고 이렇게 내뱉었다.

"변호사한테 알리바이를 요구했다는 사실은 기억해두겠소. 형사님도 기억해두셨으면 합니다. 그런데 형사님은 아무래도 사정을 잘 이해하지 못하는 것 같아서 다시 한번 말하겠는데, 애비게일 미첼 여사는 유명인사이고 사회적 지위도 있는 출판계의 VIP로서…"

"알고 있습니다, 해먼드 씨." 콜롬보는 손사래로 그의 말을 가로막고, 그 손을 서재 벽으로 향했다. "책을 안 읽는 사람도 저걸 보면 그 정도는 압니다. 저 벽에 줄지어 걸린 사진 말입니다. 애비게일 여사가 악수하고 있는 상대가 모두 유명인사들 아닙니까. 케네디도 있고, 소피아 로렌도 있고, 신문왕 허스트도 있고, 오손 웰스도 있군요. 저 사람들 모두가 애비게일 여사의 애독자겠지요? 살인사건을 좋아하는 겁니다. 나하고 취미가 같아요. 하지만 저건 어떻게 된 겁니까? 왜 인디라 간디와 악수하는 거죠? 어떻게 알게 되었을까요?"

"인도를 여행할 때 뉴델리에서 만났습니다." 해먼드는 이렇게 대답하고, 그제야 본론을 꺼냈다. "이왕 말이 나온 김에 말씀드리지만, 미첼 여사는 또 아시아로 떠나십니다. 가까운 장래에 배를 타실 거예요. 미첼 여사는 유명인이고 취재 여행이니까, 방해하는 건 용납하지 않겠습니다."

콜롬보는 책상을 향해 걸어가면서 잘라 말했다.

"아니, 그건 안 됩니다. 안됐지만 여행은 잠시 연기해주셔야겠어요. 미첼 여사한테는 이미 말씀드렸습니다."

해먼드는 콜롬보를 따라 책상으로 다가갔다. 그러고는 책상을 사이에 두고 콜롬보와 마주 섰다.

"이유를 밝혀주면 좋겠군요, 미첼 여사가 여행을 떠날 수 없는 이유를."

콜롬보는 코트 주머니를 뒤져, 작은 종잇조각이 들어 있는 비닐봉지를 꺼냈다.

"이유요? 이유는 간단합니다. 그분의 소유인 금고실에서 시체가 나왔기 때문이지요."

"그런 걸 묻는 게 아닙니다. 법적 근거를 묻는 거지. 유명인의 신병을 구속하는 법적 근거를 밝혀주세요. 나는 변호사로서 요구하고 있는 겁니다."

콜롬보는 봉지 속에서 휴지 같은 것을 두 장 꺼내어 조심스럽게 책상 위에 놓았다.

"해먼드 씨, 창문을 좀 닫아주시겠습니까? 이게 바람에 날려가면 안 되니까."

"직접 닫으시죠. 하지만 그 담배부터 끈 뒤에 닫는 게 좋을 것 같군요."

그 말을 듣고 콜롬보는 시가를 바라보았다. 시가는 이미 짧아져 있어서 지우개 정도의 길이밖에 안 되었다. 그는 재떨이에 시가를 비벼 껐다. 그러고는 종잇조각을 가리키며 말했다.

"창문은 내가 닫을 테니 그동안 이걸 누르고 계세요. 날아가버리면 곤란합니다. 중요한 증거품이니까요."

책상 위에는 가로가 15센티미터쯤 되는 직사각형의 종잇조각이 두 장 놓여 있었다. 아무것도 쓰여 있지 않은 백지이고, 게다가 손으로 찢은 자국이 있었다. 쓰레기통에서 주워온 휴지로밖에는 보이지 않는다. 그러나 콜롬보는 단호히 주장했다.

"부탁합니다, 해먼드 씨."

할 수 없이 해먼드는 손을 뻗었다.

"지문이 묻어도 괜찮나요?"

"괜찮습니다. 지문은 벌써 조사했으니까요. 타이프 용지라는 것도, 에드먼드 씨가 찢었다는 것도 알고 있습니다."

콜롬보는 책상 앞을 떠나 창문을 하나씩 닫으며 돌아다녔다. 창문을 다 닫은 콜롬보가 책상으로 돌아오자 해먼드가 말했다.

"어떻습니까? 법적 근거는 밝힐 수 없겠지요? 근거가 아무것도 없잖습니까?"

"법적 근거요? 그건 좀 어려운 문제군요." 콜롬보는 혼잣말처럼 중얼거리며 책상 위의 종잇조각을 만지작거렸다. 쪽지 두 장의 위치와 각도 따위를 여러 가지로 바꾸어보았다.

해먼드가 다시 말을 이었다.

"형사님, 금고실은 분명 애비게일 미첼의 소유지만, 사고는 그분과는 아무 관계도 없습니다. 여사가 여기 있을 때 그런 사고가 일어난 것도 아니잖습니까. 에드먼드는 일단 이곳을 나갔습니다. 자기 집으로 돌아갔지요. 그건 세 사람이 목격했습니다. 목격자 가운데 한 사람은 바로 나예요. 그런데 언젠지는 모르지만 어쨌든 우리가 떠난 뒤에 에드먼드는 다시 여기로 돌아온 겁니다. 그때 미첼 여사는 이미 이곳에 없었습니다. 뉴욕으로 갔으니까요. 그리고 내가 미첼 여사와 동행했습니다." 해먼드는 잠시 말을 끊었다가 다그치듯 말했다. "그런데도 형사님은 애비게일 미첼을 구류할 작정이신가요?"

콜롬보는 무심히 놀고 있는 어린애처럼 종잇조각을 움직이고 있다. 두 장의 쪽지를 가까이 놓고, 찢긴 자국을 맞추려 하고 있다.

해먼드가 소리를 질렀다.

"어떻습니까, 미첼 여사를 용의자로 구류할 작정인가요?"

콜롬보는 종잇조각을 들여다본 채 대답했다.

"천만에요… 그렇게까지는 할 수 없지요."

"그럼 중요한 증인으로서 신병을 맡겠다는 겁니까? 확실히 대답해주시오."

콜롬보는 숨을 죽이고 두 장의 종잇조각을 맞추면서 남의 일처럼 말했다.

"그것도 무리겠지요. 증인이라 해도 미첼 여사는 가장 중요할 때 이곳에 없었으니까요."

"그럼 도대체 무슨 이유로?"

콜롬보는 대답하지 않았다. 그러나 어깨의 힘을 빼고 허리를 쭉 펴서 책상 위의 종잇조각을 찬찬히 바라보았다.

"이봐요, 해먼드 씨, 이 두 장의 종잇조각이 딱 맞을까요?"

그것쯤은 첫눈에 알 수 있었다. 찢어진 자리는 서로 들어맞지 않는다.

"아니, 아무리 봐도 맞지 않는데요."

"역시 그런가…" 콜롬보의 굵은 손가락이 종잇조각을 천천히 떼어놓았다. 책상의 갈색 나뭇결을 사이에 두고 두 장의 쪽지가 서로 마주 보고 있다. 콜롬보는 쪽지 사이를 가리켰다. "이 부분, 이 가운데 부분이 없어졌다고는 생각지 않으십니까?"

"그러고 보니 그럴지도 모르겠군요. 그렇다면 어딘가에 있지 않겠어요?"

"과연 변호사다운 눈썰미입니다."

콜롬보는 종잇조각을 집어서 비닐봉지에 도로 집어넣었다. 그리고 봉지를 코트 주머니에 쑤셔넣었다.

"아주 큰 발견입니다. 세 번째 종잇조각이 어딘가에 있다는 것 말입니다. 세 개로 찢은 종이의 가운데 부분이 사라지고 양쪽의 두 부분만 남았다는 거잖습니까. 고맙습니다. 유능한 변호사가 도와주셔서 큰 도움이 되었습니다."

콜롬보는 종잇조각을 넣은 주머니를 탁 두드렸다. 몹시 기쁜 모양이었다. 그러나 다음 순간 갑자기 눈썹을 치켜 올리며 눈을 크게 부릅떴다.

"오… 오오…" 콜롬보는 숨 막히는 신음소리를 내면서 천천히 눈길을 떨어뜨렸다.

어느새 미스 마플이 발치에 와서 콜롬보의 구두끈에 매달려 있었다. 당황한 콜롬보는 한쪽 발을 휙 들어 올리더니 책상에 손을 짚고 매달렸다. 그러자 고양이는 코트 자락에 덤벼들어 장난을 치기 시작했다. 콜롬보는 입을 뻐끔거리면서 구원을 청하듯 변호사를 바라보았다.

"왜 그러세요? 속이 안 좋으세요?" 변호사가 말했다.

콜롬보는 격렬하게 고개를 젓고는 코트 자락을 들어 올려 고양이를 떼어내려고 했다. 하지만 고양이는 코트 자락에 발톱이 걸려 낚싯줄에 걸린 물고기처럼 딸려 올라왔다.

"이 녀석, 장난이 꽤 심하군." 변호사가 허리를 굽혀 미스 마플의 발톱을 코트 자락에서 떼어내고 고양이를 안아 올렸다.

콜롬보는 한숨을 길게 내쉬고는 코트 자락을 탈탈 털었다.

"고맙습니다. 그럼 나는 이만…"

콜롬보는 손을 쳐들어 보이고는 허둥지둥 문 쪽으로 걸어갔다.

그러나 해먼드가 뒤에서 불러 세웠다.

"형사님, 애비게일 여사의 신병 문제에 대해 확답을 주지 않는 한, 변호사로서는 절대로 물러설 수 없습니다."

콜롬보는 문손잡이를 잡으며 알랑대는 웃음을 떠올렸다.

"아아, 법적 근거 말이군요. 걱정하지 마십시오. 이제 곧 근거가 나올 테니까요. 근거가 나오면 맨 먼저 선생께 알려드리지요. 그럼 이만 실례."

콜롬보는 손을 흔들고 나갔다.

제4장

받지 못한 보수

1

여성용 사우나의 휴게실에서 베로니카 브라이스는 꾸벅꾸벅 졸고 있었다. 사우나실에서 나와 아직도 화끈거리는 몸에 타올 한 장만 두른 채 긴 의자에 누워 있었다. 머리맡 탁자에는 토마토주스 잔이 놓여 있었다. 유리잔은 땀을 흘리고 있었다. 베로니카는 주스를 한 모금 마셨다. 잔에 가느다란 손가락 자국이 남았다. 그곳만 물방울이 지워졌지만, 탁자에 돌려놓자 또 금세 물방울이 뚝뚝 떨어져 손가락 자국은 순식간에 사라졌다.

아무 일도, 아무 생각도 하지 않고 편안히 쉬는 것은 쾌락의 하나였다. 그런 여자들이 많이 있었다. 휴게실에는 사우나실에서 나와 땀과 화끈거림이 가시기를 기다리는 여자들이 각양각색의 모습으로 누워 있었다.

대부분 뚱뚱한 여자들이다. 비만한 몸뚱이를 주체하지 못해 조금이라도 날씬해지려고 땀을 빼러 온다.

베로니카는 다르다. 살을 빼기 위한 고행 따위는 필요 없는 몸매였다. 그녀는 편안히 쉬기 위해 사우나에 왔다. 눈앞에 열린 장밋빛 미래를 상상하면서 혼자 느긋하게 쉬러 온 것이다.

그때 휴게실 입구 근처에서 요란한 비명소리가 일어났다. 비명은 순식간에 휴게실 전체로 전염되었다. 여자들이 차례로 일어나 이리저리 도망쳐다닌다. 하얀 목욕타올을 두른 하얀 살덩어리들이 무턱대고 뛰어다니며 쇳소리를 지른다. 그 소동 너머에서 두 남자가 옥신각신하고 있었다. 둘이 옥신각신하면서 휴게실 안으로 들어왔다. 한 사람은 경비원 제복을 입고 있고, 또 한 사람은 후줄근한 레인코트를 걸치고 있다.

베로니카는 일어나서 옷장을 열고 목욕가운을 걸쳤다. 다른 여자들은 휴게실 한쪽 구석에 모여 계속 쇳소리를 질러대고 있었다.

옥신각신하는 두 남자는 말이 없었다. 서로 치고받고 싸우는 것은 아니다. 한 사람은 경비원을 뿌리치고 있고, 경비원은 상대가 달아나지 못하게 매달려 있다. 남자는 경찰 배지를 꺼내어 흔든다. 그러나 화가 잔뜩 나 있는 젊은 경비원은 그런 것에는 눈길도 주지 않는다. 경비원은 어떻게든 남자를 붙잡으려 하지만, 중년 형사도 필사적으로 저항하고 있다.

형사가 갑자기 소리를 질렀다.

"베로니카 씨! 베로니카 브라이스 씨! 안 계십니까?" 이렇게 외치고 나서 다시 경비원과 드잡이를 한다.

베로니카는 목욕가운의 깃을 세우고 다가갔다.

"콜롬보 형사님, 사람을 찾는 방법이 너무 요란하시군요."

콜롬보는 경비원에게 머리카락을 붙잡혀 얼굴을 찡그리면서도 기쁜 듯이 소리를 질렀다.

"아, 베로니카 씨! 잠깐 할 이야기가… 저쪽에서 기다고 있을 테니까 좀 와주세요." 그러고는 경비원의 팔을 움켜잡고 버둥거리면서 말했다. "좀 놓아줘. 아프잖아. 나갈 테니까 놔달라고." 그러나 경비원은 들은 척도 않고 콜롬보의 팔을 비틀어 엎어누르려고 했다. 콜롬보는 숨을 헐떡이며 저항한다. "제발 누가 경찰 좀 불러주세요!"
 이렇게 외친 순간 콜롬보는 경비원에게 떠밀려 쓰러졌다. 구둣발로 걷어차려는 경비원을 베로니카가 간신히 말렸다.
 "이분은 형사예요. 로스앤젤레스 경찰의 형사라고요."
 경비원은 어깨로 숨을 몰아쉬면서 말했다.
 "형사? 아무리 형사라도 그렇지, 여자 목욕탕을 엿보는 취미는 용서할 수 없어요."
 "아니에요. 나를 만나러 온 거예요. 그러니까 현관으로 데려가세요. 나도 금방 갈 테니까."
 "지독한 놈이군. 형사라는 자가 벌거벗은 여자들이나 엿보고 다니고…"
 젊은 경비원은 콜롬보를 일으켜 팔을 잡고 데려갔다. 콜롬보의 다리가 위태롭게 꼬여 비틀거렸다.

 베로니카는 옷을 입고 휴게실을 나갔다.
 콜롬보는 남자용 사우나와 공동으로 쓰는 로비에서 기다리고 있었다. 현관 유리문에 얼굴을 비추며 손가락으로 열심히 머리를 빗고 있었다.
 베로니카가 말을 걸었다.
 "형사치고는 싸움 솜씨가 형편없나 보군요."
 콜롬보가 돌아보며 쑥스런 표정을 지었다.
 "어처구니없는 경비원이에요. 누군가에게 베로니카 씨를 불러달라고 부탁할 생각이었는데, 접수구에서는 안에 있는 담당자한테 부탁하라는 겁니다. 그래서 담당자를 찾으러 갔더니 느닷없이 경비원이 뛰쳐나와서는… 설명할 틈도 주지 않고 다짜고짜… 하마터면 죽을 뻔했지 뭡니까."
 "큰 봉변을 당하셨군요."

제4장 받지 못한 보수

두 사람은 유리문을 열고 밖으로 나왔다. 베로니카의 자동차 옆에 초라한 차가 서 있었다.

"콜롬보 형사님, 내가 여기 있다는 얘기는 누구한테 들으셨어요?"

"예? 아, 그건…" 콜롬보는 우물거리며 햇살을 피하듯 이마에 손을 댔다. "잠깐 물어봤더니 이쪽으로 왔다고 해서, 차를 타고…"

"거짓말이죠? 난 여기 온다는 얘기를 아무한테도 하지 않았는걸요." 베로니카는 장난스럽게 웃으며 초라한 자동차를 가리켰다. "저걸 타고 미행하셨죠? 그래, 혐의가 뭐죠?"

콜롬보는 열심히 손을 내저었다.

"당치도 않습니다. 혐의라니요… 미행한 것은 인정합니다. 하지만 미행이라고 말하면 너무 거창하군요. 나는 그저 미첼 여사님의 비서인 베로니카 씨한테 뭘 좀 듣고 싶었을 뿐입니다. 그런데 마침 여사님이 눈앞을 지나간 거예요. 자동차를 타고 말입니다. 말을 걸까 했지만 벌써 때가 늦었더군요. 그래서 쫓아왔는데 도중에 그만 놓쳐버려서… 체념하고 달리는데 여사님의 자동차가 여기 서 있는 게 보이더군요. 그렇게 된 겁니다."

거짓말인지 정말인지는 알 수 없지만, 어쨌든 설명하고 있는 사람은 자기 이야기에 완전히 만족하여 열심히 고개를 끄덕이고 있었다.

"좀 현기증이 나는군요. 괜찮다면 차 안에서 이야기할까요?" 베로니카는 말하고 자기 차로 다가갔다. 크림색 아우디였다.

콜롬보가 반대쪽 문을 열고 올라탔다.

"이것도 유럽산 자동차군요. 내 것보다 좀 넓은데요. 실은 내 차도 유럽산이랍니다. 나이를 좀 먹었지만."

베로니카는 시트 등받이에 머리를 기댔다. 정말로 현기증이 났다. 사우나에 너무 오래 들어가 있었는지도 모른다. 처음으로 유급 휴가를 받는 바람에 좀 들떠 있었던 모양이다.

오늘 아침, 시험 삼아 유급 휴가를 달라고 말해보았다. 애비게일은 얼굴을 살짝 찌푸렸을 뿐 당장에 허락해주었다. 어떤 요구라도 받아줄 것 같았다. 현기증은 기쁨의 절정에 있다는 증거인지도 모른다.

"이 자동차는 독일제군요. 내 건 프랑스제예요. 독일과 프랑스는 이웃이나 마찬가지죠. 유럽산 자동차는 싫증이 나지 않아요. 나는 벌써…"

"형사님, 자동차 이야기를 하려고 날 미행하셨나요?"

"아니, 아까도 말했지만 미행이라는 말은 너무 거창하고…"

"용건이 뭐죠? 빨리 끝내주세요."

콜롬보는 손가락 끝으로 눈썹을 득득 긁었다.

"실례했습니다. 내 나쁜 버릇이지요. 집사람도 자주 잔소리를 한답니다. 항상 서론이 너무 길다고. 내가 원래 이야기를 좋아하거든요. 이야기를 하다 보면 그만 열중해버려서, 무슨 이야기를 하려고 했는지도 까맣게 잊어버린답니다. 정말 나쁜 버릇이에요. 저어…" 콜롬보는 말문이 막혀 우물거린다. 베로니카는 끈기 있게 기다렸다. 콜롬보는 헛기침을 하고 나서 말을 이었다. "내가 묻고 싶은 건… 어떻게 해서 시체를 발견하게 되었느냐…"

"그건 벌써 몇 번이나 말씀드렸는데요."

"예, 하지만 다시 한번 자세히 듣고 싶어서요. 시체를 발견할 때까지의 자초지종 같은 걸…"

"자초지종요? 자초지종은 간단해요. 금고실을 열었더니 시체가 나왔어요. 그것뿐이에요."

생각하고 싶지 않은 사건이었다. 땀투성이가 된 남자의 시체가 눈앞에 어른거린다.

"그러니까 내가 알고 싶은 건 무슨 이유로 금고실을 열었느냐 하는 겁니다."

"콜롬보 형사님, 시체를 처음 발견한 사람은 항상 의심을 받는다는데,

그게 정말인가요?"

콜롬보는 앞유리창 너머의 하늘을 내다보며 날씨라도 확인하듯 눈을 가늘게 떴다. 그러고는 그 자세 그대로 물었다.

"누가 그래요? 애비게일 여사님이 그러던가요?"

"아니에요. 하지만 그분이 쓴 소설에 그런 이야기가 나온 것 같아서…"

콜롬보는 베로니카를 바라보며 안심시키듯 웃었다. 눈꼬리가 내려가 알랑거리는 얼굴이 되었다. 피자가게 주인이 되어 하얀 모자라도 쓰면 어울릴 것 같은 얼굴이었다.

"베로니카 씨는 분명 시체를 처음 발견한 사람입니다. 하지만 나는 의심하지 않아요. 요만큼도 의심하지 않습니다. 나한테 좀 알려주시지 않겠습니까? 무슨 이유로 그날 아침에 금고실을 열었는지. 그것도 하필이면 그렇게 이른 시간에…"

"일 때문이에요. 신작 교정지와 타이프 원고를 대조하고 검토할 일이 있었거든요. 교정지도 타이프 원고도 모두 금고실 안에 들어 있었어요."

"금고실을 여는 날은 정해져 있지 않나요? 일주일에 한 번이나 두 번… 아니면 매주 금고실을 여는 요일이 정해져 있다거나…"

베로니카는 고개를 저었다.

"은행이 아니니까 그런 건 정해져 있지 않아요. 선생님은 아주 꼼꼼한 분이라서 원고는 책상 서랍에 넣지 않고 반드시 금고실에 넣어두세요. 무리도 아니죠. 현금보다 더 가치있는 원고니까요."

"그러면 그 금고실은 서랍 같은 거로군요. 그런데 신작 소설이란 건 뭡니까?"

"제목이 〈내가 살해된 밤〉인데, 베스트셀러가 될 건 틀림없어요."

베로니카의 눈이 반짝 빛났다. 그러나 그 빛은 곧 사라졌다.

"〈내가 살해된 밤〉이라… 잘 팔릴 것 같은데요. 그런데 애비게일 여사가 뉴욕으로 떠나신 날 밤 당신은 몇 시쯤 퇴근했나요?"

"9시 좀 지나서예요."

"곧장 댁으로 가셨나요?"

"예, 곧장 귀가했어요. 알리바이는 없지만."

베로니카가 웃어 보이자 콜롬보는 고개를 끄덕였다.

"또 한 가지만⋯ 에드먼드 씨의 자동차 열쇠가 발견되지 않았는데, 혹시 어딘가에서⋯"

"못 봤어요. 설마 이건 아니겠죠?"

베로니카는 자기 자동차 열쇠를 꺼내어 콜롬보의 눈앞에서 흔들어 보였다. 크리스털 손잡이가 아름답게 세공된 열쇠고리에 붙어 있었다.

"설마⋯"

콜롬보가 눈을 가까이 대고 집어삼킬 듯이 바라보자 베로니카는 손을 휙 내리고 키를 꽂아 시동을 걸었다.

"놀리지 마세요. 그런데, 바쁘지 않으세요?" 베로니카가 물었지만 콜롬보는 차에서 내릴 기색도 없이 짧은 다리를 꼬았다. 낡은 구두는 먼지투성이였다. 베로니카는 그 구두에서 눈길을 돌리고 콜롬보의 코앞으로 손을 뻗어 문을 열었다. "미안하지만 여러 가지로 준비할 게 많아서요."

"준비라뇨?"

"여행 준비요. 물건도 이것저것 사야 하고⋯ 좀 바빠요."

"여행이라니? 여행을 떠나십니까?" 콜롬보는 이렇게 중얼거리면서 굼뜬 동작으로 차에서 내렸다. 그러나 밖으로 나간 뒤에도 문을 닫지 않고 열린 문 안으로 얼굴만 들이밀고 말했다. "알았습니다. 애비게일 여사와 함께 가시는군요. 이거 놀라운데요. 아니, 부럽습니다. 호화 여객선을 타고 여행하다니⋯"

베로니카는 경계심을 늦추었다.

"좋잖아요? 나도 배를 타고 동양을 여행하는 건 처음이에요."

문 안으로 들어온 투박한 얼굴이 웃는다. 그러나 아까처럼 알랑대는 얼굴은 아니었다. 웃고 있기는 하지만 콜롬보는 뭔가 다른 생각을 하고 있는 게 분명하다. 입가만 느슨하게 풀어졌을 뿐 눈은 웃고 있지 않았다. 눈꼬리에 깊은 주름이 잡혀 있었다. 한쪽 눈썹만 치켜 올라갔다.

"아니, 정말로 놀랐습니다." 말투는 여전히 가볍다. 콜롬보는 베로니카를 물끄러미 바라보며 날카로운 눈초리와는 어울리지 않는 쾌활한 목소리로 말했다. "나는 애비게일 여사 혼자 가는 줄 알았거든요. 틀림없이 혼자 떠나는 거라고 생각했어요. 그도 그럴 것이 지난번에 레이디 클럽 앞에서 만났을 때 당신은 애비게일 여사의 표만 예약해놓은 것처럼 말했으니까요. 나는 그런 식으로 받아들였죠. 그런데 갑자기…"

"아니, 갑자기 결정한 건 아니에요." 베로니카는 기어를 넣고 엔진을 고속으로 회전시켰다. 콜롬보는 황급히 문에서 고개를 빼고 물러섰다. 그러나 문을 닫으려고는 하지 않는다. "미안하지만 문 좀 닫아주시겠어요?"

그러자 콜롬보는 문을 잡으며 말했다.

"이거 실례했습니다. 아 참, 뱃멀미에 잘 듣는 약이 있는데 알려드릴까요?"

"괜찮아요."

베로니카는 한시라도 빨리 도망치고 싶었다. 오랫동안 함께 있다가는 꼬리를 잡힐 것 같았다.

"나중에라도 마음이 변해서 약 이름을 알고 싶어지면 전화 주세요. 그 밖에도 뭐든지 이야기하고 싶은 일이 생기면 연락 주세요. 그럼…"

콜롬보는 겨우 문을 닫았다. 잘 닫히지 않는 문에 익숙해져 있는 탓인지 팔에 불필요할 만큼 강한 힘을 준 모양이다. 문은 무시무시한 기세로 닫히면서 요란한 소리를 냈다. 그와 거의 동시에 아우디는 앞바퀴를 마찰

시키며 출발했다.

지켜보는 콜롬보의 모습이 거울에 비쳐 있었다. 이마에 손을 대고 그녀를 지켜보고 있다. 베로니카가 브레이크도 제대로 밟지 않고 주차장에서 도로로 뛰쳐나갔을 때에야 겨우 콜롬보는 거울 밖으로 사라졌다.

베로니카는 한숨을 내쉬며 기어를 최고로 올렸다.

2

태양이 나타났다 숨었다 한다. 구름의 움직임이 빠르다. 태양이 숨으면 추워진다. 바람은 여전히 부드러운데, 그 바람이 살을 에는 차가운 바람으로 변했다가, 구름이 사라져 태양이 나타나면 바람까지 따뜻해져 벌써 봄을 느끼게 한다. 그런 일이 되풀이되고 있는 아침이었다.

애비게일은 아침 식사 전의 한때를 리돈도비치의 항구에서 보냈다.

힘을 빌리고 싶었다. 죽은 필리스의 힘을 빌리고 싶었다. 에드먼드에 대한 그 격렬하게 타오르는 증오심을 다시 한번 일으키고 싶었다.

지금의 애비게일에게는 증오심조차 존재하지 않는다. 두려움이 남아 있을 뿐인 가슴에는 커다란 구멍이 뚫려 있다. 되도록 보지 않으려고 애써온 암초를 바라보며 증오심의 에너지만이라도 되찾아두지 않으면 안 된다.

애비게일은 일종의 의식을 준비하고 있었다. 코트 주머니에는 에드먼드의 자동차 열쇠가 들어 있었다. 필리스를 죽음으로 몰고 간 암초가 보이는 곳에 서서 열쇠를 바다에 던질 작정이었다.

모든 재난의 원인은 에드먼드였다. 필리스의 죽음도, 에드먼드 자신의 죽음도, 그리고 베로니카의 협박도 따지고 보면 젊은 남자의 천박한 탐욕이 초래한 것이었다. 열쇠를 바다에 매장함으써 비서의 협박에 맞설 수 있는 힘을 얻지 않으면 안 된다.

애비게일은 요트 전용 항구의 방파제를 따라 바다 쪽으로 걸어갔다. 암초는 정면 난바다에 아득히 떠 있었다. 물이 빠져나가 바위 일부가 수면 위로 불쑥 튀어나와 있었다. 찾는 이가 없는 쓸쓸한 무덤처럼 보인다. 바위는 온통 검게 칠해진 묘비 같았다.

산들바람이 불고 있을 뿐인데 그 암초 언저리만은 파도가 거칠다. 커다란 파도가 해안에 닿기 전에 바위에 부딪혀 하얗게 부서진다. 분수처럼 높이 치솟는 물기둥도 보였다.

돛에 바람을 안은 요트가 암초를 멀리 우회하여 다가온다. 그날 밤에 드먼드와 필리스를 태운 요트는 암초를 향해 곧장 달려갔다. 살의를 싣고 미끄러져갔다.

애비게일은 주머니에 든 열쇠를 살짝 잡았다. 추억이 담긴 열쇠고리를 손가락 사이에 끼웠다.

애비게일은 방파제 난간에 기대어 바다를 들여다보았다. 바다는 충분히 깊었다. 물은 맑지만 바닥은 보이지 않는다. 열쇠를 움켜쥔 손을 주머니에서 막 꺼내려 할 때 뒤에서 굵은 목소리가 들렸다.

"애비게일 여사님! 이거 정말 놀랍군요. 이런 곳에서 만나다니…" 그 목소리였다.

애비게일은 꺼내려던 손을 주머니 속으로 다시 찔러 넣었다.

"안녕하십니까, 여사님. 하지만 정말 놀랐습니다. 이런 데서…"

콜롬보는 방파제의 가운데쯤에 서서 손을 높이 쳐들고 있었다. 묘하게 생긴 개를 끌고 왔다. 귀가 길게 늘어져 있고 몸통이 길었다. 그러나 다리는 이상하게 짧았다. 강아지처럼 보이지만 다 자란 개일 것이다. 개는 빠른 걸음으로 다가오는 콜롬보에게 질질 끌려오면서 짧은 다리를 부지런히 움직였다.

"멀리서 뒷모습을 보고 혹시나 했는데, 가까이 와서 보니 역시 여사님이 아니겠습니까. 정말 깜짝 놀랐습니다."

콜롬보는 애비게일 앞에 섰다.

"안녕하세요, 콜롬보 씨. 나도 깜짝 놀랐어요. 놀라게 한 건 어느 쪽일까요. 형사님은 남을 놀래거나 스스로 놀라는 걸 상당히 좋아하시는 것 같군요."

"아니, 남을 놀래는 취미는 없습니다. 하지만 깜짝 놀라는 일은 자주 있지요. 나는 여러 가지 일로 깜짝 놀라곤 한답니다. 지금 같은 경우는 즐거운 놀라움이지만, 오싹 소름이 돋는 경우도 있지요. 그런 건 아무래도…"

"이 항구에는 자주 오세요?"

"예, 가끔 옵니다. 아침나절에 개를 산책시켜야 하기 때문에…"

애비게일은 콜롬보를 정면으로 찬찬히 바라보았다.

"거짓말을 하시는군요."

"네에?"

애비게일은 생긋 웃으며 다그친다.

"늙은이를 속일 수는 없어요. 이런 곳으로 산책을 하러 오다니, 거짓말이죠?"

"아, 예… 거짓말입니다." 콜롬보는 장난을 들킨 어린애처럼 멋쩍은 웃음을 지었다. "실은… 댁으로 찾아갔더니 가정부가 이쪽으로 가셨다고 하더군요."

애비게일은 고개를 끄덕이고는 미소를 머금은 채 말했다.

"콜롬보 씨는 할머니 슬하에서 자랐죠?"

"아니, 정말 놀랍군요. 그걸 어떻게 아셨습니까?"

"척 보면 알아요."

목줄에 묶인 개는 애비게일을 뚫어지게 쳐다보고 있었지만, 애비게일이 웃는 얼굴로 바라보자 재미없다는 듯이 고개를 돌려버렸다. 꼬리도 흔들지 않는다. 빨리 어딘가로 가자는 듯 짧은 다리를 땅에 대고 버티며 목줄을 끌어당겼다.

"이 개는 이름이 뭐죠?"

애비게일이 묻자 콜롬보는 개를 내려다보았다.

"개요. 그냥 '개'라고 합니다."

"어머나…"

애비게일이 어처구니없다는 얼굴로 그 말을 아예 믿지도 않는 것을 보고 콜롬보는 초조한 듯이 말했다.

"아니, 정말입니다. 믿어주세요. 이 개는 '개'라고 합니다. 바빠서 이름을 붙여줄 짬도 없이 지내다보니 어느새 다 자라버렸지 뭡니까. '개야' 하고 부르면 응답을 합니다."

애비게일은 이쪽으로 엉덩이를 돌리고 따분한 듯 하늘을 쳐다보고 있는 개를 불러보았다.

"개야!"

개는 하품을 하며 늘어지게 기지개를 켜고는 그대로 털썩 주저앉았다.

"이상한데…"

"몸이 안 좋은가 봐요."

콜롬보는 허리를 굽히고 손을 내밀었다. 개가 그 손을 날름 핥는다.

"좀 우울한 얼굴을 하고 있지만, 이 녀석은 항상 이래요."

애비게일은 개를 가리켰다.

"일어서 있어도 배가 땅바닥에 닿을 것 같네요. 밥을 너무 많이 먹어서 위가 늘어난 게 아닐까요?"

콜롬보는 짐을 안듯 개를 옆구리에 끼고 일어섰다.

"원래 체형이 그렇습니다. 배가 땅에 닿을 것 같지만 닿지 않는 게 이 개의 좋은 점이죠."

콜롬보는 바다를 바라보고는 난간에 기대어 개의 얼굴을 바다 쪽으로 돌렸다.

"이 녀석은 바다를 좋아한답니다."

"그걸 형사님이 어떻게 알아요?"

"그야 척 보면 알죠. 이 녀석은 바다를 보면 기쁜 표정을 짓거든요."

개는 콜롬보의 겨드랑이에 끼인 채 성가신 듯 발버둥치고 있다. 목을 비틀어 옆으로 돌린다. 바다 따위는 보고 싶지도 않다는 태도였다.

"바다는 이제 그만 볼래? 그럼 마음대로 산책하고 와도 좋아."

콜롬보는 목줄을 풀어 개를 콘크리트 바닥에 내려놓고는 애비게일을 쳐다보았다.

"제대로 훈련을 받았으니까 걱정하지 마십시오. 자, 개야, 앉아."

개는 콜롬보의 명령을 무시하고 어슬렁어슬렁 걷기 시작했다. 방파제의 콘크리트 바닥에 코를 대고 천천히 멀어져간다.

"어머나, 정말 훌륭한 개로군요."

애비게일은 개에게 등을 돌리고 바다를 바라보았다. 암초에 부딪혀 부서지는 파도가 햇빛을 받아 반짝반짝 빛난다. 검게 칠한 묘비처럼 보이던 바위는 암갈색 바탕을 드러냈다.

콜롬보는 애비게일과 나란히 난간에 기대어 요트를 가리킨다.

"저렇게 흔들리는 요트를 어떻게 탈 수 있는지, 참 용해요. 나는 보기만 해도 멀미가 날 것 같은데… 하지만 주말이면 요트가 엄청나게 많이 나와요. 서로 충돌이라도 하지 않을까 걱정스러울 만큼 북적거리죠. 여사님은 바다를 좋아하십니까?"

"옛날엔 좋아했지만 지금은 별로 좋아하지 않아요."

"그렇습니까? 나는 이맘때의 바다를 좋아하죠. 여름 시즌이 되기 전의 바다 말입니다. 모래밭을 산책하면서 생각을 하거나… 이래 봬도 이것저것 생각할 게 많거든요."

"나도 그래요. 생각해야 할 일들도 많고 생각해서는 안 될 일도 많지요. 혼자 산책하는 것이 못 견디게 고통스러워질 때도 있어요."

"이해할 만합니다. 그럴 때 옆에 개가 있으면 좋아요. 개를 길러보시지 그러세요."

애비게일은 웃었다.

"나한테는 미스 마플이 있어요. 이 해변에서 필리스가 주워왔죠."

"아아, 그 페르시아고양이요?"

"샴고양이예요."

갑자기 태양이 구름 뒤로 숨자 암초의 바위가 다시 검어졌다. 애비게일은 코트깃을 세우고 손을 주머니 속으로 찔러 넣었다. 에드먼드의 자동차 열쇠가 손가락에 닿는다. 그녀는 열쇠고리를 만지작거리면서 말했다.

"난 요트를 보고 있었어요. 아름다운 광경이지만, 모두 필리스가 사고를 당했을 때 타고 있던 요트처럼 보여서…"

"그 사고에 대해서는 나도 수사보고서를 읽어보았습니다." 콜롬보는 애비게일을 쳐다보면서 말을 이었다. "필리스 씨가 요트에서 떨어진 건 사실인 것 같은데 시체는 아직 발견되지 않았더군요. 그래서 익사였는지도 확인되지 않았고요. 형식적으로는 실종으로 처리되어 있습니다. 물론 사망했을 테지만 사인은 확인되지 않았습니다. 그렇지요?"

애비게일은 고개를 끄덕이고 콜롬보를 찬찬히 바라보았다.

"경찰은 별로 열심히 조사하지 않았어요. 수사는 곧 종결되어버렸고…"

"죄송합니다. 어쩔 수 없었을 겁니다. 어떻게 손쓸 방도가 없어서 그냥 내던져버린 것 같습니다. 결국 에드먼드 씨의 증언밖에는 아무것도 없었으니까요. 그 사고는 분명 저 언저리에서…"

콜롬보는 암초를 가리켰다. 애비게일은 가늘게 몸을 떨었다.

"정말로 손을 쓸 수가 없었을까요? 나 같으면 어떻게든 해보았을 텐데…"

그녀는 주머니 속의 열쇠를 만지작거렸다. 빨리 처리해버리고 싶은 유품이었다.

콜롬보는 한숨을 내쉬었다.

"경찰도 결국 공무원 집단입니다. 서류로 처리할 수 있는 일이라면 쓸데없는 일을 떠맡고 싶지 않다는 게 솔직한 심정이겠지요. 하지만 그래서는 슬픔에 잠긴 사람의 마음은 좀처럼 가라앉지 않지요. 여사님의 심정은 충분히 이해합니다. 소중한 조카따님을 그런 식으로 잃었으니… 게다가 시체도 찾지 못하고 사인도 확실히 밝혀지기 전에 수사가 종결되었으니 말입니다. 나도 부모를 여의었지만, 부모님은 나보다 나이가 많으니까 체념할 수도 있습니다. 하지만 나이 어린 육친을 잃으면 견딜 수 없는 심정이겠지요."

그 견딜 수 없는 심정을 콜롬보는 정말로 이해하고 있을까. 아니면 이해하는 척하면서 함정을 파고 있는 것일까. 애비게일은 콜롬보의 옆얼굴을 살폈다. 수염이 거뭇거뭇 돋아나 있고 피로가 짙게 배어 있는 얼굴이다. 슬픈 일을 많이 보거나 겪어온 얼굴이라는 것을 알 수 있다. 비록 함정을 파고 있는 적이라 해도 일흔세 살 늙은이의 속마음을 충분히 알고 있을 것 같은 얼굴이었다.

애비게일은 미소를 지으며 유쾌하게 말했다.

"이상하네요. 처음 만났을 때 형사님은 무척 불쾌한 사람처럼 보였는데, 점점 좋아하게 되었어요. 콜롬보 씨는 겉보기와는 달리 마음이 따뜻한 사람인 것 같아요."

"아니, 그건…" 콜롬보는 열심히 턱을 문지르며 당혹스러움을 웃음으로 얼버무렸다. "따뜻한 마음이라니… 나는 지극히 평범한 사람이고, 특별히 내세울 게 전혀… 나는 겉보기와 똑같은 사람입니다. 별로 믿음직스럽지 못한 사람, 어디에나 흔히 널려 있는 평범한 사람이지요." 그러고는 뒤를 돌아보며 개를 불렀다. "어이, 개야, 이리 와. 그만 돌아와."

개는 방파제와 해변이 맞닿아 있는 곳 언저리를 어슬렁어슬렁 돌아다니면서 콘크리트 바닥에 계속 코를 박고 있었다.

바로 뒤에 요트 클럽 건물이 있었다. 거기서 풍겨오는 아침 식사 냄새에 미련이 남아 있는지 개는 그 언저리에서 꼼짝도 하지 않는다. 콜롬보는 두 손을 입에 대고 큰 소리로 불렀다.

"어이, 개야, 돌아와. 아이스크림 사줄게. 아이스크림."

개가 고개를 들고 힐끔 이쪽을 살핀다.

"아이스크림이야, 아이스크림!"

콜롬보가 외치는 소리를 듣고 개가 달려오기 시작했다. 짧은 다리로 콘크리트 바닥을 박차고 기다란 귀를 펄럭이며 달려온다. 몸을 약간 비스듬히 기울이고 달려온다. 너무 길어서 주체하기 어려운 몸통을 운반하려면 그렇게 할 수밖에 없는지도 모른다. 앞다리와 뒷다리를 일직선 위에 나란히 놓지 않고 뒷다리가 상당히 옆으로 빗나가 있다. 그래서 비스듬히 기울어져 있는 것처럼 보인다.

콜롬보는 쪼그리고 앉아서 발치로 굴러 들어온 개를 쓰다듬었다.

"잘했다. 넌 참 착한 녀석이야."

콜롬보는 줄을 묶고 나서 애비게일을 쳐다보았다.

"필리스 씨 사건은 이제 손을 댈 수 없지만 에드먼드 씨 사건은 아직 괜찮습니다. 역시 그건 타살이에요. 어떤 각도에서 보아도 그건 타살입니다. 자동차 열쇠가 아직 발견되지 않았지만, 그게 나오면 범인을 붙잡을 수 있을 겁니다. 두고 보세요."

마음이 따뜻한 남자가 어느새 형사로 돌아와 있었다. 애비게일은 콜롬보를 내려다보며 주머니 속의 열쇠고리를 힘껏 움켜쥐었다.

"아직도 열쇠에 집착하고 계시는군요. 그처럼 단정적으로 말씀하시는 걸 보니 상당히 자신 있으신가 봐요."

콜롬보는 개의 머리를 상냥하게 토닥이며 미소를 지었다.

"예, 자신 있습니다. 자동차 열쇠만 나오면 당장 범인을 체포할 수 있습니다."

애비게일은 허리를 굽혀 개에게 얼굴을 바싹 대고 속삭였다.

"개야, 네 주인은 상당한 낙천가구나."

애비게일의 뇌리에 문득 베로니카의 대담하고 뻔뻔스러운 얼굴이 떠올랐다. 지나칠 만큼 유능한 비서가 장미 정원에서 그랬듯이, 지금 자동차 열쇠를 콜롬보의 눈앞에 불쑥 내밀면 어떻게 될까. 그러고 싶은 강렬한 충동에 사로잡혀, 미소를 머금은 채 열쇠를 만지작거리고 있던 애비게일은 문득 재미난 생각을 해냈다. 그녀는 손가락 끝을 재빨리 움직여 열쇠를 고리에서 떼어냈다. 필리스의 상아 손잡이가 달린 열쇠고리만은 절대로 내놓고 싶지 않았다. 그러나 열쇠를 교묘히 이용하면 콜롬보의 눈을 다른 데로 돌릴 수 있을지도 모른다.

"콜롬보 씨, 자요…" 애비게일은 주머니에서 열쇠만 꺼내어 쭈그리고 앉아 있는 콜롬보 앞에 불쑥 내밀었다. "이게 문제의 열쇠예요. 형사님이 찾고 계시던 그 열쇠요."

콜롬보의 눈이 휘둥그레졌다. 개를 쓰다듬던 손이 딱 멈추었다. 눈은 열쇠를 바라본 채 움직이지 않는다. 애비게일은 황급히 말을 이었다.

"어때요, 열쇠를 찾았으니 범인도 체포할 수 있겠죠? 하지만 미리 말해두겠는데 나는 범인이 아니에요. 그게 사고가 아니라 형사님 말대로 살인사건이라 해도 나는 범인이 아니에요. 사건이 일어났을 때 나는 뉴욕에 있었으니까요."

따뜻한 주머니 속에서 밖으로 나온 손은 당장 차가워진다. 손가락 끝에 쥔 열쇠도 차가워졌다. 한시라도 빨리 놓아버리고 싶었다.

"오늘 아침에 찾아냈어요. 뒤뜰 쪽에서. 형사님께 선물할게요."

콜롬보는 열쇠를 받아들고 바라보면서 천천히 일어섰다. 손에서 개의 목줄이 미끄러져 떨어졌다. 개는 목줄을 질질 끌며 콜롬보 주위를 맴돌기 시작했다.

"뒤뜰에서요?"

애비게일은 차가워진 손을 다시 주머니에 찔러 넣고 열쇠고리를 움켜쥐었다.

"그래요. 오늘 아침 잔디밭의 스프링클러를 살펴보고 있는데, 그 열쇠가 바로 옆에 떨어져 있더라고요."

콜롬보는 겨우 열쇠에서 눈을 들어 애비게일을 바라보았다.

"이상하군요. 그 언저리도 수색했을 텐데…"

"작은 물건이라 못 보고 그냥 지나친 거 아닐까요?"

"글쎄요…" 콜롬보는 혼잣말처럼 낮게 중얼거리고 개의 목줄을 집어들었다.

개는 갈라진 소리로 한 번 컹 하고 짖었다.

콜롬보는 열쇠를 코트 주머니에 집어넣고 말했다.

"저어, 죄송하지만 현장을 좀 알려주시지 않겠습니까. 아니, 오래 걸리진 않습니다. 열쇠가 떨어져 있던 곳만 확인하면 되니까요."

3

나타났다 숨었다 하던 태양은 마침내 두꺼운 구름장에 가려 사라졌다. 뒤뜰에는 찬바람이 불고 있었다.

"이 근처인가요?" 앞서가던 콜롬보가 걸음을 멈추더니, 잔디밭에 쪼그리고 앉아서 스프링클러를 가리킨다. "여기쯤입니까?"

"맞아요. 그 스프링클러 왼쪽이에요. 덤불과 잔디의 어름…"

콜롬보의 손이 잔디밭을 더듬어가서 덤불과의 경계에 열쇠를 놓았다.

"이렇게요?"

"아니, 좀 더 앞쪽으로."

"이렇게요?"

애비게일이 말하는 위치에 열쇠를 놓고 콜롬보는 허리를 폈다. 그러고는 열쇠를 가만히 내려다보다가 몇 걸음 뒤로 물러나 꽤 떨어진 위치에서 다시 바라본다. 그리고 더 멀리 뒷걸음치면서 바라본다. 이런 일을 몇 차례 반복한 다음 콜롬보는 열쇠 있는 곳으로 돌아와서 턱을 손으로 받쳤다.

"과연 잘 보이지 않는군요."

개가 다가와서 열쇠 냄새를 맡았다.

"콜롬보 씨, 얼핏 보기만 해서는 잘 모르겠죠? 개처럼 냄새라도 맡으면서 돌아다닌다면 별문제지만."

개는 자기가 화제에 오른 것을 눈치채기라도 한 것처럼 얼굴을 들어 애비게일을 쳐다보았지만 곧 고개를 돌렸다.

콜롬보는 잔디밭에 무릎을 꿇었다. 그러고는 그런 자세로 깊은 생각에 잠겼다. 그때 부엌 쪽에서 발소리가 났다. 베로니카가 다가왔다.

"선생님, 여기 계셨군요. 전화가 왔어요. 슬루스 출판사의 해밀턴 씨예요."

베로니카는 가까이 다가온 뒤에야 잔디밭에 꿇어앉아 있는 콜롬보를 보았다. 베로니카는 굳은 얼굴로 멈춰 섰다. 그 기척을 알아차리고 콜롬보가 뒤를 돌아보았다.

"아, 베로니카 씨, 저번엔 실례가 많았습니다."

베로니카는 굳은 표정으로 고개를 끄덕였다.

"형사님, 이런 데서 뭘 하고 계시는 거예요?"

"열쇠가 발견됐지 뭡니까. 에드먼드 씨의 자동차 열쇠 말입니다. 여기 있었어요. 보세요. 이런 곳에…" 하면서 콜롬보는 열쇠를 집어들었다.

순간 베로니카의 표정이 얼어붙었다.

"…에드먼드 씨의 열쇠가?" 열쇠를 들여다보던 베로니카의 눈이 천천히 움직여 애비게일에게 향했다. 얼굴에서 긴장이 사라지고 희미한 미소가 떠올랐다. "그런 곳에 열쇠가 있었다니… 그런데 발견한 사람은 선생님인가요?"

콜롬보가 일어섰다.

"애비게일 여사님이 오늘 아침에 찾아냈지요… 그런데 여사님이 발견하신 걸 어떻게 알았죠?"

"그냥 직감이죠. 틀림없이 선생님이 발견하셨을 거라고 생각했어요. 선생님은 저보다 훨씬 직감이 날카롭고, 눈도 날카롭고, 놀라운 추리력을 갖춘 추리작가니까요. 안 그래요, 선생님?"

베로니카의 시선이 귀찮게 엉겨붙는다. 애비게일은 노란 장미꽃 쪽으로 눈길을 돌리며 애써 밝은 어조로 말했다.

"그래, 하느님이 나한테 주신 천분이지. 하지만 열쇠를 발견한 건…" 애비게일은 비서를 돌아보며 싱긋 웃었다. "단순한 우연이야. 베로니카도 지금까지 우연한 기회를 잡은 적이 있었잖아?"

베로니카는 고개를 끄덕이며 마주 미소를 지었다.

"우연히요. 하느님의 뜻이군요. 어머나…" 하면서 비서는 시선을 돌려 콜롬보를 바라보았다. "그 열쇠에 열쇠고리는 달려 있지 않았나요?"

콜롬보는 고개를 끄덕이며 애비게일을 바라보았다.

"그런 게 달려 있었나요?"

"아뇨, 달려 있지 않았어요."

애비게일은 말하고 베로니카 쪽으로 시선을 옮겼다.

"그럼 선생님, 전 이만 가보겠습니다. 해밀턴 씨한테 전화가 왔는데, 〈내가 살해된 밤〉의 마지막 장 교정은 언제쯤 끝나느냐고 묻더군요. 나중에 다시 걸라고 할게요. 선생님은 바쁘신 것 같으니까."

"그럴 필요 없어. 하와이에서 보내겠다고 말해줘." 애비게일은 무뚝뚝하게 말했다. 그러고는 멀어져가는 베로니카를 지켜보고 나서 콜롬보에게 시선을 돌렸다. 콜롬보는 지금의 대화를 어떻게 생각할까? 애비게일은 주머니에 든 열쇠고리를 단단히 움켜쥐고 있었다.

콜롬보는 두 사람의 대화에 별로 신경 쓰지 않는 듯했다. 그저 턱에 손을 대고 잔디밭만 뚫어지게 내려다보고 있다. 이마에 주름이 잡혀 있었다.

그러다가 이마를 탁 치며 외쳤다.

"어이쿠, 이런. 여긴 발자국이 있었던 곳이잖아. 석고로 발 모양을 뜨고 사진을 찍은 바로 그곳이야. 조금만 더 주의를 기울였더라면 좋았을걸. 바로 옆에 있는데도 못 보다니."

"무리도 아니죠. 그때 형사님은 에드먼드가 남긴 구두에 열중해서 열쇠 같은 건 염두에도 없었는걸요."

콜롬보는 몇 번이나 고개를 끄덕였다.

"그렇군요. 부끄러운 이야기지만 그 멋진 구두에 혹해서… 멍청하게도 큰 실수를 저질렀군요. 바보 같은 짓을 해버렸어요."

콜롬보는 두 팔을 벌리고 우물거리며 도움을 청하듯 발치의 개를 내려다보았다. 개는 잔디밭에 납작 엎드려 콜롬보의 구두에 턱을 올려놓고 꼼짝도 하지 않는다.

"주제넘은 일이지만 내 추리를 말씀드려도 괜찮을까요?" 애비게일이 말하자 콜롬보는 고개를 끄덕였다. 애비게일은 소설 줄거리를 이야기하듯 담담하게 입을 열었다. "열쇠를 떨어뜨린 건 바로 에드먼드 자신이에요. 그날 밤 에드먼드는 일단 나갔다가 다시 돌아와서 뒤뜰을 따라 뻗어 있는 뒷길에 차를 세운 다음, 열쇠를 빼어 들고 이곳으로 왔어요. 여기서 열쇠를 주머니에 넣으려고 했는데, 당황하고 있었기 때문에 그만 떨어뜨리고 말았어요. 아래는 발자국이 남을 만큼 부드러운 땅이니까 열쇠가 떨어져도 소리는 나지 않았을 거예요. 에드먼드는 여기서 곧장 뒷문으로 가서 부엌을 통해 집 안으로 들어갔어요. 분명해요. 그런 짓을 한 목적도 분명하고, 그날 밤의 행동도 정확히 재현할 수 있어요. 차는 저기 있고, 발자국은 여기 있고, 시체는 저기 금고실에 있었어요. 그리고 그 세 점을 잇는 선상… 그러니까 바로 여기 자동차 열쇠가 있었어요. 열쇠는 에드먼드가 떨어뜨린 거예요. 그래서 시체는 열쇠를 갖고 있지 않았어요. 아시겠어요?"

"차는 저기, 발자국은 여기, 시체는 저기…" 콜롬보는 세 개의 점을 향해 크게 손을 흔들면서 몸의 방향을 바꾸며 말했다.

그런 다음 그 손을 턱에 대고는 고개를 숙였다. 찬바람이 불어와 코트 자락을 휘날렸다. 콜롬보는 생각에 잠겨 있었다. 동상처럼 꼼짝도 하지 않는다. 이윽고 콜롬보는 턱에서 손을 내리며 입을 열었다.

"그렇습니다, 애비게일 여사님." 이상하게 큰 목소리였다. 발치에 엎드려 있던 개가 놀라서 몸을 일으켰다. "확실히 그 말씀이 옳습니다. 역시 추리작가는 다르군요. 말에 설득력이 있어요. 덕분에 큰 도움이 되었습니다. 이제 사건은 해결된 거나 마찬가집니다. 자, 개야, 이제 슬슬 돌아가볼까."

콜롬보는 목줄을 잡아당겼다. 몸통이 긴 개는 보일락말락 꼬리를 흔든다.

"좀 피곤한 모양이구나. 하기야 오늘 아침 산책은 유난히 길었으니까. 하지만 여러 가지 수확이 있었어. 돌아갈 때 아이스크림을 사줄게. 약속한 아이스크림 말이다."

아이스크림이라는 낱말만은 알고 있는 듯 개는 천식 환자 같은 소리로 컹컹 짖으며 요란하게 꼬리를 흔들었다. 흔들리는 꼬리가 스프링클러를 때린다. 그러자 둔탁한 소리가 나면서 스프링클러가 작동했다. 격렬한 물보라가 날리면서 콜롬보와 개를 덮쳤다.

애비게일은 조그맣게 비명을 지르며 재빨리 뒷걸음쳐서 간신히 물벼락을 면했다.

콜롬보는 스프링클러에서 쏟아지는 물보라를 정면으로 뒤집어쓴 채 방심한 듯 멍하니 서 있었다. 개는 목욕을 즐기는 듯이 요란하게 꼬리를 흔들며 뛰어다니고 있다. 아름다운 무지개가 생겼다. 무지개 속에서 물에 흠뻑 젖은 콜롬보가 천천히 나왔다.

그러자 애비게일이 웃음을 삼키며 말했다.

"어머나, 이를 어째? 저놈의 스프링클러는 옛날부터 변덕스러워서…"

콜롬보의 이마에는 머리카락이 찰싹 달라붙어 있고, 턱밑에서는 물방울이 뚝뚝 떨어지고 있었다.

"엉뚱한 봉변을 당하셨네요."

"아니, 이거… 하지만 다행입니다. 레인코트를 입고 있어서…"

"정말 미안해요. 옷을 갈아입으시는 게 어때요?"

"아니, 그건…"

"감기라도 들면 큰일이에요. 자, 내 코트를 입으세요."

"괜찮습니다."

"그렇게 고집 피우지 마시고, 자…"

"정말 괜찮습니다." 콜롬보는 단호히 거절하고 코트 앞자락을 모아 쥐고는 개를 향해 큰 소리로 호통쳤다. "이봐, 개야! 돌아와!"

개는 샤워 속에서 나오더니 부르르 몸을 떨어 물방울을 털어냈다.

"그럼 여사님, 안녕히 계십시오."

콜롬보는 손을 높이 쳐들며 뒤를 돌아보았다.

"돌아가면 당장 옷을 갈아입으셔야 해요, 콜롬보 씨." 애비게일은 터벅터벅 뒷길 쪽으로 걸어가는 콜롬보의 등에다 대고 소리를 질렀다. "잠깐만요, 콜롬보 씨. 열쇠에 대한 집착은 버리셨나요?"

뒤를 돌아본 콜롬보는 한심하다는 듯 힘없이 미소를 지었다.

"내 생각이 지나치게 외곬으로 빠졌던 것 같습니다. 여사님 말씀대로 나는 열쇠 문제에 관한 한 지나치게 낙천적이었어요. 깨끗이 체념하겠습니다. 덕분에 마음이 편해졌습니다. 그럼…"

"한 가지만 더 묻겠는데요, 이제 에드먼드는 사고로 죽은 게 되나요? 타살설은 포기하실 건가요?"

"포기요? 천만에요. 아직 포기하진 않았습니다. 배가 떠날 때까지는 아직도 시간이 남아 있으니까… 방해해서 죄송합니다."

콜롬보는 흠뻑 젖은 코트를 휘날리며 멀어져갔다. 개가 산토끼처럼 팔짝팔짝 뛰면서 뒤따라갔다.

4

"오래 기다리게 해서 미안합니다, 형사님."

슬루스 출판사 편집장 빌 해밀턴은 응접실 소파에 긴 다리를 꼬고 앉았다. 검은테 안경 너머로 콜롬보의 풍채를 점수라도 매기듯 찬찬히 바라본다.

"그런데 무슨 용건이신지…"

"실은 애비게일 미첼 여사 댁에서 일어난 사건 때문에…"

해밀턴은 한참 뒤로 후퇴하여 정수리 언저리에 조금 남아 있는 머리카락을 긴 손가락으로 빗질하듯 쓸어 올렸다.

"그 집에서 일어난 사건은 사고잖습니까. 단순한 사고인데 무엇 때문에…"

"사고가 아닙니다. 아무리 봐도 살인 냄새가 강하게 풍겨서…"

"그거 재미있는데요. 추리작가의 집에서 살인사건이 일어나다니…" 편집장은 안경을 밀어 올리며 빙긋 웃고는 말을 이었다. "설마 미첼 여사가 용의자라고 말하고 싶은 건 아니겠죠?"

"아니, 일단 관계자를 모두 조사해야 하는 게 내 직업이라서요."

해밀턴은 고개를 끄덕이며 파이프를 꺼냈다.

"만약 미첼 여사가 살인범이라면 이건 전대미문의 큰 사건입니다. 그렇게만 된다면 오죽이나 좋겠습니까." 편집장은 자못 유쾌한 듯이 껄껄 웃고는 즐비하게 늘어선 책장을 파이프로 가리키며 말했다. "미첼 여사가 그런 멋진 일을 해준다면 지금까지 나온 책이 모두 기록적인 베스트셀러가 될 겁니다. 우리 출판사로서는 그렇게 되기를 간절히 바라고 있지만… 유감스럽게도 추리작가가 살인을 저지른 경우는 지금까지 한 번도 들은 적이 없어서요."

"예에, 그렇군요." 콜롬보는 고개를 깊이 끄덕였다.

"물론 살인을 저지른 뒤 감방에서 추리소설을 쓰는 경우는 종종 있습니다만…" 해밀턴은 웃으면서 어깨를 으쓱하고는 다시 정수리에 조금 남아 있는 머리카락을 소중한 듯 어루만졌다.

"그렇습니까?" 콜롬보는 자리에서 일어나 쇼윈도처럼 유리창을 댄 책꽂이로 다가갔다. 그러고는 표지가 앞으로 보이도록 질서정연하게 꽂혀 있는 책들을 눈부신 듯이 바라보고 나서 해밀턴을 돌아보았다. "이게 다 추리소설인가요?"

"그렇습니다. 우리 출판사에서 펴낸 신간 서적을 진열해둔 겁니다."

"애비게일 여사의 책은 없나요?"

"예, 아직은. 반년 전에 조카따님을 잃었기 때문에 출간이 늦어졌습니다."

"아, 그렇군요." 콜롬보는 다른 책꽂이로 눈을 돌리면서 말을 이었다. "어쨌든 굉장하군요. 그야말로 추리소설의 보고예요. 집사람이 보면 흥분해서 어쩔 줄 모를 겁니다. 열렬한 추리소설 팬이라서요. 팬 정도가 아니라 중독자인지도 모르겠어요."

"듣던 중 반가운 소리군요. 그럼 우리 책도 몇 권 사셨는지…"

"아니, 집사람은 도서관 전문이라서요. 서점보다 많은 책이 갖추어져 있다면서 부지런히 도서관에 드나들지요."

"아아, 그렇습니까?"

해밀턴은 긴 다리를 바꾸어 꼬면서 손목시계를 힐끔 바라보았다.

콜롬보는 소파로 돌아와 앉았다.

"이곳에서는 애비게일 여사의 책을 몇 권이나 출판했습니까?"

"여섯 권입니다. 지금 일곱 권째를 겨우 끝내서 내달 말에 드디어 출판할 예정입니다."

콜롬보는 손가락 하나를 들어 올리며 몸을 앞으로 내밀었다.

"그건 나도 알고 있습니다. 〈내가 살해된 밤〉이라는 책이지요?"

"잘 아시는군요."

"그건 어떤 내용입니까? 제목이 좀 묘한데요. 내가 살해되어버린 겁니까? 밤중에?"

편집장은 빙긋 웃고는 불을 붙이지 않은 파이프를 만지작거리면서 천천히 말했다.

"재미있는 작품이에요. 요점만 대충 말씀드릴까요. 무대는 샌프란시스코 교외입니다. 버클리 변두리에서 조용히 여생을 보내고 있는 늙은 전직 형사한테 어느 날 편지 한 통이 날아듭니다. 편지를 보낸 사람은 3년 전 크리스마스 날 밤에 소식이 끊긴 옛 부하였지요. 이상하게 생각하고 봉투를 뜯어 보니 낯익은 글씨로 '내가 살해된 밤—크리스마스이브에 댁에서 파티를 끝내고 집으로 돌아오는 도중에 이상한 사내를 만났습니다…'로 시작되는 수수께끼 같은 글이 적혀 있습니다. 말하자면 죽은 사람이 보낸 편지지요."

해밀턴은 여기서 말을 끊고 싱긋 웃었다. 그러고는 말을 덧붙였다.

"형사님, 그다음은 책이 나온 뒤에 책을 구해서 직접 즐겨보세요."

"그렇군요… 그거 재미있겠는데요."

편집장은 의기양양한 얼굴로 말을 이었다.

"상당한 걸작이에요. 미첼 여사의 많은 작품 중에서도 다섯 손가락 안에 들어가는 걸작이 될 겁니다. 형사님도 역시 부인 못지않은 추리소설 애독자이신 모양이군요."

"아니, 나는 추리소설을 읽지 않습니다. 추리소설은 전혀 이해가 안 돼요."

"추리소설이 이해가 안 된다고요? 퍽 재미난 표현이군요. 그런데 그건 또 어째서요?"

콜롬보는 고개를 저으며 어깨를 으쓱했다.

"이런 직업에 종사하고 있으면 추리소설을 읽어도 소설 같지가 않고 진짜처럼 여겨져서요. 도저히 꾸며낸 이야기라고는 생각할 수가 없어요. 그리고 결혼한 뒤로는 추리소설을 전혀 읽을 수가 없게 되었답니다."

"결혼한 뒤라니요?"

"집사람이 먼저 읽고는, 내가 읽고 있으면 옆에서 이것저것 내용을 다 말해버리니까 읽을 마음이 싹 달아나버려요. 심할 때는 범인의 이름까지 말해버리고는 시치미를 뚝 떼고…"

"그럼 도저히 읽을 수가 없겠군요. 동정합니다. 추리소설의 즐거움을 빼앗겨버리셨으니…"

콜롬보는 손을 높이 쳐들어 편집장의 말을 가로막았다.

"하지만 내게는 아직 다른 독서 취미가 남아 있지요."

"그럼 문학 서적이나 시를 좋아하십니까?"

"아니, 오로지 서부물만 읽습니다."

"서부물요?" 해밀턴은 순간 말문이 막혀 천장을 쳐다보았다.

"그래요. 서부물이라면 사족을 못 쓸 만큼 좋아하지요. 영화는 한 편도 빼놓지 않고 다 보았지만, 그래도 모자라서 보급판으로 나와 있는 소설까지 읽는답니다. 해밀턴 씨도 아시지요?"

"알고는 있지만 읽어본 적이 없어서요. 재미있습니까?"

"꼭 한번 읽어보세요. 제법 쓸 만하니까요. 서부물은 집사람도 손대지 않고, 착한 사람과 나쁜 사람이 분명하니까 도중에 팽개쳐두어도 괜찮습니다. 여기서도 꼭 출판해주세요. 틀림없이 잘 팔릴 겁니다. 책이 나오면 나도 사서 읽을게요."

콜롬보가 진지한 얼굴로 몸을 내밀자 해밀턴은 시선을 피하며 천천히 소파에서 일어났다. 그러고는 헛기침을 한 번 하고 나서 말했다.

"형사님, 다른 용건이 없으시다면 나는 이만…"

"아 참, 그렇지." 콜롬보는 두 팔을 활짝 벌리고 엉거주춤 일어나더니 얌전한 표정으로 말했다. "실은 부탁이 있어서 찾아왔습니다."

해밀턴은 파이프를 입에 물고 말없이 콜롬보를 내려다보고 있었다.

"애비게일 미첼 여사의 여행을 연기해주셨으면 해서요. 비서인 베로니카 씨의 얘기로는 이 출판사의 의뢰를 받고 동양으로 취재하러 간다던데…"

해밀턴은 고개를 끄덕였지만 딱딱한 어조로 말했다.

"모레 '퀸 엘리자베스' 호로 떠나는데, 이건 벌써 오래전에 잡혀 있던 스케줄이라서요. 그리고 이번 취재 여행은 우리가 부탁하긴 했지만 미첼 여사의 희망이기도 합니다."

"그건 알고 있습니다. 하지만 수사도 아직 끝나지 않았고, 애비게일 여사한테 듣고 싶은 이야기가 산더미처럼 남아 있어서요… 부탁입니다. 미첼 여사를 좀 설득해주시지 않겠습니까. 사정은 잘 알고 있지만…"

해밀턴은 손을 들어 콜롬보의 말을 가로막았다.

"사정을 잘 모르시는군요. 미첼 여사는 동양을 무대로 한 3부작을 최후의 대표작으로 쓴 다음 은퇴하겠다는 선언까지 했습니다. 이번 작품에 대한 미첼 여사의 의욕은 대단합니다. 우리도 상당한 기대를 걸고 있고요."

"하지만 여행을 조금 연기하는 정도라면…"

"대단치 않다는 겁니까? 하지만 미첼 여사처럼 나이가 들면 초조해지는 법이지요. 자기가 쓰고 싶은 작품에 쫓기는 겁니다. 그 점은 이해해주셨으면 합니다. 게다가 지금 미첼 여사는 스캔들에 휩싸여 있어요. 이제 사정을 아시겠습니까?"

"그렇군요. 역시 무리한 부탁입니까?"

콜롬보가 이마를 긁으며 우물거리자 편집장은 미소를 띠면서 익살맞은 어조로 말했다.

"무리일 겁니다. 미첼 여사가 범인이 아닌 한."

콜롬보가 힘없이 고개를 끄덕이고 코트 주머니에서 시가를 꺼내자 해밀턴은 다시 소파에 걸터앉았다. 그러자 이번에는 콜롬보가 일어섰다.

"실례 많았습니다, 해밀턴 씨."

"형사님, 잠깐만요." 해밀턴은 콜롬보를 쳐다보며 소파에 앉으라고 권했다.

"예, 뭡니까?"

콜롬보는 털썩 주저앉아 시가를 입에 물고 뭔가를 기대하듯 눈을 빛냈다.

편집장은 안경을 밀어 올리며 몹시 송구스러운 어조로 말했다.

"형사님은 언제 은퇴하실 겁니까?"

"네에?" 갑자기 콜롬보의 얼굴이 굳어졌다. 그는 어색한 몸짓으로 시가를 입에서 떼어 주머니 속에 도로 집어넣었다.

"은퇴하시면 추리소설을 써보시지 않겠습니까?"

콜롬보는 어깨를 꿈틀 치켜올렸다. 입은 여전히 딱 벌린 채였다.

편집장이 다그치듯이 말했다.

"형사님이라면 틀림없이 재미난 소설을 쓸 수 있을 거라는 생각이 들어서요."

"아니, 잠깐… 잠깐만요. 농담은 그만두세요. 그거야말로 번지수가 틀렸다는 겁니다."

편집장은 꼬고 있던 다리를 풀고 몸을 앞으로 내밀었다.

"농담이 아니라 진심입니다. 내 오랜 경험으로 보아 형사님이라면 쓸 수 있을 거라는 예감이 드는데요."

"내가요? 추리소설을 써요? 당치도 않은 얘기예요. 그런 어마어마한…"

"지금 당장 쓰라는 게 아니고 은퇴하신 뒤에 쓰시면 됩니다."

"안 됩니다! 나는 퇴직하면 시골 극장에서 영사기사 노릇이나 할 생각입니다. 사촌형이 텍사스에서 작은 영화관을 하고 있어서…"

콜롬보는 손을 내저으며 일어나더니 문 쪽으로 바쁘게 걸어갔다. 편집장도 자리에서 일어나 뒤따라갔다.

"이보세요, 형사님, 일률적으로 추리소설이라 해도 여러 가지 장르가 있습니다. 조지프 원보라는 작가가 있는데, 그 사람도 원래는 로스앤젤레스 경찰의 형사였어요. 아시지요?"

"그런 사람이 있다는 얘기는 들었지만… 나는 쓸 수 없어요. 내가 장담하지요. 나는 한 번도 살해당한 피해자와 말을 나누어본 적이 없고…"

"그런 건 상관없습니다."

콜롬보는 문 앞까지 오자 뒤를 돌아보며 말했다.

"해밀턴 씨, 체질이 다릅니다. 나는 글을 쓸 체질이 아니에요. 그리고 아무리 형사 노릇을 하고 있다 해도 소설처럼 멋진 등장인물이나 복잡한 동기에 부닥치는 일은 좀처럼 없습니다."

"그렇습니까?"

"그럼요. 실제로는 어처구니가 없을 만큼 하찮은 이유로 살인을 저지르는 경우가 많지요."

"예를 들면 어떤 이유죠?"

콜롬보는 머리를 긁적거렸다.

"예를 들면 골프장 살인사건은 어떻습니까. 두 사람이 함께 골프를 치다가 한 사람이 실수하자 상대가 비웃습니다. 그러자 조롱당한 남자가 발끈해서 골프채로 상대를 때려죽였어요. 범인은 골프를 좋아하는 지극히 평범한 중년 남자였지요. 요전에도 이런 일이 있었습니다. 리틀도쿄(로스앤젤레스 시내에 있는 일본인 거리)의 술집에서 한 남자가 자신의 대머리를 놀린 사내를 목 졸라 죽이려고 했지요…"

대머리 이야기가 나오자 해밀턴은 눈길을 피하면서 조그맣게 헛기침을 하고는 머리를 살짝 쓰다듬었다. 그러나 콜롬보는 조금도 아랑곳하지 않고 말을 이었다.

"그런데 거꾸로 대머리 남자가 목이 졸려 죽어버렸어요. 죽인 남자도 죽은 남자도 역시 술을 좋아하는 평범한 사람들이었습니다. 이렇게 단순한 동기로 사람을 죽이는 경우가 꽤 많습니다. 이래서는 줄거리가 안 되지요. 나는 도저히 추리소설 같은 건 쓸 푼수가 못됩니다. 역시 나는 은퇴하면 영화관에서 속편하게 필름이나 돌리기로 하겠습니다."

해밀턴은 고개를 끄덕이고는 약간 흐트러진 머리카락을 새끼손가락으로 쓸어 올렸다.

"유감이군요."

"실례했습니다." 콜롬보는 손을 높이 쳐들고 나가려다가 해밀턴을 돌아보았다. "부탁합니다. 서부소설도 꼭 출판해주세요."

제5장

죽음의 암호

1

 롱비치 항구의 부두에 '퀸엘리자베스' 호가 그 우아한 선체를 대고 있었다.
 배 안에 있는 사람들은 승객만이 아니었다. 배웅 나온 사람들도 저마다 아름답게 차려입고 북적거린다. 출항하기 전의 한때, 호화 여객선은 정원의 두 배가 넘는 사람들로 붐비고 있었다.
 애비게일의 선실에서는 조촐한 파티가 열리고 있었다. 예정에 없는 파티였다. 레이디 클럽을 대표해서 나온 여남은 명의 부인들이 배에 올라타는 바람에 선실은 갑자기 발 디딜 틈도 없이 소란해졌다. 호화로운 모자들이 방안을 가득 메우고 깃털 장식과 리본이 요란하게 흔들렸다. 베로니카가 재치 있게 샴페인을 시켰다. 한 병으로는 모자라서 세 병이나 주문했다.
 즐거운 여행 되세요. 좋은 작품이 탄생하기를 기도할게요. 더운데 몸 조심하세요. 돌아오신 뒤에 여행 이야기를 들려주세요. 부디 건강에 조심하세요… 여자들은 저마다 작가에게 한마디씩 재잘거렸다. 대부분 이름조차 모르는 여자들이었다.

이 자리에 참석한 남자는 해먼드 변호사와 슬루스 출판사의 해밀턴 편집장뿐이었다. 둘 다 중년 부인들에게 압도된 듯 벽 쪽으로 물러서서 작은 소리로 소곤소곤 이야기를 나누고 있었다.

여자들은 계속 재잘거린다. 정말 훌륭한 배예요. 정말 부러워요. 다음 정박지는 어디죠? 식사는 어떤 게 나와요?

평소 때의 애비게일이라면 이런 소동은 견디지 못한다. 아마 당장 도망쳐버렸을 것이다. 그러나 오늘은 다르다. 여자들의 재잘거림에 박자를 맞춰 자신도 지지 않고 재잘거렸다. 일부러 배웅을 나와주어서 고마워요. 바쁘신데 미안합니다. 예, 선박 여행을 무척 좋아해요. 정말 좋아요. 느긋하게 쉴 수 있고. 솔직히 말하면 너무 즐거워서 일 같은 건 도저히 할 수가 없어요.

여자들은 웃고 떠들어댄다. 기적이 울리고, 샴페인 잔이 몇 번이나 부딪쳤다.

이윽고 레이디 클럽 여자들은 배에서 내렸다.

선실에는 해먼드 변호사와 해밀턴 편집장 그리고 가정부 애니만 남았다. 베로니카는 자기 선실에서 짐을 정리하고 있었다. 남은 세 사람이 진짜 환송객이었다.

여자들이 떠난 선실은 휑뎅그렁하고 쓸쓸했다. 옛날에는 이럴 때 필리스나 에드먼드가 있었다. 이제는 그 두 사람이 빠져 있다.

해밀턴이 애비게일에게 손을 내밀며 말했다.

"그럼 저도 이만 실례하겠습니다. 취재가 잘 되기를 빕니다."

애비게일은 편집장의 손을 맞잡았다.

"고마워요, 빌. 내가 돌아올 때쯤에는 책이 마무리되어 있겠죠?"

"물론입니다. 좋은 장정이 될 것 같습니다."

애비게일은 고개를 끄덕이며 손을 놓았다.

"기대할게요."

"그럼 좋은 여행이 되시기 바랍니다."

이 말을 남기고 해밀턴은 떠났다.

가장 좋은 옷을 차려입은 애니가 소파에서 일어났다. 그러나 애비게일이 말렸다.

"기다려, 애니. 조금만 더 있다 가. 지금부터 식구끼리 오붓한 파티가 시작되려는 참인데…"

애니는 술잔을 탁자 위에 내려놓았다.

"고맙습니다. 하지만 배웅객한테는 벌써 하선 명령이 내렸기 때문에…"

"그렇게 냉정하게 굴지 말고 조금만 더 있다 가."

애비게일은 어떻게든 애니를 붙잡고 싶었다. 이처럼 쓸쓸하게 떠나고 싶지는 않다. 베로니카가 함께 가기 때문에 왠지 마음이 무거웠다. 이전의 베로니카라면 여행의 동반자로는 더할 나위 없는 상대였을 것이다. 긴 여행 동안 원래의 관계로 되돌아갈 수 있을까. 하지만 이번에 생긴 균열은 쉽사리 메워질 수 있을 것 같지 않다. 그렇다면 어떻게 하지? 그다음에 떠오른 망상을 추리작가는 애써 억눌렀다. 모두 함께 떠들썩한 파티를 다시 열고 싶었다. 그러나 해먼드 변호사가 끼어들었다.

"그건 무리한 요구예요. 우리는 이제 내려가야 해요. 선창에 숨을 수도 있지만, 들키면 불법 출국으로 체포될 겁니다. 그렇게 멋대로 고집을 부리는 게 아니에요."

늙은이의 옹고집이라고 말하고 싶겠지. 애비게일은 체념했다.

"할 수 없군요. 그럼 애니, 정말 고마워. 내가 없는 동안 느긋하게 쉬어. 미스 마플을 잘 부탁해."

애비게일은 손을 내밀었다. 그 손을 잡으며 애니가 말했다.

"고맙습니다. 푹 쉴게요. 마님도 느긋하게 휴양하고 오세요. 미스 마플은 걱정하지 마시고요. 가능하다면 편지 주세요."

"항구에 도착할 때마다 그림엽서를 보낼게. 첫 번째 소식은 틀림없이 호놀룰루에서 보내게 될 거야. 낙으로 삼고 기다려줘."

"그럼 안녕히 다녀오세요. 항해가 무사하길 빌겠어요, 마님."

애니도 선실에서 나갔다. 이제 변호사만 남았다. 애비게일은 밝은 목소리로 말했다.

"해먼드, 당신도 잘 있어요. 불법 출국으로 체포되기 전에 내려가는 게 낫겠어요."

"그래요, 그런 식으로 나와야죠. 노인네가 우울해 있으면 좋지 않아요. 쾌활하고 느긋하게 여행하고 오세요. 뒷일은 나한테 맡겨둬도 되니까요."

애비게일은 샴페인을 한 모금 마셔 목을 축였다.

"부탁해요, 해먼드. 내가 없는 동안 또 금고실에서 시체가 나오지 않도록 해주세요. 실수로 당신이 금고실에 숨어들면 안 돼요."

해먼드는 웃었다.

"곤란한데요. 아무래도 숨어들고 싶어지면 어떻게 하죠?"

"그럴 때는 그 콜롬보 형사랑 함께 가세요." 애비게일은 한쪽 눈을 찡긋했다.

"그 사람, 대단하더군요. 미첼 여사님은 과연 거물이세요."

"천만에요. 살인 소설을 쓰는 것밖에는 아무것도 할 줄 모르는 할망구죠. 그 밖의 일은 아무것도 못하는걸요."

그때 옆방으로 통하는 문이 열렸다. 베로니카가 술잔을 손에 들고 서 있었다. 짐이 흩어진 방이 보였다.

"어머나, 이런 구조로 되어 있군요. 옷장인 줄 알고 열어봤는데. 서로 연결된 방이었군요. 전 몰랐어요."

문을 닫으려는 베로니카를 해먼드 변호사가 불러 세웠다.

"아, 베로니카, 즐거운 취재 여행이 될 것 같네요. 이 위대한 작가를 잘 부탁해요. 까다로운 분이지만."

베로니카는 건배하듯 술잔을 들어 올리고 하얀 이를 내보이며 웃었다.

"괜찮아요. 저한테 맡겨주세요. 서로 속마음을 아는 사이니까 걱정할 건 아무것도 없어요. 그렇죠, 선생님?"

애비게일은 씁쓸한 생각을 씹으며 고개를 끄덕였다.

"그래, 그 말이 맞아. 우린 서로 속마음을 아는 사이지."

두 방 사이의 문이 닫혔을 때 해먼드는 축복의 말을 던졌다.

"좋은 여행이 되시기 바랍니다." 그러고는 복도로 통하는 문으로 다가갔다. "그럼 즐겁게 지내다 오세요. 10년쯤은 젊어지지 않을까요?"

애비게일이 문을 열어주면서 말했다.

"고마워요, 해먼드. 떠날 수 있게 돼서 기뻐요. 형사한테 발목이 잡히지 않은 것도 모두 당신 덕분이에요."

"그 정도 교섭이라면 별로 힘들 것도 없습니다. 그 형사는 여사님이 여자라고 얕보고 무례하게 굴었을 뿐입니다. 구태여 내가 나설 필요도 없이 누군가가 쾅 하고 한마디만 하면 끝나는 일이지요." 이렇게 말하고 나서 변호사는 애비게일의 얼굴을 바라보며 손을 뒤로 뻗어 열려 있는 문을 천천히 닫았다. 복도의 소음이 차단되자 변호사는 다시 말을 이었다. "그 정도 일이라면 언제든지 돕겠습니다. 그리고 앞으로 금고실에서 또 시체가 나왔을 때도 제가 도와드릴게요."

진지한 얼굴에 의미심장한 어조였다. 이 말을 끝내자마자 변호사는 도망치듯 문밖으로 나갔다. 문이 곧 닫히고 변호사는 사라졌다.

변호사도 어렴풋이 눈치채고 있는 모양이다. 해먼드는 베로니카에 이어 두 번째 협박자가 될지도 모른다. 그리고 머지않아 가정부 애니도 협박자가 되겠지. 측근에 있는 세 사람이 모두 독수리로 변신하여 덤벼들지도 모른다.

애비게일은 문에서 뒷걸음쳤다. 세 사람에게 죽을 때까지 시달림을 받는 자신의 처지가 눈에 보이는 듯했다. 그렇게 살아갈 바에는 차라리 죽는 게 낫다. 아니면, 앞으로 금고실에서 시체가 세 구 더 나오는 건 어떨까?

"그리고 아무도 없었다…" 애비게일은 문을 바라보며 중얼거리고 샴페인을 마셨다.

생각해보지 않으면 안 된다. 우선 호화 여객선의 승객을 덮친 불의의 사고에 대해 생각해야 한다. 밤바다로 떨어지는 여비서에 대해…

그때 복도 쪽 문이 살며시 열리더니 베로니카가 얼굴만 불쑥 내밀었다. 베로니카는 웃고 있었다.

"여사님, 두 방 사이의 저 문은 사용하지 않기로 했어요. 기분 나쁘잖아요. 서로의 프라이버시를 위해 열쇠를 잠가두었어요."

베로니카는 미끄러지듯 방으로 들어왔다. 그러고는 옆방으로 통하는 문으로 다가가 손잡이를 잡고 덜컹덜컹 흔들었다.

"어때요? 안 열리죠? 볼일이 있으면 문을 두드려주세요. 복도를 돌아서 달려올 테니까요."

이렇게 말하고 나서 베로니카는 소리 없이 웃었다. 그러고는 벽에 기대어 두 손을 높이 쳐들었다.

"뭐라고 감사해야 좋을지 모르겠어요. 마치 꿈을 꾸고 있는 것 같아서 고맙다는 말도 나오질 않네요."

애비게일은 샴페인 잔을 들어 술잔 너머로 베로니카를 바라보면서 눈을 가늘게 떴다.

"지금은 괜찮아. 고맙다는 말 따위는 필요 없어. 하지만 이제 곧 고맙다는 인사를 받기로 하지."

"말로 끝나는 일이라면 생각나실 때 몇 번이라도 요구하세요. 자, 그러면 당분간은 할 일도 없을 것 같은데, 갑판에 나가봐도 될까요?"

베로니카는 허가를 청하는 어조로 말하면서도, 대답도 기다리지 않고 제멋대로 등을 돌렸다. 그 등에 대고 애비게일은 낮은 소리로 말했다.

"마음대로 해. 하고 싶은 일이 있으면 늦기 전에 해두는 게 좋아."

베로니카는 걸음도 멈추지 않고 손을 흔들었다.

"고맙습니다."

베로니카는 복도로 통하는 문을 기세 좋게 열었다. 눈앞에 후줄근한 레인코트 차림의 사내가 서 있었다. 주머니에 두 손을 찔러 넣고 입에는 시가를 물고 있었다. 그는 베로니카의 진로를 가로막은 채 꼼짝도 하지 않는다.

"형사님, 잠깐 실례합니다."

베로니카는 콜롬보를 밀어젖히고 그 옆을 빠져나가 복도로 나갔다. 그러고는 발소리도 요란하게 멀어져갔다.

콜롬보는 멀어져가는 베로니카를 지켜보고 있었다. 그러다가 정면으로 시선을 돌려 선실 안에 있는 애비게일을 바라보았다. 그제야 생각났다는 듯이 가볍게 한 손을 들어 인사를 한다. 한 손을 들어 올린 채 움직이지 않는다. 말도 하지 않는다. 들어갈까 말까 망설이고 있는 것 같기도 했다.

싸움에 진 패배자의 심술이라고 애비게일은 생각했다. 손쓸 방도가 없어지자 듣기 싫은 소리를 하러 찾아왔지만 무슨 말을 해야 좋을지 몰라서 당황하고 있는 것처럼 보였다. 그러나 초조한 기색도, 화난 기색도 없었다. 그냥 멍하니 서 있을 뿐이다. 잠자리에서 일어나 화장실에 가려다가 부엌으로 잘못 들어간 사람처럼 몽롱한 눈으로 선실을 둘러보고 애비게일을 바라보았다.

"콜롬보 씨, 배웅하러 와주셨군요. 정말 고마워요." 애비게일이 상냥하게 말을 걸었다. 그러고는 타이르는 어조로 말을 이었다. "그런데 어쩌죠? 천천히 작별의 아쉬움을 나누고 싶지만, 유감스럽게도 배웅객은 이제 배에서 내려야 할 시간이에요."

그러나 콜롬보는 움직일 기색을 보이지 않는다. 문간에 가만히 서 있을 뿐이다.

"아시겠어요, 콜롬보 씨? 아니면 나랑 함께 가실래요?" 이 말의 절반은 진심이었다. 베로니카와 단둘이 오랫동안 여행할 생각을 하면 견딜 수가 없다. 그보다는 차라리 묘한 매력을 가진 이 남자와 재미난 대화라도 나누면서 여행하는 편이 훨씬 낫다는 생각이 들었다. "하와이까지만이라도 함께 가시지 않을래요?"

"유감이지만 함께 갈 수는 없습니다." 겨우 입을 열자 콜롬보는 천천히 선실 안으로 들어섰다. 그러고는 손을 뒤로 돌려 문을 닫았다. "나도 선박 여행을 좋아합니다. 전에 한 번 집사람이랑 함께 배를 타고 여행한 적이 있었지요. 그때는 정말 즐거웠어요. 통조림 추첨에 당첨돼서 아카풀코를 거쳐 멕시코까지 갔답니다. 횡재였지요." 콜롬보는 신기한 듯이 호화로운 선실을 둘러보았다. "하지만 유감스럽게도 이런 배를 탈 돈은 없습니다. 그보다 사건이 아직… 사건을 내동댕이치고 느긋하게 여행을 즐길 수는 없으니까요."

콜롬보는 쫓아내지 않으면 안 될 적이었다. 애비게일은 손을 내밀면서 애써 냉정하게 말했다.

"그러면 콜롬보 씨, 안녕히 계세요. 일부러 배웅하러 와주셔서 기뻐요."

콜롬보는 내민 손을 잡으려고는 하지 않고, 기묘한 것이라도 바라보는 듯한 눈으로 그 손을 내려다보고 있었다. 그러다가 가볍게 고개를 저으며 얼굴도 들지 않고 말했다.

"여사님, 나는 배웅하러 온 게 아닙니다. 여사님을 이 배에서 내리게 하려고 온 겁니다. 나와 함께 내려주십시오. 중요한 증인으로서. 부탁합니다."

"무슨 말을 하는 거예요?" 하고 애비게일이 소리를 질렀다. "말도 안 돼요. 배는 이제 곧 떠난다고요. 이럴 때 배에서 내리라니, 너무 심하잖아요. 게다가 변호사가 돌아간 것을 확인하고 나서 찾아오다니… 난 절대로 내릴 수 없어요."

"아니, 그럴 수는 없다고 생각합니다." 콜롬보는 코트 안주머니에서 다갈색 봉투를 꺼냈다. "선장 앞으로 되어 있는 의뢰서도 이렇게 준비해왔지만, 그런 짓은 하고 싶지 않군요. 수사에 협조해주십시오."

콜롬보가 내민 봉투를 뿌리치며 애비게일은 말했다.

"이유를 말해봐요! 내가 증인으로서 하선해야 할 이유가 뭔지, 말해보라고요!"

콜롬보는 봉투를 안주머니에 집어넣고, 선생님한테 꾸지람을 듣는 학생처럼 고개를 푹 숙이고 있었다.

애비게일은 뜻밖에 신경질적이 된 자신을 억누르며 말투를 고쳤다.

"이유를 들은 다음에 내가 판단하고, 내가 결정하겠어요."

기적이 울려 퍼졌다. 출항을 알리는 소리다.

"아무래도 그 자동차 열쇠가 마음에 걸려서요. 그래서 조사해봤습니다. 잠깐 봐주시겠습니까?"

콜롬보는 주머니를 뒤적거리면서 걸어가더니, 옷을 넣은 트렁크 앞에 멈춰 섰다. 그러고는 코트 주머니에서 아까의 봉투보다 훨씬 큰 봉투를 꺼내어, 그 안에 들어 있던 것을 트렁크 위에 펼쳐놓았다.

애비게일은 다가가서 들여다보았다. 타이프 용지 크기의 흑백 사진이 몇 장 겹쳐 있었다. 콜롬보는 맨 위에 있는 사진 한 장을 가리켰다.

"이건 뒤뜰에 있던 발자국을 찍은 겁니다. 기억하시겠죠? 부엌 근처의 덤불 옆에 나 있던 에드먼드 씨의 발자국입니다. 이걸 찍을 때 바로 옆에서 작업을 구경하고 계셨지요?"

"그래요. 그래서 어쨌다는 거죠?"

콜롬보는 애비게일의 질문을 무시하고 두 번째 사진을 끄집어냈다.

"이건 말입니다, 발자국과 덤불 사이를 촬영하여 크게 확대한 겁니다. 확대 사진이지요." 콜롬보는 다시 또 한 장을 꺼내어 손가락으로 두드렸다. "이건 더 크게 확대한 겁니다. 잘 보아주십시오."

잔디밭 같은 것과 덤불 같은 것이 찍혀 있지만, 입자가 상당히 거칠다. 비행기에서 촬영한 수풀 같았다. 콜롬보는 둥글고 거무스름한 것을 손가락으로 가리켰다.

"보세요. 이게 스프링클러입니다." 손가락이 왼쪽으로 미끄러지더니, 크게 원을 그리며 돌기 시작했다. "이 근처입니다. 자동차 열쇠가 발견된 것은. 여사님은 분명 스프링클러 바로 옆, 덤불과 경계를 이루는 이 언저리에 열쇠가 떨어져 있었다고 하셨지요? 하지만 이 사진에는 찍혀 있지 않습니다."

"……" 애비게일은 말없이 숨을 죽였다.

콜롬보의 투박한 손가락이 회색 지면을 더듬었다.

"열쇠 같은 건 어디에도 찍혀 있지 않습니다. 이 사진을 찍었을 때, 그러니까 에드먼드 씨의 시체가 발견된 날에는 이 언저리에 열쇠 따위는 떨어져 있지 않았습니다. 이상하다고 생각지 않으십니까? 여기에는 없었어요. 그런데 나중에 여사님이 찾아냈어요. 이건 대체 어찌된 일일까요?"

콜롬보는 사진을 바라보고 있었다. 애비게일은 마음이 흔들리는 것을 눈치채이지 않으려고 쓴웃음을 지어 보였다. 당장 대답하지 않으면 안 된다.

"이상할 건 아무것도 없어요. 내가 실수한 거예요. 나이 탓이겠죠. 발견한 건 분명 그 장소가 아니었어요. 덤불이나 꽃은 모두 다 똑같아 보이니까요. 내 기억이 틀렸나 봐요. 하지만 이제 와서는 어디서 발견했는지 기억나질 않는군요. 그 근처인 건 분명한데… 사진에 찍히지 않은 어딘가에…"

"그러면 세 점을 잇는 선이 허물어져버립니다."

다시 기적이 울렸다. 출항한다는 신호였다.

콜롬보는 사진을 봉투에 도로 집어넣었다. 봉투를 코트 주머니에 넣고 나서 애비게일을 물끄러미 바라보았다.

"부탁입니다, 애비게일 여사님. 수사에 협조해주십시오. 나는 여사님의 추리력에 기대를 걸고 있습니다. 그런데 이런 식으로 헤어지는 건 너무 아쉬워요. 도중에 그만두면 처음부터 아니 함만 못하다는 말도 있잖습니까."

애비게일은 부드러운 어조로 콜롬보를 설득하려고 했다.

"콜롬보 씨, 이 여행은 말이죠…"

"알고 있습니다. 사정은 잘 알고 있습니다. 알면서도 부탁하는 겁니다. 선장한테 이런 의뢰서를 건네고 싶지는 않으니까요." 콜롬보는 애비게일의 변명 따위는 들으려고 하지 않고 서류가 들어 있는 안주머니를 손으로 두드렸다. "수사는 중요한 단계에 와 있습니다. 나로서는 절대로 물러설 수 없습니다. 폐가 된다는 건 알지만, 제발 협조해주십시오. 함께 이 사건의 수수께끼를 해명하고 싶습니다. 댁까지 함께 가주십시오… 짐에 대해서는 걱정하지 마시고."

거역할 수는 없을 것 같다. 애비게일은 코트를 집어들었다.

"밖은 춥겠지요?"

2

석양은 이제 곧 수평선 밑으로 가라앉으려 하고 있었다. 애비게일 저택의 서재는 어두컴컴했다.

애비게일은 불을 켰다. 중대한 위기에 처해 있다는 것은 알고 있었다. 그러나 배를 타고 있어도 위험하기는 마찬가지였다. 협박자에게 시달리는 미래가 편안할 턱이 없다. 정든 서재로 돌아오자 오히려 마음이 놓이기까지 했다.

"미안합니다. 좀 열어주시지 않겠습니까."

콜롬보가 책상 옆에 서서 금고실을 가리켰다. 그러나 특별히 금고실에 관심이 있는 것 같지도 않았다. 콜롬보는 코트 주머니에서 온갖 잡동사니를 꺼내어 책상 위에 차례로 늘어놓고 있었다. 뭔가를 찾고 있는 모양이었다.

"아니, 금고실을 열게 하려고 나를 배에서 끌어내린 거예요?"

애비게일은 벽의 경보장치로 다가갔다.

"천만에요. 부탁하고 싶은 일이 산더미처럼 많습니다. 지혜도 빌리고 싶고요. 그래서 어떻게든 배에서 내리게 하고 싶었습니다."

콜롬보는 책상 위에 늘어놓은 성냥과 볼펜, 시가 꽁초 따위를 차례로 코트 주머니에 집어넣은 뒤, 이번에는 반대쪽 호주머니에 들어 있는 것을 하나씩 꺼내기 시작했다.

낡아빠진 수첩, 구깃구깃한 손수건, 열쇠… 온갖 잡동사니가 나왔다.

애비게일은 경보장치의 레버를 내리고 금고실 앞에 서서 다이얼로 손을 뻗었다. 금속의 차가운 감촉이 손가락에 닿았을 때, 문득 금고실 안에서 시체가 또 하나 나올 것 같은 기분이 들었다. 예를 들면 베로니카 브라이스의 시체가.

애비게일은 쓴웃음을 지었다. 자신이 궁지에 몰려 완전히 기진맥진해 있다는 것을 알았다. 철문이 덜컹 소리를 냈다. 손잡이를 천천히 잡아당겼다. 에드먼드의 목숨을 빼앗아간 어둠이 눈앞에 펼쳐졌다. 눅눅한 냄새가 물씬 코를 찌른다.

"미안합니다. 이쪽으로 좀 와주실까요?" 뒤에서 콜롬보가 불렀다.

책상 위의 잡동사니는 모두 치워져 있었다. 종잇조각이 두 장 놓여 있을 뿐이다. 콜롬보가 책상 위의 스탠드를 켰다.

애비게일은 금고실 앞을 떠나 책상으로 다가갔다.

"자, 콜롬보 씨, 이번에는 뭘 하면 되죠?"

"이제는 생각만 하면 됩니다. 오로지 두뇌 노동이죠. 추리해주십시오. 그건 여사님의 전문 분야잖습니까."

"내 두뇌는 완전히 지쳐버려서 별로 도움이 될 것 같지 않은데요."

"그렇게 불안한 말씀은 하지 마세요. 나는 잔뜩 기대하고 있으니까요. 문제를 푸는 열쇠는 추리작가의 두뇌 속에 있다고 말이죠. 그럼 이 종잇조각을 좀 보아주십시오."

"그림 맞추기라도 하라는 건가요?"

두 장의 쪽지에는 각각 찢긴 자국이 있었다. 콜롬보는 손가락 끝으로 종잇조각을 움직여 위아래로 나란히 놓았다. 우툴두툴 찢어진 자국이 안쪽으로 가서 서로 겹쳐 있었다.

"그림 맞추기와 비슷한 겁니다."

콜롬보의 손가락이 두 장의 종잇조각을 약간 떼어놓았다. 그러고는 쪽지 사이에 생긴 공간을 굵은 손가락 끝으로 톡톡 두드렸다.

"이렇게 가운데 부분이 없어진 상태입니다. 이 쪽지들은 금고실 바닥에 떨어져 있었는데, 가운데 부분이 보이질 않는 거예요. 여사님이 이 종잇조각을 금고실에 넣으셨습니까?"

"아뇨. 금고실은 쓰레기통이 아니에요."

"그렇겠지요. 그래서 생각했습니다. 머리를 마구 쥐어짰지요. 그야말로 눈이 핑핑 돌 만큼 머리를 쥐어짜서 생각해봤습니다."

콜롬보는 이마에 손을 댄 자세로 애비게일 앞을 지나 금고실 안으로 들어갔다. 안으로 들어가자 획 돌아서서 조용히 눈을 감고, 눈꺼풀 안쪽에 있는 글을 읽는 듯한 어조로 말하기 시작했다.

"종잇조각은 에드먼드 씨가 남긴 겁니다. 나는 에드먼드 씨의 입장이 되어서 생각해봤지요. 갑자기 금고실에 갇혔다고 합시다. 처음에는 깜짝 놀라겠지요. 어떻게든 문을 열려고 합니다. 하지만 열리지 않습니다. 그러면 공포심이 치밀어 오릅니다…" 콜롬보는 최면술사 같은 어조로 말을 이었다. "금고실의 전구는 끊어져 있으니까 안은 캄캄합니다. 굳게 닫힌 문에는 바늘구멍만 한 틈도 없어서 한 줄기의 빛도 새어 들어오지 않습니다. 암흑 속에 공포가 가득 찹니다. 큰 소리로 도움을 청하겠지요. 그러나 그 소리는 두꺼운 철문에 튀어 쾅쾅 울릴 뿐입니다. 밖으로는 새어나가지 않습니다. 점점 숨이 답답해지고 더워집니다. 힘껏 문을 차보기도 합니다…"

콜롬보의 감은 눈이 지옥을 보고 있다.

애비게일의 손은 저도 모르게 목 언저리로 올라갔다. 상상하지 않으려고 애썼던 광경이 콜롬보의 입술에서 흘러나온다.

"금고실 안을 엉금엉금 기어 다니며 손으로 더듬어 뭔가 날카롭고 단단한 것을 찾습니다. 문을 비틀어 열어야 하니까요. 하지만 아무것도 없습니다. 보이지 않습니다. 숨 막힐 듯이 더워서 옷을 벗어 던집니다. 그러다가 주머니에 성냥이 있는 것을 생각해냅니다. 그때는 사태가 심각하다는 것을 깨닫게 되었기 때문에 귀중한 성냥은 소중히 쓰려고 할 겁니다. 성냥 한 개비를 신중하게 켜서 주위를 비추어봅니다. 그러나 문을 비틀어 열 수 있는 도구는 아무것도 없습니다. 선반 위의 원고가 성냥불 속에 희끄 무례하게 떠오를 뿐입니다. 에드먼드 씨는 체념합니다. 문을 여는 것은 불가능합니다. 누군가가 열어줄 때까지 기다리지 않으면 안 됩니다. 이어서 고통스러운 시간이 흐릅니다. 어둠 속에서 희망과 절망이 엇갈립니다."

콜롬보가 갑자기 눈을 번쩍 떴다. 금고실 안에서 이쪽을 뚫어지게 바라본다.

"만약 내 가설이 옳다면 에드먼드 씨는 사고로 갇힌 게 아니라 누군가에 의해서 갇혔습니다. 따라서…"

콜롬보는 입을 다물고 금고실 안을 둘러보았다.

애비게일은 초조했다. 문득 콜롬보를 금고실에 가두어버리고 싶은 충동에 사로잡혔다. 추리작가의 뇌리에 순간 하나의 스토리가 떠오른다. 콜롬보를 가두어놓고 공항으로 가서 하와이로 날아간다. 거기서 '퀸엘리자베스' 호를 기다린다…

콜롬보가 고개를 끄덕이면서 어두운 금고실에서 곰처럼 어슬렁거리며 나왔다. 마치 애비게일의 속마음을 알아차린 듯이.

추리작가의 망상은 거기서 끊겼다.

"따라서 에드먼드 씨는 범인을 알고 있었을 겁니다. 그렇겠지요, 여사님?"

"타살이었다면 그렇겠지요. 하지만…"

"그래서 나는 또 생각했습니다." 콜롬보는 애비게일의 말을 가로막고 바닥의 카펫에 눈길을 떨어뜨리며 말을 이었다. "내가 에드먼드 씨라면 어떻게 할까. 살아날 가능성은 거의 없습니다. 그러나 사태는 시시각각 나빠집니다. 밀폐된 작은 공간이니까요. 산소가 점점 줄어듭니다. 그것은 갈수록 숨이 막혀 답답해지는 것으로도 충분히 알 수 있을 겁니다. 어느 정도 각오는 되어 있겠지요. 이제 곧 죽을지도 모른다고. 그렇게 되면 복수하고 싶어질 겁니다. 게다가 속수무책인 상태에서 기적 같은 행운을 기다리는 것 외에는 아무것도 할 일이 없으니까, 오로지 복수만 생각할 겁니다. 남겨진 모든 시간과 모든 두뇌를 바쳐 오로지 가장 좋은 복수 방법만 생각합니다. 범인이 누구인지를 경찰에 알리려고 온갖 방법을 생각합니다."

"가장 좋은 복수 방법이라고요? 필기구가 있으면 좋았을 텐데요. 하지만 에드먼드는 아무것도 갖고 있지 않았어요."

애비게일은 의기양양한 자신의 목소리를 들었다. 이어서 콜롬보의 낮은 목소리가 귀에 들어왔다.

"그렇습니다. 에드먼드 씨는 필기구를 아무것도 갖고 있지 않았습니다. 하지만 어떨까요. 설령 수첩과 연필이 주머니 속에 들어 있었다 해도 메모를 남길 수 있었을까요?"

콜롬보는 학생에게 질문을 던지는 교사처럼 상냥하게 격려하는 듯한 눈빛으로 애비게일을 바라보았다. 재촉을 받자 애비게일은 자신 없이 대답했다.

"글쎄요… 불이 없어서 캄캄하다 해도 글씨를 쓸 수 없는 건 아니잖아요."

맞다는 듯이 콜롬보는 두 손바닥을 찰싹 마주치며 천장의 전구를 쳐다보았다.

"그렇습니다. 불 같은 건 문제가 안 됩니다. 그럴 마음만 있으면 손으로 더듬어서라도 범인의 이름쯤은 써서 남길 수 있습니다. 성냥도 있었습니다. 그리고 손톱으로 긁어서 뭔가에 이름을 남길 수도 있지요. 금속 상자에 상처 자국을 남겼듯이 말입니다. 그런데 그럴 수가 없었습니다. 내가 에드먼드 씨와 같은 상황에 몰렸다 해도 역시 그럴 수는 없었을 겁니다."

콜롬보는 눈을 감고 다시 눈꺼풀 안쪽에 있는 글을 읽는 듯한 어조로 말했다.

"어떤 방법으로든 메모를 남길 수는 있습니다. 에드먼드 씨도 그것을 시도하려고 했습니다. 그러나 에드먼드 씨는 어둠 속에서 생각해봤습니다. 금고실 문을 맨 먼저 여는 건 누구일까. 범인이 열지도 모른다. 범인이 금고실을 열고 시체가 있었다고 경찰에 신고할지도 모른다. 그때 메모가 발견되면 어떻게 될까? 범인의 이름을 쓴 메모가 바로 범인의 눈에 뜨이면 어떻게 될까. 범인은 당장 없애버릴 게 뻔하다. 에드먼드 씨는 거기까지 생각했던 것이죠. 생각하는 것밖에는 아무것도 할 수가 없었으니까요. 어둠 속에서 생각한 결과, 메모는 남길 수 없다는 결론에 이르렀을 겁니다…"

콜롬보는 눈을 떴다. 그러고는 눈썹 언저리를 한바탕 긁고 나서 다시 금고실 쪽으로 걸어가기 시작했다.

"메모를 남겨도 범인이 없애버릴 염려가 있습니다. 그렇게 생각했다면 다시 문을 열려고 필사적으로 발버둥쳤을 테지요. 그러다가 힘이 빠집니다. 다시 범인에게 복수할 방법을 생각하기 시작합니다. 에드먼드 씨는 그런 일을 되풀이했을 겁니다. 이 안에서…"

콜롬보는 금고실 앞에 서서 안을 들여다보았다. 갑자기 두통이 나는 것처럼 이마에 두 손을 댄다.

"나는 끝까지 집착했습니다. 에드먼드 씨는 반드시 뭔가를 남겼을 거라고. 남기지 않았을 리가 없어요. 내가 에드먼드 씨라면 틀림없이 그렇게 했을 테니까요."

그러자 애비게일이 작은 소리로 웃었다.

"하지만 콜롬보 씨, 그 집착도 타살이라는 전제 위에 서 있는 것이고, 만약 사고사라면 아무 의미도 없어요. 논리의 한쪽에만 지나치게 매달린 느낌이 드는군요."

콜롬보는 이마에 대고 있던 두 손을 내리고 애비게일을 바라보았다. 그러나 정면으로 반론을 제기하려고 하지는 않았다. 그 대신 자신의 상상에서 빠져나올 기색도 전혀 보이지 않았다.

"에드먼드 씨는 뭔가를 남겼을 겁니다. 그게 꼭 메모라고 할 수는 없습니다. 무슨 표시나 기호라도 좋겠지요. 어쨌든 범인이 눈치채지 못하고 경찰이 충분히 조사하면 알 수 있는 메시지를 어딘가에 남겨놓았을 겁니다."

그러나 콜롬보의 생각은 거기서 막혀버린 모양이다. 해답도 단서도 찾지 못하고 벽에 부딪혀 있다. 갑자기 늙어버린 것처럼 보이는 심각한 얼굴이 그것을 말해주고 있었다.

애비게일은 놀리듯이 말했다.

"그렇군요. 문제의 그 메시지가 사라진 종잇조각에 적혀 있나요? 그런데 그 종잇조각은 어디 있을까요? 시체의 뱃속에라도 있을까요?"

콜롬보는 고개를 저었다.

"부검 보고서에 따르면 시체에서 종잇조각은 나오지 않았습니다."

"그렇다면 타살의 선을 더듬어갈 수 있는 실마리는 끊어진 셈이군요. 사고사 쪽은 어떤가요? 사고사일 가능성도 조금은 조사해보셨겠죠?"

콜롬보는 휙 등을 돌려 금고실 안으로 들어갔다. 그러고는 선반 위에 있는 것을 뒤적거리면서 낮은 소리로 중얼거린다.

"사라진 종잇조각은 수수께끼입니다. 수수께끼가 너무 많아요. 상자에 난 상처 자국도 수수께끼입니다. 단순한 사고사로 처리하기에는 야릇한 재료만 눈에 띕니다. 나는 죽은 사람이 어딘가에서 외치고 있는 듯한 기분이 들어요. 사고사로 처리하지 말고 잘 조사해달라고 간절하게 원망하고 있는 듯한 기분이 들어서, 아무래도 마음이 가라앉질 않습니다."

외치고 있다면 그것은 에드먼드만이 아니다. 그 전에 조카딸 필리스도 똑같이 외치고 있었다. 사고사가 아니에요. 나는 살해당했어요. 에드먼드에게 살해당했어요. 필리스는 그렇게 외치고 있었다. 그러나 경찰은 아무것도 할 수가 없었다.

지금 또다시 똑같은 일이 되풀이되려 하고 있다. 경찰은 의심을 품고 있지만 아무것도 할 수가 없다. 경찰은 무능하다. 죽은 사람을 위해 뭔가를 해줄 수 있는 건 혈육밖에 없다. 애비게일은 그렇게 생각했다. 필리스는 복수할 수 있었지만, 혈육이 없는 에드먼드는 복수할 수 없다.

콜롬보가 검은 금속제 서류상자 네 개를 안고 금고실에서 나왔다.

"에드먼드 씨는 많은 수수께끼를 남겼습니다. 이 상자들도 그렇습니다. 이건 그 사고가 일어난 이후 몇 번이나 가지고 나와서 조사했습니다. 따라서 쌓는 순서도 그때마다 달라졌습니다. 그런데…" 콜롬보는 상자들을 안고 서재를 둘러보다가 탁자로 다가갔다. "여기 놓아도 괜찮겠습니까?"

"그러세요."

콜롬보는 마호가니 탁자에 상자들을 내려놓고 먼지를 털듯 손뼉을 쳤다. 그러고는 한 걸음 물러서서 상자들을 바라보았다.

"시체 손톱에는 검은 페인트가 남아 있었습니다. 벨트 버클에도 똑같은 것이 남아 있었지요. 기억하십니까?"

애비게일이 고개를 끄덕이자 콜롬보는 상자를 가볍게 두드렸다.

"손톱의 페인트와 벨트의 페인트를 감식반에서 분석했습니다. 그 결과, 거기에 묻어 있는 페인트는 이 상자에 칠한 페인트라는 걸 알았습니다."

"어머나, 과학수사도 하시는군요. 훌륭해요. 콜롬보 씨는 육감만 믿는 줄 알았더니, 뜻밖에 과학적이시네요."

콜롬보는 오스카상을 탄 스타처럼 손을 높이 쳐들고 기쁜 듯이 웃었다.

"고맙습니다. 칭찬해주셔서. 그런데 손톱과 버클의 페인트는 긁어서 묻은 겁니다. 이 상자들에는 상처 자국이 나 있는데, 오래되지 않은 뚜렷한 자국입니다. 여기 상처 자국이 있지요?"

콜롬보의 손가락이 상자들의 상처 자국을 더듬어간다. 맨 위의 상자에는 똑바른 수직선, 그다음이 V자를 뒤집은 형태, 세 번째와 네 번째는 똑바른 수직선이었다. 이것을 이어놓으면 'I⋀I I'가 된다.

애비게일이 놀리는 투로 말했다.

"어머나, 이게 죽은 사람이 남긴 메시지인가요? 어린애가 지옥에서 장난으로 낙서를 한 것 같은데요."

콜롬보는 약간 언짢은 표정을 지었다.

"나는 이래 봬도 진지합니다. 이것을 해독하지 않으면 안 됩니다. 그러려면 우선 상자들을 올바른 순서대로 쌓아야 합니다. 물론 순서가 있다면 말이지요. 어떻게든 이 메시지를 해독하고 싶습니다. 나는 지금 필사적이에요. 그래서 여사님의 지혜를 빌리고 싶은 겁니다. 추리작가의 두뇌에 도움을 청하고 싶습니다. 우선 꼭대기에 있는 상자의 위치를 바꾸어볼까요?"

콜롬보는 맨 위의 상자와 두 번째 상자를 바꾸어놓았다.

"이왕 하는 김에 이것도 뒤집어봅시다."

맨 위에 놓은 Λ가 뒤집혀 V자 형태가 되었다. 위에서부터 차례로 'VⅠⅠⅠ'가 되었다. 콜롬보는 한 걸음 물러서서 바라보았다.

"자, 어떻습니까? 꼭대기에 있는 표시는 뭣처럼 보입니까?"

애비게일은 게임을 즐기는 듯한 기분이 되었다.

"글쎄요, V는⋯ 승리의 V자일까요? V 사인? 나는 반드시 승리한다, 살아서 금고실을 나가고야 말겠다는 결의를 밝힌 걸까요? 아니면 베로니카의 V자? 어머나, 무서워라. 베로니카가 에드먼드를 죽였단 말인가요? 그 아가씨가 범인이라고 생각하세요?"

콜롬보는 다시 언짢은 얼굴로 고개를 저었다.

"아니, 그럴 가능성은 생각할 수 없습니다."

"그럼 내가 순서를 바꿔볼까요?"

애비게일은 맨 위의 상자를 뒤집어 세 번째에 집어넣었다.

상처 자국의 순서는 'ⅠⅠΛⅠ'가 되었다.

"어머나, 이게 무슨 의미일까요? 옷장 번호일까요? 하지만 Λ자가 미완성이군요. 옆줄이 없으니까요. 탈진해서 미처 다 쓰지 못한 걸까요? 하지만 A자라면 애니의 A자일까요? 설마 가정부 애니가?"

콜롬보는 상자에 팔꿈치를 괴고, 위에서 상처 자국을 내려다보았다.

"애비게일의 A. 여사님 이름의 머리글자가 아닐까요?"

탐색하는 듯한 기색은 없다. 가벼운 농담조였다. 긴장한 빛도 없이 그저 상처 자국을 바라보고 있을 뿐이다.

애비게일도 농담조로 말했다.

"그럼 내가 죽인 것이 되는군요. 하지만 유감스럽게도 나는 뉴욕에 있어서 현장에 입회하지 못했는걸요. 아니면 이건 내가 살인청부업자를 고용했다는 암호일까요?"

콜롬보는 미완성의 A자가 새겨진 상자에 손을 뻗었다.

"이것을 뒤집어서 같은 위치에 넣어봅시다."

상처 자국의 순서는 'I IV I'가 되었다.

애비게일은 고개를 갸웃하며 말했다.

"아래 두 개는 'VI'군요. 아니면 두 개를 합해서 Y자를 나타낸 걸까요? 옐로(노란색)의 Y자. 요트의 Y자. 아니면 〈Y의 비극〉(미국의 추리작가 엘러리 퀸이 쓴 추리소설 제목)의 Y자일까요? 여러 가지가 있군요… 또는 XY의 Y자. 수학의 두 번째 미지수인 Y일지도 모르죠. 에드먼드는 어두운 금고실에서 삶의 의미를 자신에게 묻고 있었던 것일까요?"

"또는 자기가 무엇 때문에 살해당하는가를 자신에게 물어봤을지도 모르지요."

"아니, 그러진 않았을 거예요. 살해당하는 사람은 자기가 살해당하는 이유를 정확히 알고 있거든요. 적어도 내 소설 속에서는 그래요. 자, 또 한 번 해볼까요. 이번에는 순서를 대폭 바꾸어봅시다."

콜롬보는 고개를 끄덕이고 상자들에 손을 댔다. 그러고는 커다란 집짓기 장난감을 만지작거리듯 상자들을 겹쳐 쌓으면서 말했다.

"그 자동차 열쇠 말인데요, 그것에 대해서도 생각해봤습니다. 에드먼드 씨가 여기서 집으로 돌아간 뒤에 여사님이 열쇠를 손에 넣었다면, 생각할 수 있는 경우는 한 가지밖에 없습니다. 에드먼드 씨가 다시 이리로 돌아온 경우뿐입니다. 에드먼드 씨는 여사님이 뉴욕으로 출발하기 전, 아직 이 집에 계실 때 돌아왔다는 얘기죠. 그렇게밖에는 생각할 수가 없습니다. 그때 여사님은 에드먼드 씨를 만났습니다. 아주 잠깐이라도 만나긴 만났습니다. 그리고 자동차 열쇠를 손에 넣었습니다."

역시 가벼운 말투였다. 반응을 살피는 기색도 없이 상자를 쌓는 일에 열중해 있었다. 애비게일은 콜롬보의 속셈을 탐색하려고 했지만 콜롬보의 얼굴은 무표정했다.

"콜롬보 씨, 과학수사는 그만두고 또다시 직감에 의존해서 추리를 시작한 모양이군요. 재미있는 추리예요. 하지만 어차피 증거는 아무것도 없겠죠?"

"한심한 노릇이지만 그렇습니다." 콜롬보는 깨끗이 인정했다. 그러고는 상자들을 가리켰다. "자, 이번에는 뭐처럼 보이십니까?"

상처 자국은 'Ⅰ Ⅰ Ⅰ Ⅳ'로 되어 있다.

"글쎄요, 네 개를 이어놓고 보면 화살 같군요. 화살표일까요? 아래를 가리키는 화살표? 바닥을 보아달라는 걸까요? 아니면 구두를 보아달라는 뜻일까요? 그 새 구두는 에드먼드한테도 자랑거리였을까요?"

콜롬보는 제 구두를 내려다보았다. 먼지를 뒤집어쓴 구두를 가만히 바라보고 있다가 갑자기 손이 움직였다. 머리 혈관이 끊어지기라도 한 것처럼 두 손으로 머리를 감싸 안았다. 그런 자세로 눈을 치켜뜨고 상자들을 바라보았다. 그러고는 상처 자국의 선을 더듬어 바닥을 내려다본다.

이윽고 콜롬보는 튕기듯 머리에서 손을 떼고 상자 네 개를 몽땅 옆구리에 끌어안고는 걷기 시작했다.

"잠깐만 기다려주세요."

이 말을 남기고 콜롬보는 금고실로 들어갔다. 안에서 짤가닥거리며 상자를 겹쳐 쌓는 소리가 들려온다.

애비게일도 콜롬보를 뒤따라 금고실로 가서 어둠 속을 들여다보았다.

"어서 들어오세요. 거기 서 계시면 어두우니까."

콜롬보는 애비게일에게 등을 돌린 채 사무적으로 말했다. 애비게일은 어쩔 수 없이 금고실 안으로 들어갔다. 그 순간 애비게일은 이상한 예감을 느꼈다. 뭐라고 말할 수 없는 불길한 예감이었지만, 호기심이 앞서서 빨려들듯 콜롬보 뒤에 섰다. 열어젖힌 문에서 서재의 불빛이 새어 들어와 상자들의 상처 자국을 간신히 알아볼 수 있었다.

상자들은 원래의 선반 위로 돌아가 있었다. 콜롬보는 허리를 굽혀 그 상자들의 밑바닥을 조사하고 있다가 갑자기 벌떡 일어나더니, 상자를 전부 집어들고 단번에 거꾸로 뒤집었다.

이제 상자들의 상처 자국은 반대 방향을 가리키는 'ΛIII'라는 화살표가 되었다.

"아니, 이번에는 위쪽을 가리키는 화살표군요. 드디어 천국으로 올라간다는 메시지일까요? 그렇다면 줄거리가 통하는데요."

애비게일은 애써 밝은 어조로 말했지만 콜롬보는 대꾸도 하지 않았다. 콜롬보는 화살표를 더듬어 천천히 천장을 쳐다보았다. 거기에는 아무 표시도 없었다. 그러나 콜롬보의 눈은 천장의 알전구에 못박혀 있었다. 애비게일이 낮은 소리로 웃었다.

"전구를 바꿔 끼우라는 유언일까요?"

애비게일은 웃어보았지만, 무의미한 기호가 조금씩 뜻있는 형태를 취해가는 것을 절실히 느낄 수 있었다. 왠지 좁은 곳에 갇힌 것처럼 가슴이 답답해졌다.

기억의 밑바닥에 가라앉아 있던 것이 힐끔 얼굴을 내민 듯한 기분이 들었다. 그게 무엇인지는 모른다. 그러나 어쨌든 에드먼드가 필사적으로 꾸민 공작이 금방이라도 모습을 드러내어 덮쳐올 것만 같았다. 그것이 나타나면 두꺼운 천장이 한꺼번에 무너져 내릴 것 같은 예감도 들었다.

주위에는 죽은 자의 숨결이 가득 차 있었다. 바싹바싹 다가와서 몸에 휘감기며 비웃는 자의 숨결이 주위에 자욱했다.

저서는 안 돼. 애비게일은 죽은 자를 비웃었다.

"에드먼드는 어둠이 어지간히 마음에 안 들었나 봐요. 평소에도 까다로운 편이었지만, 죽음을 앞두고도 전구가 나간 걸 불평하다니. 하지만 그 사람다워요. 에드먼드는 원래 되는 대로 살면서 그때그때 형편에 따라 임기응변으로 처신해온 남자니까요. 금고실 안에서 가장 큰 불만은 캄캄하다는 것이었겠죠. 다른 건 생각할 여유도 없는 사람이었어요."

콜롬보는 아무 대답도 하지 않았다. 그는 천장의 전구에서 선반에 놓인 상자로 시선을 돌렸다.

느닷없이 콜롬보의 오른손이 불쑥 앞으로 뻗어 나왔다. 손가락 끝이 상자의 화살표를 따라 올라간다. 벽에 손을 대고 발돋움을 하자 오른손이 천장에 닿았다. 이윽고 손가락 끝이 전구에 이르렀다.

콜롬보는 망설이지도 않고 전구를 움켜잡았다. 빙글빙글 돌려 전구를 빼낸다. 콜롬보는 그 전구를 유심히 바라보다가 귀에 대고 흔들어본다. 끊어진 필라멘트가 내는 작은 소리가 애비게일에게도 들렸다. 눈밭을 달리는 썰매의 방울 소리 같았다.

콜롬보는 고개를 갸웃하고는 갑자기 왼손을 천장으로 뻗었다. 손가락 끝이 빨려들듯 소켓 안으로 들어간다. 손가락의 움직임이 둔해졌다. 감전될까 봐 겁내고 있는 모양이다.

이윽고 왼손이 천천히 내려왔다. 그 손가락에는 조그맣게 접힌 종잇조각이 잡혀 있었다.

애비게일은 온몸에 오한을 느끼면서 시선을 집중했다.

어슴푸레한 금고실에서 콜롬보가 종잇조각을 펼쳤다. 쪽지가 메마른 소리를 냈다. 콜롬보는 길고 가느다란 종잇조각에 눈을 바싹 들이댔다. 잠시 그런 자세로 꼼짝도 하지 않는다. 이윽고 콜롬보는 뒤에 애비게일이 있는 것도 잊어버린 듯 몽유병자처럼 천천히 금고실에서 나갔다. 서재의 책상에 이르자 스탠드 밑에서 다시 종잇조각을 들여다본다.

애비게일이 다가가자 콜롬보는 천천히 고개를 들었다.

눈가에 깊은 주름이 새겨져 있다. 한쪽 눈썹이 살짝 치켜 올라가자 얼굴 전체가 일그러진 것처럼 보였다.

"행방을 알 수 없었던 종잇조각이 마침내 발견됐습니다. 원고 제목을 적은 부분입니다."

"……?"

"여사님의 최신작 제목이지요."

"〈내가 살해된 밤〉 말인가요?"

애비게일이 간신히 이렇게 묻자 콜롬보는 종잇조각을 그녀에게 건네주었다.

'THE NIGHT I WAS MURDERED by Abigail Mitchell.' 틀림없이 타이프 원고의 첫 장이었다. 그게 없어진 것을 애비게일은 지금까지 알아차리지 못했다. 그 원고 묶음은 뿔뿔이 흩어져 금고실에 가득 널려 있었다.

콜롬보의 낮은 목소리가 들려온다.

"약간 손을 댔군요. 글자가 지워져 있지요? 타다 남은 성냥개비로 지웠습니다."

타이프로 친 제목 가운데 '밤(THE NIGHT)'이라는 글자가 지워져 있다. 보이지 않는 것은 아니지만 검게 칠해져 있다. 콜롬보가 애비게일의 귓가에다 재촉했다.

"소리 내어 읽어봐 주시겠어요? 지워진 부분은 빼고요."

애비게일은 글자를 눈으로 따라가면서 부르르 몸을 떨었다.

피할 수 없는 칼날이 종잇조각 속에서 번득이며 튀어나왔다. 모습을 감추었던 것이 마침내 나타났다. 에드먼드의 드높은 웃음소리가 들리는 것만 같았다. 타이프로 친 글자들이 시야 속에서 멋대로 춤을 추기 시작했다. 애비게일은 현기증을 억누르고 글자를 더듬어 띄엄띄엄 읽었다.

"나는… 살해되었다…"

애비게일이 말을 끊자 콜롬보가 재촉했다.

"그다음은요?"

애비게일은 입을 다물었다.

콜롬보가 뒤에서 들여다보며 읽었다.

"나는 살해되었다… 애비게일 미첼에게… 그렇게 적혀 있지요? 피해자가 죽기 직전에 남긴 유언입니다. 이것이 법정에서 강력한 증거가 되리라는 건 아시겠지요?"

애비게일은 저도 모르게 이미 고개를 끄덕이고 있었다. 고개를 끄덕인 것을 깨달은 순간 몸에서 힘이 빠져나갔다. 애비게일은 한 손으로 책상 끝을 잡고 매달렸다. 그러고는 그대로 의자에 주저앉았다.

콜롬보의 목소리가 들려온다.

"여사님, 동기는 짐작하고 있습니다."

"아마 그 짐작이 맞을 거예요." 애비게일은 자기 목소리가 조금도 떨리지 않는 것에 놀랐다. 잔잔한 호수처럼 평온한 목소리였다. "만약 콜롬보 씨가 필리스의 죽음을 수사해주었다면 이런 일은 일어나지 않았을 거예요."

원망하는 기색도 없이 조용히 말했다. 자신의 목소리가 조금도 흐트러지지 않는 것이 애비게일은 무엇보다도 기뻤다.

"글쎄요, 어떨까요…" 콜롬보는 중얼거리듯이 말하고는 창가로 다가가서 완전히 어둠에 감싸인 장미 정원을 바라보았다.

"콜롬보 씨, 좋은 걸 알려드릴까요. 에드먼드가 금고실에서 한 일, 그 죽음의 메시지는 모두… 내가 생각해낸 트릭이에요."

"무슨 말씀이시죠?" 콜롬보는 창턱에 손을 올려놓은 채 뒤를 돌아보았다.

"내가 쓴 《최선의 살인》을 읽지 않으셨죠?"

콜롬보는 미안한 듯이 고개를 끄덕였다.

"그 작품 속에 궁지에 몰린 탐정이 전구 소켓 안에다 암호를 숨기는 장면이 있어요. 《최선의 살인》은 에드먼드는 유일하게 읽은 내 소설인데, 그 부분을 기억하고 있다가 그 트릭을 써서…"

"그렇군요. 그렇게 된 거군요."

"그렇지 않았다면 에드먼드가 그런 트릭을 생각해낼 수 있을 리가 없잖아요."

애비게일의 목소리가 약간 날카로워졌다.

"그렇다면 여사님은 얄궂게도 자신이 만든 탐정한테 붙잡힌 셈이 되는데…"

콜롬보는 어깨를 으쓱하며 말을 이었다.

"결국은 그게 〈최선의 살인〉이 아니라 〈최악의 살인〉이 된 셈이군요."

애비게일은 조용히 고개를 젓고 웃으면서 말했다.

"제목을 붙인다면 〈최선의 복수〉가 더 어울리지 않을까요?"

"그렇군요."

소설을 끝냈을 때의 기분과 비슷했다. 속에 쌓인 것을 모조리 토해내고 텅 비어버린 마음에 상쾌한 피로가 밀물처럼 밀려와 가득 찼다.

그러나 한 가지 다른 점이 있었다. 소설은 한 편을 끝낼 때마다 일상생활이 싱싱하게 빛나면서 되살아나지만, 지금은 그런 빛과 생기가 없다. 일상은 이미 생기를 잃고 있었다.

문을 두드리는 소리가 났다. 가정부 애니가 살며시 얼굴을 내밀고 말했다.

"마님, 식사 준비가 되었는데요."

그 팔에는 미스 마플이 안겨 있었다.

"애니, 오늘 밤엔 식사할 생각 없어."

애비게일은 의자에서 일어나 종잇조각을 콜롬보에게 돌려주었다.

콜롬보는 고개를 끄덕였지만 어딘지 모르게 슬픈 얼굴이었다. 그는 강력한 증거가 되는 종잇조각을 아무렇게나 코트 주머니에 쑤셔 넣었다.

애비게일은 의아한 얼굴을 하고 있는 애니에게 다가가 미스 마플을 받아 안고 다정하게 머리를 쓰다듬었다. 고양이의 목걸이가 손가락에 닿았다.

"자, 콜롬보 씨, 그만 가실까요?"

콜롬보는 문으로 천천히 걸어가 손잡이를 잡고는 애비게일을 돌아보았다.

"오늘 밤은 늦었으니까 내일 아침에 모시러 오겠습니다."

애비게일은 말없이 콜롬보를 바라보았다. 콜롬보는 애비게일의 품에 안긴 미스 마플을 내려다보며 말했다.

"고양이한테 목걸이를 해주셨군요. 정말 예쁜 목걸이네요. 상아로 만든 건가요?"

"그래요. 예쁘죠?" 애비게일은 작은 소리로 웃으며 목걸이를 콜롬보에게 보여주었다. "상아 손잡이에 장미꽃이 새겨져 있어요. 인도 뭄바이에서 산 거예요."

"잘 어울리는군요."

"고마워요."

"우리 개한테도 목걸이를 달아줄까 보다… 그럼 안녕히 주무십시오."

"안녕히 가세요."

콜롬보는 서재에서 나와 조용히 문을 닫았다. 현관 쪽으로 걸어가는 발소리가 들렸다.

애비게일은 고양이를 안은 채 창가로 다가갔다.

반달이 하늘에 걸려 있었다. 희미한 빛을 장미 정원에 던지고 있다. 노란 장미꽃이 달빛에 어렴풋이 떠오른다. 시선을 모으자 장미꽃 사이를 지나 멀어져가는 콜롬보의 검은 윤곽이 어슴푸레하게 보였다.

애비게일은 고양이의 목걸이를 만지작거리면서 콜롬보를 지켜보았다. 조금 열린 창문으로 장미꽃 향기가 아련히 풍겨왔다.

살인의 마술
Columbo Goes To The Guillotine

One more thing...

차례

제1장 복수의 단두대
제2장 밀실의 수수께끼
제3장 마술로의 초대
제4장 살인의 마술

주요 등장인물

엘리엇 블레이크 : 초능력자
맥스 다이슨 : 마술사
폴라 헬 박사 : 아네만 초능력연구소 소장
프레더릭 해로 : CIA 특수요원
버트 스핀들러 : 마술용품점 지배인
토미 로렌스 : 소년 마술사
크레이머 형사 : 콜롬보의 부하
호퍼 형사 : 콜롬보의 부하
콜롬보 : 로스앤젤레스 경찰청 강력계 수사반장

제1장

복수의 단두대

1

엘리엇 블레이크는 '아네만 초능력연구소'에 들어가, '극비-관계자 외 출입금지'라고 적힌 표찰이 나붙어 있는 초능력 실험실 문 앞에 서자 조용히 호흡을 가다듬었다.

그 문 안쪽에서 엘리엇 블레이크의 텔레파시 능력을 증명하기 위한 테스트가 이제 곧 시작된다. 이것은 그가 세 번째로 받는 테스트였다. 이 테스트가 잘되지 않는다면… 엘리엇의 얼굴에 희미한 불안의 그림자가 스쳤다.

엘리엇은 지난 몇 년 동안 초능력자로서 유럽에서는 절대적인 인기를 자랑했고, '유럽의 유리겔러(이스라엘 출신의 마술사)'라는 별명을 얻고 있었다. 그러나 그는 숟가락을 구부리거나 고장 난 시계를 움직이는 정도의 재주를 보이는 것만으로는 만족하지 않았다. 단순한 구경거리로는 끝나고 싶지 않다. 초능력자로서 모든 사람에게 인정받고, 내가 가진 참된 힘을 세상에 보여주고 싶다. 엘리엇은 그렇게 생각하고 있었다.

엘리엇은 크게 심호흡을 하고는 초능력 실험실의 육중한 문을 열었다.

어두컴컴하고 넓은 실험실 안에는 그를 테스트할 준비가 이미 갖추어져 있었다.

엘리엇은 실험실 안을 둘러보았다.

실험실 안에는 창문이 달린 두 개의 작은 격리실이 있고, 한쪽 격리실에는 이미 연구소 소장인 폴라 헬 박사가 들어가 있었다. 작은 탁자 앞에 앉아 있는 아름다운 폴라 헬의 모습이 유리창 너머로 보였다. 실험실에 들어간 엘리엇 블레이크를 폴라 헬이 불안한 듯한 눈으로 힐끔 쳐다보았다. 그러나 격리실 유리창은 반투명거울로 되어 있어서, 격리실 안에 있는 폴라에게는 바깥이 보이지 않을 것이다. 그 유리창 안쪽은 거울로 되어 있기 때문에 폴라에게는 지금 거울에 비친 자기 모습밖에 보이지 않는다. 엘리엇은 오늘 그녀를 상대로 중요한 테스트를 받을 예정이었다.

격리실 옆 책상에서는 가슴에 신분증을 단 공군 기술자가 춤추듯 움직이는 바늘을 보면서 거짓말탐지기를 조정하고 있다.

격리실 맞은편에 놓인 직사각형 탁자 앞에는 흰 가운을 입은 연구원 세 명이 앉아서 불빛을 받고 있다. 남자가 둘에 여자가 하나다. 여자는 돌리라는 이름을 가진 젊고 쾌활한 연구원이다. 세 사람의 머리 위에 매달린 벽시계는 오후 2시 정각을 가리키고 있다.

그리고 세 명의 연구원이 앉아 있는 탁자 옆에는 세 줄로 이루어진 계단식 관람석이 있다. 그곳에는 육해공군의 고급 장교 몇 명과 CIA 본부의 특수요원인 프레더릭 해로가 앉아 있었다. 오늘 엘리엇 블레이크를 테스트할 사람들이다. CIA의 해로는 머리가 희끗희끗한 쉰 살 남짓한 중년 사내인데, 감색 양복으로 단정하게 몸을 감싸고 네모난 얼굴의 눈 속에는 냉철함을 감추고 있다. 이 해로의 테스트를 통과하지 못하면 엘리엇은 초능력자로 인정받을 수 없다.

여자 연구원 돌리가 엘리엇에게 말을 걸었다.

"기다리고 있었습니다, 엘리엇 씨."

"고맙습니다. 실험 준비는 다 끝난 것 같군요." 엘리엇이 대답했다.

"네, 괜찮으시다면 지금 곧 저쪽 격리실로 들어가주세요. 소장님이 있는 격리실 옆방입니다."

엘리엇은 그 말을 듣고, CIA의 해로와 고급 장교들에게 가볍게 인사하면서 격리실 쪽으로 다가갔다. 격리실 안에 들어간 그는 작은 탁자 앞에 앉았다. 눈앞의 거울에 긴장한 그의 얼굴이 비쳐 있다.

여자 연구원 돌리가 마이크를 집어들면서 일어나더니 진지한 표정으로 말했다.

"그러면 여러분, 지금부터 실험을 시작하겠습니다. 3월 14일, 월요일. 피실험자는 엘리엇 블레이크 씨. 블레이크 씨의 텔레파시 능력을 증명하기 위한 세 번째 테스트입니다. 테스트에는 제나식 ESP(Extra Sensory Perception: 초감각적 지각) 카드를 사용합니다. 이 ESP 카드에는 네모, 동그라미, 십자, 물결무늬, 세모, 별 등 여섯 종류의 카드가 각각 다섯 장씩 있어서, 모두 30장으로 구성되어 있습니다. 오늘 실험은 연구소 소장인 폴라 핼 박사가 카드 그림이 무엇인가를 말하고, 엘리엇 블레이크 씨가 그 말의 진위를 알아맞히는 형태로 이루어집니다. 이것을 150번 되풀이합니다."

실험실 안에 팽팽히 긴장된 공기가 흘렀다. 돌리는 CIA 요원과 국방부 고관들 쪽을 힐끔 쳐다보고 나서 두 격리실 쪽으로 고개를 돌렸다. 그리고는 마이크에 대고 침착한 어조로 말했다.

"폴라 핼 박사님, 앞에 있는 탁자에 ESP 카드가 있습니다. 잘 섞은 뒤에 쳐주십시오."

격리실 안에 있는 폴라 핼은 시키는 대로 탁자 위의 ESP 카드를 잘 섞고 나서 치기 시작했다.

"다 쳤어요." 폴라가 긴장한 표정으로 말했다.

실험실 안에 있는 사람들은 스피커에서 흘러나오는 굳은 목소리를 들었다.

돌리가 사무적으로 설명했다.

"그러면 카드를 탁자 위에 엎어놓으십시오. 제가 '시작'이라고 말하면 카드를 한 장씩 뒤집어서 읽어주십시오. 사실대로 말하든 거짓말을 하든 자유입니다. 아셨죠?"

"네." 폴라 핼이 고개를 끄덕였다.

그러자 돌리가 이번에는 엘리엇 블레이크 쪽으로 얼굴을 돌렸다.

"그러면 블레이크 씨는 최선을 다해서 핼 박사의 말이 정말인지 거짓말인지를 알아맞혀주세요. 아셨죠?"

"알았습니다."폴라 핼의 이웃 격리실 안에서 엘리엇 블레이크가 대답했다.

돌리는 빨간 클립보드와 펜을 집어들었다.

"좋습니다. 그럼 첫 번째 카드부터 시작해주세요."

폴라 핼은 맨 위에 있는 ESP 카드를 뒤집었다. 세모다.

"이건 동그라미입니다." 폴라는 거짓말을 했다.

실험실 책상 위에 놓인 거짓말탐지기 바늘이 크게 움직여, 그녀의 말이 거짓말이라는 것을 보여준다. 물론 엘리엇은 그 기계의 반응을 볼 수 없다.

"거짓말." 엘리엇은 눈을 감고 관자놀이를 손가락으로 누르면서 말했다.

"두 번째 카드는요?" 진행을 맡고 있는 돌리가 재촉했다.

그러자 폴라는 두 번째 카드를 뒤집었다. 네모다.

"네모입니다." 폴라는 사실대로 말했다.

거짓말탐지기 바늘의 움직임이 작아진다.

"정말." 엘리엇은 망설이지 않고 대답했다.

"세 번째를 읽어주십시오." 돌리가 재촉한다.

폴라는 세 번째 카드를 뒤집는다. 별이다.

"별입니다." 폴라는 사실대로 말했다.

엘리엇은 이마에 손을 대고 정신을 집중하려고 했다.

"엘리엇 씨, 어떻습니까?" 돌리가 대답을 재촉한다.

"정말입니다." 엘리엇은 알아맞혔다.

"네 번째를 읽어주세요."

"물결무늬입니다." 폴라는 사실대로 말한다.

"정말." 엘리엇이 대답한다.

"열다섯 번째를 읽어주십시오." 돌리가 재촉한다.

"세모입니다." 폴라가 말한다.

"거짓말!" 엘리엇이 강한 어조로 대답한다.

"다음, 열여섯 번째를 읽어주십시오."

"동그라미입니다."

"그건… 정말." 엘리엇이 망설이는 투로 대답한다.

"열일곱 번째…"

"별입니다."

"거짓말."

…

CIA의 프레더릭 해로와 국방부의 고급 장교들은 이 테스트 상황을 무표정하게 지켜보았다. 테스트는 몇 시간이나 계속되어, 이윽고 끝날 때가 다 되었다.

"백마흔아홉 번째…" 여자 연구원 돌리가 폴라 핼에게 말했다.

폴라는 지친 모습으로 카드를 뒤집는다. 십자다.

"동그라미입니다." 폴라는 거짓말을 했다.

"거짓말." 엘리엇 블레이크는 이마에 솟은 땀을 반짝거리면서 말했지만, 황급히 정정했다. "아니, 정말."

"그러면 이제 마지막입니다. 백쉰 번째 카드를 읽어주십시오."

돌리가 기운을 북돋워주는 듯한 어조로 말하자, 폴라는 마지막 카드를 뒤집었다. 별이다.

"물결무늬입니다." 폴라는 거짓말을 했다.

"거짓말." 엘리엇은 알아맞혔다.

"이상으로 테스트를 마치겠습니다." 돌리가 말하고 마이크를 내려놓았다.

엘리엇은 녹초가 된 모습으로 자리에서 일어나 격리실에서 나왔다. 또 다른 격리실에서는 폴라가 나왔다. 그녀는 엘리엇에게 불안한 듯한 눈길을 보냈지만, 엘리엇은 시선을 피한 채 빠른 걸음으로 실험실을 질러갔다. 격리실 안의 조명이 꺼졌다.

그날 밤, 아네만 초능력연구소 소장 폴라 핼 박사는 소장실의 커다란 책상 앞에 앉아, 그날 낮에 있었던 엘리엇 블레이크의 텔레파시 능력 테스트 결과를 검토하고 있었다. 정답률은 당초에 예정했던 것보다 훨씬 낮았다. 이래서는 도저히 CIA의 프레더릭 해로와 군부를 만족시킬 수 없을 것이다. 테스트는 이걸로 끝일까, 아니면 재실험에 도전하게 해줄까. 엘리엇 블레이크와는 사전에 꼼꼼하게 상의해두었는데 결과가 이 모양이다. 모두 내 실수야. 그렇게 생각하자 폴라 핼은 우울해졌다.

그때 날카롭게 문을 두드리는 소리가 났다. 이어서 총명한 얼굴에 키가 큰 엘리엇 블레이크가 폴라의 응답도 기다리지 않고 소장실로 들어왔다. 엘리엇은 손을 뒤로 돌려 문을 닫고는 그 자리에 멈춰 서서 폴라를 노려보았다.

"물결무늬에서 세 번째 카드는 거짓말이라고 정해두었잖소. 그만큼 말해두었는데…" 엘리엇은 다짜고짜 폴라를 책망했다.

"미안해요. 알고는 있었지만 나도 모르게…" 폴라는 당황한 듯이 말했다.

엘리엇은 위압적인 태도로 폴라에게 다가섰다.

"실수는 용납되지 않는다고 말했잖소. CIA의 해로와 군부를 납득시키지 않으면 이 연구소를 잃게 될 거요. 그런 테스트 결과로 그 사람들이 만족하리라고 생각해요?"

"아니, 만족하지 않을 거예요." 폴라는 책상 앞에 앉은 채 굳은 표정으로 대답했다.

엘리엇은 기세등등하게 폴라를 나무랐다.

"그래요, 그걸로는 아직 설득할 수 없어요. 정답률이 고작 84%였으니까. 92%를 예정했는데, 당신이 그만 얼빠진 짓을 하는 바람에…"

엘리엇의 일방적인 다그침에 폴라는 갑자기 분노가 치밀어 올라 책상에서 벌떡 일어났다.

"알았어요! 좀 더 정확하게 하면 되잖아요." 폴라는 책상 위에 놓인 ESP 카드를 움켜쥐고는 격렬한 어조로 외어대기 시작했다. "네모 다음에 동그라미가 나오지 않으면 네모 다음은 언제나 정말, 물결무늬 다음에는 항상 거짓말, 그 물결무늬가 거짓말이 아니라면… 아니, 그게 정말이라면 … 이제 난 어떡하면 좋지?"

폴라는 ESP 카드를 내던졌다. 카드가 바닥에 흩어졌다. 폴라는 엘리엇에게 등을 돌리고 진절머리가 난다는 듯이 말했다.

"초능력의 과학적 연구는 이제 계속할 수 없어…"

엘리엇은 말이 조금 지나쳤다고 생각하면서 폴라의 등 뒤로 조용히 다가갔다.

"CIA의 해로는 통계 따위로는 마음이 움직이지 않아요. 그 사람이 원하는 건 기적이오. 폴라, 내게는 해로를 깜짝 놀라게 할 만한 힘이 있소. 온 세상을 깜짝 놀라게 할 만한 힘이 있단 말이오. 나는 단순한 초능력자로는 끝나고 싶지 않아요."

폴라는 콧날이 오뚝한 지적인 얼굴을 그녀보다 다섯 살 아래인 엘리엇에게 돌렸다. 마흔 살이 다 되었지만 그녀의 아름다움은 조금도 시들지 않았다.

"해로 씨는 내일 또 오기로 되어 있어요. 하지만 그 사람을 설득할 수 있는 재료는 이제 남아 있지 않아요. 이런 건 처음부터 하지 말았어야 하는 건데…"

엘리엇은 어깨를 으쓱했다.

"원래는 당신을 위해 시작한 일이잖소? 이 연구소의 운영자금을 조달하기 위해서… 내 사랑하는 박사님을 위해서 말이오. 나는 내일부터라도 런던에서 다시 초능력 강연을 시작해도 좋아요. 그러는 편이 좋다면…"

폴라는 황급히 그의 말을 가로막았다.

"아니, 안 돼요. 가지 마요. 함께 있어줘요."

엘리엇은 두 손으로 폴라의 어깨를 잡았다.

"그렇다면 날 믿어요. 신은 나에게 마술사와는 전혀 다른 진정한 재능을 주었소. 내게는 진짜 초능력이 갖추어져 있다고요." 엘리엇은 폴라를 끌어안았다. "폴라, 우리는 서로를 좀 더 알 필요가 있소… 당신, 두려워하고 있군."

"네."

"알고 있소. 나는 전부 다 알고 있소. 당신이 생각하는 것도, 당신이 느끼고 있는 것도…"

엘리엇은 두 손으로 폴라의 얼굴을 감싸 안고 살짝 입을 맞추었다. 폴라는 엘리엇에게 달라붙었다.

2

이튿날 오후. CIA의 프레더릭 해로는 국방부 고관인 앨런 윌슨과 함께 다시 아네만 초능력연구소를 찾았다.

연구소 소장인 폴라 헬은 3층 소장실 창문에서 그들을 태운 검은색 리무진이 현관 앞에 멈춰 서는 것을 불안한 표정으로 내려다보고 있었다. 폴라는 생각했다. 오늘 저 사람들을 설득하지 못하면 이 연구소를 내놓을 수밖에 없어. 막대한 빚을 갚을 방법이 없으니까. 듀크대학에서 초심리학으로 박사학위를 딴 뒤, 결혼도 하지 않고 작은 연구소에서 일하면서 착실히 연구를 거듭한 끝에 겨우 이 초능력연구소를 갖게 되었지만, 지금까지 쏟은 노력이 모두 물거품이 되어버릴 거야… 폴라는 입술을 깨물면서 창가를 떠났다.

폴라 헬은 엘리엇 블레이크와 함께 연구소 지하에 있는 넓고 썰렁한 회의실에서 해로 일행을 맞이했다. 그 회의실에는 커다란 회의용 탁자가 놓여 있을 뿐 가구는 하나도 없다. 한쪽 벽에 계단이 있고 회의실 출입구는 그 계단뿐이다. 폴라와 엘리엇은 탁자 한쪽 끝에 나란히 앉고, CIA의 해로와 은테 안경을 쓴 국방부의 앨런 윌슨은 맞은편에 앉았다.

프레더릭 해로가 전날 이루어진 엘리엇 블레이크의 텔레파시 능력 테스트 결과를 보면서 먼저 말을 꺼냈다.

"소련은 군사전략에 이용할 목적으로 초능력을 열심히 연구하고 있소. 그들의 착안은 나쁘지 않을지도 몰라요. 그렇다면 그걸 잠자코 지켜보고 있는 우리는 중대한 실수를 저지르고 있는 셈이 되오. 헬 박사의 의견을 들려주시오."

"말할 것도 없습니다, 해로 씨. 초능력 연구는 반드시 정부의 지원으로 이루어져야 합니다. 어제 테스트 결과에 대해서 말씀드리면, 여기 있는 엘리엇 블레이크 씨는 이 연구소가 창립된 이후 가장 높은 점수를 얻었습니다."

폴라는 헛수고인 줄 알면서도 설득하려고 애썼다.

해로는 엘리엇을 엄격한 눈초리로 바라보고 나서, 테스트 결과가 적혀 있는 용지로 다시 눈길을 돌렸다.

"정부 내에 만약 소련 첩자가 있다면 이 점수를 보여주고 안심시킬 수 있다는 거요?" 이렇게 말하면서 해로는 테스트 결과를 탁자 위에 내던졌다.

엘리엇이 해로의 얼굴을 바라보면서 물었다.

"도대체 어떻게 하면 됩니까?"

"자네 능력이 좀 더 뛰어나다는 확증이 필요하네." 해로는 딱 잘라 대답했다.

"그렇게 말씀하셔도 방법이 없습니다."

엘리엇이 당황한 어조로 말하자 국방부의 앨런 윌슨이 비로소 입을 열었다.

"만약에 초능력이 있다면 무슨 일이든 가능할 거요."

"그러면 뭘 어떻게 하라는 겁니까?"

엘리엇은 무표정한 국방부 고관에게 물었지만, 대답한 사람은 해로였다.

"간단히 말하면… 자네가 적의 생각이나 행동을 텔레파시로 정확히 알아차릴 수 있다는 것을 구체적으로 보여주면 돼. 어떤가, 다시 한번 테스트를 받아 보겠나?"

"해봐도 좋지만, 어떤 방법으로…"

그러자 해로가 위압감을 주는 표정으로 대답했다.

"이번에는 핼 소장과 이 연구소 직원이 아니라 외부 전문가가 실시하는 테스트를 받는 걸세. 자네가 초능력을 사용해서 그 테스트를 통과하면 이 연구를 전폭적으로 지원하겠네."

엘리엇은 잠깐 망설이고 나서 대답했다.

"좋습니다. 하겠습니다. 폴라, 당신은 어때요?"

"좋아요." 폴라는 반대였지만, 불안을 감추고 고개를 끄덕였다. 그러고는 다시 해로 쪽으로 얼굴을 돌렸다. "하지만 테스트 내용은 미리 가르쳐주시겠죠? 테스트 내용도 모르고 무턱대고 테스트를 받을 순 없어요. 그러니까 말하자면…"

"여기 조건이 적혀 있소. 이 조건을 승낙하면 서명해주시오." 해로는 미리 준비해온 서류를 내놓으면서 말했다. 그러고는 계단 쪽을 바라보며 소리를 질렀다. "다이슨 씨!"

회의실 출입구로 통하는 계단에 어느새 남자 하나가 서 있었다. 나이는 쉰 살 남짓, 약간 뚱뚱한 몸집에 머리를 단정히 빗고 콧수염을 기르고 있다. 언뜻 보기에 무척 고집스러운 느낌을 주는 남자.

해로가 폴라와 엘리엇을 돌아보며 물었다.

"맥스 다이슨에 대해서는 알고 있겠지요?"

엘리엇은 맥스 다이슨의 얼굴을 뚫어지게 바라보았다. 둘 다 흠칫 놀란 듯한 표정을 지었다. 이어서 둘 사이에 차가운 시선이 불꽃을 튀겼다.

맥스 다이슨은 엘리엇의 시선을 피해 폴라 핼에게 눈길을 돌렸다.

"놀란 모양이군요, 핼 박사. 역귀가 또 나타났으니…"

폴라는 눈길을 피했다. 이게 무슨 일이람. 설마 일이 이렇게 될 줄이야 … 저 사람은 초능력을 절대로 인정하지 않고, 초능력의 속임수를 폭로해 보이는 걸 사는 보람으로 삼고 있어. 하필이면 저 사람이 나타나다니…

"외부 전문가란 게 바로 저 사람인가요? 사기꾼 마술사?"

폴라가 CIA의 해로에게 말하자 맥스 다이슨이 계단에 선 채 반박했다.

"말을 함부로 하면 곤란해요. 나는 위대한 마술사이고, 가짜 초능력의 요지경 속도 잘 알고 있지요. 어떤 속임수도 환히 꿰뚫어보고 있단 말입니다."

그러고는 천천히 계단을 내려오기 시작했다.

해로가 폴라와 엘리엇에게 말했다.

"아시겠지만 다이슨 씨는 마술사뿐만 아니라 초능력 연구가로도 유명하지요. 초능력에 대한 지식과 마술 지식을 겸비한 다이슨 씨라면 협잡을 꿰뚫어볼 수 있을 거요."

"협잡은 우리 연구소도 꿰뚫어볼 수 있어요." 폴라가 분개한 말투로 내뱉었다.

"그럼 우리 사이좋게 해봅시다." 맥스 다이슨은 탁자로 다가오면서 폴라에게 말했다. 그러고는 엘리엇을 뚫어지게 바라보았다. "자네가 엘리엇 블레이크?"

그러자 엘리엇은 맥스 다이슨의 얼굴을 어딘지 모르게 반가운 듯이 마주 보았다.

"당신이 맥스 다이슨인가요? 그 위대한 마술사…"

맥스는 우쭐한 표정을 지으며 고개를 끄덕였다.

"그래, 나는 자네처럼 초능력자를 자칭하는 수상쩍은 인물을 지금까지 몇 명이나 테스트했다네."

"그중에는 진짜도 있었겠죠?"

"아니, 단 한 사람도 없었어. 나는 속임수를 모두 꿰뚫어봤고, 나 자신도 그 속임수를 이용해서 똑같은 초능력을 연기해 보였지." 맥스는 콧수염을 쓰다듬으며 탁자를 둘러본 다음, 다시 엘리엇에게 눈길을 돌렸다. "만약 나를 납득시킬 수 있다면 자네는 진짜 초능력자로 인정받을 수 있네. 도전해보고 싶으면 이 기획서를 읽어보게. 투시 테스트를 하고 싶은데…"

맥스는 재킷 안주머니에서 서류 묶음을 꺼내어 엘리엇 앞에 던졌다. 그러고는 탁자 끝까지 걸어가서 의자에 털썩 주저앉았다.

엘리엇은 재빨리 서류 묶음을 뒤적이고는 맥스를 힐끔 바라보고 나서, 다시 그 기획서를 훑어보았다.

폴라가 두려움을 억지로 감추며 해로에게 말했다.

"이걸 분석하려면 하루나 이틀은 걸려요. 지금 당장 대답할 수는 없어요."

그러자 엘리엇이 도전하는 눈빛을 맥스에게 던졌다.

"조건에 무리가 없다면 위대한 마술사 맥스 다이슨의 테스트에 도전해도 좋습니다. 초능력이 결코 협잡만은 아니라는 것을 가르쳐드리지요. 누가 펜을 좀 빌려주시겠습니까?"

맥스가 주머니에서 펜을 꺼내어 탁자에 내던졌다. 엘리엇 블레이크는 아까 해로한테 받은 서류에 서명하려고 했다. 그러자 해로가 진지한 어조로 말을 걸었다.

"이 테스트가 얼마나 중요한 의미를 갖고 있는지는 알고 있나?"

"네, 잘 알고 있습니다. 만약 실패하면 초능력자로서 내 장래는 끝장이겠지요." 엘리엇은 서류에 서명하고 맥스 다이슨에게 펜을 돌려주고는 도전하는 듯한 어조로 말을 이었다. "하지만 다이슨 씨, 만약 당신이 실패하면 당신 장래도 끝장입니다. 즐거운 마음으로 기다리겠습니다."

"재미있군. 물론 나도 즐거운 마음으로 기다리겠네."

맥스는 자신만만하게 말하고는 콧수염을 쓰다듬으면서 빈정거리는 웃음을 떠올렸다.

폴라와 엘리엇은 연구소 3층에 있는 소장실로 들어갔다. 폴라는 창가까지 걸어가 곤혹스러운 눈빛으로 현관 앞을 내려다보았다. CIA의 해로와 국방부 고관이 리무진에 올라타고 있었다. 리무진은 그들을 태우고 미끄러지듯 정문으로 다가가더니, 이윽고 바깥 거리의 자동차 물결 속으로 사라졌다.

폴라가 고개를 돌리며 엘리엇에게 말했다.

"대체 어쩔 셈이에요?"

엘리엇은 벽 앞에 놓인 커다란 수족관 안을 들여다보고 있었다. 수족관 안에서는 각양각색의 열대어들이 헤엄치고 있다. 엘리엇은 그 열대어들을 흥미로운 듯이 바라보면서 수수께끼 같은 어조로 말했다.

"이것 좀 봐요. 금빛 물고기와 은빛 물고기가 아주 사이좋게 놀고 있군. 하지만 이놈들도 막판에는 서로 죽고 죽이지."

폴라 핼은 무슨 뜻인지 알 수가 없어서 되물었다.

"그게 무슨 소리예요?"

"인간의 팔자도 비슷하다는 거요." 이렇게 대답하고 엘리엇은 폴라를 바라보았다. "내게도 생각이 있어요. 나한테 맡겨줘요. 되든 안 되든 해볼 수밖에. 이건 도박이오." 이렇게 말하면서 수족관을 손가락 끝으로 탁 튀겼다.

폴라는 불안을 숨기지 못했다.

"맥스 다이슨은 당신을 짓밟을 작정이에요."

"문제없소. 나를 믿어요, 폴라."

"물론 믿고 싶어요."

"그리고 나를 사랑해줘요. 사랑하는 것과 믿는 것, 이 두 가지는 같은 거요. 안 그래요, 박사?"

폴라는 어쩔 수 없다는 듯이 억지로 웃음을 떠올렸다.

"네, 거의 같은 거죠."

엘리엇은 달콤한 목소리로 말했다.

"우리 관계도 이제 꽤 오래됐군. 이제 슬슬 결혼해도 좋지 않을까? 이번 일이 성공하면 우리 결혼합시다."

폴라는 반신반의하면서도 고개를 끄덕일 수밖에 없었다.

"정말요? 기뻐요."

"우리 둘이서 함께 이 초능력연구소를 좀 더 키우고, 전 세계가 초능력을 인정하게 합시다."

"그래요. 꼭 그렇게 하고 싶어요."

폴라는 엘리엇의 가슴에 머리를 기댔다.

그날 밤 산타모니카 부두는 안개에 휩싸여 있었다. 인적은 없었다. 검은 바다 저편에서 이따금 무적이 울려 퍼진다. 모래밭에는 잔물결이 밀려오고 있다. 날이 꽤 쌀쌀해졌다.

엘리엇 블레이크는 부두의 난간 옆에 서서, 코트 깃을 세우고 두 손을 주머니에 찔러넣고는 안개에 덮인 바다를 바라보고 있었다.

이윽고 뒤에서 발소리가 들렸다. 엘리엇은 뒤를 돌아보았다. 검은 그림자가 다가온다. 만나기로 약속한 상대였다.

두툼한 코트 차림의 맥스 다이슨이 엘리엇에게 다가와 마주 섰다. 두 사람은 말없이 험악한 표정으로 서로를 바라보았다.

한참 뒤에야 엘리엇이 말했다.

"약속시간에 딱 맞춰 왔군요. 안 오실 줄 알았는데…"

"당연히 와야지. 자네와는 보통 사이가 아니니까. 이렇게 다시 만난 것도 무슨 인연이겠지." 이렇게 말하고 맥스는 부두 난간에 기대어 바다를 바라보고 있다가 천천히 고개를 돌렸다. "하지만 과거는 과거고, 지금은 반대 입장에 서 있는 처지야."

엘리엇은 두 팔을 벌리며 어깨를 으쓱했다.

"이집트에서는 당신과 어울린 덕분에 죽도록 고생했지요. 또 나를 아프게 하려는 거요?"

맥스는 그 질문을 무시하고 말했다.

"그건 피차 마찬가지야. 엘리엇 블레이크라는 이름의 초능력자에 대한 기사는 유럽 잡지에서 자주 읽었는데, 자네가 바로 그 엘리엇 블레이크였다니… 이름은 언제 바꿨나?"

"카이로 감옥을 나온 뒤… 당신이 나간 지 3년 뒤였지요."

맥스 다이슨은 고개를 끄덕이고 회상하듯 말했다.

"카이로 감옥은 그늘도 40도가 넘을 만큼 무더웠어. 오후에는 자주 카드놀이를 하곤 했지. 그러다가 트럼프 마술도 가르쳐주었지만…"

엘리엇은 그리운 듯 말하는 맥스한테서 시선을 돌렸다.

"그랬었지요. 그런데 초능력에 관한 당신 책은 나도 읽어봤어요.《다이슨, 초능력의 속임수를 폭로하다》라는 책 말이오. 당신은 우리 초능력자들을 지나치게 눈엣가시로 여기고 있는 것 같더군요. 그렇지 않나요, 맥스?"

맥스는 어깨를 으쓱했다.

"우리는 이집트 감옥에서 함께 고생한 사이야. 자네는 아주 훌륭한 제자였지."

"그렇고말고요. 당신은 마술에 관한 것을 나한테 완전히 전수해주었지요. 그래서 나는 당신이 손안에 무엇을 감추고 있는지 다 알고 있지요. 내 초능력을 아무리 꿰뚫어보려 해도 당신 같은 마술사한테는 도저히 무리예요."

맥스는 엘리엇을 바라본 채 싱긋 웃었다.

"글쎄, 과연 그럴까? 그런데 정말로 테스트를 받을 작정인가?"

"당신을 철저히 바보로 만들어주겠소. 많은 사람들 앞에서 창피를 당하게 해주지요. 늦기 전에 손을 떼는 게 신상에 이로울 거요."

"그럴 순 없어. 자네야말로 체념하는 게 어때? 자네한테 해로운 말은 하지 않아."

"이제 와서 뒤로 물러설 수는 없어요."

"그건 나도 마찬가지야."

두 사람은 부두에 뒤덮인 안개 속에서 서로를 노려보았다. 숨 막힐 듯한 침묵을 무적이 깨뜨렸다. 이윽고 엘리엇이 조용히 입을 열었다.

"감옥에서 있었던 그 일을 기억하고 있겠지요? 우리 둘이 세운 탈옥 계획 말이오. 그런데 어느 날 단짝이 사라져버렸소. 위대한 마술사 맥스 다이슨이 석방된 거요. 나중에야 알았지요. 내 교묘한 탈옥 계획이 간수한테 들통났다는 걸. 그래, 당신이 나를 팔아넘긴 거요. 나는 그 후로도 3년 동안이나 불지옥 같은 감옥에 갇혀 있었지만, 공범인 당신은 자유롭게 활개를 치고 다녔지."

"안 그래. 그건 오해야. 나는 놈들을 교묘히 매수해서 도망쳤을 뿐이야."

"거짓말 마요. 당신은 탈옥 계획을 털어놓고 그 대가로 석방된 거요."

"그건 잘못 생각한 거야. 난 절대로 비밀을 누설하지 않았어. 자네를 배신한 게 아니라고."

"당신에게 양심이 있다면 그때 진 빚을 지금 갚아도 좋잖소. 나는 지옥 같은 고통을 맛보았으니까. 그렇지 못하면 이 연구소를 내놓을 수밖에 없어요."

"난 그렇게 더러운 짓을 한 적이 없어!"

"당신의 과거를 공개해도 좋을까요? 그러면 당신의 체면은 땅에 떨어지겠지. 아니, 체면이 떨어지는 정도가 아니라 사회적 지위도 잃어버릴지 몰라요."

"도대체 무슨 소리를 하는 거야?"

"테스트는 모레요. 즐거운 마음으로 기다리겠소." 엘리엇은 내뱉듯이 말하고는 발길을 돌렸다.

맥스가 "잠깐 기다려!" 하고 외쳤지만, 그를 부두에 남겨둔 채 엘리엇은 가버렸다.

맥스는 혀를 차고 바다를 향해 침을 뱉고는, 어둠 속으로 녹아드는 엘리엇의 뒷모습을 물끄러미 바라보고 있었다.

3

이틀 후 아네만 초능력연구소의 어두컴컴한 실험실에서는 이제 곧 엘리엇에 대한 투시 테스트가 시작될 참이었다.

이번에 엘리엇이 들어갈 곳은 유리창을 단 격리실이다. 그 안에 놓인 작은 탁자 위에는 도화지 몇 장과 연필 몇 자루가 준비되어 있다. 부정을 막기 위해 공군 기술자가 최신 전자기기를 사용하여 그 격리실을 방금 조사했다.

유리창을 단 격리실 밖에는 영사기 세 대가 장치되어 있다. 그 바로 옆에서는 공군 상사가 무선통신기를 조정하고 있다.

격리실 유리창 너머에 맞붙은 직사각형 탁자에는 폴라 헬 소장이 긴장한 표정으로 앉아 있다. 그녀 옆에 앉아 있는 여자는 돌리 연구원이다.

CIA 요원 프레더릭 해로와 국방부 고관들은 지난번과 마찬가지로 계단식 관람석에 진을 치고 있었다. 그들은 모두 엄숙한 표정을 짓고 있다.

맥스 다이슨이 실험실 한가운데에 왠지 불안한 모습으로 서 있다.

곧 이어 격리실 옆에 달린 문이 열리더니, 하얀 점프슈트에 하얀 장화를 신은 엘리엇 블레이크가 해군 중사와 함께 들어왔다. 엘리엇은 실험실을 둘러보고 나서, 몇 발짝 들어오다가 걸음을 멈추고는 의아한 듯이 맥스를 바라보았다.

맥스가 엘리엇 블레이크를 돌아보며 여유 있게 말했다.

"괜찮나, 블레이크?"

"좋습니다, 다이슨 씨."

엘리엇은 자신만만한 태도로 활짝 열려 있는 격리실 문으로 걸어갔다. 그는 문 앞에서 잠깐 걸음을 멈추고 폴라를 똑바로 바라보았다.

폴라는 걱정스러운 눈빛으로 엘리엇을 마주 보았다.

엘리엇이 격리실 안으로 들어가자 해군 중사가 문을 닫고 자물쇠를 채웠다. 격리실에 환한 조명이 켜져 엘리엇의 얼굴을 비추었다. 엘리엇은 작은 탁자 앞에 앉아, 탁자 위에 놓인 도화지와 연필을 바라보고 나서 고개를 들었다. 눈앞은 거울로 되어 있어서 엘리엇의 긴장한 얼굴이 비쳐 있다.

진정해. 엘리엇은 자신을 타일렀다. 계획대로 하면 만사가 잘될 테니까. 엘리엇은 다시 한번 거울에 비친 제 얼굴을 바라보았다. 이 거울은 반투명거울이어서 밖에서는 격리실 안의 상황이 유리창 너머로 보이도록 되어 있다. 지금 실험실 안에 있는 사람들은 모두 격리실을 주목하고 있을 거야. 자, 초능력자로서 내 실력을 마음껏 보여주자. 이 테스트만 통과하면 꿈에 확실히 한 걸음 다가서게 돼.

바깥 실험실에서는 맥스 다이슨이 초단파 무선기 옆으로 다가가 무선 마이크를 집어든 참이었다. 맥스는 마이크 스위치를 넣고는 가슴을 펴고 말하기 시작했다.

"맥스 다이슨이다. 들리는가, 블레이크?"

엘리엇 블레이크는 탁자 위의 마이크 스위치를 넣고 대답했다.

"잘 들립니다, 맥스 다이슨 씨."

맥스는 배심원들에게 피고의 죄를 고발하는 자신만만한 검사처럼, 정부에서 파견된 참관인들 쪽으로 얼굴을 돌렸다.

"CIA에 계신 해로 씨의 지시에 따라 이 테스트는 속임수와 공모 및 부정 따위가 절대로 이루어지지 못하도록 작성되었습니다. 그러면 이 투시 테스트에 대해 설명 드리겠습니다. 군인 세 명이 제각기 차를 타고 로스앤젤레스 시내의 세 군데에서 임의로 목표물을 택합니다. 그런 다음 각자가 그 이미지를 텔레파시로 피실험자인 엘리엇 블레이크에게 보냅니다. 피실험자는 그 이미지를 이른바 초능력이라는 것으로 받아들여 도화지에 연필로 그립니다. 이것이 오늘 테스트의 개요입니다. 질문 없습니까?"

맥스는 참관인들을 둘러보았다. 그러고는 아무 반응도 없는 것을 확인한 다음, 통신기를 담당하고 있는 공군 상사에게 고개를 끄덕이고 마이크를 향해 말했다.

"그러면 투시 테스트를 시작하겠습니다. 차를 타고 주행 중인 알파, 브라보, 찰리… 지금 당장 차를 도로변에 세우고 응답해주십시오."

무선기로 맥스의 지시를 들은 브라보 대위는 오후의 할리우드 주택가에 차를 세웠다. 그 자동차 조수석에는 팩시밀리가 놓여 있다.

해군 대위 브라보는 무선마이크에 대고 말했다.

"여기는 브라보, 알았습니다!"

공군 대위 알파는 시내 슈퍼마켓 주차장에 차를 세우고 맥스 다이슨에게 응답했다.

"여기는 알파, 알았습니다."

육군 소령 찰리는 베벌리힐스의 언덕 비탈에 차를 세우고 마이크를 향해 말했다.

"여기는 찰리, 준비됐습니다."

실험실에서 세 사람의 응답을 들은 맥스는 잇따라 지시를 내린다.

"세 분에게는 모두 상자를 하나씩 건네주었습니다. 이번에는 그 상자를 열어주십시오. 상자 안에는 도로지도책, 눈가리개, 매직펜, 고무밴드, 나침반, 그리고 폴라로이드 카메라가 들어 있을 겁니다."

차에 타고 있는 알파, 브라보, 찰리는 제각기 상자를 열고 내용물을 확인한다.

실험실에서 다시 맥스가 말한다.

"내용물을 확인했지요? 그러면 우선 목표물을 임의로 선택했다는 것을 증명하기 위해 눈가리개를 해주십시오."

차에 탄 세 사람은 지시에 따라 눈가리개를 한다.

"다음에는 도로지도책을 넘겨서 아무 페이지나 펼쳐주십시오."

차에 탄 세 사람은 모두 지도책을 펼친다.

"그러면 매직펜으로 그 페이지에 임의로, 아무 데나 좋으니까 동그라미 표시를 해주십시오."

차에 탄 세 사람은 펜으로 지도에 동그라미를 그린다.

"동그라미를 그렸으면, 그 페이지가 넘어가지 않도록 고무밴드를 지도책에 끼우고 나서 눈가리개를 풀어주십시오."

차에 탄 세 사람은 눈가리개를 풀고 지도를 들여다보았다.

"그러면 여러분, 지금 표시한 장소로 달려가주세요. 목적지에 도착하면 곧바로 보고해주십시오."

실험실의 맥스는 지시를 마치고, 격리실 유리창 너머로 보이는 엘리엇 블레이크를 바라보았다.

"불만은 없나, 블레이크?"

"모두 당신한테 맡기겠습니다, 다이슨 씨." 엘리엇은 침착하게 대답했다.

실험실의 참관인들은 세 대의 차량에서 도착했다는 보고가 들어오기를 기다렸다.

브라보 대위의 차가 무어파크 가와 랭커심 대로의 교차점에 도착하여 천천히 멈춰 선다. 브라보 대위는 도로표지를 보고 현재 위치를 확인한 뒤 지도의 빨간 동그라미 표시와 대조했다. 목적지는 여기가 틀림없다.

"여기는 브라보, 방금 도착했습니다."

그 보고를 듣자 맥스 다이슨은 고개를 끄덕이고는 계단식 관람석에서 지켜보고 있는 참관인들 쪽을 돌아보았다.

"그러면 여러분도 이제 참여해주실까요. 해로 씨, 원하는 방향을 지정해주십시오. 북쪽인지, 남쪽인지, 동쪽인지, 서쪽인지."

프레더릭 해로는 헛기침을 하고 긴장한 목소리로 말했다.

"서쪽."

그러자 맥스는 마이크에 대고 지시했다.

"브라보 대위, 나침반으로 방위를 확인하고 서쪽을 향해 사진을 찍어주십시오."

차에 탄 브라보 대위는 나침판으로 방위를 확인한다. 그러고는 폴라로이드 카메라를 꺼내 무어파크 가와 랭커심 대로의 교차점 모퉁이에 서 있는 성당을 찍는다.

"찍었습니다." 브라보 대위가 무선기로 보고했다.

이 말을 듣고 맥스는 브라보 대위에게 다시 지시를 내렸다.

"그러면 쓸데없는 것은 생각지 말고 정신을 집중하여 그 경치를 생각해주십시오."

차에 탄 브라보 대위는 가톨릭교회를 뚫어지게 쳐다보며 그 경치를 머릿속에 새긴다.

실험실의 맥스는 이번에는 엘리엇 블레이크에게 지시를 내렸다.

"그러면 블레이크, 뭔가 이미지가 떠오르거든 앞에 있는 도화지에 그려주게."

격리실 안에 있는 엘리엇은 이마에 손가락을 대고는 눈을 감고 정신을 집중했다.

폴라 핼이 그 모습을 걱정스러운 듯이 지켜보고 있다.

맥스는 수상쩍다는 표정으로 계속 엘리엇을 바라본다.

CIA 요원 해로가 팔짱을 끼고 몸을 앞으로 내민다.

이윽고 엘리엇은 무언가를 그리기 시작했다. 그러다가 지우개로 일부를 지우고 다시 그린 다음, 마이크에 대고 말했다.

"다 그렸습니다."

맥스는 격리실 안의 엘리엇을 뚫어지게 바라본 채 말했다.

"좋아. 그러면 그 그림을 왼쪽에 있는 서랍에 넣어주게."

엘리엇은 지시에 따라 서랍 속에 그림을 엎어서 넣고 서랍을 닫았다.

그러자 군인 기술자 하나가 격리실 바깥벽에 달린 창구에서 그 그림을 꺼냈다. 그리고 세 대의 영사기 가운데 하나에 그 그림을 걸었다.

그것을 본 맥스는 무선마이크로 차에 탄 브라보 대위에게 지시를 내렸다.

"그러면 브라보 대위, 이번에는 목표물을 찍은 폴라로이드 사진을 조수석에 놓여 있는 팩시밀리로 보내주십시오."

차에 탄 브라보 대위는 지시에 따라 성당을 찍은 사진을 팩시밀리로 전송한다.

실험실의 팩시밀리가 성당 사진을 전송받았다. 군인 기술자가 그것을 영사기의 그림 옆에 건다.

그 무렵 알파 대위의 자동차가 목적지에 도착하여 멈춰 섰다. 알파 대위는 지도를 보고 장소를 확인한 뒤 실험실로 보고했다.

"여기는 알파, 방금 현장에 도착했습니다."

이 보고를 받은 맥스는 다시 계단식 관람석을 돌아보며 참관인 한 사람에게 물었다.

"그러면 중령님은 어느 방향으로 하시겠습니까? 동서남북 가운데 하나를 택해주십시오."

"북쪽." 장교는 부뚝뚝하게 대답했다.

맥스는 고개를 끄덕이고 알파 대위에게 지시한다.

"알파 대위, 북쪽 방향에 있는 것을 사진으로 찍고 그 피사체를 생각해주십시오."

차에 탄 알파 대위는 공원을 카메라에 담은 뒤 그쪽을 바라보며 열심히 생각한다.

"그러면 블레이크, 아까와 마찬가지로 알파 대위가 찍은 것을 도화지에 그려주게."

격리실 안에 있는 엘리엇은 도화지에 다시 그림을 그려 서랍 속에 넣었다.

마지막으로 목적지에 도착한 찰리 소령은 한 쌍을 이루고 있는 고층건물 근처에 차를 세웠다. 그리고 연구소 실험실에 있는 맥스의 지시에 따라 그 쌍둥이 건물을 바라보며 정신을 집중했다. 그런 다음 앞유리창 너머로 고층건물을 폴라로이드 카메라에 담아 팩시밀리로 사진을 전송했다.

격리실의 엘리엇은 미간을 찌푸리고 세 번째 그림을 다 그린 뒤, 영사기에 걸도록 그림을 격리실 밖으로 내보냈다. 그리고는 기진맥진한 듯 탁자에 엎드려 축 늘어졌다.

실험실의 기술자가 격리실 벽에 달린 창구에서 엘리엇의 세 번째 그림을 꺼냈다. 그리고 찰리 소령이 팩시밀리로 보내온 사진과 함께 영사기에 걸었다.

"블레이크, 이제 나오게."

맥스의 신호에 따라 군인 기술자가 격리실 문을 열었다.

엘리엇은 격리실에서 나오자 맥스 다이슨을 바라보며 도발적인 어조로 물었다.

"어때요? 아직도 내 능력을 믿을 수 없습니까, 다이슨 씨?"

"대조해보면 알겠지." 맥스는 차가운 표정으로 내뱉듯이 대답하고 나서, 첫 번째 영사기의 스위치를 넣었다.

그러자 스크린에는 브라보 대위가 찍은 성당 사진이 나타났고, 그 밑에 엘리엇이 그린 스케치가 비쳤다. 그 스케치에 그려진 그림은 사진에 찍힌 성당과 똑같다. 관람석에서 놀란 외침 소리가 새어 나온다.

맥스는 눈을 크게 뜨고 바라보다가, 이어서 두 번째 영사기의 스위치를 넣었다.

스크린에 비친 엘리엇의 공원 스케치는 알파 대위가 찍은 공원 사진과 놀랄 만큼 비슷하다. 다시 참관인들 사이에서 술렁거리는 소리가 들렸다.

믿을 수 없다는 눈빛으로 스크린을 바라보고 있던 맥스는 작은 신음 소리를 내면서 마지막 영사기의 스위치를 넣었다.

엘리엇의 스케치에도 찰리 소령이 찍은 사진에도 한 쌍을 이룬 고층건물이 서 있다.

맥스는 자못 충격을 받은 듯한 표정으로 스크린을 멍하니 바라보고 있다.

"이럴 수가…" 맥스는 힘없이 중얼거렸다.

여자 연구원 돌리가 폴라의 팔을 잡고 흔들었다. 폴라는 처음에는 그저 놀랄 뿐이었지만, 점점 기쁨이 치밀어 올라왔다.

CIA 요원 해로가 갑자기 벌떡 일어나서 박수를 쳤다. 거기에 이끌려, 맥스를 제외한 전원이 일제히 박수를 보낸다.

엘리엇 블레이크가 실험실 한가운데로 걸어 나와, 낙담한 표정으로 눈을 내리깔고 있는 맥스 다이슨과 마주 섰다. 맥스는 어깨를 축 늘어뜨린 채 입을 다물고 있다.

엘리엇은 의기양양하게 두 팔을 벌리고 맥스 다이슨을 깔보듯이 말했다.

"이젠 믿겠습니까, 다이슨 씨?"

"아니, 나는 믿을 수 없어. 이런 일이 있을 리가 없어!" 맥스는 고개를 저으면서 내뱉듯이 말했다.

"하지만 실제로 이런 일이 일어났잖습니까? 초능력을 부정하는 당신의 이론은 지금 참관인들이 보는 앞에서 뒤집혔어요. 이것을 어떻게 설명할 수 있습니까? 하기야 당신한테는 악몽으로밖에 여겨지지 않겠지만…"

엘리엇이 CIA의 해로를 힐끔 바라보며 동정하듯 말하자 맥스는 멋쩍은 듯 얼굴을 돌리며 말했다.

"언젠가는 폭로해 보이겠어… 그때까지 잘해보게." 맥스는 괴로운 듯 말하고는 출구 쪽으로 성큼성큼 다가갔다.

CIA 요원 해로가 만족스러운 얼굴로 엘리엇에게 다가와 악수를 청했다.

"블레이크, 자네한테 정식으로 일을 부탁하고 싶네."

엘리엇이 해로의 손을 잡고 웃음을 짓자 직원들의 박수 소리가 더욱 높아졌다. 폴라 핼은 믿음직스러운 듯 엘리엇 블레이크의 등을 바라보고 있었다.

4

자정이 가까워지고 있었다.

로스앤젤레스 교외, 나무가 울창한 산타모니카 구릉지에는 안개가 자욱이 끼어 있었다. 엘리엇 블레이크는 신중하게 재규어를 몰아 포장되지 않은 비탈길을 천천히 올라갔다.

투시 테스트가 끝난 뒤 아파트로 돌아가자 그 남자한테서 전화가 걸려왔다. 밤 12시에 이 언덕 위에서 만나고 싶다는 것이었다.

하지만 하필이면 한밤중에 인가에서 멀리 떨어진 이 산타모니카 언덕에서 만나자는 건 무슨 수작일까. 엘리엇은 불안을 느끼면서 약속 장소로 올라갔다.

이윽고 차는 언덕 꼭대기에 있는 전망대에 이르렀다. 보석상자 같은 로스앤젤레스의 야경이 눈 아래 펼쳐져 있다. 전망대 옆에는 작은 주차장이 있고, 그곳에는 이미 자동차 한 대가 서 있었다. 일제 토요타 소형차가 작은 곤충처럼 어둠 속에 웅크리고 있었다.

엘리엇은 재규어를 좁은 주차장에 세우고 차에서 내렸다. 싸늘한 밤공기가 뺨을 스쳤다. 엘리엇은 천천히 전망대로 걸어갔다. 발소리가 유난히 크게 울렸다. 전망대에는 작달막한 검은 그림자가 서 있었다.

가까이 다가가자 그 그림자가 손을 들었다.

"잘 왔네, 블레이크."

"산책이나 같이 하자는 옛 친구의 청을 거절할 수는 없으니까요." 엘리엇은 어깨를 으쓱하고는 덧붙였다. "오늘 투시 테스트에서 당신이 보여준 연기는 볼만했어요. 아카데미 연기상 감이던데요."

"어쨌든 축하하네. 우리 연기는 호흡도 딱 맞고, 정말 훌륭한 공연이었지. 그 연극을 갖고 미국 전역을, 아니 전 세계를 함께 순회공연하는 것도 나쁘지 않을 것 같은데…"

엘리엇은 이 말에는 대답하지 않고, 고속도로를 따라 흐르는 자동차 불빛을 바라보면서 말했다.

"솔직히 말하면 실험할 때는 좀 걱정이 됐어요. 어제 전화로 의논은 끝났지만, 테스트가 끝날 때까지 조마조마하더군요. 당신한테 또 배신당하는 게 아닐까 하고…"

"바보 같은 소리. 옛정을 생각해서 협력한 거야. 어쨌든 이제 자네 장래는 활짝 열렸어. CIA에 채용될 테니 앞날이 훤히 트인 거지."

엘리엇은 맥스한테서 눈길을 돌려 눈 아래 펼쳐져 있는 로스앤젤레스의 불빛을 내려다보았다. 잠들 줄 모르는 야망의 도시, 그 야망이 소용돌이치는 혼돈의 세계에서 빠져나와, 이제 나는 한 단계 더 높은 차원으로 날아오르려 하고 있다…

엘리엇은 맥스에게 눈길을 돌리며 말을 꺼냈다.

"그런데 볼일은 도대체 뭡니까? 왜 이런 한밤중에 일부러 이런 곳으로 불러냈죠?"

"좀 말하기 어려운 일이지만…"

"뭔데요?"

엘리엇이 재촉하자 맥스는 신중한 어조로 말하기 시작했다.

"요컨대 나는 자네가 CIA의 프레더릭 해로를 속이는 데 협력했지만, 그 테스트 덕분에 체면이 땅에 떨어졌어. 나는 그동안 줄곧 초능력은 존재할 수 없다고 주장해왔는데, 그런 내 이론이 완전히 허물어져버렸으니까."

엘리엇은 다음에 나올 말을 예상하면서 고개를 끄덕였다.

"그런 셈이지요."

맥스는 엘리엇의 눈을 마주 바라보며 말을 이었다.

"그래도 내가 자네한테 협력한 건 나름대로 이유가 있기 때문이야."

"나에 대한 부채감 때문이 아니었나요? 이집트에서 그런 고통을 맛보게 했으니까 그 빚을 갚는 게 당연하지요. 옛정을 생각해서… 이제 빚을 갚았으니 마음이 후련하겠군요."

"아니, 난 자네를 배신한 적이 없어. 따라서 부채감 따위도 느끼지 않아."

전망대에 차가운 밤바람이 몰아쳤다. 3월이라고는 하지만 그 바람에서는 아직 겨울이 느껴진다.

엘리엇은 맥스의 말투에 미심쩍음을 느끼면서 물었다.

"그럼 뭐죠? 내가 당신의 과거를 폭로해서 유명한 마술사의 지위를 잃어버리게 될까 봐 겁이 났던 거 아닌가요?"

"내가 카이로 감옥에 있었다는 얘기는 내 책에도 썼고, 이제 와서 공개해봤자 별로 문제될 건 없어."

엘리엇은 영문을 모르겠다는 듯이 고개를 저었다.

"그렇다면 목적이 뭐요?"

맥스는 전망대 난간에 등을 기대며 말했다.

"자네는 이제부터 초능력자로 인정받고 꿈을 이루겠지. 그러니까 나도 꿈을 하나 이루게 해줬으면 좋겠네."

"무슨 소리요?"

"내게는 오랫동안 간직해온 꿈이 있다네. 할리우드에 있는 '마술의 성' 같은 것을… 그러니까 마술의 전당을 갖고 싶네. '마술의 성'처럼 배타적인 회원제 클럽이 아니라, 누구나 유원지처럼 와서 즐길 수 있는, 말하자면 마술의 디즈니랜드 같은 걸 만들고 싶어…"

아, 그래요? 엘리엇은 맥스한테서 대답을 끌어내고는 미소를 지었다.

"멋진 꿈이군요. 그래서 나더러 어떻게 하라는 거요?"

"그런 걸 만들려면 적지 않은 돈이 필요해."

"나더러 돈을 내라는 거요?"

엘리엇은 놀란 듯이 거친 말투로 물었지만, 맥스는 침착한 어조로 말을 이었다.

"전부 다 내라는 건 아니야. 조금만 도와주는 정도면 돼. 아주 사소한 물질적 원조지. 말하자면 기부금 같은 거야."

"하지만 왜 내가 당신한테 돈을 주어야 하죠?"

"그 초능력연구소와 자네한테는 앞으로 CIA에서 막대한 돈이 들어올 거야. 게다가 자네가 CIA에 채용되면 돈을 듬뿍 벌 수 있지. 그렇게 되도록 나도 협력을 아끼지 않겠네."

"분명히 말해두지만 그렇게 많은 돈은 벌 수 없어요."

"아니, CIA와 국방부라면 그 정도는 아무것도 아니야. 군사전략에 도움이 되는 일이라면 얼마든지 돈을 쏟아부으니까."

엘리엇은 밤하늘을 쳐다보았다. 별은 하나도 보이지 않았다.

맥스가 돈을 얼마나 요구할까. 엘리엇은 머리를 굴리면서 말했다.

"그렇다 해도 내게는 돈을 낼 의무가 없어요."

그러자 맥스는 이 말을 기다렸다는 듯이 단숨에 말했다.

"내가 CIA에 그 테스트의 진상을 한마디만 벙끗하면 자네는 끝장이야. 그리고 과거가 폭로되면 곤란한 건 내가 아니라 오히려 자네가 아닐까? 자네는 가명으로 살고 있는 전과자니까 말이야. 안 그래, 그레그 해밀턴?"

엘리엇은 희미한 웃음을 떠올리며 대꾸했다.

"돈을 내려 해도 돈이 금방 들어오진 않아요. 지금 나는 빈털터리나 마찬가지에요."

"그건 상관없어. 나도 서두르고 있는 건 아니야. 하지만 대답은 빨리 해줘."

"알았어요. 당신은 역시 여간내기가 아니군요."

"그럼. 넘어져도 그냥은 일어나지 않는 게 내 천성이지."

"그럼 며칠 내로 연락할게요."

엘리엇은 맥스에게 등을 돌리고 주차장에 세워둔 재규어 쪽으로 걸어갔다.

5

엘리엇 블레이크와 몰래 만난 이튿날 밤, 맥스 다이슨은 웨스트엔드 대로에 있는 공작실에 틀어박혀 마술 쇼에 쓸 단두대를 조정하고 있었다.

공작실은 2층에 있고, 1층은 마술용품점과 술집으로 되어 있다. 맥스는 아래층 가게에서는 마술용품을 팔고 2층 공작실에서는 새로운 마술도구를 제작하거나 연구하고 있다. 공작실 안에는 커다란 무대용 대도구나 소도구, 마술에 사용하는 비품들이 비좁게 놓여 있다.

단두대는 높이가 3미터이고 강철로 만든 본격적인 것이었다. 맥스는 용접 마스크를 쓰고 불꽃을 튕기면서 단두대의 날카로운 칼날을 연마기로 갈고 있었다. 그러다가 용접 마스크를 벗고 엄지손가락으로 칼날의 날카로움을 확인했다. 이만하면 됐어. 맥스는 만족스러운 듯이 단두대를 바라보고 나서 연마기 스위치를 끄고 작업대까지 걸어갔다. 그는 작업대 위에 놓여 있는 종이봉지에 손을 집어넣어 양배추를 두 개 꺼낸 다음, 그중 하나를 손에 들고 단두대로 돌아갔다.

맥스는 목을 올려놓게 되어 있는 자리에 양배추를 놓고, 목에 씌우는 철판을 집어들어 점검했다. 목을 고정하는 그 철판의 한쪽 끝에는 '안전'이라고 적힌 작은 딱지가 붙어 있고, 다른 한쪽 끝에는 '위험'이라고 적힌 딱지가 있다. 맥스는 '위험'이라고 적힌 딱지의 볼트를 조정하고 나서 철판을 단두대에 길게 파인 홈에 끼워 양배추를 고정시켰다. 철판을 두 개의 잠금장치로 단두대에 고정시킨 맥스는 머리 위의 칼날을 쳐다보며 단두대 기둥에 달려 있는 빨간 단추를 눌렀다.

단두대 칼날이 휙 내려와 양배추를 싹둑 자른다.

맥스는 철판의 잠금장치를 풀어 단두대 옆에 세워놓았다. 그러고는 동강 난 양배추를 집어들어 잘린 자리를 확인한 뒤 작업대의 종이봉지 속에 도로 집어넣었다.

그때 손님이 온 것을 알리는 벨이 울렸다.

맥스의 공작실에는 출입구가 두 개 있다. 하나는 1층의 미술용품점으로 통하는 나무문이고, 또 하나는 바깥 골목에서 직접 올라올 수 있는 화물용 엘리베이터다. 이 엘리베이터 문은 한가운데에서 위아래로 열게끔 되어 있다. 벨이 울리는 것은 손님이 뒷골목으로 돌아와서 엘리베이터를 내려 보내달라고 울리는 신호다.

맥스는 단두대로 돌아가 기둥에 달려 있는 또 하나의 단추를 눌렀다. 그러자 칼날이 양쪽에 파인 홈을 따라 슬금슬금 올라간다. 꼭대기까지 올라가자 칼날은 철컥 소리를 내며 뚝 멈춰 섰다. 맥스는 칼날에서 30센티쯤 밑에 있는 홈의 구멍에 안전핀을 끼워 넣었다.

그러고 난 뒤에야 맥스는 공작실 구석에 있는 엘리베이터 앞까지 가서 문을 열었다. 엘리베이터 옆에 달린 단추를 누르자 엘리베이터가 삐걱거리는 소리를 내면서 내려가기 시작했다.

맥스는 단두대까지 돌아가, 바닥에 흩어져 있는 도구들 중에서 십자드라이버를 찾아냈다. 그러고는 단두대 위에 반듯이 드러누워 칼날 바로 밑에 얼굴을 놓고, 칼날이 끼워져 있는 홈의 한쪽 나사를 조절하기 시작했다.

엘리베이터가 2층으로 올라와 멈춰 섰다. 이윽고 코트를 입고 장갑을 낀 엘리엇 블레이크가 엘리베이터 안에서 나타났다.

맥스는 단두대 칼날 밑에서 작업을 계속하면서 말했다.

"일부러 여기까지 오지 않아도 되는데…"

"작업장이 재미있을 것 같아서 한번 봐두고 싶었어요."

엘리엇이 말하자 맥스는 단두대에서 천천히 몸을 일으켰다. 그러고는 희미한 웃음을 지으며 고개를 끄덕이고, 작업대로 걸어가 아직 자르지 않은 양배추를 종이봉지에서 꺼냈다.

"좀 더 일찍 전화를 주었다면 식사라도 준비해두었을 텐데… 공교롭게도 지금은 이 양배추밖에 없군." 맥스는 미간을 찌푸리며 농담조로 말했다.

엘리엇은 공작실 안을 천천히 둘러보았다.

맥스는 새 양배추를 단두대 위에 올려놓았다. 그러고는 목을 고정하는 철판을 집어들어 볼트가 '위험' 쪽으로 조정되어 있는 것을 확인한 뒤, 그 철판을 단두대 홈에 끼우고 잠금장치를 고정시켰다.

엘리엇은 모르는 체하고 의아한 듯이 물었다.

"그걸로 뭘 할 작정이세요?"

"보다시피 단두대야. 나는 여기서 마술에 쓸 도구를 직접 만들고 있지. 1층에서는 마술용품을 팔고 있어. 마술이란 정말 즐거운 거야. 음침한 초능력 따위와는 전혀 달라."

"요즘엔 단두대 따위는 유행하지 않아요. 옛날에 다 우려먹은 그런 진부한 마술에는 아무도 놀라지 않는다고요. 기껏해야 코미디언 같은 마술사가 축소판 단두대로 관객을 웃기는 정도지요."

"아니, 마술은 궁리하기에 따라 재미있어지기도 하고 시시해지기도 해. 낡은 것이든 새로운 것이든 관계없어. 중요한 건 솜씨야. 연구하고 훈련하기 나름이지."

맥스는 단두대 홈에 끼워둔 안전핀을 빼내고 시동 단추를 눌렀다.

칼날이 금속성 소리를 내며 휙 내려와 양배추를 싹둑 자른다.

"엘리엇, 잠깐 부탁해. 여기 좀 누워줘."

맥스가 단두대를 가리켰다. 그러고는 철판을 빼내고 칼날을 위로 들어 올린 다음, 홈에 안전핀을 끼워 넣었다.

"설마 내 목을 자를 생각은 아니겠죠?"

엘리엇은 맥스를 똑바로 바라보고 나서, 시키는 대로 받침대 위에 올라가 미심쩍은 듯이 드러누웠다. 맥스는 누워 있는 엘리엇의 목을 철판으로 단두대에 고정시켰다.

엘리엇은 겁먹은 눈으로 단두대 칼날을 쳐다보면서 말했다.

"안전할까요?"

엘리엇이 중얼거리듯이 묻자 맥스는 엘리엇의 얼굴을 들여다보며 말했다.

"옛날에 해리 스트래본이라는 마술사가 자기 집에서 단두대 마술을 연습하다가, 조수 노릇을 하고 있던 제 마누라 목을 실수로 잘라버린 적이 있지. 그런데 사고로 판단돼서 무죄로 풀려났어. 자, 어때?"

말이 끝나기가 무섭게 맥스는 단두대의 안전핀을 빼내고 시동 단추를 눌렀다.

칼날이 번득이며 떨어졌다. 엘리엇은 저도 모르게 눈을 질끈 감고 온몸을 긴장시켰다.

"어때? 멋지지 않나?" 맥스가 말하면서 엘리엇의 목에서 철판을 벗겼다.

"아… 알고는 있지만, 몸이 오그라들더군요." 엘리엇은 몸을 일으켜 단두대에서 내려왔다. 그러고는 맥스의 눈을 똑바로 바라보며 말했다. "어제 얘기한 그 문제 말인데요, 돈을 내기로 했어요. 어젯밤에 말한 대로 지금은 수중에 돈이 없으니까 나중에 지불하게 되겠지만…"

"그래도 상관없어. 나도 장기 계획을 세우고 있으니까. CIA에 채용된 뒤에 되도록 빨리 해결하기로 하지." 맥스는 애써 기쁨을 감추며 말을 이었다. "하지만 일단 지불 각서를 써주게. 자네를 믿지 않는 건 아니지만, 틀림없이 돈을 받을 수 있도록…"

"배신자는 당신이오. 난 배신 같은 거 하지 않아요." 엘리엇은 이렇게 말하고는 단두대 기둥을 손가락으로 튕겼다.

맥스는 작업대 위에 놓여 있던 클립보드와 메모지를 집어들고 재킷 주머니에서 펜을 꺼냈다. 그러고는 클립보드 위에 메모지를 올려놓고 펜과 함께 엘리엇에게 내밀었다.

"여기다 써주게."

"뭐라고 쓰면 되죠?"

"글쎄… '나 엘리엇 블레이크는 훗날 CIA와 국방부에서 보수가 들어오는 대로 맥스 다이슨 씨에게 진 빚을 갚겠습니다'라고… 그런 다음 오늘 날짜와 장소를 쓰고 서명해주면 돼."

"그러면 되나요?" 엘리엇은 클립보드와 펜을 받아들고 맥스 다이슨이 불러준 대로 쓴 뒤, 그것을 도로 돌려주었다. "어때요? 그거면 되겠어요?"

맥스는 엘리엇이 쓴 글을 집어삼킬 듯이 들여다보면서 말했다.

"서명도 필요해."

엘리엇은 클립보드를 낚아채듯 받아들고는 서명을 휘갈겨 썼다.

"이걸로 충분해. 미안하네. 그리고 고마워."

흡족해하는 맥스의 표정을 살피면서 엘리엇은 한 손을 주머니에 집어넣어 권총을 꺼냈다. 그러고는 여전히 클립보드를 들여다보고 있는 맥스에게 말했다.

"세상일이 그렇게 뜻대로 돌아가진 않아요."

맥스는 깜짝 놀라 고개를 들었다.

엘리엇은 브라우닝 자동권총을 맥스의 가슴에 들이댔다.

"이게 무슨 짓이야? 장난은 그만둬."

맥스는 눈을 크게 뜨고 뒷걸음치면서 가슴에 닿은 권총을 내려다보았다.

엘리엇이 이번에는 맥스의 얼굴에 권총을 들이댔다.

"당신이 카이로 감옥에서 나와 마술사로 성공하여 행복한 생활을 즐기는 동안, 나는 40도가 넘는 불지옥 같은 독방에 갇혀서 간수 놈한테 채

찍질을 당하고 곤봉으로 얻어맞았어. 당신이 간수한테 탈옥 계획을 털어놓았기 때문에…"

"그건 오해라고 했잖나. 난 그런 짓은 하지 않았어. 그리고 투시 테스트에서는 자네를 도와주었잖아. 시시한 짓은 그만둬, 엘리엇."

"게다가 이번엔 나한테 돈을 뜯어내겠다고? 너무 뻔뻔스럽군."

맥스는 어떻게든 침착성을 되찾으려고 애쓰면서 말했다.

"나를 죽이려는 거야? 좋아, 죽일 테면 죽여. 하지만 그 전에 옛날을 한번 생각해봐. 그 카이로 감옥에서 얼마나 서로를 격려하고 도와주었는지… 앞으로도 우리 둘이 협력하면 여러 가지 일을 할 수 있을 거야. 좀 더 냉정해져. 나를 죽이고 체포되면 자네 일생도 망치게 돼."

"그렇겠군…"

두 사람은 말없이 서로를 노려보았다. 얼마 후 엘리엇이 갑자기 눈길을 피하면서 천천히 권총을 내려 주머니에 집어넣었다. 그 대신, 바로 옆의 작업대 위에 놓여 있던 장난감 권총을 집어들고 맥스를 돌아보았다.

"알았소, 마술사 양반. 당신을 죽이는 건 그만두기로 하지요. 뭐야? 손이 떨리고 있잖아?"

맥스는 떨리는 자기 손을 내려다보며 방심한 듯 그 자리에 털썩 주저앉았다.

"손들어!" 엘리엇은 장난감 권총을 들이대고 익살스러운 어조로 말했다. "맥스 다이슨 선생, 진정해요. 잠깐 장난을 쳐본 것뿐이니까. 자, 어서 작업이나 계속하시지요."

엘리엇은 장난감 권총으로 단두대를 겨누어 방아쇠를 당겼다. 찰칵하는 소리와 함께 총구에서 노란 깃발이 튀어나왔다. 깃발에는 빨간 글씨로 '빵!'이라고 적혀 있다.

맥스는 고개를 저으며 손의 떨림을 막으려고 애썼다.

"어처구니없는 장난은 그만둬."

맥스는 클립보드와 펜을 작업대 위에 내던졌다. 엘리엇도 싱긋 웃으며 권총을 내던졌다. 맥스는 어이없다는 듯이 어깨를 으쓱하며 중얼거렸다.

"초능력자의 연기력에는 못 당하겠군."

맥스는 단두대로 다가가 홈에 안전핀을 끼워 넣었다.

엘리엇은 아무 일도 없었다는 듯이 말했다.

"그 일이 끝나면 한잔하면서 옛정을 되살리고 서로의 앞날을 축하하지 않겠소?"

맥스는 바닥에 흩어져 있는 도구들 속에서 십자 드라이버를 집어들고 단두대 위로 올라가 칼날 밑에 반듯이 드러누워, 기둥에 파인 홈에 드라이버를 집어넣으며 말했다.

"이제 곧 끝나."

엘리엇은 칼날이 오르내리는 홈의 나사를 조정하는 맥스의 모습을 뚫어지게 바라보았다. 그러다가 목을 고정하는 철판을 집어들어 재빨리 '위험'쪽으로 볼트를 조정했다.

"당신에게는 이게 필요해." 이렇게 말하면서 엘리엇은 느닷없이 철판을 맥스의 목에 끼우고 고정했다.

"무슨 짓이야?"

맥스는 일어나려고 바둥거렸지만 철판은 이미 잠금장치로 단두대에 고정되어 있었다.

엘리엇은 홈에 끼워져 있던 안전핀을 재빨리 빼내고, 비정한 표정으로 맥스를 내려다보았다.

"그때 당신이 나를 배신한 건 용서한다 해도, 앞으로 계속 돈을 뜯기는 건 견딜 수 없으니까."

맥스는 공포에 떨면서 간신히 목소리를 쥐어짜냈다.

"그만둬, 이제 돈은 아무래도 좋아… 필요 없어, 돈 같은 건 필요 없으니까 제발 살려줘."

"문제는 돈만이 아니야. 당신은 내 비밀을 알고 있어. 투시 테스트의 속임수를… 그걸 알고 있는 사람은 나 하나만으로 족해."

엘리엇은 경련을 일으킨 듯 몸을 떨었다. 그와 동시에 단두대 기둥으로 손을 뻗어 시동 단추를 힘껏 누르면서 얼굴을 돌렸다.

칼날이 떨어져 맥스의 목을 댕강 잘랐다. 맥스의 몸은 순간적으로 오그라들었지만, 이윽고 팔다리가 힘없이 축 늘어졌다. 그 손에서 드라이버가 툭 떨어져 바닥에 흩어져 있는 도구들 속으로 굴러갔다. 도구들 옆에는 눈을 부릅뜬 맥스의 얼굴이 나동그라져 있었다.

엘리엇은 맥스의 얼굴을 내려다보았다.

"언젠가 천국이나 지옥에서 만나면 술이라도 마시면서 화해합시다."

맥스의 목에서 뿜어져 나온 피가 바닥을 기어가듯이 퍼져 나갔다. 엘리엇은 도구들 속에서 드라이버를 집어들어 맥스의 손에 쥐어주었다. 사고로 죽은 것처럼 보이게 하기 위해서였다. 그러고는 단두대에 고정된 철판을 떼어내어, 핏자국을 감추기 위해 피바다 속에 살짝 놓았다.

엘리엇은 피를 밟지 않도록 조심하면서 단두대 곁을 떠나 천천히 방을 둘러보았다. 아래층 마술용품점으로 통하는 문에 빗장이 걸려 있는 것을 확인하고 엘리베이터에 올라타려다가, 문득 터무니없는 실수를 저지를 뻔한 것을 깨달았다.

엘리엇은 황급히 작업대로 돌아가 그 위에 놓여 있는 클립보드에서 제 서명이 들어 있는 메모지를 빼내어 코트 주머니에 쑤셔 넣었다. 그제야 비로소 그는 장갑 안쪽이 땀에 흠뻑 젖어 있는 것을 알아차렸다. 엘리엇은 숨을 크게 들이쉬고 엘리베이터 쪽으로 걸어갔다.

밀실로 보이도록 하기 위해 엘리베이터 안에서 교묘히 손을 움직여 문

바깥쪽에 달린 빗장을 질렀다. 엘리베이터를 타고 아래로 내려간 엘리엇은 상승 단추를 누른 뒤 재빨리 엘리베이터에서 빠져나왔다.

밖으로 나온 엘리엇은 뒷골목에 인적이 없는 것을 확인하고는 코트 깃을 세우고 밤의 어둠 속으로 사라졌다.

제2장

밀실의 수수께끼

1

골동품에 가까운 고물차 푸조가 헤드라이트를 반짝거리면서 밤비에 젖은 길을 천천히 달려와 술집 '래리의 어항' 앞에 멈춰 섰다. 오른쪽 헤드라이트는 어두워서 금방이라도 꺼져버릴 것 같다. 운전석에 앉은 사내는 삐걱거리는 자동차 문을 간신히 열었지만, 차내 등도 켜지지 않는다. 그 자동차 안에서 문득 성냥불이 켜졌다. 사내는 시가에 불을 붙이고는 성냥을 요란하게 흔들어 불을 껐다. 그리고 차에서 내려 천천히 '래리의 어항'으로 가다가, 황급히 돌아서서 열린 창문으로 손을 집어넣어 헤드라이트를 껐다. 오른쪽 라이트가 먼저 꺼지고, 잠시 후에 왼쪽 라이트가 꺼졌다.

'래리의 어항' 문 앞에는 젊은 경찰관이 서 있었다. 후줄근한 레인코트 차림에 머리카락이 헝클어진 사내가 다가가자 젊은 경찰관은 꾸벅 고개를 숙여 인사했다.

"오랜만입니다, 콜롬보 경위님."

꾀죄죄한 사내는 시가를 피우면서 사팔눈으로 젊은 경찰관을 바라보았다.

"에디, 잘 있었나? 자네, 아이를 낳았다며?"

"예, 지난달에요. 아들이에요." 에디라는 젊은 경찰관은 송구스러워하면서도 기쁜 듯이 대답했다.

"이름은?"

"해리라고 지었습니다."

"해리? 해리라… 내가 아는 사람 중에 해리라는 프로 레슬러가 있는데, 좋은 녀석이지. 아주 좋은 이름이야. 틀림없이 튼튼한 아이가 될 거야."

"네…"

콜롬보 경위는 손가락에 끼운 싸구려 시가로 술집 안을 가리켰다.

"무슨 일이 있었나?"

젊은 경찰관은 어깨를 으쓱해 보였다.

"카운터 안에 있는 사람이 가게 주인인데, 살인 담당 형사를 불러달라고 고집을 부려서…"

"아, 그래?"

콜롬보 경위는 문을 열고 술집 안으로 들어갔다.

카운터에 있는 땅딸막한 중년 사내는 풍채도 좋지 않은 남자가 비실비실 다가오자 준비 태세를 취하고 기다렸다.

"안녕하십니까?"

콜롬보가 느릿느릿하게 말을 걸자 주인은 의아한 듯이 물었다.

"당신 누구요?"

"로스앤젤레스 경찰청 강력계에 있는 사람입니다. 당신이 이 술집 주인인가요?"

"예, 그렇습니다. 래리 히긴스라고 합니다." 주인은 갑자기 새삼스러운 어조로 말했다. 그러고는 카운터 밑에서 경찰 배지를 꺼내어 자랑스러운 듯이 콜롬보에게 보여주었다.

"실은 나도 한때 경찰이었소. 순찰대장이었지만, 싫증이 나서 그만뒀지요. 경찰관이란 직업은 위험하기만 하고 아무리 열심히 일해도 큰돈도 벌 수 없고 장래성도 없는 직업이라고 생각해서 일찌감치 포기해버렸지."

전직 경찰관은 콜롬보의 후줄근한 코트와 낡아빠진 구두를 안쓰러운 듯이 바라보았다. 콜롬보는 담배 연기가 눈에 들어갔는지, 한쪽 눈썹을 치켜올리면서 말했다.

"그렇군요. 확실히 그건 그래요. 나도 은퇴하면 이런 작은 술집을 차려서 느긋하게 살고 싶네요. 실은 우리 집사람도 같은 생각이어서 오래전부터 조금씩 저축을 하고 있는 모양인데… 그런데 어느 경찰서에서 근무하셨나요?"

"램버트 경찰서요."

"램버트라고요? 이거 반갑군요. 나도 경찰학교를 나와서 한동안 램버트에서 근무했지요. 그런데 도대체 여기서 무슨 일이 있었습니까?"

"저겁니다. 그래서 강력계에 전화한 거요."

주인은 천장을 가리켰다. 콜롬보도 거기에 이끌려 천장을 쳐다보았다. 천장 한쪽 구석에 검은 얼룩이 번져 있었다.

"아…" 콜롬보는 입을 딱 벌리고 잠시 천장을 쳐다보고 있다가, 갑자기 미간을 찌푸리며 말했다. "피…?"

전직 경찰관은 고개를 끄덕였다.

"위층에는 뭐가 있습니까?" 콜롬보가 천장을 쳐다본 채 우울하게 물었다.

"옆집 마술용품점의 공작실이오. 우리 가게 위층까지 차지하고 있지요."

주인이 대답하자 콜롬보는 시가를 한 모금 피우고는 한숨을 내쉬듯 연기를 토해냈다.

"나는 벌써 몇 년째 경찰관 노릇을 하고 있지만, 그래도 피와 권총은 딱 질색이에요."

"그건 나도 마찬가지요. 경찰에는 어울리지 않는 성격이지."

"이 나이에 그런 말을 해봤자…" 콜롬보는 어깨를 으쓱하고는 천장을 가리키며 말을 이었다. "그런데 현장에는 어떻게 올라가면 됩니까?"

"옆집은 벌써 문을 닫았고… 가게 지배인의 집 전화번호는 알고 있소만…"

"그럼 전화를 좀 걸어주시지 않겠습니까? 나는 바깥을 좀 돌아다니다 올 테니까요. 그럼 부탁합니다."

이 말을 남기고 콜롬보는 발길을 돌려 술집에서 나갔다.

주인은 카운터 위에 떨어진 담뱃재를 털어내면서 중얼거렸다.

"역시 저렇게 뻔뻔스럽지 않고는 형사 노릇은 해먹을 수 없어."

마술용품점 지배인인 버트 스핀들러가 달려온 것은 30분 뒤였다.

2층 공작실에는 아래층 마술용품점에서 좁은 계단을 통해 올라갈 수도 있고, 바깥 골목에 있는 작은 화물용 엘리베이터를 타고 올라갈 수도 있다. 그러나 계단 위의 문도 엘리베이터 쪽 문도 안에서 잠겨 있었기 때문에 콜롬보는 열쇠 수리공을 불렀다.

수리공은 계단을 올라간 곳에 있는 나무문 손잡이 옆에 톱으로 주먹만 한 구멍을 뚫고 있었다.

"경위님! 이제 조금만 더하면 열립니다!" 수리공이 아래층 마술용품점에 있는 콜롬보에게 소리를 질렀다.

콜롬보는 마술용품점 지배인인 버트 스핀들러한테 이런저런 이야기를 들으면서 가게 안을 흥미로운 듯이 둘러보고 있는 참이었다.

버트 스핀들러는 장난기가 많아 보이는 예순 살쯤 된 남자다. 두툼한 스웨터 밑으로 비뚤어진 나비넥타이가 엿보인다. 허둥지둥 뛰쳐나온 듯한 느낌이었다. 콜롬보는 지배인이 오자 사정을 설명하고 자기가 형사라는 것을 겨우 납득시켜 닫혀 있던 가게 문을 열게 했다.

마술용품점 안에는 화려한 무늬의 상자, 특대형 트럼프, 수정구슬, 강철로 만든 마술 고리, 옻칠을 한 원통, 울긋불긋한 비단 헝겊들, 무엇에 쓰는지 알 수 없는 마술용 도구들이 잡다하게 진열되어 있었다. 콜롬보는 그런 온갖 마술용품을 신기한 듯이 들여다보고 있었다. 거리에 면한 유리창에는 '다이슨 마술용품점'이라고 적혀 있고, 가게 안에서는 그 글자가 거꾸로 보인다.

버트 스핀들러가 걱정스러운 듯이 콜롬보에게 말을 걸었다.

"아무래도 안 좋은 예감이 드는데요. 위층 공작실에서 맥스한테 무슨 일이 일어난 게…"

"글쎄요, 들어가 보지 않고는… 그런데 맥스 다이슨 씨는 늘 밤늦게까지 작업을 했습니까?"

콜롬보가 선반에 놓인 평범한 검은 수첩을 의아한 듯이 바라보면서 묻자 버트는 벗어진 머리를 어루만지면서 대답했다.

"밤을 꼬박 새우는 경우도 있었지요. 계단 쪽 문과 엘리베이터 쪽 문을 모두 걸어 잠그고 공작실에 틀어박혀서… 하지만 공작실 문이 잠겨 있어서 아무도 들어갈 수 없다면… 맥스한테 무슨 일이 일어난 걸까요?"

그때 열쇠 수리공이 아래층을 향해 소리를 질렀다.

"끝났습니다, 콜롬보 경위님!"

수리공이 마술용품점으로 내려오자 콜롬보는 버트 스핀들러를 데리고 좁은 계단을 올라가 공작실 문 앞에 섰다.

콜롬보는 더러운 손수건을 꺼내어 손에 두르고는 문에 뚫린 구멍으로 살짝 손을 집어넣어 빗장을 잡았다. 그러나 문을 열기 전에 가볍게 헛기침을 하더니, 지배인을 돌아보며 말했다.

"저어, 먼저 들어가주실 수 없습니까?"

버트 스핀들러는 말없이 고개를 저었다. 콜롬보는 할 수 없이 빗장을 풀고 결심한 듯 문을 열었다. 그와 동시에 바닥에 쓰러져 있는 사람의 잘린 머리가 눈 속으로 뛰어들어왔다. 콜롬보는 신음을 토하면서 뒤를 돌아보고는, 뒤에 서 있는 버트 스핀들러가 방안을 보지 못하도록 밀어냈다.

"이건 아무래도… 들어가지 않는 게 좋겠군요."

그러나 이미 늦었다. 버트 스핀들러는 그 끔찍한 것을 벌써 보아버렸다. 그는 깜짝 놀라 휙 돌아서더니 구르듯 계단을 내려갔다.

조심조심 공작실 안으로 들어간 콜롬보는 피바다로 변한 바닥을 빙 돌아서 잘린 머리를 보지 않도록 눈길을 돌린 채 단두대 앞으로 다가가더니 시가에 불을 붙였다.

"이건 정말… 끔찍하군." 콜롬보는 혼잣말처럼 중얼거리고 헝클어진 머리를 긁으면서 눈을 치켜뜨고 단두대를 뚫어지게 바라보았다. 그때 문득 기둥에 체인으로 매달려 있는 안전핀이 눈에 띄었다. 콜롬보는 몸을 굽혀 그 안전핀을 손가락 끝으로 살짝 만져본 다음, 시체가 손에 쥐고 있는 드라이버를 바라보았다.

맥스 다이슨이 시체로 발견된 공작실에서는 제복 경찰과 사복 경찰 그리고 감식반원들이 분주히 돌아다니며 철저히 현장을 조사했다.

흰 가운을 입은 두 사람이 맥스 다이슨의 머리 없는 시체를 들어올려 바퀴 달린 들것에 싣고 시트를 뒤집어씌웠다. 그리고 들것을 엘리베이터에 싣고 올라타자 제복 경찰이 단추를 눌렀다. 엘리베이터가 삐걱거리면서 내려간다.

콜롬보는 검은 옻칠을 한 작은 서랍장의 서랍을 열었다 닫았다 하고 있다. 놀고 있는 것처럼 보인다. 검시관인 애비가 천조각으로 손을 닦으면서 콜롬보에게 다가왔다.

"사망 추정 시간은 9시에서 10시 사이야. 틀림없어."

"아, 그래요…"

콜롬보가 무뚝뚝하게 말하자 검시관 애비는 가버렸다. 콜롬보는 다시 서랍을 열었다 닫았다 하고 있다. 그때 젊은 앤더슨 형사가 드라이버를 넣은 비닐봉지를 들고 다가왔다.

"피해자가 갖고 있던 드라이버입니다."

콜롬보는 비닐봉지를 받아들면서 물었다.

"지문은?"

"벌써 검출했습니다. 피해자의 지문밖에 묻어 있지 않습니다."

"아, 그래…" 콜롬보는 고개를 끄덕이며 비닐봉지에서 드라이버를 꺼냈다. "내 마술 좀 구경하겠나?"

콜롬보는 드라이버를 작은 서랍장의 서랍 하나에 집어넣고 서랍을 닫았다. 그리고 다시 서랍을 열자 드라이버가 보이지 않는다.

"어때, 굉장하지? 다음에 경찰청에서 장기자랑대회가 열리면 이걸 해볼까? 그거야 어쨌든, 이곳엔 이런 이상한 물건들뿐이니 놀라운 일이야."

콜롬보는 서랍장의 다른 서랍을 열었다. 드라이버는 어느새 그 서랍에 가 있었다.

앤더슨 형사는 어이없다는 표정을 지었지만, 콜롬보는 아랑곳하지 않은 채 드라이버를 집어들고 살펴보았다. 일자 드라이버였다.

"이건 분명 피해자가…"

젊은 형사는 고개를 끄덕이며 대답했다.

"오른손에 쥐고 작업을 하고 있었던 모양입니다."

"그렇군… 그런데 무슨 작업을 했지?"

"글쎄요… 그건 좀…"

콜롬보는 드라이버를 비닐봉지에 도로 집어넣더니, 단두대로 다가가서 찬찬히 조사하기 시작했다. 기둥의 홈에 박힌 나사를 들여다보고, 손가락으로 어루만지면서 드라이버와 비교한다. 콜롬보가 고개를 기울이고 관자놀이를 손으로 긁으면서 점검하고 있을 때 검시관이 다시 다가와서 말했다.

"안쪽에서 빗장이 걸려 있었네. 엘리베이터 쪽 빗장도 채워져 있고, 아래층 마술용품점으로 통하는 계단 문에도 빗장이 걸려 있었어. 말하자면 밀실이지. 그리고 이 단두대의 안전핀도 빠져서 체인에 매달려 있고… 그 사람은 작업 중에 실수를 한 게 분명해. 이건 사고로 보아도 될 거야."

"밀실이라…" 콜롬보는 중얼거리듯 말하고는 단두대를 다시 들여다보며 말을 이었다. "사고인지도 모르고 사고가 아닐지도 모릅니다. 내 경험으로 보면 그렇게 간단히 단정할 수는 없을 것 같은데… 아니, 저건 또 뭐지?"

콜롬보가 갑자기 몸을 굽혀 벽에 세워져 있는 철판을 가리켰다.

"목을 끼워서 단두대에 고정시키는 고정판일세. 철판 양쪽에 '안전'과 '위험'이라는 표시가 적혀 있어." 검시관은 설명하고 다시 덧붙였다. "내가 여기 왔을 때는 그게 피바다 속에 떠 있었는데…"

"그러고 보니 내가 왔을 때도 바닥에 놓여 있었어요. 목을 끼우는 고정판이라…" 콜롬보는 그 철판을 집어들어 단두대의 홈에 끼우고는 뚫어지게 바라보고 나서 중얼거렸다. "사고로 보기에는 왠지 좀 이상해."

이 말에 검시관은 안경을 벗어 렌즈에 서린 김을 닦으면서 말했다.

"물론 사고가 아니라 자살일 가능성도 있긴 하지만…"

"자살요?"

"아니야, 단두대로 자살했다는 얘기는 들어본 적이 없어. 역시 사고일 거야."

콜롬보는 단두대에서 철판을 떼어내어, 마침 지나가던 키가 큰 감식반원에게 건네주었다.

"이걸 조사해주게. 나중에 구조를 좀 가르쳐줘." 그러고 나서 콜롬보는 다시 검시관을 돌아보며 어깨를 으쓱했다. "아직 사고로 결정된 건 아니에요. 아니, 저건…?"

콜롬보는 작업대 위에 놓여 있는 권총을 바라보았다. 총구에서 '빵!'이라고 적힌 노란 깃발이 튀어나와 있는 장난감 권총이었다. 콜롬보는 그것을 집어들고 재미있다는 듯이 만지작거리고 있다가 중얼거렸다.

"정말로 이 방에는 별의별 게 다 있군. 꼭 장난감 상자를 뒤집어놓은 것 같아."

그때 문득 작업대 끝에 놓여 있는 클립보드가 눈에 띄었다. 나뭇결무늬가 들어 있는 클립보드 위쪽에 클립이 달려 있고, 거기에 찢어진 종잇조각이 끼워져 있었다. 콜롬보는 장난감 권총을 작업대에 내려놓고, 그 대신 클립보드를 집어들고는 고개를 갸웃거렸다.

경찰관들이 공작실 현장검증을 끝내고 돌아간 뒤, 마술용품점 지배인인 버트 스핀들러는 카운터 의자에 앉아 입을 꾹 다문 채 위스키를 찔끔찔끔 마시고 있었다. 주인의 죽음으로 잠시 혼란에 빠졌지만, 이제 겨우 침착성을 되찾은 모양이었다. 벌써 11시가 훨씬 지났는데 형사 하나가 아직 남아 있었다. 버트는 벽시계를 쳐다보고 한숨을 내쉬었다. 카운터 위에는 황금색 별이 그려진 원뿔모자 두 개와 술병이 놓여 있었다.

"경위님, 앞으로도 오래 걸립니까?"

"아니, 조금만 더… 나는 피라면 딱 질색이지만, 현장은 싫어하지 않아요."

"그야 경위님은 그럴지도 모르지만…" 버트는 불만스러운 듯이 말하고는 위스키를 마셨다.

가게에 놓여 있는 마술용 도구를 일일이 집어들고 들여다보던 콜롬보가 뒤를 돌아보며 말했다.

"맥스 다이슨 씨는 어떤 사람이었습니까?"

버트는 술잔을 내려놓고 중얼거리듯 대답했다.

"글쎄요… 남을 잘 돌봐주는 사람이었지요. 위대한 마술사이고, 훌륭한 기술을 갖고 있었어요. 모두 맥스를 좋아했답니다."

"미워하고 있던 사람은 없었습니까?"

"아니, 없어요. 물론 가짜 마술사나 초능력자들은 맥스를 싫어했지만…"

"왜요?"

콜롬보가 마술 고리를 두 손에 든 채 물었다.

"초능력자를 자칭하는 수상쩍은 놈들의 속임수를 모조리 폭로했으니까요. 그래서 맥스를 경원하고 있었지요. 하지만 진정한 마술사는 맥스를 존경했어요. 물론 나도 그랬고…"

콜롬보는 마술 고리를 내려놓고 가게 안을 찬찬히 둘러보면서 말했다.

"이렇게 멋진 마술용품을 한꺼번에 본 건 난생처음이라서… 이 신비로운 마술 고리도 그렇고, 저기 있는 새장도 그렇고…"

콜롬보는 카운터까지 걸어와서 의자를 끌어당겨 버트와 마주 앉았다. 그러고는 가슴 주머니에서 시가 한 개를 꺼냈다.

"저어, 혹시 성냥 있습니까?"

버트는 잠깐 기다리라는 듯이 손을 벌려 보이고는 의자에서 일어나 마술용품 진열장으로 걸어갔다. 그리고 자질구레한 물건이 잔뜩 진열되어 있는 선반에서 종이성냥을 집어들고 돌아와 콜롬보에게 건네주었다.

"고맙습니다."

콜롬보는 종이성냥을 열고 성냥개비를 떼어내어 불을 켰다. 그 순간 하얀 연기가 확 피어올랐다가 사라졌다. 콜롬보는 성냥개비를 또 하나 떼어내어 불을 켰다. 그러나 이번에도 하얀 연기가 나왔을 뿐 불은 켜지지 않는다. 콜롬보는 어깨를 으쓱하며 버트를 돌아보았다.

"불이 켜지지 않는 마술 성냥이랍니다." 어리둥절해 있는 콜롬보를 향해 버트가 덧붙였다. "공교롭게도 이곳은 금연이라서…"

"그렇군요… 그렇습니까? 아니, 곤란한데요." 콜롬보는 멋쩍은 듯 시가를 만지작거리면서 말을 이었다. "일전에 집사람과 함께 샌디에이고로 놀러 갔을 때, 우리 속에 든 호랑이가 사라져버리는 마술이나 비둘기를 몇 마리씩 잇따라 꺼내 보이는 마술은 본 적이 있습니다. 하지만 2층에 있는 단두대 같은 건 처음 봐요. 그건 목숨을 건 마술이겠지요?"

"신중하게 하면 위험하지 않습니다. 맥스는 단두대에 특별한 안전장치를 해놓았으니까요."

"맥스 씨가 저런 꼴이 됐는데도 안전하다고 말할 수 있나요?"

그러자 버트는 어깨를 으쓱해 보이고 술잔에 술을 따랐다. 그러고는 카운터 옆에 달린 작은 선반에서 손님용 술잔을 꺼냈다.

"한잔하실래요?"

"아니, 괜찮습니다. 아직 근무 중이니까요."

"나는 마시지 않고는 견딜 수가 없어서…" 버트는 혼자 고개를 끄덕이고, 다시 술잔을 입으로 가져갔다. "맥스는 깜빡한 게 분명해요. 안전장치를 거는 걸 잊어버리다니, 바보 같은…" 버트는 혀 꼬부라진 소리로 말하고는 별이 그려진 마법사용 원뿔모자를 집어들어 대머리 위에 살짝 올려놓았다. 원뿔모자에는 가격표가 매달려 있었다. 버트는 술잔을 높이 쳐들었다. "위대한 마술사 맥스를 위해."

"나는 다이슨 씨를 모르지만…" 콜롬보도 빈 술잔을 가볍게 들어 올렸다. 그러고는 가게 안을 둘러보면서 말을 이었다. "물론 스핀들러 씨는 여기 있는 마술용품을 이용한 마술의 수법을 전부 다 알고 계시겠지요?"

"그게 직업이니까요. 마술이란 훌륭한 고전 예술이에요. 하기야 이 가게에 오는 손님은 거의 다 아이들뿐이지만… 나는 아이들을 상대로 마술을 하고 있지요. 아이들은 어떻게든 수법을 알아내려고 용돈을 들고 내 마술을 보러 온답니다. 하지만 요즘에는 직접 마술을 해보려는 아이들이 부쩍 줄어들었어요. 유감스러운 일이지요." 버트는 잠깐 말을 끊었다가 덧붙였다. "하지만 맥스가 장기로 삼고 있었던 건 2층 공작실에 있는 그 단두대처럼 규모가 큰 본격적인 마술이랍니다."

"아까 하신 말씀으로 미루어보면 다이슨 씨는 초능력에도 정통해 있었던 모양이지요?"

"물론입니다. 대학이나 기업이나 정부기관의 고문으로 일하면서 초능력자의 속임수를 폭로하고 있었지요. 초능력의 비밀을 폭로한 책까지 썼는걸요."

"그래요? 어떤 책인데요?"

"《다이슨, 초능력의 속임수를 폭로하다》라는 제목이에요. 맥스한테 걸리면 어떤 초능력자도 아기나 마찬가지였지요. 지금까지 맥스의 테스트를 통과한 초능력자는 아무도 없었어요. 단 한 사람도… 아니, 바로 어제까지는…"

콜롬보는 카운터 정면에 걸려 있는 일그러진 거울에 제 모습을 비추며 온갖 포즈를 잡고 있다가 그 이야기를 듣고 목만 비틀어 버트를 바라보며 물었다.

"그건 또 무슨 소립니까?"

"맥스가 그렇게 말하더군요. 어제 아네만 연구소에서 실시한 테스트를 멋지게 통과한 사람이 있었던 모양이에요."

"어떤 테스트인데요?"

"글쎄요, 극비라면서 자세한 이야기는 하지 않았지만…"

콜롬보는 가슴 주머니에서 시가를 꺼내어 입에 물었다. 그러나 버트와 눈이 마주치자 황급히 입에서 시가를 떼어냈다.

"금연이라는 걸 깜박 잊고…"

"괜찮습니다. 한 개비 정도는 상관없어요."

"아니, 입에 물고 있기만 하면 됩니다. 이게 없으면 아무래도 차분해지질 않아서…" 콜롬보는 시가를 입 끝에 물고는 버트의 얼굴을 들여다보았다. "테스트를 통과한 사람이 누군지 아십니까?"

"글쎄요, 초능력연구소에 가서 물어보면 알 수 있을지도…" 버트는 취한 어조로 말하고는 다시 술을 들이켰다. 그리고 빈 술잔에 또 술을 따랐다.

"그 초능력연구소는 어디 있습니까?"

"자세한 건 모르지만, 웨스트 할리우드의 북쪽인 모양이에요. 그보다 경위님, 한잔 같이 드시죠?"

콜롬보는 손목시계를 들여다보았다.

"뭐, 그래도 좋겠지요. 근무시간이 끝났으니까."

버트는 콜롬보를 위해 꺼내놓은 술잔에 술을 따랐다.

"어쨌든 맥스 다이슨은 마술사 중의 마술사였어요."

버트는 중얼거리듯 말하고는 카운터 위에 있던 마법사용 원뿔모자를 집어들어 콜롬보의 머리에 씌웠다. 그러자 갑자기 '퐁!' 하는 소리가 나더니 모자가 로켓처럼 기세 좋게 공중으로 날아올랐다.

눈을 희번덕거리고 있는 콜롬보를 곁눈질하며 버트는 우쭐하게 말했다.

"여기에는 수법도 장치도 없습니다. 있다면 경위님의 그 더부룩한 머리지요."

버트는 한쪽 눈을 찡긋 감아 보이고는 비로소 미소를 지으며 술잔을 들어 올렸다.

"위대한 마술사 맥스 다이슨을 위해."

"이거야 원…" 콜롬보는 바닥을 데굴데굴 굴러가는 원뿔모자를 곁눈질하면서 버트와 술잔을 마주쳤다.

2

아네만 초능력연구소의 폴라 핼 박사가 3층 소장실 창문으로 화창한 봄볕을 듬뿍 받고 있는 정원을 내려다보고 있을 때, 더러운 고물차 한 대가 금방이라도 멈춰 설 것처럼 뒤뚱거리며 연구소로 들어왔다. 고철이나 마찬가지인 그 차는 분꽃과 스위트피 따위가 흐드러지게 피어 있는 화단 사이를 지나 연구소 현관 옆에 있는 주차장에 멈춰 섰다.

고물차에 뒤지지 않을 만큼 지저분한 코트 차림의 사내가 차에서 내리더니, 자동차의 사이드미러를 코트 소맷자락으로 슬쩍 닦았다. 저런 코트로 닦으면 사이드미러가 더 더러워질 것 같았다. 이어서 사내는 연구소 건물을 힐끔 쳐다보더니 안짱다리 걸음으로 현관을 향해 다가왔다.

도대체 누굴까? 폴라 핼은 생각했다. 경비원에게 수상한 사람이 얼쩡거리고 있다는 걸 알려두는 게 좋겠어. 이상한 사람을 들여보내지 않도록.

폴라가 책상으로 돌아가 경비실에 알리려고 했을 때 인터폰이 울렸다.

"로스앤젤레스 경찰에 계시는 분이 오셨습니다."

마침 잘됐군. 시경에도 이 주변의 경비를 부탁해두자. 폴라는 당장 안내하라고 말했다.

잠시 후 문을 두드리는 소리가 들렸다. 폴라가 책상에서 일어나 문을 열어보니, 문밖에 서 있는 사람은 주차장에 고물차를 세운 수상쩍은 사내였다.

"처음 뵙겠습니다. 로스앤젤레스 경찰에 있는 콜롬보 경위입니다."

까치집 같은 머리를 한 그 사내가 말했다. 코트 가슴에는 방문자용 명찰이 비뚤어진 채 어색하게 매달려 있었다.

"어서 오세요. 기다리고 있었어요." 폴라는 기분을 돌이키며 말했다. "별로 형사님답지 않으시군요."

"옛날부터 그랬지요. 동료들도 자주 잔소리를 한답니다. 형사는 여러 사람을 만나 이야기를 나누게 되니까 첫인상이 중요하다고. 그러니까 몸차림에 좀 더 신경을 쓰지 않으면 안 된다고…" 콜롬보는 머리를 손바닥으로 쓸어 올리며 말을 이었다. "머리를 단정히 깎고, 말쑥한 양복을 입는 게 좋다고… 하지만 그런 건 딱 질색이라서요. 텔레비전에 나오는 '마이애미의 두 형사'처럼 멋을 부려봤자 어울리지도 않고요… 집사람도 체념했는지 요즘에는 아무 말도 않는군요."

폴라는 쿡쿡 웃었다.

"꽤 개성적이고 좋은데요. 뭐니 뭐니 해도 개성미가…"

"그런 식으로 말씀하시면 오히려 부끄럽습니다. 특히 아름다운 부인께서 그런 말씀을 하시면…" 콜롬보는 부끄러운 듯이 흐트러진 머리를 북북 긁었다.

폴라 핼은 콜롬보를 사무실 안으로 안내하면서 물었다.

"그런데 용건은…? 지난번에 실시한 초능력 테스트 때문인가요?"

"예, 그렇습니다. 돌아가신 맥스 다이슨 씨의 테스트를 통과했다는 초능력자 말인데요… 이름이 뭐였더라?"

"엘리엇 블레이크예요."

"아아, 그래요. 다이슨 씨의 테스트를 통과하다니, 상당한 재능을 타고난 분이겠죠?" 이렇게 말하고 콜롬보는 벽에 붙어 있는 세 쌍의 사진과 스케치를 바라보았다. 며칠 전 투시 테스트를 할 때 차에서 팩시밀리로 보내 온 사진과 엘리엇이 그린 그림이었다.

마치 전리품처럼 보란 듯이 장식되어 있는 전시물을 콜롬보가 바라보는 동안 폴라 핼은 책상으로 다가갔다.

"확실히 뛰어난 초능력을 가진 사람이에요. 그 테스트는 대성공이었어요. 요즘 세계적으로 주목받고 있는 초능력을 입증하는 데 큰 도움이 되었지요." 폴라는 책상 앞에 놓인 가죽의자에 앉으며 말을 이었다. "하지만 솔직히 말해서 맥스 다이슨 씨의 끔찍한 죽음은 우리의 기쁨에 그림자를 던졌어요."

"초능력자인 엘리엇 블레이크 씨는 이 연구소의 사원인가요?"

폴라는 가볍게 웃으며 대답했다.

"아뇨. 그 사람은 연수원이에요. 지난 한 달 동안 초능력에 대한 전문적인 분석과 테스트를 되풀이해서 받고 있지요."

"아, 그래요? 그 블레이크 씨를 좀 만날 수 있을까요?"

"그 사람을요? 무엇 때문에요?"

"아니 뭐, 그냥 형식적인 겁니다. 보고서를 써야 하니까요. 경찰청은 성가신 곳이라서요. 다이슨 씨처럼 변사한 경우에는 일일이 보고서를 제출해야 하거든요. 그런데 다이슨 씨와 블레이크 씨는 지금까지 함께 일을 한 적이 있습니까?"

"그건 있을 수 없는 일이에요. 두 사람은 처음부터 서로 반발하고 있었어요. 두 사람이 만난 건 그 테스트를 할 때가 처음이었어요." 폴라는 딱 잘라 말하고 의자에서 일어섰다. "잠깐만 기다려주세요. 지금 엘리엇 블레이크 씨를 불러올 테니까요."

폴라는 소장실에서 복도로 나와 몇 걸음 걸어가다가, 뒤에서 콜롬보가 따라오는 것을 알아차리고 걸음을 멈췄다.

"제 사무실에서 기다려주세요, 경위님."

"아, 미안합니다. 함께 가는 게 좋을 것 같아서 그만… 그럼 기다리고 있겠습니다." 콜롬보는 짓궂은 장난을 치다가 꾸지람을 받은 아이처럼 말했다.

"곧 돌아올게요." 폴라는 말하고 급한 걸음으로 복도를 지나 모퉁이를 돌아섰다.

콜롬보가 사무실로 돌아가려 할 때, 파란 재킷에 연구소 배지를 단 젊은 남자 안내원이 국방부 고관들을 데리고 복도를 걸어왔다. 그들은 콜롬보의 바로 옆에 멈춰 섰다.

"그러면 지금부터 우리 연구소의 특별 연구실을 안내하겠습니다."

안내원이 문을 열고 앞장서서 들어갔다. 그러자 콜롬보는 행렬의 맨 끝으로 슬쩍 다가가서 함께 따라갔다.

연구소 안내원이 국방부 사람들과 콜롬보를 데리고 들어간 곳은 커다란 연구실이었다. 한쪽에는 끝에서 끝까지 유리로 칸막이한 독방들이 늘어서 있었다. 그 방들에서는 온갖 초능력의 개발이 이루어지고 있다.

"여기서는 세계 각국의 초능력자를 테스트하고 있습니다." 안내원이 독방들을 한 손으로 가리키면서 설명했다.

첫 번째 방에서는 하얀 가운을 걸친 입은 기술자가 ESP 카드를 이용하여 피실험자들을 테스트하고 있는 것이 보였다. 피실험자는 모두 민속 의상을 입고 있다. 아메리칸 인디언, 와투시족, 이집트인, 사리를 걸친 인도 여자.

안내원이 컴퓨터 화면을 가리키며 말했다.

"컴퓨터의 분석에 따르면 저 사람들의 정답률은 67%입니다. 이것은 전국 평균보다는 높지만 우리 연구소의 평균보다는 상당히 낮습니다. 그러면 다음 연구실로 안내하겠습니다."

콜롬보는 사람들을 따라 다음 방으로 갔다. 그 작은 방에서는 콧수염을 기른 쌍둥이 터키인이 뇌파검사를 받고 있었다. 컴퓨터가 두 사람과 연결된 뇌파계를 모니터하고 있었다. 마치 원격조종기로 움직이고 있는 로봇처럼 보인다.

"여기서는 뇌파가 완전히 일치하는 쌍둥이 터키인을 실험하고 있습니다. 뇌파의 일치는 텔레파시를 전달할 때 반드시 필요한 필수조건입니다."

안내원이 설명을 마치자 국방부 사람들과 콜롬보는 천천히 안내원을 따라 다음 방으로 갔다. 그 방에서는 눈가리개를 한 여자가 손가락으로 색깔을 알아맞히는 실험을 하고 있었다.

"저 피실험자는 손가락으로 색깔이나 도형을 탐지하는 남다른 능력을 갖고 있습니다. 미지의 전파 방사선을 이용한 이런 시각은 계속 연구하고 활용하기에 따라서는 레이더에 맞먹는 능력을 발휘할지도 모릅니다."

사람들은 술렁거리며 흥미롭게 실험을 지켜보았다. 콜롬보는 그들 틈을 비집고 맨 앞줄로 나가서 방을 들여다보았다. 난생처음 수족관을 보는 아이 같지만, 그 손에 시가를 끼우고 있는 점이 다르다.

"그러면 다음 순서로 갑시다."

안내원이 재촉하자 사람들은 연구실 한쪽에 놓여 있는 시든 식물 앞으로 이동했다. 콜롬보는 미련이 남는 듯 자꾸만 뒤를 돌아보면서 따라간다. 화분에 심어진 식물은 몇 개의 기계에 코드로 연결되어 있었다.

안내원은 그 옆에 서더니 더욱 얌전한 표정을 지으며 말했다.

"인간만이 초능력을 갖고 있는 것은 아닙니다."

안내원은 어느새 손에 들고 있던 라이터를 켜서 식물에 가까이 갖다 댔다. 그러자 식물 옆에 놓여 있는 스피커가 '삐삐삐' 하는 소리를 냈다.

"보시다시피 잎사귀에 전기가 달립니다. 식물도 불에 대해 공포를 느끼는 거지요. 이 연구가 진행되면 지금까지 알지 못했던 식물의 능력을 좀 더 끌어내어 유효하게 이용할 수 있을지도 모릅니다. 그러면 이쪽으로 오실까요."

사람들은 다음 연구실로 움직이기 시작했지만 경탄한 콜롬보는 얼빠진 듯 혼자 그 자리에 남았다. 조심조심 식물로 다가간 콜롬보가 초능력을 가진 식물을 찬찬히 조사하려고 할 때, 느닷없이 식물이 콜롬보의 시가에 반응하여 '삐삐삐' 하고 떠들어대기 시작했다. 콜롬보는 깜짝 놀라 한 걸음 뒤로 물러서서 식물을 달래려고 애썼다.

"괜찮아. 난 아무 짓도 하지 않았어. 불은 붙이지 않았다니까."

콜롬보는 불이 붙지 않은 시가를 식물에게 보여주었다.

바로 그때 누군가가 콜롬보의 어깨를 탁 때렸다. 콜롬보는 깜짝 놀라 뒤를 돌아보았다. 키가 크고 비쩍 마른 몸에 흰 가운을 걸친 30대 중반쯤 되어 보이는 사내가 작달막한 콜롬보를 내려다보며 희미한 웃음을 짓고 있다.

"콜롬보 경위님이시죠? 엘리엇 블레이크입니다. 저한테 무슨 볼일이 있으시다고…"

"아아, 이건 정말…" 콜롬보는 우물거리면서 엘리엇 블레이크에게 악수를 청했다. "처음 뵙겠습니다. 뭐, 대단한 일은 아니지만… 연구소 안을 멋대로 돌아다녀서 죄송합니다. 어쨌든 놀라운 것뿐이라서 그만…" 콜롬보는 코트를 탁탁 때리면서 무언가를 찾고 있다가, 바지 뒷주머니에서 경찰 배지를 꺼내 보였다. "콜롬보라고 합니다. 로스앤젤레스 시경 강력계에 있지요. 살인 전담입니다."

"날씨가 수상합니까?"

"예?"

"아니, 레인코트를 입고 계시기에…"

"이건 내 제복과 같은 거라서…"
"그렇군요. 꽤 멋진데요."
콜롬보는 부끄러운 듯이 웃으면서 말했다.
"아니, 그런데… 내가 형사라는 걸 용케 아셨군요."
"가슴에 달고 계신 신분증을 참고했지요."
"아아, 이거요?" 콜롬보는 가슴에 거의 거꾸로 매달린 신분증을 가리켰다. "그렇군요. 그거야 어쨌든 대단한 연구소네요. 로스앤젤레스 경찰 따위는 이 연구소에 비하면 백 년은 뒤떨어져 있어요."
"이런 연구는 그다지 놀라운 게 아니랍니다. 어떤 초능력연구소에서나 하고 있는 것뿐이니까요. 소련의 초능력 연구는 이보다 훨씬 더 앞서 있을 겁니다. 그런데 나한테 무슨 볼일이시죠? 살인 전담이라고 하셨는데…"
"실은 맥스 다이슨 씨가 돌아가신 사건에 대해서 조사하고 있는데요. 병사한 경우 말고는 일단 조사를 해야 하니까요. 단순한 형식적 절차라고 할 수 있지요. 어디 가서 잠깐 이야기를 좀 나눌 수 있을까요?"
"좋습니다. 저를 따라오세요."
엘리엇 블레이크는 앞장서서 빠른 걸음으로 걷기 시작했다. 콜롬보는 짧은 다리를 열심히 앞뒤로 움직여 그 뒤를 따라갔다.

엘리엇 블레이크가 콜롬보를 안내한 곳은 연구소 1층에 있는 초능력 실험실이었다. 엘리엇이 몇 번이나 초능력 테스트를 받은 실험실이다. 실험실 문에는 '극비—관계자 외 출입금지'라고 적힌 표찰이 위엄 있게 나붙어 있었다.
콜롬보는 그 표찰을 짧고 굵은 손가락으로 가리키면서 의아한 듯이 물었다.
"'극비'라고 적혀 있는데, 들어가도 됩니까?"

"여기뿐 아니라 연구소 안에서 이루어지고 있는 일은 모두 극비랍니다."

엘리엇은 문을 안쪽으로 밀어 열고 콜롬보를 안으로 안내했다. 콜롬보가 조심스럽게 들어가자 엘리엇은 문을 닫고 앞장서서 실험실 안쪽으로 걸어갔다.

"여기는 가장 중요한 실험을 하는 곳이지요."

엘리엇이 설명하자 콜롬보는 실내를 두리번거렸다.

"꼭 방송국 스튜디오 같군요."

"연구자금은 거의 다 정부가 대주고 있습니다. 아시겠지만 앞으로 초능력을 군사적 목적에 이용할 수 있는 가능성은 무한하다고 말할 수 있으니까요."

엘리엇은 계단식 관람석으로 걸어가서 의자에 걸터앉았다.

"그렇겠지요. 하지만 정말 놀랍군요." 콜롬보는 중얼거리듯이 말하고는 격리실을 가리켰다. "저 텔레비전 방송실 같은, 유리 온실 같은 곳은 뭐 하는 뎁니까?"

"격리실입니다. 나는 며칠 전에도 저 안에서 테스트를 받았지요."

콜롬보는 엘리엇에게 다가와서 관람석 난간 너머로 엘리엇과 마주 섰다. 그러고는 코트 안주머니에서 수첩을 꺼냈다.

"며칠 전의 그 테스트에서는 맥스 다이슨 씨의 엄격한 관문을 통과하셨다지요?"

"예, 통과했습니다."

"어떤 테스트였습니까?"

"정신을 집중해서 남이 한 일과 현재 하고 있는 일, 그리고 앞으로 하려고 하는 일을 알아내는 테스트인데, 알기 쉽게 말하면 독심술이지요. 전문용어로는 '마인드 리딩'이라고 하지만…"

"정말 굉장하네요. 그런데 내가 들은 바에 따르면 다이슨 씨의 테스트를 통과한 초능력자는 당신이 처음이라던데요?"

"그런 모양입니다." 엘리엇은 눈길을 피하지 않고 신중하게 대답했다.

콜롬보는 낡아빠진 검은 수첩을 넘기면서 말을 이었다.

"정말 대단하십니다. 당신이 통과했을 때 다이슨 씨는 어떤 반응을 보이던가요?"

"충격을 받았지요. 도저히 믿을 수 없다는 태도였고, 고통까지 느끼고 있는 것 같더군요. 초능력을 부정하는 게 그 사람한테는 사는 보람이었으니까 당연하지요. 초능력은 존재하지 않는다는 다이슨 씨의 지론이 완전히 허물어져버렸으니까…"

"알았습니다." 콜롬보는 수첩에 적은 제 글씨를 알아보기 어려운 듯 한참 들여다보다가 말을 이었다. "소장인 핼 박사의 얘기로는 당신은 이번 테스트에서 다이슨 씨를 처음 만났다던데…"

"테스트를 받기 이틀 전에 처음 만났지요."

"면식이 전혀 없었다는 건 좀 이상하군요. 당신들은 같은 분야에서 일하고 있으니까 어디선가 한 번쯤은 만났다 해도…"

엘리엇이 격렬한 어조로 콜롬보의 말을 가로막았다.

"같은 분야라니요? 나는 초능력자지만, 맥스 다이슨은 단순한 마술사일 뿐이에요. 게다가 초능력은 협잡이라면서, 그런 억지를 내세워 돈벌이를 하고 있던 사람이지요. 나는 지난 12년 동안 유럽에 있었는데, 소련을 비롯한 동유럽 국가의 과학자들은 초능력을 과학적 연구 대상으로 인정하고 있습니다. 맥스 다이슨 같은 사람이 아무리 부정해도 초능력은 실제로 존재하는 거예요. 이제 곧 전 세계 사람들이 인정할 날이 올 겁니다."

콜롬보는 연필로 메모를 하고 있다가 갑자기 손을 멈추고는 고개를 들었다.

"저어, 한 가지 의문이 있는데요…"

"뭡니까?"

"다이슨 씨에 대해 그런 식으로 생각하고 있으면서 왜 그 사람의 테스트를 받았죠?"

엘리엇은 잠시 말문이 막혔지만 애써 태연한 척하며 대답했다.

"간단합니다. 다이슨의 고객이 그걸 원했기 때문이지요."

"고객?"

엘리엇은 가볍게 고개를 끄덕였다.

"고객 중에는 팬도 있고, 후원자도 있고, 서로 이용하는 고객도 있습니다."

"호오, 그래요? 그 고객이 누군지 가르쳐주시겠습니까?"

"정부와 관련된 후원자인데, 자세한 건 밝힐 수 없습니다. 여기서는 모든 게 다 비밀이거든요. 양해해주십시오."

콜롬보는 수첩을 코트 안주머니에 집어넣으면서 말했다.

"그렇군요. 나는 그만 지나친 질문을 해버리는 버릇이 있어서요. 내가 이상한 질문을 할 때는 주의를 주세요. 오늘은 협조해주셔서 고마웠습니다."

엘리엇은 너저분한 형사의 말투가 마음에 걸렸다. '오늘은…'이라면 또 오겠다는 걸까? 엘리엇은 희미한 웃음을 지으며 감정을 억누른 투로 말했다.

"천만에요. 언제든지 협조하겠습니다."

콜롬보는 손을 내밀어 엘리엇과 악수를 하고는 터벅터벅 문 쪽으로 걸어가 실험실을 나갔다.

엘리엇은 콜롬보와 나눈 대화를 신중하게 음미하기 시작했다. 대응 방법에 잘못은 없었을까. 그때 실험실 문이 열리는 소리가 났다. 눈을 들어

보니 콜롬보가 문틈으로 조심스럽게 얼굴을 내밀고 있다.
"죄송합니다, 블레이크 씨. 한 가지 부탁이 있어서요. 잠깐이면 됩니다."
콜롬보는 안으로 들어와 엘리엇에게 다가왔다.
"괜찮습니다. 내가 도울 수 있는 일이라면…"
"당신이니까 부탁하는 겁니다. 도와주십시오." 이렇게 말하고 콜롬보는 심각한 얼굴로 관자놀이를 손가락으로 눌렀다.
"무슨 부탁이죠?"
"저어, 내 마음을 좀 읽어주셨으면 해서…" 콜롬보는 관자놀이에 대고 있던 손가락을 가슴팍으로 가져갔다.
"경위님의 마음을?"
"예, 내가 무슨 생각을 하고 있는지도 알아맞힐 수 있습니까?"
맥이 빠진 엘리엇은 웃으면서 말했다.
"알아맞힐 수 있는지 없는지, 한번 시험해봅시다. 이쪽으로 와보세요."
엘리엇은 재킷 주머니에서 ESP 카드 한 벌을 꺼내면서 탁자로 다가갔다. 콜롬보는 흥미로운 듯이 뒤따라왔다.
엘리엇은 탁자 위에 ESP 카드를 늘어놓고 말했다.
"여기 ESP 카드가 여섯 장 있습니다. 네모, 동그라미, 십자, 물결무늬, 세모, 별… 머릿속으로 한 장을 선택해서 그 그림을 경위님 수첩에 그려주세요."
콜롬보는 신기한 듯 ESP 카드를 들여다보았다.
"어떤 카드라도 괜찮습니까?"
"예, 어느 것이든 상관없습니다. 이것저것 망설이지 마시고, 이거다 싶으면 얼른 그림을 그려주세요."
콜롬보는 수첩을 꺼내고 잠시 카드를 바라보고 있었다. 고개를 갸웃한 채 신음을 토하면서 한참 망설인 끝에, 드디어 연필로 수첩에 동그라미를 그리기 시작했다. 그러나 도중에 갑자기 손을 멈추었다.

"저어, 바꿔도 괜찮나요?"

"좋으실 대로."

콜롬보는 그리다 만 동그라미를 북북 지우고는 다른 그림-물결무늬-을 그렸다.

"다 그렸습니다."

"그럼 그린 그림을 마음속으로 생각해주십시오."

"마음속으로 생각하라… 알았습니다."

콜롬보는 눈을 감았다. 긴장해 있는지, 눈썹이 경련하듯 꿈틀거렸다.

"긴장을 푸세요."

"예."

콜롬보는 한쪽 눈을 뜨고 가볍게 헛기침을 하고 나서, 차렷 자세를 취했다. 아까보다 훨씬 긴장해 있는 것처럼 보인다.

엘리엇은 손가락을 이마에 대고 잠시 정신을 집중했다.

"됐습니다. 눈을 뜨세요."

엘리엇은 탁자로 손을 뻗더니, 물결무늬 카드를 손가락으로 눌러 앞으로 밀었다.

"경위님이 생각한 건 이 카드지요?"

콜롬보는 깜짝 놀라, 자기가 그린 수첩의 물결무늬와 카드를 번갈아 바라보면서 말했다.

"그렇습니다. 이거 정말 기절초풍하겠는데요."

그러자 엘리엇은 동그라미 카드를 앞으로 밀어냈다.

"물결무늬로 바꾸기 전에는 이 카드였던 것 같은데요."

"예, 맞아요. 정말 그랬어요. 우와…" 콜롬보는 두 손 들었다는 어조로 말하고는 수첩을 보여주었다. "이거 보세요. 처음에 선택한 카드는 동그라미였지만, 마음이 변해서 바꿨습니다. 그것까지 알아내다니, 정말 대단하십니다. 나는 도저히 흉내조차 낼 수 없어요. 용의자의 마음까지 읽을 수 있다면 명탐정이 될 수 있을 텐데…"

"그렇겠지요."

엘리엇이 고개를 끄덕이자 콜롬보의 눈썹이 갑자기 치켜올라갔다.

"하지만 만약 범인이 형사의 마음을 읽을 수 있다면 사건은 미궁에 빠져버릴 겁니다. 그건 곤란해요."

콜롬보는 싱긋 웃으며 카드를 내려다보았다.

"그런데 이 카드를 뭐라고 부른다고 했지요?"

"ESP 카드라고 합니다. 초능력을 개발하기 위한 카드지요."

"어떻게 하면 구할 수 있습니까?"

"여기서도 취급하고 있지만, 값이 아주 비쌉니다. 싸구려라면 시내의 마술용품점에서도 팔고 있지요. 물론 마술사와 초능력을 혼동하는 장삿속은 찬성할 수 없지만…"

"그렇습니까? 좋아요, 나도 한 벌 사다가 집사람을 상대로 열심히 연습해서 초능력을 개발하겠습니다. '로스앤젤레스 시경의 초능력 형사, 살인사건을 해결하다'라고 신문에 나면…" 콜롬보는 기쁜 듯이 엘리엇의 손을 꽉 잡았다. "여러 가지로 고마웠습니다. 크게 참고가 되었습니다."

엘리엇이 웃음 지으며 가볍게 고개를 숙이자 콜롬보는 오른손을 높이 쳐들어 흔들면서 춤추는 듯한 걸음으로 실험실을 나갔다.

명청해 보이는 형사니까 이 사건은 미궁에 빠지겠군. ESP 카드를 케이스에 넣으면서 엘리엇은 싱긋 웃었다. 저런 얼빠진 형사가 담당자가 되다니, 재수가 좋은걸.

3

'다이슨 마술용품점'에는 여느 때처럼 마술을 좋아하는 아이들이 몰려와 있었다. 지배인인 버트 스핀들러는 카운터 안에 앉아서 아이들을 상대하고 있었다.

바지 차림의 사내아이가 말한다.

"버트 아저씨, 앤티 그라비코를 해봐요."

주근깨투성이 얼굴에 안경을 쓴 뚱뚱한 사내아이가 말한다.

"안 돼. 래틀 버즈를 해야 해."

머리를 양쪽으로 땋아 늘인 여자아이가 쇳소리를 지른다.

"아저씨, 토끼가 늘어나는 마술을 해봐요."

가게 단골인 덩치 큰 소년이 목청을 높였다.

"아저씨, 스벤갈리를 해봐요, 스벤갈리요."

"스벤갈리가 뭐예요?" 머리를 땋아 늘인 소녀가 버트에게 물었다.

버트가 대답이 궁해서 미간을 찌푸리고 있으려니까, 덩치 큰 소년이 우쭐하게 설명했다.

"특별히 만든 트럼프로 하는 마술이야. 카드의 절반이 테두리가 1밀리쯤 작은데…"

"이 녀석아! 수법은 함부로 밝히는 게 아니야." 버트가 황급히 몸을 내밀어 손으로 소년의 입을 틀어막았다. 그 바람에 손에 들고 있던 트럼프가 탁자에 떨어졌다. 여남은 장의 카드가 탁자 위에 즐비하게 펼쳐졌는데, 모두 스페이드 A다.

아이들은 모두 입을 다물고는 눈을 크게 뜨고 카드를 들여다본다.

"와아, 예쁘다!" 머리를 땋아 늘인 소녀가 눈을 빛내면서 외쳤다.

버트는 안색이 변하여 황급히 카드를 주워 모으고는 헛기침을 하고 나서 말했다.

"이건 빛의 굴절을 이용한 마술이야. 요컨대 눈의 착각이라는 거지. 똑같은 카드가 몇 장이나 있는 것처럼 보였지? 이것도 숙련된 마술사의 솜씨란다."

변명하는 버트에게 주근깨 소년이 말한다.

"그런 건 들어본 적도 없어요."

"아니야. 그 증거를 보여줄게. 이거 봐라, 전부 다른 카드잖니?" 이렇게 말하면서 버트는 트럼프를 손톱으로 튀기듯 팔랑팔랑 넘겨 보였다. 눈부실 만큼 현란한 솜씨다. 확실히 모든 카드가 저마다 다르다. 똑같은 카드는 한 장도 없다.

"이상한데… 정말 이상해."

"그렇지? 재미있고 이상하고 불가사의한 게 마술이야." 고개를 갸웃거리는 아이들을 곁눈질하며 버트는 소리 높여 말했다. "자, 그럼 이 위대한 마술사에게 출연료를 낼 수 있는 아이는 누구지?"

스벤갈리를 희망하는 덩치 큰 소년이 앞으로 나섰다.

"나는 돈을 낼 수 있어요."

"어디 보여 봐."

버트가 말하자 소년은 10달러짜리 지폐를 팔랑팔랑 흔들어 보인다.

"그럼 스벤갈리를 하기로 하자." 버트가 이렇게 말했을 때 문이 열리고 콜롬보가 들어왔다. 버트는 콜롬보를 힐끔 바라보면서 말했다. "금방 끝나니까 잠깐만 기다려주세요."

"아니, 천천히 하세요." 콜롬보는 두 손을 내밀면서 조심스럽게 말했다. "잠깐 2층 현장을 봐도 되겠습니까?"

"물론이죠. 과연 현장을 좋아하시는군요."

콜롬보가 가게 안쪽으로 걸어가자 버트는 마술 쇼를 시작한다.

"그럼 여러분, 여기에 지극히 평범한 보통 트럼프가 있습니다. 잘 봐주세요. 카드가 전부 다르지요? 그런데 아시겠습니까…"

콜롬보가 2층 공작실로 통하는 계단으로 다가가자 롤러스케이트를 신은 열서너 살쯤 된 소년이 재빨리 뒤따라가 콜롬보 주위를 한 바퀴 돌았다. 콜롬보는 걸음을 멈췄다. 아이는 등에 가방을 메고 있었다.

소년은 트럼프 마술을 하고 있는 버트와 아이들 쪽을 돌아보며 경멸하듯 말했다.

"저 애들은 정말 얼간이들이에요. 버트 아저씨한테 속는 줄도 모르고… 아저씨도 마술사세요?"

"나? 아니, 나는 그냥 형사야." 콜롬보는 두 팔을 벌리며 대답했다.

깜찍하게 생긴 소년은 휙 하고 휘파람을 불고 나서 말했다.

"형사요? 거짓말이죠? 형사처럼 보이지 않는데요. 길거리에서 마술을 보여주고 시시한 마술용품을 파는 거리의 마술사 같아요."

"변장을 하고 있어서 그래. 너도 놀러 왔니?" 콜롬보는 한쪽 눈을 찡긋하며 물었다.

그러자 소년은 세차게 고개를 저었다.

"나는 마술사예요. 이름은 토미 로렌스. 애칭은 '매직 보이'예요. 맥스 다이슨의 수제자였다고 해도 좋아요. 그분한테 여러 가지를 배웠지요." 이렇게 말하고 소년은 주머니에서 트럼프를 꺼내더니 순식간에 멋진 부채꼴로 펼쳐 보였다. "이건 '하프 지글 패스'라는 기술이에요. 이 트럼프 중에서 마음에 드는 걸 한 장 뽑아보세요."

콜롬보는 고개를 끄덕이고 맨 끝에 있는 카드를 뽑았다. 다이아몬드 7이었다.

"그게 좋으세요? 아니면 바꿔도 괜찮아요." 토미가 점잖은 얼굴로 묻는다.

"아니, 난 이게 좋아." 콜롬보는 고개를 끄덕였다.

토미는 멋진 솜씨로 트럼프를 한가운데쯤에서 둘로 나누었다.

"그 카드를 이 안에 집어넣으세요. 아무 데나 넣어도 좋아요."

콜롬보가 손에 들고 있던 카드를 토미의 트럼프 중간쯤에 끼워 넣었다. 그러자 토미는 재빨리 트럼프를 하나로 모았다.

"분명히 한가운데쯤에 넣었지요? 그런데 중간이 아니라 맨 위에 있어요. 형사님이 뽑은 카드는 뭐였지요?"

"다이아몬드 7."

토미는 맨 위에 있는 카드 한 장을 뒤집어 콜롬보에게 내밀었다.

"이거죠?"

그것은 틀림없이 다이아몬드 7이었다.

"어라?" 콜롬보는 카드를 들여다보다가 고개를 들어 의심스러운 눈빛으로 소년을 바라보았다. "한 번 더 해볼래?"

소년은 재빨리 트럼프를 쳐서 다시 부채꼴로 펼쳐 보인다. 콜롬보가 한참 망설이다가 한 장을 뽑자 토미는 다시 트럼프를 두 손에 나누어 쥐고 말했다.

"자, 아무 데나 넣어주세요." 소년은 연출을 할 셈인지 살짝 눈을 감았다.

콜롬보는 카드를 신중하게 끼워 넣었다.

"자, 넣었어."

토미는 트럼프를 하나로 모은 다음, 눈을 떴다.

"그러면 맨 위의 카드를 뒤집어보겠습니다."

다이아몬드 7이 다시 나타났다.

"이상한데… 알았다, 이 카드는 전부 다이아몬드 7이지?" 콜롬보는 도저히 믿을 수 없다는 투로 말했다.

"그렇게 생각하세요?" 토미는 의기양양하게 트럼프를 펼쳐 보였다. 한 장 한 장이 전부 다르다. 어디서나 볼 수 있는 평범한 트럼프다.

"이건 정말 놀랐는걸. 대단해."

"훈련한 거예요. 연구하고 훈련한 덕택이죠. 버트 아저씨 주위에 모여 있는 저 애들은 모두 어린 아마추어뿐이에요. 훈련하면 누구나 마술사가 될 수 있다는 걸 깨닫지 못해요. 물론 센스도 필요하지만."

"그렇구나." 콜롬보는 안주머니에서 시가를 꺼내 입에 물었다.

그러자 토미는 재빨리 트럼프를 주머니에 집어넣고, 이번에는 등에 메고 있던 가방에서 이상한 도구를 꺼냈다. 크기는 작지만 진짜와 똑같은 단두대, '손가락 단두대'라고 불리는 축소판 단두대였다.

"잠깐 그 담배 좀 빌려주세요."

"이걸?" 콜롬보는 시가에 불을 붙이려다 말고 의아한 얼굴로 시가를 내밀었다.

토미는 그걸 받아들더니 '손가락 단두대' 아래쪽에 있는 구멍에 집어넣었다. 그러고는 느닷없이 단두대의 칼날을 싹 내렸다. 그러자 시가는 두 동강이 났다.

"아…" 하고 신음소리를 내는 콜롬보를 곁눈질하면서 토미는 칼날과 시가를 가리키며 의기양양한 표정으로 말했다.

"어때요, 멋지잖아요? 단칼에 싹둑 잘려서 담배 한 개가 두 개로 되었어요."

"고맙구나…" 콜롬보는 둘로 잘려버린 새 시가를 아까운 듯이 바라보았다.

"이건 사실 손가락을 끼워 넣는 단두대예요. 그러니까 이 구멍에 손가락을 넣어보세요."

"아니, 괜찮아. 사양하겠어."

토미는 싫어하는 콜롬보의 손가락을 잡아서 억지로 단두대 구멍에 집어넣었다.

콜롬보는 처형당하는 죄인 같은 표정을 지었다.

"잠깐만. 이상한 짓을 하면 안 돼. 정말로 괜찮을까?"

"괜찮아요. 걱정 말고 저한테 맡기세요. 맥스 다이슨한테 구조를 배웠으니까요."

토미는 웃으면서 장담했지만, 콜롬보는 필사적인 표정으로 도망치려고 한다.

"진정하세요, 형사님." 토미는 이렇게 말하자마자 칼날을 내렸다.

콜롬보는 눈을 질끈 감았다. 금속성 소리가 울렸다. 단두대 칼날은 콜롬보의 손가락을 싹둑 잘라버린 것 같았다.

"아뿔싸! 손가락이 잘려버렸네!" 토미가 외쳤다.

그러자 콜롬보는 조심조심 눈을 떴다. 그러고는 울상을 지으며 '손가락 단두대'에서 살짝 손을 빼내어 손가락이 무사한지 어떤지를 확인하고 있었다.

"어때요? 멋지잖아요? 마술에는 다 수가 있다고요." 토미는 어느새 손가락 사이에 끼우고 있던 명함을 콜롬보에게 건네주면서 말을 이었다. "무슨 일이 있으면 이 '매직 보이'를 불러주세요. 생일파티든 결혼식이든, 어디든지 출장을 가니까요. 출연료는 특별히 깎아드릴게요. 그럼 수고하세요, 형사님."

토미는 휘파람을 불면서 롤러스케이트를 타고 마술용품점 문을 바람처럼 빠져나갔다.

콜롬보는 토미의 뒷모습을 멍하니 지켜보다가, 크게 한숨을 내쉬고는 공작실로 통하는 계단을 올라갔다.

맥스 다이슨의 공작실은 사건이 일어난 날과 똑같은 상태로 보존되어 있었다. 단두대는 물론 각종 마술도구도 주인을 잃고 인수할 사람도 없이 잡다하게 놓여 있었다.

콜롬보는 공작실에 들어가자 곧장 단두대 쪽으로 다가갔다. 잠시 단두대를 바라보고 있다가, 이윽고 목을 고정시키는 철판을 떼어내어 발치에 세워놓았다. 그러고는 반으로 잘린 시가에 불을 붙여 물고 끔찍한 처형 장치를 찬찬히 살펴보았다. 사팔눈을 가운데로 모아 칼날의 날카로움을 확인하려고 했을 때 누군가가 소리를 질렀다.

"위험해요!" 버트 스핀들러였다.

콜롬보는 깜짝 놀라 펄쩍 뛰어올랐다. 버트는 싱글싱글 웃으면서 갈색 종이봉지를 안고 공작실로 들어왔다.

"휴우, 제발 놀라게 하지 마세요." 콜롬보는 고개를 저으면서 말했다. "이 단두대 사용법을 아십니까?"

"물론 알지요. 나도 마술사 축에 끼니까요. 실은 경위님이 물어보실 것 같아서 이걸 가져왔지요." 이렇게 말하면서 버트는 손에 들고 있던 종이봉지를 흔들어 보였다.

"그게 뭡니까?"

"당신 머리." 이렇게 말하고 버트는 종이봉지에서 멜론을 꺼내더니 단두대 앞에서 준비를 갖추었다. "마술사는 우선 이것이 진짜 단두대라는 것을 손님들에게 증명해 보입니다."

버트는 단두대 위에 멜론을 올려놓고 목을 고정시키는 철판을 집어들었다. 그러고는 철판을 점검하고 그 방향을 확인한 뒤 단두대의 홈에 끼우고 잠금장치를 채웠다.

"그러면 칼날이 얼마나 날카로운지 잘 봐주세요." 버트는 연극적인 어조로 말하고는 시동 단추를 눌렀다.

그러자 칼날이 획 내려와 멜론을 싹둑 동강냈다. 깨끗이 잘린 멜론이 바닥에 떨어져 데굴데굴 굴렀다.

버트는 멍하니 바라보고 있는 콜롬보를 향해 손가락 하나를 세워 보였다. 그러고는 잠금장치를 풀고 철판을 떼어낸 다음 단두대의 홈에 안전핀을 끼워 넣었다.

"이렇게 하면 손님들은 단두대가 진짜라는 걸 납득합니다. 마술사는 이렇게 해서 칼날이 아주 잘 든다는 걸 증명해 보이는 거지요. 아시겠습니까?"

"예, 잘 알겠습니다."

"그러면 경위님, 이 단두대 위에 반듯이 누워주실래요?"

콜롬보는 불안한 듯 목을 어루만지며 뒷걸음질했다.

"잠깐만요. 손가락을 잃는 정도라면 모르지만 목이 잘리면 목숨이…"

"안심하세요. 목숨은 보장해드릴 테니까. 틀림없이 마음에 드실 거예요."

버트가 단추를 누르자 칼날이 슬금슬금 올라갔다.

콜롬보는 울상을 지으며 칼날을 쳐다보고 있었지만, 버트가 다시 재촉하자 마지못해 단두대 위에 드러누웠다. 버트가 철판으로 콜롬보의 목을 고정시켰다. 칼날이 악의라도 품은 것처럼 번쩍 빛난다.

"정말로 괜찮습니까?" 콜롬보가 칼날을 쳐다보면서 물었다.

"99.9퍼센트는 문제없습니다. 걱정 마세요."

버트는 단두대의 홈에서 안전핀을 빼내자마자 재빨리 시동 단추를 눌렀다.

칼날이 금속성을 내며 떨어진다. 콜롬보는 눈을 크게 뜨고 입을 벌린 채 떨어지는 칼날을 바라보았다. 순간, 칼은 콜롬보의 목을 자른 것처럼 보였다. 칼날은 이미 단두대 밑에 들어가 있었다. 콜롬보는 기절한 사람처럼 눈을 감고 있었다.

버트가 잠금장치를 풀고 철판을 떼어냈다. 그러고는 멍한 눈을 껌벅거리며 망연자실해 있는 콜롬보를 부축해 일으켰다.

"목은 좀 어떻습니까?" 버트가 장난스러운 웃음을 지으며 물었다.

콜롬보는 단두대 위에 앉은 채 힘없이 고개를 저었다. 그러고는 안심한 듯 목을 손으로 어루만지면서 말했다.

"지금 그 광경을 우리 집사람이 안 본 게 천만다행이에요. 만약 봤다면 심장마비를 일으켰을 겁니다. 심장이 멎는 줄 알았어요. 이 단두대의 구조를 잠깐 들었을 뿐인데… 정말 놀랍군요."

콜롬보는 숨을 크게 들이쉬고 겨우 침착성을 되찾았다. 그러고는 단두대의 홈 안에 있는 무언가를 알아차린 듯 손가락 끝으로 조심조심 조사하기 시작했다.

버트가 바닥에 굴러떨어진 멜론을 치우면서 말했다.

"아니, 구조는 아닙니다. 사용법을 말씀드렸을 뿐이니까요. 그건 전혀 다르지요."

"어디가 다릅니까?"

"단두대의 구조를 가르쳐주는 건 수법을 밝히는 겁니다."

"그래요. 나는 수법을 알려달라고 부탁했는데요."

버트는 어깨를 으쓱하며 모욕이라도 당한 듯한 표정을 지었다.

"나한테 수법을 알려달라고 부탁하는 겁니까?"

그러자 콜롬보는 단두대 위에서 앉음새를 고치며 말했다.

"예, 좀 가르쳐주십시오. 아니, 그래 주면 좋겠습니다만…"

"천만에요. 수법은 밝힐 수 없습니다." 버트는 딱 잘라 말했다.

"하지만 위대한 마술사 맥스 다이슨 씨를 위해 어떻게 좀…" 콜롬보는 이마를 긁으면서 애원했다.

그러자 버트는 진지한 표정을 지으며 말했다.

"맥스는 마술사였습니다. 나도 마술사예요. 하지만 당신은 마술사가 아닙니다. 마술사는 절대로 수법을 밝히지 않아요. 어떤 일이 있어도… 그럼 나는 이만 가게로 돌아가 봐야겠습니다."

"저어…" 콜롬보는 우물거리며, 버트가 나가는 모습을 믿을 수 없다는 듯이 지켜보았다.

버트는 문간에서 휙 돌아섰다.

"내가 도울 수 있는 일이 있다면 언제든지 말씀하세요."

버트는 웃음소리를 남기고 공작실을 나갔다.

"아, 그렇지. 스핀들러 씨, 잠깐만요."

콜롬보는 단두대에서 뛰어내려 급히 버트를 뒤따라갔다.

버트는 계단을 반쯤 내려가다가 걸음을 멈추고 콜롬보를 쳐다보았다.

"뭡니까?"

"저어, 이 가게에서는 ESP 카드란 것을 팔고 있습니까? 네모니 세모니 별 같은 그림이 그려져 있는 카드 말입니다. 초능력을 개발한다는 묘한 카드인데…"

"물론 팔고 있지요. 그게 어쨌다는 거죠?"

"그럼 나한테 하나 파십시오."

버트는 계단 밑에서 의아한 눈으로 콜롬보를 쳐다보았다.

"그거야 좋지만, 뭘 하려고…?"

"재미있을 것 같아서 우리 집사람을 상대로 연습해볼까 하고요. 값은 비싼가요?"

"그거라면 트럼프와 같은 값으로 살 수 있습니다."

콜롬보는 버트와 함께 가게로 돌아와 ESP 카드를 샀다. 그 카드를 코트 오른쪽 주머니에 쑤셔 넣은 콜롬보는 문득 생각난 듯이 왼쪽 주머니에 손을 집어넣었다. 그러고는 꺼내기 어려운 듯 잠시 꼼지락거리고 있다가,

이윽고 나뭇결무늬가 들어 있는 클립보드를 꺼냈다.

"그런 게 용케 코트에 들어가는군요?"

"예, 이 주머니는 마법의 주머니라서…" 콜롬보는 클립보드를 버트의 눈앞에 내밀었다. "혹시 이걸 본 기억이 있습니까? 이건 2층의 다이슨 씨 작업대에 놓여 있던 건데…"

"글쎄요, 모르겠는데요. 맥스의 비밀 아지트에는 별로 들어가지 않으니까…" 버트 스핀들러는 무뚝뚝하게 대답했다.

그때 가게 문이 열리더니 노파 하나가 들어왔다.

"버트, 이게 무슨 일이에요. 다이슨 씨가 돌아가셨다는 말을 듣고 나는 몸져누워 버렸다오. 어머나, 손님이 계셨네?"

"아니, 그게 아니라 저는…"

"아이, 당신도 마술사군요? 동료를 잃어서 얼마나 슬프시겠어요. 나도 한때는 날리는 마술사였답니다. 다이슨 씨한테 신세 많이 졌지요. 그런데 버트, 우리 손자 녀석은 오지 않았수? 아까 여기 온다고 했는데…"

콜롬보는 두 사람 옆을 빠져나가 가게 밖으로 나갔다.

4

저 멀리 산타모니카 바다가 바라다보이는 웨스트우드의 메모리얼 공원묘지. 고운 잔디가 심어진 넓은 묘지에 봄볕이 쏟아지고 작은 새들의 노랫소리가 들려온다. 그 한쪽 구석에는 약 40명의 조문객이 맥스 다이슨에게 작별을 고하고 있었다.

엘리엇 블레이크가 엄숙한 표정으로 아네만 초능력연구소 소장 폴라 핼 박사와 나란히 서 있다. 마술용품점 지배인 버트와 소년 마술사 토미,

CIA 요원 프레더릭 해로의 모습도 보인다.

이 장례식이 유난히 특이해 보이는 것은 맥스 다이슨의 동업자인 마술사들의 옷차림 탓이었다. 그들은 첫눈에 마술사라는 것을 알 수 있는 차림을 하고 있었다. 버트를 포함하여 모두 하얀 정장을 입고 하얀 나비 넥타이에 하얀 장갑을 끼고 있었다. 실크해트를 쓰고 있는 사람도 있다.

유난히 눈에 띄는 것은 무덤 앞에 서 있는 목사였다. 검은 양복 차림에 망토를 걸친 데다, 지팡이를 들고 순수한 연지빛 실크해트를 쓰고 있었다.

목사는 지금 맥스 다이슨을 떠나보내는 말을 엄숙하게 읊조리고 있다.

"세상에 알려진 마술사들 가운데 그는 천부적 재능을 가장 많이 타고나, 그 재능을 평생동안 갈고 닦은 위대한 사람이었습니다. 그러면 우리 형제 맥스 다이슨을 위해 기도합시다."

조문객들은 모두 깊이 고개를 숙였다. 그 자리에 어울리지 않는 코트 차림의 콜롬보가 그 틈을 누비듯 사람들을 헤치며 앞으로 나왔다.

"탐구심이 왕성하고 박식한 맥스 다이슨은 모든 신비의 수수께끼에 도전했습니다. 그의 이론을 능가하는 이론은 없었고, 마술 연기도 최고였습니다. 그는 조상이 남긴 신비의 수수께끼를 모두 해명해 보였습니다. 그리고 이제 우주의 위대한 지배자의 부름을 받고, 가장 불가사의한 수수께끼의 세계인 영계의 일원이 되었습니다…"

목사의 말을 들으면서 맨 앞줄로 나온 콜롬보는 불안한 듯 두리번거리며 조문객들의 모습을 살피고 있었다.

엘리엇 블레이크는 못 본 척하고 눈시울의 눈물을 손가락 끝으로 살짝 훔쳤다. 엘리엇 옆에 서 있던 폴라가 그것을 힐끔 보고는 이 사람이 왜 울고 있을까 하는 표정을 지었지만, 엘리엇의 어깨를 어루만지며 위로했다.

"위대한 맥스는 이번에 최고의 인간 실종 마술을 연기하고, 순식간에 무대에서 모습을 감추었습니다. 그에게 박수를 보내며 작별을 고합시다."

관이 무덤 속으로 조용히 내려가자 목사는 옆으로 비켜섰다. 목사가 있던 곳에 멋진 팔자수염을 기른 마술사가 나타나는가 싶더니, 느닷없이 손에서 펑 하고 연기를 내며 하얀 연기 속에서 백합 한 다발을 꺼냈다. 그리고 무덤 속에 들어간 관 위에 백합을 던졌다.

팔자수염의 마술사가 고개를 숙이고 물러가자, 이번에는 버트 스핀들러가 앞으로 나와서 한 손을 쳐들더니 느닷없이 허공에서 지팡이 하나를 꺼냈다. 버트가 멋진 손놀림으로 그 지팡이를 휘두르자 지팡이는 순식간에 하얀 장미로 변했다. 버트는 장미를 정중하게 무덤 속으로 던졌다.

버트와 교대한 세 번째 마술사는 날쌘한 손을 교묘히 움직여 하얀 비둘기를 꺼냈다. 그는 파닥거리는 비둘기에게 입을 맞추고는 맑은 하늘로 날려 보냈다. 다음에 등장한 사람은 하얀 망토로 몸을 감싼 여자 마술사였다. 그녀는 망토 앞자락을 열고는 하얀 꽃잎을 눈송이처럼 관 위에 뿌렸다. 다음에 나타난 사람은 턱수염을 기른 중국인 마술사였다. 그가 손에 들고 있던 지팡이를 허공으로 던지자 순식간에 무지갯빛 베일로 변하여 너울너울 관 위로 떨어졌다.

교대로 마술을 부리는 조문객들을 콜롬보는 입을 딱 벌린 채 지켜보고 있었다.

장례식이 끝나자 조문객들은 제각기 돌아가기 시작했다.

"잠깐만요." 콜롬보가 소리를 지르며 앞서가는 버트 스핀들러를 종종걸음으로 따라갔다. "정말 색다른 장례식이었어요. 직업상 나도 장례식에 많이 참석했지만, 이런 장례식은 처음입니다."

버트는 멈춰 서서 대답했다.

"장례식은 아직 끝나지 않았어요. 이제 동료들이 '마술의 성'에 모여 고인을 찬양할 겁니다. 괜찮으시면 함께 가시죠."

"마술의 성'이 뭡니까?"

콜롬보가 묻자 버트는 그런 것도 모르느냐는 표정으로 설명했다.

"할리우드 변두리에 서 있는 성 모양의 마술 클럽이에요. 전 세계에서 뽑힌 뛰어난 마술사와 마술 애호가들이 모여 마술을 선보이거나 마술의 이상적인 상태를 토론하거나 여러 가지 연구를 하지요."

"꽤 흥미로운 곳이군요."

"한 마디로 마술의 전당이지요. 격조 높은 회원제 클럽이라서 보통 사람은 좀처럼 들어갈 수 없지만, 경위님이 올 마음이 있다면 내가 말을 해두겠습니다. 하지만 안에 들어오려면 관례에 따라야 합니다. 입구에서 '열려라, 참깨!' 하고 큰 소리로 외치지 않으면 문이 열리지 않아요."

"그렇군요. 오늘은 바빠서 못 가지만, 꼭 한번 찾아가보고 싶습니다. 지금부터 나는 다시 맥스 다이슨의 공작실에 가서 조사해야 할 일이 있거든요. 빨리 이 수사를 끝내고 싶어서요."

"그 현장이 어지간히 마음에 드신 모양이군요. 가게는 오늘 문을 닫았지만, 열쇠를 드릴 테니까 그걸로 열고 들어가도 좋습니다."

"그렇게 좀 해주십시오."

"그럼 또 만납시다."

버트는 멀어져가는 몇몇 마술사들을 따라잡으려고 종종걸음을 쳤다.

장례식이 끝나자 엘리엇 블레이크는 초능력연구소의 폴라 소장과 함께 묘지 주차장에 세워둔 검정 리무진으로 다가갔다. CIA 요원 프레더릭 해로가 그 리무진으로 연구소까지 바래다주기로 되어 있었다. 그때 뒤에서 들은 기억이 있는 쉰 목소리가 엘리엇 블레이크를 불렀다.

"블레이크 씨, 블레이크 씨!"

엘리엇은 그 목소리의 주인과 별로 말을 나누고 싶지 않았다. 그래서 못 들은 척하고 해로가 기다리는 리무진 쪽으로 다가가려고 했지만, 콜롬보가 그를 따라잡았다.

"잠깐만요, 블레이크 씨."

돌아보니 그 꾀죄죄하고 얼빠진 형사가 손을 처들고 있다.

"나예요. 로스앤젤레스 시경의 콜롬보. 요전에 연구소에서 만났지요?"

"아, 예, 안녕하십니까?" 엘리엇은 걸음을 멈추더니 주차장 쪽을 바라보며 폴라에게 말했다. "먼저 리무진에 가서 기다려줘요."

폴라는 콜롬보에게 가볍게 인사하고 나서 혼자 주차장으로 걸어갔다.

엘리엇은 넓은 묘지를 둘러보면서 콜롬보에게 물었다.

"무슨 일이죠? 시간이 별로 없는데요."

"오래 걸리지 않습니다. 정말 훌륭하고 감동적인 장례식이었어요. 블레이크 씨는 눈물을 흘리시는 것 같던데…"

"내가요? 아니, 그만 나도 모르게…" 엘리엇은 이렇게 중얼거리고는 콜롬보한테서 얼굴을 돌리고 걷기 시작했다.

콜롬보가 종종걸음으로 부리나케 따라왔다.

"솔직히 말하면 이상하다고 생각했습니다. 당신과 맥스 다이슨 씨는 말하자면 '적'이었잖습니까?"

"적이라기보다… 분야는 다르지만 경쟁자라고 말하는 게 어울릴 겁니다. 나도 장례식 때는 눈물을 흘린답니다."

"하지만 다이슨 씨와는 친하지 않았잖습니까? 친하기는커녕…"

콜롬보가 우물거리자 엘리엇이 중얼거리듯이 말했다.

"일류 마술사로 존경하고 있었습니다. 장례식에는 그분을 좋아했던 친구들이 많이 참석했지요. 다이슨 씨는 훌륭한 동료들에게 둘러싸여 행복했다고 말할 수 있습니다. 그런 장례식은 별로 없어요. 나는 그만 감동해서…"

"그렇군요. 그런데 블레이크 씨, 실은 좀 곤란한 일이 있어서요. 도움을 좀 받을 수 없을까 하고…"

콜롬보와 블레이크는 리무진 뒤까지 다가왔다. 뒷유리창 너머로 CIA 요원 해로와 폴라 헬의 머리가 보인다. 무언가 이야기를 나누고 있는 두 사람의 뒷모습을 바라보면서 엘리엇은 되물었다.

"뭔데요?"

"맥스 다이슨 씨가 목이 잘렸을 때의 상황을 되도록 자세히 보고서에 써야 하는데…"

"그게 나하고 무슨 관계가 있는지 모르겠군요." 엘리엇은 고개를 갸웃해 보였다.

"아니, 크게 관계가 있지요. 블레이크 씨가 협조해주시면 보고서를 잘 쓸 수 있을지도 몰라요. 나는 보고서 같은 서류 작업은 딱 질색이라서…"

콜롬보와 엘리엇이 리무진 옆까지 가자 뒷문에 달린 창문이 스르르 내려갔다. 창가에 해로, 그리고 안쪽에 폴라가 앉아 있다.

해로가 손목시계를 보고 나서 엘리엇에게 물었다.

"블레이크, 함께 타고 갈 건가?"

"예, 같이 가겠습니다." 이렇게 대답하고 엘리엇은 문을 열었다. "해로 씨, 이분은 로스앤젤레스 시경의 콜롬보 경위입니다. 맥스 다이슨 사망사고에 관한 보고서를 쓰고 있다네요."

그러자 콜롬보가 끼어들었다.

"사고요? 아니, 아직 사고라고 확정된 건 아닙니다. 저어…"

CIA 요원 해로는 콜롬보의 까치집 같은 머리와 적어도 3년은 세탁하지 않은 것처럼 보이는 레인코트를 수상쩍은 듯이 바라보며 말했다.

"경위, 수고가 많군요."

콜롬보는 리무진 안을 들여다보았다.

"처음 뵙겠습니다, 해로 씨."

"어느 부서에 있소?"

"강력계, 살인 담당입니다."

"그럼 맥스 다이슨은 살해됐소?"

해로가 사무적으로 묻자 콜롬보는 고개를 저었다.

"아니, 아직 살인으로 확정된 건 아닙니다만…"

"그렇군. 그런데 블레이크, 이제 다 됐나?"

엘리엇이 고개를 끄덕이자 해로는 폴라 옆으로 다가앉아 자리를 내주었다.

엘리엇은 리무진에 올라타면서 말했다.

"그럼 경위님, 나는 이만 실례하겠습니다."

"아니, 아까 그 문제가 아직… 잠깐만 이야기를 들려주십시오. 오래 걸리지 않습니다."

"내 이야기를 들어봤자 보고서를 쓰는 데에는 참고가 되지 않을 겁니다."

엘리엇은 쓴웃음을 지으며 해로에게 어깨를 으쓱해 보이고는, 어쩔 수 없다는 듯이 콜롬보와 함께 리무진 곁을 떠났다.

주차장 끝까지 가자 콜롬보가 목소리를 낮추어 말했다.

"저 해로라는 사람, 보통 사람이 아닌 것 같은데요."

엘리엇은 싱긋 웃었다.

"본인한테 직접 물어보시죠."

"장례식 때는 사방이 온통 마술사여서, 왠지 마술 쇼를 보러 온 것 같은 기분이 들더군요. 마술사가 아닌 사람은 나와 당신… 그리고 저 해로라는 사람도 마술사는 아닌 것 같은데, 아무래도 그 사람이 맥스 다이슨 씨의 의뢰인이었던 모양이군요. 당신의 훌륭한 초능력을 테스트하기 위해 다이슨 씨를 고용한 게 저 사람이지요?"

"대답할 수 없습니다. 의뢰인에 관해서는 내 입으로 말할 수 없게 되어 있기 때문에…" 엘리엇은 무뚝뚝하게 대답하고는 시계를 보면서 말했다. "의논할 일이 있어서 이제 연구소로 돌아가지 않으면…"

"아, 그렇지. 그럼 본론으로 돌아갑시다. 초능력이란 말을 들으니 생각나는군요. 사건 수사가 진척되지 않아서 내가 애를 먹고 있으면 우리 집사람은 으레 슈퍼마켓에서 사온 잡지를 보여준답니다. 힌트가 잔뜩 실려 있다면서… 그 기사 가운데 이런 게 있었어요. 초능력자들 중에는 범행 현장에 가면 뭔가 영감 같은 것을 느끼고 당장 사건을 해결하는 사람이 있다고…"

"그런 기사는 초능력 관계 잡지에 자주 실리지요. 최근에는 네덜란드의 초능력자가 유괴사건을 해결한 경우도 있습니다."

"그래요. 네덜란드의 초능력자… 그와 같은 일을 블레이크 씨가 나를 위해 해줄 수 없을까요?"

"내가요?"

"꼭 좀 도와주십시오. 그리고 과연 그런 일이 가능한지, 초능력이란 것에도 흥미가 있고…"

"죄송하지만 나는 그런 일을 해본 적이 없어서…"

"아주 중요한 실험이 될지도 모릅니다. 귀찮으시겠지만, 다이슨 씨가 죽은 현장에 가서 무언가를 느끼는지 어떤지 시험해보지 않겠습니까?"

엘리엇은 콜롬보의 눈을 바라보며 속마음을 알아내려고 했다. 끈질긴 사내군. 하지만 나를 의심하고 있는 것 같진 않아. 단순한 호기심에서 부탁하는 것뿐일 거야. 자신의 무능력을 그것으로 조금이라도 보완하려는 걸까. 좋아, 응해주자. 수사를 혼란시키기 위해서라도. 아니, 사고사로 확정짓기 위해서라도…

"알았습니다, 경위님. 해봅시다."

"정말 고맙습니다. 그럼 저기 세워둔 내 차로…"

"미안하지만 지금 당장 갈 수는 없습니다. 나중에, 4시경이면 어떨까요?"
"좋습니다."
"그럼 그렇게 하기로 하고…"
리무진으로 돌아서려는 엘리엇의 등을 향해 콜롬보의 탁한 목소리가 날아왔다.
"블레이크 씨! 현장을 아십니까?"
엘리엇은 순간 당황했지만 천천히 돌아서면서 차분한 어조로 말했다.
"아니, 깜빡했습니다. 심란한 상태로 있다 보니 그만… 하기야 조사하면 금방 알 수 있겠지만…"
콜롬보는 싱긋 웃었다.
"나는 깜빡하는 정도가 아니라, 집사람 부탁을 받고 물건을 사러 나갔다가 뭘 사오라고 했는지 잊어버려서 엉뚱한 물건을 사오곤 한답니다."
콜롬보는 별안간 코트 자락을 들어 올리더니 바지 뒷주머니에서 수첩을 꺼냈다. 그러고는 수첩을 팔랑팔랑 넘겨서 빈 페이지를 찾아냈다.
"그럼 주소를 가르쳐드릴 테니까… 어라? 어디 갔지? 연필이… 이런 머저리 같으니. 또 어딘가에 놔두고 왔군." 콜롬보는 연필 찾는 일을 단념하고 엘리엇에게 말했다. "저어, 혹시 필기구를 갖고 계십니까?"
엘리엇은 못마땅한 표정으로 가슴주머니에서 볼펜을 꺼내어 콜롬보에게 건네주었다. 정말 굼벵이 같은 사내로군.
콜롬보는 '다이슨 마술용품점' 주소를 쓴 다음, 그 페이지를 쭉 찢어서 엘리엇에게 건네주었다.
"그럼 이걸 보고 찾아오세요. 정말 고맙습니다."
엘리엇은 그 쪽지를 쳐다보지도 않고 주머니에 쑤셔 넣었다. 그러고는 해로가 기다리고 있는 리무진으로 다가가면서, 계속 따라오는 콜롬보를 뿌리치듯 말했다.

"그럼 나중에 봅시다. 도움이 될 수 있다면 좋겠지만…"

"틀림없이 큰 도움이 될 겁니다. 기대할게요." 콜롬보는 고마워서 어쩔 줄 모르겠다는 듯이 말하고는, 빠른 걸음으로 떠나려 하는 엘리엇을 불러 세웠다. "아, 블레이크 씨!"

"또 뭡니까?"

엘리엇이 짜증난 어조로 되묻자 콜롬보는 멋쩍은 듯이 웃으면서 대답했다.

"깜빡 잊고 이 볼펜을 슬쩍할 뻔했네요. 비싼 거군요. 아주 술술 잘 쓰이는데요."

"그럼 나중에 봅시다."

볼펜을 받아든 엘리엇은 서둘러 리무진으로 돌아가 문을 열고 올라탔다. 해로는 입을 꾹 다물고 있다. 폴라 햄이 애써 쾌활한 어조로 말했다.

"이상한 형사네요."

리무진이 움직이기 시작했다. 엘리엇이 뒤를 돌아보자 콜롬보가 시가를 든 손을 가볍게 흔들면서 지켜보고 있었다.

5

3시 반이 지나서 맥스 다이슨의 공작실에 간 콜롬보는 실내를 천천히 한 바퀴 돌아 작업대 위에 종이봉지를 내려놓은 다음, 단두대 옆에 의자를 갖다 놓고 앉아서 책을 읽기 시작했다. 《다이슨, 초능력의 속임수를 폭로하다》라는 책이었다.

콜롬보가 짧은 다리를 꼬고 시가를 피우며 열심히 책을 읽고 있을 때, 이윽고 초인종이 울렸다. 벽시계는 어느새 4시 15분을 가리키고 있었다.

콜롬보는 책을 든 채 일어나 1층의 마술용품점으로 통하는 계단 문까지 걸어갔다. 문을 열고 계단을 내려가려고 했을 때 초인종이 또 울렸다. 이번에 울린 것은 1층 문에 달린 초인종이 아니었다. 콜롬보는 걸음을 멈추고 고개를 갸웃했다. 바깥 골목에서 직접 이 공작실로 올라오는 화물용 엘리베이터의 벨소리였다. 밑에서 누군가가 엘리베이터를 부르고 있는 모양이었다. 콜롬보는 발길을 돌려 엘리베이터까지 가서 빗장을 푼 다음, 한가운데에서 위아래로 열게 되어 있는 문을 열고 안에 달린 단추를 눌렀다. 엘리베이터가 삐걱거리는 소리를 내면서 내려갔다.

콜롬보는 다시 의자로 돌아와 앉아서 뭉툭해진 시가를 구두 밑창에 비벼 끄고는 아무렇게나 주머니에 쑤셔 넣었다. 곧이어 엘리베이터가 올라왔다.

콜롬보는 다리를 바꿔 꼬면서 엘리베이터 문을 물끄러미 지켜보고 있었다.

기계 소리가 멎고 엘리베이터가 2층에 도착하자 문이 열렸다. 엘리엇 블레이크가 엘리베이터에서 내려 공작실로 들어왔다.

"늦어서 미안합니다." 엘리엇이 콜롬보에게 다가오면서 말했다.

콜롬보는 잠시 아무 말도 하지 않고 엘리엇을 눈부신 듯이 바라보고 있다가, 이윽고 읽고 있던 책을 쳐들면서 천천히 일어났다.

"아니, 괜찮습니다. 다이슨 씨의 책을 읽으면서 시간을 보내고 있었지요. 돌아가신 다이슨 씨가 초능력에 관한 책을 썼다는 건 알고 계십니까?"

"예, 읽어보진 않았지만…"

"바로 이 책입니다.《초능력의 속임수를 폭로하다》라고, 꽤 재미난 책인데…"

"그런 종류의 책은 마술사들이 일시적인 유행을 노려서 흔히 내놓는 상품이에요." 엘리엇은 이렇게 대꾸하고 단두대 쪽을 보면서 말했다. "저기가 현장인가요?"

콜롬보는 그 질문에는 대답하지 않고 책 이야기를 계속했다.

"이 책은 초능력을 깎아내리고 있을 뿐 아니라, 다이슨 씨의 인생에 대해서도 말하고 있더군요. 다이슨 씨가 카이로 감옥에 들어가 있었던 건 아십니까?"

"아니, 그건 몰랐는데요." 엘리엇은 가볍게 받아넘기고 단두대로 다가가면서 다시 화제를 돌렸다. "이건 안전장치겠지요?" 엘리엇은 이렇게 물으며 단두대 기둥에 매달려 있는 안전핀을 손으로 만졌다.

"그렇습니다. 그걸 '안전핀'이라고 하는 모양입니다. 다이슨 씨가 돌아가신 날 밤에도 이런 식으로 매달려 있었지요. 그런데 다이슨 씨가 카이로 감옥에 들어갔을 때의 이야기가 여기 적혀 있어요. 들어보실래요? '이제 와서 생각하면 웃음거리지만, 카이로 도박장에서 친구와 짜고 사기 카드를 몇 번 한 적이 있다. 그런데 한 번은 그게 들통 나서 큰 소동이 벌어졌고, 결국 이집트의 '낙원'에 처넣어지고 말았다…'"

"경위님, 나는 책 낭독을 들으러 온 게 아닙니다."

콜롬보는 책 읽는 것을 도중에 그만두었다.

"그럼요. 일부러 와주셨는데 책이나 읽고 있으면 곤란하지요. 나는 여기 얌전히 앉아 있을 테니까 어서 시작해주십시오." 이렇게 말하고 콜롬보는 다시 의자에 앉아 짧은 다리를 꼬았다.

엘리엇은 어깨를 으쓱하고는 콜롬보를 차갑게 바라보았다.

"그런데 뭘 시작하면 좋은지, 구체적으로 말해줄 수 없나요?"

"느껴주십시오."

"느껴요?"

"그래요. 텔레파시랄까? 여기서 어떤 식으로 다이슨 씨가 돌아가셨는지…"

"상당히 귀찮은 주문이군요. 너무 기대하진 마십시오. 해보긴 하겠지만…"

엘리엇은 잠시 실내를 둘러보고 나서 공작실 안을 천천히 걷기 시작했다. 막연한 무언가를 느끼려 하는 것처럼 이런저런 물건에 손을 대본다. 그러고는 감성을 날카롭게 하려는 것처럼 조용히 눈을 감는다.

이윽고 엘리엇은 작업대 위에 놓여 있는 물건을 하나씩 만지기 시작했다. 노란 깃발이 튀어나와 있는 장난감 권총에 손가락이 닿는다. 다음에는 담배와 라이터를 만져보고, 철사와 펜치, 고무테이프와 칼로 이동한다. 엘리엇은 고개를 갸웃하고는 바닥에 쭈그려 앉아 바닥에 흩어져 있는 도구들을 둘러본다.

"블레이크 씨, 어떻습니까? 뭔가 느껴지세요?"

"아니, 여기서는 별로 느껴지지 않는데요." 엘리엇은 어깨를 으쓱하고 단두대를 가리켰다. "그러면 저 처형대에서 뭐가 느껴지는지, 한번 볼까요?" 그러고는 바닥에서 일어나 천천히 단두대로 다가갔다. "이건 물론 충분히 조사했겠지요?"

"그럼요, 일단은…"

콜롬보가 몸을 내밀자 엘리엇은 재빨리 손으로 제지했다.

"움직이지 마세요. 경위님의 에너지가 방해가 됩니다. 꼼짝 말고 가만히 계세요."

콜롬보는 어색하게 의자에 몸을 기댔다.

엘리엇은 입을 다문 채 되풀이하여 단두대를 만져보고 각 부분을 집어삼킬 듯이 들여다본다. 그러다가 숨을 크게 들이쉬고는 의기양양하게 고개를 끄덕이고 나서 조용히 눈을 감는다.

그런 엘리엇의 모습을 가만히 지켜보고 있던 콜롬보가 의자에서 벌떡 일어나더니 엘리엇의 뒤로 살짝 다가가서 속삭였다.

"뭔가 느껴지세요?"

"좀 조용히 하세요." 엘리엇이 날카로운 어조로 나무랐다.

"미안합니다." 콜롬보는 고개를 끄덕이고, 발소리를 죽여 엘리엇 곁을 떠나 멀찌감치 떨어진 곳에 못박힌 듯 멈춰 섰다.

엘리엇은 천천히 두 팔을 쳐들고 조용히 단두대 주위를 돌면서 낮은 소리로 중얼거리기 시작했다.

"이곳에는 감정의 안개가 떠돌고 있다. 구원할 수 없는 절망의 자취… 상상할 수도 없는 고통의 흔적이 있다…" 엘리엇은 단두대 기둥에 가볍게 손을 댔다. "여기에는… 납덩이처럼 무거운 고뇌가 있다. 이 얼마나 무거운 중압인가. 그 고통에서 도피하고 싶어 하는 강렬한 생각… 죽어서 자유로워지고 싶다는 마음… 후회와 고통을 끝내기 위해…"

엘리엇은 여기서 말을 끊고 콜롬보 쪽을 돌아보았다. 길고 괴로운 여행에서 돌아온 나그네처럼 기진맥진한 모습이다.

"미안하지만 더 이상은 할 수 없습니다."

"설마 자살해버린 건…"

엘리엇은 고개를 끄덕이면서 말했다.

"정말 무서운 죽음입니다. 하필이면 마술사가 이런 식으로 불행하게 죽다니…"

콜롬보는 감탄한 듯이 말했다

"정말 대단하십니다. 이렇게 믿을 수 없는 일이 눈앞에서 일어나다니, 정말 놀랐습니다. 텔레파시로 그런 결론까지 끌어낼 수 있다니…"

"부정할 수 없는 분위기가 있습니다. 자취라고 할까…" 엘리엇은 자랑스러운 얼굴로 중얼거리듯이 말했다.

"자취라… 절망의 자취가 있다는 건가요?" 콜롬보가 팔짱을 끼고 의아한 듯이 물었다.

"그렇습니다. 절망적인 고통에 가득 찬 죽음의 분위기…" 엘리엇은 시를 낭송하듯 말했다.

"역시 자살했다는 건가요?" 콜롬보가 이마를 북북 긁으면서 물었다.

"그런 것 같습니다."

"하지만 내 생각엔 자살이 아닌 것 같은데요." 콜롬보가 뜻밖에도 단호하게 말했다.

"경위님은 그렇게 생각하셔도 내가 느낀 텔레파시로는 자살로 느껴지는 감정의 자취가 강력하게 떠돌고 있습니다." 엘리엇은 웃으면서 양보하지 않았다.

"왜 다이슨 씨는 자살하지 않으면 안 되었을까요?" 이렇게 말하고 콜롬보는 의자로 돌아가 그 밑에 놓여 있는 종이봉지를 집어들었다. "내가 조사한 바에 따르면 다이슨 씨는 아주 건강했고, 경제적인 문제도 없었고, 마술에 정열을 기울이고 있었고, 여자 문제도 없었습니다."

"그분은 아마 정신적 충격에 짓눌려 있었을 겁니다. 어쩌면 내 탓인지도 모르지요. 연구소에서 실시한 테스트가 그런 결과로 끝났기 때문에 그분이 쌓아 올린 세계가 산산이 부서졌으니까요. 초능력은 속임수라는 주장이 완벽하게 부정되었기 때문에 그분은 좌절하고 갈 곳을 잃었을 겁니다."

"그렇군요. 그게 자살을 촉진하는 방아쇠가 되었다고 말할 수도 있겠지요. 하지만 이해할 수 없군요… 그렇다면 이건 어떻게 해석하면 좋을까요?"

콜롬보는 종이봉지에서 둘로 잘린 양배추를 꺼내어 두 손에 들고 높이 치켜들었다.

"양배추?" 엘리엇은 영문을 알 수 없는 형사의 행위에 당황했다.

"그렇습니다. 양배추입니다. 다이슨 씨는 이 양배추를 이용해서 단두대 칼날이 날카로운지 어떤지를 확인한 게 분명합니다. 손님을 납득시키기 위해 마술사가 먼저 해보이는 것 있잖습니까? 그런 식으로 말입니다."
콜롬보는 양배추를 단두대 위에 아무렇게나 올려놓았다. "이건 내가 냉장고에 넣어 두었던 겁니다."

"무슨 말씀인지 잘 모르겠는데요."

"이걸 보면 아실 겁니다." 콜롬보는 종이봉지 안을 들여다보고는 손을 집어넣어 랩에 싼 것을 꺼냈다. "맛있어 보이지요?"

콜롬보는 엘리엇을 똑바로 쳐다보며, 이것으로 모두 설명된다는 듯이 말했다.

"콘비프(소금과 향신료에 절인 쇠고기) 3파운드입니다."

"콘비프?" 엘리엇은 당혹스러운 표정으로 되물었다. 도대체 무슨 짓을 하려는 거지?

"예, 고급 콘비프 그리고 양배추… 슈퍼마켓에 가서 콘비프 3파운드와 양배추 두 개를 구입한 사람이 과연 집에 돌아와서 제 목을 잘라 자살할까요?"

아아, 그 말을 하고 싶었군. 말을 에둘러 하는 형사에게 짜증이 나서 엘리엇은 되물었다.

"그걸 언제 샀는지, 어떻게 알죠?"

"당연한 의문입니다. 하지만 이런 게 있어서…" 콜롬보는 종이봉지 안에 다시 손을 집어넣어 작은 종잇조각을 꺼냈다. "슈퍼에서 샀을 때 받은 영수증입니다."

콜롬보는 영수증을 엘리엇에게 건네주었다.

"날짜와 시간이 찍혀 있지요? 다이슨 씨가 사망한 날입니다. 그날 다이슨 씨는 슈퍼가 문을 닫기 직전에 들어가서 점원에게 이렇게 말했답니다. '저녁에는 콘비프와 양배추를 볶아 먹는 게 낙이다'라고. 이 말의 의미를 아시겠습니까? 내 생각에는 아무리 봐도 자살일 가능성은 희박합니다."

엘리엇은 낮은 소리로 웃으며 콜롬보의 승리를 깨끗이 인정했다.

"그렇군요. 일리 있는 말씀입니다. 자살은 취소하기로 하지요. 적어도 경위님이 생각하는 그런 자살은…" 이렇게 말하면서 엘리엇은 다시 공작실 안을 돌아다니기 시작했다. "하지만 나는…"

"하지만? 어쨌다는 거죠?" 콜롬보가 또 뒤에 바싹 붙어 따라온다.

엘리엇은 갑자기 걸음을 멈추고 방안을 둘러보았다.

"하지만 역시 느껴집니다. 고통, 절망, 실망, 스스로 목숨을 끊은 사람의 감정을… 경위님은 느껴지지 않으세요? 이 방에 가득 차 있는 다이슨 씨의 침통한 마음 같은 게…"

"나는 원래 둔해서… 하지만 그 말씀을 듣고 보니 뭔가 느껴지는 것 같기도 하고…"

"경위님은 자살이 아니라고 말씀하시지만 나는 역시 이해할 수 없는 점이 있습니다… 그렇다면 다른 가능성을 생각할 수 있지요."

"어떤 가능성을…"

"한 마디로 자살이라 해도 여러 가지 형태가 있습니다. 자살했다는 걸 숨기려는 사람도 있고, 일부러 사고사처럼 보이게 하거나…" 엘리엇은 멈춰 서서 콜롬보의 얼굴을 똑바로 쳐다보았다. "그래요, 이건 정말 어처구니없는 사고사군요. 아시겠습니까? 절망의 늪에 빠져 있던 사람이… 게다가 마술사가 스스로 만든 속임수에 어처구니없게도…"

콜롬보는 감탄한 듯이 말했다.

"훌륭한 감지력입니다, 블레이크 씨. 자살하고 싶다는 생각을 하고 있을 때 단두대를 잘못 조작해서 사고로 죽어버렸는지도…"

"그럴 가능성도 생각할 수 없는 건 아니지요."

"아무리 그래도 역시 사고라고는 생각하기 어렵습니다."

"무슨 말씀이시죠? 무슨 이유라도…"

콜롬보는 엘리엇의 말을 손사래로 막으며 코트 주머니에 손을 찔러 넣어 한참 꼼지락거리다가 비닐봉지 하나를 꺼냈다.

"경위님은 꼭 마술사 같군요. 코트 주머니에서 온갖 물건을 차례로 꺼내시니 말입니다."

"이건 드라이버입니다. 이쪽으로 와주실까요?"

콜롬보는 비닐봉지에서 드라이버를 꺼내면서 단두대 앞까지 걸어갔다. 그러고는 기둥에 파인 홈에 안전핀을 꽂아 넣고, 단두대 위로 기어 올라가 칼날 바로 밑에 얼굴이 오도록 벌렁 드러누웠다.

"이 드라이버는 다이슨 씨가 시체로 발견되었을 때 손에 쥐고 있던 겁니다. 그때 다이슨 씨는 이런 식으로 누워 있었지요. 나와는 달리 목은 붙어 있지 않았지만… 그리고 이런 식으로 드라이버를 쥐고 있었습니다. 보입니까?"

그러면서 콜롬보는 드라이버를 쥔 오른손을 축 늘어뜨려 보였다.

"예, 잘 보입니다." 어처구니없다는 어조로 엘리엇은 귀찮은 듯이 대답했다.

"이 자세라면… 물론 칼날이 목을 내리치기 전의 이야기지만… 오른손에 쥔 드라이버로 조이거나 풀 수 있는 나사는 이것밖에 없습니다."

콜롬보는 손을 뻗어 드라이버 끝으로 나사를 가리키고는 벌떡 일어났다. 그러고는 단두대에서 재빨리 내려와 그 나사를 다시 손가락으로 가리켰다.

"홈 안쪽에 있는 이 나사 말입니다." 콜롬보는 드라이버로 나사를 돌리는 시늉을 하고 나서 엘리엇을 돌아보았다. "아시겠습니까?"

"예" 하고 엘리엇이 의아한 얼굴로 고개를 끄덕이자, 콜롬보는 드라이버를 흔들어 보이며 말을 이었다.

"그런데 이 드라이버가 좀 이상합니다. 이건 일자 드라이버예요. 그런데 이 홈에 박힌 나사를 봐주십시오." 엘리엇이 나사를 들여다보자 콜롬보는 부드러운 어조로 말을 이었다. "어떻습니까? 십자 모양으로 홈이 파인 나사지요? 일자 나사가 아닙니다. 십자 나사에 일자 드라이버는 쓰지 않습니다. 이 나사를 돌리려면 이런 드라이버가 필요하겠지요."

콜롬보는 코트 주머니에서 다른 드라이버를 꺼냈다. 또 한 손에 쥐고 있는 일자 드라이버와 똑같은 길이에 똑같은 손잡이가 달린 십자 드라이버다.

"이게 어디에 있었는가 하면… 다른 도구들에 섞여 단두대 옆에 떨어져 있었어요."

엘리엇은 모든 것을 알아차리고 이를 갈았다. 어떻게 대응할까 망설이고 있는데, 콜롬보가 말했다.

"이 의미를 아시겠습니까, 블레이크 씨?"

"의미라뇨? 무슨 의미가 있다는 거죠?"

엘리엇이 무표정하게 되묻자 콜롬보는 느릿느릿한 목소리로 대답했다.

"내 생각에 다이슨 씨가 죽었을 때는 일자 드라이버를 갖고 있지 않았습니다. 갖고 있었다 해도 아무 쓸모가 없으니까요. 다이슨 씨는 십자 드라이버로 작업을 하고 있었던 게 분명합니다. 그리고 죽었을 때 십자 드라이버는 손에서 바닥으로 굴러떨어졌습니다." 콜롬보는 잠시 말을 끊더니 집게손가락을 세우고는 말을 계속했다. "여기서부터가 재미있습니다. 그때 이 공작실에 있던 누군가가 실수로 일자 드라이버를 집어들어 다이슨 씨 손에 쥐어준 게 분명합니다. 사고사로 보이게 하려고 말이죠… 하지만 사고사는 아니었어요. 이 드라이버가 그것을 말해주고 있지요."

콜롬보는 눈을 치켜뜨고 엘리엇을 바라보았다. 그 시선을 피하지 않고 엘리엇은 부드러운 어조로 말했다.

"오호, 대단한 추리군요. 자살도 사고사도 아니라면, 맥스는 살해됐다는 건가요?"

"예, 맞습니다. 다이슨 씨는 살해당했습니다. 틀림없어요. 그밖에도 증거가 있는데…" 콜롬보는 벽 쪽으로 걸어가더니, 벽에 세워둔 단두대 철판을 들어 올렸다. "내가 현장을 처음 보았을 때 이 철판은 피바다 속에 있었는데, 이걸 어떻게 사용하는지 아십니까?"

"아니요, 마술에 대해서는 잘 모르기 때문에…"

콜롬보는 두 손으로 철판을 안고 돌아와서 단두대 기둥에 파인 홈에 그 철판을 끼웠다.

"이렇게 목을 끼워서 고정시키는데, 다이슨 씨는 이 철판을 목에 끼우지 않은 채 죽어 있었습니다. 철판은 바닥에 놓여 있었지요." 콜롬보는 엘리엇의 얼굴을 똑바로 쳐다보며 말을 이었다. "그렇다면 범인이 이 철판을 벗겨서 저쪽 바닥에 놓아둔 게 아닐까요? 얼핏 보기에는 사고처럼 보입니다. 하지만 아무래도 살인 냄새가 나요."

엘리엇은 콜롬보의 이야기를 끝까지 듣고 나서 희미한 웃음을 떠올렸다.

"추리와 억측, 거기에 상상이 뒤섞여 있는 것처럼 들리는군요." 이렇게 말하고 엘리엇은 엘리베이터 쪽으로 걸어갔다.

이 형사는 도대체 무엇 때문에 나를 여기로 불렀을까? 엘리엇은 처음으로 불안에 사로잡혀 대응책을 궁리했다. 천천히 뒤따라오는 콜롬보에게 엘리엇은 차가운 어조로 말했다.

"너무 어렵게 생각하는 거 아닙니까, 경위님? 신문 보도에 따르면 이 공작실에는 안쪽에서 빗장이 걸려 있었다고 하던데… 두 개의 출입구가 모두."

그러자 콜롬보는 부자연스럽게 헛기침을 하고 나서 말했다.

"예, 그렇습니다. 그게 곤란한 점이라서… 엘리베이터 쪽 문도 계단으로 통하는 문도 모두 안쪽에서 빗장이 걸려 있었지요."

두 사람은 엘리베이터 앞까지 왔다. 엘리엇이 아무렇지도 않게 말했다.

"밀실 안에서 맥스가 살해되었다면, 범인은 어떻게 밖으로 나갔을까요?"

"그게 미스터리한 점입니다. 그래서 당신의 도움을 받고 싶었지요."

엘리엇은 엘리베이터에 올라타면서 말했다.

"아니, 이제 됐습니다, 경위님."

"그렇게 냉정하게 굴지 마시고 협조해주세요."

"내가 뭘 할 수 있다는 거죠?"

"텔레파시로 범인의 감정이나 생각을 알아내주시면…"

엘리엇은 엘리베이터의 승강 단추에 손을 대면서 말했다.

"경위님의 추리와 내 순수한 느낌에 큰 차이가 있는데도 말입니까? 유감이지만 별로 도움이 되지 못한 것 같군요."

"아니, 천만에요. 크게 참고가 되었습니다. 이 정도까지 알아냈으니까 범인은 반드시 붙잡을 수 있습니다."

"그렇다면 좋지만… 하지만 한 가지 말해두고 싶은 건… 아니, 이건 쓸데없는 참견 같지만, 선입관이나 직감에 너무 사로잡히면 안 됩니다. 예를 들면…"

"예를 들면 뭐죠?"

"아까 그 드라이버 문제도, 과연 그 사람이 무엇을 하려고 했는지는 분명치 않잖습니까? 나사만 조정하려고 한 게 아니라 어딘가 다른 부분을 점검하고 있었는지도 모르지요. 그리고 그 사람은 왼손잡이였을지도 모릅니다."

"왼손잡이? 그 사람이?"

"예를 들면 그렇다는 얘기지요. 그럼 이만 실례합니다."

엘리엇은 엘리베이터 단추를 눌렀다. 엘리베이터가 기계음을 내면서 내려가기 시작했다. 콜롬보의 얼굴이 천천히 올라갔다.

엘리엇이 손을 들자 콜롬보가 갑자기 몸을 앞으로 구부려 엘리베이터 안을 들여다보면서 엘리엇의 머리 위에서 말했다.

"블레이크 씨, 만약 범인이 잡히면 부탁할게요. 그때는 범인의 마음을 읽는 걸 도와주세요."

엘리엇은 한시라도 빨리 떠나고 싶었다. 천장이 없는 화물용 엘리베이터가 답답할 만큼 천천히 아래층으로 내려간다. 겨우 아래층에 도착했는가 했더니, 콜롬보가 위에서 엘리엇의 머리 꼭대기에 대고 소리를 질렀다.

"아, 한 가지만 더요! 거기서 잠깐만 기다려주시겠습니까? 금방 돌아올 테니까요."

엘리엇은 가볍게 혀를 차고는 할 수 없다는 듯이 위를 향해 고개를 끄덕였다. 콜롬보의 얼굴이 사라졌다. 엘리엇은 함정에 빠진 듯한 착각에 사로잡혔다. 도대체 무슨 짓을 하려는 걸까? 엘리엇이 두 번째로 혀를 찼을 때 콜롬보가 위에서 얼굴을 내밀며 엘리엇을 불렀다.

"블레이크 씨, 이게 뭔지 아시겠습니까?"

콜롬보가 무언가를 흔들고 있다.

"모르겠는데요. 잘 안 보입니다."

"다이슨 씨가 살해된 날 작업대 위에 이런 클립보드가 놓여 있었어요!"

엘리엇은 분노와 불안감을 억눌렀다. 각서를 썼을 때 받침판으로 사용한 클립보드다.

"그게 도대체 어쨌다는 거죠? 단순한 클립보드가 아닙니까? 아까도 보았지만 아무것도 느끼지 못했습니다."

"아까 보았다고요? 이걸 말입니까? 그럴 리가 없는데… 내 주머니 속에 들어 있었으니까요."

엘리엇은 저도 모르게 속으로 혀를 찼다. 그와 동시에 재빨리 대꾸했나.

"아아, 내가 착각했나 보군요. 마음에 두지 않았기 때문에…"

"착각은 누구나 하는 법이지요. 그런데 이걸 보시고 뭔가 짐작 가는 건 없습니까? 새로운 마술용품인 모양인데…"

엘리엇은 콜롬보를 쳐다보며 어깨를 으쓱했다.

"나는 마술사가 아니라 초능력자입니다. 마술 수법 따위는 잘 모릅니다."

"그렇습니까? 아니, 이거 정말 미안합니다. 바쁘신데 시간을 빼앗아서…" 등을 돌리고 엘리베이터에서 나가려는 엘리엇의 머리 위로 또다시 콜롬보의 목소리가 쏟아져 내려왔다. "아 참, 블레이크 씨, 내가 묘지에서 건네준 메모 말입니다. 그 메모에는 1층 마술용품점 주소만 적혀 있을 텐데요."

"그게 어쨌다는 거죠?"

"아니, 좀 이상하다고 생각했을 뿐입니다. 당신은 아까 뒷골목에서 직접 엘리베이터를 타고 이 공작실로 곧장 올라왔으니까요. 뒷골목 엘리베이터의 출입구에는 이름도 주소도 적혀 있지 않은데…"

"……" 엘리엇은 말없이 콜롬보한테서 시선을 피했다.

"그리고 다이슨 씨의 공작실이 아래층 마술용품점에 있는 게 아니라 이 2층에 있다는 걸 어떻게 알았는지도 이상하고요. 혹시 전에도 와보신 적이 있습니까?"

"아니, 바깥 거리에 있는 마술용품점이 벌써 닫혀 있는 것 같아서, 뒤로 돌아와 봤을 뿐입니다."

엘리엇은 시원스럽게 말하고는, 거북처럼 목을 길게 늘여 내려다보고 있는 콜롬보에게 거수경례를 해 보이고 엘리베이터에서 도망쳐 나갔다. 어느새 밖은 어둑어둑해지고, 골목에는 석양이 남긴 희미한 주황빛이 고여 있었다.

제3장

마술로의 초대

1

 '마술의 성'은 비잔틴풍 장식이 이국적인 분위기를 자아내는 고성 같은 건물이다. 할리우드 변두리에 서 있는 이 마술 클럽에는 전 세계에서 유명한 마술사들이 모여들어, 특별 선발된 회원들이 엄격한 눈으로 지켜보는 가운데 솜씨를 선보인다. 문자 그대로 마술의 성이고 마술의 전당이다. 아무리 제일선에서 활약하고 있는 마술사라 해도 이 '마술의 성'을 거치지 않는 한 일류라는 딱지가 붙지 않는다고 한다.
 벽에는 각양각색의 램프가 켜져 있고, 어스름 속에 뿌옇게 떠오른 '마술의 성'은 환상적인 아름다움을 띠고 있었다.
 그 출입구 옆에 고물 자동차 한 대가 천천히 달려와 멈춰 섰다. 헤드라이트는 하나밖에 켜져 있지 않다. 꾀죄죄한 모습의 사내가 차에서 내려 멍하니 성을 쳐다보더니, 문득 생각난 듯 자동차 쪽으로 돌아서서 엔진을 끄고 라이트를 껐다.
 성문은 책꽂이 모양을 하고 있었다. 책꽂이 위에는 사악한 눈을 가진 까마귀 동상이 장식되어, 방문객들을 쏘아보는 듯한 눈빛으로 성문을 지키고 있다.

콜롬보는 그 앞에 서서 코트 앞자락을 여미고 얌전한 표정으로 말했다.

"열려라, 참깨!" 버트 스핀들러가 가르쳐준 대로 까마귀를 향해 주문을 외었지만 문은 열리지 않았다.

"열려라, 참깨!" 콜롬보는 더욱 목청을 높였다. 그래도 문은 굳게 닫힌 채 열릴 줄 몰랐다.

"이봐 까마귀야, 나는 분명히 주문을 외었어. 그러니까 어서 문을 열어." 콜롬보는 까마귀에게 부탁했지만 문은 전혀 열릴 기미를 보이지 않는다.

"나는 시내에서 '다이슨 마술용품점'을 하고 있는 스핀들러 씨의 소개로 온 사람이야. 스핀들러 씨가 미리 말을 해놓겠다고 했는데… '열려라, 참깨' 하면 문을 열어줄 거라고 들었어. 이봐 까마귀야, 제발 부탁이니 문을 열어줘."

콜롬보는 체념하지 않고 설득을 시도했다. 그러나 아무리 주문을 외어도 문은 꿈쩍도 하지 않는다. 콜롬보가 시가를 입에 물고, 미련이 남는 듯 문 앞을 어슬렁거리다가 결국 체념하고 자동차로 돌아가려 할 때였다. 까마귀 우는 소리가 나더니, 책꽂이 모양을 한 성문이 삐걱거리면서 열리기 시작했다.

"이거 정말… 참깨를 열어주었군. 고마워."

콜롬보는 시가를 든 손을 쳐들어 까마귀에게 인사를 하고는 열린 문을 빠져나갔다. 문 안쪽의 작은 홀을 가로질러 성안으로 들어가자 그곳은 응접실로 되어 있었다.

"환영합니다." 느닷없이 낮은 남자 목소리가 울려 퍼졌다.

콜롬보는 깜짝 놀라 주위를 두리번거렸다. 그러나 목소리의 주인은 어디에도 보이지 않았다.

"어서 소파에 앉아주십시오. 이 목소리의 주인은 이 성의 하인입니다. 자, 어서 소파에 앉으세요."

콜롬보는 긴장한 웃음을 띠면서 시키는 대로 소파에 조심조심 엉덩이를 걸쳤다.

"그러면 안내를 하겠습니다. 내가 소파입니다."

그러자 느닷없이 소파가 조용히 아래로 내려가기 시작했다. 소파 주위의 바닥만 원반처럼 천천히 회전하면서 가라앉는다. 콜롬보는 필사적으로 소파를 붙잡고 매달렸다. 이윽고 도착한 곳은 로비의 한쪽 구석인 것 같았다. 천장을 쳐다보니 둥근 구멍이 뻥 뚫려 있었다.

콜롬보는 전기의자에 앉은 것처럼 창백해진 얼굴로 한숨을 내쉬었다.

"어서 오세요." 콜롬보의 눈앞에 하얀 실크해트를 쓰고 하얀 망토로 몸을 감싼 안내양이 서 있었다. "콜롬보 경위님이시지요? 환영합니다. 부디 느긋하게 즐겨주십시오."

로비에 있던 몇몇 손님이 콜롬보의 모습을 보고 뭐라 수군거리며 웃고 있었다. 콜롬보는 조심조심 소파에서 일어나 안내양에게 살가운 웃음을 보내고는 성안을 돌아다니기 시작했다.

영화관 같은 로비에는 턱시도 차림의 신사와 화려한 드레스 차림의 숙녀들이 여기저기 모여 서서 담소를 나누고 있었다. 상류층의 사교장 같은 느낌이었다. 콜롬보가 그 틈을 누비듯 지나가고 있는데 느닷없이 "쾅! 쾅!" 하는 불협화음이 들렸다. 깜짝 놀라 걸음을 멈춘 콜롬보는 대비태세를 취하면서 소리가 난 쪽으로 몸을 돌렸다.

그곳에는 피아노가 한 대 놓여 있을 뿐, 연주자의 모습은 보이지 않았다. 콜롬보가 의아한 얼굴로 바라보고 있으려니까 안경을 쓴 동양인 남자가 피아노 곁으로 다가가 서투른 영어로 피아노에 말을 걸었다.

"이봐, '무지개 너머'를 부탁해."

그러자 피아노는 그 요청에 따라 연주를 시작했다. 피아니스트도 없는데 건반만 자동적으로 움직여 경쾌한 연주를 계속하고 있다. 콜롬보가 입을 딱 벌리고 바라보고 있으려니까 동양인이 해사한 웃음을 지으며 설명한다.

"보시다시피 투명인간이 연주하고 있습니다."

"투명인간? 그게 정말입니까?"

"물론이죠." 동양인은 싱글싱글 웃으며 입을 다물었고, 연주가 끝나자 투명인간과 호들갑스럽게 악수를 나누었다. 그러고는 콜롬보에게 "당신도 한 곡 부탁해보시죠?" 하고는 가버렸다. 콜롬보는 그 뒷모습을 멍하니 지켜보고 있다가 고개를 갸웃하고는 싱긋 웃으며 피아노에 말을 걸었다.

"저, '바하마의 밤에 별은 빛나고'란 곡을 아나? 아내와 결혼해서 바하마제도로 신혼여행을 갔을 때 호텔 클럽에서 밴드가 연주해준 곡인데…"

"쾅! 쾅!" 피아노는 거칠게 불협화음을 낼 뿐이다.

"부탁해, '바하마의 밤에 별은 빛나고'라는 곡을…"

"쾅! 쾅!" 또 다시 건반이 격렬하게 울린다.

콜롬보의 요청을 거부하고 있는 게 분명했다. 그러나 콜롬보는 끈질기게 피아노를 물고 늘어졌다.

"안 되나? 아주 좋은 곡인데… 그런 명곡은 없을 거야. 중요한 대목만 연주해줘도 좋은데…"

"쾅! 쾅! 쾅!" 피아노는 더욱 거칠게 불협화음을 냈다.

어느새 콜롬보 옆에 서 있던 초로의 신사가 상냥하게 웃으며 끼어들었다.

"이건 '투명인간이 치는 피아노'라고 부르는 실로모노예요." 여기서 신사는 목소리를 낮추어 귀엣말하듯 속삭였다. "실은 이 안에 사람이 들어가서 요청받은 곡을 치고 있는 겁니다. 자기가 치지 못하는 곡일 경우에는 '쾅! 쾅!' 하고 울려서 거절하지요."

콜롬보는 고개를 끄덕이고는 신사에게 한쪽 눈을 찡긋했다.

"그렇군요. 난 또 이 피아노가 목소리에 반응해서 멋대로 연주하고 있는 줄 알았지 뭡니까."

콜롬보는 투명인간과 악수하는 시늉을 하고 나서, '바하마의 밤에 별은 빛나고'를 흥얼거리면서 그 자리를 떠났다. 신사는 멍하니 그 뒷모습을 지켜보았다.

콜롬보는 커다란 홀로 들어갔다. 무대에 조명이 비치고 쇼팽의 우아한 피아노곡이 흐르고 있었다.

무대에서는 마침 마술 쇼가 한창 벌어지고 있는 중이었다. 차분한 해설이 흘러나온다.

"브루스 싱클레어가 다음에 보여드릴 것은 '마술사의 복수'라는 제목입니다. 관객에 대한 원한을 푸는 마술이지요."

관중석 여기저기서 웃음소리가 일어났다. 빨간 연미복 차림의 브루스 싱클레어가 조명을 받으며 나타났다. 그는 고개 숙여 인사를 하고 나서 코트 앞자락을 활짝 펼쳤다.

"관객 여러분, 재킷이나 코트를 좀 빌려주시겠습니까? 아무거라도 좋습니다."

관객은 웅성거릴 뿐 아무 반응도 보이지 않는다.

"그런가요? 오늘 밤에 오신 손님들은 값비싼 재킷이나 코트를 입고 계시지 않은 모양이군요. 유감이지만 내 복수는 다음 기회에 하기로 하고… 할 수 없군요. 내 코트로 할 수밖에…"

그때 객석에서 코트 같은 것이 무대를 향해 날아갔다. 술렁거림이 일어나고, 이어서 박수갈채가 울려 퍼졌다. 관객은 코트를 던진 사람에게 눈길을 던졌다.

조명 속에서 부끄러운 듯이 웃고 있는 콜롬보의 모습이 떠올랐다.

"캘리포니아에서 가장 상냥한 신사분이 오늘 밤에 여기 와 계신 줄은 미처 몰랐습니다."

마술사는 바닥에서 코트를 집어들었다.

"아니, 이건 레인코트로군요…" 브루스 싱클레어는 후줄근한 코트를 펼쳐 탁탁 턴 다음, 두 손으로 높이 치켜들었다. "상당히 훌륭한 레인코트입니다. 밖에는 비가 오고 있나요? 그거야 어쨌든… 손때가 묻을 만큼 오래 입어서 멋지게 낡은 고풍스러운 레인코트니까 복수하는 보람이 있을 것 같습니다."

객석에서 웃음이 터졌다. 그러나 마술사가 코트에 팔을 꿰자 금방 물을 끼얹은 듯 조용해졌.

브루스 싱클레어는 레인코트를 이용하여 온갖 묘기를 보였다. 우선 코트를 입고 그 위에 밧줄을 둘둘 감았다가 빠져나오는 묘기를 보인 다음, 코트에 불을 붙여 순식간에 태워버렸다. 그런데 어느새 빨간 연미복 밑에 코트를 껴입고 있었다. 그리고 그 코트 주머니에서 비둘기를 차례로 꺼내어 날려 보냈다.

콜롬보는 입을 딱 벌리고 숨을 죽인 채 넋을 잃고 그 묘기를 지켜보았다.

"그럼 이제 슬슬 마지막 복수를 해볼까요?"

브루스 싱클레어는 콜롬보의 코트를 벗어 두 손에 들고 앞으로 쑥 내민 다음, 요란한 웃음소리를 내면서 코트를 두 조각으로 찢어버렸다.

콜롬보가 "아니!" 하고 외치며 몸을 앞으로 내밀었다. 다음 순간 싱클레어는 찢어진 코트를 둥글게 말아서 콜롬보에게 휙 내던졌다.

"아주 튼튼한 레인코트군요. 찢느라 무척 고생했습니다. 어서 펴보세요."

콜롬보가 받아든 코트를 조심조심 펼쳐보니 원래대로 되어 있었다. 장내가 떠나갈 것 같은 박수와 환성이 일어났다. 콜롬보는 자리에서 일어나 기쁜 듯이 코트를 흔들어 보였다.

마술사가 무대에서 말했다.

"멋지고 튼튼한, 그러면서도 촉감이 좋은 코트입니다. 그렇습니다. 코트는 튼튼하지 않으면 입을 수가 없지요. 살에 닿는 감촉이 좋지 않으면 입을 자격이 없다고 흔히 말합니다. 앞으로 5년, 아니 10년은 충분히 견딜 겁니다. 유감이지만 복수는 할 수 없었습니다. 그럼 또 다음 기회에…" 마술사가 깊이 고개를 숙이자 박수갈채 속에서 조명이 꺼지고 막이 내렸다.

마술 쇼가 끝나자 콜롬보는 브루스 싱클레어의 대기실을 찾아갔다. 그러고는 사양하는 마술사를 억지로 성안의 술집으로 데려갔다.

콜롬보와 브루스 싱클레어는 카운터 끝에 앉았다. 앞 벽에는 '알라딘'이라는 핑크빛 네온이 켜져 있었다. 마술사는 귀찮은 듯한 시선을 바텐더에게 던졌다.

콜롬보는 브루스에게 술을 대접할 작정인지 지갑에서 5달러짜리 지폐를 한 장 꺼내어 카운터 위에 살짝 올려놓았다.

"정말 감격했습니다. 아까 그 '마술사의 복수'는 정말 훌륭한 마술이었어요. 그렇게 멋진 솜씨는 좀처럼 보기 힘들지요."

콜롬보가 좀 전에 본 마술 쇼를 회상하면서 흥분한 어조로 말하자, 브루스 싱클레어는 무대에 섰을 때와는 전혀 다른 냉정한 어조로 대꾸했다.

"칭찬해주셔서 고맙습니다, 콜롬보 경위님. 훌륭한 소도구까지 빌려주시고…"

"아니, 천만에요. 언제든지…" 콜롬보가 대답하고는 바텐더에게 말했다. "커피는 안 됩니까?"

그러자 바텐더는 눈살을 찌푸렸다.

"공교롭게도 커피는…" 바텐더는 말을 끝맺지 않고 얼버무렸다.

"그럼 맥주."

바텐더는 다시 눈살을 찌푸리며 마술사에게 구원을 청하는 듯한 어조로 말했다.

"맥주도 없는데요."

"그래요? 그러면 뭐가 있죠?"

"맥주와 커피를 빼고는 뭐든지…"

콜롬보는 고개를 끄덕이고 브루스를 돌아보았다.

"뭘 드시겠습니까?"

"블루문."

"그럼 블루문 한 잔… 나는 근무 중이라서 술은 안 마시거든요." 콜롬보는 친밀한 어조로 다시 말을 이었다. "당신의 마술에 비하면 단두대 따위는 시시한 여흥 같은 느낌이군요. 실은 아까 이야기한 다이슨 사건 때문에 아무래도 단두대의 구조를 알고 싶어서요… 어떻습니까? 마술을 계기로 이렇게 친해진 사이니까, 조금만이라도 마술의 수법을 가르쳐줄 수 없을까요? 실은 우리 집사람도 알고 싶어 해서…"

바텐더가 블루문을 내밀었다.

브루스 싱클레어는 파랗고 맑은 칵테일 잔을 바라보며 말했다.

"옛날에 좋아했던 여자가 생각나는군." 브루스는 이렇게 중얼거리고는 칵테일을 한 모금 마시고 술잔을 카운터 위에 내려놓은 다음 주위를 둘러보았다. 그리고 콜롬보에게 얼굴을 바싹 들이대며 소곤거리는 소리로 물었다.

"비밀을 지킬 수 있습니까?"

"물론이죠."

브루스는 얼굴을 더욱 가까이 들이대며 귓가에 대고 속삭였다.

"실은 나도 비밀을 지키는 주의라서요. 그래서 단두대의 구조는 가르쳐드릴 수 없습니다."

브루스는 벌떡 일어나 칵테일을 단숨에 마시고는 "잘 마셨습니다" 하는 말을 남기고 가버렸다.

콜롬보는 멍하니 카운터에 앉아 있다가, 천천히 일어나 브루스와는 반대 방향으로 걸어가려고 했다.

"아, 잠깐만요." 바텐더가 콜롬보를 불러 세웠다. "5달러입니다."

콜롬보는 고개를 끄덕이고 카운터 위에 올려놓은 5달러짜리 지폐를 가리켰다.

"5달러를 더 내셔야 합니다."

"5달러를 더 내라고?"

"네, 10달러 되겠습니다."

콜롬보의 굵은 눈썹이 꿈틀 치켜올라갔다. 그러나 어쩔 수 없다는 듯 지갑을 꺼내어 1달러짜리 지폐 다섯 장을 카운터 위에 늘어놓고 종종걸음으로 떠났다.

어떤 방에서는 초록빛 테이블보를 씌운 탁자에서 '쓰리 카드 몬테'라는 마술을 하고 있었다. 딜러가 퀸을 포함한 카드 석 장을 탁자 위에 엎어놓으면 손님이 어느 카드가 퀸인지 알아맞히는 게임이다.

콜롬보는 아까부터 팔짱을 낀 채 구경하고 있었다.

딜러가 카드 석 장을 탁자 위에 엎어놓자 콜롬보는 "으흠" 하고 신음하며 턱 끝을 움켜잡고 한참 생각하다가 퀸이라고 생각되는 카드를 천천히 가리켰다.

딜러가 콜롬보의 얼굴을 똑바로 바라보며 그가 가리킨 카드를 뒤집자 과연 퀸이 나타났다.

콜롬보는 우쭐한 표정을 지으며 시가를 맛있게 피웠다.

딜러는 웃지도 않고 콜롬보를 뚫어지게 바라보았다. 그 눈은 유리알처럼 차가웠다.

다시 탁자에 카드 석 장이 놓였다. 콜롬보는 시가를 든 손을 허공에 멈추고, 얼어붙은 듯이 꼼짝도 하지 않은 채 탁자를 내려다본다. 이윽고 얼굴 앞에 집게손가락을 세우더니, 퀸이 있는 곳은 명백하다는 듯이 오른쪽에 있는 카드를 가리켰다. 딜러가 멋진 손놀림으로 카드를 뒤집는다. 하트 에이스다. 딜러가 왼쪽 카드를 뒤집자 퀸이 나타났다. 콜롬보는 예측이 빗나가서 유감스럽다는 듯이 뻑뻑 시가를 피운다.

딜러가 뒤집힌 카드를 한 장씩 엎어놓고 재빨리 위치를 바꾸었다. 다시 탁자 위에 카드 석 장이 놓인다. 콜롬보의 투박한 손가락이 가운데 카드를 가리킨다. 그러나 뒤집어보니 그 카드는 조커였다.

"그럼 이게 퀸이군…" 하면서 콜롬보가 왼쪽에 있는 카드를 누르자, 딜러는 싱긋 웃으며 반대쪽인 오른쪽에 있는 카드를 뒤집었다. 그것도 역시 조커였다. 딜러가 콜롬보에게 왼쪽에 있는 카드를 뒤집어보라고 눈짓하자, 콜롬보는 싱긋 웃으며 누르고 있던 카드를 살짝 뒤집는다. 그러나 그것도 퀸이 아니라 조커였다. 퀸은 어딘가로 사라져버렸다.

"세 장이 전부 다… 그럼 퀸은 어디 있지? 여기 있다가는 머리가 돌아버릴 것 같군."

콜롬보가 중얼거리자 마술사는 한쪽 눈을 찡긋하면서 대답했다.

"나는 여기 오기 전부터 머리가 돌았다는 말을 들었지요."

콜롬보는 이 마술사도 억지로 술집 '알라딘'으로 데려갔다.

콜롬보와 마술사가 카운터에 나란히 앉자 바텐더가 다가왔다.

"뭘 드릴까요?"

"나는 근무 중이니까 봐주쇼." 콜롬보는 무뚝뚝하게 말하고는 마술사를 돌아보았다. 그러고는 한껏 살가운 웃음을 지으며 말을 꺼냈다. "실은 마술을 무척 좋아하는 조카가 있는데, 그 녀석한테 약속을 해버렸어요. 마술사 친구가 있다면서, 단두대의 구조를 조금만이라도 알아다 주겠다고…"

그러자 마술사는 고개를 끄덕이며 말했다.

"실은 나도 천국에 가신 어머니랑 약속했답니다. 단두대의 구조만은 아무한테도 가르쳐주지 않겠다고…"

마술사는 의자에서 일어나 콜롬보의 코트로 손을 뻗더니, 소매 안쪽에서 카드 한 장을 꺼내어 탁 소리를 내면서 카운터 위에 엎어놓았다. 그러고는 콜롬보에게 그 카드를 뒤집어보라고 눈짓했다. 콜롬보가 조심조심 뒤집어보니 퀸이었다.

"머리가 돌아버리기 전에 이만 물러가는 게 좋을 것 같군요."

마술사는 이 말을 남기고 가버렸다.

바텐더가 다가와서 부자연스럽게 헛기침을 했다.

"이제 슬슬 문 닫을 때가 됐는데요."

콜롬보는 고개를 끄덕이고 힘없이 의자에서 일어났다.

또 다른 방에서는 젊고 아름다운 여자 마술사가 손바닥 위에 성냥개비나 50센트짜리 동전을 떠오르게 하는 마술을 하고 있었다.

물끄러미 지켜보고 있던 콜롬보가 옆에 있는 신사에게 물었다.

"저건 초능력인가요?"

"아니, 마술입니다." 신사는 차갑게 대답했다.

콜롬보는 파란 드레스를 입은 미녀의 마술에 넋을 잃고 있다가, 그녀도 술집 '알라딘'으로 데려갔다.

다시 카운터에 앉자 바텐더가 다가와서 말했다.

"영업 끝났는데요."

"벌써 끝났다고? 모처럼 아름다운 부인에게 술을 한 잔 대접할까 했는데…"

술잔을 닦고 있는 바텐더에게 여자 마술사 스테파니가 말했다.

"이봐요, 지배인. 한 잔씩 만들어줘요. 목이 말라요."

"아니, 나는 괜찮습니다. 뭐로 하시겠습니까?"

"글쎄요, 블루문으로 할까?"

콜롬보는 잠깐 고개를 갸웃하고 나서, 과연 그렇구나 하는 듯이 고개를 끄덕였다.

"정말 대단하더군요. 멋진 재주였어요. 당신의 그 마술은 초능력이라는 겁니까?"

"아뇨. 그따위 저속한 게 아니에요."

"저속하다고요? 어디가요?"

스테파니는 발끈한 표정을 지으며 말했다.

"내 건 순수한 정통 마술이에요. 초능력과 똑같이 취급하면 곤란해요."

"네에… 나는 같은 장르인 줄 알고…"

"아니에요. 마술이란 건 오락이에요. 초능력처럼 사람을 어르고 장난치는 속임수가 아니라고요. 그저 보고 있는 사람들에게 순수한 기쁨을 주고 싶어 할 뿐이죠."

"그렇군요."

"내 꿈은 〈바그다드 카페〉란 영화에 나오는 여자 마술사처럼 작은 카페나 술집을 차려서, 거기서 마술 쇼를… 그런데 그 영화 보셨나요?"

"〈바그다드 카페〉 말입니까? 아니, 못 봤습니다. 나는 서부영화밖에 안 보니까…"

스테파니는 말이 통하지 않는다는 듯이 고개를 저으면서 일어섰다.

"아, 잠깐만요. 혹시 엘리엇 블레이크란 사람을 아세요?"

"알고 싶지도 않아요. 유리겔러 같은 수상쩍은 초능력자잖아요? 난 마술사예요. 딴 세계의 인물이죠." 스테파니는 내뱉듯이 말하고는 성큼성큼 가버렸다.

"당신도 여자한테 차인 모양이군요." 바텐더가 블루문을 콜롬보 앞에 내밀었다. "자, 한 잔 드세요. 5달러 되겠습니다."

콜롬보는 술집에서 나와 위층으로 올라가기 위해 로비 구석에 있는 계단 쪽으로 갔다. 그러나 계단 중간에 있는 가게 앞을 지나려다가 문득 걸음을 멈추었다. 이미 문을 닫은 가게 진열장에 낯익은 물건이 놓여 있는 것을 보았기 때문이다. 온갖 마술용품 가운데 나뭇결무늬의 클립보드가 섞여 있었다.

콜롬보는 동물원의 신기한 동물을 구경하는 어린애처럼 유리 진열장에 바싹 달라붙었다.

"그럼 이것도 마술용품이었나…" 콜롬보는 혼자 중얼거리고는 발길을 돌려 계단을 천천히 올라갔다.

'마술의 성'에서 바깥 거리로 나온 콜롬보는 성문 위의 까마귀를 원망스러운 눈빛으로 돌아보았다. 그러고는 털터리 푸조에 올라타고, 천식 환자 같은 엔진 소리를 내며 헤드라이트 하나만으로 어둠을 비추면서 물러갔다.

2

이튿날 아침도 로스앤젤레스에는 맑고 푸른 하늘이 펼쳐져 있었다. 인적이 없는 웨스트우드 가에 늘어서 있는 가게들은 드문드문 문을 열고 슬슬 영업을 시작하고 있었다.

아침의 정적을 깨뜨린 것은 고철이나 마찬가지인 자동차 한 대였다.

쓰레기통을 뒤지던 떠돌이 개가 번쩍 고개를 들고 맹수한테서 도망치듯 허둥지둥 달려간다. 흰 연기를 내뿜으며 거리를 비틀비틀 달려온 고물차는 요란한 브레이크 소리를 내면서 마술용품점 앞에 멈춰 섰다. 콜롬보는 창문으로 고개를 내밀고 가게 문이 열려 있는 것을 확인한 뒤, 조수석에 넝마조각처럼 엎드려 있는 애견에게 말을 걸었다.

"야 이녀석아, 언제까지 잘 거냐? 벌써 아홉 시야. 고양이도 아닌데 웬 잠이 그렇게 많아."

전혀 반응이 없는 개의 등을 탁탁 때린 다음, 콜롬보는 천천히 차에서 기어 나왔다.

콜롬보는 가게 앞에서 잠깐 안을 들여다보고는 살짝 문을 열고 들어갔다. 이제 막 문을 열었는지 손님의 모습은 보이지 않는다. 갓 끓인 커피 향기가 물씬 풍겨온다. 콜롬보는 조용한 가게 안을 둘러보았다. 카운터 안쪽에 앉아 있는 버트 스핀들러는 무슨 작업에 열중해 있는 듯 침입자를 알아차리지 못한 모양이다.

콜롬보는 살며시 다가갔다. 버트는 샌드위치를 먹으면서 탁자 위에 트럼프를 엎어놓고 매직잉크로 커다란 십자를 그리고 있다. 그러다가 문득 발소리를 듣고 고개를 들었다.

"아니, 콜롬보 경위…" 버트는 순간 당황한 모양이지만, 조바심을 억누르며 멋쩍은 얼굴로 말했다. "경위님, 안녕하세요?"

콜롬보는 카운터에 몸을 기대고 탁자를 들여다보았다.

"뭘 하고 있는 겁니까? 트럼프 뒤에 가위표를 하고…"

"아니, 뭐… 커피라도 드릴까요?"

"아, 좋지요. 향기가 아주 좋은데요."

버트는 커피포트에서 커피를 따라 콜롬보에게 내밀었다.

"고맙습니다. 그런데 그 트럼프는 불량품인가요?"

"아니, 시시한 아이디어 상품이지요. 대단한 건 아니에요."

"상품이라고요? 그게요?" 콜롬보는 커피를 한 모금 마시고 나서 의아한 듯이 트럼프를 가리켰다. "그럼 매직잉크로 그린 가위표가 순식간에 싹 사라집니까?"

"아니, 일단 그런 건 사라지지 않아요."

"그럼 어떻게 됩니까?"

"이건 초보자용이에요. 이건 '매직 크로스'라는 겁니다."

"아, 그렇군요. 매직잉크로 가위표를 그렸기 때문인가요?"

"그게 아니고, 마법의 십자이기 때문이죠."

"아아, 그게 십자인가요? 정말 난폭한 십자로군. 그런데 그걸로 어떤 마술을 부립니까?"

버트는 맛있게 커피를 홀짝이는 콜롬보는 힐끔 노려보고는, 질문을 무시하고 서둘러 트럼프를 긁어모아 케이스에 담았다.

"오늘도 현장을 조사하러 오셨나요?"

"실은 스핀들러 씨가 소개해준 '마술의 성'에 다녀왔어요. 아주 재미난 곳이더군요. 마술사도 몇 명 만나서 단두대의 수법을 가르쳐달라고 부탁했지만 깨끗이 거절당했습니다. 말 붙일 엄두도 못 낼 정도였어요. 마술사들은 하도 결속이 잘 되어 있어서 말입니다."

콜롬보가 원망스러운 눈길로 버트를 바라보았다.

"결속이 잘 되어 있다기보다, 그게 영업 방침이니까요. 아무리 높으신 분이 부탁해도 수법은 절대 가르쳐드릴 수 없습니다. 나도 마찬가지예요. 전에도 말했듯이…"

버트는 나머지 샌드위치를 입안에 쑤셔 넣었다.

"요전에 보여드린 클립보드 말인데요, 그것과 똑같은 것을 '마술의 성' 매점에서 보았어요. 진열장 안에 들어 있더군요."

버트는 작업을 방해받은 분풀이를 할 셈인지 무뚝뚝하게 대답했다.

"아, 그래요? 그렇다면 더더욱 수법은 밝힐 수 없습니다."

"예, 알았습니다. 좋아요. 이젠 절대로 수법을 알려달라고 부탁하지 않을 테니까."

콜롬보는 더 이상 어쩔 수 없다는 듯이 두 팔을 벌렸다.

그때 문이 열리고 손님 하나가 들어왔다. 고등학생쯤 되어 보이는 비쩍 마른 소년이었다.

"보브, 어서 오너라." 보브라는 소년은 단골인 듯 버트는 허물없이 말을 건넸다.

보브는 상냥하게 손을 들고 다가오더니, 콜롬보한테도 가볍게 인사한 다음 빨간 숄더백에서 묘한 것을 꺼냈다. 그것은 갈색 털에 뒤덮인 여우나 너구리 같은 봉제인형이었다.

"아저씨, 이거 보세요. 제가 직접 만든 거예요."

"아주 잘 만들었는걸. 마치 살아 있는 것 같군. 품도 많이 들었겠지?"

"꼬박 2주 걸렸어요. 클럽 회원들에게 보여주기 전에 우선 아저씨한테 보여드리고 싶어서…"

버트는 자못 감탄한 듯 그것을 바라보았다. 보브는 의기양양하게 봉제인형 속으로 손을 집어넣어 인형을 조종하고 있다. 봉제인형은 마치 살아 있는 것처럼 매끄럽게 움직여 보브의 몸에 휘감긴다.

얼마 동안 보브와 버트는 콜롬보가 전혀 알아들을 수 없는 마술 용어로 이야기를 나누었다. 그러고 나서 보브는 봉제인형을 숄더백에 얌전히 집어넣고는 아무것도 사지 않고 가게를 나갔다.

콜롬보가 어이없다는 듯이 물었다.

"지금 저 아이는?"

"이른바 마술광이죠. 직접 도구를 만들어 일일이 나한테 보여주러 와요. 저런 마니아를 상대하는 것도 내가 하는 일이지요."

"그렇군요. 그럼 나도 이만 실례할까요? 커피 잘 마셨습니다."

콜롬보는 서둘러 문을 나섰다. 가게를 나오자마자 콜롬보는 갑자기 달음박질을 시작하여, 코트 자락을 펄럭이며 보브를 따라갔다.

"이봐, 학생! 잠깐만…"

보브는 걸음을 멈추고 의아한 듯이 뒤를 돌아보았다.

"아까 저 가게에서 만났지. 보브라고 했던가? 그 너구리 인형은 대단하더군."

보브는 발끈한 표정으로 대답했다.

"이건 보통 너구리가 아니라 라쿤(미국 너구리)이에요."

"라쿤? 아, 그러고 보니 과연…"

보브는 입을 삐죽거리면서 말했다.

"그 말을 하려고 일부러 나를 불러 세웠나요? 아저씬 도매업자죠?"

"아니, 나는 단순한 마술 애호가인데 지금 단두대 마술에 대해 조사하고 있는 중이야."

"시시한 일을 하고 있군요. 그런 건 고리타분하고 시시해요. 난 전혀 흥미 없어요."

콜롬보는 유감스러운 듯이 눈을 치켜뜨고 물었다.

"그럼 너는 단두대 마술의 수법을 모르겠구나?"

"물론 알고 있지요. 목을 고정시키는 철판을 끼우는 방법에 따라 잘리기도 하고 안 잘리기도 해요." 보브는 엄지손가락과 집게손가락으로 L자를 그려 보이며 설명을 계속했다. "간단한 건 칼날이 이런 L자형으로 되어 있는데, 떨어지는 도중에 철판의 불쑥 나온 곳에 닿아서 순식간에 기둥 속으로 숨어버려요. 그러니까 철판을 끼우는 방향이 중요한 거지, 마술사의 기술 따위는 필요 없어요."

"아, 그래? 그럼 하나만 더 물어봐도 될까? 트럼프를 엎어서 쫙 늘어놓고 차례로 십자를 그리는 마술은 알고 있니?"

보브는 생각에 잠긴 얼굴로 미간을 찌푸리고는 경멸하는 듯한 어조로 말했다.

"그게 뭐예요?"

"매직 크로스라는 건데, 모르니? 아까 스핀들러 씨가 하고 있던데."

보브는 갑자기 날카로운 소리를 지르며 깔깔 웃어대기 시작했다.

"그건 마술을 하는 게 아니라 직접 상품을 만든 거예요. 매직 크로스란 건 말이죠, 케이스 안에 카드를 전부 집어넣고 '자, 뒤에 십자가 그려진 카드가 딱 한 장 있습니다. 어떤 카드일까요?'하고 마술사가 손님한테 물어봐요. 그래서 손님이 가령 '스페이드 3'이라고 말하면 케이스에서 카드를 전부 꺼내놓고 그중에서 '스페이드 3'을 골라 뒤집으면 뒤에 멋진 십자가 그려져 있는 마술이에요."

"하지만 모든 카드에 십자가 그려져 있으니까 그건 당연하잖아?"

콜롬보가 불만스러운 듯이 말하자 보브는 짜증이 난다는 투로 대꾸했다.

"하지만 그게 수법이니까 어쩔 수 없잖아요?"

"아, 그렇군. 처음부터 모든 카드에 십자 표시가 되어 있으니까…" 말하다 말고 콜롬보는 뭔가 짐작 가는 데가 있는지, 한쪽 눈썹을 꿈틀 치켜올리며 하늘을 쳐다보았다.

"아저씨, 왜 그러세요?"

"아니, 아무것도 아니야. 그 매직 크로스란 건 값이 얼마나 되지?"

"글쎄요, 15달러였던가?"

"15달러! 트럼프 뒤에 십자를 그렸을 뿐인데?"

"그러니까 스핀들러 씨도 부업으로 하고 있는 거잖아요. 그런 건 업자한테 사지 않아도 한가할 때 심심풀이 삼아 만들 수 있으니까요. 내 라쿤과는 달라요." 이렇게 말하면서 보브는 빨간 숄더백을 탁탁 두드렸다.

그때 개짓는 소리가 들렸다. 돌아보니 개가 푸조 창문으로 목을 내밀고 불만스러운 듯이 짖어대고 있다.

"이제야 겨우 깨어났군. 우리 라쿤이… 그럼 이만…" 콜롬보는 보브에게 말하고 애견을 달래듯 두 팔을 벌리며 자동차로 돌아간다.

보브는 그 뒷모습을 바라보면서 중얼거렸다.

"정말 이상한 아저씨야…"

CIA 요원 프레더릭 해로한테서 엘리엇에게 연락이 온 것은 어젯밤이다. 중요한 이야기가 있으니 당장 만나고 싶다는 것이었다. 해로의 목소리에는 심상치 않은 절박한 울림이 담겨 있었다. 대체 무슨 일일까? 엘리엇 블레이크는 기대와 불안이 뒤섞인 묘한 기분을 느꼈다. 혹시 내 초능력에 의심을 품고 있는 건 아닐까. 아니, 그럴 리가 없어. 그렇다면…?

해로가 지정한 곳은 차이나타운 변두리에 있는 중국식당이었다.

엘리엇은 차이나타운 변두리 골목에 재규어를 세워놓은 다음, 검은 코트에 검은 선글라스를 쓰고, 향신료 냄새와 퀴퀴한 냄새와 땀 냄새와 봄날 밤의 냄새가 뒤섞인 어두운 거리를 지나 차이나타운 안으로 들어갔다.

약속 장소는 차이나타운을 가로지르는 큰 거리에 있는 음식점이 아니었다. 해로는 사람들의 눈을 피하고 싶어 했다. 엘리엇은 크고 작은 온갖 중국식당이 늘어서 있는 큰길에서 좁은 골목 안으로 들어갔다. 비쩍 마른 검은 고양이가 골목에 놓여 있는 쓰레기통을 뒤지고 있었다. 엘리엇이 다가가자 고양이는 황금빛 눈을 빛내며 엄니를 드러내고 으르렁거렸지만, 곧 달아나버렸다. 그가 찾는 음식점은 그 쓰레기통에서 조금 떨어진 곳에 쓸쓸히 서 있었다. 금방이라도 허물어질 것처럼 낡고 작은 가게였다.

엘리엇은 가게 이름이 빨간색 한자로 적혀 있는 유리문을 살짝 밀었다. 더러운 문이 끼익 소리를 내며 열렸다. 엘리엇은 가게 안으로 들어가 연기에 그을린 좁은 실내를 둘러보았다. 식탁은 다섯 개 놓여 있었다. 맨 구석 탁자에 수수한 회색 양복을 입은 프레더릭 해로가 앉아 있었다. 다른 손님은 없었다. 해로가 엘리엇에게 가볍게 고개를 숙여 보였다. 엘리엇은 그 나무탁자까지 걸어가서 해로와 마주 앉았다.

곧 뚱뚱한 대머리 중국인이 엽차와 젓가락과 포크가 놓인 쟁반을 들고 다가왔다. 중국인은 젓가락과 포크와 엽차를 엘리엇과 해로 앞에 놓고는 기름 얼룩이 잔뜩 묻은 누런 앞치마에 손을 닦으면서 주문을 받았다.

엘리엇과 해로는 한자와 영어로 적힌 너덜너덜한 메뉴를 들여다보았다. 해로는 닭고기 요리를 시켰고 엘리엇은 새우볶음과 야채수프를 주문했다. 중국인이 무거운 몸을 질질 끌며 사라지자 해로가 인사도 생략하고 다짜고짜 용건을 꺼냈다.

"자네를 일부러 불러낸 건 다름이 아니라, 아무래도 자네 힘을 빌리고 싶어서일세. CIA에서 일해주게. 사태가 긴박해. 자네한테 이의가 없다면 나랑 함께 여행을 떠나세. 세계의 세력균형을 유지하고 지구의 환경파괴를 막는 중요한 역할을 맡는다고도 말할 수 있지. 장소는 중동 변두리의…"

메모라도 읽는 듯한 해로의 설명을 엘리엇은 탁자 위에서 두 손을 맞잡은 채 열심히 듣고 있었다. 해로의 설명이 일단 끝났을 때쯤 중국인이 요리를 가져왔다. 두 사람은 중국인이 상처투성이 나무탁자에 요리를 늘어놓고 갈 때까지 입을 다물고 있었다. 중국인이 주방으로 돌아가는 모습을 지켜보고 나서 해로가 진지한 어조로 말했다.

"이야기는 대충 끝났네. 당장 결단을 내려주게, 블레이크."

엘리엇은 잠깐 생각하고 나서 신중하게 대답했다.

"하지만 저는 아네만 연구소와 맺은 계약이 남아 있고… 게다가 이것저것 정리해야 할 일도 있기 때문에 지금 당장 떠날 수는…"

해로가 엘리엇의 말을 가로막았다.

"내 밑에서 일하게 되면 지금보다 훨씬 대우가 좋아질 걸세. 금전적인 대우는 물론이고, 지금까지 맛본 적이 없는 사치스러운 생활을 할 수 있지. 게다가 보람 있는 일이야. 알겠나?"

"그건 알고 있지만…"

갓 만든 중국요리는 입을 댈 수 없을 만큼 뜨거운 김을 내고 있었다. 해로가 엄숙한 어조로 덧붙였다.

"중동 정세는 팔레스타인 문제가 해결되지 않는 한 영원히 불안정할 걸세. 언제나 비상사태라 해도 과언이 아니지. 자네는 그 지역의 사정도 잘 알고 있을 거야. 한시라도 빨리 결정해주게. 맡아준다면 특별기를 준비할 테니까, 그걸 타고 나와 함께 중동의 모처로 가는 걸세. 어느 곳인지는 아직 말할 수 없지만 지금의 자네는 영원히 없어지는 거야. 엘리엇 블레이크는 이 세상에서 사라지는 거지. 자네는 새로운 이름을 가지고 새로운 인간으로 다시 태어나 새로운 인생을 보내는 걸세. 알겠나?"

"그렇군요… 비밀첩보원이 되는 겁니까?"

"그런 셈이지. 그러면 사흘 안으로 대답해주게." 이렇게 말하고 해로는 요리에는 입도 대지 않은 채 일어섰다. 그러고는 빠른 걸음으로 카운터까지 가서 음식값을 내고는 뒤도 돌아보지 않고 밖으로 나갔다.

혼자 남은 엘리엇은 눈앞에서 식어가는 새우볶음과 수프를 바라보며 생각에 잠겼다. 해로의 말대로 더 바랄 게 없을 만큼 좋은 기회였다. CIA의 인정을 받은 초능력자로서 세계를 무대로 암약할 수 있다. 그 생활은 엘리엇에게는 매력적인 것이었다. 그러나 아네만 연구소의 폴라 핼과의 관계는 어떻게 되지? 이렇게 되면 관계를 청산할 수밖에 없을 거야. 하지만 폴라가 순순히 물러서지 않을 텐데… 엘리엇은 새우볶음을 젓가락으로 집어 입으로 가져갔다. 식은 요리는 맛이 없었다.

같은 무렵, 로스앤젤레스 경찰청 2층에 있는 강력계 형사실에서는 콜롬보가 책상에 달라붙어 있었다. 이것은 정말 드문 일이었다. 언제나 어수선하던 책상이 몇 년 만에 깨끗이 치워지고, 콜롬보는 진지한 얼굴로 ESP 카드를 늘어놓고는 초능력을 개발하려고 분투하는 중이었다. 다른 형사들은 콜롬보를 힐끔힐끔 곁눈질할 뿐, 아무도 말을 걸려고 하지 않는다. 아무리 봐도 일을 하는 것 같진 않지만, 섣불리 말을 걸었다가 같이 놀자고 붙잡을까 봐 모른 체하는 기색이었다.

콜롬보는 네모, 동그라미, 십자, 물결무늬, 세모, 별이 그려진 여섯 장의 카드를 열심히 쳐서 책상 위에 엎어놓는다. 그러고는 카드를 한 장 뒤집어보고 고개를 갸웃거리다가 한숨을 내쉬며 다음 카드를 뒤집는다. 어떤 그림이 그려진 카드인가를 한 장씩 알아맞히는 것이 콜롬보의 초능력 양성법이었다.

"이건… 십자…" 눈을 감고 중얼거린 콜롬보는 엎어놓은 ESP 카드를 한 장 뒤집었다. 그러나 그 카드의 그림은 세모였다. 콜롬보는 작은 신음소리를 내뱉는다.

"분명히 십자인 것 같았는데… 다음은 아마… 틀림없이 별일 거야." 콜롬보는 명상하듯 중얼거리고 다음 카드를 휙 뒤집었다. 그러나 결과는 빗나가서 이번에는 네모였다.

"그래? 역시 네모가 아닐까 하는 생각이 들었어. 이거 정말 어렵군."

강력계에 갓 배속된 젊은 형사 호퍼가 호기심 어린 눈으로 지켜보고 있다가, 콜롬보와 시선이 마주치자 황급히 고개를 돌렸다.

콜롬보는 종이컵의 커피를 소리 내어 마시고는 다시 중얼거렸다.

"좋아. 이번에는 틀림없이 맞힐 수 있어. 으음, 떠올랐다! 이건 동그라미!"

콜롬보는 ESP 카드를 또 한 장 뒤집는다. 그러나 이번에도 빗나가서 물결무늬였다.

"정말 어떻게 된 거지? 복권보다도 맞히기가 어렵군." 콜롬보는 어깨를 으쓱하며 고개를 저었다. "설명서에는 반드시 초능력이 개발된다고 적혀 있었는데…"

옆 책상에 앉아 있는 크레이머 형사가 투덜거리고 있는 콜롬보를 들여다보며 말했다.

"이상한 걸 늘어놓고 대체 뭘 하고 계시는 겁니까? 그런 취미가 있었나요?"

"취미가 아니야. 잠들어 있는 초능력을 깨우기 위한 훈련이라고. 초능력이 생기면 멋진 추리로 어려운 사건을 죄다 해결할 수 있지 않을까 해서 말이야."

이마가 완전히 벗어진 크레이머 형사가 어이없다는 듯이 말했다.

"그런 카드로 초능력이 개발된다는 겁니까?"

"그래, 내가 아는 초능력자는 그렇게 말했어."

"그만두세요, 반장님. 어린애 속임수 같은 건… 나도 어릴 적에 그 ESP 카드를 갖고 논 적이 있는데, 그런 건 마술의 소도구일 뿐이에요."

"이게 그렇게 옛날부터 있었나?"

"1930년대에 생긴 건데, 그 당시에는 인기가 대단했지요."

"대단하군. 과연 잡학의 대가는 달라. 모르는 게 없으니 말이야."

크레이머 형사는 정수리에 약간 남아 있는 옥수수털 같은 머리를 새끼손가락으로 쓸어 올리면서 말했다.

"오래된 놀이인데, 요즘 또 유행하고 있나 보군요."

"그럼 자넨 이 카드로 마술을 부릴 수 있다는 건가?"

"그럼요. 이래 봬도 마술에는… 잠깐만 빌려주세요." 크레이머 형사는 콜롬보한테서 ESP 카드를 받아들더니, 소매를 걷어 올리며 우쭐하게 말했다. "자, 여기 여섯 장의 카드가 준비되어 있습니다. 이 카드에는 각각 네모, 동그라미, 십자, 물결무늬, 세모, 그리고 별이 그려져 있습니다. 지금부터 탁자, 아니 책상 위에 늘어놓을 테니까, 머릿속으로 마음에 드는 카드를 골라서 그 그림을 종이에 그려주세요."

크레이머가 마술사 같은 손놀림으로 책상 위에 여섯 장의 카드를 늘어놓았다. 콜롬보는 잠시 그것을 바라보고 있다가 조그맣게 고개를 끄덕이고는, 책상 위에 있는 메모지와 펜을 집어들었다. 그리고 크레이머가 보지 못하도록 메모지를 손으로 가리고 십자를 그렸다.

"그렸어."

"그러면 그린 그림을 머릿속으로 골똘히 생각해주세요."

콜롬보는 이마에 주름을 잡고 눈을 감았다.

"생각했어."

그러자 크레이머는 관자놀이에 집게손가락을 대고 정신을 집중했다.

"알았습니다. 반장님이 생각한 카드는 이거지요?" 이렇게 말하고 크레이머는 책상 위에 놓여 있는 십자 카드를 가리켰다.

"맞았어. 아니, 이거 정말 놀랐는걸. 어떻게 알았지?" 콜롬보는 눈을 치켜뜨고 다그쳐 물었다.

"간단합니다. 커닝을 했지요. 나는 경위님의 펜이 움직이는 걸 보고 있었을 뿐입니다." 크레이머는 시원스럽게 대답하고 씨익 웃었다.

"커닝을 했다고?" 콜롬보는 어처구니가 없다는 듯이 입을 다물고 있다가 말을 이었다. "펜의 움직임을 보았다고? 그것뿐이야? 그걸로 판단했단 말이야?"

"예, 그것뿐입니다. 수법도 속임수도 아무것도 없습니다."

크레이머는 두 팔을 벌려 보이고는 싱긋 웃으면서 자기 책상으로 돌아갔다.

"뭐야? 그런가? 좀 더 빨리 자네한테 의논했더라면 좋았을걸."

콜롬보는 책상 위의 ESP 카드를 모아서 재킷 안주머니에 집어넣었다.

3

'마리나 델 레이' 호텔은 미국 서해안에 있는 유명한 리조트 호텔이다. 모든 객실에서 푸른 태평양이 한눈에 바라다보인다. 눈 아래에 있는 요트 전용 항구에는 다채로운 돛을 단 호화 크루저와 모터보트들이 바닷새처럼 떠 있다.

이 호화로운 호텔에는 미국 각지의 부호들이 운전기사가 딸린 고급 승용차를 타고 와서 오랫동안 머물며 휴양을 즐긴다.

그런 곳에 고물차 한 대가 번쩍거리는 롤스로이스와 벤츠 같은 고급 승용차들 사이를 헐떡거리며 달려와 호텔 정면 현관 앞에 멈춰 섰다.

주차 담당자가 그 털터리 푸조의 문을 열자 '끼익!' 하는 요란한 소리가 났다. 전기에라도 감전된 것처럼 황급히 손을 뗀 초로의 주차 담당자는 어이없다는 눈으로 상어가죽처럼 꺼칠꺼칠한 푸조의 차체를 바라보았다.

운전석에 앉아 있던 부랑자 같은 사내는 "부탁합니다" 하고는 차에서 내리더니, 코트에 묻은 담뱃재를 툭툭 털어냈다. 그러고는 손을 내밀어 주차권을 요구했다.

주차 담당자는 어떻게 할까 잠시 망설이다가 머뭇거리며 말했다.

"주차권은 필요 없습니다. 기억하기 쉬운 차니까요. 1960년대의 프랑스 명차 푸조 컨버터블…"

"아니, 이 차를 알고 있습니까? 과연…" 콜롬보는 눈을 반짝이며 고개를 끄덕이고는 애차의 지붕을 툭툭 두드리면서 말을 이었다. "이런 멋진 차는 좀처럼 보기 힘들지요. 보기 드문 클래식카니까. 유럽산 자동차는 튼튼해서 오래 쓸 수 있어서 좋아요."

"소중하게 다루기 때문에 오래 간다고 말하는 게 정확하지 않을까요. 어쨌든 이런 차는 이제 세계 어디를 찾아보아도… 앗!" 주차 담당자는 갑자기 말을 끊고 눈을 크게 떴다. 조수석에 개 한 마리가 넝마조각처럼 웅크리고 있었기 때문이다. "손님, 개는 좀 곤란한데요."

"아니, 개는… 이 녀석 이름이 개인데… 이제 완전히 늙어빠져서 별로 움직이지도 않고 짖지도 않는답니다. 괜찮아요, 물건이나 마찬가지니까."

그러자 개가 벌떡 일어나더니 무적을 울리듯 길게 한 번 짖었다. 그러고는 요란하게 하품을 하고 나서 다시 목욕수건처럼 축 늘어졌다.

"괜찮습니다. 앞으로 30분은 꼼짝하지 않을 테니까. 사람이나 개나 나이는 먹고 싶어 하지 않는 법이죠."

콜롬보는 이 말을 남기고 재빨리 호텔 안으로 들어갔다.

엘리엇 블레이크는 바지에 셔츠를 걸친 편안한 차림으로 호텔 살롱에 앉아서 〈런던 초능력협회 저널〉을 읽고 있었다. 그러다 문득 인기척을 느끼고 잡지에서 눈을 들었다.

눈앞에 그 끈질긴 형사가 서 있었다. 엘리엇은 잡지를 탁자 위에 내려놓고 차분한 어조로 말했다.

"안녕하십니까, 경위님. 이런 데서 만나다니 놀랍군요."

"방해가 안 됐나 모르겠군요." 콜롬보는 미안한 얼굴로 물었다.

"아니, 조금도… 잡지를 읽고 있었을 뿐이니까요. 어서 앉으시죠."

엘리엇이 자리를 권하자 콜롬보는 잡지 제목을 힐끔 보았다.

"런던 초능력협회? 그러고 보니 당신은 그 협회의 명예회원이 되셨더군요?"

"그걸 어떻게 아십니까?"

콜롬보는 얼룩이 잔뜩 묻은 코트 주머니에서 착착 접은 팸플릿을 꺼냈다.

"초능력연구소가 펴내는 '연구진 파일'에서 당신에 대한 글을 읽었지요. 정말 흥미로운 내용이더군요."

그걸 어느새 손에 넣었지? 어쩌면 폴라가 주었을지도 모른다.

"그건 이력서 같은 겁니다. 나한테 흥미가 있는 모양이군요?"

"아니, 뭐라고 할까… 당신 덕분에 초능력에 흥미를 갖게 됐으니까요. 요전에 연구소에서 시행한 그 재미난 실험을 기억하십니까? ESP 카드를 이용한 실험 말입니다."

엘리엇이 가볍게 고개를 끄덕이자 콜롬보는 다시 코트 주머니에 손을 집어넣어 ESP 카드 상자를 꺼내 흔들어 보였다.

"우리 집사람한테 시험해보았지요."

"잘 됐나요?"

"지금 당장 보여드릴 수 있습니다. 집사람은 깜짝 놀라서…" 콜롬보는 상자에서 카드를 꺼내더니 천천히 카드를 쳐서 엘리엇에게 건네주었다. "자, 거기서 마음에 드는 카드를 한 장 빼낸 다음 그림을 생각해주세요."

엘리엇은 카드를 뽑은 뒤 탁자 위에 엎어놓았다.

"그럼 생각하겠습니다."

"바꿔도 됩니다."

엘리엇은 희미한 웃음을 떠올렸다.

"아니, 이대로 좋습니다."

"좋아요." 콜롬보는 코트에서 짤막한 몽당연필과 수첩을 꺼내더니 빈 페이지를 찾아내어 연필과 함께 엘리엇에게 건네주었다.

"그러면 고른 카드의 그림을 거기에 그려주세요."

엘리엇은 고개를 끄덕이고 수첩에 그림을 그렸다.

"그렸습니다."

"좋습니다." 콜롬보는 손가락으로 이마를 누르며 정신을 집중하는 척했다. "신경을 집중해서… 으음, 별인가? 어때요, 블레이크 씨? 맞았습니까?"

"맞습니다." 엘리엇은 웃으면서 말하고는 수첩을 콜롬보 쪽으로 돌려 별 그림을 보여준 다음, 콜롬보에게 수첩과 연필을 돌려주었다. "이젠 경위님도 아셨겠죠? 정도 차이는 있지만 초능력은 누구에게나 있는 겁니다. 문제는 훈련으로 그 능력을 키우는 거지요."

"아니, 천만에요. 나한테는 초능력 같은 건 없습니다. 지금 보여드린 건 단순한 마술입니다. 당신은 초능력자이지 마술사가 아니니까 수법을 밝혀도 좋을지 모르겠지만… 마술사는 수법을 밝히면 안 되는 모양이더군요. 하지만 좋습니다. 가르쳐드리지요. 나는 당신이 쥔 연필의 움직임을 보고 무슨 그림을 그렸는지 판단했을 뿐이에요. 옛날부터 전해진 '연필 읽기'라는 마술의 기술이지요."

그런 건 다 알고 있다고 말하고 싶은 충동을 억누르며 엘리엇은 깜짝 놀란 척했다.

"아니, 나를 속이셨군요. 정말로 내 마음을 읽으신 줄 알았는데…"

"천만에요. 내가 남의 마음을 읽다니요. 그런 건 도저히 못합니다. 하지만 당신은 내 마음을 읽고 알아맞혔어요. 설마 나처럼 손놀림을 보고 알아맞힌 건 아니겠죠?"

그러나 그 말과는 정반대로 콜롬보의 말투는 엘리엇도 역시 손놀림을 보고 알아맞힌 게 틀림없다고 비난하는 듯했다. 엘리엇에게는 그렇게밖에 생각되지 않았다.

"물론 나는 초능력을 사용했지요. 의심하시는 겁니까?"

그러자 콜롬보는 과장되게 손사래를 치며 부인했다.

"당신을 의심하다니, 당치도 않습니다. 나는 다만 지금처럼 커닝을 하면 똑같은 일을 할 수 있다고 말했을 뿐입니다. 당신 같은 사람이 설마 그런 짓을 할 리는 없을 테고…"

엘리엇은 콜롬보의 말을 가로막았다.

"그럼 다시 한번 해볼까요?" 엘리엇은 바지 주머니에서 검은 수첩을 꺼내더니, 수첩의 페이지를 한 장 찢어내어 표지 위에 얹어서 콜롬보에게 내밀었다. "마음에 드는 카드를 골라서 거기에 그림을 그려주세요. 그동안 나는 커닝을 하지 못하도록 뒤를 보고 있겠습니다. 경위님의 손놀림이 보이지 않도록 말입니다."

콜롬보는 수첩과 그 위에 얹힌 종이를 받아들었다.

"좋습니다. 그럼 그릴게요." 엘리엇이 뒤를 돌아보자 콜롬보는 연필로 세모를 그렸다. "그렸습니다."

"그러면 그림을 그린 종이는 그대로 갖고 계세요. 경위님이 그린 것과 똑같은 그림을 내가 그릴 테니까요. 수첩은 돌려주시죠."

다시 고개를 돌린 엘리엇은 한 손을 내밀어 콜롬보한테서 검은 수첩을 받아들었다. 그러고는 표지를 넘겨 수첩을 한 장 찢어낸 다음, 잠깐 생각하다가 그림을 그렸다.

"경위님이 그린 그림은 이거지요?"

엘리엇은 그림을 그린 종이를 콜롬보에게 건네주었다. 콜롬보는 의아한 듯이 그 종이를 내려다보았다. 맞았다. 콜롬보가 그린 것과 같은 세모였다.

"이거 정말 놀랐는데요." 콜롬보는 고개를 갸웃거리며 입을 다물어버렸다.

"어떻습니까?"

"딱 맞아요. 정말 부러울 뿐입니다. 나도 초능력자가 되고 싶군요. 정말이지 이 사건은 알 수 없는 것투성이라서…"

"뭘 모르는데요?"

콜롬보는 다시 '연구진 파일'을 들여다보며 말했다.

"그런데 이 서류에 따르면 당신은 이집트 카이로에서 태어난 걸로 되어 있는데…"

"그렇습니다. 아버지가 무역상이었기 때문에 사업 관계로 그곳에…"

"다이슨 씨도 카이로에 있었던 적이 있다고 저번에 당신한테 말했지요? 혹시 면식이 있었던 거 아닙니까?"

"아뇨, 여기서 처음 만난 사이입니다." 엘리엇은 딱 잘라 말하고 이렇게 덧붙였다. "전에도 말했듯이 다이슨 씨와는 그 테스트를 받기 이틀 전에 처음 만났어요. 면식은 전혀 없었습니다. 다이슨 씨는 카이로 감옥에 들어가 있었다고 했는데, 나는 여섯 살 때 카이로를 떠나 런던으로 갔으니까 그 사람과 만날 가능성은 절대로 없습니다."

"그렇군요." 콜롬보는 이력서를 확인하면서 말을 이었다. "여기에 분명히 적혀 있네요. 다이슨 씨가 카이로 감옥에 들어갔을 무렵 당신은 옥스퍼드 대학생이었고…"

콜롬보는 파일을 가만히 바라보고 있다. 엘리엇은 조바심을 억누르며 고개를 끄덕였다.

"그 밖에 또 뭘 모르십니까?"

"아직도 모르는 게 잔뜩 있지만 더 이상 시간을 뺏으면 미안하니까… 협조해주셔서 고맙습니다. 나중에 또 뵙지요."

콜롬보는 손을 흔들면서 사라졌다.

엘리엇은 콜롬보의 뒷모습을 물끄러미 바라보면서 결심했다. CIA 요원 프레더릭 해로의 권유를 받아들여 한시라도 빨리 이곳에서 사라지자고…

그날 밤 엘리엇 블레이크가 묵고 있는 마리나 델 레이 호텔 특실을 아네만 초능력연구소의 폴라 핼 소장이 방문했다.

폴라가 침실에서 옷을 갈아입는 동안, 바지에 셔츠를 걸친 엘리엇은 침실에 등을 돌린 채 소파에 앉아서 수화기를 들고 작은 소리로 말했다.

"211호실의 엘리엇 블레이크인데, 내일 체크아웃할게요. 갑자기 예정이 바뀌어서 여행을 떠나게 되었기 때문에… 아아, 그리고 샴페인을 좀 갖다 주세요. 부탁합니다."

엘리엇이 수화기를 막 내려놓았을 때 폴라가 뒤쪽 침실에서 나왔다. 잠옷 차림의 폴라는 묶고 있던 머리도 풀어 내리고 있었다. 폴라는 허리를 굽혀 엘리엇의 귓불에 입을 맞추었다.

"누구랑 소곤거렸어요?" 폴라가 허스키한 목소리로 물었다.

"룸서비스요. 당신한테 샴페인을 대접하려고…"

폴라는 엘리엇의 머리를 어루만지면서 속삭이듯이 말했다.

"재치 있고 상냥한 도련님이군요."

엘리엇은 폴라의 한 손을 잡고 그 손에 입을 맞춘 다음, 소파에서 일어나 몇 걸음 걷다가 돌아섰다.

"폴라, 나는 어쩌면 멀리 떠날지도 몰라요."

폴라는 조금 놀란 듯한 표정을 지었다.

"무슨 소리예요?"

"로스앤젤레스를 떠나게 될지도…"

"언제까지요?"

"오래 걸릴지도 모르겠소."

"어디로 가는데요?" 폴라는 고개를 갸웃하며 물었다.

"그건 말할 수 없어요. 하기야 자세한 건 나도 아직…"

"해로 씨가 관련되어 있군요?"

"맞아요. 그 사람한테서 제의가 들어왔는데, 어떻게 할까 생각하는 중이오."

그러자 폴라가 그에게 다가가면서 말했다.

"아직 결정한 건 아니겠죠?"

"사랑해요, 폴라."

엘리엇은 폴라에게 키스하려고 했지만, 폴라는 몸을 비틀어 그의 품에서 빠져나왔다.

"작별인사는 듣고 싶지 않아요. 해로의 제의를 받아들일 작정이군요?"

폴라가 중얼거리듯이 말하자 엘리엇은 말을 얼버무렸다.

"아직 결정한 건 아니오. 우리가 영원히 헤어지는 것도 아니고…"

"괜찮아요. 무리하지 않아도…" 폴라는 무표정하게 말하고는 덧붙였다. "언제 떠날 작정이죠?"

자제심을 잃지 않고 차분하게 대응하는 폴라에게 엘리엇은 속으로 안도의 한숨을 내쉬면서 말했다.

"내가 승낙하면 당장이라도 비행기를 준비한다고 했소."

"〈카사블랑카〉의 마지막 장면처럼 비행장에서 작별이라는 거군요."

"내 생애 최대의 기회요. 도박을 걸어보고 싶소." 엘리엇은 열띤 어조로 말했지만, 폴라는 말이 없다. 이제 거의 다 됐어. 한 번만 더 밀어붙이면 설득할 수 있을 거야. "사나이의 꿈이오. 가게 해줘요. 내 가능성을 시험해볼 절호의 기회요."

이 말은 분명 엘리엇의 본심이었다.

"할 수 없죠. 난 이제 말리지 않겠어요." 폴라는 차갑게 말하고는 엘리엇에게 등을 돌리고 침실로 돌아갔다.

눈물을 흘리며 슬퍼하는 장면은 보지 않아도 되겠군. 엘리엇은 창문으로 요트 항구의 야경을 잠시 바라보고 있었다. 이윽고 소파로 돌아와 앉은 엘리엇은 수화기를 들고 프레더릭 해로에게 연락하기 위해 다이얼을 돌렸다.

4

어두컴컴한 아네만 초능력연구소의 실험실 영사막에 저번에 실시한 투시 테스트에서 엘리엇 블레이크가 그린 성당 스케치와 CIA 직원들이 차에서 팩시밀리로 보내온 성당 사진이 나란히 비쳐 있었다.

연구소 소장 폴라 핼이 시가를 피우면서 화면을 바라보고 있는 콜롬보 경위에게 설명했다.

"맥스 다이슨 씨의 실험 보고서를 읽어보면 협잡이나 부정을 막기 위해 온갖 조치가 취해졌다는 걸 알 수 있습니다. 외과의사와 정신과의사와 치과의사의 진단, 그리고 격리실의 철저한 점검… 물론 엘리엇 블레이크 씨가 무선기나 도청기 따위를 이용했을 가능성은 전혀 없습니다."

콜롬보가 고개를 끄덕이자 영사막에는 엘리엇이 스케치한 공원과 동일한 공원을 찍은 팩시밀리 사진이 비쳤다. 영사막에서 반사한 빛이 콜롬보의 얼굴에 닿아 얼굴이 얼룩져 있었다.

"그리고 다음이 세 번째 장소입니다."

영사막에는 고층건물 스케치와 사진이 비쳤다. 세 가지 모두 그림과 사진이 놀랄 만큼 비슷하다. 시가를 입에 물고 집어삼킬 듯이 들여다보는 콜롬보에게 폴라 핼은 담담하게 설명했다.

"사진에 찍힌 장소는 세 사람 다 눈가리개를 한 뒤 지도책에서 임의로 선택했습니다. 모두 보고서대로 아무 지장 없이 이루어졌지요. 부정행위나 속임수가 있었다고는 생각할 수 없습니다."

폴라의 설명을 말없이 듣고 있던 콜롬보가 시가를 입에서 잡아떼며 말했다.

"그러면 블레이크 씨는 시내에 있는 세 사람의 운전자가 본 것을 초능력으로 알아냈다는 겁니까? 믿을 수 없는 일이군요."

폴라는 코끝을 긁으면서 묻는 콜롬보를 타이르듯 말했다.

"그러실 거예요. 초능력이라 해도 믿지 않는 사람이 대부분이니까."

"하지만 혹시… 만에 하나라도 초능력을 이용하지 않았다면 다이슨 씨의 테스트를 어떻게 통과할 수 있었을까요?"

"글쎄요…" 폴라 핼은 어깨를 으쓱하며 미소를 지었다. "저한테 물어보셔도 곤란해요. 하지만 블레이크 씨가 드물게 보는 미지의 능력을 갖고 있다는 건 여러 가지 실험으로 입증되었어요. 아마 머지않아 그 사람이 초능력을 가지고 있다는 걸 학회에서 공표할 날이 올 거예요." 폴라는 미간에 주름을 잡고 있는 콜롬보를 똑바로 쳐다보며 말을 이었다. "경위님은 초능력을 믿을 마음이 나지 않겠지요?"

"초능력요? 나는 평범한 형사라서요. 형사란 원래 자기 눈이나 귀나 손으로 직접 확인할 수 있는 것 말고는 절대로 믿지 않는 개 같은 습성이 몸에 배어 있지요. 그래서…"

"그래서 어떻다는 거죠?"

"그래서 마술이라면 이해할 수도 있고 좋아하기도 하지만, 초능력이란 건 아무래도 이해가 가지 않아서…" 콜롬보는 말을 하다 말고 영사막을 가리켰다. "저것도 내게는 트럼프 마술 같은 것으로밖에 여겨지지 않아요."

"경위님, 그건 편견이에요."

콜롬보는 어깨를 으쓱했다.

"어쩔 수 없지요. 내게는 초능력이 없으니까 이해할 수도 없고, 왠지 새빨간 거짓말 같아서…"

"그게 편견이에요. 경위님도 잠재적으로는 초능력을 갖고 있을 거예요. 그 능력을 일깨울 계기만 잡으면, 정도의 차이는 있지만 누구에게나 초능력은 싹틀 수 있어요."

"나한테도요? 그게 정말입니까?"

"네. 하지만 그게 두드러지게 나타나는 경우는 드물죠. 수천 명에 하나쯤 될까요?"

콜롬보는 실망한 듯 고개를 끄덕였다.

"그렇겠지요. 역시 나 같은 평범한 사람은 무리일 겁니다."

"체념하실 필요는 없어요. 우리 연구소의 능력개발 과정을 밟아보시면 어떨까요?"

"아니, 그런 건 딱 질색이니까 사양하겠습니다. 집사람이 종합건강진단을 받아보라고 귀찮게 잔소리를 하는데도, 그게 싫어서 이리저리 도망다닐 정도니까…" 콜롬보는 두 팔을 벌리며 얼굴을 찡그렸다. "더구나 그런 테스트를 받았다가 초능력이라고는 손톱만큼도 없는, 만 명에 하나쯤 있을까 말까 한 무초능력자라는 결과가 나오면 완전히 낙담하게 될 테고… 그런데 블레이크 씨는 지금 어디 계십니까?"

"오늘은 나오지 않았어요. 왜요?"

"다이슨 씨에 관해서 묻고 싶은 게 있어서요. 그럼 호텔로 연락해보겠습니다. 혹시 블레이크 씨가 오면 나한테 전화를 걸어달라고 전해주십시오. 또 오겠습니다. 그럼…"

콜롬보가 돌아가려 할 때 폴라가 불러 세웠다.

"경위님, 그 사람은 이제 이곳엔 안 올지도 몰라요."

"네?" 콜롬보는 획 돌아서서 멍하니 폴라를 바라보았다.

"엘리엇은 이제 이 연구소의 연구진이 아니에요."

"어떻게 된 겁니까? 무슨 일이 있었나요?"

콜롬보가 초조한 듯이 다그쳐 묻자 폴라는 고개를 저었다.

"자세한 건 나도 모르지만, 로스앤젤레스를 떠날 모양이에요."

"왜요? 무엇 때문에?"

콜롬보의 말투가 뜻밖에 강했기 때문에 폴라는 그 기세에 눌려 약간 기가 죽었다.

"내 입으로는…" 폴라는 눈길을 피하면서 머뭇거렸다.

그러자 콜롬보는 갑자기 상냥한 어조로 말했다.

"CIA가 관련되어 있군요. 아닙니까?" 콜롬보는 침묵을 지키고 있는 폴라를 깨우치듯 말을 이었다. "맥스 다이슨 씨의 장례식 때도 왔었지요. 검은색 리무진에 함께 타고 돌아간 그 사람… 이름이 해로였던가?"

고개를 숙이고 있던 폴라가 고개를 들더니, 콜롬보를 마주 보며 단호한 어조로 말했다.

"그 문제에 대해서는 절대로 대답할 수 없습니다. 이 연구소의 기밀과 관련된 일이기 때문에… 양해해주세요, 경위님."

콜롬보는 체념한 듯 고개를 끄덕였다.

"그럼 한 가지만 더 묻겠습니다. 블레이크 씨는 로스앤젤레스를 떠나 어디로 간답니까?"

"먼 곳…이라고밖에는 말할 수 없어요. 자세한 건 나도 듣지 못했으니까요."

"먼 곳? 해외로? 그럼 비행기를 탄다는 겁니까?"

콜롬보가 다그쳐 묻자 폴라는 어쩔 수 없이 고개를 끄덕였다.

"특별기를 타고 간다더군요."

"언제요?"

"글쎄요, 얼마 남지 않았을 거예요. 경위님, 이제 이 정도로 끝내주세요."

"예, 좋습니다. 협조해주셔서 고맙습니다."

콜롬보는 안주머니에서 새 시가를 꺼내어 냄새를 맡고 나서 입에 물고는 문 쪽으로 걸어갔다.

엘리엇은 호텔에서 체크아웃한 뒤 재규어를 몰고 태평양 연안 고속도로를 따라 남쪽으로 달렸다.

롱비치에 도착하자 항구에 정박해 있는 '산파블로' 선상 호텔에 체크인했다. '산파블로' 호는 원래 영국의 호화 여객선으로 오대양을 돌고 있었지만, 이제는 로스앤젤레스 앞바다를 순항하는 해상 호텔로 긴 항해의 피로를 풀고 있었다.

엘리엇 블레이크가 이 배에 탄 것은 CIA의 프레더릭 해로가 '모시러' 올 때까지 귀찮게 따라다니는 콜롬보의 눈에서 달아나고 싶었기 때문이다.

엘리엇은 손목시계를 내려다보았다. 자정까지는 10분이 남아 있었다.

엘리엇은 검은 코트를 집어들고 선실을 나왔다. 붉은 융단이 깔린 계단을 올라가 인적이 없는 갑판으로 나갔다. 봄이라고는 하지만 갑판에 불어오는 밤바람은 차가웠다.

엘리엇은 구명보트 세 척이 나란히 놓여 있는 곳에 몸을 숨기고 코트 깃을 세웠다. 갑판에는 남녀 한 쌍이 있을 뿐이었다.

엘리엇은 난간에 기대어 밤바다를 바라보았다. 바다는 검은 사막처럼 넓고, 난바다에 떠 있는 배들의 모습이 옅은 안개 속에 어렴풋이 보인다. 검은 파도의 움직임을 보고 있으려니까 옛날 카이로 감옥에서 바라보던 사막이 생각났다. 철창 너머에 펼쳐져 있던 사막도 이 파도처럼 겹겹으로 넘실거리고 있었다.

그래, 애당초 그 감옥에 들어가지 않았다면 이런 일은 일어나지 않았을 거야. 거기서 맥스 다이슨을 만나 마술을 전수받지 않았다면 초능력자가 되지도 않았고, 배신도 당하지 않았고, 두 사람의 재회도 없었을 테고,

맥스가 욕심을 부리다 죽는 일도 없었을 거야. 운명의 장난이라고밖에는 생각되지 않아. 그리고 한낱 사기꾼에 불과했던 내가 이제 CIA를 농락하려 하는 것도 모두 운명의 장난이야. 그 운명에 거역하려는 자는 없앨 수밖에 없어. 맥스 다이슨도 그랬고, 경우에 따라서는 폴라까지도 처치하지 않으면… 아니, 폴라는 그냥 내버려두면 돼. 시간이 해결해줄 거야. 중요한 건 미래를 어떻게 하느냐야.

그때 바다에서 물 튀기는 소리가 나더니, 날치가 긴 궤적을 그리며 수면을 스쳐 날아갔다. 엘리엇의 생각은 그 소리에 중단되었다. 먼 곳으로 눈을 돌리자 별이 빛나는 하늘 아래 섬 그림자가 조용히 누워 있다. 아마 카탈리나 섬(캘리포니아주 남부, 로스앤젤레스 앞바다에 있는 섬)일 것이다.

문득 콜롬보가 머리를 스쳤다. 엘리엇은 물보라를 내려다보면서 생각했다. 얼핏 보기에 얼간이 같은 그 형사를 우습게 본 건 실수였어. 그 얼빠진 태도, 우스꽝스러운 꼬락서니, 무슨 생각을 하고 있는지 알 수 없는 눈빛과 말투… 그 뒤에 숨어 있는 것을 간파하지 못하고 상대의 페이스에 말려든 게 오산이었어.

곤란한 건 콜롬보가 건네준 메모를 잘 보지도 않고 맥스 다이슨의 공작실에 가버린 거야. 뒷골목에서 엘리베이터를 타고 들어간 것을 지적받았을 때는 솔직히 말해서 가슴이 철렁했지. 하지만 그게 결정적인 증거는 되지 않을 거야.

로스앤젤레스에 머물러 있으면 콜롬보가 파고들 빈틈을 줄 뿐이야. 확실한 증거는 아직 잡지 못했다 해도 그자가 다음에 무슨 수를 쓸지 불안해. 한시라도 빨리 로스앤젤레스를 떠나 CIA의 우산 밑으로 숨어 들어가서, 엘리엇 블레이크라는 이름을 말소하고 새로운 인간으로 다시 태어날 수밖에 없어. 다음 이름은 뭘로 할까.

갑자기 뒤에서 인기척이 났다. 엘리엇이 돌아보니 코트 차림의 작달막한 사내 하나가 배 안에서 갑판으로 나오는 참이었다. 엘리엇은 깜짝 놀랐다. 설마 콜롬보가…? 어두워서 얼굴은 잘 보이지 않는다. 사내는 종종걸음으로 갑판을 걸어와, 엘리엇으로부터 몇 미터 떨어진 난간에 손을 짚고 어두운 바다로 시선을 던졌다. 그러고는 코트 주머니를 뒤져 담배를 꺼냈다. 사내는 다시 코트 주머니를 뒤지기 시작했지만, 체념한 듯 손을 빼내고는 갑자기 엘리엇 쪽을 돌아보았다.

"저어, 실례지만 불 좀 빌려주시겠습니까?"

콜롬보의 목소리는 아니었다. 동부 사투리가 섞인 낮은 목소리다. 머리는 단정하고 코트는 최고급 바바리다.

"예, 그러지요."

엘리엇은 재킷 주머니에서 뒤퐁 라이터를 꺼내어 사내에게 건네주었다. 사내는 담배에 불을 붙이고는 맛있게 한 모금 피우고 나서 라이터 뚜껑을 닫았다. 찰칵 하는 금속성 소리가 어둠 속에 울려 퍼진다. 사내가 돌려준 라이터에는 작은 종이쪽지가 끼워져 있었다. 사내는 고개를 끄덕이고는 정중하게 고맙다고 말하고 떠나갔다.

엘리엇은 쪽지를 움켜쥐고 아무도 없는 어두운 갑판에서 배 안으로 들어왔다. 그리고 조용히 계단을 내려와 제 선실로 돌아갔다. 쪽지에는 숫자가 적혀 있었다. 엘리엇은 그것을 바라본 뒤 코트를 벗어 옷걸이에 걸고 침대에 걸터앉았다. 그리고 침대 옆 탁자에 놓인 수화기를 들고 쪽지에 적힌 전화번호를 돌렸다. 둥근 창문으로 넘실거리는 검은 파도를 바라보고 있는 동안 전화는 프레더릭 해로에게 연결되었다. 엘리엇은 애써 침착한 어조로 말을 꺼냈다.

"그 제의는 받아들이기로 하겠습니다."

"알았네. 그러면 내일 저녁 여섯 시에 휴즈 공항으로 오게. 장소는 알고 있겠지?"

"네. 그런데 구체적인 조건을 듣고 싶습니다만…"

"그 얘긴 만나서 하지. 공항에서 만나면 특별기를 타고 곧장 출발할 거야." 해로는 엄숙한 어조로 이 말만 하고 전화를 끊었다.

엘리엇은 수화기를 내려놓고 한숨을 내쉬었다. 그러고는 침대에서 일어나 유리장에서 위스키를 꺼내어 술잔에 따라 단숨에 들이켰다.

'마술의 성'의 레스토랑에 있는 작은 무대에서는 비쩍 마른 마술사가 파란색 조명을 받으며 동전 마술을 선보이고 있었다. 컵에 넣은 동전이 사라져버리는 마술, 동전을 허공으로 던졌다가 받아든 순간 동전이 유리구슬로 변하는 마술, 그리고 지금 연기하고 있는 것은 동전이 1달러짜리 지폐를 관통하는 마술이었다.

"따분한 쇼로군. 시시하고 흔해 빠진 거야…" 자칭 '매직 보이'인 토미가 무대를 보면서 업신여기듯이 말했다.

같은 탁자에 앉아 있는 콜롬보가 연신 토미의 안색을 살피며 작은 소리로 부탁한다.

"조금이라도 좋으니까, 마술의 수법을 가르쳐주지 않을래?"

토미는 대꾸도 하지 않고 감자튀김과 햄버거를 번갈아 먹어댄다. 이윽고 음식이 바닥나자 밀크셰이크를 마시고는 마주 앉아 있는 콜롬보에게 말했다.

"단두대 수법은 밝힐 수 없어요."

"그럼 ESP 카드 마술은 어때?" 콜롬보는 주위를 살피면서 목소리를 낮추었다. "ESP 카드 가운데 어느 카드의 그림을 그렸는가를 알아맞히는 마술 말이야. 어떻게 된 건지 모르지만 내가 그린 그림을 상대가 정확히 알아버렸어. 상대는 등을 돌리고 있었는데…"

그러자 토미는 알았다는 듯이 물었다.

"경위님, 뭔가 소도구를 사용했나요?"

"소도구라니?"

"그 그림을 무엇에 그렸어요?"

"검은 수첩에서 찢은 종이에…"

토미는 별것 아니라는 듯이 코끝으로 웃었다.

"어린애 속임수예요." 토미가 날카롭게 소리를 질렀다.

그러자 옆자리에 앉아 있던 중년 부부가 나무라듯 돌아보았다. 콜롬보는 더욱 목소리를 낮추었다.

"무슨 소리야?"

"그 마술의 요점은 검은 수첩에 있어요."

콜롬보는 고개를 갸웃했다.

"수첩이… 어쨌다는 거지?"

"가르쳐드릴 수는 없지만… 마술사라면 누구나 알고 있는 원리예요. '다이슨 마술용품점'에서도 비슷한 걸 팔고 있으니까 조사해보세요. 물론 사지 않으면 안 돼요."

"그래, 알고 있어." 콜롬보는 생각난 듯이 덧붙였다. "그러고 보니 그 가게에도 있었군…"

"다른 질문은 없나요?" 토미가 따분한 듯이 무대를 바라보면서 물었다.

"실은 투시술이랄까, 초능력에 대해서 좀 가르쳐줬으면 하는데…"

"더 시켜도 돼요?" 토미는 묻자마자 대답도 기다리지 않고 손가락을 딱 울려 웨이터를 불렀다.

초록색 연미복 차림에 배가 불룩 나온 웨이터가 주황색 나비넥타이를 매만지면서 다가왔다. 토미는 가죽을 씌운 메뉴판을 펼쳐 들여다보았다.

"저어, 과일 피자와 카페오레…" 토미는 메뉴에서 얼굴을 들고 콜롬보를 바라보았다. "경위님은 뭘 드실래요?"

콜롬보는 고개를 저었다.

"그럼 초콜릿 케이크와 셔벗도 갖다주세요."

"알았습니다." 웨이터는 싱글싱글 웃으면서 가버렸다.

토미는 메뉴판을 탁 덮으며 콜롬보에게 말했다.

"그런데 어떤 투시술이죠?"

콜롬보가 꾸깃꾸깃한 메모를 펼쳐서 건네주자 토미는 쓱 훑어보고는 투덜거렸다.

"글씨도 더럽게 썼네. 이거 아저씨가, 아니 경위님이 쓰신 거예요?"

"그래."

토미는 암호를 해독하듯 작고 둥근 글씨를 읽고 나서 말했다.

"그렇군요. 지도책에 눈가리개, 고무밴드, 매직펜, 나침반, 그리고 폴라로이드 카메라를 사용했다면…"

콜롬보는 고개를 끄덕이고 탁자 위에서 맞잡고 있던 손을 펼쳐 보였다.

"어때? 알겠니?"

"그 초능력자는 세 사람의 운전자가 본 것과 똑같은 그림을 그렸겠죠?"

"그래, 팩시밀리로 보내온 사진과 똑같은 구도였어."

"상당히 공들인 속임수지만…"

소년이 팔짱을 끼고 천장을 쳐다보자 콜롬보는 몸을 앞으로 내밀었다.

"그렇지? 나도 속임수라고 생각은 하지만, 그 수법을 알겠니?"

"아마 풀 수 있을 거예요. 속임수를 풀기 전의 마음가짐을 알고 있나요?"

"아니, 몰라. 어떻게 하면 되는데?"

그때 웨이터가 케이크와 셔벗을 가져왔다. 토미는 메모를 콜롬보에게 돌려주고는 눈을 반짝이며 쟁반 위의 음식을 바라보았다.

콜롬보가 다시 물었다.

"풀기 전에 도대체 뭘 어떻게 하지?"

"아아…" 토미는 눈앞에 놓인 케이크와 셔벗을 어느 것부터 먼저 먹을까 망설이면서 대답했다. "그게 속임수라는 걸 명심하는 거예요. 그리고 절대로 잊지 않도록 해야 해요. 그러면 무언가가 머릿속에 번득이면서 수수께끼가 풀려요."

토미는 초콜릿 케이크를 한 입 먹었다. 그 순간 징소리가 울려 퍼지더니 다음 마술이 시작되었다. 중국옷을 입은 세 명의 중국인이 무대에 등장했다.

"그렇군. 속임수라는 걸 명심해라…"

그러자 토미는 무대를 바라보면서 중얼거리듯이 말했다.

"지도책이 마음에 걸려요… 나머지는 다음에 대접받을 때 풀 수 있을지도 몰라요."

콜롬보는 싱긋 웃으며 집게손가락을 세워 보였다.

"나도 그렇게 생각하고 있던 참이야. 매직 크로스라는 트럼프 마술과 비슷한 데가 있어."

토미는 케이크를 꿀꺽 삼키고 콜롬보를 돌아보았다.

"알고 있군요? 언제 어디서 얻어들었어요?"

콜롬보는 입술에 손가락을 대고 나서 말했다.

"수법은 가르쳐줄 수 없어. 다치는 마술사가 있으니까. 아아, 초콜릿이 입가에 묻었군."

콜롬보는 한쪽 눈을 찡긋하고는 무대를 바라보았다. 세 명의 중국인 마술사가 번갈아 골프채를 허공에 던지면 골프채가 모두 지팡이로 변한다.

"너도 언젠가는 저 무대에 서겠지?"

콜롬보가 묻자 토미는 셔벗을 숟가락으로 뜨면서 대답했다.

"물론이죠. 그렇게 먼 장래의 일도 아니에요. 전 세계를 깜짝 놀라게 하는 기막힌 마술을 보여줄 거예요."

"천재 '매직 보이'의 탄생인가? 기대할게. 그럼 나는 이만 가봐야겠다."

"아니, 벌써 돌아가시게요?"

콜롬보는 살짝 의자에서 일어섰다.

"그래, 볼일이 좀 있어서…" 콜롬보는 이 말을 남기고 탁자 곁을 떠나 어두운 객석 사이로 사라졌다.

콜롬보는 로비 구석에 있는 계단을 올라갔다. 그리고 계단 중간에 있는 마술용품점의 진열장 앞에 멈춰 섰다.

가게 안에는 하얀 연미복에 초록색 나비넥타이를 맨 점원이 따분한 듯이 서 있다. 콜롬보는 어슬렁거리며 점원에게 다가갔다.

"저어, 저 진열장에 들어 있는 나뭇결무늬의 클립보드 말인데요."

"네, 그런데요?"

"저건 어떤 상품입니까?"

그러자 점원은 콜롬보의 몸차림을 살펴보면서 대답했다.

"물건을 사지 않는 분에게는 마술용품의 수법을 가르쳐드릴 수 없습니다."

"그럼 저건 얼마죠?"

"신제품이라서 300달러입니다."

"300달러? 저런 게? 300달러라면 시가를 300개나 살 수 있어. 아무 색다를 것도 없는 클립보드인데…"

"바로 색다른 데가 없기 때문에 300달러입니다."

"그런가? 하지만… 역시 비싸군. 안 사면 안 가르쳐준단 말이죠?"

점원은 고개를 끄덕이고, 콜롬보의 후줄근한 코트를 수상쩍은 눈으로 바라보면서 말했다.

"이 마술 클럽의 회원이라는 증명서는 갖고 계십니까?"

"그런 건 없어요."

"회원이 아닌 분에게는 물건을 팔 수 없기 때문에…"

"나는 하나 갖고 있으니까 살 필요는 없지만…"

"다이슨의 클립보드를 갖고 있다고요?"

점원은 놀란 듯이 물었다. 그러자 콜롬보가 거꾸로 되물었다.

"예? 지금 뭐라고 했지요?"

"다이슨의 클립보드 말인데요, 신제품을 어떻게… 회원도 아닌 당신이 어떻게 그걸 갖고 있죠?"

콜롬보는 그 질문에는 대답하지 않고 사팔눈을 크게 떴다.

"다이슨이라면… 그 마술사 맥스 다이슨?"

"그래요. 그 사람의 발명품이에요." 점원은 무뚝뚝하게 대답했다.

"아, 다이슨이 발명한 물건이었군."

콜롬보는 진열장을 돌아보고 뺨을 긁으면서 생각에 잠겨 있다.

점원은 기분이 나빠졌는지 얼른 가게 구석으로 도망치듯 물러갔다.

휴즈 비행장의 하나밖에 없는 활주로가 석양을 받아 붉은빛으로 물들어 있다. 그 활주로를 VIP 전용인 검은색 소형 제트기가 두 날개의 파란 불빛을 깜박거리면서 천천히 미끄러져온다. 엘리엇 블레이크는 활주로 끝에 있는 특별 대합실에서 그것을 바라보며 몸을 떨었다. 상어의 등지느러미를 연상시키는 꼬리날개가 햇빛을 받아 반짝이는 게 무시무시한 짐승이 다가오는 듯하다. 이상한 꿈을 꾸고 있는 듯한 기분이 들었다. 이윽고 비행기는 50미터쯤 앞에 멈춰 섰다.

"자, 가세." CIA 요원 프레더릭 해로가 어깨를 툭 치며 재촉했다.

엘리엇 블레이크는 해로를 따라 대합실을 나오자 비행기 쪽으로 걸어갔다. 둘 다 검정 코트를 입고 있었다.

해로가 비행기로 다가가면서 말했다.

"이 비행기에 탄 순간 엘리엇 블레이크는 영원히 이 세상에서 사라지는 걸세."

"엘리엇 블레이크? 그게 도대체 누구죠?" 엘리엇은 비행기를 쳐다보면서 농담을 했지만, 표정은 굳어 있었다.

두 사람은 비행기 출입문 아래에 섰다. 화물 운반차가 다가오고, 트랩이 비행기 옆구리에 닿자 문이 열렸다. 해로가 먼저 올라가라고 눈으로 재촉한다.

엘리엇은 고개를 끄덕이고 트랩을 올라가려고 했다. 그때 비행기 안에서 느닷없이 낯익은 사내가 나타났다. 아니, 어떻게? 어떻게 콜롬보가… 도대체 이게 어떻게 된 거야? 엘리엇은 깜짝 놀라 저도 모르게 뒷걸음질을 쳤다.

콜롬보는 한 손을 치켜들면서 가볍게 트랩을 내려온다.

"안녕하십니까, 블레이크 씨? 그리고 해로 씨였지요? 저번에 맥스 다이슨 씨의 장례식에서 뵈었는데, 로스앤젤레스 시경에 있는 콜롬보입니다."

엘리엇은 구원을 청하듯 해로를 돌아보았다. 그러나 해로는 표정 하나 변치 않고 얼어붙은 듯이 입을 다물고 있다.

트랩을 내려온 콜롬보가 경찰 배지를 힐끗 보이고는 말했다.

"놀라게 해서 죄송합니다. 격납고에서 조종사에게 부탁해서 올라탔지요. 정말 멋진 비행기네요." 두 사람이 잠자코 노려보자 콜롬보는 멋쩍은 듯 이마를 북북 긁었다. "실은 법원의 허가도 받아왔답니다, 블레이크 씨."

콜롬보는 코트 주머니에서 영장을 꺼내더니, 일단 해로에게 보여준 다음 엘리엇의 눈앞에 내밀었다. 엘리엇은 보려고도 하지 않고 험악한 표정으로 말했다.

"도대체 무슨 일입니까?"

"실은 당신한테 재미난 마술 쇼를 보여드리고 싶어서요. 아네만 초능력 연구소까지 잠깐 같이 가주시겠습니까? 이건 볼 만합니다. 해로 씨도 즐거우실 거예요."

해로는 콜롬보의 손에서 영장을 빼앗듯 낚아채어 대충 훑어보고는 비웃는 듯한 어조로 말했다.

"콜롬보 경위, 나는 사법의 관할권 밖에 있는 사람이오. 잘 알고 있겠지만…"

"알고말고요. 하지만 블레이크 씨는 아닙니다." 콜롬보는 시가를 꺼내어 손가락 끝으로 만지작거리면서 말을 이었다. "그렇게 딱딱한 말씀은 하지 마시고 함께 가서 느긋하게 마술 쇼를 즐겨주십시오."

5

아네만 초능력연구소의 실험실에서는 엘리엇 블레이크가 투시 테스트를 받을 때와 마찬가지로 몇몇 연구소 직원들이 장치를 조정하고 있었다.

격리실 맞은편에 놓여 있는 탁자에는 '매직 보이' 토미가 하얀 옷을 입은 호퍼 형사와 함께 앉아 있었다. 토미는 지금 호퍼 형사에게 진행표를 보여주면서 지시를 내리고 있는 참이었다. 그때 문이 열리는 소리가 났다. 두 사람은 동시에 문 쪽을 돌아보았다.

콜롬보가 엘리엇과 프레더릭 해로를 데리고 실험실로 들어왔다. 해로는 실험실 안을 둘러보면서 조금 뒤떨어져 두 사람을 따라오고 있다.

콜롬보는 방 한가운데에 멈춰 섰다.

"그러면 블레이크 씨, 그리고 해로 씨, 지금부터 멋진 쇼를 보실 수 있을 겁니다." 콜롬보는 과장되게 두 팔을 벌리며 말하고는 관람석을 가리켰다. "저쪽에 앉아주세요. 이상한 마술을 보여드릴 테니까요."

도대체 뭘 하려는 거지? 엘리엇은 콜롬보를 날카로운 눈초리로 바라보고 나서 관람석 쪽으로 돌아섰다. 관람석 한구석에는 하얀 옷을 입은 폴라 핼이 외따로 앉아 있었다. 폴라는 엘리엇을 힐끗 바라보고는 팔짱을 끼고 콜롬보 쪽으로 눈길을 돌렸다. 해로가 미심쩍은 표정으로 맨 앞줄에 앉자 엘리엇은 그와 꽤 멀리 떨어진 뒷줄에 앉았다.

그것을 지켜보고 있던 콜롬보가 두 팔을 벌리며 말했다.

"그럼 시작하겠습니다."

콜롬보는 격리실 앞으로 다가갔다. 그러자 관람석 맨 앞줄에 앉아 있던 CIA 요원 해로가 입을 열었다.

"마술사는 어디 있소?"

"여기 있습니다. 바로 납니다."

콜롬보는 자기 코를 가리키고 나서 코트를 벗어 둘둘 뭉쳐 옆구리에 끼고는 엄숙한 표정을 지으며 격리실 안으로 들어갔다.

호퍼 형사가 격리실 문을 닫고 자물쇠를 채운다. 콜롬보는 유리를 끼운 격리실 탁자 앞에 앉아 이쪽을 바라보고 있다. 물론 유리는 반투명거울이니까 콜롬보 쪽에서는 바깥이 보이지 않도록 되어 있다. 콜롬보는 탁자 위에 놓인 마이크를 들고 헛기침을 하고 나서 말을 시작했다.

"들리세요, 맥스 다이슨 씨?"

그러자 밖에 있는 토미가 무선마이크를 쥐고 일어섰다.

"아, 잘 들립니다, 콜롬보 경위님, 아니 블레이크."

엘리엇은 저도 모르게 혀를 찼다. 소년과 콜롬보의 대화는 지난번에 테스트를 할 때 맥스 다이슨과 둘이 나눈 대화와 똑같았기 때문이다.

콜롬보가 싱긋 웃으며 관람석을 바라보았다. 콜롬보가 자기를 바라보고 있는 듯한 착각에 사로잡혀 초조해진 엘리엇은 앞자리에 앉아 있는 해로의 등으로 시선을 떨어뜨렸다. 이런 어처구니없는 연극은 한시라도 빨리 끝내게 하지 않으면…

콜롬보는 탁자에 준비된 도화지와 연필을 끌어당기며 말했다.

"격리실 안에 있는 나에게는 눈앞의 거울에 비친 내 모습밖에 보이지 않습니다. 하지만 밖에 계신 여러분은 유리창 너머로 내가 보일 것입니다. 그러면 투시 테스트를 시작할 텐데, 초능력자인 엘리엇 블레이크 씨를 흉내 내서 해보겠습니다. 저기 서 있는 소년은 맥스 다이슨 역할을 맡습니다. 살해당한 다이슨 씨가 블레이크 씨를 시험한 것과 똑같은 테스트입니다. 그러면 됐습니까, 다이슨 씨?"

"좋아, 블레이크." 토미는 격리실의 유리창 너머로 보이는 콜롬보에게 대답했다.

관람석의 엘리엇은 표정이 점점 굳어지는 것을 억누를 수 없었다.

토미는 무선기 앞에 앉아 있는 연구소의 무선기사를 바라보았다. 무선기사는 스위치를 넣고 손을 들어 토미에게 신호했다. 토미는 고개를 끄덕이고는 마이크에 대고 말했다.

"차량 알파, 브라보, 찰리… 차를 세우고 상자를 열어주세요. 상자 안에는 도로지도책, 눈가리개, 매직펜, 고무밴드, 자석, 폴라로이드 카메라와 소형 팩시밀리가 들어 있을 겁니다."

격리실 안에 있는 콜롬보는 관자놀이께를 누르고 정신을 집중하고 있는 모습이다.

실험실은 쥐죽은 듯 조용해지고, 엘리엇은 숨이 막힐 것 같아서 관람석 끝에 앉아 있는 폴라를 바라보았다. 그러나 폴라는 엘리엇을 무시하듯 팔짱을 낀 채 격리실을 응시하고 있다. 해로도 꼼짝 않고 엄숙한 표정으로 테스트 상황을 지켜보고 있다.

호퍼 형사가 무선기사의 신호를 받아 의기양양하게 말했다.

"세 대 모두 목적지에 도착해서 대기하고 있습니다."

호퍼 형사가 흥분한 목소리로 알리사 토미는 다이슨의 목소리를 흉내 내어 말했다.

"그러면 지금부터 방향을 지정할 테니까 모든 신경을 집중해서 그 방향에 있는 경치를 생각해주십시오."

토미는 마이크를 들고 관람석 쪽으로 다가왔다. 그리고 우선 맨 앞줄에 앉아 있는 해로에게 마이크를 들이댔다.

"동서남북 가운데 어느 쪽으로 할지 대답해주십시오. 차량 알파는 어느 쪽으로 할까요?"

"동쪽." 해로가 대답했다.

이어서 토미는 한 계단 위에 있는 엘리엇에게 마이크를 들이댔다.

"차량 브라보는?"

"북쪽." 엘리엇은 무뚝뚝하게 대답했다.

토미는 멀찌감치 떨어져 앉아 있는 폴라에게 다가가 마이크를 들이댔다.

"차량 찰리는?"

폴라는 잠깐 생각하고 나서 대답했다.

"북쪽."

토미는 마이크에 대고 다시 한번 각 차량에 대해 방향을 지정한 다음 지시를 내렸다.

"그럼 우선 차량 알파부터 경치를 생각하고, 사진을 찍어서 팩시밀리로 보내주십시오."

격리실 안에 있는 콜롬보는 눈을 감은 채 이마에 손을 대고 정신을 집중한다. 그러고는 연필을 집어들고 고개를 갸웃거리면서 도화지에 무언가를 그리기 시작했다.

호퍼 형사가 그것을 보고, 차량 알파가 보내온 팩시밀리 사진을 영사기에 장치한다. 그러자 원통형의 캐피틀 레코드 빌딩이 벽에 걸린 영사막에 나타났다.

"차량 브라보, 사진을 보내주십시오." 토미가 지시를 내린다.

콜롬보는 머리를 긁적거리면서 발버둥치듯 그림을 그리고, 지웠다가 다시 그린다. 어느새 재킷도 벗어 던졌다.

엘리엇 블레이크는 저도 모르게 몸을 앞으로 내밀었다. 일전에 자신이 직접 테스트를 받았을 때처럼 손이 땀으로 흠뻑 젖어 있었다.

호퍼 형사가 차량 브라보에서 보내온 팩시밀리 사진을 영사기에 장치했다. 할리우드에 있는 차이니스 극장이 영사막에 비쳤다.

"마지막으로 찰리, 사진을 보내주십시오." 토미가 지시했다.

콜롬보는 필사적으로 그림을 그리고, 팩시밀리 사진이 또 영사기에 장치된다. 아름다운 조명으로 장식된 분수탑이 영사막에 비친다.

영사막에는 이제 팩시밀리로 전송되어온 사진 석 장이 나란히 비쳐 있었다.

호퍼 형사는 격리실 벽에 달린 서랍에서 콜롬보가 그린 스케치 석 장을 꺼냈다.

"수고하셨어요, 콜롬보 경위님, 아니, 블레이크…"

토미가 말하자 콜롬보는 가볍게 손을 들고 기진맥진한 듯 천천히 일어섰다.

호퍼 형사가 서둘러 격리실 문을 열었다. 콜롬보는 지친 표정으로 코트와 재킷을 두 팔에 안고 격리실에서 나왔다.

"어떻게 됐나?" 콜롬보가 중얼거리듯 테스트 결과를 물었다.

호퍼가 영사기로 돌아가 콜롬보가 그린 그림 석 장을 장치했다. 영사막에 나란히 비친 석 장의 사진 밑에 그림 석 장이 비친다. 어린애가 그린 것처럼 치졸한 그림이지만, 석 장의 그림은 모두 사진에 찍힌 풍경과 똑같은 구도였다.

"별로 잘 그린 그림이라고는 말할 수 없지만 건물의 형태와 구도는 똑같군, 블레이크."

토미가 말하자 콜롬보는 그에게 손을 쳐들어 보이고는 관람석의 엘리엇 쪽을 바라보았다.

엘리엇은 증오심에 가득 찬 표정을 지으며 콜롬보를 노려보았다.

프레더릭 해로는 낙담한 표정으로 콜롬보와 엘리엇을 번갈아 바라보고 있다.

폴라는 여전히 무표정하게 입을 다물고 있다. 그 경멸하는 듯한 시선을 느끼고 엘리엇은 굳어진 얼굴을 돌렸다.

"토미, 고마워. 과연 천재 마술사야."

콜롬보는 코트와 재킷을 겨드랑이에 끼고 만족스러운 듯이 박수를 보냈다.

토미는 부끄러운 웃음을 띠며 말했다.

"파트너가 좋았어요. 다음에 또 기회가 있으면 우리 둘이 손잡고 멋진 마술을 해봐요. 속이 빤히 들여다보이는 이런 엉터리 마술이 아니라…"

토미는 손을 흔들며 문 쪽으로 걸어가다가 휙 돌아서더니, 쇼를 끝낸 마술사가 관중에게 인사하듯 가슴에 손을 대고 깊이 고개를 숙이고 나서 밖으로 나갔다.

콜롬보가 재킷을 걸치면서 관람석 앞으로 다가왔다.

"어땠습니까?"

어색한 침묵이 흐른 뒤 엘리엇은 농담으로 얼버무리듯 천천히 박수를 쳤다.

"멋진 연기였어요. 이 마술은 유행할 것 같군요."

콜롬보는 눈부신 듯 실눈으로 엘리엇을 쳐다보며 말했다.

"그래요. 조금만 공을 들이면 누구나 흉내 낼 수 있으니까…"

폴라가 조용히 일어나더니 말없이 관람석에서 내려와 문 쪽으로 다가갔다.

콜롬보는 그것을 지켜보면서 코트를 탁탁 털고 있었다. 그러자 해로가 천천히 일어나서 콜롬보에게 물었다.

"경위, 도대체 어떻게 된 거요?"

콜롬보는 말없이 관람석의 엘리엇을 쳐다보았다. 해로는 그 시선을 좇아 뒤를 돌아보았다. 엘리엇은 어깨를 으쓱하더니 뻔뻔스러운 웃음을 지으며 일어섰다.

"콜롬보 경위한테는 마술사 소질이 있다는 겁니다." 엘리엇은 깔보듯 코웃음을 치고 나서 말을 이었다. "아니면 나처럼 초능력을 갖고 있나?"

콜롬보는 코트 소매에 팔을 꿰면서 말했다.

"천만에요. 칭찬을 받는 건 영광이지만 나한테는 당신 같은 초능력은 없습니다. 마술의 속임수를 이용했을 뿐이지요. 그리고 당신이 남을 속일 때의 표정과 동작을 흉내 냈을 뿐입니다."

해로가 추궁하는 듯한 어조로 물었다.

"어떤 속임수를 사용했소?"

"수법을 밝히고 싶은 마음은 굴뚝같지만, 마술사는 아마추어한테 수법을 밝히면 안 되기 때문에…" 콜롬보는 두 팔을 벌리며 변명하고는 싱긋 웃었다. 그리고 코트 주머니에 손을 찔러 넣고 밖으로 나가려다가 도중에 휙 돌아섰다. "실은 아주 단순한 속임수예요. 마술이라면 간단히 풀 수 있지요. 다만 수수께끼를 풀기 전의 마음가짐이 중요합니다. 그게 속임수라는 것을 명심해두어야 해요. 그래도 풀지 못하겠으면 블레이크 씨한테 가르쳐달라고 하십시오. 살해당한 맥스 다이슨 씨한테는 이제 알아낼 수 없으니까요."

"터무니없는 트집이군. 어떤 수법을 썼는지 지금 이 자리에서 당장 말해야 해요." 엘리엇이 내뱉듯이 말했다.

"당신에게는 가까운 장래에 가르쳐드리지요."

이 말을 남기고 콜롬보는 휙 돌아서더니 구부정한 등을 더욱 둥글게 구부리고 실험실을 나갔다.

그 뒷모습을 지켜보고 있던 해로가 불쾌한 듯이 중얼거렸다.

"잡쳐버렸군…"

제4장

살인의 마술

1

다이슨 마술용품점의 지배인인 버트 스핀들러가 가게 문을 닫으려고 셔터를 내리고 있을 때 낡은 나팔 같은 한심한 클랙슨 소리가 '뿌뿌뿌' 하고 세 번 울렸다.

버트 스핀들러가 소리 나는 쪽을 돌아보니, 30년 전에는 새 차였을 거로 보이는 고물차가 차체를 부들부들 떨면서 길가에 멈춰 섰다.

운전석에 앉은 사내가 창을 열고 짤막한 목을 비스듬히 내밀며 소리쳤다.

"스핀들러 씨, 잠깐만요. 아직 가게를 닫지 마세요."

"뭐야, 콜롬보 경위이잖아? 무슨 일이시죠?" 버트는 의아한 표정으로 물었다.

콜롬보는 푸조에서 내려 시가를 피우면서 다가왔다.

"뭐, 대단한 일은 아니지만… 아니, 어쩌면 대단한 일인지도 모르지만…"

"어느 쪽입니까?"

"글쎄, 그걸 나도 잘 모르겠어요. 가게에 들어가도 됩니까?"

콜롬보는 대답도 듣지 않고 앞장서서 성큼성큼 가게 안으로 들어갔다. 그리고 마술용품이 진열되어 있는 선반을 찬찬히 들여다보았다.

버트 스핀들러가 콜롬보를 따라오면서 물었다.

"대체 뭘 찾고 있는 겁니까?"

"검은 수첩요. 마술에 사용하는… 아주 흔해 빠진 수첩인데, 그걸 사용하면 상대가 그린 그림을 당장 알아버리는…" 콜롬보는 선반을 두리번거리며 말을 이었다. "토미가 여기서 판다고 했는데…"

"그거라면 이 선반 뒤쪽에 있어요."

버트는 선반 반대쪽으로 돌아갔다. 콜롬보도 따라간다. 그 선반에는 특대형 트럼프와 ESP 카드, 화려한 색깔의 크고 작은 상자와 유리잔, 그 밖에 온갖 마술용품이 놓여 있고, 거기에 섞여 검은 수첩이 놓여 있었다. 버트가 그것을 가리켰다.

"찾으시는 게 이거 아닙니까?"

"예, 맞아요. 바로 이거예요."

콜롬보는 몇 번이나 고개를 끄덕이면서 검은 수첩을 집어들었다.

버트는 콜롬보가 기뻐하는 모습을 의아한 듯이 바라보면서 물었다.

"그 검은 수첩이 어쨌다는 겁니까?"

"어쩌면 이게 사건을 푸는 열쇠가 될지도 몰라요."

콜롬보는 수첩의 책장을 넘겨보기도 하고 이리저리 뒤집어보기도 한다.

"그 수첩이 사건과 무슨 관계가 있는데요?"

"직감 같은 건데… 아무래도 모르겠군." 콜롬보는 체념하고 수첩에서 눈을 들더니, 맥 빠진 표정을 짓고 있는 버트를 바라보며 물었다. "이건 대체 어떤 식으로 사용하는 겁니까?"

"물건을 사지 않으면 수법도 가르쳐줄 수 없어요." 버트 스핀들러는 여전히 완고한 말투로 말했다.

콜롬보는 원망스러운 듯 표지를 내려다보다가 물었다.

"얼마죠?"

"50달러."

"50달러요? 이런 게 50달러나 합니까?" 콜롬보는 눈을 희번덕거리며 되물었다. 버트가 고개를 끄덕이자 콜롬보는 도저히 믿을 수 없다는 듯이 말을 이었다. "하지만 우리 경찰청 안에 있는 문방구에서는 이것과 똑같은 검은 수첩을 단돈 5달러에 살 수 있는데요. 열 배나 받다니…"

"관청과 이곳을 똑같이 취급하면 곤란합니다. 검은 수첩이라 해도 내용이 달라요. 45달러어치의 장치가 덤으로 붙어 있는 거지요."

"본체가 5달러이고 덤이 45달러라고요? 어떡하지? 사야 하나 말아야 하나…" 콜롬보는 이마에 주름을 잡으며 생각에 잠겼다. 그러다가 이윽고 결심한 듯 중얼거렸다. "집사람한테는 비밀로 하고 사치 좀 부려볼까. 50달러짜리 수첩을 가진 형사는 전 세계를 다 뒤져봐도 없을 거야."

"때로는 사나이답게 호쾌한 짓도 좀 해보시지 그래요?"

버트가 싱글싱글 웃으며 말하자 콜롬보는 목소리를 낮추어 물었다.

"이걸 사면 가르쳐주는 거죠?"

"물론이죠. 마술사는 거짓말하지 않습니다."

"마침 수첩도 조금밖에 남지 않았고… 하지만 이걸 쓰기도 아깝고…" 콜롬보는 중얼거리면서 재킷 안주머니에서 얄팍한 지갑을 꺼내더니 지폐와 동전을 합쳐서 50달러를 손바닥 위에 올려놓았다. "자, 정확히 50달러입니다. 하나 주세요."

버트는 콜롬보가 내민 돈을 공손히 받아들었다.

"고맙습니다. 이걸 손에 넣은 순간부터 경위님은 마술사가 되는 거예요. 그러니까 비밀을 가르쳐드리지요."

콜롬보가 고개를 끄덕이고 수첩을 두 손으로 펼쳐들자 버트는 설명하기 시작했다.

"그러면 수첩을 닫으세요. 요점은 그 검은 표지에 있거든요. 아니, 그것뿐이라고 해도 좋아요."

콜롬보가 검은 표지를 열심히 바라보자 버트는 가슴주머니에서 볼펜을 꺼내어 콜롬보에게 건네주었다.

"그 표지 위에 종이를 올려놓고, 그러니까 그 표지를 책받침으로 삼아서 아무 글씨나 써보세요."

콜롬보는 볼펜을 받아들고는 당황한 표정을 지었다.

"종이는 그 수첩을 찢어서 쓰세요."

"네? 이걸 말입니까?"

콜롬보는 몹시 아까운 듯 수첩 한 장을 찢어내어 표지 위에 올려놓고는 진지한 표정으로 '콜롬보'라고 썼다. 지렁이가 꿈틀꿈틀 기어가는 듯한 글씨였다. 버트 스핀들러는 그것을 확인하고 나서 말했다.

"됐습니다. 그러면 그 표지를 넘겨서 첫 장을 보세요."

콜롬보는 시키는 대로 표지를 젖혔다.

"아니, 이건…"

콜롬보의 눈썹이 꿈틀 치켜올라갔다. 수첩 첫 장에는 지렁이가 기어가는 듯한 필적이 또렷이 떠올라 있었다. 버트 스핀들러가 우쭐한 투로 설명한다.

"쓴 글씨가 복사되는 겁니다. 표지 뒤에 먹지가 붙어 있어서 그렇게 되는 거예요."

"그렇군요. 그런 장치였군요…" 콜롬보는 아메리카 대륙을 발견한 콜럼버스처럼 기쁜 표정을 지었다. "집에 가면 당장 마누라한테 시험해봐야지."

콜롬보는 검은 수첩을 보물단지처럼 코트 주머니에 집어넣고 그 위를

제4장 살인의 마술 557

탕탕 두드렸다. 그리고 이번에는 반대쪽 주머니에서 클립보드를 꺼냈다.

"그런데 이것의 정체를 겨우 알아냈답니다. 전에도 보여드렸지만 그 '마술의 성'에 있는 가게에서 이런 걸 팔고 있더군요."

"마술의 성'에서? 그걸 말입니까?" 이렇게 말하면서 버트는 흥미로운 듯이 클립보드를 들여다보았다.

"300달러나 나가는 신제품인데, 이 상품 이름이 뭔지 아세요?"

버트는 말없이 어깨만 으쓱해 보였다.

"'다이슨의 클립보드'라고 한답니다."

"맥스가 만들었나요? 몰랐는걸…" 버트는 콜롬보의 손에서 클립보드를 빼앗듯 받아들고는, 그걸 뒤집어 자세히 뜯어보았다.

그런 버트에게 콜롬보가 말을 걸었다.

"잘 만들었지요?"

"그런 것 같네요…"

"수법을 가르쳐주시겠습니까?"

콜롬보가 귓가에 대고 속삭이자 버트는 클립보드를 손가락 끝으로 톡톡 두드리면서 말했다.

"이건 척 보면 압니다. 나뭇결무늬를 벗겨보시죠? 아까 그 수첩과 똑같은 원리예요."

"벗기라고요? 아아…" 콜롬보는 입을 딱 벌리고 버트를 바라보고 있다가 느닷없이 클립보드를 낚아챘다. "여러 가지로 고맙습니다."

콜롬보는 어리둥절해 있는 버트를 남겨두고 성큼성큼 문 쪽으로 걸어갔다. 가게에서 나온 콜롬보는 "벗긴다, 벗긴다, 벗긴다" 하고 주문처럼 외면서 자동차로 돌아가 운전석에 올라탄 다음, 손에 들고 있던 클립보드를 핸들 위에 올려놓았다. 조수석에 엎드려 있던 개가 시끄럽다는 듯이 고개를 쳐들었다.

"벗긴다… 벗긴다…" 이렇게 중얼거리면서 콜롬보는 나뭇결무늬가 새겨진 클립보드의 표면을 여기저기 만지며 살펴보다가, 이윽고 오른쪽 위를 손톱 끝으로 긁었다. 그러자 표면이 약간 벗겨졌다. 콜롬보는 그 끝을 손가락으로 조심스럽게 잡고 스티커를 떼어내듯 살짝 벗겼다.

2

몬태나 가는 산타모니카의 북쪽 변두리를 가로지르며 동서로 뻗어 있다. 그 거리를 검은색 리무진이 조용히 달리고 있었다. 한적한 그 길에는 사람도 차량도 드물었다. 오른쪽에는 골프장의 시원한 잔디밭이 황금빛 저녁 햇살을 받아 파도처럼 넘실거리고 있다. 드문드문 서 있는 야자나무 사이로 골퍼들의 모습이 띄엄띄엄 보이고, 하얀 골프 카트 몇 대가 페어웨이를 벌레처럼 기어다니고 있다.

차창 밖으로 골프장이 지나갔을 때, 검은 모자를 깊이 눌러쓴 폴라 헬이 옆에 앉아 있는 프레더릭 해로를 돌아보며 말했다.

"터무니없는 방해가 들어왔군요." 목소리에 분노가 어려 있었다.

그러자 수수한 회색 양복을 입은 해로는 그녀의 옆얼굴을 보면서 차분한 어조로 대답했다.

"그 형사, 그 정도 일은 하고도 남는 사람인 모양이오. 그거야 어쨌든, 설마 엘리엇이 뒷구멍으로 그런 어처구니없는 짓을 저지를 줄은 몰랐소. 경력을 거짓말로 도배한 것도, 가명을 쓰고 있다는 것도, 어차피 사기꾼에 불과하다는 것도 전부 조사했지만…"

폴라는 해로한테서 시선을 돌려 다시 차창 밖을 바라보았다. 빨간 폴로셔츠에 하얀 바지를 입은 동양인 세 명이 골프 가방을 메고 보도를 터벅터벅 걷고 있었다. 아마 일본에서 단체관광을 온 골프광일 것이다.

"또 하나 오산이 있었소…"

해로의 말에 폴라는 창문에서 눈을 돌리며 대답했다.

"그래요. 그런 형사가 시경에 있었다니, 끈질기게 따라다니기 시작했을 때 엘리엇을 해고해버렸다면 좋았을걸…"

"아니, 그런 게 아니라…" 해로가 폴라의 말을 가로막았다. "엘리엇을 대하는 당신의 태도가 문제요. 너무 지나치게 접근한 것 같더군."

"……" 폴라는 말없이 창밖으로 눈길을 돌렸다. "그 사람은 이제 어떻게 되죠?"

"아직은 어떻게든 이용할 수 있어요. 그자가 무슨 짓을 저지르든 우리와는 전혀 상관없는 일이오. 그자의 초능력은 그대로 믿을 수는 없지만, 그렇다고 완전한 날조도 아니오. 지금까지의 실험 결과는 평균보다 훨씬 높은 능력이 있다는 걸 보여주고 있잖소. 하지만 우리가 필요로 하는 건 그자의 초능력이 아니라 그 평판이오."

앞쪽에 바다가 보이기 시작했다. 리무진은 도로 끝에 이르자 천천히 왼쪽으로 구부러져, 바다를 따라 남북으로 뻗어 있는 길로 들어가 태평양을 오른쪽으로 보면서 남쪽으로 내려가기 시작했다. 해로는 창밖에 서 있는 하얀 집들을 바라보고 있다. 그 무표정한 옆얼굴을 보면서 폴라는 물었다.

"그럼 그 사람은 어떻게…"

"아직은 쓸모가 있어요. 애초의 계획처럼 초능력자라는 '무기'로 시리아에 팔아넘길 수는 없게 되었지만…"

일정한 목적지가 없는 리무진은 야자나무가 늘어서 있는 해변도로를 천천히 달리고 있었다. 창문으로 비쳐드는 저녁 햇살에 눈이 부신지 해로는 눈을 가늘게 떴다.

"그 연기력은 제법 쓸 만해요. 그러니까 그자가 사정을 잘 알고 있는 중동지역에 이중첩자로 보내도 좋겠지. 당분간 그자를 대신할 첩보원 후보는 찾아낼 수 없으니까…"

"괜찮을까요?"

"큰일은 맡길 수 없어요. 졸로 써먹을 뿐이지. 방해가 되면 당장 없애버리면 되고… 아아, 저기 주차장에 차를 세워주게."

해로가 3미터나 앞에 앉아 있는 운전기사에게 말하자 리무진은 산타모니카 해변 주차장으로 들어가 바다를 향하여 멈춰 섰다. 주차장에는 자동차 몇 대가 서 있을 뿐이다. 눈앞의 바다에서는 방수복 차림의 윈드서퍼들이 저녁 해를 등지고 파도를 타고 있다. 하얀 강아지를 데리고 나온 노인이 황금빛으로 물든 모래밭을 천천히 걷고 있었다.

잠시 침묵이 흐른 뒤 해로가 시가에 라이터로 불을 붙이며 입을 열었다.

"어쨌든 우리 계획은 이대로 진행하겠소. 초능력이 실제로 도움이 되는 거라면 앞으로도 당신 연구소에 대한 지원금은 아끼지 않을 거요. 엘리엇 블레이크는 좋은 의미에서 우리의 기대를 저버리긴 했지만…"

"콜롬보 경위는 어떡하죠? 그의 추적은 피할 수 있을까요?"

폴라가 해로의 눈을 바라보며 말하자 해로는 웃으면서 폴라의 가냘픈 손을 잡았다.

"기껏해야 일개 형사 나부랭이가 뭘 할 수 있겠소. 그자의 움직임을 막는 것쯤은 식은 죽 먹기요. 엘리엇 블레이크는 이번 사건이 잠잠해질 때까지 어딘가에 숨겨두겠소. 되도록 빨리 손을 쓸 작정이오. 내일 안으로 처리하겠소."

두 사람의 얼굴이 갑자기 붉게 물들었다. 붉게 짓무른 저녁 해의 윤곽이 크게 일그러지면서 수평선 아래로 잠기려 하고 있었다.

3

 그날 밤, 맥스 다이슨의 공작실에 있는 낡은 괘종시계가 9시를 쳤다.
 단두대 옆에 놓인 의자에 앉아 책을 읽고 있던 콜롬보는 힐끗 시계를 쳐다보고는 다시 책으로 눈길을 떨어뜨렸다. 짧은 다리를 꼬고 이따금 얼굴을 책에 바싹 갖다대며 열심히 읽고 있다. 제목이 《탈출의 마술》이라는 책이었다.
 이윽고 초인종이 울렸다. 콜롬보는 꼬고 있던 다리를 풀고 천천히 일어나더니, 책을 펼친 채 의자 위에 내려놓고 엘리베이터 쪽으로 걸어갔다. 한가운데에서 위아래로 열리는 엘리베이터 문은 열려 있었다. 문 위쪽에 달려 있는 빗장에는 끈이 걸려 있다. 콜롬보는 벽에 달린 단추를 눌렀다. 엘리베이터가 기계 소리를 내면서 내려갔다.
 곧이어 아래층에서 사람이 올라타는 기척이 나고, 다시 삐걱거리는 소리를 내며 엘리베이터가 올라왔다. 그동안 콜롬보는 눈앞에 늘어져 있는 끈을 만지며 확인했다. 시험 삼아 끈의 양쪽 끝을 잡고 당겨보니 위쪽 문이 약간 내려왔다.
 그때 엘리베이터가 올라와 엘리엇 블레이크의 모습이 나타났다. 엘리베이터가 멈춘다. 엘리엇은 껌을 씹으면서 익살스러운 어조로 말했다.
 "불러주셔서 고맙습니다. 경위님. 사건을 푸는 열쇠를 찾아냈나요?"
 콜롬보는 그 말에는 대답하지 않고 엘리베이터에서 내리려 하는 엘리엇을 제지했다.
 "잠깐 기다려요! 방으로 들어오기 전에 재미있는 실험을 해보고 싶으니까…"
 "……?"
 당황한 표정을 짓는 엘리엇의 눈앞에 콜롬보가 쥐고 있는 끈이 어른거린다.

"이 끈의 양쪽 끝을 잠깐 들어주시겠습니까?"

눈앞에서 흔들리고 있는 끈이 엘리엇에게는 독사처럼 여겨졌다. 무슨 일을 하려는 건지 엘리엇은 금방 알 수 있었다. 엘리엇은 끈을 뿌리치며 말했다.

"무엇 때문에요?"

"대수롭지 않은 실험입니다. 나 혼자서는 확인할 수가 없어서… 요컨대 범행수법을 검증하는 거지요. 부탁합니다."

콜롬보는 다시 엘리엇의 눈앞에 끈을 내밀었다.

"아니, 이런 걸로?"

엘리엇은 시치미를 떼고 끈을 바라보고 나서 마지못해 끈을 받아들었다.

"잠깐 시험해봐 주십시오."

재촉하는 콜롬보에게 엘리엇은 하마터면 넘어갈 뻔했지만, 역시 시치미를 떼고 물었다.

"어떻게 하면 됩니까?"

"아, 그렇지. 힘껏 잡아당겨 보세요."

"설마 사형대의 엘리베이터는 아니겠죠?"

엘리엇은 끈을 잡고 힘껏 잡아당겼다. 그 순간 엘리베이터 문이 눈앞에서 닫히고, 콜롬보의 모습이 시야에서 사라졌다.

문 반대쪽에서 콜롬보가 소리를 질렀다.

"블레이크 씨, 이번에는 한쪽 끝만 잡아당겨 보세요!"

빗장에 걸려 있던 끈이 당겨지자 찰칵 하는 소리와 함께 빗장이 채워졌다.

"더 잡아당겨요!"

엘리엇은 문틈으로 끈을 잡아당겨 모두 감았다. 밀실 트릭의 재현이었다. 엘리엇은 순간 독방에 갇힌 듯한 착각에 사로잡혔다.

"좋습니다!"

문 반대쪽에서 콜롬보가 외치고는 빗장을 풀고 문을 열었다. 엘리엇은 도망치듯 엘리베이터에서 나오자 손에 들고 있던 끈을 콜롬보에게 내던지고 공작실 안으로 들어갔다.

"됐습니다, 블레이크 씨. 대성공이에요. 저 책에 적혀 있는 대로 되었어요." 콜롬보는 의자 위에 놓여 있는 책을 가리켰다. "《탈출의 마술》이라는 책인데, 블레이크 씨도 알고 있겠죠? 그 유명한 마술사 후디니가 탈출에 사용한 수법이지요. 밀실에서 빠져나와 문의 빗장을 원래대로 채워놓는…"

엘리엇은 콜롬보가 어떻게 나오는지 보려고 말없이 기다렸다. 속으로는 사실 기가 죽었지만, 화낼 마음도 나지 않아서 그저 무표정하게 껌만 씹고 있었다.

"이 책은 연구소의 도서자료실에서 빌려온 건데…" 콜롬보가 말을 이었다. "이 사건 덕분에 나도 많이 영리해졌어요. 다이슨 씨를 죽인 범인은 이 트릭을 사용했을 겁니다. 현장을 떠날 때 지금처럼 엘리베이터 안에서 끈을 조작하여 안쪽으로 빗장을 채운 게 아닐까요?"

"글쎄요, 나로서는 뭐라고 대답할 수가 없군요." 엘리엇은 어깨를 으쓱하고는 한숨을 내쉬며 코웃음을 쳤다.

두 사람은 단두대를 사이에 두고 대치하는 형태가 되었다. 콜롬보는 단두대를 바라보면서 시가에 불을 붙였다.

"빗장을 건 방법으로 보아 범인은 마술에 정통한 사람일 겁니다. 마술사니까 단두대 트릭도 알고 있었을 테고…" 콜롬보는 혼자 고개를 끄덕이고는 눈을 치켜뜨고 엘리엇을 바라보았다. "블레이크 씨, 밤중에 불러내서 죄송합니다."

"호기심이지요. 경위님이 그 투시 테스트를 어떤 수법으로 해냈는지, 어떻게 사진과 똑같은 그림을 그릴 수 있었는지 궁금해서…" 엘리엇은 콜롬보를 똑바로 마주 보았다.

콜롬보는 고개를 끄덕이고 작업대로 다가가면서 엘리엇을 손짓으로 불렀다. 그러고는 작업대 위에 놓여 있는 종이봉지로 손을 뻗었다.

"오늘은 양배추가 아니라…" 콜롬보는 종이봉지 속에 손을 집어넣더니, 테스트할 때 사용한 도로지도책을 꺼내어 엘리엇의 눈앞에 내밀었다. "이걸 잠깐 가지고 있어 줄래요?"

엘리엇이 망설이자 콜롬보는 억지로 지도책을 엘리엇에게 떠맡겼다.

"그리고 다음에는…" 콜롬보는 유쾌한 듯 다시 봉지 속에 손을 집어넣었다. "매직펜과 고무밴드…"

콜롬보는 매직펜 뚜껑을 열어 꽁무니에 끼운 다음 엘리엇에게 건네주었다. 그러고는 봉지에서 눈가리개를 꺼내어 엘리엇에게 내밀었다.

"이걸 써보세요. 자, 어서."

콜롬보가 재촉하자 엘리엇은 할 수 없이 눈가리개를 했다.

콜롬보가 의기양양하게 지시했다.

"자, 그러면 지도책을 펼쳐서 원하는 페이지를 열어보세요. 아무 페이지나…"

엘리엇은 지도책을 펼쳤다.

"그러면 매직펜으로 아무 데나 동그라미를 그려주세요."

엘리엇은 시키는 대로 매직펜으로 동그라미를 그렸다.

"좋습니다. 그럼 눈가리개를 풀고 매직펜을 돌려주세요."

콜롬보는 눈가리개와 매직펜을 받아들고, 그 대신 고무밴드를 건네주었다.

"지도책에 이 고무밴드를 끼워서, 열린 페이지가 넘어가지 않도록 해주세요."

콜롬보는 얼굴을 돌리고 부자연스럽게 눈을 꽉 감는다.

"지금 당신이 표시한 장소는 패서디나(로스앤젤레스 북동쪽에 있는 소도시)의 홀리 가와 아로요 대로의 교차점 부근이지요? 어떻습니까?"

엘리엇은 페이지를 힐끗 바라보고 나서 지도책을 작업대 위에 내던졌다.

그 소리에 놀란 콜롬보가 눈을 번쩍 떴다.

"미리 현장의 경치를 기억해두면 초능력을 사용하지 않아도 그림은 그릴 수 있습니다."

"물론 마술을 사용해도 같은 일을 할 수 있지요. 속임수는 지극히 간단합니다. 어린애라도 할 수 있을 거예요." 엘리엇은 의기양양하게 말하고는 뻔뻔스러운 미소를 지었다. "가령 말입니다, 내가 그렇게 했다 해도 중죄는 되지 않겠죠?"

"물론이죠. 마술사가 초능력자라고 거짓말을 해도 아무도 나무랄 수 없고 죄도 되지 않습니다. 비밀스러운 연구니까 CIA도 공공연하게 알려지는 걸 원치 않을 테고요."

콜롬보는 지도책을 집어들어 고무줄을 풀고 팔랑팔랑 넘겼다.

"그리고 모든 페이지가 똑같은 지도책을 사용해도 중죄는 되지 않습니다."

콜롬보는 매직펜을 집어들고 말했다.

"글씨가 쓰이지 않는 특제 펜을 사용해도 중죄는 되지 않습니다."

그것이 잉크가 나오지 않는 펜이라는 것을 보여주기 위해 콜롬보는 펜을 코트에 대고 문질렀다.

"글씨가 쓰이지 않아도 괜찮습니다. 지도책에는 처음부터 동그라미 표시가 되어 있으니까요. 모든 페이지의 똑같은 곳에…"

콜롬보는 이것 보라는 듯이 지도책을 계속 넘겼다.

"이 페이지도 홀리 가와 아로요 대로의 교차점, 이 페이지도 홀리 가와 아로요 대로의 교차점… 눈가리개는 그것을 눈치채지 못하게 하기 위한 소도구이고, 고무밴드를 끼우는 것은 다른 페이지를 넘기지 못하게 하기 위해…"

콜롬보는 엘리엇이 했듯이 지도책을 작업대 위에 내던졌다. 두 사람은 다시 얼굴을 마주 보았다. 엘리엇은 빈정거렸다.

"당신한테는 비범한 재능이 있군요. 직업을 잘못 택하신 거 아닙니까?"

"초능력자의 재능 말입니까? 아니면 마술사의 재능?"

콜롬보는 종이봉지에서 여러 가지 물건을 주섬주섬 꺼내어 작업대 위에 늘어놓았다. 책과 파일 그리고 타이프친 서류…

"당신 혼자 힘으로는 그 테스트를 통과할 수 없었어요. 그래서 맥스 다이슨 씨의 도움을 얻어 속임수를 썼지요. 세 명의 운전자는 반드시 다이슨 씨의 무선 지시에 따라 행동하라는 CIA의 명령을 받고 있었어요. 그래서 지도책을 넘겨보지도 않았지요. 그래서 이렇게 대담한 속임수를 쓸 수 있었던 겁니다. 게다가 당신과 다이슨 씨는 옛날부터 아는 사이였고…"

"대단한 상상력이라고 말할 수밖에 없군요. 하지만 유감스럽게도 나는…"

"하지만 뭡니까?"

엘리엇은 의자까지 걸어가서 천천히 걸터앉았다.

"나와 다이슨이 옛날부터 아는 사이라는 말은 금시초문인데요."

"그럼 다이슨 씨가 왜 협력했죠?"

콜롬보가 묻자 엘리엇은 빈정거리는 웃음을 지었다.

"매수했다는 건가요? 무슨 근거로? 콜롬보 경위님, 억측과 직감으로 말하는 건 그만두세요. 추리게임을 상대하고 있을 시간은 없으니까요. 이만 실례합니다."

엘리엇은 의자에서 일어나 엘리베이터 쪽으로 돌아섰다.

"잠깐만요. 이건 억측도 직감도 아닙니다." 콜롬보는 작업대에서 책을 집어들더니 서표가 끼워진 페이지를 펼쳤다. "이 책은 다이슨 씨가 쓴 책인데, 이 책에 카이로 감옥에서 겪은 체험이 재미있게 적혀 있더군요. 시간이 남아돌아서 견딜 수 없기 때문에 같은 감방에 있던 사람들에게 카드 마술의 초보를 가르쳐준 일이… 그중에서도 G.H라는 인물은 소질이 있어서, 제대로 하면 훌륭한 마술사가 될 거라고…"

콜롬보는 책을 탁 덮고는 옆에 있는 파일을 가리켰다.

"그리고 이 '연구진 파일'에 따르면 당신은 카이로 태생으로 되어 있는데, 하지만 이 기록에는 약간의 잘못이 있더군요."

"어디가요?" 엘리엇은 뜻밖에 거친 목소리로 되물었다.

"당신이 카이로에서 살았던 건 분명하지만 카이로 태생은 아닙니다. 영국 버밍엄에서 태어났지요. 아닙니까, 그레그 해밀턴 씨? 우연히도 G.H라는 인물과 머리글자가 일치합니다. 어쨌든 엘리엇 블레이크라는 이름은 가명이에요. 아니, 예명이라고 말하는 편이 좋을지도 모르겠군요."

엘리엇은 대꾸할 말이 없어서 우두커니 서 있었다.

"당신은 이집트 정부에 불량 무기를 팔려다 들통이 나서 카이로 감옥에 들어갔습니다. 국무부에서 알려주었지요. 본명은 그레그 해밀턴… 여기에 그 기록이 있습니다."

콜롬보는 타이프친 서류를 집어들어 엘리엇에게 건네주었다.

"카이로에서 우연히 만난 미국 마술사와 영국 초능력자의 이야기지요. 당신은 감옥에서 3년 동안 다이슨 씨한테 마술을 배웠습니다. 아닙니까?"

엘리엇은 서류를 훑어보면서 마침내 입을 열었다.

"이제 와서 생각하면 그리운 추억이죠. 솔직히 자백할게요. 그렇습니다.

맥스와는 옛날부터 아는 사이였어요. 감방 동료라고 할까요. 하지만 그것뿐입니다." 엘리엇은 서류에서 얼굴을 들고 콜롬보에게 서류를 내밀었다. "다이슨과 짜고 CIA의 테스트를 통과했으니까, 초능력자로서 CIA에 채용되면 일생이 편안합니다. 구태여 다이슨을 죽일 필요가 어디 있겠습니까?"

"글쎄요, 신분을 바꾸는 데 방해가 되는 사람을 없애는 경우도 종종 있으니까요…" 콜롬보는 다이슨의 책과 타이프친 서류를 종이봉지 속에 도로 집어넣고, 파일도 봉지에 넣으려다가 도중에 손을 멈추고 파일을 쳐들었다. "어떤 의미에서는 이 기록에 적혀 있는 대로 당신은 카이로 태생입니다. 카이로에서 마술사로 다시 태어났으니까요. 그런데 어느새 초능력자가 되었고, 이제는 또 CIA의 첩보원으로 변신하려 하고 있어요."

콜롬보는 엘리베이터 쪽으로 천천히 걸어갔다.

"그러면 동기야 어떻든, 범행을 증명하는 데 또 하나 중요한 건 당신한테 그럴 기회가 있었는가 하는 겁니다." 콜롬보는 엘리베이터 앞까지 가서 홱 돌아섰다. "맨 처음 여기서 만날 때 나는 이 가게 주소밖에 알려주지 않았는데 당신은 뒷골목에서 엘리베이터를 타고 직접 이 공작실로 올라왔어요."

"가게 문이 닫혀 있어서 뒤쪽으로 돌아왔을 뿐이라고 했잖습니까? 끝까지 억지를 부릴 작정이세요?" 엘리엇은 거친 목소리로 반박했다.

콜롬보는 한쪽 눈썹을 치켜올리고 고개를 갸웃했다.

"억지를 부리고 싶진 않지만, 아무래도 마음에 걸려서…" 콜롬보는 다시 엘리엇이 서 있는 작업대 쪽으로 돌아왔다. "이것만은 억측도 직감도 아닌 사실입니다. 당신은 전에도 여기 와본 적이 있을 겁니다."

"꼭 나치의 망나니 같군요. 경위님 이야기는 모두 억측이에요. 도저히 듣고 있을 수가 없습니다!" 엘리엇은 내뱉듯이 말하고는 떠나려고 했다.

"조금만 더 들어주세요." 콜롬보가 강한 어조로 불러 세웠다. "이제부터가 중요하니까…"

콜롬보는 코트 주머니에서 클립보드를 꺼냈다.

"다음은 이겁니다. 당신이 검은 수첩을 이용해서 글자 알아맞히기 마술을 보여준 덕분에… 이걸 본 기억이 있습니까?"

콜롬보는 종이를 끼운 클립보드를 내밀었다.

엘리엇은 의아한 듯 그것을 받아들고 백지를 힐끗 바라보았다.

"이게 어쨌다는 거죠?"

"그 종이만 돌려주실까요?"

엘리엇은 어리둥절한 채 클립에서 백지를 떼어내어 콜롬보에게 돌려주었다. 그러자 콜롬보는 종이를 내려다보며 읽기 시작했다.

"나 엘리엇 블레이크는 훗날 CIA와 국방부에서 보수가 들어오는 대로 맥스 다이슨 씨에게 진 빚을 갚겠습니다. 1990년 3월 18일."

"말도 안 돼…" 엘리엇은 잠시 말문이 막혔다. 그는 콜롬보가 손에 들고 있는 백지를 바라보며 외쳤다. "그런 말은 적혀 있지 않아요! 그냥 백지가 아닌가요!"

"이쪽이 아니라, 그 클립보드에 적혀 있습니다. 표면의 나뭇결무늬를 벗겨보세요. 위쪽 구석부터 살살 조심스럽게… 스티커를 떼어내는 것처럼."

수법은 발각되었다. 엘리엇은 분노와 굴욕을 억누르며, 콜롬보가 시키는 대로 클립보드의 표면을 벗겼다. 거기에 떠오른 글자는 틀림없이 그때 자기가 쓴 필적이었다.

"어떻습니까?"

엘리엇은 창백해진 얼굴로 입을 다물고 클립보드를 콜롬보에게 내던졌다.

콜롬보는 두 손으로 클립보드를 받아들고는 벗겨진 클립보드를 바라보며 다시 낭독한다.

"나 엘리엇 블레이크는 훗날 CIA와 국방부에서 보수가 들어오는 대로 맥스 다이슨 씨에게 진 빚을 갚겠습니다. 1990년 3월 18일'… 그리고 당신 서명까지 먹지로 복사되어 있습니다. 3월 18일이라면 맥스 다이슨 씨가 살해당한 날이지요. 다시 말해서 당신은 다이슨 씨가 살해된 날 이 현장에 있었다는 얘기가 됩니다."

콜롬보는 잠시 말을 멈추었다가 클립보드를 손가락으로 톡톡 두드리며 말을 이었다.

"이게 뭐라고 하는 상품인지 아십니까? '다이슨의 클립보드'라고 한답니다. 다이슨 씨의 신제품이지요."

엘리엇은 계속 침묵을 지키고 있다가, 갑자기 애매한 미소를 지으며 부드러운 어조로 말했다.

"경위님한테는 못 당하겠군요. 다이슨한테 협박을 당한 건 솔직히 인정하겠습니다. 하지만 그날 내가 아닌 다른 사람이 이 공작실에 와서 그 사람을 죽였을 가능성도 있잖습니까?"

"그렇군요. 그렇게까지 대담하게 나오신다면 어쩔 수 없지요." 콜롬보는 클립보드를 코트 주머니 속에 억지로 쑤셔 넣었다. "그럼 문제의 단두대 말인데… 잠깐 입회해주실래요?"

콜롬보는 단두대 쪽으로 부리나케 걸어간다. 엘리엇은 마지못해 뒤따라갔다. 콜롬보가 단두대 기둥을 어루만지며 엘리엇을 돌아보았다.

"결국 모든 건 여기로 귀결되는 것 같습니다."

엘리엇은 대답하지 않고 눈길을 피했다. 단두대 기둥의 홈에는 안전핀이 끼워져 있다. 콜롬보는 무슨 생각을 하고 있는지, 섬뜩하게 번득이는 칼날을 쳐다보며 입을 다물고 있다.

엘리엇은 침묵을 견딜 수가 없어서 입을 열었다.

"어서 단두대에 관한 추론을 시작해보시죠?"

"이 물건에는 정말 애를 먹었지요. 어쨌든 구조를 전혀 모르는 데다, 아무도 수법을 알려주지 않아서…" 콜롬보는 어깨를 으쓱하고는 단두대에 손을 뻗어 목을 고정시키는 철판을 무거운 듯이 떼어냈다. "자, 이걸 잠깐 들고 계세요."

콜롬보는 철판을 엘리엇에게 건네주고 단두대 위로 기어 올라가 벌렁 드러누웠다. 그러고는 바로 위에서 번득이는 칼날을 노려보며 말을 이었다. "겨우 수수께끼를 풀었어요. 수법은 간단합니다. 목을 고정시키는 그 철판이 문제예요. 철판을 끼우는 방법에 따라 잘리기도 하고 안 잘리기도 하는 거지요?"

반듯이 드러누운 콜롬보가 한 손으로 목을 자르는 시늉을 했다. 엘리엇은 콜롬보의 얼굴을 차갑게 내려다보면서 말했다.

"난 모릅니다. 맥스가 죽어버려서 유감이군요. 맥스라면 가르쳐줄 수 있었을 텐데."

"아니, 그 사람도 가르쳐주지 않았을 겁니다. 진짜 마술사는 죽어도 수법을 밝히지 않으니까요." 콜롬보는 싱긋 웃으며 가슴 위에서 두 손을 맞 잡았다. "그 철판으로 내 목을 고정시켜보세요."

엘리엇은 잠시 망설였다. 도대체 무슨 짓을 할 작정인가?

"자, 망설이지 말고 철판을 끼워주세요. 이것도 현장검증이니까요. 당신이 주장하는 사고를 재현해보는 겁니다."

콜롬보의 재촉을 받고 철판을 들어 올렸을 때, 홈에 끼워진 안전핀이 엘리엇의 눈에 비쳤다.

"진정입니까? 농담이시겠지요?"

"진정이고말고요. 믿겠습니다. 당신은 마술사니까."

"그렇군요…" 엘리엇은 마음을 정했다. 콜롬보에게 보이지 않는 곳에서 철판을 '위험'쪽으로 조정한 다음, 철판을 콜롬보의 얼굴 위로 가져갔다.

"정말로 괜찮겠습니까?"

"예, 어서 끼워주세요."

콜롬보의 말이 끝나기도 전에 엘리엇은 콜롬보의 목을 단두대에 고정시키고 재빨리 잠금장치를 채웠다. 콜롬보는 괴로운 듯 목을 꿈틀거렸다.

엘리엇은 덫에 빠진 사냥감이라도 보는 것처럼 차가운 눈으로 콜롬보를 내려다보았다. 그 눈에 떠오른 빛은 맥스 다이슨을 처형했을 때의 눈빛과 똑같았다.

콜롬보는 섬뜩하게 번득이는 단두대 칼날을 뚫어지게 쳐다보면서 말했다.

"아, 그리고 클립보드의 필적을 감정하고 싶으니까, 나중에 같은 문장을 써주세요."

엘리엇은 불룩한 콜롬보의 코트 주머니를 바라보며 물었다.

"아니, 그럼 필적 감정은 아직 끝나지 않았나요?"

"귀찮아서 아직 보고서도 내지 않았는걸요. 나는 진범을 잡은 뒤에 보고서를 쓰는 주의라서요. 아직 상관한테도 말하지 않았습니다. 어쨌든 클립보드의 수수께끼가 풀린 게 바로 오늘 아침이었으니까…" 이렇게 말하면서 콜롬보는 코트 주머니에 들어 있는 클립보드를 가볍게 눌렀다.

"좋습니다. 몇 번이라도 써드리지요. 경위님의 속이 후련해질 때까지… 나 엘리엇 블레이크는 훗날 CIA와 국방부에서 보수가 들어오는 대로 맥스 다이슨 씨에게 진 빚을 갚겠습니다…"

말을 끝내기가 무섭게 엘리엇은 단두대의 안전편을 빼내고 시동 단추를 누르면서 눈길을 돌렸다. 단두대 칼날이 번쩍이면서 떨어졌다. 콜롬보가 두 눈을 크게 떴다가 질끈 감은 순간, 칼날은 목을 통과하여 단두대 받침대 속으로 들어갔다.

엘리엇은 단두대를 돌아보고 아연실색했다. 다시 눈을 뜬 콜롬보가 중얼거리듯이 말했다.

"쓸데없는 짓을 했군, 블레이크."

엘리엇은 겁먹은 표정을 숨기지 못하고 저도 모르게 뒷걸음쳤다.

콜롬보가 손을 뻗어 철판의 잠금장치를 풀고는 철판을 들어 올리면서 윗몸을 일으켰다.

엘리엇은 그 모습을 시체가 되살아나는 듯한 착각에 사로잡혀 멍하니 지켜보고 있었다.

철판을 두 손으로 받쳐든 콜롬보는 천천히 단두대 위에 올라서서 엘리엇을 내려다보았다.

"이젠 필적 감정을 할 필요도 없을 것 같군요. '안전'과 '위험' 표시를 바꾸어 놓았지요."

엘리엇은 멍하니 선 채 콜롬보를 쳐다보았다.

"만약 내가 철판을 반대쪽으로 조정했다면?"

"그래도 염려 없어요. 어느 쪽으로 조정해도 목이 잘리지 않도록 조치해두었으니까."

엘리엇은 대꾸할 말이 없었다. 그는 온몸에서 힘이 빠져나가는 것을 느꼈다.

콜롬보가 단두대에서 훌쩍 뛰어내렸다. 묘하게도 엘리엇은 갑자기 박수를 보내고 싶은 충동에 사로잡혔다.

"경위님, 정말 훌륭한 마술이었어요. 한 가지만 물어봐도 될까요?"

"얼마든지."

"지도책의 속임수는 어떻게 알아차렸지요?"

"아, 그건 매직 크로스라는 카드 마술 덕분이죠. 모든 카드 뒤에 미리 십자를 그려놓고, 상대가 선택한 카드에만 십자가 그려져 있는 것처럼 보이게 하는 마술 말입니다. 초보자용이니까, 당신도 카이로에서 다이슨 씨한테 배우지 않았나요?"

기억은 흐릿했지만 엘리엇은 고개를 끄덕이며 얼어붙은 듯이 입을 다물었다.

"블레이크 씨, 그 군은 얼굴을 원래대로 돌리려면 딸꾹질과 마찬가지로 약간 충격을 주면 됩니다." 이렇게 말하고 콜롬보는 코트 안주머니에서 권총을 꺼내어 잔뜩 굳어 있는 엘리엇의 코끝에 들이댔다. "당신을 살인죄로 체포합니다."

그러면서 방아쇠를 당겼다. 그러자 총구에서 '빵!'이라고 적힌 노란 깃발이 튀어나왔다.

형사 콜롬보 3

초판 제1쇄 발행 2022년 7월 1일

지은이 리처드 레빈슨, 윌리엄 링크

옮긴이 김석희

펴낸이 김현주

주 간 함윤수
편 집 한예솔
디자인 노병권
마케팅 한희덕
펴낸곳 섬앤섬

출판신고 2008년 12월 1일 제396-2008-000090호
주　　소 경기도 고양시 일산동구 백석로 119, 210-1003호
주문전화 070-7763-7200　팩스 031-907-9420
전자우편 somensum@naver.com
인　　쇄 성광인쇄

ISBN 978-89-97454-53-2 03840

이 책의 출판권은 섬앤섬 출판사가 소유합니다. 저작권법에 따라 보호를 받는 지작물이므로 무단 전재와 복제를 금합니다.